ESTRELA DA MANHÃ

KARL OVE KNAUSGÅRD

Estrela da manhã

Tradução do norueguês
Guilherme da Silva Braga

Copyright © 2020 by Karl Ove Knausgård

Esta tradução foi publicada com o apoio financeiro da NORLA.

Grafia atualizada segundo o Acordo Ortográfico da Língua Portuguesa de 1990, que entrou em vigor no Brasil em 2009.

Título original
Morgenstjernen

Capa
Raul Loureiro

Imagem de capa
Saint Jerome (verso), de Albrecht Dürer, 1496. Óleo sobre pereira, 23,1 × 17,4 cm. National Gallery, Londres

Preparação
Gisela Anauate Bergonzoni

Revisão
Luciane H. Gomide
Huendel Viana

Dados Internacionais de Catalogação na Publicação (CIP)
(Câmara Brasileira do Livro, SP, Brasil)

Knausgård, Karl Ove
    Estrela da manhã / Karl Ove Knausgård ; tradução do norueguês Guilherme da Silva Braga. — 1ª ed. — São Paulo : Companhia das Letras, 2024.

    Título original : Morgenstjernen.
    ISBN 978-85-359-3604-9

    1. Ficção norueguesa I. Título.

23-167805   CDD-839.823

Índice para catálogo sistemático:
1. Ficção : Literatura norueguesa 839.823

Cibele Maria Dias – Bibliotecária – CRB-8/9427

Todos os direitos desta edição reservados à
EDITORA SCHWARCZ S.A.
Rua Bandeira Paulista, 702, cj. 32
04532-002 — São Paulo — SP
Telefone: (11) 3707-3500
www.companhiadasletras.com.br
www.blogdacompanhia.com.br
facebook.com/companhiadasletras
instagram.com/companhiadasletras
twitter.com/cialetras

Para Michal

E naqueles dias os homens buscarão a morte e não a acharão; e desejarão morrer, e a morte fugirá deles.

PRIMEIRO DIA

PRIMEIRO DIA

Arne

O pensamento repentino de que os meninos estavam dormindo na casa às minhas costas enquanto a escuridão caía sobre o mar foi tão pacífico e tão amistoso que não o deixei ir embora, mas tentei segurá-lo e localizar aquilo de bom que nele havia.

Tínhamos armado a rede horas antes, então as mãos deles provavelmente cheiravam a sal, pensei. Não havia a menor chance de que as houvessem lavado sem que eu tivesse pedido. Eles gostavam de fazer a transição entre a vigília e o sono da forma mais discreta possível; e assim tiravam as roupas do corpo, deitavam-se sob o edredom e fechavam os olhos sem nem ao menos apagar a luz, a não ser que eu apresentasse as minhas exigências de que escovassem os dentes, lavassem o rosto e arrumassem as roupas na cadeira.

Naquela tarde eu não havia dito nada, e os dois haviam simplesmente deslizado, cada um para a sua cama, como bichos de pernas compridas e pele lisa.

Mas não foi nisso que tinha sido bom pensar.

Tinha sido a ideia de que a escuridão que caía era independente deles. De que dormiam enquanto a luz abandonava as árvores e o chão da floresta do outro lado dos quartos para brilhar de leve no céu por mais uma hora antes de também escurecer e fazer com que a única luz no panorama fossem os reflexos fantasmagóricos do luar na baía.

Sim, tinha sido isso.

A ideia de que nada jamais cessava, de que tudo simplesmente continuava para sempre, de que o dia transformava-se em noite, a noite em dia, o verão transformava-se em outono, o outono em inverno, de que os anos seguiam-se uns aos outros, e de que eles se encontravam no meio disso tudo naquele exato momento, enquanto dormiam um sono pesado nas camas. Como se o mundo fosse um lugar que visitavam.

As luzes vermelhas no alto do mastro cintilavam na escuridão que pairava acima das árvores na outra margem. Mais abaixo havia as luzes das cabanas. Tomei um gole de vinho e balancei a garrafa de leve, porque estava demasiado escuro para ver quanto ainda restava. Pouco menos da metade.

Quando eu era pequeno, julho era o meu mês favorito. Não parecia nada estranho, afinal esse é o mês mais infantil e o mais simples em razão dos dias longos e repletos de luz e calor. Na minha adolescência passei a gostar do outono, da escuridão e da chuva, talvez porque acrescentassem à vida uma seriedade que me parecia romântica e da qual eu podia me vingar. A infância era a época de correr de um lado para o outro e simplesmente existir, enquanto a juventude era a descoberta da estranha doçura da morte.

E então eu passei a gostar mais de agosto. Talvez nem fosse estranho; eu estava no meio da vida, no lugar do tempo em que as coisas se completam, na lenta e progressiva estagnação de plenitude, antes que tudo começasse a se esvaziar e a esmorecer numa decadência igualmente vagarosa.

Ah, agosto, com tua escuridão e teu calor, tuas ameixas doces e tua grama seca! Ah, agosto, com os teus pássaros marcados para morrer e tuas vespas loucas por açúcar!

O vento subiu a encosta, eu o ouvi antes mesmo de senti-lo na pele, e então as folhas balançaram-se nas copas acima de mim por um breve instante antes de voltar ao repouso. Meio como uma pessoa que se vira no sono após ter passado muito tempo na mesma posição, talvez se pudesse imaginar. E logo volta ao repouso.

No escolho mais abaixo um vulto surgiu. Mesmo que aquela figura ensombrecida fosse em si mesma impossível de identificar àquela distância, eu sabia que era Tove. Ela foi até a encosta lisa e suave da montanha, andou pelo trapiche e depois tomou uma das trilhas que subiam pela encosta. Eu já não conseguia ouvir os passos dela no chão recoberto de grama logo abaixo do jardim.

Continuei sentado, totalmente imóvel. Se ela estivesse atenta, conseguiria me ver, mas haviam se passado dias desde a última vez.

— Arne? — ela perguntou, detendo o passo. — Você está aí?

— Estou aqui — eu disse. — Na mesa.

— Você está no escuro? Por que não acende uma luz?

— Pode ser — eu disse, e então acendi a lamparina à minha frente com o isqueiro. O pavio ardeu com uma chama clara e profunda, enquanto o reflexo, surpreendentemente forte, projetou uma cúpula de luz em meio à penumbra.

— Eu também vou me sentar um pouco — ela disse.

— Claro — eu disse. — Quer um pouco de vinho?

— Você tem uma taça?

— Aqui não.

— Então não precisa — ela disse, sentando-se na cadeira de palha no outro lado da mesa. Tove usava um short e um top curto, e nos pés tinha galochas que chegavam até os joelhos.

O rosto, que sempre fora meio rechonchudo, estava inchado em razão dos medicamentos.

— Mas eu vou beber um pouco mesmo assim — eu disse, servindo o meu copo. — Estava bom o passeio?

— Estava. Eu tive uma ideia enquanto caminhava. E aí voltei depressa. Ela se levantou.

— Vou começar agora mesmo.

— Começar o quê?

— Uma série de pinturas.

— Mas já são quase onze horas — eu disse. — Você também precisa dormir um pouco.

— Posso dormir quando eu morrer — ela disse. — Isso é importante. Você pode se encarregar dos meninos amanhã, afinal você está de férias. Vocês podem pescar ou qualquer outra coisa do tipo.

Quando diabos você pretende começar a se preocupar com outras pessoas além de você, pensei enquanto olhava para o mastro que cintilava.

— Podemos — eu disse.

— Que bom — ela disse.

Eu a acompanhei com os olhos enquanto ela atravessava o jardim e seguia rumo à casa de hóspedes branca mais ao fundo. Quando a luz se acendeu lá dentro, as janelas reluziram com um brilho amarelo no interior da massa escura formada pelas árvores e arbustos na escuridão do pátio.

No instante seguinte ela tornou a sair. O short e as pernas nuas naquelas enormes galochas davam-lhe um aspecto de menina, pensei. O contraste com o top que abraçava o corpo volumoso e com o olhar abatido e cansado era tão grande que de repente me encheu de compaixão.

— Eu vi três caranguejos na floresta — ela disse, parada em frente à mesa. — Esqueci de te contar quando voltei.

— Devem ter sido as gaivotas que os jogaram por lá — eu disse.

— Mas estavam todos vivos — ela disse. — Caminhando pelo chão da floresta.

— Tem certeza? Que eram caranguejos, quero dizer? Será que não eram outro bicho?

— Claro que eu tenho certeza — ela disse. — Achei que você gostaria de saber.

Ela se virou de costas, voltou e fechou a porta. Logo depois se ouvia música lá dentro.

Servi o restante do vinho e me perguntei se eu devia ir para a cama ou continuar mais um tempo sentado. Nesse caso eu teria de pegar um blusão, pensei.

Tove havia passado os últimos dias eufórica. Os sinais eram sempre os mesmos. Ela começava a mandar e-mails, fazer telefonemas e escrever longos relatos no Facebook, e de repente decidia dar um jeito em tudo, o que na verdade não era nada, ou pelo menos nada substancial, como, por exemplo, manter a casa em ordem ou trabalhar em um projeto de longo prazo. Outro sinal era que ela ficava desleixada. Ia ao banheiro com a porta aberta, ligava o rádio com o volume nas alturas, sem nenhuma preocupação com os outros, e quando preparava o jantar deixava a cozinha como se tivesse havido um bombardeio.

Tudo isso me irritava sobremaneira. Quando finalmente ela tinha forças, por que não as usava para coisas que fossem boas para todos? Ao mesmo tempo, eu também sentia pena dela, porque mais parecia uma menina perdida no mundo dizendo para si mesma que tudo estava bem.

Mas um caranguejo na floresta? O que poderia ter sido? Que tipo de bicho poderia ter dado a ela a ideia de que eram caranguejos? Ou será que ela tinha alucinado?

Sorri enquanto me levantava. Já de pé, terminei de beber o vinho em um longo gole antes de pegar a garrafa e o copo e entrar em casa. O calor do dia permanecia nos cômodos, e senti quase como se eu entrasse no banho quando o ar quente envolveu o meu rosto e a pele exposta dos meus braços. O fato de que tudo estava iluminado amplificou o sentimento de que eu de repente me encontrava em outro elemento.

Coloquei a garrafa vazia junto com as outras no fundo do armário e passei um instante pensando se eu não devia colocá-las em um saco no porta--malas para levá-las ao centro de reciclagem no dia seguinte, pois de repente vi aquela quantidade de garrafas com os olhos dos outros, mas de qualquer modo não haveria motivo para descartá-las naquele momento exato, às onze da noite, eu poderia fazer tudo no dia seguinte, pensei, e então enxaguei a taça na pia, esfregando o fundo com os dedos, sequei-a com o pano de prato e a coloquei no escorredor acima da pia.

Pronto.

Uma pequena aranha descia por um fio de teia sob a prateleira. A aranha não era maior do que um farelo de pão, mas dava a impressão de saber exatamente o que fazia. Quando estava a mais ou menos vinte centímetros acima do balcão ela parou e ficou se balançando no ar.

No mesmo instante uma janela bateu diversas vezes. O barulho parecia vir do banheiro, então fui até lá. Como imaginei, a janela estava aberta e acompanhava os golpes do vento cada vez mais forte. Naquele instante, tornou a bater contra a parede externa enquanto a cortina tremulava na abertura. Puxei a cortina para dentro e fechei a janela, e então parei na frente do espelho e comecei a escovar os dentes. Sem pensar em nada, levantei a camiseta e olhei para a minha barriga, com a qual eu já não me identificava mais; aquilo não pertencia ao homem que eu imaginava ser. Faltava-me a determinação necessária para me livrar daquilo, pois mesmo que eu pensasse no assunto diversas vezes por dia, que eu precisava emagrecer, correr e nadar, eu não começava nunca. A questão era portanto ver se havia como transformar minha situação numa coisa boa.

O maior equívoco que eu podia cometer era tentar esconder a gordura, andar com camisas grandes e calças largas na crença de que ninguém perceberia enquanto não houvesse nada pressionando a malha de dentro pra fora. O que se via nessa situação era um gordo envergonhado. E isso era pior do que um simples gordo, porque sugeria a proximidade de um elemento desconfortavelmente pessoal e íntimo.

Cuspi a pasta de dente na pia, enxaguei a boca com água da torneira e coloquei a escova no copo da prateleira.

Afinal, não era másculo ser grande? Não era masculino ter um peso extra?

Havia murmúrios e farfalhares nos galhos e nas folhas do jardim, e de vez em quando as velhas paredes estalavam quando as rajadas de vento sopravam. Logo começaria a chover, pensei, e então fui à sala, apaguei as luzes, subi ao segundo andar e olhei para o quarto dos meninos. Estava quente lá dentro, pois o sol havia brilhado durante a tarde inteira, e os dois estavam em cima do edredom, Asle envolvendo-o com as mãos e as pernas, iluminadas pela luz do teto.

Os meninos eram ainda mais parecidos enquanto dormiam, porque muitas diferenças eram mantidas por eles próprios, graças à maneira como faziam diferentes tipos de coisas, à maneira como erguiam e viravam a cabeça, mexiam as mãos, franziam as sobrancelhas, ou então à maneira como olhavam para as coisas, às nuances da voz, à entonação ao fazer uma pergunta. Naquele momento eram apenas corpos e rostos, e assim pareciam quase idênticos.

Eu ainda não tinha me acostumado, pois mesmo que naturalmente sumisse no dia a dia, a atenção às semelhanças retornava sempre em momentos como aquele, quando eu os via de repente, não como dois indivíduos, mas como duas versões do mesmo corpo.

Apaguei a luz e fui ao quarto na outra ponta do corredor, me despi e me deitei para ler. Mas eu havia bebido um pouco demais, então ao fim de umas poucas frases fechei o livro e apaguei a luz. Não que eu estivesse bêbado, não era como se as frases e o sentido fossem derramados ao meu redor, era mais como se o álcool tivesse amaciado a minha vontade, deixando-a mais fraca, e então fazendo com que fosse quase impossível mobilizar o pequeno esforço que apesar de tudo era necessário para ler um romance.

Seria bem melhor permanecer deitado com os olhos fechados e simplesmente deixar que os pensamentos fossem para onde bem entendessem na maciez e no escuro.

Durante o dia parecia haver uma coisa dura e de cantos vivos dentro de mim, uma coisa seca e árida, uma espécie de reino do não, onde muito estava relacionado à ideia de manter-se afastado. O vinho me preenchia; essa coisa dura e de cantos vivos não desaparecia, mas já não era mais tudo. Como um escolho quando o mar está na maré baixa e as algas secam ao sol e a água torna a subir: a sensação das algas nessa hora! Quando percebem o frio e o sal que voltam a erguê-las, e quando ondulam de um lado para outro nessa maravilha, nessa vida, e todas as superfícies tornam-se mais uma vez macias e úmidas...

Quando me aproximei da zona logo além da consciência, na qual entramos e saímos minutos antes que o sono acabe por nos dominar, imaginei ouvir pingos de chuva na janela e no telhado, como que em primeiro plano sobre o fundo composto do farfalhar constante de árvores e arbustos do jardim e pelo murmúrio distante das ondas na baía.

Acordei com um grito de Tove.

— Arne! — ela gritou. — Arne, venha cá!

Me levantei com um gesto brusco. Ela estava no corredor do térreo, e a primeira coisa que pensei foi que eu não queria que ela gritasse alto a ponto de acordar os meninos.

— Aconteceu uma coisa! — ela gritou. — Venha!

— Estou indo — eu disse, e então vesti a camisa e desci a escada.

Tove estava no vão da porta, de short e galochas. Ela estava chorando.

— O que aconteceu? — perguntei.

Ela abriu a boca para dizer alguma coisa, mas não veio som nenhum.

— Tove — eu disse. — O que foi que aconteceu?

Ela fez um sinal para que eu a seguisse. Fomos até a casa de hóspedes, atravessamos o corredor e entramos na sala.

Um dos gatinhos estava no chão, com a pelagem toda desgrenhada. Mas ele permanecia totalmente imóvel, e quando me aproximei vi que estava numa poça de sangue.

Mas percebi que o gatinho ainda estava vivo, porque mexeu uma das patas.

O outro gatinho estava afastado, observando tudo aquilo.

— Eu não o vi — disse Tove. — E pisei em cima dele! Me sinto péssima.

Eu olhei para ela. Então me agachei em frente ao gatinho. O sangue havia escorrido pela boca e pelas orelhas, e o gatinho tinha os olhos fechados enquanto a pata arranhava o chão.

— Você acha que podemos fazer alguma coisa? — ela perguntou. — Será que podemos levá-lo ao veterinário amanhã cedo?

— Vamos ter que sacrificá-lo — eu disse enquanto me levantava. — Vou pegar um martelo ou coisa do tipo.

— Um martelo não! — ela disse.

— Não há mais nada a fazer — eu respondi, e então fui à cozinha da outra casa. Eu nunca havia matado um bicho antes, mal conseguia matar um peixe, e me senti nauseado quando abri uma das gavetas e peguei o martelo.

Quando voltei à casa de hóspedes, o gatinho virou a cabeça meio de lado, ainda com os olhos fechados. Um pequeno tremor atravessou-lhe o corpinho minúsculo. Eu me agachei na frente dele e agarrei com força o cabo emborrachado do martelo. Uma imagem do crânio se esfacelando sob o peso do golpe tomou conta de mim.

Tove estava no cômodo, observando.

Nesse instante o gatinho estava totalmente imóvel.

Eu toquei de leve aquela testa felpuda com o indicador. Ele não reagiu.

— Ele morreu? — Tove perguntou.

— Acho que morreu — eu disse.

— O que vamos fazer com ele? — ela perguntou. — O que vamos dizer para os meninos?

— Eu vou enterrá-lo em um lugar qualquer do jardim — eu disse. — E depois vamos dizer que ele desapareceu.

Me levantei e no mesmo instante percebi que eu estava apenas de cueca.

— Eu não vi nada — ela disse. — Quando me dei conta ele estava debaixo do meu pé!

— Está tudo bem — eu disse. — Não foi culpa sua.

Fui em direção à porta.

— Para onde você está indo? — ela perguntou.

— Vou pôr uma roupa — eu disse —, e depois vou enterrá-lo.

— Está bem — ela disse.

— Será que você faria o favor de se deitar? — eu perguntei.

— Eu não vou pegar no sono agora.

— Mas você não pode nem tentar?

Tove balançou a cabeça.

— Não adianta.

— E se você tomar mais um comprimido?

— Não vai resolver.

— Tudo bem — eu disse, e então saí na chuva, atravessei o gramado entre as duas casas, vesti a calça no quarto e peguei a capa de chuva no cabide do puxadinho que mais parecia um galpão, onde também havia uma pá, e voltei à casa de hóspedes.

Tove estava sentada à mesa, recortando uma folha vermelha. Ao lado havia uma folha maior de papel mais firme, onde ela havia colado várias figuras vermelhas.

Deixei-a em paz, larguei a pá no chão, levantei o gatinho morto com todo o cuidado na lâmina da pá e levei-o para fora assim, deitado na pá, que eu mantinha erguida à minha frente.

Os galhos das árvores batiam-se como mastros na escuridão. O ar estava repleto de pingos de chuva trazidos pelas lufadas de vento. Parei ao lado dos arbustos frutíferos no canto do jardim, coloquei o gatinho no chão e finquei a pá na camada formada por fragmentos de casca e terra. Minutos depois, quando o buraco estava aberto, meus cabelos estavam totalmente molhados e eu tinha as mãos geladas.

O gatinho ainda estava quente, senti quando o larguei lá dentro.

Como era possível?

Comecei a cobri-lo de terra. Quando a terra atingiu-lhe o corpo, o gatinho foi varado por um tremor.

Será que estava vivo?

Devia ser um espasmo, pensei, e continuei a jogar terra até cobri-lo por inteiro. Depois soquei bem a terra e espalhei casca de árvore por cima, para que os meninos não ficassem curiosos se, contra todas as expectativas, resolvessem andar por lá na manhã seguinte.

Pendurei minha capa de chuva gotejante no cabide, vi a terra emprestar a cor marrom à água durante os poucos segundos que esta levou para escorrer até o ralo enquanto eu lavava as mãos, subi até o quarto, tirei a roupa e me deitei mais uma vez para dormir.

A ideia de que o gatinho ainda estava vivo quando o cobri de terra não me abandonava. Não resolvia nada dizer para mim mesmo que eram espasmos, porque mesmo assim eu o imaginava sob a terra, de olhos abertos e incapaz de se mexer.

Será que eu devia sair e desenterrá-lo?

Aquela também era uma das criaturas do mundo.

Que tipo de vida tinha vivido por aqui?

Umas poucas semanas em uma sala com assoalho de tabuão, e depois no fundo da terra escura e fria, onde não podia se mexer, apenas se manter parado até que a morte o levasse, totalmente sozinho.

Qual era o sentido de uma vida dessas?

Puta que pariu, era apenas um gato. Se já não estivesse morto quando o enterrei, estaria morto naquele instante.

Na manhã seguinte acordei com o barulho da televisão no andar de baixo. Eram pouco mais de oito horas, vi enquanto me sentava na cama. Tudo estava em silêncio no pátio. O céu no lado de fora estava cinza e parecia tão pesado que a umidade das nuvens pairava logo acima das árvores do outro lado da baía.

Uma fina camada de suor recobria todo o meu corpo. Mas eu não estava a fim de tomar banho, e uma das alegrias das férias era que não havia nenhuma preocupação com manter-se o tempo inteiro limpo.

Me vesti e desci à cozinha, onde bebi dois copos d'água de pé em frente à bancada. No jardim, as árvores estavam imóveis. As copas verdes e frondosas brilhavam com um verde intenso no meio de todo aquele cinza.

— Vocês estão com fome por aí? — perguntei em voz alta.

Não recebi nenhuma resposta, então fui ao encontro dos meninos. Os dois estavam cada um debaixo de um cobertor no sofá de canto. Asle tinha as pernas apoiadas na parede e havia torcido o corpo em uma posição estranha para enxergar a televisão, enquanto Heming estava deitado de bruços no alto do encosto.

— Vocês estão doentes? — perguntei.

Os dois afastaram os cobertores de lã sem olhar para mim. Eles sabiam muito bem que eu não gostava que ficassem debaixo de cobertores ou edredons durante o dia, e fiquei um pouco surpreso ao notar que não os haviam posto de lado já ao ouvir os meus passos na escada.

— Vocês estão com fome?

— Não muito — disse Asle.

— Um pouco — disse Heming.

— Vocês precisam colocar um pouco de comida nesses corpos — eu disse. — Logo vamos recolher a rede.

— A gente tem mesmo que fazer isso? — perguntou Asle.

— Como assim? — eu disse. — Vocês me ajudaram a armar! Claro que vocês têm que me ajudar a recolher! Vocês têm que ver o que a gente pegou!

— A água é muito fria — disse Asle.

— Não podemos passar o dia sem fazer nada hoje? — perguntou Heming.

— A água é muito fria? — eu perguntei. — A ideia não é tomar um banho!

Os meninos não disseram nada, simplesmente ficaram olhando para a TV.

— Escutem — eu disse. — Eu vou fritar ovos com bacon e preparar um chocolate, está bem? Em seguida vamos pegar o carro e recolher a rede, e depois vocês podem fazer o que quiserem pelo restante do dia. Combinado?

— Tá bom — disse Asle.

— Heming?

— Tá, tá.

Os acontecimentos da noite anterior pareciam estranhamente distantes quando voltei à cozinha, como se pertencessem a uma realidade diferente daquela em que eu me encontrava naquele instante. A escuridão, o vento, a chuva, o desespero de Tove, o gatinho morto, o sangue no chão, a pá, a terra, o buraco onde o gatinho fora enterrado talvez ainda vivo.

Aliás, onde estava Tove naquele instante?

Uma pontada de angústia varou o meu corpo. Senti o impulso de procurá-la correndo, de avançar às pressas de um cômodo ao outro, mas quando saí ao corredor e calcei os sapatos para ir até a casa de hóspedes andava com passos vagarosos, pois não queria que os meninos notassem qualquer coisa fora do normal.

Foi estranho, porque na rua estava quente como no dia anterior, mesmo que não houvesse sol.

A porta da casa de hóspedes estava entreaberta. Tove em geral tomava o cuidado de fechar e trancar quase tudo, era praticamente uma fobia aquela preocupação com a segurança, porém não na circunstância em que se encontrava naquele momento, quando tudo se transformava no próprio oposto.

A sala estava vazia. Abri a porta do quarto, que também estava vazio. Depois fui ao sótão, onde a encontrei deitada e imóvel numa das camas sob o teto enviesado.

— Tove? — eu a chamei.

Ela não respondeu.

Meu coração palpitava como se eu estivesse à beira de um abismo.

Me aproximei dela aos poucos.

— Tove?

— Hmm? — ela disse, ainda nas profundezas do sono.

Tudo estava bem!

— Continue dormindo — eu disse, e então a cobri com um cobertor de lã e desci a escada. A mesa estava cheia de folhas com figuras vermelhas coladas. Parei e examinei-as com mais atenção.

Umas pareciam inscrições em rocha, havia barcos primitivos e homens de falo ereto, outras pareciam o círculo de dançarinos de Matisse, porém com pernas de animais. Uma das folhas tinha a representação de uma pessoa a cavalo, apresentada como uma criatura única, enquanto outra estava cheia de raposas, e uma terceira cheia de pontinhos vermelhos que somente depois de erguê-la compreendi serem joaninhas.

Na mesa logo abaixo havia uma folha onde ela tinha escrito "Eu quero trepar com o Egil" três vezes, uma embaixo da outra.

Puta merda, pensei, mas deixei o assunto de lado, coloquei a folha com as joaninhas em cima daquilo para o caso de as crianças aparecerem e voltei o rosto em direção ao sótão para me certificar de que Tove não tinha me visto.

Será que aquilo também era parte da obra? Será que ela pensava daquela forma? Como se tivesse aberto todas as torneiras do inconsciente?

E ainda por cima com o Egil.

"Puta que pariu", eu disse de mim para comigo. "Por que você tem que ser tão cretina, Tove?"

O sangue do gatinho ainda estava no chão. Seria melhor limpar aquilo antes que os meninos vissem. Mas não naquele instante. Naquele instante o importante eram os ovos com bacon, as torradas e o chocolate quente.

O gramado, reluzente de umidade, estendia-se como um assoalho em meio às árvores e aos canteiros.

Tirei da geladeira as coisas para o café da manhã e descobri que só havia um ovo na caixa.

Eu queria manter a promessa que havia feito aos meninos, e assim decidi pegar a bicicleta e pedalar até o mercado. Podia ter pedido que eles fossem, mas assim os dois poderiam dizer que não estavam a fim, e eu pareceria fraco ao aceitar essa resposta, ou — caso eu não a aceitasse — poderia surgir uma situação em que, para não perder a autoridade, eu teria de obrigá-los a ir, o que deixaria marcas em nosso relacionamento por horas a fio, talvez pelo dia inteiro. Simplesmente não valia a pena. Especialmente porque depois sairíamos para recolher a rede.

Fui ao encontro dos meninos.

— Vou dar um pulo no mercado — eu disse.

— Onde está a mamãe? — perguntou Asle.

— Ainda está dormindo — respondi. — Vocês querem que eu traga alguma coisa em especial? Afora sorvete, claro?

— Oba, sorvete! — disse Heming.

— Não mesmo — eu disse. — Mas eu posso trazer um suco de laranja, quem sabe?

Eles não responderam.

— Muito bem. Já volto — eu disse, e então fui ao corredor, calcei os sapatos e vesti o casaco, peguei a bicicleta na casinha e a empurrei até o pátio.

Nossa casa ficava no fim de uma estrada de chão; quer dizer, a estrada continuava floresta adentro, porém mais como uma trilha dificilmente trafegável para um carro. Mais além ficava a casa de Kristen, um velho nativo que sempre havia morado por conta própria e que havia transformado a solidão em arte: ele mesmo havia construído tudo por lá, inclusive o barco que usava para pescar.

Na direção oposta, ao longo da estrada havia várias casas como a nossa, quase todas usadas somente para veraneio e férias. Eu conhecia a maior parte das pessoas que moravam por lá, mas fazia muito tempo que eu não me relacionava com nenhuma delas. Naquela altura quase todos haviam voltado para casa, a dizer pelos estacionamentos vazios nos pátios.

Os muitos buracos e sulcos na estrada estavam cheios de água da chuva, eram pequenas poças amareladas que me faziam pensar na década de 80, quando eram comuns no outono e na primavera, mas que naquele momento haviam quase desaparecido. O cascalho, úmido e pastoso, brilhava em certos pontos como prata entre as rochas avermelhadas e as coníferas verdejantes que ladeavam as curvas da estrada.

Eu torcia para que tudo que se passava com Tove chegasse ao fim quando ela despertasse.

Será mesmo?

Se aquilo continuasse, ela acabaria perdendo o controle por completo, e por fim teria de ser internada.

Havia um elemento definitivo naquilo tudo, um elemento tangível e concreto. E isso era bom. Afinal, o problema eram sempre os limites. Dela, meus, das crianças. Era sempre impossível definir quando a doença começava, porque surgia de forma gradual, partia da alegria e do entusiasmo e se transformava numa coisa que a levava cada vez mais para longe de nós, e por fim aceitávamos de maneira quase imperceptível aquilo que visto de fora não parecia aceitável, porque não estávamos fora, mas dentro, onde os limites eram forçados de maneira tão gradual que nem ao menos os percebíamos.

E também era assim porque eu a protegia, tanto das crianças como do mundo exterior.

Quando ela foi internada, de repente as pessoas viram o tamanho daquela loucura e o quanto eu tinha que fazer sozinho.

Passei de bicicleta por uma das rochas que ladeavam a estrada e que, quando eu era pequeno, sempre me faziam imaginar que eu navegava em um barco entre duas ilhas, e que, quando eu era um estudante pretensioso na primeira etapa da minha formação universitária, eu batizei de Cila e Caríbdis. Depois a estrada fazia uma curva e então avançava mais ou menos em linha reta encosta abaixo, rumo ao mercado e ao trapiche. Certa vez eu havia caído da bicicleta e aberto um buraco na cabeça — ninguém usava capacete naquela época, e eu tampouco sabia pedalar direito —, porém a memória desse episódio todo era provavelmente falsa, baseada em histórias que eu tinha ouvido, e não em uma coisa que eu realmente tivesse vivenciado. Era impossível saber com certeza.

Acionei de leve o freio traseiro para descer a encosta e imaginei as outras crianças inclinadas por cima de mim e a ambulância que havia chegado no ponto exato em que eu me encontrava naquele instante, porém quarenta anos antes.

Naquela época o mercado tinha deixado de ser uma mercearia interiorana para se transformar no pequeno supermercado que era naquele momento, um espaço com supermercado, lanchonete, café e quiosque de suvenires. Nos fundos havia uma bomba de gasolina e de diesel, e ao lado uma pequena construção com chuveiros e banheiros para os passageiros dos barcos. O lugar se chamava Tjæreholmen Marina.

Deixei a bicicleta no lado de fora e entrei. Peguei um dos cestos vermelhos, coloquei lá dentro um pacote de pães recém-assados, manteiga e leite, e além disso os ovos que eram o motivo da minha saída.

Um homem de bermuda, camiseta e boné na cabeça estava colocando mercadorias em cima do balcão do caixa quando fui pagar. Quando parei logo atrás ele se virou de leve, pegou um cartão de crédito no bolso de trás, inseriu-o no leitor e então tornou a se virar.

— Arne? — ele disse.

Eu não sabia quem era.

— Sim? — eu disse.

— Porra, há quanto tempo! — ele disse com um sorriso.

Eu o encarei sem dizer nada.

Havia algo naqueles olhos.

— Você não está me reconhecendo?

— Nah... — eu disse.

— Trond Ole — ele disse.

— Ah! — exclamei. — Essa não foi nada fácil. O que você está fazendo por aqui?

— Compramos uma casa nos arredores. Este é o nosso primeiro verão por aqui.

Ele se virou novamente, digitou a senha, esperou que a transação fosse aprovada, caminhou até o fim do balcão e começou a guardar suas compras numa sacola, enquanto eu colocava as minhas na esteira.

— O que você anda fazendo? — eu perguntei.

— Em relação ao trabalho? — ele perguntou sem erguer o rosto.

— É — eu disse.

— Estou de licença médica — ele disse. — E você?

— Eu estou na universidade.

— Dando aulas? — ele perguntou, olhando para mim.

Senti o meu rosto corar.

— É.

Ele sorriu.

— Uma vez eu vim para cá junto com você, lembra?

Ele tinha a sacola cheia na mão enquanto eu guardava as compras na minha.

— Claro — eu disse. — Acho que a gente tinha dez anos, não?

— Por aí.

Saímos, ele apertou uma chave e um dos carros no estacionamento piscou duas vezes.

— Quanto tempo você ainda tem de férias? — ele perguntou.

— Esta é a última semana — eu disse.

— Vá nos visitar uma noite dessas, então — ele disse.

— Pode ser — respondi. — É uma boa ideia.

Trocamos um aperto de mão e ele seguiu em direção ao carro enquanto eu soltava a tranca da bicicleta, pendurava a sacola no guidom e começava a subir a encosta íngreme.

— Arne? — ele gritou às minhas costas.

Eu me virei e vi que ele se aproximava com passos apressados.

— Você tem que pegar o meu número. Ou eu tenho que pegar o seu.

— É verdade — eu disse. — Quem sabe eu pego o seu?

Seria melhor; assim bastaria não ligar nunca.

Ele disse os números enquanto eu os digitava no celular.

— Muito bem — eu disse. — Nos falamos em breve, então!

— Se você me ligar agora eu também já fico com o seu número — ele disse.

— Boa ideia — eu disse, e então liguei para o número dele.

Os meninos olhavam perdidos para a TV quando eu voltei. Tove não estava em nenhum lugar à vista. Guardei a bicicleta na casinha e atravessei o jardim úmido, bati um ovo contra a lateral da frigideira e o observei escorrer lentamente antes que o calor o dominasse e o fixasse em um formato circular, despejei leite numa panela, cortei umas fatias de pão e coloquei-as na torradeira.

Trond Ole tinha passado um fim de semana conosco antes que o ano escolar acabasse para dar vez às férias de verão; éramos amigos naquele ano e eu tinha ficado alegre em mostrar para ele tudo o que havia por lá.

Tínhamos roubado um pouco dos destilados do meu pai e corrido para a floresta, onde, com o coração palpitante, bebemos dois ou três goles e começamos a andar como bêbados.

Será que realmente tínhamos dez anos naquela época?

Parecia mais provável que tivéssemos uns doze, pensei ao enfiar a espátula por baixo de um dos ovos, que se estendia já firme em cima da lâmina de metal quando o ergui acima do prato.

Com a gema no centro e a clara redonda, aquilo parecia um planeta com anéis brancos.

Toda aquela empreitada fora marcada pela angústia. Ficamos amedrontados quando transferimos destilado para as bananas de plástico que tinham vindo com nossas guloseimas de sábado, ficamos aterrorizados quando nos enfiamos no meio das árvores para beber e depois tomados de pavor durante o restante da noite, temendo haver deixado rastros.

Mas nem a minha mãe nem o meu pai fizeram comentários, e assim pudemos nos vangloriar segunda-feira na escola.

As fatias de pão saltaram com um clique e o leite começou a ferver na panela, com uma espuma cheia de furos minúsculos. Tirei a panela do calor, misturei um pouco de chocolate, açúcar e água num copo e virei o concentrado naquela brancura, onde por um breve instante o líquido se espalhou em círculos marrom-avermelhados até que tudo houvesse ganhado cor.

Havia mais alguém na cozinha.

Me virei depressa.

Era Heming. Ele estava descalço com os braços soltos nas laterais do corpo, como um macaquinho, e olhava para mim.

— Ah, é você? — eu disse.

— Já está pronto? — ele perguntou.

— Já. Você está com fome?

Ele fez um gesto afirmativo com a cabeça.

— Você põe a mesa?

— Onde está a mamãe?

— Dormindo.

— Não está, não — ele disse. — Eu acabei de vê-la. Ela passou em frente à janela.

— Então ela deve ter ido dar um passeio antes do café da manhã — eu disse. — Mas agora ponha a mesa para nós!

— O Asle tem que me ajudar.

— Claro — eu disse, e então tirei as fatias da torradeira, peguei a cesta de cima do armário e as coloquei lá dentro enquanto procurava Tove do outro lado da janela. — Vá chamá-lo.

Enquanto os meninos punham a mesa eu fritei o bacon, servi o chocolate em uma jarra, peguei a manteiga, o presunto e o queijo e coloquei tudo em cima da mesa.

— Não vamos esperar a mamãe? — Heming perguntou quando nos sentamos. Ele fez um gesto brusco com a cabeça e abriu a boca três vezes em sequência.

Tomei fôlego para refrear o impulso de corrigi-lo.

— Temos que comer enquanto ainda está quente — eu disse.

— Para onde ela foi? — quis saber Asle, que havia se levantado da cadeira para alcançar a cesta de pão.

— Ela só foi dar uma volta — eu respondi.

— Ela também vai recolher a rede? — Heming perguntou.

— Não sei — eu disse.

Imaginei a sala como tinha sido naquele verão de quarenta anos atrás. Paredes escuras, tapetes escuros no assoalho. O armário de canto com as garrafas. Havíamos tomado cuidado ao fechá-lo, mas assim mesmo tínhamos posto o destilado em pequenos recipientes plásticos dentro do armário, e com certeza havíamos feito sujeira.

Quando somos criança, imaginamos que temos segredos, que ninguém sabe o que fazemos.

Eu sorri.

— Por que você está sorrindo, papai? — Asle perguntou.

— Eu só estava pensando numa coisa — eu disse.

— No quê? — Heming perguntou enquanto passava manteiga no pão torrado, que estalava de leve com o raspar da faca.

— Eu estava pensando no vô — eu disse.

Do outro lado da janela, Tove atravessou o jardim e entrou na casa de hóspedes. Ela usava as mesmas roupas da noite anterior. Por sorte os meninos estavam de costas.

Eu ainda tinha que limpar o sangue do gato antes que eles fossem para lá.

— E o que você pensou a respeito do vô que foi tão divertido? — Heming perguntou.

— Nada de especial — eu disse. — Eu só me lembrei dele. Mas ele fez muita bobagem quando era mais novo!

— Como o quê? — Asle perguntou, levando a torrada à boca.

— Eu já contei muitas histórias, não? — eu disse. — Teve a vez que ele se atrapalhou com o sal e o açúcar e adoçou o bacalhau, por exemplo. E também a vez que cortou uma grande árvore do jardim, que caiu por cima da casa e quebrou o telhado.

— Tinha alguém dentro da casa? — Asle perguntou com os lábios amarelos de gema.

Eu balancei a cabeça.

— Que sorte!

— Você viu?

— Eu vi quando voltei para casa. A árvore já não estava mais lá. Mas parecia que um gigante tinha sentado em cima do telhado.

— Você também fez muita bobagem — disse Heming enquanto me encarava com aqueles olhos escuros.

— Com certeza — eu disse. — Você pensou em alguma coisa em especial?

— Na vez em que você se esqueceu de amarrar o trapiche flutuante e ele foi embora com todos os barcos.

— Eu não me esqueci de amarrar — eu disse. — Eu simplesmente não amarrei muito bem.

— E na vez em que você não tinha óleo no carro e o motor estragou e a gente teve que comprar um carro novo.

— Era o indicador que estava quebrado! — eu disse. — Vocês sabem disso! O carro devia emitir um alerta quando o óleo acaba.

— Você está inventando desculpas! — disse Heming.

Os dois se olharam e riram.

Fiquei contente.

Tove não estava na casa de hóspedes logo a seguir quando, tendo os meninos absortos por trás das telas, eu abri a porta e entrei. Havia várias folhas em cima da mesa, vermelhas com silhuetas recortadas em preto. Logo ela não conseguiria mais sentar-se concentrada pelo tempo necessário para fazer aquilo. A não ser que se acalmasse por conta própria, claro.

O sangue havia secado, e eu o raspei com uma espátula antes de umedecer o tanto que havia restado, que então removi com uma escova.

O outro gatinho estava no canto, me olhando.

Enxaguei o pano e limpei a sujeira na pia do ateliê de Tove, que estava cheio de potes de vidro manchados de tinta, pincéis, bolas de algodão e bisnagas vazias, e que tinha um cheiro forte de terebintina. Depois fui ao canto do jardim para ver se eu havia deixado rastros depois de abrir a cova na noite anterior. Eu estava mais ou menos preparado para descobrir que o gatinho havia se arrastado para fora e deixado uma cova vazia, mas claro que tudo estava como eu havia deixado, e era impossível ver que a terra sob a camada de casca de árvore fora mexida.

Um chuvisco caía de leve. Não era um chuvisco refrescante, como se poderia esperar num dia chuvoso de verão no Norte, porém morno, quase abafado. Tropical. E tudo ao meu redor estava úmido, desde os troncos cinzentos até os arbustos verdejantes de groselha e cassis, nos quais a água tinha se acumulado em minúsculas gotículas imóveis.

O rumor de um veículo pesado que acelerava aos poucos atravessou o panorama.

Entrei na cozinha e tirei a mesa do café. Uma onda sonora ergueu-se à medida que o ônibus se aproximava. Na estradinha aquilo era uma monstruosidade, pensei quando o ônibus passou do outro lado da janela e por um instante preencheu todo o meu campo de visão com amarelo.

Coloquei um tablete de sabão no compartimento, fechei-o e liguei a máquina. O ônibus fez o retorno e voltou no sentido oposto. Mais uma vez enxerguei a pequena aranha, que naquele momento estava fiando uma teia no canto entre a parede e o teto. Meu pai sempre dizia que aranhas eram um bom sinal, porque significavam que a casa estava seca, e eu pensava nisso quase sempre quando via uma.

No pátio, Ingvild se aproximava com o olhar fixo no chão e uma bolsa pendurada no ombro.

Fui recebê-la no corredor quando ela entrou.

— Tudo bem? — eu perguntei.

— Tudo muito bem! — ela respondeu com um sorriso antes de se abaixar para tirar os sapatos.

— Quer tomar um café da manhã? — eu ofereci.

— Eu já comi na casa da vó — ela disse, e então subiu ao quarto.

— Está bem — eu disse.

Passei um tempo parado na cozinha, olhando ao redor, e por fim peguei umas sacolas da gaveta, enchi-as de garrafas vazias, levei-as até o carro, abri o porta-malas e coloquei tudo lá dentro para quando eu passasse por uma estação de reciclagem, que era como as lixeiras agora se chamavam. Depois fui ao encontro dos meninos na sala.

— Vamos, então? — eu disse.

— A gente tem mesmo que fazer isso? — perguntou Heming.

Ele jogou a cabeça para trás e abriu e fechou a boca em uma sequência rápida.

— Por que você faz isso? — perguntei irritado.

— Por que eu faço o quê? — ele perguntou.

Eu reproduzi o tique dele, exagerando um pouco.

— Você faz assim com a cabeça o tempo inteiro — eu disse. — Não pega bem.

Heming fez um gesto afirmativo e sério com a cabeça.

— Vou tentar não fazer mais — ele disse.

— Ótimo! — eu disse.

No mesmo instante ele teve outro tique.

— Vamos lá, então — eu disse.

Com o galão vermelho de gasolina na mão, desci a encosta verdejante e íngreme que levava ao trapiche logo atrás dos meninos. A água que se estendia à nossa frente parecia totalmente imóvel sob a camada baixa e pesada de nuvens. As tábuas do trapiche, escorregadias por conta da umidade, brilhavam em amarelo tendo ao fundo a superfície reluzente da água e o escolho quase preto contra o qual se apoiava.

Embarquei e acoplei a mangueira ao tanque enquanto Heming soltava a amarra e Asle erguia os remos e se aprontava para nos empurrar para longe da margem.

A baía, que terminava em uma pequena praia de pedras, estava cheia de caranguejos. Não pequenos caranguejos de areia, mas grandes caranguejos do mar. Devia haver pelo menos uns cem, que se arrastavam e subiam uns por cima dos outros.

Eu nunca tinha visto nada parecido.

Era como uma toca de víboras.

Desviei o olhar para não chamar a atenção dos meninos para aquilo, e depois que Asle deu o primeiro impulso eu liguei o motor e avancei mar adentro sem que eles tivessem visto nada.

As duas boias vermelhas estavam quase no outro lado da baía, perto de um promontório. Os espruces erguiam-se como uma muralha verde junto à superfície da água. Asle agarrou a primeira boia com o gancho e puxou-a em direção ao barco. Desliguei o motor. Os meninos começaram a puxar o cabo, mas não conseguiram, e então olharam ao mesmo tempo para mim.

— Está pesado demais — disse Asle.

— É mesmo? — eu disse, assumindo o comando. — Pode ser que a gente tenha pegado um cardume de arenques ou coisa do tipo.

Tive a impressão de estar erguendo um tapete. Logo a rede tornou-se visível sob a superfície da água, com os corpos dos peixes como pequenas lanternas de luz esverdeada em meio à escuridão.

— São polacas — eu disse quando a rede com os primeiros peixes chegou ao interior do barco.

— É um monte! — disse Heming.

— O que vocês acham de tirar os peixes enquanto eu puxo a rede? — perguntei. — Simplesmente joguem tudo na bacia.

Aquilo não tinha fim, a rede estava lotada de polacas, e quando voltamos não apenas a bacia estava cheia de corpos lisos e reluzentes que de vez em quando se debatiam com força, mas também o assoalho do barco.

Aquilo me deixou nauseado. Não os peixes em si, porque vistos individualmente eram todos como uma criatura qualquer, mas a quantidade. Todos aqueles olhos idênticos, todas aquelas bocas idênticas, todas as barbatanas e ânus idênticos.

— Você vai limpar todos esses peixes? — Asle perguntou.

— Vai ser o jeito — eu disse. — Mas não temos o que fazer com tantos.

— Não podemos congelar, então?

— Claro. É o que vamos fazer. Mas depois de amanhã a gente volta para casa. E provavelmente não é uma ideia muito boa comer peixes congelados há um ano no próximo verão.

— Sorvete de peixe! — disse Asle.

— Nham, que delícia! — disse Heming.

— Vocês chegaram a contar? — eu perguntei.

— Foram cento e dezoito — disse Asle.

Quando chegamos ao outro lado da baía, um vulto saiu do jardim mais acima e pegou a trilha que levava ao trapiche.

Era Egil.

Ele usava uma capa de chuva amarela, desabotoada, e numa das mãos tinha uma sacola plástica branca.

Desliguei o motor e percorremos os últimos metros deslizando sobre a água. Os caranguejos por sorte haviam sumido. Os meninos desceram no trapiche, eu lhes entreguei o tanque e a bacia, amarrei o barco e desci.

— Pelo que estou vendo, a pescaria rendeu — disse Egil, que no mesmo instante também chegou ao trapiche.

— É, parecia não ter fim. Você quer alguns?

Ele balançou a cabeça e abriu um sorriso discreto.

— Você voltou para casa agora? — perguntei.

— Ontem à noite. E trouxe isso aqui para você. Como agradecimento pela sua ajuda.

Ele me entregou a sacola com um jeito meio atrapalhado. Nem precisei abrir para saber o que era; o peso e o tamanho sugeriam uma garrafa, e como ele amava uísque e provavelmente dava por certo que eu fosse lhe oferecer um trago por ter percorrido todo aquele trajeto, a única questão em aberto era a marca.

— Que beleza! — eu disse. — Muito obrigado!

— Papai, vamos embora? — disse Asle.

Fiz um gesto afirmativo com a cabeça e subi a encosta andando depressa.

— Você não quer tomar um café? — perguntei.

— Claro — ele disse. — Você vai levar isso lá para cima?

Ele olhou para a bacia.

— Acho que não tem outro jeito — eu disse. — E além desses há outros no barco.

— Eu posso ajudar — ele disse.

Subimos a encosta, cada um segurando a bacia por um lado. Parecia haver uma proximidade incômoda no trabalho feito dessa forma, era como se estivéssemos presos um ao outro, e eu não encontrei palavras que pudessem dar um jeito na situação. Egil nunca dizia nada por iniciativa própria.

Será que sentia o mesmo que eu?

Eu não saberia dizer; Egil era uma das pessoas que eu nunca tinha conseguido ler.

Quando largamos a bacia no porão, insisti em buscar os peixes restantes por minha própria conta e sugeri que ele me esperasse no escritório.

Será que Tove tinha olhado para ele, pensado nele, fantasiado com Egil quando ele estava na nossa casa? Ou será que aquilo tinha sido apenas o impulso de uma alma atormentada?

Peguei uma caixa de pescado no abrigo do barco, uma daquelas antigas, feitas de isopor, e comecei a botar os peixes lá dentro.

De certa forma havia feito sentido descobrir que Tove escrevera aquilo a respeito de Egil. Ele era um sujeito parado na vida, que não havia chegado a lugar nenhum, mas que permanecia em repouso, sempre no mesmo lugar. Sabia muitas coisas, mas não conseguia usar esse conhecimento para nada, simplesmente ficava lá como um campo em pousio. E o pai dela também era precisamente assim. Negligente e incapaz de agir. Sabia tudo, não fazia nada. Quando começamos a namorar eu era o oposto disso, pensei, um cara saudável, ingênuo e muito ambicioso. Ela queria se afastar do lugar de onde vinha, queria uma vida nova, normal e totalmente comum. E foi o que conseguiu: primeiro veio Ingvild, depois os gêmeos, e os primeiros anos com as crianças tinham sido tão comuns e tão normais quanto se poderia imaginar.

Por que mais ela teria me escolhido, se eu era um estudante de literatura perfeitamente comum? Tove poderia ter escolhido quem bem entendesse.

Será que na verdade havia desejado outra coisa durante esse tempo todo?

Será que na verdade havia fingido, tanto para si mesma quanto para mim?

Larguei a caixa em cima do piso de concreto no interior do porão escuro. Eu teria que limpar todos aqueles peixes logo. Mas assim mesmo eles podiam esperar duas ou três horas.

Primeiro Egil, depois o jantar. Depois a limpeza dos peixes. Depois a noite com um gole de vinho tinto e um livro.

As coisas eram como eram.

Melhor seria nem pensar no assunto.

Lavei minhas mãos frias e pegajosas com água quente, peguei dois copos e entrei no escritório, onde Egil estava em frente à estante de livros com um volume na mão.

— O que foi que você encontrou? — perguntei.

Ele ergueu o livro na minha direção. Era um exemplar da década de 30, chamado *Død! Hvor er din brodd?* [Onde está, ó morte, o teu aguilhão?]. A capa outrora branca estava amarelada.

— Ah, esse — eu disse. — Você aceita um copo?

Egil fez um gesto afirmativo com a cabeça, eu servi os nossos copos e então nos sentamos. Ele fez um pequeno ruído de bem-estar quando tomou o primeiro gole.

— Eu não comprei esse livro — eu disse. — Acho que o meu pai o arranjou em um leilão no interior muitos anos atrás, numa caixa de livros que fazia parte de um espólio. Você conhece a história? Do caso Køber?

— Conheço. Mas eu nunca li os livros do Ludvig Dahl.

— São interessantes. Vêm cheios de otimismo em relação ao progresso, e transformam a vida após a morte, ou o contato com os mortos, em um processo racional e científico.

— Ele perdeu os filhos?

— Perdeu. E depois os reencontrou por meio da filha, que era médium.

— Aham — disse Egil, girando a taça na mão.

— Ele tem umas descrições muito bonitas da vida após a morte — eu disse. — O reino da morte parece Fredrikstad em 1920.

— E talvez pareça mesmo — ele disse, sorrindo.

Fez-se um silêncio. Os arbustos no lado de fora cresciam com voracidade ao longo da parede e haviam quase tapado a janela; a estrada e o urzal eram visíveis somente através de frestas.

— Eu estive na Índia uma vez — ele disse, sem olhar para mim. — Numa das cidades que eu visitei, os cadáveres são queimados na mesma fogueira há três mil anos. Pelo menos foi isso o que me disseram. Era uma cidade de templos. Acho que deve ser o lugar mais diferente deste em todo o mundo.

Egil abriu os braços para indicar que era àquelas casas e àquele panorama que se referia. Ele às vezes usava gestos grandiosos como aquele, e os gestos sempre pareciam estranhos porque em geral a postura dele era muito discreta.

— Então eu não acho que o reino da morte se pareça muito com Fredrikstad por lá.

Ele sorriu.

— Eu nunca tive vontade de viajar para a Índia — eu disse. — Para a China, sim. Para o Japão, sim. Mas para a Índia? Para ver vacas e ter diarreia?

— Tem muita gente lá — ele disse. — Tem gente por todo lado. E também vacas e macacos. Em certos pontos as ruas parecem *Blade Runner*. Uma mistura de animais, pessoas e alta tecnologia.

— Você sabia que a Índia está a caminho de ultrapassar a China em termos de população? — eu perguntei. — E eles sobem ano após ano na lista de maiores economias do mundo. Todo mundo fala da China, mas é na Índia que as coisas estão acontecendo. Ou também na Índia.

— Pode ser — ele disse. — Mas a pobreza é impressionante. É difícil estar lá, ver todo aquele sofrimento. A Índia tem uma cultura muito espiritual, tudo está na mão de forças sobre-humanas, e por isso as pessoas aceitam a pobreza de um jeito muito diferente.

Fez-se um silêncio. Egil era um homem grande e forte, porém quase sem aura, e era extraordinariamente harmonioso ao falar, sempre acompanhava a conversa, nunca deixava nela marcas pessoais fortes e evitava tudo aquilo que poderia torná-la difícil.

Covarde, muita gente talvez dissesse.

Um pouco educado demais, pensei naquele momento. Mas eu gostava dele. Não importava qual fosse o livro ou o filme que eu mencionasse, ele sempre o tinha lido ou assistido.

Egil sorriu e esvaziou o copo.

— E o livro, como vai? — ele me perguntou, ainda sem me olhar.

— Está indo — eu disse, e então me inclinei, peguei a garrafa e servi primeiro o copo de Egil, que no mesmo instante o estendeu para a frente, e depois o meu.

Por que eu havia contado para ele a respeito do livro? Tinha sido um erro grande, muito grande. Mas naquela ocasião eu estava bêbado, e na hora pareceu que o livro estava quase pronto e que tudo era incrível.

— Pode fumar — eu disse. — Vou pegar um cinzeiro.

Me levantei e fui até a cozinha. Tove estava lá. Ela tinha as mãos apoiadas na bancada e olhava para fora da janela.

— Como você está? — eu perguntei.

— É o Egil que está aqui? — ela perguntou sem virar o rosto para mim.

— Aham — eu disse.

— Por que você não me chamou? Ele também é meu amigo.

— Eu não sabia onde você estava — eu disse. — E além disso achei que você estava ocupada.

Ela se virou, me olhou sem nenhuma expressão no rosto e então saiu da cozinha. Logo depois ouvi a voz dela no escritório.

No braço do fiorde tudo havia clareado, o céu estava azul e as nuvens mais além haviam se tornado brancas e leves, não cinzentas e pesadas como no ponto onde estávamos. Pensei que os dois podiam ter uns minutos a sós e fiquei olhando para fora. Uma pega levantou voo na macieira, pousou na grama e deu uns passos à frente, parecendo um homem com as mãos nas costas, pensei, como se tivesse visto alguma coisa, e então inclinou a cabeça para a frente.

Da baía vinham os gritos das gaivotas. Um som baixo, abafado, irregular e repetido soava nos fundos da casa. Deviam ser os meninos jogando futebol.

Entrei na sala, que estava vazia, e olhei para fora da janela. De fato os dois estavam no gramado, chutando a bola um para o outro.

Um sentimento de satisfação tomou conta de mim e logo desapareceu.

Atravessei a casa e bati na porta do quarto de Ingvild, do outro lado.

— Sim? — ela disse no interior do quarto, sem carga nenhuma na voz. Eu abri a porta e entrei. Ela estava deitada de bruços em cima da cama, em frente ao laptop fechado.

— O que você está fazendo?

— Nada — ela disse.

Eu podia perguntar por que ela havia baixado a tela do laptop assim que eu entrei, mas isso soaria como uma acusação, e eu queria falar um pouco com ela, então não disse nada a esse respeito.

— Como estava a vó? — perguntei.

— Bem, acho — ela disse, sentando-se na cama. — Ela estava meio atrapalhada, mas isso não chega a ser novidade.

— O que foi dessa vez?

— Uma hora ela esqueceu os pães no forno. E além disso ela repete a mesma coisa várias vezes. Mas a cabeça dela está bem.

Me sentei no sofá.

— Que bom que você foi até lá — eu disse.

— É — ela disse.

— E você, como está?

Ingvild me olhou com uma expressão desanimada. Com certeza eu fazia aquela pergunta com frequência excessiva.

— Bem! — ela disse, encontrando os meus olhos antes de baixar novamente a cabeça.

— Muito bem — eu disse. — Tem alguma coisa especial em que você ande pensando?

Ela sorriu e balançou a cabeça.

— As ameixas estavam maduras? — eu perguntei.

— Aham — ela disse.

— As amarelas?

— Aham.

— Aquelas são as melhores ameixas do mundo — eu disse. — É uma espécie muito antiga, sabia?

— Sabia, você já me disse outras vezes — ela disse.

Me levantei.

— O Egil está aqui — eu disse. — Eu só queria saber como você estava.

— Está tudo bem comigo — ela disse.

— Ótimo! — eu disse. — Vamos ter peixe para o jantar. Pode ser?

— Claro — ela respondeu.

Quando voltei ao escritório, Tove estava sentada na minha cadeira e Egil estava como antes, com um cigarro na mão. Ele usava uma das velhas canecas como cinzeiro. Coloquei o cinzeiro ao lado da caneca, peguei a cadeira de madeira que ficava na escrivaninha e me sentei.

Tove estava contando uma de suas histórias. O rosto dela parecia iluminado por dentro, os olhos castanhos brilhavam, e ela ria ao falar.

Egil a observava com um sorriso.

Tomei um gole de uísque e olhei para os livros na estante. Tove falava sobre um jantar de artistas do qual havia participado, sobre o silêncio que havia surgido quando um opositor do artista de maior destaque no grupo apareceu de repente. O anfitrião se viu obrigado a arranjar uma cadeira para ele. Mas quando ele se sentou, em frente a esse artista de destaque, a cadeira se quebrou e o opositor caiu no chão.

Tove imitou a voz do artista de destaque.

— "Fui eu que fiz isso" — ela disse com uma voz grave. — "Eu sou mago."

Ela riu até que as lágrimas corressem-lhe pelo rosto.

— Posso filar um cigarro seu? — perguntei a Egil.

— Claro — ele disse, empurrando a carteira na minha direção.

Tove continuava rindo.

Egil riu um pouco também.

Acendi um cigarro, o primeiro em seis anos, e inalei devagar.

Tove quis se recompor, tomou longos fôlegos, mas de repente explodiu mais uma vez em gargalhadas. Ela ria com gosto.

Egil me olhou com um jeito meio nervoso.

Tove se levantou e saiu. Ainda ouvimos a risada no corredor, e depois na porta do banheiro, que logo se fechou. O som abafado mas assim mesmo claro das gargalhadas chegava em ondas separadas por silêncios.

— Ela está de bom humor — eu disse.

Egil não disse nada, simplesmente abriu um sorriso cauteloso.

Tove voltou e sentou-se. Ela começou a rir outra vez, um riso convulsivo e descontrolado.

Servi mais uísque no meu copo. Tove logo se acalmou. Porém segundos mais tarde explodiu novamente em gargalhadas.

— Ha ha ha ha! Ha ha ha ha!

Ela se levantou.

— Tenho que ir — ela disse em meio ao surto de riso. — Tchau, Egil! Ha ha ha ha!

Dessa vez ela saiu da casa; imaginei que estivesse a caminho da casa de hóspedes.

— Acho que está na hora de voltar para casa — disse Egil.

— Não precisa — eu disse. — Beba mais um pouco.

Ergui a garrafa em direção a ele.

— Mais uma dose, então — ele disse.

— Ótimo! — eu disse enquanto o servia. — Achei esse bem bom.

— Bom? — ele disse. — É divino!

* * *

Egil morava sozinho em uma cabana a poucos quilômetros da nossa casa. Ele era filho de um armador de navio e tinha crescido na Inglaterra até o divórcio dos pais, quando veio com a mãe para a Noruega e cursou o colegial aqui. Ele tinha entrado na escola de cinema em Copenhague, mas não chegou a se formar — Egil sentia uma grande sede de aventura e tinha muito dinheiro, porém faltava-lhe a capacidade de agir, eu geralmente pensava. Ele tinha morado no exterior por muitos anos e, quando se mudou de volta para Sørlandet aos trinta e poucos anos, fundou uma produtora e começou a fazer documentários, quase todos relativamente obscuros — ele tinha dinheiro para isso. Egil interessava-se por subculturas, por esses pequenos ambientes similares a enclaves que surgem em todas as sociedades. Um dos documentários era sobre os Amigos de Smith, uma pequena igreja da Noruega, outro era sobre pessoas com síndrome de Down que moravam juntas e um terceiro era sobre um pequeno grupo de rapazes de extrema direita. Quando se cansou e abandonou essa atividade, Egil tinha acabado de acompanhar uma banda de death metal extremo de Bergen por mais de um ano, porém mesmo que na opinião dele o material fosse interessante, ele não havia concluído a edição. Eu nunca entendi por que ele desistiu, pois havia se dedicado muito a esse trabalho, que foi claramente importante para ele. Como explicação, Egil costumava dizer que o formato de documentário era mentiroso. Não porque um relato documental seja necessariamente subjetivo e portanto jamais "verdadeiro" no sentido objetivo da palavra, como eu imaginaria no que diz respeito à verdade — não, o argumento dele estava ligado ao ser, tinha um caráter existencial, e consistia em dizer que todos os acontecimentos eram não apenas parte do tempo, mas que essa também era uma de suas características essenciais. Que tudo surgia e então desaparecia para nunca mais voltar, e que portanto nada jamais podia ser capturado ou repetido — porque no momento em que era capturado já se transformava em outra coisa.

E daí?, eu costumava perguntar. E daí se for mesmo outra coisa? O que aconteceu, aconteceu independentemente de estar ou não registrado em filme ou fotografia. E as pessoas capturam os acontecimentos desde sempre ao recontá-los ou escrever a respeito deles. O simples ato de recordar é uma forma de capturar.

Na época ele me disse que não se importava com nada disso. Ele não era filósofo, essa não era uma questão teórica: era uma questão de como ele queria tocar a própria vida. E das coisas em que acreditava.

— Todas as fotografias e todos os filmes poluem a existência — ele às vezes dizia. — Hoje em dia a gente arquiva as pessoas e os acontecimentos a tal ponto que o tempo em que vivemos está sendo posto de lado.

— Sei — eu disse. Eu não duvidava de que ele realmente acreditasse naquilo, mas alguma coisa me dizia que o problema era outro, bem mais concreto: Egil não acreditava em nada e não amava ninguém. Todos os filmes dele, a não ser talvez o documentário sobre as pessoas com síndrome de Down, tinham como tema um grupo de pessoas com uma crença inabalável, ou então uma crença tão fora dos padrões que acabavam vivendo à margem da sociedade. Ele sentia-se atraído por aquilo que lhe faltava.

E também era por isso que havia começado a se interessar por teologia, segundo me parecia.

Naquele instante, Egil estava sentado com uma perna cruzada por cima da outra e um copo de uísque na mão, com o olhar fixo no assoalho. Procurei mentalmente uma coisa que pudesse aliviar ou normalizar o comportamento de Tove, mas não me esforcei muito, pois o álcool já havia começado a me aquecer e a aliviar tanto a minha preocupação com Tove quanto a reação de Egil.

Se eu continuasse, a luz clara dos destilados logo acabaria por chegar.

Era o que eu queria. Porém não sozinho: eu queria que Egil bebesse comigo.

Pensei que eu podia dizer que o tempo estava claro lá fora, mas em seguida pensei que esse comentário levaria a atenção dele para a rua e assim talvez o fizesse lembrar-se de alguma coisa a fazer, o que o levaria a se levantar e ir embora.

— Eu tenho que dar aulas sobre poemas épicos agora no outono, sabia? — eu disse por fim. — Começo com a *Ilíada* e termino com *A divina comédia*. E, meio como um spin-off dessa disciplina, eu tenho um curso sobre os reinos da morte na literatura para os estudantes da segunda etapa.

— É mesmo? — disse Egil.

— Me ocorreu agora que esse livro que você pegou da estante, *Død! Hvor er din brodd?*, podia estar no curso. Seria interessante. Afinal, as descrições do reino da morte são tão detalhadas quanto aquelas na *Draumkvedet.*

— Parece bem interessante — disse Egil.

— Parece mesmo, não? — eu disse.

— Mas o que você pensa? — ele perguntou.

— Sobre o quê?

— Sobre a vida após a morte.

Dei de ombros.

— Não penso nada, ora.

— Você acredita ou não acredita que existe vida após a morte?

Era pouco habitual que Egil fosse insistente, e notei que ele tinha um sorriso no rosto. Tive a impressão de que ele sabia uma coisa a meu respeito que eu mesmo não sabia. Era uma sensação que eu tinha diversas vezes ao falar com Egil.

— Não, eu não acredito que exista vida após a morte.

— Então por que você se interessa por isso? O que isso representa, então?

Dei de ombros mais uma vez.

— Eu dou aulas sobre uma forma literária em que o reino da morte por acaso ocupa uma posição importante. Não é nada além disso.

— Mas você não precisava ter escolhido justamente o reino da morte. Você poderia ter falado sobre o corpo ou a violência ou o divino. O divino também ocupa um lugar central nos antigos poemas épicos, não? Especialmente em Dante.

Encontrei os olhos dele e sorri. Estava claro que aquela era uma questão importante para ele. Então me inclinei para a frente, peguei a garrafa de cima da mesa e servi primeiro o copo dele e depois o meu antes de me reclinar mais uma vez na cadeira, tomar um gole e encontrar os olhos dele novamente enquanto o cheiro forte e cáustico da fumaça enchia a minha boca.

— Eu também não acredito no divino — respondi. — O que me interessa é a relação entre a realidade e as concepções acerca da realidade.

— Então o reino da morte se transforma numa realidade quando você acredita nele?

— Não, não exatamente. Mas o mundo e a realidade nem sempre são a mesma coisa. O mundo é a realidade física em que vivemos, enquanto a realidade é tudo aquilo que sabemos, pensamos e sentimos em relação a ele. A questão é que esses dois níveis são inseparáveis. O reino da morte em outras épocas pertenceu à realidade. Mas nunca fez parte do mundo.

— Pfui — disse Egil. — Que chatice essa relatividade toda.

— No que você acredita, então?

— Eu? Eu acredito no divino.

— Você acredita em Deus?

Egil fez um gesto afirmativo com a cabeça.

— Acredito.

— Por quê? — perguntei.

— Como assim?

— Não entendo como uma pessoa sensata pode acreditar em Deus.

— Então agora eu caí no seu conceito? — ele perguntou.

— Não, não, pare com essa bobagem. Eu simplesmente fiquei surpreso.

Na rua, os raios do sol refletiam-se nas poças d'água. Vi que o cascalho já estava mais claro à medida que o calor fazia a umidade evaporar e a espalhava de maneira imperceptível pelo ar. As folhas no outro lado da estrada movimentavam-se de leve ao sabor do vento.

— Os Amigos de Smith acreditam que Jesus nasceu como homem — disse Egil. — Ou seja, com uma vontade inata que ia contra a vontade de Deus. Mas ele optou sempre pela vontade de Deus, e no fim, em consequência disso, passou a fazer parte da natureza de Deus.

— Você acredita nisso? — eu perguntei.

— Eu acredito que podemos ter uma proximidade menor ou maior com o divino, e que uma vida boa é uma vida que procura a maior proximidade possível.

— O que significa isso?

— Na Índia existem pessoas que não bebem água não filtrada porque não querem tirar nenhuma vida — ele disse. — Nem mesmo dos micro--organismos na água.

— E essa é uma boa vida?

— Perceber que todas as formas de vida são inestimáveis é um começo.

— E assim você passa a fazer parte do divino?

— Foi o que aconteceu com Jesus.

— Ora, você não pode acreditar nisso!

No mesmo instante a porta da entrada se abriu e ouvi o som de passos apressados ao longo do corredor.

Logo a porta do escritório se abriu e Asle e Heming entraram correndo.

— Papai, um dos gatinhos desapareceu! — disse Asle.

— Ele sumiu! — disse Heming. — A gente procurou por tudo!

— Talvez a porta estivesse aberta e ele tenha saído — eu disse. — Quando foi que vocês o viram pela última vez?

— Ontem. Mas a gente procurou no pátio também.

— Ele pode ter sido levado por uma raposa ou por uma ave de rapina — eu disse. — Essas coisas acontecem.

— Pode ser que ele tenha se perdido — disse Heming. — Você não pode nos ajudar a procurar?

— Temos visita — eu disse. — Mas continuem procurando.

— Por favor, papai — disse Asle.

— Eu me disponho a procurar — disse Egil. — Podemos fazer uma busca no jardim. Tenho certeza de que vamos encontrá-lo. Os gatinhos ficam sempre ao redor da mãe.

— Está bem — eu disse, me levantando com um suspiro. O destilado havia me deixado de cabeça leve, mas de corpo pesado, e quando me curvei à frente para calçar os sapatos perdi o equilíbrio e me inclinei para o lado da parede, que por sorte estava bem ao meu lado, o que evitou que eu caísse de vez.

— Opa! — eu disse.

Os meninos ficaram me olhando enquanto eu amarrava os cadarços. Egil, que estava usando botas, abriu a porta e saiu para o jardim. A essa altura o sol brilhava com força. Uma brisa constante punha os galhos a balançar.

— Pronto — eu disse, me levantando. — Se vocês procurarem aqui dentro, eu e o Egil podemos vasculhar o pátio. Pode ser?

— Ele não está dentro de casa — disse Asle.

— A gente já procurou por tudo.

— Está bem — eu disse. — Então vamos todos juntos.

— Pss pss pss! — os meninos chamavam pelo gramado.

— Gatinho! Gatinho gatinho gatinho!

Egil levantou as folhas, se agachou e procurou em meio às flores nos canteiros pelos quais passamos. Era quase como se acreditasse que o acharíamos encolhido e apavorado debaixo de uma moita.

— Parece que ele não está por aqui — eu disse quando chegamos ao muro do outro lado. — Vamos voltar, e se a gente não encontrar o gatinho não vamos ter nada mais a fazer além de torcer para que ele resolva aparecer por conta própria.

— Ele está aqui, papai, eu tenho certeza — disse Asle. — Mas ele é bom de esconderijo.

— É, é mesmo — eu disse.

Egil não se deixou seduzir por mais uma bebida quando terminamos de procurar. Disse que tinha coisas a fazer, e então montou na bicicleta e começou a pedalar de volta para casa.

Servi mais um pouco de uísque para mim e me sentei na cadeira onde pouco antes ele estava sentado. Por sorte eu tivera a presença de espírito suficiente para pedir a ele que deixasse uns cigarros para mim.

Acendi um, cruzei as pernas, me reclinei na cadeira e soprei a fumaça em direção ao teto.

Os meninos tinham voltado a jogar futebol, Ingvild estava no quarto falando com alguém no telefone e Tove estava na casa de hóspedes, então eu podia ficar sentado com a consciência tranquila.

Mais uma dose. Depois eu me encarregaria de limpar os peixes.

Me levantei e cheguei mais perto do velho rack de som, abri-o e liguei o amplificador, corri os dedos pela modesta coleção de discos que havia por lá, marcada pelo gosto ingênuo do meu pai e da minha mãe, que eu tanto desprezava na minha adolescência. Diana Ross ao lado de Steve Hackney ao lado de Pink Floyd ao lado de Lillebjørn Nilsen.

Eu tinha vergonha deles. Um pai eletricista e uma mãe professora do primário. Eu não queria ter vindo de uma família assim.

Mas as pessoas tornam-se um pouco mais sábias com a idade.

The Wall!

Como será que esse disco soaria agora?

Baixei a agulha sobre a base rotatória e parei no meio do escritório quando as primeiras notas de concertina começaram a preencher o cômodo.

De repente: DUM! DUM DUM! DUM DUM DUM DUM DUM!

Comecei a cantar junto, porque todas aquelas notas me acompanhavam desde a infância, quando o meu pai e a minha mãe sentavam-se naquela peça e ouviam aquele disco enquanto eu permanecia acordado no meu quarto.

Lá lá lá lá lalalalá.

Lá lá lá lá lalalalá.

Peguei o copo, esvaziei-o de um só trago e me servi mais uma vez. Eu desferia um golpe no ar a cada nota da bateria, e quando a música chegou na parte do crescendo, com o ronco de um avião que aumentava cada vez mais de intensidade, fechei os olhos e agitei as mãos na frente do corpo, cada vez mais depressa, até que o ronco do avião de repente cessasse e desse vez ao choro de um bebê, quando mantive o corpo totalmente imóvel, já que o choro daquele bebê me atingiu em cheio e fez meus olhos se encherem de lágrimas.

Momma loves her baby
And daddy loves you too

Me sentei e acendi um cigarro, mais feliz do que eu havia me sentido em muitos anos. A necessidade de fazer com que a felicidade continuasse era forte. Porém a felicidade havia se deparado com obstáculos. Preparar o jantar, toda a função em torno de coisas pequenas e exatas não parecia atraente quando o real motivo da atração era tudo o que havia de grandioso e de aproximado. Tampouco a ideia de me sentar para jantar com as crianças me atraía. Não que eu não conseguisse, com um pouco de concentração elas nem perceberiam nada, mas era justamente esse esforço de adentrar o que é pequeno — será que eu não poderia escapar uma única vez?

Eu podia ir à casa de Egil.

Ou à casa de Trond Ole, porra!

Sim, a ideia era essa.

Não havia nenhuma dúvida quanto a isso.

Mas antes eu tinha que fazer outra coisa.

Uma coisa importante.

Me levantei e fui até o toca-discos, ergui a agulha e desliguei o amplificador.

O que eu faria?

Lá fora, a porta da casa de hóspedes abriu-se e Tove saiu. Ela usava uma capa de chuva mesmo que o sol estivesse brilhando, a capa chegava-lhe aos joelhos, onde roçava o alto das galochas.

Para onde estaria indo?

Eu saí de casa. Quando abri a porta, ela atravessava o gramado.

— Tove! — eu a chamei.

Ela se virou.

— Para onde você está indo?

— Vou dar uma volta — ela disse.

— Você faz o jantar? — eu perguntei.

Ela balançou a cabeça.

— Você vai ter que fazer — ela disse.

Tove se virou e continuou andando em direção à trilha que descia rumo ao mar.

Voltei ao escritório. A alegria havia me deixado, mas percebi que não estava longe.

Eu ia fazer uma coisa.

O que era mesmo?

Limpar os peixes. Era isso o que eu ia fazer.

Fui tomado pela decepção quando entendi que não era nada além disso.

O jeito seria fazer, então.

Mas nesse caso eu devia ter comigo a munição necessária.

Víveres. Não munição. Víveres era a palavra certa.

Servi o copo até a borda e saí com o copo na mão. Parei junto à soleira e tomei um gole enquanto olhava para o mar.

O sol estava baixando, e os raios, invisíveis no ar, ricocheteavam como pedrinhas de luz sobre a superfície reluzente.

Da esquerda veio um som alto, como um arranhar. Me virei. Um esquilo andava pela parede da casa. A lei da gravidade parecia estar suspensa, pois a parede era vertical, e o esquilo se movimentava sem nenhuma dificuldade.

Ele parou. A cauda se agitava de maneira brusca. Para baixo, para trás, para cima. Para baixo, para trás, para cima.

Então o esquilo me observava?

— Olá, esquilinho — eu disse. — O que você está olhando?

O esquilo fez um ruído que parecia um pequeno bufo. Depois subiu em diagonal até o telhado, avançou pela calha, correu ao longo da cumeeira, com passos leves sobre o papelão alcatroado, e desapareceu no outro lado.

Tomei mais um gole.

Será que eu não devia levar a garrafa de uma vez? Assim eu não precisaria ficar subindo e descendo.

Entrei mais uma vez em casa. No corredor, a porta do quarto de Ingvild se abriu, e eu entrei no banheiro um instante antes de vê-la, tranquei a porta e me sentei na borda da banheira.

Que idiotice do caralho. Me esconder dos meus próprios filhos.

— Papai? — ela me chamou.

— Estou no banheiro — eu disse.

— Eu só queria saber quando vamos jantar.

— Logo — eu disse.

— O que vamos comer?

— Pelo amor de Deus, criatura, eu estou no banheiro!

— Tá bem, tá bem, me desculpe — ela disse.

A porta do quarto dela se fechou. Puxei um pedaço de papel higiênico, joguei-o no vaso, puxei a descarga, enxaguei as mãos rapidamente na pia, peguei a garrafa no escritório e a levei comigo para o porão, larguei-a em cima do torno e passei um tempo olhando para as caixas de peixe antes de me abaixar e pegar um deles. Com a faca, que estava a postos em cima do balcão, fiz um corte logo abaixo da cabeça, não sem um certo prazer, uma vez que a lâmina deslizou ao longo da pele seca, penetrou a carne úmida e chegou à espinha dura. Depois fiz um corte de cima a baixo, abri as duas laterais, arranquei as vísceras e os órgãos, enxaguei o peixe, coloquei-o de lado, tomei um gole do copo, que logo ficou cheio de escamas grudadas, e comecei a trabalhar no próximo.

Limpei cinco peixes antes de fazer uma pausa e me sentar no velho banquinho que ficava sob a claraboia.

Eu só tinha mais um cigarro, descobri ao abrir a carteira.

Acendi-o, apoiei a cabeça na parede e fechei os olhos.

Acordei tossindo, e a princípio não entendi onde eu estava. Ao redor, tudo estava numa escuridão quase total. Mas logo senti o cheiro de porão e de peixe e me lembrei de todo o resto. Pensei que era como se eu estivesse a bordo de um balão que havia baixado vagarosamente pelo ar enquanto eu dormia, rumo à vida lá embaixo. O importante era tornar a subir antes que fosse tarde demais.

Eu já não tinha mais cigarros, mas ainda tinha bebida, e assim esvaziei o copo de um só trago.

— Brrr! — eu disse, balançando a cabeça antes de tomar mais um.

Eu não podia estar naquele lugar.

Peguei o telefone e encontrei o número de Trond Ole.

Se eu mandasse um SMS, talvez ele estivesse ocupado. Seria melhor simplesmente aparecer.

Servi o copo com uma das mãos enquanto buscava o número de Ingvild com a outra.

"Tenho que dar uma saída", escrevi. "Tem pizza no freezer. Você esquenta para você e para os meninos? Não demoro."

Me levantei e saí com a garrafa na mão, fechei a porta às minhas costas e comecei a andar em direção ao carro quando me dei conta de que a chave estava no bolso da jaqueta pendurada no corredor.

— Puta que pariu — eu disse, e então voltei pela lateral da casa, abri a porta tentando fazer o menor barulho possível e entrei às furtadelas. Havia barulho de TV na sala, então os meninos deviam estar lá. E Ingvild estava aproveitando o quarto, já que precisava descansar depois da viagem.

Fisguei a chave e me esgueirei para fora outra vez. Assim que apertei a chave e as luzes do carro se acenderam na escuridão do crepúsculo o meu celular bipou.

Eu me sentei e dei a partida no motor antes de conferir o telefone.

Era Ingvild.

"Tá", ela havia escrito.

"Ótimo!", eu escrevi de volta, acrescentando três corações. A seguir engatei a marcha e peguei a estrada. O quiosque na marina devia estar aberto, pensei. Dirigi bem devagar por segurança, não era nada fácil saber quão bêbado eu de fato estava. Provavelmente não muito, já que eu ainda estava pensando em segurança.

Era um pensamento bom, e eu o mantive comigo por todo o caminho até o trapiche. Depois da curva, quando a reta começava, abri a garrafa e tomei um gole. A curva seguinte chegou antes que eu pudesse fechá-la, então precisei dirigir com uma mão e segurar a garrafa com a outra.

O estacionamento em frente ao quiosque estava vazio. Mas as janelas ainda estavam acesas, e lá dentro vi os contornos de um vulto. Estacionei e abri a porta. Com a garrafa ainda na mão, perdi o equilíbrio ao me levantar e precisei dar uns passos hesitantes à frente para recuperá-lo.

A garrafa talvez não tenha sido uma ideia muito boa, pensei, e então fechei a tampa e a coloquei no assoalho em frente ao banco do passageiro enquanto eu olhava em direção ao quiosque para ver se o funcionário ou a funcionária teria visto alguma coisa.

Mas não. O vulto estava sentado com a cabeça baixa, e quando me aproximei percebi que o rosto parecia levemente iluminado por baixo.

Bati na janela com o nó dos dedos.

Ele, pois era um rapaz gorducho de talvez dezessete anos, levou um susto.

Coloquei os dedos indicador e médio na frente da boca, fazendo o símbolo universal do cigarro.

O rapaz abriu o guichê.

— Duas carteiras de Marlboro — eu disse.

— É pra já — ele disse.

Enfiei o cartão no leitor que ele estendeu à minha frente, digitei a senha, peguei as carteiras de cigarro e voltei para o carro.

Já sentado no banco do motorista, achei um isqueiro no porta-luvas, acendi um cigarro e tomei mais dois goles enquanto olhava para a marina. Se não fosse o fato de que aquela garrafa logo chegaria ao fim, eu poderia deixar Trond Ole de lado e simplesmente ficar sentado no carro, pensei.

No assento ao meu lado a tela do celular se acendeu.

Peguei-o na mão. Era uma mensagem de Ingvild.

"Onde tá a mãe?", ela escreveu.

Puta que pariu. Será que eu nunca podia ter paz?

"Eu é que não sei", respondi.

Então dei a partida no motor, fiz a volta e segui pela estrada, ainda com o cigarro na mão. Não havia outros carros à vista, e a polícia jamais faria qualquer tipo de fiscalização por lá naquela hora; quanto a isso eu estava completamente tranquilo, pensei, e então aumentei a velocidade.

A tela do celular se iluminou mais uma vez. Com o olhar na estrada, tateei para encontrá-lo, senti a borda rígida na mão e segurei a tela em frente ao rosto.

"Ela não tá aqui", dizia a mensagem.

"Ok", escrevi, e então larguei o celular. A estrada atravessava a floresta, e as árvores se erguiam como silhuetas negras de ambos os lados. Durante o dia havia lugares de onde era possível ter um vislumbre do mar por entre os troncos, e era sempre complicado decidir se o murmúrio vinha das árvores ou das ondas que quebravam na praia logo abaixo.

Baixei o vidro da janela, joguei o cigarro fora, acendi outro e tomei um gole da garrafa. Coloquei-a no porta-garrafa e não consegui entender por que eu não tinha feito aquilo antes. A garrafa ficava segura lá, mesmo destampada.

Uma nova mensagem chegou. Dessa vez eu não peguei o celular.

A estrada fez uma curva e eu saí na extensa planície, que parecia alpina.

De repente comecei a ouvir barulhos vindos dos pneus que soavam como uma série de pequenas explosões.

Freei de repente.

Será que o pneu havia furado?

Não.

Era alguma coisa na estrada.

Por toda a estrada.

Pareciam várias pedrinhas. Mas elas se mexiam.

Abri a porta e desci cuidadosamente do carro.

As mais próximas estavam a talvez dez metros. Me aproximei e vi que eram caranguejos. Centenas de caranguejos.

Eles faziam ruídos parecidos com cliques.

Ah, puta que pariu!

Que merda era aquela?

Voltei para o carro e me sentei, fechei a porta.

Cada vez mais caranguejos chegavam dos campos à estrada.

Bebi o restante do uísque e acendi um cigarro.

Aqueles bichos pareciam atender ao chamado de uma força. Como se fossem atraídos por uma luz.

Mas na terra?

Putz. Aqueles bichos eram movidos por instintos, e por que os instintos não poderiam entrar em colapso quando todo o resto entrava em colapso?

Continuei sentado por um bom tempo e relutei um pouco antes de ligar o motor, pois não haveria como atravessar a planície sem os atropelar. Assim que me recompus o suficiente para engatar a marcha e fazer o carro avançar, aos poucos o céu iluminou-se logo acima do morro no fim da planície.

A impressão era de que a planície estava em chamas.

Mas era um corpo celeste, segundo compreendi, pois a luz continuou a avançar e logo deixou o morro para trás.

Era uma estrela.

E que estrela!

Desliguei o motor e desci, me apoiei contra a carroceria e olhei para o alto. Às minhas costas, no banco do passageiro, o celular mais uma vez se iluminou.

Kathrine

Eu, que sempre saio com tempo, que nunca chego atrasada para nada — nunca mesmo —, num domingo à tarde em agosto me vi andando a passos apressados na plataforma que leva ao elevador do embarque no aeroporto de Gardermoen meia hora antes de o voo decolar, com a mala de rodinhas, a bolsa pendurada no ombro e o coração batendo acelerado no peito. Não seria nenhuma catástrofe se eu não chegasse a tempo — eu podia fazer o check-in no hotel do aeroporto, tomar o primeiro voo na manhã seguinte e estar no escritório às nove horas —, mas essa ideia parecia completamente insuportável. Nela havia uma escuridão que se espalhava, e também maldade. Era irracional, claro, mas não adiantava nada saber disso. A única coisa que podia ajudar era chegar a tempo.

O elevador estava começando a subir quando parei em frente à porta.

Típico.

Por que eu não tinha pegado a escada rolante?

Apertei o botão, inclinei o corpo para a frente e vi o fundo do elevador imóvel lá no alto.

E então conferi as mensagens no celular. Havia uma de Gaute, perguntando a que horas o avião pousava, uma de Camilla agradecendo pelo fim de semana e uma da SAS que havia chegado no dia anterior sem que eu a houvesse aberto.

Será que o elevador não chegaria nunca?

Apertei o botão mais uma vez.

— Não adianta apertar várias vezes — disse uma voz ao meu lado.

Levei um susto e me virei. Era um homem de sessenta anos com um rosto espantosamente redondo e macio.

Como eu não tinha percebido a aproximação dele?

— Sim, eu sei — respondi. — Mas vou apertar assim mesmo.

— Claro, você pode, se quiser — ele disse enquanto sorria.

Sem dúvida aquele senhor pertencia à categoria de homens joviais, aqueles que precisam sentir-se bem e que usam os outros para atingir esse fim.

O elevador deslizou para baixo.

— Está vindo — eu disse. — No fim adiantou.

Puxei a mala e parei em frente à porta, já no interior da cabine.

— Você vai a Bergen? — perguntou o homem atrás de mim.

Como ele sabia?

— Não — eu disse. — Por que você achou isso?

— Porque não parece que você está indo para longe — ele respondeu. — E o voo de Bergen é um dos últimos voos nacionais a sair.

— Ah — eu disse, na esperança de que ele não perguntasse para onde eu ia.

Atravessei às pressas o enorme saguão, que estava praticamente vazio, fiz o check-in e passei sozinha pelo controle de segurança. No painel de avisos já constava a mensagem *boarding*, então comecei a correr por aquele largo e interminável corredor. Não gostei nem um pouco daquilo e me senti destrambelhada com o casaco esvoaçando e a bolsa balançando, com os braços para lá e para cá, mas a chance de que um conhecido me visse perder a dignidade daquela maneira era ínfima, e para todos os demais eu era apenas uma mulher atrasada para o voo.

Além dos dois funcionários que estavam no guichê, o portão estava vazio.

— Essa foi por pouco — disse o primeiro, um homem com barba curta e escura. Ainda ofegante, entreguei-lhe o bilhete, ele passou-o no leitor e, quando avancei pelo finger em direção à aeronave, ouvi-o dizer *boarding complete* logo atrás de mim.

Eu ainda não tinha recuperado o fôlego, então me detive por um instante a fim de me recompor. Eu também me sentia um pouco mal.

Será que eu estava tão fora de forma?

Quando entrei no avião, vi o homem do elevador em um dos assentos na classe executiva. Virei o rosto de imediato para o outro lado, mas já era tarde demais.

— Então você mudou de ideia? — ele perguntou.

— Eu só tentei proteger a minha privacidade — eu disse, abrindo um sorriso antes de guardar a mala no bagageiro e me sentar em um assento duas fileiras atrás.

Reclinei o corpo e fechei os olhos enquanto meus batimentos cardíacos se acalmavam aos poucos. Mas a náusea permaneceu como uma dor macia e ondulante no meu peito e na minha barriga. Eu sabia que devia enviar uma mensagem a Gaute, mas naquele momento não havia como.

Abri os olhos.

Como aquele homem havia chegado *antes* de mim?

Ele tinha passado o tempo inteiro atrás de mim no elevador. Eu havia me apressado, eu havia corrido e não havia pegado fila em lugar nenhum.

Talvez houvesse outro caminho. Talvez ele fosse empregado de uma companhia aérea e houvesse chegado por um acesso fechado ao público em geral.

Do outro lado da janela um enorme avião era empurrado para trás. Lá fora, luzes piscavam em toda parte. Luzes amarelas, alaranjadas, vermelhas. Dois homens uniformizados com protetores auriculares observavam a cena, imóveis. Os dois pareciam estranhamente pequenos. Os veículos que trafegavam ao redor também. Era como se pertencessem a um mundo em miniatura, subordinado à presença majestosa dos aviões.

Peter tinha um horário na academia na manhã seguinte, eu precisava lembrá-lo disso. Com certeza Gaute não teria lembrado de lavar a roupa de treino usada no dia anterior, mas devia haver outras peças limpas. E Marie tinha de ir à biblioteca e devolver os livros que havia retirado.

Todos pareceram alegres quando nos falamos. Gaute os havia levado para tomar um banho de mar em Nordnes e os dois tinham adorado. A água sempre havia feito bem para eles; todos os conflitos desapareciam no instante em que entravam numa piscina ou começavam a dar braçadas numa praia.

Uma das comissárias desejou as boas-vindas a todos os passageiros pelo sistema de som. Tirei o celular da bolsa e abri a mensagem de Gaute.

"A que horas você chega? Estou esperando você com entrecôte e vinho tinto!", ele havia escrito.

"Chego em casa lá pelas onze", escrevi. "Não vejo a hora de jantar com você!"

Depois apaguei a mensagem e larguei o celular assim que o avião começou a se movimentar. As cúpulas de luz acima da construção que abandonávamos estavam listradas de chuva. Lembrei-me das nuvens escuras, quase pretas, que eu vira da plataforma no centro.

Eu queria simplesmente ficar sentada naquele assento para nunca mais me levantar. Simplesmente ficar sentada lá, taxiar na pista, decolar, voar acima da terra. Claro, eu queria me levantar e sair, porém numa cidade estranha ou num país estranho.

Não em casa.

Em qualquer lugar, menos em casa.

Uma tristeza repentina tomou conta de mim.

Então era *isso?*

A ideia doía muito.

Mas era assim. Eu não queria ir para casa.

Eu não queria ir para casa.

Na quinta-feira anterior eu havia pegado o ônibus para o aeroporto de Flesland e aproveitado a sensação de estar viajando, mesmo que tudo no lado de fora da janela fosse conhecido e o motivo da viagem fosse trabalho. Acontecia cada vez menos de eu me sentir alegre com o que quer que fosse. Mas aquela viagem me fez sentir uma empolgação que eu não sentia desde muito tempo. Por muitos anos eu vinha trabalhando em uma nova tradução da Bíblia e, à medida que o trabalho se aproximava do fim, todos os envolvidos haviam de se reunir para um seminário de trabalho intenso durante três dias nos espaços da Bibelselskapet em Oslo, onde as pessoas de fora da cidade também se hospedariam. A maioria dos envolvidos já eram conhecidos meus — o círculo teológico não é muito grande na Noruega —, e o encontro com essas pessoas era o motivo da minha empolgação. Ou pelo menos o encontro com algumas dessas pessoas. Camilla, Helle e Sigbjørn, com quem eu havia estudado, e além disso Torunn, com quem eu havia feito amizade mais tarde e que era pesquisadora. Eu tinha saudade das nossas discussões, da abertura em relação ao mundo e à vida. Talvez fosse uma abertura ingênua, mas também era genuína. Na época eu achei que a minha vida seria *daquele jeito*. Desperdiçávamos o nosso tempo e as nossas ideias, e foi somente quando aquilo acabou que eu compreendi que tudo fora uma experiência única que não havia de se repetir. Assim é a vida, não? Quando somos jovens, acreditamos que há mais por vir, que aquilo é o início de outra coisa, enquanto na verdade aquilo é tudo, e o que antes tínhamos sem nem ao menos pensar a respeito logo se transforma na única coisa que temos. Não houve nenhum exagero de pessoas, houve apenas Camilla, Helle e Sigbjørn, e não houve nenhum exagero de pensamentos; o que fizemos naquela outra época ainda era o que valia.

Minha vida era de certa forma mais verdadeira do que fora então, pois a realidade a que se prendia era mais absoluta. Eu tivera dois filhos, e o amor que eu tinha por eles talvez fosse a única coisa incondicional na minha vida, a única coisa sobre a qual eu jamais me fazia perguntas e da qual eu jamais duvidava. Por outro lado, pensei enquanto o ônibus atravessava Danmarksplass, que reluzia na chuva, e eu olhava para Solheimslien, o fato de que a vida era mais absoluta não significava apenas que era mais verdadeira, mas também que não havia como escapar dela. Já mais nada se encontrava aberto como estava no início dos nossos vinte anos.

Mas quem disse que a vida seria aberta?

O pastor que havia me orientado na minha época de estudante disse certa vez que basta dar um passo para o lado e de repente tudo parece diferente. Ele falava sobre o meu papel como cuidadora da alma. Não sei por que eu me lembrei justamente disso, porque esse pastor disse muitas coisas, mas provavelmente foi porque era verdade, e porque eu tinha serventia para essas palavras. As pessoas desapareciam na própria vida e nos próprios conflitos e perdiam a perspectiva, não apenas em relação a onde estavam, mas também em relação a quem eram, tinham sido ou podiam ser.

Mas era quase impossível dar um passo para o lado na própria vida.

A simples ideia deixava a minha consciência pesada. Afinal, eu tinha Peter e tinha Marie, o que mais poderia me faltar? De que me serviria a abertura nessa situação?

Eu estava com saudade deles, mesmo que os tivesse visto naquela manhã e fosse voltar a vê-los três dias mais tarde.

Quando o ônibus fez a curva na altura do shopping center Lagunen para que mais passageiros subissem chovia muito forte. As pessoas passavam com guarda-chuvas abertos e o rosto pesaroso, sacolas de compras e carrinhos de bebê. Os faróis dos carros reluziam em vermelho, o bagageiro era aberto e fechado, os ônibus estrondeavam ao passar.

Naquela ocasião o pastor também disse outra coisa que ficou gravada na minha memória. Ele disse que era importante manter o olhar num ponto fixo.

— Você já viu o filme *Muito além do jardim*? — perguntou Camilla quando lhe contei a respeito das palavras de sabedoria do pastor.

— Você quer dizer que é óbvio?

— Não apenas óbvio, mas especialmente óbvio! Você mesma ouviu, não? "Dê um passo para o lado", "o importante é manter o olhar num ponto fixo!"

O que eu tinha dito a você?

Eu não lembrava. Mas com certeza devia ser um comentário qualquer sobre as coisas mais simples também serem as mais verdadeiras.

Um comentário que também poderia ter sido feito pelo jardineiro de *Muito além do jardim*, pensei sorrindo comigo mesma enquanto olhava para os terrenos que brilhavam verdes na chuva e pareciam levemente arcaicos entre construções industriais e canteiros de obras.

Ovelhas de cabeça baixa procuravam comida junto a uma rocha a centenas de metros.

Parecia impensável que se pudesse transformar aquele local em um altar de sacrifício, escolher um daqueles animais para cortar-lhe a garganta, deixar o sangue escorrer ritualmente e depois assá-lo em uma fogueira em honra a Deus.

Nossa época era muito diferente.

Mas as ovelhas eram as mesmas. A grama era a mesma, as pedras, as nuvens, a chuva.

No mesmo instante chegou uma mensagem de Gaute. Quando a abri, a mensagem estava cheia de corações, rostos sorridentes, carros e aviões. Embaixo ele tinha escrito: "Marie pediu para dizer isso".

Mandei um coração em resposta.

Na planície, ao longe, a torre de controle apareceu.

Se eu desse um passo para o lado na minha própria vida, pensei, não me faltaria nada. E se eu mantivesse o olhar num ponto fixo, eu veria os meus filhos e nada mais.

Decidi que seria melhor fechar aquela porta de uma vez por todas.

Voar sobre Oslo, participar do seminário com entusiasmo, voltar para casa no domingo à tarde e me alegrar com tudo o que eu tinha por lá.

Por um bom tempo essa decisão funcionou, eu me alegrei com a viagem de avião, com o trem que me levou à estação central, com o táxi e a atmosfera no grande prédio da Bibelselskapet, aonde cheguei já tarde, e com o pequeno e espartano quarto posto à minha disposição. Uma coisa branca que parecia sêmen flutuava na água do vaso sanitário e eu ri ao ver aquilo, e por um instante me perguntei se eu descobriria quem havia ocupado o quarto antes de mim, porém claro que não fiz nada disso, apenas saí para jantar em um restaurante chinês próximo, dormi como um bebê à noite, fiz a minha apresentação no dia seguinte, participei da discussão que continuou durante o almoço e no fim da tarde encontrei Torunn. Os dois dias a seguir continuaram da mesma forma: momentos de trabalho em grupo, apresentações na sala de reuniões e discussões proveitosas a seguir. O nível era muito alto, era uma alegria participar daquilo, especialmente porque o ambiente como um todo me lembrava da minha época de estudante — muitos dos palestrantes também haviam dado aulas naquela época.

Mas naquele momento tudo havia cessado.

Eu não queria ir para casa.

Era uma revelação terrível.

Mas assim mesmo era verdade.

Olhei para o celular que eu tinha na mão e tentei pensar com a maior clareza possível enquanto o avião taxiava em direção à pista de decolagem, a chuva escorria pelo exterior das pequenas janelas e o pessoal de cabine demonstrava os procedimentos de segurança no corredor.

Às pressas, escrevi uma mensagem para Gaute e a enviei antes que eu pudesse mudar de ideia.

"Não consegui pegar o voo. Vou ter que dormir no aeroporto. Amanhã pego o primeiro voo da manhã e vou direto para o escritório. Me desculpe. Quem sabe fazemos o jantar com o entrecôte e o vinho amanhã?"

Três pontinhos surgiram quase de imediato sob a mensagem. Eu o imaginei sozinho e cabisbaixo na sala, digitando uma resposta. Duas fileiras à minha frente a comissária de bordo vestiu o colete, e com gestos expansivos mostrou como aquilo devia ser usado enquanto as explicações chegavam pelo sistema de som.

"Isso não é do seu feitio. O que foi que aconteceu?"

"Eu saí com a Camilla e a Helle no fim do seminário, o táxi demorou para aparecer e depois o trem ficou parado um tempão", respondi enquanto a comissária à minha frente começava a andar pelo corredor e, com gestos rápidos de cabeça, olhava para as fileiras de assentos nos dois lados; logo a seguir três pontinhos começaram a correr sob a minha resposta.

Larguei o celular no colo com a tela voltada para baixo, mas a comissária devia ter me visto enquanto eu digitava, porque deteve o passo bem ao meu lado.

— O seu telefone está no modo avião? — ela perguntou.

Olhei para ela e abri um sorriso.

— Agora está — eu disse.

Ela continuou andando pelo corredor.

Eu teria de responder mais uma vez, senão Gaute acabaria desconfiado, pois se eu estava em um hotel, como eu disse que estava, não haveria explicação nenhuma para o meu silêncio. E eu nem ao menos poderia dizer que a bateria tinha acabado, porque nesse caso eu poderia simplesmente carregá-la. Mesmo que eu tivesse esquecido o carregador, o que já pareceria estranho — e duas coisas improváveis, como meu atraso para o voo e o celular descarregado, certamente o fariam desconfiar —, bastaria pedir um emprestado na recepção.

Virei o telefone e li a última mensagem dele.

"Quanto azar de uma vez só! Por aqui está tudo bem, as crianças estão dormindo e eu estou trabalhando. Saudades."

"Saudades de você também", escrevi. "Boa noite."

Desliguei o celular, guardei-o na bolsa e fiquei olhando pela janela. Vi a chuva que escurecia o concreto mais abaixo e as luzes de orientação, que à primeira vista pareciam espalhar-se de maneira aleatória, mas vistas à distância formavam padrões claros em linha reta.

O avião parou e preparou os motores. Com um movimento brusco, aquelas forças acumuladas se libertaram, e o avião começou a avançar depressa ao longo da pista.

De repente não entendi por que eu havia mentido para Gaute, nem por que seria bom passar a noite em um hotel. Eu não tinha por hábito tomar decisões no calor do momento, por hábito eu pensava muito bem em tudo o que fazia.

Mas, como já não havia mais forma de ir para casa naquela noite, pelo menos não sem mentir ainda mais, eu poderia ao menos aproveitar as horas que havia roubado.

Um sentimento de liberdade tomou conta de mim.

Então era assim.

Mas eu não tinha feito nada de errado. Podia ser estúpido, mas não era errado.

Não precisava acontecer mais nada. Eu podia passar a noite em um hotel, ir para o escritório como de costume, voltar para casa à tarde, jantar, passar um tempo com as crianças. Ler para elas, colocá-las na cama, trabalhar por mais uma hora, talvez…

O problema nunca era a vida, mas a forma de encará-la. Pelo menos quando a vida não incluía fome, necessidade ou violência.

Gaute era um bom pai e um bom marido, atencioso e generoso; eu não podia querer nada mais. E a vida que tínhamos juntos era boa, desde que eu a deixasse brilhar.

O que eu estava fazendo, afinal de contas?

No fundo da escuridão no outro lado da janela estavam as luzes de uma estrada. A estrada se torcia como uma cobra que desviasse de obstáculos invisíveis. Um pouco além uma pequena cidade reluzia como um lustre. E ainda mais além a escuridão tornava a envolver tudo.

Um toque soou na cabine e os símbolos com os cintos de segurança apagaram-se. O pessoal de cabine se levantou e começou a preparar o serviço de bordo. O voo durava pouco mais de meia hora, então não havia muito tempo, pensei, e em seguida me abaixei e peguei o livro que eu tinha na bolsa. Era um livro sobre o qual Camilla havia falado por anos e que ela havia me dado quando nos encontramos. *O reino de Deus está dentro de vós*, de Tolstói. Coloquei o livro no assento ao meu lado e procurei meus óculos, mas não consegui encontrá-los, então levantei a bolsa e comecei a procurar melhor. Será que eu tinha esquecido os óculos no restaurante?

Eu os havia deixado em cima da mesa enquanto líamos o cardápio.

Será que eu os havia guardado depois?

Eu não tinha a menor lembrança.

Quando tornei a guardar a bolsa, senti uma onda de náusea atravessar o meu corpo. Me inclinei para trás e comecei a respirar fundo, porque de repente senti como se eu pudesse vomitar a qualquer momento.

Por precaução peguei um dos saquinhos brancos que estavam no bolsão do assento à minha frente e o segurei discretamente na mão, perto da minha coxa.

Minha testa estava úmida de suor.

Ahh.

Tentei controlar aquela onda que insistia em subir mantendo-me totalmente imóvel e deixando que meus pensamentos a perseguissem, que meus pensamentos a domassem, para que assim se recolhesse, e realmente funcionou: aos poucos a náusea diminuiu e logo parecia tão distante que pude guardar o saquinho e voltar a respirar normalmente.

O carrinho com lanches e bebidas se aproximou e eu peguei minha carteira. Eu queria uma coca-cola e um pacote de biscoito, se possível — era o que o meu pai me dava quando eu era pequena e me sentia enjoada, e desde então a combinação sempre me parecera boa.

Devia ser alguma coisa que eu tinha comido. Todas nós havíamos pedido *moules-frites*, e os mexilhões talvez não estivessem bem frescos. Bastava que um estivesse passado.

Eu precisava lembrar Gaute de pagar a conta da oficina antes que aquilo fosse para uma empresa de cobrança. E também de pegar as duas tigelas que haviam ficado na escola desde as férias de verão.

Talvez não as duas coisas ao mesmo tempo. Ele não gostava nem um pouco que eu o lembrasse de tarefas por fazer. Mas a culpa era toda dele, que sempre deixava tudo para depois.

E além disso eu tinha que me preparar para o enterro na terça-feira.

Eu não gostava nem de pensar naquilo. Era um homem que não tinha família, e nenhum amigo havia confirmado a presença. Com a exceção dos funerais de crianças, a pior coisa era fazer as exéquias numa capela totalmente vazia.

A comissária passou com o carrinho. Tentei chamar a atenção dela, mas ela se dirigiu às pessoas que estavam sentadas no outro lado.

— Com licença — eu disse.

Ela não deu nenhuma mostra de ter me visto ou ouvido.

— Com licença! — eu disse, falando mais alto.

Na verdade, alto demais: quando se virou, ela tinha uma expressão ofendida.

— Sim? — ela disse com uma entonação fria.

— Eu gostaria de uma coca-cola, por favor.

Ela não respondeu nada, simplesmente abriu uma das gavetas, pegou uma lata e entregou-a para mim com um copo plástico sem dizer uma palavra.

— Você tem algum biscoito? — perguntei.

— Biscoito não temos, não.

— E *knekkebrød*?

A mulher suspirou, abriu outra gaveta e me entregou uma embalagem verde e branca de *knekkebrød* Wasa.

Estendi o cartão de crédito.

— Você paga para ela — ela disse, apontando com a cabeça para a outra comissária, antes de se dirigir com um sorriso aos passageiros da fileira seguinte.

Não entendi o porquê daquela hostilidade. Seria porque eu tinha demorado para colocar o celular no modo avião? Elas deviam estar acostumadas com aquilo.

E além disso não era nenhum motivo de grandes preocupações.

Abri a embalagem de *knekkebrød*, dei duas ou três mordidas em sequência e fiz tudo descer com um gole de coca-cola. Depois peguei o celular e olhei para as últimas fotografias, quase todas das férias que havíamos passado em Creta semanas antes. Marie tinha aprendido a nadar por lá, aconteceu de repente, e eu tive a presença de espírito necessária para filmar, não na primeira vez que aconteceu, mas na segunda, minutos depois. Estávamos numa pequena baía próxima a uma estrada de tráfego intenso, e logo além havia construções industriais, mas nada disso aparecia, no vídeo era apenas a pequena Marie deitada na água com a cabeça inclinada para trás acima da superfície enquanto os braços e as pernas se agitavam logo abaixo. Atrás dela o mar estendia-se até encontrar a montanha no outro lado da baía, que se erguia num aclive azul-cinzento e depois se nivelava, tendo ao fundo o céu com pontos e rasgos cor de areia. Toda aquela menina irradiava concentração e alegria.

— Uau, Marie! — Gaute exclamou.

Ele estava bem ao meu lado enquanto eu filmava, e me enlaçou com o braço.

O que ele responderia se eu dissesse que pretendia deixá-lo?

Mas eu não faria isso.

Eu não podia.

Larguei o telefone de volta na bolsa. O ronco do motor se alterou; devíamos ter começado a aterrissagem.

Ele não entenderia nada. Estaria convencido de que havia outra pessoa: essa seria a única explicação que poderia compreender.

Foi alguma coisa que eu fiz?, ele haveria de me perguntar. Foi alguma coisa que eu devia ter feito diferente?

O que eu poderia responder?

Não havia nenhuma outra pessoa, e ele não tinha feito nada de errado, e não havia nada que pudesse ter feito de outra maneira para que as coisas fossem melhores.

Mas o que houve, então?

A gente não tem mais nada em comum além das crianças, você não percebeu?

Não. A gente tem *tudo* em comum. A gente divide *a nossa vida*.

Me perdoe, Gaute. Mas eu não posso levar isso adiante.

Será que ele ia chorar? Será que ficaria com raiva? Será que me rejeitaria por completo ao fim dessa cena?

Eu não poderia abandoná-lo. Eu não tinha motivo. E isso arruinaria a vida das crianças. Em especial a de Peter, que era muito frágil e já vinha tendo dificuldades.

Será que eu era mesmo egoísta a esse ponto? A ponto de arruinar a vida de Gaute e das crianças por um simples capricho meu?

Lá embaixo surgiram as luzes da cidade. Eu não a tinha visto muitas vezes daquela forma, porque em geral os voos chegavam pelo sul, pelas montanhas e ilhotas que existiam para aquele lado, mas naquele instante pude ver nitidamente o centro: lá estava Sandviken, lá estava Nordnes, lá estava Bryggen, lá estava Klosteret, lá estava Sydneshaugen.

O céu estava claro e as luzes das construções em Vågen tremeluziam na água escura.

Depois dos longos corredores e das longas distâncias no aeroporto de Gardermoen foi bom chegar ao pequeno aeroporto de Flesland, onde a poucos metros estava a escada que levava à esteira de bagagens e à saída.

Parei junto ao pé da escada, larguei a minha mala no chão e estendi o puxador quando ouvi uma voz às minhas costas.

— A ideia é que pastoras não mintam, certo? — perguntou a voz.

Era o homem do elevador. Ele sorria.

Comecei a andar.

— Espero que você não tenha se ofendido — ele disse, mantendo-se ao meu lado. — Mas você disse com todas as letras que não estava vindo para Bergen. E onde você está agora?

— Eu por acaso te conheço? — perguntei sem olhar para ele, ao mesmo tempo que acelerava o passo.

— Acho que não — respondeu o homem.

Eu não devia falar com ele, não devia dizer mais nada, eu sabia, mas alguma coisa também me deixava curiosa.

— Como você sabe que sou pastora? — perguntei.

— Eu vou à igreja de vez em quando — ele disse. — E eu já tinha notado você. Você é uma boa pastora. Tem várias ideias interessantes. Nem todos os pastores têm ideias assim.

Eu não disse nada, simplesmente atravessei a porta da saída e, quando parei do lado de fora para ver onde tinha ido parar o ponto de táxi, o homem havia desaparecido.

O Torgallmenningen estava praticamente vazio quando fui em direção ao hotel. Só havia um ou outro caminhante noturno. O hotel ficava numa rua lateral; eu havia feito a reserva de dentro do táxi. Era estranho chegar lá.

Eu atravessava aquele mesmo lugar diversas vezes por semana, e assim tinha sido durante quase toda a minha vida — aquela era a minha cidade, era lá que eu havia crescido, era lá que eu havia passado todos os anos da minha vida profissional — mas toda a intimidade, todo o sentimento de pertencer àquele lugar de repente fora como que soprado para longe. Eu não devia estar aqui, pensei; esse devia ser o motivo do distanciamento.

Era como se eu tivesse posto a minha vida inteira de lado.

Como se por uma noite eu fosse outra pessoa.

A menina de vinte e poucos anos que estava na recepção me olhou de relance quando entrei e logo continuou a examinar o monitor que tinha à sua frente. Ouvi os estalos do teclado. O rosto dela era pálido e rechonchudo, e parecia não estar de acordo com o corpo bonito, vestido em estilo formal, com uma camisa branca e um tailleur azul. Os lábios eram demasiado vermelhos, mas os cabelos eram bonitos e volumosos; senti vontade de ser aquela menina. Ela não devia ter nenhum problema, ou pelo menos nenhum que eu não fosse capaz de resolver.

— Kathrine Reinhardsen — eu disse. — Eu liguei agora há pouco e reservei um quarto até amanhã.

A menina ergueu o rosto e sorriu.

— Seja bem-vinda — ela disse. — Eu já deixei o seu cartão preparado. Você pode assinar aqui, por favor?

Ela colocou uma folha e uma caneta em cima do balcão e, depois que eu assinei o papel, me entregou o cartão que abria o quarto.

— O seu quarto fica no quarto andar. O elevador fica lá. O café da manhã é servido entre as sete e as dez horas. Tudo bem?

— Obrigada — eu disse.

— Não tem de quê — ela respondeu. — E tenha uma boa noite!

— Boa noite — respondi, puxando a mala atrás de mim enquanto caminhava em direção ao elevador. As paredes da cabine eram revestidas de espelhos, e mantive o olhar fixo no chão enquanto subia.

Não ouvi nenhum barulho nos quartos enquanto atravessava o corredor acarpetado. Abri a última porta ao final do corredor e entrei no quarto, que parecia bem menor do que eu havia imaginado quando tive aquela ideia louca.

Naquele instante me senti uma idiota completa.

Deixei a mala fechada no meio do quarto e me deitei na cama sem tirar a roupa nem os sapatos.

Toda a minha família estava dormindo na minha casa.

E eu estava lá.

O que eu faria?

Iria a um bar?

Isso só deixaria a situação como um todo ainda pior.

Mas talvez eu pudesse fazer uma caminhada?

Me levantei, coloquei o cartão no bolso interno do casaco e tornei a sair. Primeiro fui ao terminal do barco expresso, depois fui em direção a Nordnes, passando pela antiga porta da cidade e avançando em direção a Klosteret, que cintilava sob a luz amarela da iluminação pública. No ar havia um sopro frio, que parecia refrescante ao fim de um verão longo e quente. Caminhei mais um pouco, me sentei num banco nos limites do parque e fiquei olhando para as luzes no outro lado do fiorde.

Que noite bonita, pensei. E então pensei nas crianças e comecei a chorar.

Quando o choro passou, olhei ao redor e de repente me senti totalmente indefesa.

Se ao menos eu tivesse outra pessoa com quem falar!

Com Camilla eu podia falar sobre tudo. Mas eu não podia ligar a uma hora daquelas, era tarde demais. E eu tampouco saberia o que dizer. Afinal, *não era nada.*

Eu também falava sobre tudo com Sigrid, que tinha sido minha amiga durante a vida inteira. Tudo, menos Gaute e nosso relacionamento. Martin, o marido de Sigrid, tinha feito amizade com Gaute, e eu não confiava totalmente nela, não sabia se as minhas confissões estariam mesmo seguras com ela. Ou melhor, eu confiava nela, mas sabia que a lealdade ao parceiro muitas vezes é maior do que a lealdade às amigas.

E era assim que devia ser.

Quando fora a última vez que eu havia contado para Gaute alguma coisa que ninguém mais sabia?

Mesmo durante a minha grande crise ele havia ficado de fora.

Alguém chegou caminhando pela rua de trás. Me virei, mas não era nenhum perigo, apenas um casal de idosos com um cachorro.

Peguei o telefone e percorri a lista de contatos.

Parei no número da minha mãe.

Para ela eu poderia ligar mesmo tarde.

Mas será que eu queria?

Enfiei a mão no bolso do casaco e apertei os braços contra o corpo.

A escuridão nas grandes árvores ao meu redor era profunda e quase dava a impressão de fazer parte delas quando assomavam tendo ao fundo a negrura do céu.

Na minha infância eu conhecia todas as árvores da vizinhança. Na minha consciência aquelas árvores eram indivíduos, uma vez que tinham características próprias, embora eu nunca tenha formulado esse pensamento de maneira clara. Mas essas árvores todas vergavam-se sobre a minha consciência. A bétula, o carvalho, o espruce, o pinheiro, o choupo, o freixo, a tramazeira.

Meu pai tinha sido como uma árvore, pois não era essa a impressão que eu tinha quando me sentava nos ombros dele, me segurando à cabeça, e via a enorme altura em que eu me encontrava?

Eu me lembro das mãos dele, daquelas mãos grandes. E me lembro da sua barba. Dos olhos, da forma como brilhavam. Mas, quando eu pensava conscientemente nele, essas poucas imagens desfaziam-se, e eu me via às voltas com algo mais próximo de uma hipótese.

Meu pai tinha passado a existir nas franjas dos meus pensamentos, onde vivia tudo aquilo que era vago. De repente me vi rodeada por criaturas grandes e poderosas enquanto permanecia sentada no banco. Insondáveis e silenciosas, nem hostis nem amigáveis, sem nenhuma opinião sobre nós, pessoas insignificantes que passávamos o tempo inteiro de um lado para outro, numa pressa que elas não compreendiam e com a qual não se preocupavam. E aquelas eram *criaturas vivas*, não apenas coisas, que era como muitas vezes as víamos.

Na minha adolescência eu tinha lido um poema revolucionário no *Livro de horas* de Rilke. "Meu Deus é escuro e como uma teia de cem raízes, que em silêncio bebem. Apenas que esse calor a mim alteia, mais não sei, pois do fundo os galhos meus só tremulam quando o vento recebem."

Foi a primeira vez que a ideia de Deus abandonou a mim e aos meus.

As árvores eram criaturas vivas, e Deus também era o criador delas.

A escuridão, a terra, a umidade, esse era o Deus das árvores.

O que era o meu Deus?

O que me alteava?

Eu me dizia cristã muito antes de ser. Na minha classe eu tinha colegas que faziam parte do Ten Sing e certa vez me levaram a uma das reuniões do grupo. Eu sabia que a minha mãe não gostaria nem um pouco disso, e talvez esse fosse um dos motivos do meu interesse: era uma coisa proibida, mas não ilegal. Eu já tinha treze anos na época e havia conquistado o direito de ter a minha própria vida. Era mais ou menos como eu me sentia. Aos dezesseis anos troquei o Ten Sing pelo coro da igreja, e no ano seguinte fomos a Cracóvia para um festival de coros na Polônia. Cantamos em uma igreja antiga e opulenta, e quando nossas vozes preencheram aquele espaço eu as ouvi de fora ao mesmo tempo que estava no interior daquilo tudo e a minha alma se encheu de uma alegria e de um júbilo intensos, mais fortes e mais profundos do que qualquer outra coisa que eu já tivesse sentido: eram sentimentos que vinham simultaneamente de dentro e de fora. Acredito que era por eu simplesmente existir, pelo sentimento de existir, mas também pelo sentimento de pertencer, de fazer parte de um contexto maior, e era nesse contexto que se encontrava todo o sentido.

Esses foram os sentimentos de uma menina de dezesseis anos. Mas ainda existiam hoje, mais de vinte anos depois, e ainda eram verdadeiros independentemente da experiência e dos conhecimentos acumulados nesse tempo. O sentido não estava em mim, o sentido não estava nos outros, mas surgia entre nós. O canto coral era a representação mais simples desse sentimento. E os ensinamentos de Jesus resumiam-se a praticá-lo. Todos eram semelhantes, todos eram parte de um todo maior, e era nesse todo que Deus se encontrava. Não havia como superestimar o caráter radical desse pensamento. Mas para compreendê-lo de verdade era preciso descascar dois mil anos de história da teologia e olhar para o que Jesus de fato havia dito e feito. Ele havia procurado as pessoas marginalizadas, as pessoas que não tinham voz própria, as pessoas oprimidas. Numa das raras passagens da Bíblia em que uma mulher toma a palavra, o Cântico de Maria, Maria diz que o Senhor depôs dos tronos os poderosos e elevou os humildes, encheu de bens os famintos e despediu vazios os ricos. O Senhor que ela reverenciava era subversivo. E Jesus, o filho de Maria, andava entre rejeitados e escorraçados, doentes e pobres, leprosos e meretrizes. A mensagem de Jesus, segundo a qual somos todos iguais perante Deus, não pode viver como teoria, porque a maior parte das pessoas vive excluída da teoria, e foi justamente por isso que Jesus andou entre os rejeitados e não entre os escribas, ou teóricos, como eu costumava chamá-los. Havia uma lacuna entre os teóricos e as pessoas comuns, e havia uma lacuna entre as pessoas comuns e as pessoas que viviam no mais baixo nível da sociedade. Os ensinamentos de Jesus eram práticos: ele não escrevia sobre aquelas pessoas nem para aquelas pessoas, mas andava no meio delas. Conversava com as pessoas, ouvia-as, incluía-as. Todos eram iguais, todos eram parte do todo, e no todo encontrava-se Deus. E em Deus a misericórdia, em Deus o perdão, em Deus a plenitude do ser.

Era isso o que me alteava.

Mas de que valia tudo isso quando eu nem ao menos era capaz de cultivar um relacionamento com as pessoas mais próximas na minha vida?

Me imaginei chegando em casa, dando um beijo em Gaute, me abaixando para dar um abraço em Peter e em Marie, entregando os presentes deles, encontrando os olhos de Gaute por cima da cabeça das crianças enquanto desempacotavam os presentes, e então sorri.

Aquilo era um teatro.

Não era eu.

Mas nesse caso, quem era eu?

Como eu gostaria que fossem as coisas se pudesse decidir tudo conforme eu gostaria?

Por acaso eu queria viver num apartamentinho de divorciada e ficar com as crianças a cada duas semanas?

Virei o telefone em direção ao rosto, a tela se acendeu e vi que o relógio marcava um pouco mais de meia-noite. Depois achei o número da minha mãe e o selecionei.

O telefone chamou por um bom tempo.

— Aconteceu alguma coisa? — a voz dela perguntou quando por fim atendeu. — Está tudo bem com as crianças?

— Oi, mãe — eu disse. — Não aconteceu nada. Me desculpe ligar a essa hora. Você estava dormindo?

— Estava. Que horas são? É de madrugada, não?

— É — eu disse, e na mesma hora me arrependi de ter ligado. Eu não sabia o que dizer, nem se ao menos havia o que dizer.

— O que houve, então?

— Não é nada de especial — eu disse. — Quer dizer...

— Quer dizer?

Tomei um longo fôlego.

— Eu não fui para casa hoje à noite. Reservei um quarto num hotel.

— Por que você fez isso? — ela perguntou. A voz era tão sóbria e tão pragmática que eu tive que lutar contra o sentimento de rejeição. Aquele era o jeito dela, sempre. Não tinha nada a ver comigo.

— Eu não sei — respondi. — Sinceramente não sei.

— Você está chorando? — ela perguntou.

Não respondi.

— Você está tendo problemas com o Gaute?

Sequei minhas lágrimas com a manga do casaco.

— De certa forma, sim — eu disse.

— Você quer se separar?

Não respondi.

De repente tudo ficou em silêncio.

— Eu não sei, mãe — eu disse. — Acho que sim. Ou não. Afinal, eu não posso.

Comecei a soluçar.

— Onde você está agora? — ela me perguntou.

— Em Nordnes.

— Você não quer me encontrar amanhã para a gente conversar? — ela perguntou.

— Pode ser — eu disse.

— Podemos nos encontrar para o almoço? Meio-dia e meia no Kafé Oscar?

— Está bem — eu disse.

— Agora trate de dormir um pouco — ela disse. — Tudo vai parecer diferente quando você acordar. Nos vemos amanhã.

— Obrigada — eu disse.

— Não tem de quê — ela disse. — Tenha uma boa noite.

— Boa noite — eu disse, mas notei que a minha mãe já havia desligado.

Enquanto eu dormia a náusea ganhou força. Percebi durante o sonho que logo assumiu o controle; mesmo sem que eu acordasse, a náusea era como um lugar de onde eu tentava me afastar, mas para onde eu era o tempo inteiro atraída. Aquilo não tinha nome, não era uma coisa específica, mas era uma coisa da qual eu queria me afastar. Aos poucos outros pensamentos surgiram, estou com náusea, por que estou com náusea, porém logo me afastei desses pensamentos, que não eram nem meus nem não meus, até que de repente os identifiquei como meus e abri os olhos.

Senti que qualquer movimento, por menor que fosse, me faria vomitar.

Passei um tempo completamente imóvel na cama, esperando que aquele sentimento passasse. Mas no fim aquilo se tornou insuportável, e tive que me levantar às pressas, correr até o banheiro, me ajoelhar na frente do vaso sanitário e deixar tudo voltar.

Depois escovei os dentes e tomei um banho demorado, e então me vesti e, sentada na beira da cama, enviei uma mensagem para Gaute dizendo que tudo estava bem e lembrando-o de tudo o que as crianças precisavam e da conta que ele tinha de pagar.

Minha mãe tinha razão: tudo parecia diferente naquele instante.

Mandei para ela uma mensagem dizendo que o conflito havia se resolvido, me desculpando por ter ligado de madrugada e explicando que não havia mais necessidade de nos encontrarmos para o almoço.

"Não acredito nisso nem por um instante", ela me respondeu. "Além do mais, você não pensou que talvez eu queira ver você? Nos vemos ao meio-dia e meia."

Que pessoa irritante, pensei. Especialmente porque, quando acreditava ter chegado à essência de um determinado assunto, ela quase sempre tinha mesmo chegado lá. Eu sempre havia lutado contra isso. Tentado manter as ilusões mesmo sabendo que eram ilusões, simplesmente porque ela as tinha apontado.

"Como você quiser", respondi. "Vai ser bom encontrar você!"

Apaguei o ponto de exclamação porque faria com que a mensagem parecesse alegre demais. Com um ponto-final a mensagem parecia contida, quase ameaçadora, porém mais próxima daquilo que eu sentia.

"Como você quiser. Vai ser bom encontrar você."

Ela não respondeu e eu liguei para Karin e disse que estava doente e não iria ao escritório, mas poderia trabalhar um pouco de casa. Não era nenhuma mentira, eu tinha acabado de vomitar e por quase duas horas fiquei sentada em frente à escrivaninha respondendo e-mails, conferi os detalhes do enterro no dia seguinte e continuei minha discussão sobre a tradução de Levítico com Erlend e de Ezequiel com Harald, da qual eu em certos pontos discordava tanto que estávamos chegando quase a um conflito.

Ao meio-dia eu dei o expediente por encerrado e saí para a rua com a minha mala. O céu estava encoberto, mas de maneira suave; a camada de nuvens era branca como a neve. O ar estava quente e abafado. As construções de concreto, que sob a chuva pareciam cinzentas e sem cor, revelavam-se em todas as nuances. Ergui o rosto e olhei para o céu. Dois pássaros voavam em círculo nas alturas com asas estendidas. Eram aves de rapina, mas eu não saberia afirmar de que tipo. Possivelmente gaviões. Águias não voavam pela cidade, certo?

Quando cheguei ao Torgallmenningen, que estava cheio de gente, tomei o caminho da livraria da esquina. Eu não queria me sentar à espera da minha mãe; seria melhor chegar uns minutos atrasada.

Do lado de fora da livraria, trabalhadores fumavam ao redor de um buraco no meio de uma área interditada. Os uniformes cor de laranja refletiam a luz de maneira incrível e pareciam flutuar, como se as pessoas que os vestiam fossem um simples acessório.

No interior da loja, primeiro conferi a estante de lançamentos, depois fui à pequena seção de livros de filosofia. Às vezes, embora não com muita frequência, havia livros interessantes por lá.

Peguei um livro de título promissor. *Experience and Nature*, de John Dewey, um autor a respeito do qual eu já tinha ouvido falar, embora nunca tivesse lido.

Abri o livro numa página qualquer.

"*We have substituted sophistication for superstition. But the sophistication is often so irrational and as much at the mercy of words as the superstition it replaces.*"

Virei o livro e li a quarta capa. Aquele texto fora escrito em 1925. Em outras palavras, antes que o nosso mundo começasse.

A que Dewey se referia ao mencionar *sophistication*?

Levei o livro até o caixa, paguei com o cartão, guardei-o na bolsa e saí. Eu ainda tinha dez minutos e levaria cinco para chegar ao café, mas já não parecia importante chegar atrasada. Aquilo fora apenas um reflexo besta da minha adolescência.

Minha mãe surgiu ao fundo do Torgallmenningen assim que me sentei a uma das mesas na área externa do café. Eu a reconhecia em qualquer multidão, e a praticamente qualquer distância. Minha mãe era magra e tinha uma postura empertigada que a fazia parecer mais alta do que realmente era, porém o mais característico era a maneira de manter a cabeça erguida, sempre com uma leve inclinação para trás, o que dava uma impressão de superioridade ou arrogância, que também sugeria o aspecto de um pássaro. Ela tinha cabelos ruivos, pele clara e sardas, e quando pequena eu achava que todas as pessoas ruivas com sardas pertenciam a uma raça à parte, e o que eu mais desejava era fazer parte daquela raça, para que assim estivéssemos juntas, eu e ela, não apenas ela e Eirik.

Quando minha mãe se aproximou, notei que estava vestida com suas cores favoritas. Uma calça de veludo marrom-clara, uma blusa branca e um casaco verde-escuro.

— Oi, mãe — eu disse, recebendo-a com um abraço. — Como você está bonita!

— Obrigada — ela disse. — Vamos nos sentar aqui fora?

— Você não prefere? Achei que estava quente o bastante.

Ela fez um gesto afirmativo com a cabeça e sentou-se.

Havia folhas amarelas caídas junto ao tronco da árvore ao nosso lado, e olhei para cima. Era uma castanheira, e parecia doente, porque as folhas eram pequenas, escassas e amarrotadas. Não era o outono que havia chegado, mas uma doença.

Minha mãe fez um gesto para o garçom que limpava uma das mesas encostadas na parede.

— Como você está? — perguntei.

Ela olhou para mim.

— Eu é que devia perguntar isso a você — ela respondeu. — Mas estou bem. No trabalho, todo mundo já voltou das férias. O Mikael ainda está na cabana de verão.

Atrás dela o garçom entrou no café levando uma bandeja cheia de copos e canecas.

— O que ele está fazendo por lá? — perguntei.

— Pescando um pouco, e também lendo.

— Está gostando da vida de aposentado?

— Está detestando. É por isso que ele ainda está lá, acho eu. Porque assim ele pode fingir que está simplesmente de férias. Mas ele gosta de ler. E agora tem tempo de sobra para isso.

Ela se virou.

— Para onde foi o garçom?

— Ele entrou com uma bandeja. Com certeza já deve estar voltando.

Minha mãe olhou para o Torgallmenningen, que mais adiante tornava-se mais estreito e virava uma rua com lojas de ambos os lados. Depois olhou para a igreja, que por ser feita de alvenaria causava uma impressão de peso e solidez em meio às casas de madeira pintadas de branco. As paredes cinzentas pareciam levemente esverdeadas. Como se a igreja estivesse numa floresta, pensei, e então a imaginei no meio de espruces e árvores tombadas, um monte de pedras coberto por vegetação, uma encosta coberta de musgo e morros ao longe.

Cristo como um homem rejeitado na floresta.

Minha mãe colocou a bolsa que até então mantinha no colo em cima da cadeira ao lado.

— E então, Kathrine? — minha mãe disse, olhando para mim. — Você parecia desesperada ontem.

— É. Eu estava mesmo — respondi. — Mas tudo está bem agora. Me desculpe ter ligado daquele jeito. Não era necessário.

— Você se hospedou num hotel na cidade onde mora?

— Sim.

— Por quê?

Eu não sabia o que dizer, então olhei para baixo. Eu não queria entregar nada para a minha mãe. Ao mesmo tempo eu também queria que ela soubesse.

Olhei para ela e sorri.

— Eu simplesmente não sei — disse. — Eu agi por impulso.

O garçom apareceu no vão da porta, limpou as duas mãos no avental enquanto descia a escada, pegou dois cardápios de uma mesa vazia e parou à nossa frente.

— Qual é a sopa do dia? — minha mãe perguntou.

— Sopa francesa de cebola — ele respondeu.

— A mesma da última vez que estive aqui — ela disse.

— E você gostou? — ele perguntou.

— Gostei, sim — ela disse. — Mas a questão não é essa. Se vocês servem a mesma sopa todos os dias, não podem chamá-la de sopa do dia. Esse nome sugere que a sopa é diferente a cada dia que passa.

O garçom sorriu, mas não disse nada.

— Eu quero um quiche com feta — eu disse.

— Eu vou querer uma salada Caesar — disse a minha mãe.

Continuamos em silêncio até que o garçom tivesse se afastado. Em mesas próximas onde havia pratos ainda não recolhidos pousaram dois pardais. Eles saltitaram com aquelas perninhas de graveto e bicaram as sobras das fatias de pão.

— O Gaute foi infiel? — minha mãe perguntou.

— Meu Deus, não! — eu exclamei.

— E você?

— Mãe. Você me conhece.

— O que você quer que eu pense? — ela disse. — Você me liga chorando no meio da madrugada e diz que não sabe se deve se separar ou não. No dia seguinte você diz que não foi nada e que está tudo bem. O que você quer que eu pense?

— Não sei — eu disse.

— As coisas não estão bem entre você e o Gaute — ela disse.

— Mas também não estão ruins — eu disse. — Simplesmente não acontece nada. Não existe empolgação nenhuma, não existe curiosidade nenhuma, não temos nada em comum. A única coisa sobre a qual falamos são as crianças. Ontem pela primeira vez eu entendi que não posso continuar vivendo assim. Me sentei no avião e percebi que eu não queria ir para casa.

— Não são muitos os casamentos em que ainda existe empolgação passados vinte anos.

— Eu sei — respondi. — E pretendo aguentar.

Percebemos um murmúrio no ar. Olhei para cima e vi uma coisa se movimentando depressa, cada vez mais próxima, cada vez maior. Era uma grande ave de rapina. Ela mergulhou sobre a mesa ao lado e capturou um dos passarinhos, ruflou as asas, ergueu-se acima dos telhados e foi embora.

— *Você viu isso?* — eu perguntei. — No meio da cidade?

Minha mãe acenou com a cabeça.

— Foi uma visão curiosa — ela disse.

— Que pássaro foi esse? Uma águia-rabalva?

— Não sei. Mais provável que tenha sido um gavião. É o tipo de coisa que o Mikael sabe.

— Eu fiquei totalmente sem reação — eu disse. — O pássaro simplesmente levou o pardal!

Minha mãe acendeu um cigarro e apoiou o cotovelo em cima da mão, como sempre fazia ao fumar.

— E se você arranjasse um amante? — ela me perguntou.

Encarei-a fixamente.

— Isso foi uma piada?

— Não, nem um pouco. É uma solução prática para um problema concreto. Você sente falta da empolgação e de compartilhar as coisas com que você se ocupa. E ao mesmo tempo você quer manter a família. Isso só pode ser resolvido de um jeito.

— Não acredito que você esteja sugerindo uma coisa dessas — eu disse.

— Pode acreditar. Mas enfim, a vida é sua.

— Eu sou pastora.

— Você teria que fazer tudo às escondidas, pastora ou não — ela disse.

— Você não está entendendo. O problema não é se os outros sabem ou deixam de saber. É um problema moral. *Em si mesmo.* É errado. *Em si mesmo.*

Minha mãe fez um gesto afirmativo com a cabeça.

— Eu ouvi o que você disse — ela respondeu, pousando a mão sobre a minha por um breve instante.

De repente meus olhos se encheram de lágrimas e eu desviei o rosto. Felizmente o garçom chegou com uma bandeja cheia naquele momento exato, e segundos mais tarde a refeição estava servida à nossa frente.

Com certeza ela tinha visto. Mas fez de conta que não, e me senti grata por isso.

A casa estava vazia quando voltei. Desfiz a mala, liguei a máquina de lavar roupa e esvaziei a máquina de lavar louça enquanto esperava que todos voltassem. Peter e Marie iam à mesma escola a poucos quilômetros de distância e faziam o caminho de ida e de volta sem acompanhamento.

Quando terminei, sentei-me no sofá com uma caneca de café e fiquei olhando para o panorama da cidade-satélite no outro lado da janela.

Minha mãe quisera dizer que a moral era uma grandeza variável, não absoluta, e que era social e historicamente condicionada. Nada era absoluto para ela, a não ser talvez a crença na racionalidade.

Era como se um frio saísse dela. Sempre fora assim.

Quantas vezes eu não havia me perguntado como seria estar no lugar dela, saber o que se passava dentro dela?

E quantas vezes eu não havia me perguntado o que ela pensava de mim?

Me levantei, fui ao escritório e parei em frente à janela para ver se eu enxergava as crianças.

Mas foi Gaute quem apareceu subindo a encosta no Polo vermelho. Dei uns passos para trás, larguei a caneca, fui ao banheiro e comecei a encher a banheira. Eu não tinha vontade de encontrá-lo sozinha, sem que as crianças estivessem em casa.

De pé, enquanto eu tirava a blusa, mudei de ideia. Por que eu haveria de evitá-lo? Não tinha nada a esconder. Eu não tinha feito nada de errado.

Desliguei a torneira, escovei um pouco o cabelo e desci a escada para encontrá-lo.

Gaute entrou no corredor trazendo a bolsa cinza na mão.

— Olá — eu disse. — Você quer um café? Comecei a preparar agora mesmo.

— Você já está em casa? — ele me perguntou. — Achei que você estaria trabalhando.

— Eu senti falta de vocês — eu disse.

Ele se aproximou e deu um beijo leve no meu rosto.

— E o café? — perguntei.

— Quero, sim, obrigado — ele respondeu, ainda de pé. Eu estava prestes a ir à cozinha quando ele disse:

— Posso perguntar uma coisa a você?

— Claro — eu disse.

— Você por acaso tem outro?

Senti meu rosto enrubescer. Mas continuei olhando para ele.

— Não acredito que você está me perguntando uma coisa dessas — eu disse. — Você não confia mais em mim?

— Tem ou não tem? — ele insistiu.

— Não vou responder — eu disse.

Gaute soltou um suspiro.

— Então você tem — ele disse.

Não respondi nada, simplesmente fui até o balcão da cozinha, peguei duas canecas do armário e servi o café enquanto ele ficava sentado no sofá, inclinado para trás com o olhar fixo no teto.

— Por que você não confia em mim? — eu perguntei, largando a caneca dele em cima da mesa.

Gaute respondeu sem olhar na minha direção.

— Você acabou de admitir que me traiu — ele disse.

— Não foi nada disso — respondi. — Eu disse apenas que não ia responder.

— E por que não? Eu mesmo vou dizer para você. É porque você não quer mentir.

— Eu quero que você confie em mim — eu disse. — Você está pensando coisas ruins a meu respeito. Você pode continuar pensando assim se quiser. Mas não pense que eu vou confirmar ou desmentir essas suas ideias paranoicas.

— Você corou quando eu perguntei.

— Eu fiquei brava.

— Então por que você simplesmente não diz que não me traiu?

— Gaute, isso é o fim da picada.

— É mesmo?

— É.

— Em que hotel você se hospedou?

— O que importa?

— Você também não vai responder?

— Não, ou pelo menos não se você perguntar desse jeito.

De repente a porta da casa se abriu e ouvi passos e o farfalhar de roupas.

— Eu disse — ouvi Marie dizer. — A mamãe está em casa!

Fui até lá e abri a porta do vestíbulo.

— Mamãe! — gritou Marie, jogando os braços ao redor da minha cintura.

— Oi, filhota — eu disse, recebendo-a com um beijo na cabeça. — Peter, eu não ganho um abraço seu também?

— Pode ser — ele disse. Marie me largou e eu abracei Peter.

— Vocês ficaram bem? — eu perguntei.

— Sim! — disse Marie, já a caminho da sala.

— E você, Peter?

— Aham — ele disse.

Enquanto Gaute preparava o jantar e Peter fazia as lições de casa no balcão da cozinha, dei um banho em Marie. Depois da viagem a Creta ela pedia todos os dias para ir à piscina, e quando não podíamos a banheira era a melhor alternativa para aquele desejo irrefreável de estar dentro d'água. Marie tirou a roupa e entrou antes mesmo que a água houvesse coberto o fundo da banheira. Me sentei na borda da banheira e lhe alcancei brinquedos e outros objetos que ela foi experimentando. Por um tempo ela ficou com o rosto voltado para o fundo da banheira enquanto usava uma máscara de mergulho, a respiração soava oca e estranha através do snorkel, depois ela brincou com os cachorrinhos de plástico e por fim colocou os óculos de natação e tentou nadar na banheira, onde mal cabia.

Era bom estar com ela, e não pensei na discussão com Gaute nenhuma vez enquanto estávamos no banheiro.

Já de banho tomado e com uma toalha enrolada ao redor do corpo, Marie saiu em direção ao quarto, onde com uma pequena ajuda escolheu suas roupas e se vestiu.

No andar de baixo, o cheiro de cebola e costeletas fritas enchia o ambiente. Numa tarde normal eu teria pedido a Gaute que simplesmente fritasse as costeletas, sem mariná-las em molho, como ele em geral fazia, já que era assim que a mãe dele costumava prepará-las quando ele era pequeno. Mas bastou vê-lo de relance, batendo qualquer coisa em frente ao fogão, para compreender que estava fechado em si mesmo, e quando ele ficava assim qualquer pergunta inocente transformava-se em provocação.

Eu não tinha razão para me preocupar com aquilo; ele podia fazer como bem entendesse.

Peter lia sentado, com o cotovelo apoiado na superfície da mesa, uma das mãos na testa e uma caneta de prontidão na outra. Gaute, que havia pegado alguma coisa no armário, passou a mão nos cabelos dele ao voltar. Peter ergueu o rosto e sorriu para o pai.

— O que você está estudando? — perguntei, me sentando ao lado dele.

— Ciências — ele disse.

— Qual é o assunto?

— A gente tem que reunir informações sobre um animal extinto e escrever sobre ele.

— Que legal! — eu disse. — E que animal você escolheu?

— Eu ainda não escolhi. É por isso que eu estou lendo este livro.

— Dinossauros?

Peter soltou um suspiro.

— Seria óbvio demais, não? — ele perguntou.

— Meu espertinho — eu disse, me levantando, e então olhei para Gaute.

— A que horas o jantar fica pronto?

— Daqui a dez minutos — ele respondeu.

— Vou pôr a mesa, então — eu disse.

— Por favor — ele disse.

Gaute não falou nada quando nos sentamos à mesa para comer. Tentei melhorar o clima perguntando a Peter sobre os mais variados assuntos, mas ele permaneceu cabisbaixo e deu respostas lacônicas. Só Marie estava disposta a falar.

— Posso comer essa parte branca? — ela perguntou, apontando com a faca para uma tira larga de gordura na parte externa da costeleta.

— Você pode comer se quiser — eu disse. — Mas não sei se vai achar bom. Quer provar?

Ela balançou a cabeça.

— Você tira para mim?

Me inclinei por cima da mesa e cortei a gordura fora.

— Eu não quero isso no meu prato — ela disse. — Parece um bicho.

— É um bicho — disse Peter.

— Deixe no canto do prato — eu disse.

— Não! — Marie exclamou.

— Isso faz parte da comida — eu disse. — Eu não vou admitir uma coisa dessas.

— Eu pego — disse Gaute, e então colocou a tira de gordura em seu prato. Olhei para ele, mas ele não encontrou os meus olhos.

Tudo bem, pensei. Eu também não vou nem tentar, então.

Passamos o restante do jantar em silêncio. Depois Peter e Marie foram cada um para o seu quarto enquanto eu lavava a louça e Gaute lia o jornal no sofá. Quando a máquina de lavar louça estava ligada e as frigideiras e panelas estavam limpas e guardadas, preparei uma caneca de café e fui para o escritório.

Folheei um pouco o livro que eu havia comprado, mas não consegui nem me concentrar nem me interessar pelo texto.

Uma vez durante o nosso casamento Gaute havia se apaixonado. Ele nunca disse nada a respeito, mas eu o conhecia e entendi o que estava acontecendo. Ele teve uma estagiária que acompanhou as aulas dele por várias semanas. Nos primeiros dias ele falou a respeito dela, como era, o que sabia e o que não sabia, as coisas que fazia. Depois parou de falar a respeito dela. Começou a desligar o telefone quando eu chegava em casa, e ao mesmo tempo parecia radiante. Era uma coisa tão forte que ele não conseguia esconder: mesmo que tentasse, ele de repente transbordava em cima das crianças, em cima de mim.

Eu não disse nada. Se Gaute quisesse abandonar tudo o que tínhamos por uma garota de vinte e cinco anos, realmente não valeria a pena compartilhar a vida com ele.

Mas assim como veio, aquilo também se foi. E por mais que ele tivesse parecido radiante, a partir de então também não tinha como esconder a dor.

Mas ele não sabia que eu sabia; ele achava que tinha um segredo.

Na sala a TV foi ligada.

Tirei o Mac da bolsa, coloquei-o em cima da escrivaninha e liguei o plugue na tomada.

Vi que Erlend havia mandado um novo rascunho do início de Levítico na tarde anterior. Mesmo que eu soubesse que aquilo não teria como me ocupar naquele momento, abri o documento e comecei a ver o que ele havia feito.

Mas não aguentei ficar sentada fingindo.

Era como se eu fosse uma prisioneira na minha própria casa.

Me levantei e saí. Quando passei em frente ao sofá, onde Marie estava aninhada no braço de Gaute assistindo TV, eu disse que sairia para dar uma volta.

— A essa hora? — Gaute perguntou. — Aonde você vai?

— Não sei — eu disse. — Só vou dar uma volta.

— Mas volte antes que as crianças estejam na cama — ele disse.

— Você está aqui, não está? — eu perguntei.

Ele não respondeu, e eu fechei a porta do corredor às minhas costas, calcei os sapatos e vesti um casaco leve, entrei no carro, dei a partida e atravessei o pátio em direção à estrada principal. Eu não sabia para onde ir. Totalmente ao acaso, dobrei à direita e peguei o caminho do centro. Em Solheimsviken, fiz uma curva à esquerda e segui em direção a Laksevåg. Quando cheguei à rotatória entre o túnel e a ponte, decidi ir pelo túnel, e ao chegar do outro lado resolvi dirigir até a orla.

A estrada ficava cada vez mais estreita, a vegetação cada vez mais baixa, logo havia somente grama e musgo no terreno ondulado, até que por fim o mar surgiu à minha frente, enorme e preto.

Estacionei num dos trapiches e desliguei o motor, porém mantive os faróis ligados. Cada um deles abria em meio à escuridão um túnel atravessado pela chuva em centenas de pontos. As ondas que quebravam na costa não murmuravam, mas roncavam; era como se uma força as rasgasse.

Juntei as mãos e baixei a cabeça.

— Deus, estou passando por uma provação — eu disse. — Me ajude. Me ajude.

Gaute estava dormindo, ou fingindo que dormia, quando voltei para casa. Tirei a roupa e me deitei sem fazer nenhum barulho, tentando cobrir a tela do celular com o corpo para que o brilho não o acordasse enquanto eu programava o alarme.

Às cinco horas eu pretendia me levantar.

Foi como se o relógio despertasse no instante seguinte. Resisti à tentação de apertar o botão de soneca, me levantei e levei as roupas para fora do quarto para não acordá-lo ao me vestir. Acima de tudo eu queria ir para o escritório e trabalhar lá, mas eu não poderia deixar Gaute sozinho com as crianças mais uma vez, então desci à cozinha e liguei a cafeteira.

O céu estava totalmente azul, não havia nuvens em lugar nenhum, e a luz do sol banhava o chão da cozinha. Ouvi os passarinhos que piavam e cantavam no lado de fora e abri a janela. Uma bota estava no gramado, junto à rede de badminton, e ao lado da bota havia uma tigela plástica que provavelmente fora esquecida no fim de semana anterior, quando a minha mãe e o meu irmão e a família dele nos visitaram e fomos comer bolo e tomar sorvete no pátio.

Não era como se a luz preenchesse o pátio, pensei, era o contrário, como se o esvaziasse. De escuridão, mas também de sentido.

O vazio do mundo.

Mas eu estava pensando errado e sabia disso. O sentido vinha de nós. O sentido era uma coisa que conferíamos ao mundo, não uma coisa que o mundo nos oferecia.

Coloquei a pouca louça que estava na pia dentro da máquina de lavar, sequei o balcão e pendurei o pano em cima da torneira. Depois servi café numa caneca e o levei comigo para o escritório, me sentei e abri mais uma vez o documento enviado por Erlend.

Li o texto o mais devagar que eu podia.

Se o sacrifício for uma cabra, ele há de oferecê-la ante o rosto do Senhor, pôr a mão na cabeça da cabra e degolá-la em frente à tenda. E os filhos de Arão hão de espalhar o sangue em torno do altar. Do sacrifício ele há de retirar como oferta para o Senhor a gordura que recobre as vísceras, a gordura própria das vísceras, ambos os rins com a gordura que os envolve na altura das ancas e o fígado, que deve ser retirado junto com os rins. O sacerdote há de fazer com que tudo seja reduzido a fumaça no altar. Essa é uma oferta fragrante que agrada ao Senhor. Toda a gordura pertence ao Senhor. Eis uma lei perpétua para vocês ao longo de todas as gerações, onde quer que morem. Jamais vocês devem comer gordura e sangue.

Tomei um gole de café e reli tudo outra vez, bem devagar.

Eu não gostava do giro de frase "ante o rosto do Senhor", mas haviam pedido que o usássemos; era parte da modernização, e portanto uma causa perdida. "Perante o semblante do Senhor" teria sido melhor; "rosto" parecia humano demais. Por outro lado, essa era uma interpretação razoável da palavra hebraica יִנְפֹּל — *lifney* — que estritamente falando significava "perante", embora viesse da mesma raiz que "rosto" — *panav* —, e era verdade que havia muitos outros detalhes humanizantes no texto, como por exemplo o fato de que o cheiro da oferta agrada ao Senhor. A regra era que, quanto mais humano fosse o Senhor, mais antigo era o texto. Então de certa forma "rosto" era realmente melhor do que "semblante", porque era mais humano, enquanto "semblante" era melhor de outra forma, uma vez que soava mais antigo.

Mas "fragrante"?

Essa não era uma palavra afetada e erudita demais?

Meu trabalho não era corrigir a linguagem do texto, porém a linguagem era quase inseparável da teologia, então eu fazia correções o tempo inteiro.

"Essa é uma oferta cujo cheiro agrada ao Senhor", escrevi para ver como ficava.

Não ficou muito melhor, mas assim mesmo escrevi um comentário para Erlend a respeito disso. Nunca era demais relembrá-lo de que a linguagem daqueles textos era simples e concreta, e neles praticamente não havia abstrações, somente corpos e ações, mesmo no livro de Levítico, com todas as suas leis e imperativos. Vísceras, rins, músculos das ancas, gordura e sangue: essa era a lei.

Não parecia nem um pouco surpreendente que determinadas seitas gnósticas considerassem que o Senhor daqueles textos era na verdade o diabo. E que portanto o mundo teria sido criado pelo Diabo, e quando rezamos a Deus, na verdade estamos rezando ao Diabo.

E se eu desse um sermão a respeito disso?

Eu sorri.

Mesmo hoje em dia uma coisa dessas apareceria nas manchetes.

Claro que havia muitos outros assuntos interessantes que eu também não podia abordar nem discutir. A igreja e a congregação não eram o lugar para experimentar novas ideias e novos pensamentos, nem o lugar para transformar conceitos e infundir-lhes vida por meio de questionamentos. O aspecto essencial da crença é que seja verdadeira, e o aspecto essencial da verdade é que desligue todas as outras possibilidades. A verdade é absoluta. E devia mesmo ser, eu costumava pensar, porque a vida é demasiado frágil. Ao mesmo tempo a Bíblia era tão complexa, apresentava tantas vozes e tantas ideias contraditórias que a teologia, mais do que qualquer outra coisa, agira no sentido de unificar tudo para que assim fosse possível expressar um pensamento uno e coeso, o que no entanto somente fora possível ao calar e ao mitigar, ao deixar de lado. Um dos trechos mais conhecidos do Antigo Testamento era a história de Abraão, que foi instado a oferecer o filho Isaque como sacrifício ao Senhor, o que Abraão se preparou para fazer sem nenhum questionamento e realmente teria feito se não fosse uma intervenção do Senhor, que lhe deteve a mão e levou Abraão a sacrificar um carneiro no lugar do filho. Menos conhecida, embora também parte do Antigo Testamento, é a história de Jefté, que fez uma promessa ao Senhor: se vencesse todos os filhos de Amom na batalha, ofereceria em holocausto a primeira pessoa que encontrasse ao voltar para casa. Ele venceu os filhos de Amom e conquistou vinte cidades, e quando voltou para casa a primeira pessoa que encontrou foi a própria filha. Ela veio ao encontro do pai para celebrá-lo. Era sua única descendente. Desesperado, Jefté rasgou as próprias vestes e disse à filha que tinha feito uma promessa ao Senhor que não poderia ser descumprida. Ela disse: se você fez uma promessa ao Senhor, faça comigo aquilo que prometeu. Peço-lhe apenas uma coisa: dê-me dois meses, para que eu possa ir às montanhas chorar a minha virgindade junto com as minhas amigas. Quando os dois meses chegaram ao fim, Jefté sacrificou a filha ao Senhor, e o Senhor não deteve a mão dele, como havia feito no sacrifício do filho de Abraão.

Essa era uma história que não se prestava a nenhum tipo de pregação. Como teóloga do instituto eu poderia ter escrito sobre essa história e discutido o assunto em sala de aula, mas não era o caso. Ninguém gostaria de ter uma pastora que fazia pregações sobre o sacrifício de mulheres. E eu tampouco gostaria de ser essa pastora. Se existisse uma teologia feminina, ela teria de se desenvolver na prática, não na teoria. No encontro com outras pessoas. Não como pregação, não como ideia, mas como solidariedade. Escutar, perguntar, colocar-se no lugar do outro, abrir espaço. Era no espaço entre nós que Deus existia. Essa era a mensagem de Jesus. "Aos olhos de Deus somos todos iguais."

Havia muita coisa em que eu não acreditava. Mas nisso eu acreditava.

Esse era o cerne de tudo.

Ou melhor, não o cerne, eu pensei, tomando um gole do café que já estava morno. Um cerne é uma coisa dura e imutável.

Mas Deus era uma coisa em constante movimento, que o tempo inteiro se transformava.

Ou melhor, não se transformava. Pois era sempre o mesmo, embora cada vez sob uma nova forma, entre pessoas sempre diferentes.

Eu tinha passado um bom tempo olhando pela janela, mas sem ver o que havia lá fora. De repente foi como se as coisas surgissem. Gramados secos, cercas de madeira pintadas de branco, árvores frutíferas, muros, tudo banhado pela luz do sol.

Seria mesmo verdade que as cores não tinham existência própria, mas eram simplesmente criadas no cérebro?

Um gato surgiu perto da cerca, caminhou devagar pelo gramado e por fim se deitou e ficou se exibindo ao sol.

No segundo andar o chuveiro foi ligado.

Será que já era tarde daquele jeito?

Mandei um e-mail para Erlend, abri um novo arquivo e comecei a escrever o texto para o enterro. Logo depois ouvi passos no corredor. Eu sabia que Gaute logo estaria sentado na banqueta próxima à ilha da cozinha, comendo uma tigela de Special K enquanto lia as notícias no celular e tomava uma caneca de café. Na meia hora a seguir ele faria os preparativos do dia na escrivaninha da sala até que todos acordassem e a hora seguinte fosse passada sob o signo das crianças.

Eu não poderia evitá-lo pelo resto da vida e não poderia sumir por mais uma noite, então quando as crianças se deitassem seria preciso ou confrontá-lo ou então fazer as pazes.

Às oito horas fui ao quarto das crianças para acordá-las. Marie acordou alegre e logo tratou de se vestir, enquanto Peter estava contrariado e não queria sair da cama.

Será que ele tinha percebido o clima pesado entre nós?

Claro que tinha.

Mas o suficiente para se deixar abater daquele jeito?

— Peter, já está ficando tarde — eu disse quando voltei ao quarto dele e percebi que ainda estava deitado. — Ainda dá tempo de tomar o café da manhã, mas você tem que vir agora.

Ele continuou deitado com os olhos fechados.

— Ele está dormindo — eu disse como que de mim para mim. — O que posso fazer para que se levante? Será que ele consegue andar enquanto dorme?

— Aham — ele disse.

Peguei as mãos dele e o levantei com cuidado.

— Inacreditável! — exclamei.

Ele se levantou, ainda com os olhos fechados, e estendeu as mãos à frente do corpo.

— Peter, você está dormindo? — eu perguntei.

— Aham — ele disse.

— Será que ele também consegue se vestir enquanto dorme?

Cinco minutos depois ele estava sentado à mesa, comendo cereal na companhia da irmã. Talvez eu estivesse demasiado sensível ao humor dele, pensei enquanto inclinava o corpo por cima de Peter e apertava o meu rosto contra o dele.

— Bom dia — eu disse. — Você já está acordado?

— Aham — ele disse, fazendo um gesto afirmativo com a cabeça.

— Eu também quero um abraço! — exclamou Marie.

Abracei-a e então me sentei do outro lado da mesa, em frente às crianças.

— Por que o papai não tá aqui? — Marie perguntou.

— Ele tem que trabalhar um pouco — eu disse.

— Ele está trabalhando antes de ir pro trabalho trabalhar — disse Peter.

Marie riu.

Graças aos céus as crianças estão bem, pensei quando as duas saíram ao pátio com as mochilas nas costas e eu me despedi com um aceno no vão da porta.

Gaute, que eu só tinha visto de costas naquela manhã, saiu logo em seguida. Não havíamos trocado nenhuma palavra, mas ele pelo menos me deu tchau antes de partir.

O único prazo que eu tinha a observar naquele dia era o do enterro que começava às onze horas e que já estava preparado, mas assim mesmo fui para a igreja logo que Gaute partiu. Eu gostava de estar lá, tanto na igreja como no meu escritório, que ficava em um prédio vizinho.

Que dia eu teria à minha frente, pensei. Tudo estava em silêncio e o ar já estava tão quente que em certos lugares parecia visível, como que tremulando em pequenas colunas acima do cascalho.

Mas a igreja de paredes brancas e grossas parecia fresca, mesmo que o sol a atingisse em cheio.

Atravessei-a, entrei no escritório e bati à porta de Karin, que me recebeu com um sorriso quando entrei. Ela me perguntou a respeito do seminário e eu comecei a falar quando um carro surgiu atrás da capela. Deviam ser os agentes funerários, pensei, olhando para o relógio. Mal havia passado de dez horas.

— Eu vou falar com eles — eu disse. — Parece que vai ser uma cerimônia sem amigos nem parentes.

— Que coisa horrível — disse Karin. — É um homem ou uma mulher?

— Um homem.

— Idoso?

— Sessenta e poucos anos — eu disse.

— Uff — ela disse. — Não sei como você aguenta ficar no meio dessa tristeza.

— Sempre há luz no meio disso tudo — eu disse com um sorriso, e então saí.

As portas que levavam à sala lateral estavam abertas. Dois agentes funerários tinham o corpo inclinado por cima do caixão aberto. Eu já os tinha visto muitas vezes em outras ocasiões, mas não me lembrava dos nomes.

— Olá — eu disse.

Os dois endireitaram as costas e me cumprimentaram com um aceno de cabeça.

Um era jovem, não devia ter mais do que trinta e poucos anos. Usava barba e tinha os cabelos presos em um rabo de cavalo, mas o aspecto informal era compensado pela camisa branca e pelo terno preto. O outro devia ter perto de sessenta, e tinha uma cabeça grande e um rosto grave. Em termos de idade, podiam ser pai e filho, porém os dois eram tão diferentes que não poderia ser o caso.

— Você descobriu mais alguma coisa a respeito dele? — perguntou o mais velho.

— Infelizmente não — eu respondi. — Só o local e a data de nascimento. E o endereço. Vocês?

— Não — disse o mais jovem. — Não existe nada. Nada de parentes, nada de amigos.

— Colegas?

— Também não. Ele tinha uma firma. Mas também foi impossível descobrir qual era o ramo.

— Que tristeza — eu disse, entrando na sala. — Ser enterrado sozinho, eu digo. Vocês me acompanham?

Os dois fizeram um gesto afirmativo com a cabeça e olharam para o interior do caixão.

Foi como se todo o sangue abandonasse a minha cabeça.

Eu conhecia aquele rosto.

Era o homem do elevador. O homem que havia me importunado no saguão do aeroporto.

Não podia ser.

Aquilo era impossível.

O anúncio fúnebre tinha sido publicado dez dias antes. O enterro tinha sido marcado uma semana atrás.

— Está tudo bem com você? — perguntou o agente funerário mais jovem.

— Você o conhece? — perguntou o mais velho.

— Não — eu disse. — Não conheço.

Emil

A última hora era sempre a melhor. As crianças menores tinham acabado de dormir e estavam tão cansadas e tão zonzas de sono que preferiam sentar no colo, enquanto as mais velhas não tinham mais energia após um dia inteiro de estripulias e também estavam em busca de paz e sossego. Eu costumava levar todo mundo para a sala das almofadas e tocar um pouco de música antes de começar a ler uma história ou duas. As crianças gostavam de antigas músicas americanas, e naquela tarde eu toquei "Father John Misty". Outras músicas favoritas eram canções antigas do Pink Floyd — em especial "Echoes" — e Kraftwerk.

Ao fim de um ano por lá eu ainda me espantava com a forma como a música complexa também chegava até as crianças, ao contrário das histórias, que precisavam ser quase infinitamente simples para que todas estivessem dispostas a ouvir. As crianças gostavam de ouvir histórias em que se reconheciam, então havia muitas conversas sobre isso e aquilo no jardim de infância ou à mesa do café ou durante visitas aos avós, ou Peppa Pig que pulava em poças d'água, ou aquele crocodilo gentil.

Não era estranho? Que as crianças pudessem *desfrutar* de um dos concertos de violino de Bach, permanecer sentadas como que enfeitiçadas, escutando, enquanto todo o restante precisava ser o simples do simples?

Desliguei o ventilador, liguei a música e me acomodei junto da parede com Aksel no colo e Liam e Frida aconchegados em mim, um em cada lado. Os outros estavam deitados de costas, olhando para o teto enquanto ouviam.

Por sorte ninguém entendia a letra!

Whose bright idea was it to sharpen the knives?
Just twenty minutes 'fore the boat capsize
If you want answers, it's anybody's guess
I'm treading water as I bleed to death

Do lado de fora, Saida atravessava o pátio, sem dúvida a caminho da rua aonde costumava ir para fumar. Eu sabia que Mercedes e Gunn estavam sentadas debaixo do guarda-sol, mesmo que não pudesse vê-las. A água do irrigador, onde as crianças mais velhas haviam brincado pouco tempo atrás, já estava seca, e a mangueira estava pendurada no lugar. Os brinquedos e as bicicletas estavam guardados.

Mais cinquenta minutos.

Desliguei a música e peguei o livro que havíamos de ler. As crianças estavam sentadas em círculo ao meu redor, bem próximas umas das outras, às vezes quase em cima dos colegas. As crianças pequenas não distinguiam muito bem entre o corpo delas e o corpo dos outros. Era uma característica meio animalesca, não? Aliás, tudo em relação às crianças era meio animalesco. O andar de arrasto e de gatinhas, os barulhos incompreensíveis, o olhar enigmático.

— Vocês se lembram do que aconteceu na história que lemos ontem? — perguntei.

— A Mia estava tomando banho de banheira! — respondeu Kevin.

— Estava mesmo — eu disse. — E hoje vamos ler sobre as férias de verão que ela tirou.

— A gente tirou férias de verão — disse Kevin.

— É verdade — eu disse. — Eu também. Alguém sabe o nome da estação que vem depois do verão?

— Outono, claro — disse Jo.

— Outono — eu disse. — Isso mesmo. Mas no livro é verão!

Uma das crianças estava cheirando mal. Devia ser Liam, que estava quieto com um rosto que parecia mais vermelho a cada instante que passava.

Aquilo podia esperar uns minutos, pensei, e então comecei a ler. Eu mostrava as páginas às crianças antes de folhear. As mais velhas ficavam inquietas ao fim de poucos minutos, começavam a mexer em alguma coisa ou a correr os olhos pela sala em busca de um ponto onde pudessem fixar a atenção. Mas as crianças menores acompanhavam-me até o fim.

Assim que terminei, a porta se abriu e Saida enfiou a cabeça para dentro da sala.

— Tudo bem por aqui? — ela perguntou.

— Tudo. Mas será que você pode levar as crianças para dar uma volta? Preciso trocar o Liam — eu disse, olhando para ele. — Não é mesmo, Liam?

Em silêncio, ele fez um gesto afirmativo com a cabeça e me olhou com aqueles olhos castanhos e tranquilos.

Enquanto as crianças mais velhas saíam ao pátio, coloquei Liam em cima do trocador que ficava no banheiro.

— Um, dois, três! — eu contei antes de tirar as meias dele com um gesto brusco.

Eu esperava ver um sorriso, como em geral acontecia, mas em vez disso ele começou a gritar e a se debater, furioso.

— Calma — eu disse, apoiando um braço sobre as pernas dele enquanto eu tentava puxar os calções com a outra mão.

— Por que você está tão bravo? O sol está brilhando e logo a sua mãe vem te buscar!

Uma das outras crianças entrou e sentou-se no vaso em uma das cabines abertas. Era Lillian. Ela ficou balançando as pernas e olhando para mim sem nenhuma vergonha enquanto Liam berrava.

— Por que o Liam está bravo? — ela perguntou.

— Não sei — eu disse, afastando o braço que mantinha as pernas dele abaixadas. Seria impossível trocá-lo naquele momento.

Lillian puxou um pedaço de papel higiênico, se limpou, ajeitou a calcinha e estava prestes a sair do banheiro.

— Você precisa lavar as mãos — eu disse.

— Ah, é! — ela disse, e então subiu no banquinho plástico que as crianças usavam para alcançar a pia.

Liam continuava gritando e se debatendo. Será que eu devia trocá-lo à força, pensei quando Lillian enfim saiu, ou será que primeiro eu devia pegá-lo no colo até que se acalmasse?

Olhei ao redor em busca de alguma coisa que pudesse distraí-lo.

Havia um coelhinho de pano na estante logo acima. Entreguei-o para Liam, mas ele o jogou no chão.

Ele estava realmente furioso.

— Eu vou ter que trocar você de um jeito ou de outro — eu disse. — Não tem nenhum problema, né?

Segurei os tornozelos dele com uma mão enquanto eu soltava os adesivos da fralda com a outra. O cocô lá dentro era mole e amarelo, e havia se espalhado pelas coxas e pela bunda dele. Levantei as pernas, puxei a fralda, cheirei-a e a joguei na lixeira. Só naquela hora percebi que os lenços umedecidos estavam na estante do outro lado do banheiro.

E lá estava Liam, berrando enquanto eu o segurava, com a bunda toda suja de cocô.

— Saída? — eu chamei. — Você pode me ajudar aqui?

Não houve resposta.

Ou eu podia baixar as pernas dele e pegar os lenços às pressas — isso não levaria mais do que um piscar de olhos, e mesmo que Liam ficasse sozinho em cima do trocador, não haveria tempo para que caísse lá de cima antes que eu estivesse de volta — ou então eu podia levá-lo comigo. Mas nesse caso eu com certeza acabaria sujo de cocô, pensei, abaixando as pernas dele. Afinal de contas, seria melhor que o trocador acabasse sujo.

— Eu só vou ali pegar os lenços umedecidos — eu disse. — Não se mexa, está bem?

Como que por milagre, ele parou de se debater.

Mantive a mão esquerda perto dele, como uma proteção, enquanto eu virava o corpo. Em seguida dei os poucos passos necessários para chegar ao outro lado do banheiro e peguei o pacote de lenços umedecidos.

Estava vazio.

Quem foi que deixou um pacote vazio aqui?, pensei, e então abri o armário à procura de um pacote fechado, peguei um deles e me virei ainda a tempo de ver Liam rolar para além da borda do trocador. Me joguei na direção dele, mas já era tarde demais e ele caiu no chão.

Liam caiu de cabeça.

Os olhos dele estavam abertos quando me inclinei por cima dele, mas pareciam totalmente vazios.

Ele morreu, senti dentro de mim.

Não, não pode ser.

E no instante seguinte foi como se aquilo que era ele retornasse, e então ele olhou para mim.

Ele estava completamente calmo.

Eu o peguei e o abracei.

— Como você está? — eu perguntei. — Você se machucou?

Ele não estava chorando, não estava sequer resmungando.

O piso era de linóleo, pensei. É um piso relativamente macio. E o trocador não é muito alto.

Não tinha acontecido nada.

Não havia sequer uma marca na cabeça dele. Talvez um galo aparecesse depois de um tempo.

Eu o coloquei mais uma vez em cima do trocador e comecei a limpá-lo.

Mas alguma coisa estava diferente.

Ele devia estar em choque, pensei enquanto eu limpava a minha camiseta com um lenço umedecido antes de colocar uma fralda limpa nele e vestir-lhe novamente os calções.

Podia ser que Liam tivesse sofrido uma leve concussão.

Era bem provável, até.

Por isso ele parecia diferente.

Joguei os lenços úmidos na lixeira, levantei-o e fui ao encontro dos outros no pátio. Ninguém tinha visto nada, e não havia motivo para contar. Afinal, tudo acabara bem.

Coloquei Liam na caixa de areia e fui ao encontro dos outros.

Liam permaneceu sentado na mesma posição em que o deixei, com o olhar fixo à frente.

Ainda devia estar confuso.

— Pode ir para casa se você quiser, Emil — disse Mercedes. — O dia está lindo!

— É *muita* gentileza sua — eu disse.

— A gente gosta muito de você — ela disse, rindo.

Um pouco adiante a mãe de Frida atravessou o portão, levantou os óculos e acenou para nós, e logo atrás chegou a mãe de Jo, empurrando a bicicleta.

Seria melhor ir embora antes que os pais de Liam aparecessem, pensei, e então me levantei. Se ele ainda estivesse quieto, talvez viessem perguntas sobre o que tinha acontecido, e eu não queria mentir.

— Oi, Emil — disse a mãe de Frida. — Vai sair agora à tarde?

— Vou dar uma volta, talvez — eu disse. — E vocês? Quais são os planos? Ela abriu um sorriso e deu de ombros.

— Vamos ter que inventar alguma coisa — ela disse enquanto Frida chegava correndo e ela se abaixava.

— Fiquem bem, vocês todos! — eu disse em voz alta enquanto abanava, e então atravessei o portão, fui até a bicicleta que ficava presa à cerca, soltei a tranca, empurrei-a por alguns metros, montei e comecei a pedalar enquanto eu tirava o celular do bolso e telefonava para Mathilde.

— Oi! — ela atendeu.

— Você está em casa? — eu perguntei.

— Não, estou no parque. Não aguentei ficar em casa num dia como esse. Você já se liberou?

— Já.

— Não quer vir para cá?

— Eu vou para o ensaio — eu disse.

— O ensaio é só às sete — ela disse. — Dê uma passada aqui! Estou com saudade de você.

— Está bem — eu disse, e então fiz uma curva e parei; a rua à minha frente era bem íngreme, e além disso era calçada com paralelepípedos. — Quem está aí com você?

— A Jorunn e a Tuva — ela respondeu.

— Está bem — eu disse. — Eu chego daqui a uns dez minutos.

— Ótimo! — ela disse.

Ao desligar, aproveitei para ler as mensagens recentes. Trond e Frode haviam me perguntado se eu não queria sair depois do ensaio, meu pai tinha feito um convite para um passeio de barco no fim de semana e Fredrik queria dinheiro emprestado. Não foi um pedido direto, mas eu entendi que era nisso que ele estava pensando.

Liguei para ele.

— Quando você me devolve? — eu disse.

— De que porra você tá falando? — ele perguntou.

— Você quer dinheiro emprestado, não?

— Agora não quero mais — ele disse. — Não de um cara tão esperto como você.

— Pode ser — eu disse. — Mas preciso que você me pague. De quanto você precisa?

— Quinhentos, talvez?

— Tudo bem. Você passa lá em casa?

— Você não vem para o centro? — ele perguntou.

— Eu estou agora no centro.

— Eu quis dizer mais tarde.

— Você está em casa?

— Estou.

— A mãe tá aí?

— O que ela estaria fazendo aqui? Ainda são quatro horas.

— Foi só uma pergunta. Como ela está?

— Bem, acho eu. Mas você pode ligar.

— É o que vou fazer — eu disse. — Mas tudo bem. Nos falamos depois.

— E o dinheiro?

— Ah, é mesmo — eu disse. — Eu vou estar no Verftet entre as sete e as nove.

— Perfeito — ele disse. — Até lá, então!

Desliguei e respondi às outras mensagens, coloquei os fones de ouvido, comecei a ouvir Ohia e desci a encosta. Tinha gente em todos os lugares por onde eu passava de bicicleta, em todas as calçadas e em todas as praças, e todos os restaurantes com áreas ao ar livre estavam lotados.

O Ohia diminuiu a intensidade da alegria e a tornou mais equilibrada. Naquele mundo tudo era escuro e depressivo. E aquela música ganhava uma beleza especial quando estava rodeada de luz. A feiura e a beleza.

Somente quando cheguei à estrada que seguia ao longo de Vågen tornei a pensar em Liam.

Fui tomado por um sentimento horrível.

Ele podia ter se machucado de verdade. Talvez houvesse começado a vomitar. Ninguém entenderia por quê.

Ou talvez pudesse ter começado a sangrar pelos ouvidos.

Ferimentos na cabeça eram coisa séria.

Eu devia ter avisado. Não precisava ter dito que ele havia caído do trocador, bastaria dizer que ele tinha caído enquanto andava, contra uma superfície dura qualquer. Assim os pais saberiam e poderiam levá-lo para fazer exames, se fosse o caso.

Mas naquele momento já era tarde demais. Eu não poderia ligar e dizer, escutem, o filho de vocês caiu hoje no jardim de infância, mas eu tinha esquecido de avisar.

Não tinha sido culpa minha.

O meu erro foi não dizer nada.

Mas provavelmente estava tudo bem. Não havia motivo para me preocupar.

Desci da bicicleta e a empurrei morro acima, em direção a Sydneshaugen, depois atravessei o parque pedalando e avistei as meninas enquanto descia a encosta; estavam todas sentadas na grama, Mathilde inconfundível no biquíni branco.

Mas logo detive o passo. Ela não estava só com Jorunn e Tuva, como havia dito. Havia mais três garotos. Eu os reconheci: eram colegas de Tuva.

Por que Mathilde não havia me dito?

Parecia quase obsceno ver as três garotas de biquíni e os três garotos totalmente vestidos ao lado delas.

Minha vontade foi dar meia-volta, ir para casa e ligar dizendo que eu tinha mudado de ideia.

Mas era possível que já tivessem me visto. Nesse caso eu pareceria um idiota.

Desci o último trecho, fiz uma curva e parei ao lado deles.

— Olá! — disse Mathilde, olhando para mim sem tirar os óculos escuros.

— Então é aqui que vocês passam o dia inteiro sem fazer nada — eu disse, e então apoiei a bicicleta contra uma árvore e me abaixei para beijá-la.

— Não mesmo! — ela protestou. — Eu vou logo em seguida para o trabalho.

— Como vão as coisas? — perguntou um dos rapazes.

— Bem — eu disse.

— Você trabalha num jardim de infância?

— Trabalho — eu disse enquanto me sentava ao lado de Mathilde. Ela estava sentada em cima das pernas e parecia uma sereia. O protetor solar, a saia florida, a camisa branca e as sandálias formavam um montinho logo atrás dela.

— Você quer um pouco de vinho? — perguntou outro rapaz.

— Não, obrigado — eu disse. — Estou de bicicleta.

Senti que a minha chegada tinha sido uma má surpresa. Já não seria mais possível ficar olhando para Mathilde e flertando com ela.

— Hoje eu vi a pastora outra vez — disse Mathilde.

— Que pastora? — eu perguntei. — Ah, a que fez a sua confirmação!

Mathilde estava trabalhando na recepção de um hotel durante aquele verão. Na manhã anterior ela havia chegado em casa e dito que a pastora da sua confirmação tinha aparecido no hotel meia hora depois de fazer a reserva. A pastora não a tinha reconhecido, e ela tampouco havia se identificado, porque não queria que a pastora se sentisse vigiada. Deviam ser problemas no casamento, ela disse. Por que mais uma pessoa se hospedaria em um hotel na própria cidade onde mora? Pode ser que ela esteja fazendo uma reforma, eu disse. Ela me olhou como se eu não fosse lá muito perspicaz. À meia-noite e meia? Eu simplesmente gosto de pensar sempre o melhor a respeito das pessoas, eu disse.

— Ela entrou na farmácia do shopping center enquanto eu estava lá — ela disse. — E você sabe o que ela comprou?

Balancei a cabeça.

— Um teste de gravidez! Então com certeza tem alguma coisa acontecendo na vida dela.

— As pastoras têm filhos, também — eu disse.

— Mas é meio estranho, você não acha? Que uma pastora se hospede sozinha num hotel em plena madrugada e saia para comprar um teste de gravidez?

Eu não gostava de fofoca e achava que Mathilde também não.

Puta merda. Eu tinha levado tudo para o lado negativo.

O dia estava incrível, todo mundo estava na rua e eu estava com Mathilde, uma menina linda, simpática, esperta e pé no chão que era tudo que eu podia sonhar como namorada. E logo a gente teria um ensaio com a banda, que estava ficando cada vez melhor.

Mas lá estava eu, choramingando por dentro.

Ergui a cabeça e olhei para a copa da árvore acima de nós, para o archote verde sustentado pela complexa rede de troncos e galhos, e então olhei para Mathilde, para aquela pele branca que nunca se bronzeava e estava sempre fria, e ela sorriu para mim.

— Você vem com a gente depois, Emil? — perguntou Jorunn.

— Acho que não — respondi. — Eu tenho ensaio e além disso tenho que acordar cedo amanhã. Mas obrigado pelo convite!

Eu desejei muito estar a sós com Mathilde, pensei em como seria e desejei muito aquilo. Nada era melhor do que estar a sós com ela, a coisa mais divertida que existia era sair e beber só com ela. Mas eu sabia que não podíamos viver a vida inteira numa bolha.

Eu tinha decidido uma coisa, que era responder sem rodeios caso ela um dia falasse sobre filhos. Quanto a mim, eu não queria falar sobre o assunto. Eu não queria assustá-la, filhos eram um assunto muito importante e nós dois ainda éramos muito jovens. Por outro lado, eu temia que ela não me incluísse nos planos que tinha para o futuro, que eu fosse apenas um namorado da época de adolescente. Se eu começasse a prendê-la, talvez ela fugisse.

Mas nós morávamos juntos, nunca tínhamos discutido essas coisas, simplesmente fomos morar juntos assim que a oportunidade surgiu.

— Vamos jogar bocha? — perguntou um dos estudantes. Ele era alto e magro e tinha uma franja que mais parecia uma cortina sobre os olhos. Às vezes fazia um gesto idiota com a cabeça para tirá-la de cima do rosto. Eu tinha uma vaga lembrança de que o nome dele era Atle.

— Boa ideia — disse Anders, o amigo dele.

— Será que a gente consegue? — disse Mathilde.

— Vamos lá — disse Tuva, que então se levantou, pegou a saia e a vestiu.

Eu também me levantei.

— Acho que vou passar — eu disse. — Tenho que ir para casa fazer um lanche.

Mathilde me abraçou e olhou para o meu rosto.

— Nos vemos amanhã cedo, então — ela disse.

Eu a beijei. Assim que saí para a rua, virei o rosto e vi que todos estavam a caminho da cancha de bocha.

* * *

Uma hora e meia depois eu estava no assento de trás do ônibus com a guitarra ao meu lado, ouvindo Fela Kuti. Enquanto olhava para fora da janela, eu tentava empurrar mentalmente todas as ruas e construções para o fundo e trazer as árvores e a vegetação para a frente, para ver como o mundo seria caso as plantas fossem o elemento principal, como se o mundo pertencesse a elas, não a nós.

Era algo que eu tinha começado a fazer na época do ensino médio, quando pegava o ônibus todo dia para ir à escola. Na época eu tinha a posição de vice-líder do Natur og Ungdom e era muito engajado na causa ambiental. Provavelmente o meu interesse vinha do nosso professor de desenho, que pedia que a gente desenhasse os espaços intermediários, como por exemplo o espaço entre o canteiro e as folhas de um vaso, o espaço entre os móveis de um cômodo. O que acontecia com as árvores era meio parecido, elas pareciam surgir de repente e tornar-se visíveis, mesmo que já estivessem lá o tempo inteiro.

Desci em Klosteret, segui por uma das ruelas à esquerda e saí na rua que levava ao Verftet ao longo do fiorde, que cintilava em azul, cheio de pequenas e brilhantes moedas de luz.

Trond estava no pé da encosta, vestido inteiramente de preto como sempre, e tinha na mão uma sacola plástica, que também era um de seus atributos fixos. Eu sabia que naquela sacola estavam as baquetas dele, e também fita adesiva, parafusos de afinação, luvas e sem dúvida também uma coca-cola. Eu havia lhe dado uma mochila no Natal anterior, mas ele não tinha captado a mensagem.

No Natal seguinte ele ganharia uma bermuda, pensei, e então gritei o nome dele.

Trond se virou e ficou à minha espera.

— Oi — ele disse.

— Alguma novidade? — perguntei, apertando a mão dele.

Trond balançou a cabeça.

O rosto dele era largo e cheio de sardas, os lábios eram grossos, o nariz era largo e os olhos eram profundos e escuros, mesmo sendo azuis. O corpo era atarracado e forte.

Nós dois tínhamos feito amizade no jardim de infância, então afora o meu irmão, Trond era a pessoa que eu melhor conhecia no mundo.

— Você não vai sair com a gente depois é o caralho — ele disse quando começamos a andar.

— Eu tenho que trabalhar — eu disse.

Uma nuvem preta tomou conta dos meus pensamentos.

Liam.

Tomara que tudo estivesse bem com ele.

— Eu também — ele respondeu. — E eu tenho que levantar às quatro, ainda por cima. Dei de ombros.

— Eu não sou você. Preciso dormir mais do que isso.

— Não existem muitas noites como essa ao longo de um ano — ele disse.

— Não aqui, pelo menos! — eu disse. — Vamos ver. Talvez eu possa tomar uma ou duas cervejas.

— Você fica menos rock 'n' roll a cada mês que passa, sabia? — ele me disse. — De repente foi morar com a namorada e além disso trabalha num jardim de infância.

— E quem me diz isso é você? Que mora com o papai e a mamãe e trabalha como confeiteiro?

— Bom, pelo menos eu não vou para a cama às nove e meia.

— Mas às seis você já está bocejando — eu disse. — Você se lembra de quando a gente assistiu àquele filme do Ziggy Stardust no clube de cinema? Ah, não, claro que não lembra. Você passou toda a porra do filme dormindo!

Logo abaixo vimos a antiga fábrica de sardinhas.

— Pode ser que a gente tenha uma música nova, aliás — eu disse.

— Ah, é? — disse Trond. — Boa notícia.

— Mas não sei se a música é boa. Na verdade só tenho a letra. E uma ideia aproximada de como deve soar.

— Legal — ele disse.

— Pode ser que legal seja justamente o que ela não é — eu disse. — Não tenho nem coragem de dizer como a música se chama, de tão idiota que é o nome.

— Como ela se chama?

— Vamos ver se o pessoal está lá? — eu disse, fazendo um gesto com a cabeça em direção à área externa do café nos fundos.

— Não tente fugir do assunto — ele disse. — Como a música se chama?

Eu olhei para ele e sorri, mas não disse nada. Ele também sorriu para mim.

Frode e Kenneth estavam numa das mesas, cada um tendo à frente uma cerveja, e aos pés os estojos dos instrumentos. Eles acenaram e fomos ao encontro deles.

— O Emil tem uma música nova — disse Trond. — Mas ele não consegue nem ao menos dizer o nome dela.

— "Storm i hjertet" — eu disse.

— Nossa, uma tempestade no coração? O que houve, você terminou com a Mathilde? — Frode perguntou, rindo.

— O que vocês acham que soa melhor, *"det er en storm i mitt hjerte"* ou *"det er en storm i hjertet mitt"*?

— Para mim soa bem dos dois jeitos — disse Trond.

— Eu acho que os dois jeitos ficam legais — disse Frode.

Eu gostaria que você desse uma ideia melhor, pensei, mas não disse nada. Frode às vezes agia como um merda, porém eu nunca havia tocado com um guitarrista melhor. Ele nunca tocava nada em excesso, e tudo que ele tocava soava bem.

— A gente pode mexer na letra depois se for o caso — ele disse. — Vocês trouxeram a chave?

Kenneth, que praticamente nunca dizia nada a não ser que perguntassem, fez um gesto afirmativo com a cabeça.

Os dois terminaram de beber, entramos na antiga fábrica e fomos à nossa sala de ensaios. Depois que havíamos ligado e afinado os instrumentos, o celular vibrou no meu bolso. Era Mathilde.

"Por que você estava azedo no parque? Eu AMO você, e você sabe muito bem disso", ela tinha escrito.

"Eu não estava azedo!", escrevi de volta. "Só cansado de trabalhar. Tudo que eu quero é você!"

Eu estava prestes a guardar o celular quando ela mandou uma nova mensagem.

"Você não pode dar uma passada no meu trabalho depois?"

"É o que eu mais quero!", respondi, e então notei que os outros estavam olhando imóveis para mim, à minha espera. Guardei o telefone no bolso.

— Desculpem — eu disse. — Vamos ensaiar o set?

Uma hora depois, quando havíamos tocado as músicas todas, fizemos um intervalo. Frode e Kenneth saíram para fumar, enquanto eu e Trond ficamos na sala.

Li a letra e senti vontade de esquecer aquilo, mas assim mesmo a enviei para os outros.

Først er det helt stille
så kommer vinden,
å, så kommer vinden
Så kommer regnet
å, så kommer regnet
Og stormen bryter løs
et aller helvetes øs

Det er en storm i hjertet mitt
Regn og vind
i et såret sinn
Det er en storm i hjertet ditt regn og vind
i et såret sinn

Hjertets gater er tomme for folk
Ordene dine er som stikk av en dolk
Hjertets trær suser
hjertets hav bruser
Hjertets himmel er svart
hjertets regn er hardt

Det er en storm i hjertet mitt
Regn og vind

i et såret sinn
Det er en storm i hjertet ditt
regn og vind
i et såret sinn

Først er det helt stille
så kommer vinden,
å, så kommer vinden
Så kommer regnet
å, så kommer regnet
Og stormen bryter løs
*et aller helvetes øs**

O telefone de Trond bipou às minhas costas.

— Muito bom, Emil — ele disse logo em seguida.

— Você acha mesmo? — perguntei, me virando para ele. Trond continuava inclinado para a frente, com os cotovelos apoiados nas pernas e o telefone nas mãos.

— Acho, ficou muito bom — ele disse.

— Obrigado — eu disse.

Logo depois alguém bateu na porta e eu me levantei para abrir.

— Eu tenho uma tempestade no meu peido!

— Muito engraçado — eu disse.

— Você brigou com a Mathilde — ele disse, abrindo um sorriso largo.

— Vamos usar essa letra, sim ou não? — eu perguntei, e então me sentei e peguei a guitarra.

---

* "Primeiro vem a calmaria/ depois o vento sopra/ ah, depois o vento sopra/ Depois vem a chuva/ ah, depois vem a chuva/ E a tempestade cai/ uma tempestade do caramba// Tem uma tempestade no meu coração/ Chuva e vento/ numa alma ferida/ Tem uma tempestade no seu coração/ Chuva e vento/ numa alma ferida// As ruas do coração estão vazias/ Suas palavras cortam feito um punhal/ As árvores do coração farfalham/ O mar do coração murmura/ O céu do coração é escuro/ a chuva do coração é forte// Tem uma tempestade no meu coração/ Chuva e vento/ numa alma ferida/ Tem uma tempestade no seu coração/ Chuva e vento/ numa alma ferida// Primeiro vem a calmaria/ depois o vento sopra/ ah, depois o vento sopra/ Depois vem a chuva/ ah, depois vem a chuva/ E a tempestade cai/ uma tempestade do caramba." (N. T.)

— Vamos — ele disse. — Mas essa rima de *suse* com *bruse* não é muito original.

— Você tem razão — eu disse. — Mas nessa parte a linha do vocal é murmurada, então ninguém vai ouvir. Um negócio tipo Michael Stipe.

— Ou então a gente pode tirar essa parte fora — ele disse. — Não faria diferença.

— Que tal a parte *"hjertets trær faller om"*? — eu perguntei. Com uma outra rima em "om"?

— Coraçom! — disse Frode. — "Ouço um som no meu coraçom."

Meu olhos se encheram de lágrimas e eu virei as costas para ele. Puta merda, aquilo era muito além da conta, pensei, e então pisquei olhando para a parede, desliguei a minha caixa, tirei a correia e guardei a guitarra no estojo.

— O que você está fazendo? — perguntou Frode. — Foi uma brincadeira! Eu não quis chatear você!

Peguei o estojo e fui em direção à porta. Eu sabia que o melhor seria não dizer nada, simplesmente ir embora e deixá-los pensando no que haviam feito.

— Estou de saco cheio de você — eu disse para Frode. — Eu botei a minha alma nessa letra.

Ele abriu os braços.

— Meu Deus, cara, você sabe que eu estava brincando! Como você pode se levar tão a sério?

Bati a porta e fui andando devagar pelo corredor vazio. Parei na praça do lado de fora para dar a eles uma chance de vir atrás de mim.

Ninguém apareceu.

Com certeza estavam lá dentro rindo da minha cara.

Mas aquela era a minha banda. As músicas eram minhas.

Comecei a subir a encosta.

Eu tinha feito o papel de idiota completo. E demonstrado uma fraqueza incrível.

Mas eu não teria como voltar atrás. Isso demonstraria uma fraqueza ainda maior. Meu celular tocou.

Era Frode.

Parado, olhei para o nome na tela. Se eu não atendesse, seria o fim da banda. Por minha culpa.

Por acaso era o que eu queria?

Imaginei a surpresa nos olhos de Mathilde quando eu chegasse cedo: ouvi a minha explicação como se eu fosse ela. "O Frode implicou comigo, então eu fui embora."

Melhor passar vergonha na frente deles, pensei, e então atendi.

— Me desculpe, Emil — disse Frode. — Eu não quis te magoar.

— Eu não estou magoado — eu disse. — Mas obrigado assim mesmo.

— Você pode voltar, então?

— Posso — disse, e a seguir dei meia-volta.

Ao longe no fiorde um barco parecia mijar. Um grande jato em forma de arco jorrava da embarcação. A água brilhava ao sol. De vez em quando o ar tremeluzia com as cores do arco-íris.

Era como se eu estivesse sonhando, porque o sentimento de humilhação ainda era tão profundo que eu parecia existir a partir dele, e não a partir de mim mesmo.

Parei de prestar atenção aos sons da área externa do restaurante próximo e atravessei o corredor vazio em direção aos locais de ensaio ao mesmo tempo que eu tentava permanecer indiferente.

Os outros agiram como se nada tivesse acontecido quando voltei, e me senti grato por isso. Mas assim mesmo eu não podia fazer de conta que nada tinha acontecido. Eu tinha feito papel de idiota.

— Me desculpem por ter ido embora — eu disse. — Não sei o que deu em mim.

— Não foi nada — disse Frode. — Escrever é uma coisa muito sensível.

— Não tem nada a ver com isso — eu disse.

— Não, eu sei que não — ele disse. — Mas achei que a gente podia deixar assim mesmo para melhorar o clima.

— Porra, será que a gente pode tocar de uma vez? — perguntou Trond.

Depois do ensaio tomamos umas cervejas de pé no bar do café ao ar livre, que estava lotado. Conversamos a conversa de sempre, bandas e músicas, e depois começamos a falar sobre como poderíamos gravar o nosso material. Fredrik apareceu com uma bermuda azul-marinho, camisa branca e mocassins e passou um tempo com a gente só pelas aparências — daquela vez era bastante dinheiro —, mas ele estava do lado de fora e assim permaneceu, então foi embora tão logo a oportunidade se apresentou, quando um cara gordo com enormes manchas de suor nos sovacos deu um jeito de se enfiar entre nós e ergueu dois dedos para o barman. Fredrik, que precisou dar uns passos para o lado, olhou para mim.

— Acho que eu vou indo nessa — ele disse. — Mas nos vemos no fim de semana!

— Você vai aparecer? Ótimo! — eu disse.

— Difícil acreditar que vocês dois são irmãos — Frode disse quando ele foi embora.

— E que é ele quem pede dinheiro emprestado para você, não o contrário — disse Trond.

O sujeito com as manchas nos sovacos pegou dois canecos de meio litro, ergueu-os bem alto e passou mais uma vez entre nós.

— Você sabe quem é esse? — Frode perguntou em voz baixa.

Balancei a cabeça.

— É o Lindland. Foi ele que fez aquela entrevista com o Heksa.

— É mesmo?

— É. E aí ele foi rebaixado a jornalista do caderno de cultura.

— No meu universo isso é uma evolução — eu disse.

— Ele é meio que um merda.

— O Heksa também — eu disse.

Frode bufou.

— Nem existe palavra pro que ele é.

— Eu fui colega dele no jardim de infância — disse Kenneth.

Todo mundo olhou para ele.

— Do *Heksa*? — Frode perguntou.

Kenneth fez calmamente um gesto afirmativo com a cabeça e tomou um gole de cerveja.

— *Por que* você não disse isso antes?

Kenneth deu de ombros.

— Ninguém tinha perguntado.

— Claro que ninguém tinha perguntado! — disse Frode. — De onde a gente ia tirar uma pergunta dessas?

— Como ele era? — eu perguntei.

Kenneth deu de ombros mais uma vez.

— Normal. Meio pálido, talvez.

Rimos, todos nós, e então fizemos um brinde. Quando fui embora meia hora mais tarde junto com Trond, que pegaria um ônibus para Fantoft, eu tinha um sentimento alegre no peito. Que bom que eu havia voltado. Teria sido uma idiotice completa abandonar a banda por conta de uma ofensa tão ínfima aos meus sentimentos.

Mathilde olhou para mim de trás do balcão da recepção quando entrei; não havia no mundo sorriso igual àquele.

Fiquei contente ao vê-la, me inclinei por cima do balcão e a beijei, mesmo que ela já tivesse pedido incontáveis vezes para eu não fazer aquilo durante o expediente.

— Você fica muito sexy nesse uniforme — eu disse baixinho, beijando-a no pescoço. Ela me empurrou tendo no rosto o sorriso de quem afasta um cachorro empolgado demais.

— Foi bom o ensaio? — ela perguntou.

— Muito bom — eu disse.

— Que ótimo! — ela disse.

— E você? — eu perguntei.

Em vez de responder, Mathilde fez um gesto em direção à rua, onde dois ônibus estacionavam um atrás do outro.

— A partir de agora eu vou passar um tempo bem ocupada — ela disse. — Me desculpe. Eu não sabia.

— Tudo bem — eu disse. — De qualquer jeito eu estou bem cansado.

— Você me liga antes de se deitar?

— Claro — eu disse, e então a beijei mais uma vez.

— Já estou com saudade — eu disse enquanto os primeiros turistas entravam e o sorriso dela voltava-se a eles, e não mais a mim.

— Ciao, Emilio — ela me disse, olhando para mim por um rápido instante.

Na rua, onde o ar, quente como nos países do Sul, estava repleto de escuridão, coloquei os fones de ouvido e fui passando todos os álbuns que eu tinha gravado. Eu detestava playlists — a não ser aquelas que eu mandava para Mathilde. Resolvi ouvir *Apocalypse*, de Bill Callahan. "Ele tem a voz muito grossa!", as crianças haviam dito quando eu toquei aquela música para elas. E era verdade.

Liam, pequeno Liam, tomara que tudo esteja bem com você.

O ônibus estava saindo de trás do shopping center quando eu cheguei. Coloquei para tocar o álbum *If I Could Only Remember My Name*, de David Crosby, e continuei a ouvi-lo até o hospital. Eu gostava muito do som quente nas produções dos anos 70, e também da leveza da execução, dos acréscimos de pequenos *licks* e riffs, como se ninguém estivesse fazendo o menor esforço, mas simplesmente estivesse no estúdio em uma tarde qualquer e saísse com umas ideias antes de ir para a praia fumar um baseado e tomar um banho, ou o que quer que as pessoas fizessem naquela época, para então voltar ao estúdio e gravar mais uns takes. Aqueles caras *sabiam* tocar. A música era *viva*. Como as *pessoas* são vivas.

Mas acima de tudo havia o calor no som.

No ponto de ônibus em frente ao hospital eu respondi a umas mensagens de texto antes de entrar no Narvesen e comprar um tubo de Pringles, uma 7 Up e umas balas. Trond ficaria revoltado se me visse naquela cena, pensei, e então sorri. Nada de heroína: só chupetas de coca-cola e caramelos de alcaçuz.

Tirei uma foto das minhas compras, mandei para ele e escrevi que aquilo era o que eu ia querer no camarim quando nos tornássemos famosos.

"É melhor do que cenoura, pelo menos", ele respondeu.

"Melhor um buraco nos dentes do que um buraco na alma", escrevi de volta.

Ele respondeu mais uma vez quando voltei à rua.

"Você está enganado. Quantas boas músicas sobre consultas ao dentista você conhece?"

"Você deve ter pensado muuuito tempo para inventar essa", eu respondi, e então comecei a subir com o celular na mão caso ele me respondesse outra vez. Mas ele não respondeu, e passado um tempo guardei o telefone de novo no bolso. O céu acima de mim era azul-escuro, e com as montanhas pretas em todas as direções era como se eu estivesse olhando para as estrelas do fundo de um poço.

Passei o estojo da guitarra para a outra mão e me arrependi de não ter esperado mais um pouco e pegado o ônibus para subir a encosta quando de repente os passarinhos começaram a cantar ao meu redor.

Detive o passo. No alto das montanhas o sol começava a nascer. Não podia ser!

Me virei. Acima da montanha do outro lado uma luz se erguia no céu.

Não era o sol. Não era a lua. Era um tipo de estrela. Mas que enorme!

Larguei o estojo da guitarra, peguei o telefone e liguei para Mathilde. Os passarinhos continuavam a piar ao longo de toda a encosta. Uma luz fantasmagórica subia no céu.

— Oi! — ela disse. — Você já vai se deitar?

— Não, nem estou em casa ainda — eu disse. — Mas tem um negócio no céu. Você já viu?

— Não — ela disse.

— Uma estrela gigante ou coisa do tipo. Bem assustador. Os passarinhos estão cantando. Eu estou no caminho de casa.

— Ah, é? — ela disse.

— Você tem que sair e ver se tiver a oportunidade — eu disse. — É totalmente inacreditável.

— Vou fazer isso — ela disse.

— Está bem então — eu disse. — Ligo de novo em seguida.

Desliguei o telefone e percorri o último trecho enquanto me virava de vez em quando para ver a estrela ou o que quer que fosse aquilo que se erguia a uma velocidade impressionante no céu.

Alugávamos todo o segundo andar e mais dois quartos no sótão na casa de uma senhora que morava sozinha e que não nos cobrava praticamente nada. Quando abri o portão para entrar, vi que a luz da televisão cintilava na sala dela. Por um instante cogitei tocar a campainha e dizer que ela devia sair para ver aquilo, mas logo pensei que a senhora levaria um susto enorme e teria um infarto, e assim subi o caminho de lajes que levava até a nossa entrada.

Quando enfiei a chave na fechadura ouvi um intenso farfalhar na floresta, a poucos metros da casa.

Um animal selvagem, talvez, pensei.

Uma coisa se aproximou depressa.

Me virei e enxerguei um vulto que se aproximava correndo pelo gramado, em direção à cerca. Era um homem, e ele parou ao lado da macieira e inclinou o corpo ofegante para a frente e enquanto olhava para trás.

— Tudo bem? — eu disse. — O que você está fazendo?

O homem olhou para mim. Mesmo de longe eu vi que ele estava apavorado. Tinha os olhos arregalados.

Sem dizer nenhuma palavra, ele correu pelo jardim e foi até a rua. Mantive-me parado até que o som dos seus passos houvesse desaparecido.

Depois entrei, tranquei a porta, tirei a guitarra do estojo, coloquei-a no pedestal da sala, abri a 7 Up e liguei para Mathilde enquanto olhava para a esfera incandescente que pairava no céu do outro lado do vale.

Iselin

A velha senhora veio caminhando ao longo das prateleiras de doces e chocolates, com a sacola de compras pendurada no braço. Ela usava um casaco bege, mesmo que fizesse mais de trinta graus na rua.

— Olá — eu disse quando ela parou em frente ao caixa e abriu a sacola onde trazia as mercadorias.

Ela era pequena e bastante magra, e tinha pelos brancos e grossos no queixo. Era nojento, eu não entendia por que ela não os tirava, afinal não há motivo para deixar de se preocupar com a aparência só porque se é velho, certo?

— Olá — ela disse, colocando os itens na esteira um após o outro.

— Está muito quente hoje — eu disse, olhando para ela enquanto fazia a leitura dos preços.

Ela não disse nada, porque estava ocupada pegando a carteira.

Os olhos dela pareciam baços, de certa forma, ou diluídos. O pescoço mais parecia um trapo. Era lá que se revelava a idade das pessoas que haviam feito cirurgias estéticas. No pescoço e nas mãos. Não que eu imaginasse que ela havia feito qualquer tipo de cirurgia estética.

Percebi naquele instante que ela não era lenta, por que eu sempre tive essa impressão? Os dedos se mexeram ligeiros como raios até encontrar o cartão e sacá-lo da carteira.

— São 176 coroas — eu disse.

Sem olhar para mim nem dizer nada, ela levou o cartão até o leitor.

Mesmo que nos encontrássemos por volta de três vezes por semana, ela não sabia que eu existia. Dizem que os velhos tornam-se invisíveis e desaparecem, e que isso é muito duro para eles, mas eles também não fazem muito esforço. É fácil imaginar que os velhos são pessoas boas, que são agradáveis, mas a verdade é que são uma porcaria como todas as outras pessoas, ou pelo menos como aquelas que eram uma porcaria quando jovens.

Ela guardou o cartão na carteira, pôs a carteira na sacola, foi até a parte de trás do caixa e guardou as compras na sacola. Ao terminar, ela olhou para mim.

— Uma carteira de cigarros light — ela disse.

Por aquela eu não esperava. Então ela havia começado a fumar?

— A senhora tem que pegar um canhoto naquela máquina lá — eu disse. — E pagar aqui. E depois a senhora pega os cigarros naquela máquina ao lado da entrada.

— Por quê? — ela perguntou. — Por que tudo isso?

— Simplesmente é assim — eu disse, satisfeita comigo mesma.

Olhei para as minhas unhas enquanto ela tentava se virar com a máquina. Se precisasse de ajuda, ela poderia muito bem pedir. Eu tinha acabado de arrumar as minhas unhas e a manicure tinha sugerido um tom rosa-claro muito bonito, que naquele instante fez com que uma borbulha de alegria estourasse em meu ventre. Unhas vermelhas, como eu costumava usar, faziam meus dedos parecerem curtos e gorduchos. E eram mesmo, mas o vermelho chamava a atenção para essa característica. O mesmo acontecia com batom vermelho vivo, minha boca parecia menor e meu rosto maior e mais redondo.

— Será que você pode me dar uma ajudinha? — ela pediu, olhando para mim.

— Claro — eu disse enquanto me aproximava. — Que marca a senhora quer?

— Eu quero um cigarro light — ela disse.

— Existem várias marcas de cigarro light — eu expliquei. — Prince. Marlboro. Petterøes. Pall Mall. Camel. Quase todas as marcas têm uma versão light.

Três meninas entraram porta adentro em uma nuvem de risadas e perfume.

— Prince — ela disse.

Apertei o logotipo do Prince e as opções se acenderam.

— Uma carteira?

— É.

Quando o canhoto saiu, levei-o até o caixa e o escaneei. A senhora pagou e eu a acompanhei até a máquina de cigarros, escaneei o canhoto novamente e alcancei-lhe a carteira que caiu no compartimento da máquina.

— Obrigada — ela disse com um jeito lacônico, e então guardou a carteira na sacola e saiu no exato instante em que um homem alto de cinquenta e poucos anos entrou e eu me senti tomada de pânico. Mal consegui me virar antes que ele me visse.

Puta merda!

O que *ele* estava fazendo lá?

Logo ele iria até o caixa pôr as mercadorias em cima da esteira, e não havia ninguém além de mim para operar o caixa. Helene estava no intervalo, Dagfinn estava no escritório e Trude estava entre a loja e o depósito.

Tive certeza de que aquele homem era Ommundsen, mesmo que três anos houvessem se passado desde a minha saída.

Era a última conversa que eu queria ter naquele instante.

No caixa do Bunnpris.

"É você, Iselin? Você está trabalhando aqui?"

E eu faria um gesto afirmativo com a cabeça e me ajeitaria na cadeira e olharia para a frente.

"É uma boa ideia trabalhar meio turno!", ele diria. "Mas como é que vão os estudos?"

"Bem", eu responderia.

"E o que você estuda? O que você escolheu? Psicologia?"

E eu acenaria a cabeça.

"Que bom encontrar você! Penso muito em você desde que você saiu da escola. E digamos que não é muito comum que isso aconteça."

Talvez ele me convidasse para tomar um café.

As três meninas pararam em frente ao caixa. Três energéticos Red Bull e três carteiras de cigarro. Todas deviam ter catorze ou quinze anos, mas não pedi nenhum documento porque eu queria que fossem embora o mais depressa possível. As três pareciam inquietas e não paravam de se remexer, e mal conseguiram segurar as risadas quando perceberam que eu não faria a conferência.

Naquela altura, Ommundsen devia estar na outra ponta da loja. Me levantei e caminhei o mais depressa que podia em direção ao depósito, porque de repente mais pessoas começaram a entrar e o caixa não poderia ficar vazio.

Ommundsen deu a volta e eu encolhi a cabeça o máximo que pude e caminhei bem junto à parede quando passei por ele.

Não adiantou.

— Iselin? — ele disse.

Fiz de conta que não tinha ouvido, ou que eu não era Iselin, e apertei o passo, abri a porta do depósito e saí do outro lado, onde Helene estava sentada de costas para a parede, com os olhos fechados e o rosto voltado em direção ao sol.

— Você pode ir para o caixa por dois minutinhos? Eu preciso ir ao banheiro — eu disse.

Ela abriu os olhos e olhou para mim.

— Que saco, será que você não consegue se aguentar mais dez minutos? Eu estou no meu intervalo.

— Eu dou metade do meu intervalo para você depois. Por favor.

Ela se levantou com um suspiro.

— Volte daqui a dois minutos — ela disse. De perto as cicatrizes no seu rosto eram visíveis, e quando estava brava comigo era sempre um consolo pensar que ela tinha um rosto horrível.

Atravessei o depósito e entrei no banheiro minúsculo e fedorento, tranquei a porta, me sentei em cima da tampa do vaso e contei até cento e vinte enquanto respirava pela boca.

Minha dor de cabeça voltou de repente. Era como se um fio metálico tivesse sido puxado através do meu cérebro. Durante os segundos que aquilo durava eu não conseguia pensar em nada e não conseguia fazer nada, tudo o que existia era uma dor lancinante.

E então passou, de maneira tão repentina como havia começado. Puxei a cordinha da descarga, caso alguém estivesse acompanhando tudo de fora, lavei as mãos, puxei um pedaço de papel higiênico, sequei as mãos, joguei-o na privada, esperei que a caixa enchesse outra vez e dei mais uma descarga.

Àquela altura ele já devia ter ido embora.

Mas, quando abri a porta e voltei à loja, ele estava parado, me esperando do outro lado.

— Iselin — ele disse. — Que boa surpresa!

Pele bronzeada, dentes branquíssimos, camisa branquíssima.

— Olá — eu disse.

— Estou aqui a passeio com um colega. Ontem assistimos a *Orfeu*.

— Que legal — eu disse.

— Como você tem passado? Você trabalha aqui, pelo que eu entendi? Eu vi você e perguntei para a menina do caixa se realmente era você.

— É — eu disse.

Ele olhou para mim.

— Está tudo bem — eu disse. — Com tudo.

— E você já deve estar quase terminando os estudos?

— Ainda falta um pouco — eu disse. — E me desculpe, mas eu realmente preciso trabalhar agora.

— Eu sei — ele disse. — Que horas acaba o seu expediente? O que você acha de a gente tomar alguma coisa juntos? Ou seria muito estranho?

— Não, não seria estranho — eu disse.

Ele olhou para mim.

— Ótimo! Nos encontramos no Café Opera, que tal?

— Pode ser — eu disse, e então comecei a andar. — Nos vemos por lá, então!

Ele me acompanhou com a sacola de compras na mão.

— Você não me disse que horas acaba o seu expediente.

— Às oito — eu respondi.

— Nos encontramos às oito e meia, então?

Respondi com um aceno de cabeça.

— Não pense que eu costumo sair para beber com ex-alunas — ele disse. — Mas seria bom conversar um pouco com você.

— Digo o mesmo — respondi.

Helene me olhou com uma expressão irritada.

— Nos vemos mais tarde, então! — eu disse para Ommundsen, que ao sair ergueu a mão em um cumprimento enquanto eu assumia o caixa.

— Vou querer todo o seu intervalo, querida — ela disse.

— Tudo bem — eu disse.

A minha grande vontade naquele instante era chorar. Ele era tão gentil e tinha acreditado tanto em mim!

De qualquer modo, eu não poderia encontrá-lo no Café Opera.

* * *

Eu não tinha comido nada durante o dia inteiro, então quando fechamos a loja eu me sentei nos fundos em cima de uns pallets para comer um pacote de amendoins e beber uma coca-cola. Minha pele estava suada e nojenta por baixo da camiseta. O sol estava se pondo, mas o ar logo acima do asfalto tremulava de calor. O contêiner mais adiante cheirava a fruta podre. Pluguei os fones de ouvido no celular e assisti ao antigo vídeo feito por Ariana Grande, no qual ela grava uma voz e a reproduz enquanto canta a segunda voz, e depois reproduz as duas enquanto canta uma terceira e continua assim com voz atrás de voz, harmonia atrás de harmonia, até montar um coro inteiro no quarto dela. É um vídeo incrível. Se existe um gênio no mundo, é ela. As pessoas não têm ideia do quanto o que ela faz é difícil. Na verdade, é impossível.

Eu costumava assistir àquele vídeo durante o intervalo, era a minha recompensa. Aquilo ou qualquer coisa de Billie Eilish.

Coloquei "Bad Guy" para tocar e me recostei na parede. A música, incrivelmente legal, me deu vontade de sair. Simplesmente mandar tudo à merda e sair para beber e dançar.

Helene estava apoiada no portão, fumando. Quando viu que eu a encarava, ela abriu a boca e fez como se estivesse dizendo alguma coisa.

Ha ha, eu fiz uma mímica em resposta.

E então ela falou de verdade.

Tirei um dos fones de ouvido e olhei para ela com um olhar interrogativo.

— Quem era o cara que quis saber de você? — ela perguntou.

— Não é ninguém especial — eu disse, e então recoloquei o fone.

Ela falou mais alguma coisa.

— Quê? — eu disse.

— Não foi o que pareceu — ela disse. — Quem era?

— Um ex-professor.

— Você foi para a cama com ele?

— Pelo amor de Deus — eu disse, recolocando o fone e aumentando o volume enquanto despejava os últimos amendoins na palma da mão e jogava-os na boca.

Era só o que faltava Helene continuar lá. Para sair eu precisava me maquiar, porém eu não faria isso na frente dela. E o banheiro era nojento demais.

Desliguei a música e liguei para Jonas, mas logo após o primeiro toque eu mudei de ideia, desliguei e escrevi uma mensagem para ele.

"Você tem planos para agora à noite?"

Então me levantei, peguei a mochila e entrei no banheiro.

"Já estou na rua. E você?", ele respondeu.

Se me quisesse por lá, ele teria dito onde estava. Então respondi simplesmente que eu trabalharia até tarde e que tinha pensado em dar um pulo na casa dele no caminho, mas que também podíamos nos ver no fim de semana.

Passei sombra amarela e um pouco de glitter nas pálpebras, apliquei rímel nos cílios e desenhei uma linha de poucos centímetros a partir do canto do olho. Meu rosto ficava com um jeito meio oriental que me agradava, uma expressão forte e apaixonada. Passei um batom mais claro do que o habitual e um pó discreto nas bochechas para que parecessem menores.

Entendi muito bem que ele não queria que eu passasse um tempo com ele e com os amigos dele. Mesmo que eu não estragasse nada para ele, era constrangedor ter a companhia da irmã mais velha.

Mesmo assim, me senti magoada.

Eu me lembro de quando ele era bebê.

Talvez a sombra nas pálpebras fosse suficiente, pensei, e então apaguei as linhas pretas. Eu não queria parecer muito exagerada.

Pronto.

Guardei as maquiagens, vesti uma camiseta preta folgada, coloquei a mochila nas costas e saí.

Por sorte Helene não estava mais lá.

Na rua havia muita gente. Um dos cruzeiros gigantes devia ter atracado. Eram velhos de bermuda e camisa e senhoras enfeitadas para o verão que se misturavam à população local. Vozes, gritos e risadas enchiam o ar quente, e de um dos cafés vinha música caribenha.

Sequei o suor da testa com a palma da mão enquanto caminhava.

Fazia muito calor.

O ar estava quase incandescente.

Eu gostava mais quando chovia e ventava. Assim eu podia ficar no meu quarto lendo, vendo filmes ou dormindo sem a consciência pesada. Com o sol vinham exigências. Era preciso estar na rua, era preciso estar com os amigos, era preciso estar alegre. Se eu estivesse no meu quarto nessas horas, tudo estava errado e eu era uma fracassada, mesmo que eu estivesse fazendo a mesma coisa, e mesmo que eu fosse a única responsável por decidir sobre a minha vida.

Eu era livre para fazer o que eu quisesse. Mas se eu não queria encher a cara na área externa dos cafés, de onde vinha a consciência pesada?

Foda-se. Foda-se tudo.

Parei, coloquei os fones de ouvido, botei "Sheer Heart Attack" para tocar e desci pela ruela que levava a Vågsbunnen, puxando a camiseta para que não grudasse à minha pele.

Eu ainda estava com fome. E o Burger King não ficava muito longe. Pelo menos era um lugar barato. E eu era livre para decidir o que eu queria fazer.

Todas as janelas do andar de cima estavam escancaradas, e os pequenos restaurantes com pátios ao ar livre estavam lotados.

Mas o que era aquilo?

Um bicho correu para longe, ao longo da parede. As pessoas à minha frente ficaram paralisadas. Era um rato! Ele atravessou a ruela em zigue-zague no meio de toda a gente e desapareceu num portão do outro lado.

Uma mulher gritou. As pessoas olharam umas para as outras. Segundos depois vozes se ergueram mais uma vez. E todos puseram-se novamente em movimento, e tudo voltou a ser como antes.

Dizem que sempre há seis outros ratos por perto quando você vê um, pensei, olhando ao redor enquanto caminhava. Eu tinha avistado ratos muitas vezes na cidade, em especial nos fundos da loja, mas sempre à tarde e à noite. Nunca durante o dia.

Eu nunca tinha entendido por que os ratos supostamente eram tão nojentos. Eles não eram muito bonitos como linces ou corujas, mas assim mesmo não eram particularmente feios. A pelagem era curta e densa, a cauda lembrava um pequeno chicote e as patinhas da frente pareciam mãozinhas quando seguravam alguma coisa.

O sol estava se pondo acima das ilhas, então tive que apertar um pouco os olhos quando saí da ruela. O cais e o mercado de peixe estavam completamente lotados de gente. E o meu lado da rua também estava lotado. Abri caminho entre as pessoas, alegre com a música que me levava a um outro mundo e fazia com que todos aqueles rostos parecessem afastados e distantes.

As pessoas eram muito parecidas. Gritavam ao ver um rato, iam ao centro quando fazia sol, casavam-se, tinham filhos, construíam uma carreira e por fim morriam. Qual era o sentido disso tudo? De ser promovido a diretor de departamento ou virar sócio de um escritório de advocacia ou do que quer que fosse que as pessoas fizessem? E que era preciso trabalhar duro para conquistar?

Para depois ser posto na terra.

De que valiam os trabalhos importantes nessa hora?

Fui para o outro lado do Torgallmenningen, entrei pela Strandgaten e fui até o Burger King, onde por sorte não havia praticamente ninguém e onde o ar estava frio e agradável.

A escolha seria entre um Bacon King e um Double Steakhouse. Eu não tinha comido nada o dia inteiro, então me decidi por um Double Steakhouse com batata frita extra e uma coca-cola light.

Minha boca estava cheia d'água quando levei a bandeja para uma das mesas internas e me sentei.

Mesmo abrindo a boca ao máximo, eu não consegui morder o hambúrguer inteiro; uma parte do pão roçou o meu lábio superior quando o suco da carne encheu minha boca e tudo se misturou, o bacon, a carne de vaca, o pão de hambúrguer, a cebola, o tomate, a alface, o ketchup.

Eu sempre deixava as fritas para o final, porque os dois pratos eram tão diferentes que eu não gostava de misturá-los. Um, suculento e aberto, o outro, crocante e seco com uma parte saborosa e macia por dentro. Eu comia os hambúrgueres depressa, enquanto as fritas levavam mais tempo, porque eu as mergulhava no ketchup e as comia uma por uma.

Mesmo assim, comi rápido demais.

Limpei a boca com o guardanapo e pensei no que fazer a seguir. Havia um homem sentado junto à parede. Estava vestido como se trabalhasse na universidade, com calça jeans, camisa branca, paletó marrom e sapatos marrons. Os lábios dele eram oblíquos e encantadores, o rosto parecia o de um adolescente com dezoito anos, mas todo o restante dizia trinta e poucos, talvez até quarenta e poucos.

Ele ficou olhando pensativo para fora da janela, sem nem ao menos perceber que eu estava lá.

Eu estava satisfeita, mas com vontade de comer mais. O mais natural seria pedir um milk-shake de sobremesa, porque era assim que se costumava fazer. Mas o milk-shake era tão calórico que em vez dele eu podia comer mais um hambúrguer, talvez até o Bacon King que eu havia cogitado.

Será que eu estava mesmo a fim?

Estava.

Por que eu não fazia isso, então? Se eu estava a fim? Quem ou o que dentro de mim dizia não?

A razão. A consciência pesada.

Eu devia recorrer à minha força de vontade e ir embora.

Eram justamente essas as situações importantes.

Peguei o telefone e fiz uma busca por "Orfeu". Apareceu um artigo da Wikipédia sobre um deus grego. Devia ser o nome de uma peça de teatro ou de uma ópera. Se eu não estivesse enganada, era uma ópera.

Fiz uma busca por "Orfeu ópera".

Devia ser o *Orfeu e Eurídice* de Gluck.

Sem pensar duas vezes nem olhar o preço, comprei um bilhete para a apresentação de quarta-feira. Depois levei a bandeja até a lixeira, esvaziei a coca-cola, enfiei o copo no buraco, joguei os restos de embalagem fora, fui até o balcão e pedi um Bacon King e outra coca-cola light.

Quando coloquei a bandeja à minha frente e me sentei, o homem olhou para mim.

— Você come demais — ele disse.

Não pude acreditar nos meus ouvidos.

Será que ele tinha mesmo dito aquilo?

Com o rosto corado, olhei para ele.

Ele tinha um sorriso no rosto.

O que fazer naquela situação?

Eu tinha que falar alguma coisa. Não podia simplesmente ficar lá sentada.

Eu senti a vergonha arder.

Peguei o hambúrguer e o levei em direção à boca, porém mudei de ideia e tornei a baixá-lo.

— O que você pensa que está fazendo? — eu perguntei. Porém minha voz estava fraca e meus olhos não conseguiam encarar os dele.

O homem sorriu.

— Eu sou o Senhor — ele disse.

Ah, então era um louco, pensei, e toda a minha vergonha desapareceu.

— Me deixe em paz senão vou chamar os funcionários — eu disse.

O homem se levantou, veio em minha direção, passou a mão pelos meus cabelos e saiu.

Eu continuei sentada, imóvel e boquiaberta, acompanhando-o com os olhos até ele sair e desaparecer na rua lá fora.

O que tinha acabado de acontecer?

Aquele toque tinha sido muito bom.

Muito bom.

Uma sensação de calor e maciez tinha se espalhado por todo o meu corpo. Era como se tivesse sido enchido de óleo.

Eu devia ter ficado brava, eu devia ter feito uma denúncia, aquele homem era um louco e não tinha o direito de tocar em mim.

Meu Deus, como eu era tonta!

Fazia meses que ninguém tocava em mim. Claro que era bom receber um afago nos cabelos.

"Você come demais", tipo.

Eu já não estava mais a fim de comer, mas também não seria legal jogar tudo fora, então comi metade do hambúrguer e umas fritas antes de virar as sobras na lixeira.

Já na rua comecei a pensar sobre o caminho a tomar. Eu alugava um quarto no sótão de uma casa logo depois do hospital, a peça tinha o teto enviesado e antigamente havia sido usada como quarto de empregada. Quando o sol brilhava no verão, como havia feito naquele dia, o calor lá dentro era insuportável, não adiantava sequer abrir a janela, ao meio-dia o telhado estava quase incandescente, então voltar não parecia muito tentador. Mas eu também não cogitava mais a ideia de sair.

Comecei a andar em direção ao Torgallmenningen. Andar sozinha pela cidade era bom, não havia nada de estranho nisso, porque na verdade o incomum era andar com uma companhia. O problema era sentar na cidade. As cadeiras e os bancos vinham com mais do que quatro pés, assento e encosto.

Assim que eu me sentava num lugar qualquer, uma coisa se tornava visível. Talvez ninguém além de mim pensasse dessa forma. Mas o sentimento era forte, era como se brilhasse em mim nessas horas, e como se tudo acontecesse sob essa luz. Ler um livro, tomar um gole de vinho ou cerveja, olhar ao redor, tudo acontecia com uma atenção extra, como se eu me visse simultaneamente a partir de fora e de dentro. Estou aqui sentada, ela está lá sentada. Quase no mesmo instante os meus pensamentos eram moídos e transformavam-se numa coisa preta, era insuportável, e para continuar lá eu precisava lutar contra isso, lutar o tempo inteiro contra isso, contra a luz que brilhava em mim, contra aquela pessoa extra dentro de mim que acompanhava cada detalhe do que eu fazia.

Quando eu me sentava na cama do meu quarto, claro que não era assim. Mas havia uma outra coisa, uma sensação de que eu na verdade devia estar na rua e não em casa, por mais relaxada e tranquila que eu me sentisse em casa com chá, chocolate e um filme novo na Netflix.

Assim que parava de caminhar eu sentia como se uma avalanche de confusão e de incapacidade começasse dentro de mim. Eu não podia parar assim, não podia me sentar assim, eu só podia continuar andando, ou então estar no meu quarto.

Na universidade, isso havia tornado absolutamente tudo impossível. Eu me sentava e sentia como se queimasse no auditório, eu me sentava e sentia como se queimasse na cantina, eu me sentava e sentia como se queimasse durante as aulas.

Agradeço a Deus pelo trabalho, eu disse. Lá pelo menos eu podia estar sentada não fazendo nada à vista de todos. Ninguém se importava em saber quem eu era, desde que eu fizesse o que devia fazer.

A grama à beira-d'água estava cheia de gente. Pelo visto, a maioria das pessoas estava bebendo em grupos. O céu acima das montanhas tinha uma coloração vermelha muito dramática enquanto o sol se punha no mar do outro lado. A água estava perfeitamente espelhada. O ar estava parado.

No que eu estava pensando no banheiro enquanto me maquiava? Que eu parecia exótica com a sombra amarela. Exótica num estilo Mil e Uma Noites. Apaixonada, forte.

A caminho de um encontro.

Uma mulher de negócios.

Líbano. Beirute. Jordânia.

Confiante em si mesma. Sexy. Enigmática. Um dia longo, uma bebida relaxante no lounge do hotel.

Todos aqueles homens pálidos do ocidente, com vidas comerciais e superficiais ao meu redor. As mulheres eram como os homens e os homens eram como as mulheres.

O homem com quem eu havia de me encontrar estava perdido. Ele havia bebido da nascente, e a partir de então estaria disposto a sacrificar qualquer coisa para ter mais.

Eu podia enlouquecê-los se quisesse.

Esqueciam-se de tudo, a não ser de mim e do que eu tinha a oferecer.

O destino havia me levado a um país estranho. As montanhas eram muito altas e muito verdes, as pessoas eram muito frias.

Passei por um café com área externa. Um casal se levantou no mesmo instante e me aproximei sem correr, perguntei se estavam desocupando a mesa, o homem fez um gesto afirmativo com a cabeça e eu me sentei.

O fogo no céu aos poucos se apagava.

Fiz um gesto para o garçom.

Ele se aproximou.

— Vocês têm vinho libanês? — eu perguntei.

— Não, não temos — ele disse. — Temos vinho australiano, chileno e californiano. Além de francês, espanhol e italiano, claro. E de vinho branco alemão. Você estava pensando em alguma uva em especial?

Abri um dos braços em um gesto que parecia metade desistência e metade indiferença.

— Vou querer uma taça do tinto da casa, por favor — eu disse. — E uma porção de azeitonas, se você tiver.

— Mais alguma coisa?

— Não, obrigada.

Ele se afastou. Todas as pessoas que passavam à beira d'água pareciam desapressadas. Vi três rapazes, sem dúvida estudantes; um deles empurrava uma bicicleta e todos usavam mochilas. Corpos morenos ao fim do verão, magros e despreocupados, que não se importavam de ser vistos. Vi um casal que empurrava um carrinho de bebê e a menina que se movimentava logo à frente, que mal tinha aprendido a caminhar.

Uma torrente de anseio tomou conta de mim.

Se ao menos alguém me tocasse!

Para isso bastava ir a um bar de hotel tarde da noite. Sempre havia alguém mais disposto que se aproximava, me oferecia uma bebida e no fim me convidava para subir ao quarto. Ou então ao Galeien depois que os clubes tivessem fechado: também bastava me sentar por lá e esperar. Os homens eram mais jovens por lá, mas também estavam mais bêbados, e seria nojento se eu também não estivesse.

O garçom me trouxe o vinho e as azeitonas. Tomei um pequeno gole e tentei reencontrar nos meus pensamentos o lugar onde eu tinha acabado de estar.

Então senti mais uma fisgada na cabeça. O fio de metal deslizou pelo meu cérebro como um fatiador de ovos. Fechei os olhos, a escuridão estava cheia de pontinhos luminosos.

Aaaah, eu disse por entre os dentes. Aaaah.

E então passou.

Nada no mundo era melhor do que quando aquela dor sumia. Tudo ficava bem.

Uma vez a dor havia durado quase uma hora. Por sorte eu estava em casa, porque cheguei a vomitar. Mas quase sempre durava apenas uns poucos segundos.

Tomei mais um gole de vinho. Um mendigo se aproximou devagar, empurrando um carrinho de supermercado cheio de sacos e trapos. Duas garotas magras passaram ao lado dele, uma com um vestido branco e curto de verão e a outra com um vestido azul de estampa florida.

Líbano.

Sensual, forte e enigmático.

Reuniões o dia inteiro, e agora uma merecida taça de vinho.

Se ao menos alguém me tocasse!

Que sujeito tinha sido aquele? E por que ele havia feito o que fez?

Eu sou o Senhor, tipo.

Mas ele não parecia ser um louco.

Quem sabe o que se passa no interior das pessoas?

Eu, pelo menos, não.

Ommundsen, por exemplo.

Por uns meses eu achei que ele realmente estivesse interessado em mim. Naquele momento era constrangedor pensar nisso. Que ele poderia, tipo, ter sentido qualquer coisa por uma gordinha de dezesseis. Mas durante as aulas ele muitas vezes olhava para mim com um olhar cheio de ternura. E ele tinha me ajudado demais.

Eu tinha uma lembrança muito clara da primeira vez. No fim de uma aula ele tinha se aproximado enquanto eu guardava as minhas coisas.

— Oi, Iselin — ele tinha dito.

— Oi — eu disse, sem olhar para ele.

— Eu vi que você tem faltado bastante.

— Eu sei — eu disse. — Andei meio doente. Me desculpe.

— Eu pensei que talvez esteja sendo uma época meio difícil para você. Estou certo?

— Não — eu disse. — Está tudo bem.

Ele sorriu.

— Por que você acha que precisa me dizer isso?

Dei de ombros.

— Porque é verdade? — eu respondi enquanto me levantava. — Mas eu vou cuidar melhor da minha frequência.

Saí sem me despedir e fui até o ponto de ônibus que ficava no outro lado da escola. Eu estava triste e brava. O que ele tinha a ver com a minha vida?

Ao mesmo tempo, gostei de ver que ele se importava.

Ninguém mais se importava. Minha mãe passava a semana estudando em Oslo, meu pai tinha construído outra família e Jonas estava morando com a minha avó naquele ano.

Eu tinha dezesseis anos e era grande o suficiente para me virar sozinha. Não era só uma coisa que a minha mãe dizia, eu também dizia o mesmo. E na verdade era muito bom passar todo aquele tempo longe da minha mãe.

Então o problema não era passar a semana sozinha. O problema não era não ter amigas na turma nova. Quase todas as meninas vinham da mesma escola e já se conheciam de antes. As panelinhas não se abriam para mim, era como se já estivessem prontas. E além disso não era legal andar com as pessoas da turma. Todo mundo tinha uma panelinha fora desse ambiente.

Havia duas outras garotas que também ficavam de fora, mas elas não pareciam se importar. Agnete, que sentava perto das janelas, tricotava e sorria de leve para tudo o que acontecia ao redor, e Sara, que pertencia a uma seita cristã e sempre andava de saia e usava os cabelos presos numa trança. Ela era muito bonita, mas diferente demais para que os outros se interessassem, e também não demonstrava muito interesse pelos outros. Ela se esforçava muito e tirava notas boas, mas estava jogando a vida fora, quanto a isso não havia dúvida. Se eu fosse bonita e magra daquele jeito, teria me jogado de cabeça na vida.

O pior eram sempre as segundas-feiras, porque no primeiro período todo mundo perguntava para todo mundo o que cada um tinha feito no fim de semana. Eram festas aqui e festas acolá e filmes assistidos com os amigos. Às vezes alguém também me perguntava, em especial Jakob, que sempre tomava o cuidado de fazer com que todo mundo participasse. Ele fazia parte do conselho de alunos, votava no Rødt, o partido socialista, e se valia do próprio idealismo sempre que possível. Tinha cabelos desgrenhados e espinhas, e talvez não fosse exatamente bonito, mas era cheio de energia e ação e riso. Eu não tinha nada contra ele, para dizer a verdade eu até gostava bastante dele, mas não quando ele queria que eu participasse das coisas. Ele não entendia que o efeito era o contrário. Receber uma pergunta dele era como ter uma marca feita na minha testa.

— O que *você* fez nesse fim de semana, Iselin? — ele perguntou do lugar que ocupava na fileira bem da frente.

Eu, que sentava na última fileira e sabia que todos os meus colegas tinham ouvido a voz dele, dei de ombros e mal olhei para ele, porque estava ocupada com outra coisa.

— Nada de especial — eu disse.

Mas eu só poderia dar aquela resposta um determinado número de vezes antes que ela se tornasse esquisita, e então comecei a mentir, a dizer que eu tinha ido a uma festa ou ao Peppes Pizza com amigos, e se ele fazia mais perguntas sobre a festa, onde tinha sido, por exemplo, eu simplesmente dizia o nome de um dos meus ex-colegas. Ninguém poderia conferir nada.

Meu pai costumava dizer que todos os problemas têm solução. Se não tem solução, então não é um problema.

Qual era o meu problema?

Eu não tinha amigas na escola.

Eu não era convidada para festas.

Havia uma maneira simples de resolver esses dois problemas. Eu podia convidar as meninas da turma para uma festa na minha casa. Mas não era uma ideia livre de riscos, porque o que aconteceria se elas não quisessem? Isso tornaria o problema ainda mais grave.

Eu queria poder falar com meu pai a respeito disso. Daquele jeito meio gozador e meio sério que antigamente a gente usava para falar um com o outro. Ele tinha dito que eu podia morar com eles, mas eu não queria. Ele tinha mudado, com a esposa nova e o filho novo. Antes ele costumava entrar no meu quarto para conversar comigo, era um hábito que havíamos mantido ao longo dos anos, mas quando ele se mudou para morar com a nova esposa já não tinha mais "tempo" para isso. Ela mandava nele, ele fazia tudo como ela queria, e assim não havia lugar nenhum para mim.

Ele continuava sendo atencioso e eu sabia que se importava comigo, mas quando ele me convidava para jantar eu via tudo o que estava acontecendo, que o tempo inteiro ele tomava cuidado para que eu não ocupasse muito espaço, para que houvesse um espaço no mínimo igual ou até maior para a nova esposa e para o filho deles.

"Festa da turma" era coisa do ensino fundamental. Eu não podia escrever convites e distribuí-los. E também não podia convidar as minhas colegas para ir à minha casa na sexta-feira, porque o que aconteceria se elas não quisessem? Afinal, eu nem as conhecia.

Mas se eu já tivesse uma festa marcada e as convidasse como quem não quer nada, não pareceria estranho. E também não faria diferença se elas não quisessem.

Foi assim que eu fiz.

No início a minha mãe saía de Oslo na sexta-feira à tarde e chegava tarde da noite, mas depois de um tempo ela começou a sair na manhã de sábado, o que era bom, porque assim eu podia dar a festa na sexta e ainda teria tempo para arrumar tudo antes que ela chegasse no sábado à tarde.

Eu vinha de um vilarejo onde os rapazes ficavam dando voltas de carro com as namoradas no banco do carona e as amigas no banco de trás, e o vilarejo era tão pequeno que todo mundo conhecia todo mundo. Eu disse para as meninas da minha antiga turma que eu daria uma festa e que todas podiam convidar quem quisessem, desde que não fosse muita gente. E depois eu disse para as meninas da turma nova que eu daria uma festa, e que elas também estavam convidadas.

O primeiro carro subiu a encosta que levava à minha casa às seis horas. Eram Signe e o namorado, com mais três amigos dele. O namorado se chamava Arild e era um sujeito pequeno com um bigode fino e um chaveiro pendurado no cinto. Ele adorava contar vantagem e tentava dar a impressão de que conhecia tudo e todos. Mas ele tinha dezoito anos e um carro, e era por isso que Signe estava com ele. Os amigos dele eu não conhecia, mas sabia que jogavam no time de futebol.

— *Oi*, Iselin! — Signe disse com um jeito bajulador enquanto me abraçava.

— *Que bom* que você veio! — eu disse, com um jeito igualmente bajulador.

Arild abriu o porta-malas e os meninos pegaram dois engradados de cerveja. Fiquei apavorada, mas eu não poderia dizer nada.

— Onde a gente pode deixar isso? — ele perguntou.

— Na cozinha? — eu disse.

Mais um carro apareceu, dessa vez eram Ada e Maja e os namorados delas. Elas tinham duas garrafas de Absolut e suco de laranja. E assim tudo continuou. Às oito horas o pátio em frente à casa estava cheio, e havia carros estacionados até na estrada. Devia ter umas cinquenta pessoas na minha casa. Todos faziam o que bem entendiam. O aparelho de som na sala estava ligado no máximo, e além disso havia carros com o som ligado. Havia gente por toda a parte, em todos os cômodos, e as pessoas não paravam de chegar. Eu não conhecia sequer a metade.

No início eu tentei cuidar de tudo. Coloquei tudo o que estava na sala e que poderia quebrar no armário, o que não era pouca coisa, porque minha mãe gostava de decorar a casa. Tirei os dois que estavam sentados no chão do quarto de Jonas fumando maconha e tranquei a porta. Tentei esconder os objetos pessoais que estavam no meu quarto, mas não consegui, porque ao entrar descobri que lá havia três rapazes bebendo na minha cama, enquanto outro balançava a perna sentado na minha cadeira e ainda outro estava sentado em cima da minha escrivaninha. Foi nesse momento que desisti e resolvi entregar tudo à sorte.

Tudo parecia tão horrível que eu tinha me esquecido por completo das meninas da minha turma nova. Quatro delas de repente apareceram na sala e ficaram olhando ao redor. Eram Lea, Hanne, Selma e Astrid.

— Vocês vieram! — eu disse, e então me apressei em recebê-las.

— Quantos amigos você tem, Iselin! — disse Selma.

As outras três seguraram uma risada.

Elas pareciam criaturas de um outro mundo. Tudo que usavam parecia bonito, elegante e perfeito: Hanne estava com um vestido branco na altura dos joelhos e uma jaqueta jeans azul-clara, Astrid estava com uma calça jeans azul-clara, um top com estampas florais e um casaco leve de tricô branco e Lea estava com uma camiseta preta do Led Zeppelin, uma saia preta e uma jaqueta de couro realmente bonita.

— Vocês vieram de ônibus? — eu perguntei.

Lea acenou com a cabeça.

— O que a gente faz agora? — Selma perguntou. — Como são as festas por aqui?

— Não é só encher a cara e sair berrando por aí? — Astrid perguntou.

As quatro riram. Eu também ri um pouco.

Selma colocou a mão no meu ombro.

— Que bom te ver, Iselin — ela disse.

— Digo o mesmo — respondi.

— E que casa bonita — disse Lea.

— Obrigada — eu disse.

— Será que a gente pode pegar umas taças de vinho? — Astrid perguntou.

— Claro — eu disse. — Só esperem um pouco. Já vou buscar.

— E um saca-rolhas, se você tiver — disse Selma enquanto eu me afastava.

"Se você tiver?", pensei. O que ela queria dizer com aquilo? Que tipo de casa não teria um saca-rolhas? A cozinha estava cheia de gente, e o ar estava denso por causa da fumaça. Um menino que eu nunca tinha visto e que parecia meio trôpego preparava uma fatia de pão com patê enquanto fumava, enquanto outro, sentado, batia uma faca contra a borda da mesa no ritmo da música. Não uma faca de manteiga, mas uma faca de corte afiada. Cada batida devia estar fazendo uma nova marca. Coloquei a mão de leve no braço dele.

— Não faça isso, por favor, você vai deixar a mesa toda marcada — eu pedi.

Ele me olhou por um tempo com os olhos apáticos enquanto continuava a bater a faca contra a mesa.

Ao lado dele havia dois meninos sentados, cada um com uma menina no colo. Eu também nunca tinha visto nenhum deles.

— Ei, Tarjei, você vai deixar marcas na mesa! — um deles gritou.

Eles riram, mas por sorte o rapaz se levantou, saiu e deixou a faca de lado. Peguei-a e a guardei na gaveta. Depois peguei quatro taças de vinho no armário e fui ao encontro das meninas. Era como se as quatro estivessem numa bolha, separadas de tudo o que acontecia ao redor.

— A que horas os ônibus passam aqui? — Astrid perguntou.

— Mas vocês acabaram de chegar! — eu disse, e me arrependi no mesmo instante. Era como se eu estivesse implorando para que elas ficassem.

— Não é nada disso, eu só pensei que não devem ser muitos — ela disse.

Selma espetou o saca-rolhas no gargalo da garrafa que havia trazido na pequena mochila e abriu-a com um plop. As outras estenderam os copos enquanto ela servia.

— Você quer um pouco, Iselin? — Selma perguntou.

— Não, obrigada — eu disse, embora quisesse.

As quatro passaram um tempo bebericando sem dizer nada, bem juntas para que não esbarrassem nelas o tempo inteiro. Aquela era a razão da minha festa, mas naquele instante eu desejei que elas não tivessem aparecido. As quatro pareciam muito incomodadas, e não havia nada que eu pudesse fazer. Será que eu devia mostrar, tipo, o meu quarto?

Signe chegou aos tropeços.

— Que festa *incrível*! — ela disse aos gritos.

O quarteto fantástico trocou olhares e sorriu de leve.

— Quem são essas? — ela perguntou, se pendurando no meu pescoço.

— São colegas minhas — eu disse.

— A Iselin é *muito* esperta! — ela gritou para as meninas.

Depois soltou uma risada teatral e se afastou cambaleando.

— Ela foi minha colega na turma anterior — eu disse. — Era uma turma de camponeses.

— Bem que eu achei — disse Astrid. — Esta é meio que uma festa de camponeses, não?

Me virei em busca de um lugar para que as meninas se sentassem, mas havia gente por toda parte.

— Achei linda a sua jaqueta de couro — eu disse para Lea.

— Obrigada — ela disse, olhando para a jaqueta.

— De onde é? — eu perguntei.

— Comprei em Londres — ela respondeu.

— Ah — eu disse. — De que marca é?

— Da APC — ela disse. — É uma marca francesa.

— Isso eu sei — eu disse.

— Você quer experimentar?

— Acho que eu sou meio grande demais — eu disse.

O rosto de Lea corou.

— Não foi isso que eu quis dizer. Me desculpe.

Fez-se silêncio entre nós. As meninas começaram a olhar inquietas ao redor. Havia rapazes bêbados que urravam, meninas que gritavam, berros e gargalhadas. Ninguém dançava, ninguém conversava.

— Os ônibus passam à hora e quinze até meia-noite — eu disse.

— Então a gente ainda consegue pegar o das dez e quinze — disse Astrid. — Mas temos que sair agora.

— Leva quase uma hora até o centro — disse Selma. — A gente deve chegar lá por umas onze. E estou meio cansada.

— Eu também — disse Hanne.

— Foi muito bom receber vocês — eu disse. — Obrigada por terem vindo. Sei que o caminho até aqui é longo.

— A gente que agradece o convite — disse Selma.

— Obrigada — disse Hanne.

— Legal você ter nos convidado — disse Astrid.

Selma enfiou a rolha no gargalo da garrafa e a guardou na mochila.

— Deixamos os copos na cozinha? — ela perguntou.

— Deixem tudo no parapeito — eu disse. — E tenham uma boa volta para casa!

— Nos vemos na segunda-feira, Iselin — disse Hanne.

Elas me deram um abraço, uma de cada vez, e então foram embora. Entrei no banheiro para fazer xixi e para me recompor. Alguém tinha espalhado tudo o que estava nas gavetas e no armário pelo chão e por baixo da pia. Absorventes e tampões, frascos antigos de loção contra piolho, os anticoncepcionais da minha mãe, cartelas de paracetamol, lâminas de depilação, desodorantes. Aquilo já seria ruim o suficiente, mas o pior mesmo era que a gaveta com os antidepressivos da minha mãe, que ela já não tomava mais, estava vazia.

Baixei a calça e me sentei no vaso. Continuei sentada com as mãos no rosto muito tempo depois de haver terminado.

Eu tinha arruinado tudo. E eu também não tinha mais futuro no ensino médio.

E minha mãe ficaria furiosa. Ela ficaria tão furiosa!

Alguém começou a bater e a chutar a porta.

— Termina logo, porra!

Me limpei, vesti a calça e puxei a descarga.

— Até que enfim! — resmungou Arvid quando eu saí. — Eu preciso mijar, porra!

No corredor, Ada chorava sentada no chão quando Maja, que passava a mão nas costas dela, olhou para mim e revirou os olhos ao ver que eu passava. Meu pai havia preparado um pequeno estúdio debaixo do galpão quando morava conosco, um estúdio com sala, quarto e banheiro, e fui até lá para me sentar um pouco. O pátio também estava cheio de gente. Um rapaz tinha subido no teto de um dos carros e pulava sem parar, aos berros. Outro mijava na parede da casa. Outros trocavam amassos com vontade. Ninguém prestou nenhuma atenção em mim, então peguei a chave que ficava embaixo da laje em frente à porta e entrei.

Eu sabia que não haveria maneira de mandar todo mundo embora. Não havia nada a fazer além de esperar que todos fossem embora por conta própria.

Já no lado de dentro, tranquei a porta para que ninguém mais pudesse entrar e fui até a coleção de discos do meu pai escolher um que eu quisesse ouvir. As bandas favoritas dele na época da juventude tinham sido Happy Mondays, Black Grapes e Stone Roses, e no fim coloquei o disco chamado *Pills 'n' Thrills and Bellyaches*.

Imaginei que eu estava no meu apartamento e que o meu vizinho dava uma festa que acabava me acordando. Eu tinha vinte e quatro anos, e o meu namorado estava dormindo em nossa cama. Ele dormia como uma pedra toda noite. Sentei no sofá com as pernas encolhidas e passei a mão no apoio de braço. Mas não havia nada que pudesse manter afastado o horror que eu havia desencadeado.

Como eu tinha sido idiota!

Será que eu já devia mandar uma mensagem para a minha mãe e começar a prepará-la?

"Mãe? Enquanto fiquei sozinha eu dei uma festa que infelizmente saiu do meu controle. Por favor não fique furiosa!"

A minha mãe teria um AVC de raiva.

E para o meu pai eu não poderia ligar, porque ele já devia ter se deitado muito tempo atrás com o bebê, que acordava às cinco horas.

Comecei a ouvir Aretha Franklin, mas poucos minutos depois eu parei e saí outra vez. Atravessei o pátio, entrei no corredor. Um menino chamado Martin dormia junto à parede, tapado com o casaco azul da minha mãe.

Me abaixei e comecei a sacudi-lo.

— Você não pode dormir aqui, poxa! — eu gritei.

Ele abriu os olhos, confuso.

— Levante-se! — eu gritei.

Depois entrei na cozinha e liguei a luz do teto.

— Todo mundo para fora! — eu gritei. — Saiam todos!

Fui até a sala e desliguei o aparelho de som.

— Vai se catar! — alguém gritou.

— Saiam, todo mundo! — eu gritei. — Agora mesmo! Fora! Fora! Fora!

Lá eu também liguei a luz do teto.

Fiz o mesmo nos cômodos do segundo andar. Acendi as luzes e aos berros mandei todo mundo para casa.

E deu certo, talvez principalmente em razão das luzes, pensei mais tarde, logo antes de pegar no sono. A bebedeira os havia transformado em criaturas noturnas que não toleravam luz, e assim todos haviam fugido.

Meia hora depois, a casa estava vazia. Algumas das meninas da minha antiga turma me ajudaram enxotando os últimos rapazes mais resistentes.

Mas, pelo amor de Deus, o lugar estava virado em um horror. Havia copos e garrafas por todo lado, inclusive no quarto da minha mãe, objetos jogados ao redor, como se um bicho selvagem tivesse estado lá dentro, marcas na mesa da cozinha, claro, mas o pior de tudo era que tinham chutado a porta do banheiro no andar de cima até *abrir um buraco*, e além disso tinham *feito xixi* no sofá. Primeiro achei que era cerveja, mas o cheiro era de xixi, então devia mesmo ser. O pátio lá fora também estava terrível, com garrafas espalhadas por tudo, e em certos pontos a grama estava revolvida.

Mesmo que eu limpasse e organizasse a casa até a chegada do Natal, minha mãe sem dúvida perceberia.

E ela gostava tanto daquela casa! Passava mais tempo cuidando da casa do que de mim.

Eu não poderia dormir na bagunça que estava o meu quarto, então limpei e arrumei até o chão antes de me deitar. Era só fazer o mesmo em toda a casa, pensei, cômodo após cômodo, deixá-los todos perfeitos, e assim talvez desse certo no final. Os únicos problemas eram as marcas na mesa e o buraco na porta. E as marcas de roda no pátio, também.

A última coisa que pensei antes de pegar no sono foi que eu podia dizer que já estava daquele jeito quando voltei para casa e que eu não tinha ideia do que podia ter acontecido. Um arrombamento, talvez?

Me levantei cedo e me preparei para a chegada da minha mãe. A casa parecia ainda pior à luz do dia, não apenas porque a bagunça era ainda mais visível, mas também porque a relação daquela cena com a noite tinha sido desfeita. O que antes parecia lógico, um bando de gente na minha festa que estava fazendo aquelas coisas todas, naquele momento pareceu totalmente absurdo. O conteúdo do armário do banheiro, por que haviam espalhado tudo pelo chão? Por que haviam posto garrafas de cerveja vazias na banheira? As bitucas de cigarro nos vasos de planta e nos parapeitos e no chão, os copos espalhados por toda parte, os torrões de terra nos tapetes, a camisinha usada na cama da minha mãe, tudo parecia completamente absurdo. Senti dor de barriga por toda a manhã enquanto arrumava e limpava. Se pelo menos aquilo tivesse servido para qualquer coisa, pensei, mas não era o caso. Pelo contrário, eu nunca mais seria amiga daquelas pessoas. E como se não bastasse, tudo que eu havia feito tinha parecido óbvio demais. Aquela Iselin faz de tudo para arranjar amigos, diriam a meu respeito. Pobrezinha.

Desci a escada com um enorme saco de lixo preto nas costas, fui até a lixeira na beira da estrada e vi a mim mesma e a tudo o que eu havia feito de fora, e senti o rosto queimar de vergonha. Tudo ao meu redor tinha as cores do outono, a grama no prado estava amarelada e o rio estava cheio da água que corria pelas camadas mais baixas da terra. Um profundo anseio pela infância tomou conta de mim. Pela época em que meu pai morava em casa e eu era uma menina comum que fazia aulas de balé e gostava de cachorros e cavalos e de fazer desenhos e pintar e ficava alegre ao ir para a escola.

Todas as garrafas no saco preto bateram e tilintaram quando o joguei na lixeira. Havia outras duas em frente à porta de entrada. Depois que as recolhi, não havia muito mais a fazer.

Me sentei junto à mesa da sala e comecei a fazer as lições de casa. Uma apresentação em inglês sobre as irmãs Brontë que eu precisava apresentar na terça e uma redação sobre a guerra fria que eu precisava entregar na sexta. Da sala eu podia acompanhar os poucos carros que trafegavam pela estrada mais abaixo, e assim a minha mãe não poderia chegar de surpresa.

Ela chegou à uma hora. Recolhi todas as minhas coisas às pressas e subi para o meu quarto. Ouvi o carro estacionar no lado de fora e vi quando a porta se abriu.

— Iselin? — ela me chamou. — O que são essas marcas no gramado?

Lá vamos nós, pensei comigo mesma, e então suspirei.

— Vieram umas pessoas que eu não tinha convidado — eu gritei enquanto saía do quarto.

— Como assim? — ela perguntou, olhando para mim enquanto eu descia a escada.

— Eu tinha convidado umas poucas amigas da minha turma — eu disse. — Mas aí veio um monte de gente que eu não conhecia, de carro.

Ela tinha cortado os cabelos em um chanel. A bolsa pendurada no ombro, a chave do carro na mão, os olhos azuis que olhavam diretamente para mim.

— Você deu uma *festa*?

Fiz um gesto afirmativo com a cabeça.

— Ora, Iselin, você não pode ser assim tão bobinha! Eu confiei em você.

— Eu sei — respondi. — Me desculpe.

— Foi muita bagunça?

— Foi *bastante* — eu disse. — Mas eu já limpei e arrumei tudo.

Sem largar a bolsa nem a chave, minha mãe começou a andar pela casa. Ela soltou muitos suspiros e pequenos gemidos de desespero.

"Meu Deus", ouvi-a dizer. "Essa não…"

Minha mãe sempre tinha sabido tudo a meu respeito, eu nunca tinha conseguido esconder nada dela.

Se eu tinha quebrado ou manchado alguma coisa, essa era a primeira coisa em que ela reparava ao entrar numa peça.

Ela subiu a escada sem olhar para mim.

— Iselin! — ela gritou. — Venha cá agora mesmo!

Entendi que ela devia ter visto a porta do banheiro, e então fui ao encontro dela, caminhando devagar.

Era isso mesmo.

Logo que cheguei ela não disse nada, simplesmente apontou para a porta.

— Eu não quero ver você por hoje — ela disse. — Trate de ir para o seu quarto.

— Quê? — eu disse.

— Você ouviu o que eu disse. Eu não quero ver você, e não quero ouvir as suas desculpas.

— Mãe, eu tenho dezesseis anos!

— Mas você não se comporta como se tivesse. Vá.

Odeio a minha mãe, pensei quando entrei no quarto e ouvi que ela tinha feito uma ligação e começado a falar sobre o ocorrido com quem quer que fosse.

Me sentei na cama.

Se é para ser assim, que seja, pensei, e então me levantei, fiz uma mala com roupas e uma mochila com material escolar e saí em direção à estrada.

Minha mãe devia ter ouvido os meus passos na porta, porque logo apareceu e começou a me chamar.

— Iselin! Aonde você pensa que vai? Volte agora mesmo!

Ela podia correr atrás de mim ou então me seguir de carro se me quisesse de volta.

Mas ela jamais faria uma coisa dessas. Devia estar apenas contente de me ver partindo.

No ponto de ônibus eu liguei para o meu pai.

— Oi, Iselin! — ele disse. — Que bom receber uma ligação sua!

— Eu posso dormir aí com vocês hoje à noite? — perguntei.

Ele passou uns segundos em silêncio.

— A gente já falou a respeito disso, Iselin — ele disse. — Você pode vir para cá sempre que quiser. Mas você precisa me avisar com antecedência. Nem sempre é uma boa hora, como você bem sabe. Você não pode vir assim de uma hora para a outra.

— Eu já estou a caminho — eu disse. — Estou no ônibus.

Meu pai soltou um suspiro.

— Tudo bem dessa vez, então. Só vou confirmar aqui com a Ulrika.

— Se você não quer que eu vá, eu não vou — eu disse.

— Claro que eu quero! — ele disse. — Em seguida eu ligo de volta para você.

Eles moravam em um loteamento no outro lado da cidade, então eu tinha que trocar de ônibus na estação do centro.

Eu não havia tomado café da manhã, então comprei um saquinho de batata chips e uma coca-cola no quiosque do Narvesen.

Eu não gostava da ideia de comer no ônibus, na frente de todo mundo, as pessoas não sabiam que eu não havia tomado café da manhã e talvez achassem que eu passava o dia inteiro colocando batata chips e doces para dentro.

Mas, a não ser por uma senhora e uma mãe com duas crianças, o ônibus estava vazio, e assim não houve nenhum problema.

Meu pai não ligou de volta, mas em vez disso enviou uma mensagem. "Pode vir!", dizia a mensagem.

Ele devia estar de bom humor, pensei.

Estavam todos na sacada quando cheguei. Meu pai se levantou e estendeu o corpo por cima da balaustrada.

— A porta está aberta — ele me disse. — Deixe as suas coisas no quarto e depois venha cá dar um oi para o Emil, se quiser!

Fiz como ele havia dito, larguei a mala e a mochila no quarto de hóspedes, que estava cheio de coisas que eles não usavam no dia a dia, subi a escada larga e atravessei a porta da sacada no final da sala.

— *Hej, Iselin, vad trävligt att se dig!* — Ulrika disse entusiasmada em sueco ao me receber enquanto tirava os óculos de sol. — *Hur mår du?*

— Vou bem — eu disse. — E você?

— *Jättebra, faktiskt* — ela respondeu.

— E aqui está o seu irmão — disse o meu pai, levantando Emil. Ele agitou um pouco as perninhas, tentando afastar o braço do meu pai.

— Oi, coisinha fofa! — eu disse.

Emil olhou para mim e sorriu.

— *Han gillar dig!* — disse Ulrika, que já havia recolocado os óculos.

— Claro que ele gosta da irmã mais velha! — disse o meu pai. — Iselin, você quer pegá-lo um pouco?

Dei de ombros.

— Pode ser — eu disse.

— *Du kan sitta i stolen där och ha honom i knäet* — disse Ulrika.

Eu estava suada e grudenta e na verdade não queria me sentar na cadeira com Emil no colo, como Ulrika havia sugerido, mas o meu pai colocou o bebê nas minhas mãos e eu o ajeitei no meu colo e passei o braço em volta da sua barriga para que não caísse.

Ele estendeu a cabeça bem para trás e me olhou de ponta-cabeça.

— Ngnnn — ele disse, balançando um dos braços.

— Quem sabe você tenta dar um pedacinho de maçã para ele? — meu pai disse, pegando um pote plástico de cima da mesa.

— *Han fick precis en* — disse Ulrika.

— Sim, ele acabou de ganhar um, mas não da Iselin — disse meu pai, largando o pote para colocar os óculos de sol que estavam em cima da mesa.

— *Han kan väl få en, då* — disse Ulrika.

Com a concordância de Ulrika, meu pai se inclinou para a frente, abriu o pote e me entregou um pedacinho de maçã. Eu o segurei na frente do bebê.

Ele o pegou na mãozinha e o jogou no chão.

Ulrika suspirou e juntou-o antes do meu pai, que também havia se abaixado.

— Como vai a escola? — ela me perguntou, já sentada outra vez.

— Bem — eu disse.

Emil inclinou o corpo para a frente, querendo descer.

— Deixe que eu o pego — disse meu pai. Ele o levantou e colocou Emil no chão. — Ele é muito ativo. Precisa estar o tempo inteiro fazendo alguma coisa.

Meu pai olhou para mim e sorriu.

— Você também era assim quando tinha a idade dele!

Eu sorri de volta. Eu estava com sede, mas não queria pedir uma bebida.

— *Vad är ditt favoritämne? Låt mig gissa. Norska?*

— Talvez seja norueguês mesmo — eu disse. — Mas não sei se tenho uma matéria favorita.

Tirei a franja do rosto e olhei para a casa no outro lado da estrada. Com o canto do olho, notei que Ulrika e meu pai trocaram um olhar.

— Posso tomar um banho? — eu perguntei.

— Lógico — disse o meu pai. — Tem toalhas limpas no armário.

Depois do banho, ajeitei tudo e pendurei a toalha, e então fui ao quarto e me deitei na cama. Eu devia avisar que ia passar um tempo no quarto, porque eles sempre queriam saber o que eu estava fazendo e por onde eu andava quando estava na casa deles, talvez porque eu não morasse lá, mas naquele momento eu não estava a fim. E além do mais não havia muitos lugares na casa onde eu pudesse estar.

Eu estava deitada, assistindo a um episódio de Modern Family no celular quando meu pai apareceu no vão da porta.

Tirei os fones de ouvido e me sentei na cama.

— O que você está vendo aí? — ele perguntou.

— Ah, é só uma série — eu respondi.

Ele chegou mais perto e também se sentou na cama.

— Onde está a Ulrika? — perguntei.

— Colocando o Emil para dormir — ele disse. — Mas escute, como você está, *de verdade?* E não me diga simplesmente "bem".

— Por que você quer saber? — eu perguntei.

Meu pai deu de ombros. Ele não se parecia nem um pouco comigo, tinha o rosto alongado e estreito, não redondo como o meu, e seus lábios eram largos e volumosos, não finos como os meus.

— Você é minha filha — ele disse. — E você não mora comigo, então parece que eu sei cada vez menos a seu respeito. Ele passou a mão nos meus cabelos.

— Está tudo certo — eu disse.

— É mesmo? Você fez novas amigas na escola?

Fiz um gesto afirmativo com a cabeça.

— Quem são?

— Você não conhece — eu disse.

— Nomes, por favor — ele disse com um sorriso.

— Astrid, Ada, Selma e Hanne — eu disse. — São meninas da minha turma.

— E o que elas fazem?

— Um pouco de tudo — eu disse. — Coisas normais.

— Elas estavam na festa de ontem?

Ele falou com o jeito tranquilo de sempre, mas não olhou para mim enquanto falava.

O sangue desapareceu do meu rosto.

— Estavam — eu disse, e então recoloquei os fones de ouvido e apertei play.

— Será que a gente pode falar a respeito disso? — ele perguntou, e eu notei que ele estava olhando para mim mesmo que eu estivesse olhando para a tela.

Balancei a cabeça.

— É muito legal que você dê uma festa para as suas amigas — ele disse. — Mas antes você precisa falar com a sua mãe. Você entende? Em especial agora, que você passa a semana sozinha em casa.

— Pai, eu não sou burra — eu disse.

— Eu não acho que você seja — ele disse, se levantando. — Vamos comer daqui a uma hora, está bem?

Fiz um gesto afirmativo com a cabeça e meu pai voltou para o andar de cima.

Quando cheguei à escola na segunda-feira, claro que todo mundo tinha ouvido falar da minha festa. Muita gente olhou para mim quando entrei na sala de aula. Fiz como se nada tivesse acontecido. Eu não podia mudar a relação que aquelas pessoas tinham comigo, então o jeito seria mudar a relação que tinha com elas. Eu havia decidido que aquelas pessoas não significavam nada para mim. E funcionou. Como eu não me importava mais, elas não me atingiam. O mesmo valia também para a escola. Eu *não precisava mais* pegar o ônibus para a escola todos os dias, se eu quisesse eu podia ficar deitada na cama aproveitando a preguiça de vez em quando, preparar uma comida gostosa, cantar no meu quarto e me gravar cantando. Essas coisas na verdade eram mais importantes do que matemática e geografia. Quase sempre eu cantava as músicas de cantoras famosas, mas eu tinha umas músicas próprias também.

Ninguém sabia disso.

Também acontecia de eu ir ao centro no intervalo entre os turnos, e às vezes eu simplesmente ficava por lá, sentada num café, ouvindo música ou assistindo a um filme.

Foi ao fim de dois meses passados assim que Ommundsen apareceu e me perguntou se eu estava passando por um momento difícil. Mas eu não estava, na verdade eu estava me sentindo muito bem porque eu não precisava mais me preocupar com o que os outros pensavam ou achavam.

Ommundsen era o nosso professor de norueguês, sociologia e história. E eu também o encontrava na aula eletiva de música. No fim de uma das nossas aulas de música ele contou que a escola faria uma encenação de *Cats*, e que esse seria um trabalho conjunto da turma de música com a turma de teatro. Ele queria que fizéssemos audições individuais durante a aula para que ele pudesse ter uma ideia de como dividir os papéis, e também para que nos acostumássemos a cantar sozinhos para outras pessoas.

— Iselin? — ele disse quando chegou a minha vez.

— Eu não quero — eu disse.

— Você tem uma voz bonita, eu sei disso! — ele disse atrás do piano, sorrindo para a pequena turma.

— Eu não quero cantar agora, e não quero participar de musical nenhum.

— Mas Iselin — ele disse. — Não tem ninguém além dos seus colegas por aqui!

— Eu já disse que não quero! — exclamei.

De repente pareceu insuportável ficar lá sentada de cabeça baixa com lágrimas nos olhos enquanto todos olhavam para mim. Me levantei, peguei a minha mochila e saí da sala. Primeiro fui até a biblioteca, mas também não aguentei ficar por lá, então saí da escola, saí de perto da escola e fui para a cidade. Era novembro, o tempo estava frio e encoberto e havia neve suja pelas ruas. Me arrependi de ter escolhido a aula de música, porque essas duas coisas, a escola e a música, jamais deviam se encontrar, pensei naquele momento. Talvez Ommundsen sentisse o mesmo. De qualquer forma, ele me enviou um e-mail no intervalo pedindo desculpas. Sugeriu que eu cantasse só para ele. Eu respondi da confeitaria onde eu estava e disse que também não queria. Ele respondeu na mesma hora e disse que respeitava a minha decisão. Mas que eu tinha que aparecer na aula seguinte. Eu apareci, mesmo que tivesse me transformado num pária depois de ter saído no meio da aula.

— Posso falar um pouco com você, Iselin? — Ommundsen perguntou quando o sinal tocou e todos começaram a guardar o material.

Fiz um gesto afirmativo com a cabeça.

— Eu quero me desculpar por ter pressionado você — ele disse. — Eu não devia ter feito aquilo.

— Tudo bem — eu respondi sem olhar para ele.

— Mas você sabe que eu preciso lhe dar uma nota — ele disse. — E um dos componentes da nota é que você cante sozinha. Ou você pode gravar alguma coisa e mandar para mim, ou podemos fazer isso agora. Assim você já se livra.

— Agora mesmo? — eu perguntei.

Ele fez um gesto afirmativo com a cabeça e sorriu.

— Tudo bem — eu disse.

E ficamos lá na sala de música, eu de pé, ele sentado ao piano.

— O que você quer cantar? — ele perguntou.

— Você sabe tocar "Paradise"? — eu disse.

— Do Coldplay? Pode ser — ele disse, e então baixou os acordes no telefone celular. — É uma música legal. Você gosta da banda?

— Aham — eu disse.

— Pronta?

— Aham.

Ele tocou uma breve introdução e fez um aceno de cabeça para indicar o momento em que eu devia entrar.

When she was just a girl she expected the world
But it flew away from her reach and the bullets catch in her teeth
Life goes on, it gets so heavy
The wheel breaks the butterfly every tear a waterfall
In the night the stormy night she'll close her eyes
In the night the stormy night away she'd fly

And dream of para-para-paradise
Para-para-paradise
Para-para-paradise
La-la-la-la-la-la-la
La-la-la-la-la-la-la-la-la-la

Quando terminei e o último acorde morreu, notei que ele tinha lágrimas no olhos. Me virei, fui até a minha carteira e peguei a bolsa.

— Iselin — ele disse, se levantando.

— Sim? — eu respondi.

— Você foi completamente incrível. Você canta maravilhosamente bem. Sua voz é *incrível*. Você *não pode* se esconder!

Essas foram as palavras exatas que ele usou. Me senti tão contente!

Pelo menos naquela vez eu teria alguma utilidade. Mas agora, cinco anos mais tarde, aquilo já não significava mais nada. A não ser como um lembrete de que eu havia fracassado em tudo o que eu esperava conquistar naquela época. E isso não era da conta de Ommundsen.

Olhei para as montanhas. A luz do sol havia sumido, e a cor do céu parecia cada vez mais escura. Tomei um gole de vinho e conferi o telefone para ver se Jonas não tinha me enviado uma mensagem sem que eu tivesse percebido, mas não. Quando levantei o rosto, encontrei os olhos de uma das mulheres sentadas na mesa ao lado. Ela baixou os olhos no mesmo instante, como se tivesse sido flagrada no ato.

Por que ela estava olhando para mim?

O sentimento de ser uma aberração tomou conta de mim.

Senti como se meu corpo estivesse queimando.

Será que havia mais pessoas olhando para mim?

Deixei meus olhos correrem ao redor, como se eu estivesse procurando um rosto conhecido.

Todos estavam ocupados com seus próprios assuntos.

Será que era Nossa Senhora que tinha olhado para mim?

Já que o Senhor tinha aparecido no Burger King?

Imaginei uma névoa amarelada. Desde menina, era o que eu sempre fazia ao pensar em Deus. Acontecia de maneira automática. Só na minha adolescência percebi que essa ideia vinha da similaridade entre as palavras norueguesas para "amarelo" e "Deus", *gul* e *Gud*. Mas, ainda que eu soubesse disso, continuava a imaginar a névoa amarelada.

Na época eu não rezava para Deus, só para Jesus. Afinal, não havia como rezar para uma névoa.

Lembro que o sacristão da igreja onde fiz minha confirmação tinha a língua presa.

Jesus Cguisto, ele tinha dito.

Senti muita pena dele. Todos riram e debocharam.

As crianças podem ser muito cruéis.

Conferi o celular mais uma vez. Nada.

Eu não precisava encontrar Jonas e ficar com os amigos dele. Eu não precisava me sentar num bar e esperar a atenção de um sujeito escroto que nem sabia dar uma cantada direito.

Eu podia ser eu mesma. Voltar para casa pela cidade, tomar um banho, me deitar na cama e assistir a um filme e me tratar bem.

Percebi um movimento à minha esquerda e olhei para baixo.

Três ratos correram ao longo de uma jardineira, e depois mais três.

Senti o medo se espalhar por todo o meu corpo, até a ponta dos dedos.

Mas os ratos não eram perigosos.

Com certeza estava quente demais para eles. Devia ser por isso que estavam na superfície.

Pelo que entendi, ninguém mais os tinha visto — pelo menos não houve vozes súbitas nem gritos ao meu redor.

Bebi o restante do vinho e coloquei a taça à minha frente.

Nesse caso devia haver outros trinta e seis ratos nas redondezas.

Gotas de suor escorreram das minhas axilas e eu coloquei a mão contra a camiseta e as espremi contra a pele. Depois baixei discretamente a cabeça para me cheirar.

O cheiro de suor já havia se misturado ao cheiro do desodorante e do perfume, por baixo da fragrância de flores.

Eu queria sentir um homem dentro de mim. Eu queria me deitar de costas e abrir as pernas e senti-lo em cima de mim, senti-lo dentro de mim. Eu queria trepar com vontade, por muito tempo.

Que xoxota deliciosa que você tem, que xoxota deliciosa, ele diria, e então começaria a gemer, ou até a gritar, enquanto gozava.

E depois ele deitaria com a cabeça no meu peito e recobraria o fôlego de olhos fechados, e então me beijaria e me abraçaria e diria que eu era linda.

Mais uma vez olhei cuidadosamente ao redor.

Ninguém olhou para mim.

Bem, o garçom encontrou os meus olhos.

Ele se aproximou.

— Mais uma taça? — ele perguntou.

Apertei os braços contra as laterais do corpo para impedir que o mau cheiro se espalhasse e balancei a cabeça.

— Não, obrigada — eu disse. — Você pode me trazer a conta?

— Claro — ele disse, e então foi buscá-la.

Ninguém sabia o que eu estava pensando.

Talvez outras pessoas estivessem pensando o mesmo.

O homenzinho de cabelo crespo e bigode, por exemplo. Talvez estivesse pensando em foder uma das mulheres ao redor da mesa naquele exato instante.

Talvez estivesse pensando em me foder.

De repente ouvi o barulho de vidro se estilhaçando acima de mim. Olhei para o alto. Labaredas saíram para fora de uma janela no último andar de um prédio. As labaredas tornaram-se enormes em questão de segundos. Logo se ouviram estalos e rangidos.

Ninguém havia percebido.

O fogo começou a se espalhar pelo telhado. E começou a ondular contra o céu escuro, com labaredas cada vez maiores. De repente veio um ronco abafado. Logo o telhado inteiro arderia em chamas.

Todos estavam sentados como antes.

— Fogo! — eu gritei.

Todo mundo olhou para mim. Eu me levantei e apontei o dedo.

— Lá em cima! Está pegando fogo!

As pessoas olharam, mas continuaram sentadas.

O que estava acontecendo? Aquilo era um incêndio!

— Está pegando fogo! — eu gritei. — Alguém precisa chamar os bombeiros!

O garçom veio quase correndo.

— Ei, você precisa se acalmar um pouco — ele disse.

— Me acalmar um pouco? Qual é o seu problema? — eu perguntei. — Está pegando fogo!

— Não tem nada pegando fogo por aqui — ele disse.

— Lá em cima! — eu gritei, apontando para o telhado.

Mas não havia incêndio nenhum.

Tudo estava normal.

A janela estava inteira, a parede estava inteira.

Não havia fogo nenhum.

O garçom me encarou.

— Mas... — eu disse. — Agora mesmo estava pegando fogo, não?

— Não estava, não — ele respondeu.

— Mas eu vi! — eu disse, insistindo.

Ele pôs a mão no meu ombro.

— Não houve incêndio nenhum. Está tudo bem com você? Você tomou alguma coisa? Quer que eu ligue para alguém?

Afastei a mão dele e balancei a cabeça.

Todas as pessoas que estavam por lá olharam para mim.

O que tinha acontecido?

O que eu havia feito?

Peguei uma nota de cem no bolso da calça, larguei-a em cima da mesa, coloquei a mochila nas costas e saí andando pela rua com as bochechas coradas de vergonha.

Que constrangimento horrível.

Mas eu tinha visto o fogo!

Parei à beira d'água e enxuguei minhas lágrimas com o indicador. Minha maquiagem devia estar toda borrada. Mas esse era o menor dos meus problemas.

Era como se aquelas pessoas estivessem em outro mundo. Como se eu não estivesse no mesmo mundo que elas, mas em outro.

Mas assim mesmo todos haviam olhado para mim.

Atravessei a estrada em frente ao terminal de ônibus e entrei pela Lyder Sagens Gate. Mesmo lá havia muita gente na rua.

Eu sentia como se não pertencesse àquele lugar.

Era quase como se eu estivesse morta enquanto as outras pessoas estavam vivas. Ou como se elas estivessem mortas e eu viva.

Que constrangedor. Ah, que constrangedor!

Eu tinha gritado e berrado na frente de todo mundo. E no fim não havia nada.

Mas o que tinha sido aquilo?

Eu *tinha* visto.

Dobrei à esquerda na Nygårdsgaten e segui por lá, como eu sempre fazia. O ar estava quente como se fosse meio-dia. Minha camiseta estava úmida de suor, e encharcada nas axilas. Todas as casas tinham as janelas abertas, de muitos lugares vinha música, e aqui e acolá ouviam-se as vozes de pessoas que festejavam. As ruas ao meu redor estavam cada vez mais escuras.

Tinha sido uma alucinação.

Mas eu não havia usado nada.

E eu não era louca.

Eu *precisava* falar com alguém sobre aquilo, senão acabaria enlouquecendo. Quanto a isso eu tinha certeza.

Eu podia ligar para Jonas na manhã seguinte.

Talvez até fazer uma visita a ele?

Era sempre bom ficar com ele no dia seguinte.

O posto de gasolina ainda estava aberto, entrei e comprei uma salsicha e uma coca-cola e comi na frente de todo mundo ao lado da porta de entrada enquanto eu resistia à ideia de ir embora. Um casal da minha idade entrou de mãos dadas, mas só pela pontinha dos dedos, como se a ligação entre os dois fosse muito frágil. E talvez fosse mesmo, pensei. Ela usava uma calça legging florida, camiseta branca e sandálias, ele tinha cabelo comprido, usava uma bermuda verde-militar e um par surrado de tênis Converse que em outra época devia ter sido amarelo.

O que tinha acontecido?

Limpei a boca com o guardanapo e lambi o ketchup e a mostarda que eu tinha nos dedos antes de limpá-los também. Joguei o guardanapo sujo na lixeira ao lado das bombas de combustível, tomei um gole de coca-cola e continuei andando com a garrafa na mão.

Mas a ideia do quarto pequeno e quente no sótão não me atraía nem um pouco. Talvez Ommundsen estivesse no Café Opera naquela altura.

Seria bom falar com ele.

Não para dar a real, porque isso não era da conta dele.

Podíamos falar *sobre ele* para variar um pouco.

E *eu* poderia fazer as perguntas.

Me virei e comecei a ir em direção ao centro. Se ele não estivesse lá, igual, seria bom dar uma volta.

Logo havia gente por toda parte. A rede de pensamentos então se tornou mais densa outra vez. Como eu podia ter esquecido tão depressa?

Eu estava fedendo a suor, estava nojenta.

Mas já estava em Vaskerelven, e seria muita burrice voltar.

Coloquei os fones de ouvido mesmo que eu já estivesse muito perto e comecei a ouvir "Blue Lights" de Jorja Smith. A música transformou tudo o que eu via ao meu redor. De repente todos se transformaram em personagens da *minha* vida.

Havia uma menina cabisbaixa apoiada contra a parede da construção numa das vielas por onde passei. Logo adiante vi três outras meninas de salto alto e saia curta.

Eu nunca tinha estado no Café Opera antes, só passado por lá. Não havia fila porque ninguém queria estar sentado entre quatro paredes em uma noite como aquela, então parei no lado de fora, tirei os fones de ouvido e enrolei o fio em volta dos pequenos alto-falantes enquanto tomava coragem.

Talvez houvesse algo profundamente errado comigo. Eu *tinha visto* o incêndio. Aquilo não tinha sido uma fantasia ou um sonho. Mas o que significava? Quem alucina plenamente acordado, sem estar bêbado ou drogado?

Em seguida entrei. Ommundsen não estava no térreo, então subi ao segundo piso.

Assim que cheguei eu o vi: estava sentado numa cadeira perto de uma janela com uma mulher. Os dois estavam muito próximos, e ele segurava as mãos delas.

Aquela era Emilie, a minha professora de inglês.

Mas ela era casada e tinha filhos. E ele era casado e tinha filhos.

Será que tinham um caso?

No mesmo instante Ommundsen me viu e se levantou.

— Iselin! — ele me chamou. — Você realmente veio. Que boa surpresa! Eu fui em direção aos dois, não havia outra coisa a fazer.

— Bem, vocês duas já se conhecem — ele disse.

— Claro — disse Emilie. — Que bom ver você, Iselin!

— Eu que o diga — respondi.

— Posso oferecer uma bebida a você? — Ommundsen perguntou. — Afinal, você já não tem mais onze anos. Aliás, tem mais de vinte!

— Obrigada — eu disse.

— O que você quer?

— Só uma coca light — eu disse.

— Muito bem — disse ele, olhando para Emilie. — Vamos pedir mais uma garrafa?

— Vamos! — ela disse, e os dois riram.

O rosto de Ommundsen, bronzeado e recém-barbeado, cintilava de alegria quando ele foi até o bar.

O rosto de Emilie também cintilava, mas de forma mais discreta.

— O Martin estava me dizendo que você tem um talento incrível — ela disse, sorrindo e com um jeito cheio de ternura.

— Infelizmente eu não tenho o menor talento — eu disse.

— De acordo com o Martin, tem sim! Você ainda canta?

Balancei a cabeça.

— Você era a aluna favorita dele. Sabia?

Balancei mais uma vez a cabeça.

Ela fez acenos de cabeça muito eloquentes, como se eu tivesse acabado de fazer uma revelação muito importante.

— Vocês dois estão juntos? — eu perguntei.

Ela sorriu.

— Sim, estamos.

— Então você se divorciou e o Martin se divorciou?

— Foi o que aconteceu — ela disse.

Ommundsen voltou e colocou um copo de coca light e uma garrafa de vinho branco em cima da mesa.

— Aqui está! — ele disse, sentando-se. — E então, Iselin, como você tem passado?

— Bem — eu disse.

— Está indo bem nos estudos?

— Estou.

— É psicologia que você está estudando? — Emilie perguntou.

— Aham — eu disse.

Ommundsen colocou a mão na coxa dela, perto do joelho, enquanto me olhava tomado de alegria. Ele parecia estar com o coração cheio de coisas a dizer, mas não veio nada, somente aquele olhar repleto de alegria.

— No que você pretende se especializar? — Emilie quis saber.

— Ainda não sei — eu disse.

— E como anda o canto? — perguntou Ommundsen. — Você não imagina quantas vezes me fiz essa pergunta.

— Vai bem, acho eu — eu disse.

— Você está cantando onde? Num coro? Numa banda?

Balancei a cabeça.

Em seguida me levantei.

— Me desculpem, mas eu tenho que ir — eu disse.

— Mas você acabou de chegar! — Ommundsen protestou. — Sente-se e converse um pouco com a gente. Pelo menos termine de beber a sua coca-cola!

— Na verdade eu vim para te agradecer — eu disse. — Por todo o apoio que você me deu naquela vez. Eu nunca tive uma oportunidade de agradecer. Mas foi muito importante saber que você acreditava em mim naquela vez.

— Você não tem o que agradecer — ele disse. — E saiba que eu ainda acredito em você!

Eu me despedi e eles se despediram e eu desci a escada e saí rumo ao ar quente daquela noite de verão, brava comigo mesma por ter cometido a estupidez de ir até lá. Mas pelo menos eu tinha conseguido agradecer, pensei, e então coloquei os fones de ouvido e comecei a ouvir mais Jorja Smith enquanto atravessava o centro e saía do outro lado. Passei mais uma vez em frente ao posto de gasolina, ao hospital branco, passei em frente ao Høyteknologisenteret e saí na ponte menor que passava por baixo da maior.

A água do fiorde estava calma e totalmente preta, reluzente como óleo.

Foi então que tudo começou a queimar outra vez.

No alto da montanha.

Eu parei.

Não, não era nenhum incêndio. Tinha alguma coisa no céu.

Uma estrela.

Uma megaestrela.

Será que aquilo existia mesmo? De verdade? Ou será que não passava da minha imaginação?

Ela não parava de subir, e a luz se espalhava pelo céu e se refletia na superfície d'água.

Um casal que vinha andando pelo outro lado também havia visto, eles pararam abraçados e ficaram olhando para a estrela, o rapaz boquiaberto.

Os carros pararam na ponte acima de mim e as pessoas abriram as portas e desceram para ver.

Era a coisa mais linda que eu tinha visto em toda a minha vida.

Uma megaestrela.

Que existia de verdade.

Continuei subindo a encosta. As pessoas no ponto de ônibus em frente ao antigo cinema de Danmarksplass se levantaram e olharam para o céu. No lado de fora do restaurante um pouco mais à frente também havia pessoas com a cabeça inclinada para trás e o olhar fixo na estrela.

Coloquei "Sheer Heart Attack" para tocar e fui andando pela Ibsens Gate. Em algumas das caixas penduradas nas casas por onde eu passava, que as pessoas em geral chamavam de sacadas, havia gente olhando para cima ou conversando. As vozes soavam diferentes, mais intensas. Quase amedrontadas.

Eu não me sentia nem um pouco assim. Se o dia do juízo final tivesse chegado, tanto melhor.

Parei e olhei mais uma vez para a estrela. Era difícil tirar os olhos daquilo. A estrela era tão grande que chegava a iluminar a escuridão mais abaixo. Havia um brilho tênue na copa das árvores, no telhado das casas e nos pátios ao meu redor.

A história já tinha ido parar no Instagram. Havia fotos da estrela acima da Torre Eiffel, da estrela acima de Hidra. E as pessoas tinham começado a perguntar o que era aquilo.

Com certeza no dia seguinte pela manhã haveria uma explicação científica.

There's only one bullet, so don't delay, cantei enquanto continuava a minha subida. Eu tinha descoberto o álbum depois de assistir ao filme do Queen. Não era o meu tipo de música, mas eu a amava mesmo assim. Era como um mundo próprio. E eles cantavam bem pra caramba.

Peguei o atalho do hospital e, quando desci os degraus e dobrei na estradinha onde ficava a casa, vi que tinha esquecido de apagar as luzes no lance de escadas; todas as três janelas brilhavam na escuridão de agosto, que parecia especialmente densa ao lado de uma encosta íngreme onde cresciam grandes árvores decíduas com folhagem densa.

Anne e Jens, os meus senhorios, tinham ido para Moçambique três semanas antes; os dois trabalhariam lá para a Agência Norueguesa de Cooperação para o Desenvolvimento. Eles não tinham alugado a casa, e em umas poucas ocasiões eu havia cedido à tentação e assistido TV na sala ou preparado comida no micro-ondas. Mas não naquela noite.

Abri a porta e subi ao meu quarto no terceiro andar. O lugar estava quente como uma sauna. Escancarei a janela, tirei a roupa e fui ao banheiro no outro lado do corredor para tomar uma chuveirada. Depois vesti uma camiseta e um short macio e me deitei na cama com o iPad para assistir a *Chicago Med*.

Ao fim de poucos minutos senti que minha pele estava mais uma vez úmida de suor, e as gotas começaram a correr pelo rosto, pelo pescoço, pelas axilas.

Eu não me lembrava ter passado uma noite mais quente que aquela, nem mesmo no Sul.

Fui pegar uma toalha para secar a testa.

Começaram a surgir furos na ação, que aos poucos tornaram-se cada vez maiores, até que tudo sumiu por completo.

Acordei com o barulho de pancadas violentas. Me sentei na cama. O iPad brilhava na escuridão ao meu lado. Me deixe entrar!, alguém gritava na rua lá fora. Me deixe entrar!

Fui até a janela e olhei para baixo. Um homem batia de punhos fechados contra a porta da casa.

Me deixe entrar!, ele gritou mais uma vez.

Quem era aquele homem? O que poderia querer?

Ele estava completamente desesperado.

Dei um passo para trás, caso ele resolvesse olhar para cima.

Mãe!, ele gritou. Mãe, me deixe entrar!

Era o filho deles.

Será que eu devia abrir?

Achei que eu devia, não?

Espichei o corpo para fora da janela.

— Quem é? — eu perguntei.

Ele olhou para cima. Os olhos estavam arregalados e pareciam tomados pela loucura. Ele estava completamente drogado, sem nenhum resquício de razão ou juízo.

— Me deixe entrar! — ele gritou. — Eu preciso entrar!

Solveig

— É *você*? — perguntou o paciente recém-chegado quando entrei no quarto. Ele estava sentado na cama, vestido com a camisa azul do hospital.

Encarei-o com uma expressão interrogativa.

Ele tinha o rosto bronzeado e os olhos ternos; o olhar parecia atento.

— Nós fomos colegas no primário! Você não se lembra de mim?

Fiz um gesto afirmativo porém hesitante com a cabeça.

Ele sorriu.

— Você não se lembra de mim — ele disse. — Mas não tem nada de estranho nisso. Eu me mudei quando a gente estava na quarta série.

— Eu tenho a impressão de que já nos vimos antes — eu disse. — Mas é uma impressão muito distante!

Ele tinha um leve cheiro de loção pós-barba, e as bochechas estavam perfeitamente lisas, então devia ter feito a barba logo antes da minha chegada, pensei. Por um motivo qualquer aquilo me comoveu.

— Faz trinta e cinco anos — ele disse.

— Você não gostava muito de aparecer, não é mesmo? — eu disse, com a vaga lembrança de um menino quieto de cabelos loiros que podia ser ele.

— É isso mesmo — ele respondeu. — Eu passava a maior parte do tempo desenhando. Pelo menos é isso o que eu lembro.

— E quando você se mudou de volta? — eu perguntei.

— Dois anos atrás.

— Eu também — eu disse.

— Por que você fez isso? — ele perguntou, fixando o olhar em mim, como se tivesse interesse legítimo no assunto.

— A minha mãe teve Parkinson e morava sozinha — eu disse. — Ela piorou muito depressa.

O homem fez um gesto afirmativo com a cabeça.

— Eu também pensei muito nisso — ele disse.

Quando os nossos olhares se encontraram, senti meu rosto corar.

Fui até a janela e abri as persianas.

O sol brilhava acima da cidade. Os tetos e as carrocerias dos carros reluziam no estacionamento. O rio mais além percorria com águas plácidas e silenciosas o trecho final antes do fiorde.

Me virei mais uma vez em direção ao paciente. Ele tinha pousado as mãos no peito.

— O mais estranho é que eu não me sinto doente — ele disse. — Nem um pouco. Tentei convencê-los a me deixar ir até lá, mas não, disseram que eu tinha que ficar na cama e ser empurrado.

— Eu lamento — eu disse, sorrindo. — Mas existem regras.

Quando tive uns minutos vagos, fui ler o prontuário dele com mais atenção. Seu nome era Inge, eu me lembrei disso quando o vi escrito. Ele tinha um tumor no cérebro, descoberto já num estágio avançado. Ele tinha achado que as dores de cabeça que haviam começado anos atrás eram uma simples enxaqueca, e o seu médico deu o mesmo diagnóstico. Mesmo quando começou a ver coisas que não existiam, ou que não podiam acontecer, Inge não desconfiou de nada e guardou tudo para si. Mas após um surto epiléptico na primavera ele fez uma ressonância magnética e o tumor foi descoberto. O tumor era localizado no córtex visual, por isso as alucinações.

Eu tentava imaginar que tipo de alucinações ele tinha, o que teria visto.

Se uma oportunidade se apresentasse, eu podia fazer perguntas no dia seguinte, pensei, enquanto olhava para o painel luminoso acima da porta, que havia começado a piscar. Quarto número 2, o quarto de Ramsvik. Me levantei para atendê-lo e no mesmo instante o celular começou a vibrar no meu bolso. Era Line.

Ela nunca me ligava àquela hora, então atendi mesmo que não houvesse tempo.

— Oi, Line! — eu disse.

À minha frente, Ellen colocou uma caneca embaixo da cafeteira.

— Oi, mãe — disse Line.

O aparelho fez um ronco borbulhante; não veio quase nada. Ellen virou o rosto jovem, rosado e gorducho na minha direção.

— Tudo certo? — eu perguntei enquanto apontava para a cafeteira no canto.

Ellen abriu um sorriso discreto e pegou o reservatório para enchê-lo d'água.

— Tudo — disse Line.

— Mesmo?

— Mesmo. Mas eu pensei em dar um pulo aí, você acha que dá?

— Claro que dá! Quando?

— Hoje à tarde?

— Hoje à tarde? Agora à tarde, você quer dizer?

— É.

— Ora, claro!

— Já estou no ônibus, para dizer a verdade. Devo chegar às seis horas.

— Que boa surpresa! Fico muito contente — eu disse, balançando a cabeça para Ellen, que erguera a caneca com um olhar interrogativo.

— Combinado, então — disse Line. — Mas eu sei que agora você tem que trabalhar. Nos vemos em seguida.

— Claro. Tchau e até logo!

Guardei o celular no bolso.

— Não tínhamos bolachas por aqui? — Ellen perguntou.

— Acho que acabaram hoje de manhã — eu disse enquanto saía ao corredor.

O sol brilhava pela janela do outro lado, e o piso de linóleo reluzia e parecia quase líquido nos pontos em que os raios caíam.

O que poderia fazer com que Line resolvesse aparecer tão em cima da hora? Não era o tipo de coisa que ela tinha por hábito fazer.

E o que eu haveria de servir?

Será que eu devia comprar uma garrafa de vinho?

Não, o Vinmonopolet já estaria fechado. E seria bom não exagerar. Se eu pusesse uma mesa bonita demais ela compreenderia o tanto que sinto de saudade, pensei, e então bati na porta de Ramsvik, ou "cônsul", que era como eu o chamava nos meus pensamentos.

Ele estava deitado de costas e tinha a cabeça virada para o lado quando entrei.

— Olá — eu disse. — Como você está?

Ele olhou para mim sem mexer a cabeça.

— Bem... — ele respondeu com um jeito hesitante e com a vogal arrastada; era como se percebesse que havia alguma coisa errada enquanto falava, mas assim mesmo não encontrasse mais nada para dizer.

— Você está com dor?

— Estou — ele disse. — Com dor.

— Na cabeça?

— Na cabeça.

— Você quer um analgésico?

— Quero. Quero.

Havia um jeito resignado no olhar quando ele disse aquilo.

— Você na verdade não quer? — eu perguntei.

— É — ele disse.

Ramsvik era político, e eu sabia quem ele era antes mesmo que chegasse ao hospital, porque ele aparecia nos jornais locais e também nos jornais regionais. Era um homem de peso e autoridade, que tinha conquistado espaço e estava acostumado a ter subordinados. Ele às vezes tinha um jeito meio brusco, porém sempre com um brilho no olhar. As pessoas gostavam dele. Com a barba e o jeito formal de vestir, parecia um homem do século XIX, faltava-lhe apenas o lornhão para que pudesse ser o atacadista ou o cônsul numa obra de Kielland.

Naquele momento o que havia de grandioso nele tinha desaparecido, escorrido como água. Restara apenas o corpo, que ainda era grande, porém fraco. Ramsvik tinha sofrido um AVC repentino enquanto tomava o café da manhã em casa. A esposa, que já estava acordada, providenciou de imediato uma remoção aérea para o hospital. A operação foi bem-sucedida, e as sequelas foram menos graves do que a princípio se tinha acreditado. Ramsvik estava com um lado do corpo paralisado e tinha dificuldade para encontrar as palavras. Era um preço baixo a pagar pela vida que estivera prestes a perder. Mas assim mesmo era chocante.

Eu o tinha visto durante uma visita dos filhos, um menino de dez anos e uma menina de talvez doze. As crianças estavam como que fora do seu alcance, ele não conseguia chegar até elas, não conseguia abraçá-las, não conseguia falar com elas. Toda a comunicação tinha ficado a cargo das crianças. Elas pareciam assustadas, mas o susto acabaria passando. A distância, por outro lado, parecia existir desde antes. Poucas coisas eram mais difíceis do que perder a capacidade de comunicação, mas às vezes essa perda vinha acompanhada por aspectos positivos. Caso ele encarasse aquilo da maneira certa e não acabasse enraivecido e frustrado com o monte de pequenas etapas que precisaria vencer, e também com a dependência dos outros, e em vez disso transformasse o ocorrido numa experiência positiva. Uma nova proximidade.

— A Live e as crianças vêm buscar você amanhã, não? — eu perguntei.

— É — ele disse.

— Hoje eu falei com o pessoal do hospital Sunnaas — eu disse. — Você já tem um quarto garantido por lá.

— Obrigado — ele disse.

— Avise se você precisar de qualquer coisa — eu disse. — Em seguida alguém vem trazer um analgésico para você. Nos vemos amanhã, antes que você parta.

Assim que me virei para sair, o olhar dele se desprendeu de mim e vagou pelo quarto vazio.

Quando voltei do almoço me avisaram que a esposa de Inge estava à espera do marido, então saí para falar com ela.

Ela se levantou quando me viu chegar. Seu nome era Unni, e ela tinha a minha idade, era uma mulher loira e magra e razoavelmente bonita, mas de feições meio fracas e gorduchas.

— Ah, então você foi a antiga colega do Inge! — ela disse quando eu me apresentei.

— Eu mesma — eu disse. — Mais de trinta anos atrás.

— Que curioso — ela disse, sorrindo.

Eu sorri de volta.

— Já lhe trouxeram alguma coisa para comer ou beber? — eu perguntei.

Ela balançou a cabeça e ergueu a mão para me impedir de buscar o que quer que fosse.

— Quanto tempo você acha que ainda falta? — ela me perguntou.

— Não há como dizer ao certo — eu disse. — Por volta de umas duas horas, eu diria.

— E quando eu vou poder falar com ele?

— O anestesista deve acordá-lo logo após a operação, e se tudo estiver em ordem acho que você já pode vê-lo. Não haveria nenhum impedimento. Mas ele deve estar exausto.

Ela acenava com a cabeça a cada frase que eu dizia.

— Nós temos três filhas — ela disse. — Tem algum problema se elas fizerem uma visita hoje depois da aula?

— Não, não, elas podem vir sem nenhum problema — eu disse. — O horário de visita vai até às oito.

Olhei para ela.

— Que idade as crianças têm?

— Treze, quinze e dezessete — ela disse.

Naquele mesmo instante encontrei os olhos de Ellen, que saiu de uma das outras salas e fez um gesto para me chamar. Pedi licença e fui ao seu encontro.

— Posso falar um pouco com você? — ela pediu.

— Claro — eu disse.

Entramos na sala de plantão. Ellen estava preocupada com uma mulher internada naquela manhã, ou melhor, com a filha dessa mulher, uma menina de doze anos que naquele momento estava na escola, mas que logo voltaria e descobriria que a casa estava vazia.

— Ela diz que vai dar tudo certo, que a filha está acostumada a se virar sozinha quando chega da escola. Mas ela está... bem, meio preocupada.

— Não tem mais ninguém por lá?

— Ela disse que a irmã deve ir para casa amanhã.

— O que você acha que é melhor? — eu perguntei.

Ela demorou para responder.

— Eu posso ligar para o Conselho Tutelar e ver se eles têm ajuda a oferecer — ela disse.

— Me parece uma boa ideia — eu disse.

— Não é meio drástico? — ela perguntou.

— Não — eu disse. — É só uma questão de oferecer apoio para ela. Volte e fale com a mãe, diga que você pode ajudá-la com a filha. Depois você liga para o Conselho Tutelar, explica a situação e aí eles assumem.

Quando eu saí outra vez, Unni escrevia uma mensagem no celular. Ela sabia que a operação provavelmente daria certo e que os médicos poderiam retirar o tumor quase inteiro. Mas também devia saber que o tumor voltaria. Quase sempre, mais cedo ou mais tarde, o tumor voltava a crescer, e dessa vez era mortal.

Podia levar dez meses, talvez dez anos.

A partir de então, cada dia seria uma dádiva, pensei enquanto olhava pela janela no fundo do corredor em direção às casas brancas que se espalhavam em ambas as margens do rio e à encosta verde da montanha que se erguia a prumo logo atrás, quase preta nos pontos de sombras mais profundas, porém reluzente nos pontos onde a luz do sol brilhava.

Passaram-se quase três horas até que a operação de Inge chegasse ao fim e os enfermeiros saíssem do elevador trazendo-o na maca. Vi-os chegando pela janela do escritório, me levantei, fui até o corredor e os acompanhei até o quarto.

— Pronto — disse um dos enfermeiros, e então se afastou.

O rosto de Inge tinha expressão pesada e cheirava a anestésico. Ao mesmo tempo, a bandagem em volta da cabeça transformava aquele rosto, tornava-o mais nu, era como se o revelasse no meio de todos os fios e de todas as máquinas que o circundavam.

Eu queria ajudá-lo, ajudar a esposa dele, ajudar as três filhas do casal.

Passei a mão de leve no rosto dele e fui dar a notícia de que já poderia ser acordado, e também avisar Unni de que a operação havia chegado ao fim.

Durante o dia todo o sol ardeu no céu. Não havia uma nuvem em lugar nenhum, apenas uma esfera flamejante que se movimentava devagar por um espaço azul.

Mesmo assim, senti meu corpo enregelar-se. O ar-condicionado estava ligado na potência máxima, e todas as janelas onde o sol batia tinham as persianas baixadas.

Vi as três filhas de Inge e Unni quando saíram do elevador e no mesmo instante eu soube que eram elas. Eram altas, as três, e tinham jeito de irmãs, todas com o mesmo tipo de rosto.

Tímidas e quietas, elas caminharam bem próximas umas das outras e entraram no quarto do pai.

Tive a impressão de ter presenciado uma cena muito íntima. Mas eu estava acostumada — num hospital, as divisões entre o público e o privado são o tempo inteiro borradas, isso fazia parte da natureza do hospital e todos por lá sabiam disso — e logo deixei esse sentimento de lado.

Pouco antes de encerrar meu turno fui mais uma vez ao quarto de Inge.

Ele estava sentado na cama, olhando para o quarto e piscando.

— Como você está? — perguntei.

— Estou com um pouco de dor de cabeça — ele disse com um sorriso fraco.

— Não chega a ser uma surpresa — eu disse, sorrindo de volta. — Você deve receber mais um pouco de morfina. No mais tudo bem?

— Tudo.

— Você não está com sede?

— Um pouco, talvez.

Servi um copo d'água e o segurei à frente do rosto de Inge. Sua mão fez um gesto vagaroso no ar, como se estivesse havia muito tempo sem fazer aquilo, quase a ponto de esquecer o movimento, mas por fim ele fechou os dedos ao redor do copo e o levou aos lábios.

Um fio d'água escorreu pelo queixo.

Inge começou a baixar o copo, e eu o peguei antes que ele o largasse em cima da mesa.

— Obrigado — ele disse. — Você é um anjo.

Ele inclinou a cabeça para trás, em direção ao travesseiro. O rosto estava pálido e cansado. Havia sangue nas bordas do curativo.

— Você precisa descansar agora — eu disse enquanto me levantava. — E você já recebeu um pouco mais de morfina, então a dor vai melhorar a partir de agora.

— É, acho que vou dormir um pouco — ele disse.

* * *

Quando saí da cidade ao entardecer havia tráfego intenso nas duas rotatórias, mas assim que entrei no vale o movimento diminuiu e pude acelerar. O cenário brilhava em todas as variantes imagináveis de verde sob o céu azul-marinho. Grupos de vacas dormitavam sob arvoredos. As crianças tomavam banho no rio, as bicicletas reluziam entre os troncos de árvore, pequenos amontoados de roupa cintilavam nas montanhas; cabeças, ombros e braços surgiam aqui e acolá no meio da água que deslizava aos poucos iluminada pelo sol.

Comecei a cantar.

Na curva que descia em direção ao rio a estrada ficou coberta pela sombra das grandes árvores decíduas que se erguiam de ambos os lados. Senti um friozinho nas costas quando o carro entrou na parte escura, por causa daquela mudança abrupta, da luz forte para a luz tênue e a escuridão.

Porque a escuridão existia.

Pensei em Inge. Ele parecia ter uma aura despreocupada, uma alegria meio displicente e desengonçada.

Será que ele realmente era o menino quieto e recluso de quem eu mal tinha lembranças?

Será que a vida havia lhe dado tudo aquilo que tinha agora?

Nesse caso ele havia dado sorte na vida, pensei.

Peguei o telefone e liguei para Marianne. O som da chamada preencheu todo o carro e abaixei um pouco o volume.

— Oi, Solveig! — ela disse. — Você não pode ir hoje, certo?

— Como é que você sabia?

— Você não tinha nenhum outro motivo para ligar. Se fosse outra coisa, você poderia ter me dito durante o passeio.

— Verdade, Sherlock — eu disse, rindo. — A Line vai me fazer uma visita hoje à tarde, será que a gente pode deixar o passeio para amanhã?

— Claro que pode, ela disse. — Que bom que a Line vai aparecer!

— É, vai ser bom.

— Eu não a vejo desde… bem, quando foi mesmo? Dois anos atrás? Três?

— Pode ser que ela fique comigo um tempo — eu disse. — De repente você pode vê-la.

Falamos por uns minutos sobre tudo um pouco antes de desligar, e em seguida eu coloquei para tocar um dos velhos CDs que eu tinha no porta-luvas sem ver qual era. Eu gostava de me deixar levar pelo acaso, pelo menos nas coisas pequenas.

Ah, era um CD muito familiar.

Mas o que era aquilo?

Aumentei mais um pouco o volume assim que cheguei ao fim do vale, onde começava a subida da encosta.

Albinoni. Adagio.

Desci do outro lado, deixei para trás o lago e a cachoeira branca em meio ao verde, entrei no cruzamento e depois subi mais uma encosta íngreme e estreita.

Eu me sentia tão feliz que nem ao menos sabia o que fazer. Eu tanto podia chorar como rir. Cantei junto com a música, que parecia subir e descer como o panorama ao meu redor. Porém a música não vinha do panorama, mas do céu. Ou do âmago.

Do âmago de uma pessoa.

Do âmago de todas as pessoas.

Do meu âmago.

Passei por fazendas nas montanhas e vi as pessoas sentadas nos pátios, e então a estrada tornou a descer. Quando dei a volta na rocha, diminuí a velocidade para o caso de surgir outro carro na direção contrária.

No outro lado da pedra havia um cervo junto à orla da floresta.

Eu já tinha visto cervos por lá em várias ocasiões, mas nunca tão de perto.

Parei o carro, desliguei a música e abri a janela.

O cervo continuou parado, mas virou a cabeça em direção a mim.

Que animal tão gracioso e delicado!

Ele ficou me olhando por bastante tempo. Depois começou a se afastar, sem nenhuma pressa, e sumiu em meio às árvores.

O murmúrio longínquo da cachoeira desapareceu em meio ao vento que subia desde o vale e pôs todas as árvores a farfalhar. Continuei descendo o vale, de onde eu logo pude ver o brilho azul do fiorde mais além, e também o paredão de rocha que daquela distância assemelhava-se a um cavalo em repouso.

* * *

Já em casa, larguei a chave do carro na velha mesa do telefone, que ficava no corredor, e abri a porta que dava para a sala.

Minha mãe estava sentada perto da janela. O rosto magro de senhora idosa estava inclinado para o lado oposto, com a boca aberta, a respiração leve e inaudível.

Logo atrás dela, do outro lado da vidraça, os galhos da grande bétula erguiam-se silenciosos em meio à brisa do pôr do sol.

Era curioso notar o pouco espaço que ela ocupava ao dormir, pensei enquanto fechava cuidadosamente a porta e entrava na cozinha. A visão do cervo ainda reverberava em mim como uma alegria que cintilava de leve. Deixei a sacola em cima da bancada, guardei as compras no armário e na geladeira e coloquei a sacola vazia na gaveta de baixo.

O trilho ao longo da bancada estava bastante sujo, então o levei até o banheiro, joguei-o na máquina de lavar, coloquei mais umas toalhas no cesto de roupa e liguei a máquina.

Quando voltei, ouvi um rumor discreto vindo da sala. Era a cadeira dela, que podia ser regulada por meio de um controle remoto para ajudá-la a se pôr de pé.

— Oi, mãe — eu disse no vão da porta.

Seus olhos pareciam furiosos quando encontraram os meus.

Me senti quase paralisada de medo. Foi como se uma mão houvesse se fechado em torno do meu coração e estivesse a apertá-lo.

Mas ela não pode me atingir, pensei. Ela não pode me atingir.

— Algum problema? — eu perguntei enquanto me aproximava devagar. Minhas pernas estavam bambas, meu corpo, fraco.

Ela tentou falar, mas estava exaltada demais e tudo o que saiu foi um bufo.

Sua fúria tinha uma velocidade diferente do corpo, como se não tivesse envelhecido junto.

— Você queria que eu tivesse vindo antes? — perguntei, e então segurei o seu braço e a puxei de leve para a frente, para que assim pudesse segurar o andador e manter-se em pé por conta própria. — Eu não podia ter vindo antes — eu disse. — O meu trabalho é importante e você sabe disso.

Ela começou a andar com passos curtos e vagarosos, praticamente sem levantar os pés do chão. Empregou todas as forças de que dispunha para atravessar a sala e chegar até a cômoda junto da parede.

Será que era o relógio outra vez?

Ela tentou abrir a gaveta.

Eu a ajudei.

— O que você está procurando, mãe? — perguntei. — Por que você está tão inquieta?

Ela começou a revirar o conteúdo da gaveta.

Depois parou e sussurrou alguma coisa.

Me inclinei em direção ao rosto dela.

"O broche", ela deu a impressão de dizer.

— O broche? — eu perguntei.

— É — ela sussurrou.

— Não está aí?

Peguei tudo o que estava dentro da gaveta e coloquei em cima da cômoda.

O broche não estava lá, quanto a isso ela tinha razão.

O broche havia pertencido à sua bisavó, minha trisavó. Minha mãe o ganhou de presente ao casar, e o deu de presente para mim quando me casei.

— Com certeza está em outro lugar — eu disse. — Já, já vamos encontrar.

Ela olhou para mim. Minha mãe sabia tão bem quanto eu que o broche não fora usado desde que eu havia me mudado de volta para casa, e que o único lugar em que poderia estar era a cômoda da sala.

Alguém o devia ter pegado.

E não podia ter sido Anita, eu me recusava a acreditar numa coisa dessas. Mas não havia mais ninguém por lá.

Será que eu mesma não podia ter guardado o broche em outro lugar e depois esquecido?

— Nós vamos encontrá-lo, mãe — eu disse. — Tenho certeza. Mais tarde eu procuro melhor. Agora eu tenho que fazer o jantar. A Line vem nos ver hoje à tarde.

— A Line? — ela sussurrou.

— É — eu disse. — Ela ligou hoje e disse que viria fazer uma visita. Eu vou buscá-la em Vågen daqui a uma hora. Venha, eu ajudo você a se trocar.

Peguei o braço dela e a acompanhei vagarosamente até o banheiro. Lá, baixei a calcinha dela, levantei o seu vestido e a ajudei a se sentar no vaso.

As pernas, muito brancas e magras, tremiam como se o peso do corpo já não as empurrasse rumo ao chão.

Esperei uns minutos antes de entrar para limpá-la, trocar-lhe a calcinha e ajudá-la a lavar as mãos.

Ela parecia mais tranquila e acenou com a cabeça quando perguntei se queria sentar-se na rua e tomar um pouco ao sol.

Peguei uma cadeira, busquei uma coberta e coloquei-a no colo dela enquanto ficava lá sentada com uma vista do mundo onde havia passado uma vida inteira e que tanto amava. Fazendas, o fiorde, as montanhas.

O sol erguia-se acima do ponto em que o fiorde se abria para o mar, e a superfície da água mais próxima cintilava e tremeluzia.

Quando o ônibus parou em frente à cooperativa eu desci do carro e parei logo ao lado.

Line foi a última a descer. Ela estava usando um casaco verde em estilo militar e trazia nas costas uma grande mochila amarela.

Aquilo devia significar que ela tinha vindo passar um tempo comigo, não? Uma onda de ternura invadiu meu corpo quando ergui a mão e acenei para ela.

Ela acenou de volta e em seguida olhou para os dois lados antes de atravessar a estrada.

— Oi — ela disse.

— Oi, minha filha linda — eu disse, estreitando-a junto de mim.

— Que apertado! — ela disse, tirando a mochila. — Você pode colocar isso no porta-malas?

— Claro — eu disse. — Nossa, que peso! O que você tem aqui?

— Livros — ela disse, entrando no carro.

Fechei o porta-malas e me sentei ao seu lado.

— Você quer passar no supermercado antes de ir para casa? — eu perguntei.

Line balançou a cabeça.

Ela não usava maquiagem, e os cabelos estavam presos em um simples rabo de cavalo. Junto com a jaqueta grande demais, aquilo me deu a impressão de que ela tentava se esconder, ou pelo menos não chamar atenção para si.

Esse não era um pensamento agradável.

Mas ela pelo menos estava com uma cor saudável no rosto, pensei, e logo peguei a estrada enquanto Line tirava os óculos de sol do bolso da jaqueta e colocava-os no rosto.

— Estou com uma lasanha no forno — eu disse. — Deve ficar pronta assim que a gente chegar.

— Que bom — ela disse.

— Você está muito bronzeada! — eu disse. — Passou muito tempo ao sol durante o verão?

— Eu fiz um passeio a uma cabana à beira-mar no fim de semana passado.

— Com quem?

Line me olhou de relance. Em seguida baixou os óculos.

— Com uns amigos — ela respondeu.

A luz do sol baixo rumo ao qual avançávamos em linha reta era refletida pelo para-brisa de uma forma que tornava quase impossível ver qualquer coisa, e assim diminuí a velocidade. Havia pouco tráfego por lá, mas a estrada era bem estreita, e não raro apareciam tratores, em especial naquela época do ano.

— Que livros são esses que você trouxe? — perguntei.

— É para o exame de admissão à universidade — ela disse. — Eu tinha pensado em passar uns dias por aqui estudando em paz.

— Quando é mesmo o exame? — eu perguntei, sorrindo, feliz de ver que ela havia recobrado a determinação.

— Daqui a três meses — ela disse.

Atravessamos a pequena ponte à sombra dos carvalhos que por lá cresciam e meu olhar correu pelo leito do rio. Praticamente não havia mais água, apenas uns amontoados de algas espalhados aqui e acolá.

Será que aquele visual desleixado não lhe dava a impressão de que trabalhava duro?

Pelo menos comigo tinha sido assim. Livros e papel espalhados por toda parte, cinzeiros cheios, cabelos desgrenhados, roupas confortáveis.

Eu tinha a impressão de que ela nem sequer imaginava que um dia eu também havia sido estudante, morado em um quarto e vivido a mesma vida que ela tinha — não muito tempo atrás.

— A vó vai ficar muito contente com a sua visita — eu disse.

— Aham — disse Line enquanto se olhava no pequeno espelho do quebra-sol e torcia os lábios de um jeito que eu imaginava que as pessoas em geral só faziam quando estavam sozinhas.

Enquanto Line se organizava no quarto, limpei às pressas a mesa do jardim antes de começar a prepará-la. A mesa ficava entre duas macieiras, e os raios do sol, que estava baixo no oeste, ainda brilhavam por lá.

O gavião planava acima da fazenda mais abaixo. Com as asas estendidas e imóveis, ele mais parecia um dragão.

Minha mãe ficou olhando para mim enquanto eu ia de um lado para outro entre a cozinha e o jardim. Ainda não tínhamos feito nenhuma refeição no pátio naquele ano, e por um motivo ou outro a ideia pareceu meio extravagante quando estávamos só eu e ela por lá.

Quando tudo estava pronto, chamei Line e ajudei minha mãe a se sentar à mesa.

Ela estava bem o suficiente para comer sozinha depois que eu cortei a comida. Era difícil para ela, e tudo acontecia muito devagar, mas era importante que ela conseguisse durante a visita de Line. Eu sabia que a dependência a incomodava muito nessas horas, ela não queria que a neta se recordasse dela *daquela* forma.

Line sentou-se para comer com o olhar fixo na mesa, em um mundo próprio, enquanto minha mãe olhava de relance para ela, reclinada por cima do prato com a mão trêmula sempre a caminho da boca.

Ela sussurrou alguma coisa e eu me inclinei para a frente a fim de escutá-la.

"Thomas", ela sussurrou.

— Thomas — eu repeti. — Você está perguntando para a Line como ele tem passado?

— É — ela sussurrou.

— O Thomas está bem, vó — Line disse em voz alta. — Ele está pensando em voltar aos estudos.

— Ele já disse que tipo de estudos? — perguntei.

— A academia de polícia — ela disse. — Mas eles têm uma série de exigências por lá.

A brisa do fiorde levou todos os galhos próximos a se balançarem devagar, e fez com que todas as folhas de grama farfalhassem. Às vezes, quando o vento soprava, era como se aquilo criasse uma tensão nas árvores, que a seguir relaxavam.

— E você, já contou para a vó o que *você* quer estudar? — eu perguntei.

— Não — respondeu Line. — Mas você com certeza contou.

Ela olhou para mim, como que para ver como eu receberia aquele comentário, e então tornou a olhar para baixo.

Segurei um copo d'água perto dos lábios da minha mãe, que não conseguiu engolir tudo, porque um fio d'água lhe escorreu ao longo do pescoço, então arranquei uma folha de toalha de papel e sequei-a com um movimento rápido.

"Psicologia", minha mãe sussurrou.

— A vó disse psicologia — eu disse. — Então com certeza a gente já falou disso mesmo! Você está contente?

Line acenou com a cabeça, empolgada, e sorriu para a avó. Vi que a empolgação era fingida, mas a despeito do que a incomodasse, era bom ver que estava fazendo um pequeno esforço para alegrar a avó.

Depois da refeição Line subiu ao quarto e eu acompanhei minha mãe à sala, onde liguei a TV para ela antes de me sentar com uma caneca de café para aproveitar os últimos momentos de sol.

Vi que acima de mim chegou uma revoada de gralhas. Eram muitos pássaros, e logo o céu estava tomado. Era como um tapete de plumas, com belos padrões móveis de azul e preto, que no instante seguinte desfez-se assim que as primeiras gralhas pousaram nas aleias que levavam ao cemitério mais adiante, onde os pássaros faziam seus ninhos.

No segundo andar uma janela se abriu. Ouvi a voz de Line, macia e delicada em meio ao áspero crocitar das gralhas.

Com quem estaria falando?

Não devia ser Thomas, porque mesmo que os dois tivessem a intimidade natural de um casal de irmãos, não tinham muitos assuntos em comum. Ela nunca ligaria de lá para ele, a não ser que houvesse um motivo.

Devia ser uma amiga.

Ou talvez um namorado a respeito do qual ela ainda não tinha me contado nada?

Line se inclinou de leve para fora da janela e apoiou um dos braços no parapeito enquanto segurava o telefone com a mão oposta. Encontrei os olhos dela e sorri. Ela devolveu o sorriso antes de virar o rosto e olhar para o outro lado.

Torci para que ela achasse tudo aquilo bonito. O paredão íngreme da montanha, a água espelhada, o céu cada vez mais escuro e do outro lado as copas das árvores que reluziam com um matiz avermelhado sob os últimos raios do sol.

Na cozinha, a máquina de lavar louça parou de funcionar de repente, antes do final do ciclo, e quando a abri estava tudo cheio d'água. A mangueira de alimentação devia estar entupida, talvez pelo acúmulo de calcário, pensei. No dia seguinte eu ligaria para um técnico.

Retirei a louça que estava lá dentro e comecei a lavar tudo à mão.

As leves batidas dos copos e talheres contra o fundo da pia, abafadas e por assim dizer redondas, me encheram de tranquilidade. O calor que se fechou em torno das minhas mãos também, e além disso as minúsculas bolhinhas que escorriam das peças de louça que eu levantava para enxaguar na pia ao lado.

Desde pequena eu transformava os tênues rumores subaquáticos em vultos. Como se fossem cobras grandes mas curtas, cinzentas e sem olhos.

Era uma das coisas que eu jamais poderia revelar para os outros, pensei com um sorriso.

Por mais estranho que fosse, me lembrei de Inge enquanto eu pensava nisso.

Será que ele havia causado em mim uma impressão tão profunda?

Eu estava apenas tensa, pensei enquanto erguia o olhar. O céu acima da montanha no outro lado do fiorde continuava azul, enquanto os detalhes no paredão vertical, que se estendia por quilômetros à frente, começavam a desaparecer na escuridão cada vez mais densa do entardecer.

Tentei imaginar como seria ver uma coisa que não existia. E acreditar naquilo. Que a montanha do outro lado do fiorde na verdade não existia, a não ser na minha cabeça. Que de repente havia um homem na cozinha olhando para mim.

Se eu me virasse agora, ele estaria lá.

Sorri mais uma vez e estendi um pano de prato sobre a bancada para receber a louça recém-lavada, uma vez que o escorredor estava cheio.

Ouvi rangidos no teto acima de mim.

O que estaria atormentando Line?

Seus passos soaram na escada e em seguida ela apareceu no vão da porta.

— Vou dar uma volta — ela disse.

— Bem que você faz. — eu disse. — Aonde você pretende ir?

— Até a cachoeira, talvez.

Logo depois ela passou em frente à janela enquanto vestia o casaco. Tudo nela parecia estranhamente nítido e claro contra o fundo escurecido.

Line estava bonita com as maçãs do rosto altas e os olhos levemente amendoados.

Mas também parecia um tanto negativa. Uma pessoa que fazia exigências mas não oferecia nada em troca.

Uma pessoa negativa.

Como isso tinha acontecido?

Não, *não era* nada disso. Aquela era uma situação *temporária*. Line era jovem, ainda se protegia do mundo, porém um dia conseguiria se abrir o suficiente para recebê-lo, ou seja, oferecer coisas em troca.

Ouvi a voz dela no meu ouvido interior. "Mãe, você é tão ingênua!", disse a voz. "Mãe, você nem ao menos acredita nisso, ou por acaso acredita?"

Peguei um pano de prato limpo da gaveta, sequei as mãos, pendurei-o no pegador do forno e fui ao encontro da minha mãe. Ela estava dormindo, mas não era um sono pesado; quando me sentei no pufe ela abriu os olhos.

— Você quer uma massagem nos pés? — perguntei.

— Quero — ela disse.

Coloquei as pernas dela no meu colo e comecei a dobrá-las vagarosamente ao mesmo tempo que eu as alongava. Os músculos dela com frequência se contraíam por completo, ela tinha acessos de cãibra várias vezes por dia, às vezes muito dolorosos. A massagem ajudava um pouco, e caminhar também ajudava.

Massageei as suas pernas.

Os braços, dobrados na altura do cotovelo, tremiam o tempo inteiro. A cabeça tremia, o maxilar tremia.

Me dava muita pena vê-la naquele estado.

Mas os seus olhos permaneciam claros.

Ela sussurrou alguma coisa.

— O que foi que você disse? — eu perguntei, me inclinando em sua direção.

— A Line — ela repetiu.

— Você quer saber como a Line tem passado? — eu perguntei.

— É — ela disse.

— Não sei — eu disse. — Ela me parece meio incomodada. Mas ela não disse nada.

— Perguntar? — ela sussurrou.

— Posso perguntar — eu disse. — Mas prefiro que ela fale por iniciativa própria. E deve ser por isso que ela veio para cá, você não acha?

— É — ela sussurrou.

Peguei os pés dela na minha mão e comecei a apertá-los e massageá-los.

— Você se lembra de quando eu voltei para casa na idade dela? — perguntei.

— Lembro — ela sussurrou.

— Eu falava sobre tudo com você, lembra?

— Lembro.

— Mas você nunca falava sobre você.

— Não — ela disse.

Seus olhos sorriram.

Dobrei cuidadosamente um dos pés dela, como se fosse um arco.

Ela tentou formar uma frase mais longa.

Ouvi *você*, ouvi *não*, ouvi *falar* e ouvi *mesma*.

— Você quer dizer que eu não falo sobre mim para a Line? — eu disse.

Ela fez um aceno de cabeça.

— Talvez você tenha razão — eu disse. — Mas é porque ela não se interessa.

Troquei de pé e comecei a fazer movimentos circulares.

— E pensando melhor eu também não me interessava muito — eu disse. — Naquela época. Eu simplesmente achava que vocês estariam sempre lá, você e o pai.

Mas aquelas tardes eram claras e abertas, e teriam sido uma boa oportunidade para compartilhar tudo o que eu vivia no mundo.

Coloquei os pés dela cuidadosamente no chão.

— Quer que eu ajude você a tomar um banho? — eu perguntei.

Ela fez um gesto afirmativo com a cabeça.

— O cabelo — ela disse.

* * *

Ajudei-a a tomar banho, coloquei-lhe uma fralda geriátrica e uma camisola e tinha começado a secar aqueles cabelos recém-lavados quando Line voltou.

— Mãe! — ela gritou do corredor.

Desliguei o secador.

— Estamos aqui no banheiro — eu disse em voz alta.

Ela foi até onde estávamos e tinha o rosto como que inflamado por ter estado fora, demasiado espaçoso para caber nos pequenos espaços da casa.

— Você já viu os filhotes de passarinho no portão? — ela perguntou.

Fiz um gesto afirmativo com a cabeça.

— São muito bonitinhos, né? — eu disse.

— São. Mas por que você não me disse nada?

— Porque não surgiu a oportunidade — eu disse.

— Que passarinhos são aqueles? Eu só vi os filhotes.

— É um casal de pombos-bravos que faz o ninho por lá.

Line abriu a boca e estava prestes a falar quando a interrompi.

— Você está com fome? Quer comer alguma coisa antes que a gente vá para a cama?

Ela entendeu que eu não queria falar sobre os filhotes de passarinhos, porque alguma coisa se transformou nos seus olhos, mas por sorte ela não insistiu no assunto, simplesmente balançou a cabeça.

— Já vamos terminar por aqui — eu disse, ligando mais uma vez o secador.

Os pombos voltavam a cada nova primavera e faziam o ninho sempre no mesmo lugar, botavam ovos, os ovos eclodiam e os filhotes cresciam — mas antes de estarem crescidos o bastante para o primeiro voo, muitas vezes poucos dias antes, chegava um gavião, também sempre o mesmo, e comia os filhotes.

Tinha sido assim por quatro anos seguidos. E não havia nada que eu pudesse fazer, os pombos não me deixariam trocar o ninho de lugar, então eu não podia fazer nada além de esperar e torcer.

Não me ocorreria contar essa história para Line. Se descobrisse o plano do gavião, ou, pior ainda, se o visse ser posto em prática, ela ficaria arrasada.

Line sempre havia demonstrado um carinho enorme por todos os animais — quando era pequena, enchia os bolsos de minhocas, aranhas e vários outros bichos para levá-los todos para casa, e até a época do ensino médio o plano dela era ser veterinária.

Esse era um dos motivos para que ela gostasse tanto da casa na época em que estava crescendo. Naquele tempo havia animais no pátio — não muitos, mas tínhamos duas vacas, muitas vezes um terneiro, um cavalo e umas galinhas —, e para ela aquilo era uma riqueza incalculável.

E para mim também. Lembro-me de pensar que pelo menos ela tinha aqueles verões por lá durante a infância, por mais difíceis que em geral fossem as coisas.

Fui até a sala e passei uma hora assistindo TV com a minha mãe até que ela resolvesse se deitar no quarto onde antes ficava a sala de jantar, mas que naquele momento funcionava como quarto de dormir.

Após fechar a porta de correr às minhas costas, fui ao quarto de Line e bati na porta.

— Sim? — ela disse lá dentro.

Line estava sentada no parapeito com as luzes apagadas e olhou para mim quando abri a porta.

A mala aberta no chão, as roupas espalhadas, a cama desfeita.

— Não está meio frio? — eu perguntei enquanto me sentava na beira da cama. Ela balançou a cabeça.

— Como você está de verdade, filha? — eu perguntei.

— Bem — ela disse.

— Tem certeza?

— Tenho. Por quê?

— Você parece meio retraída.

— Mas desde quando isso é crime? — ela perguntou.

Soltei um suspiro.

— Nós duas podemos conversar — eu disse. — Mesmo.

— Sobre o que você quer conversar?

— Sobre você, talvez?

— Mas eu não quero.

Fez-se um silêncio.

— Tudo bem, então — eu disse, me levantando.

— Que bom — ela disse.

— A Anita, que é a cuidadora da sua vó, chega amanhã de manhã — eu disse. — E fica até o horário de almoço. Mas se você prefere ficar sozinha com a vó e cuidar dela um pouco, é só você me dizer. Eu aviso a Anita.

— Eu vim para cá para estudar — ela disse. — Não para cuidar da vó.

— Tudo bem — eu disse. — Eu sei. Boa noite!

Em vez de me deitar, vesti um casaco e fui dar uma volta. O céu ainda estava claro, mas velado, como que desprovido de cores, como fica durante as noites de verão por aqui.

Tudo estava em silêncio. O fiorde estava perdido em suas profundezas, a montanha se erguia do outro lado, em silêncio, e atrás de mim, no morro ao norte, as árvores permaneciam imóveis. Meus passos na grama macia eram praticamente o único som que se ouvia. E às vezes um leve farfalhar na floresta, como se houvesse soltado o ar depois de prender o fôlego por muito tempo.

Fui até o velho terreno vazio junto à orla da floresta, no outro lado da fazenda, me sentei nas ruínas das fundações e olhei para a casa de onde eu tinha acabado de sair.

Eu sempre tinha gostado de me sentar por lá. Parecia libertador ver a casa de longe; era como se as pessoas lá dentro se tornassem menores. Descobri essa ideia quando eu era adolescente. A minha mãe e o meu pai ficavam lá dentro, e por lá eles mandavam, mas só mesmo por lá, porque o mundo no lado de fora era enorme. Quem se importava com o que acontecia no interior dos pequenos cômodos da nossa minúscula casa?

Naquele momento quem morava na casa era eu, mas esse pensamento ainda funcionava, com a diferença de que era tudo o que eu fazia, de que toda a minha vida era vista de fora e tornada menor. Aquilo não era tudo.

No céu acima de mim a luz de umas poucas estrelas cintilavam. Era como se não quisessem se mostrar, mas assim mesmo precisassem, e por isso tentassem chamar a menor atenção possível. Não muito diferente de Line, pensei com um sorriso, na vez em que participou de uma peça de teatro no encerramento do ano letivo e ficou olhando para o chão enquanto balbuciava as partes dela com uma voz tão baixa que ninguém conseguiu ouvir o que ela disse.

De repente percebi um movimento no limite do meu campo de visão e virei a cabeça.

Uma luz surgiu acima das copas no morro a oeste. Era como se as árvores estivessem em chamas.

Por muito tempo não fiz nada além de olhar.

A luz tornou-se cada vez maior, e segundos mais tarde deixou o morro para trás. Parecia uma estrela, porém a luz era bem mais intensa. Devia ser um planeta. Mas que tipo de planeta estaria passando naquela altura do ano?

Era uma coisa que eu nunca tinha visto.

Devia existir uma explicação, pensei. E, a despeito de qualquer coisa, era uma visão muito bonita, com a luz intensa no céu pálido acima do morro escuro coberto por árvores.

Me levantei e segui ao longo da cerca que corria ao lado da floresta. Logo pude ver o vilarejo como que espremido no interior da baía, sob o morro que daquele ponto em diante obstruía a visão do mar.

A estrela parecia estar mais alta no céu.

Como subia depressa!

Continuei pela margem do lago, que parecia escuro até a orla da floresta, e encontrei as velhas gaiolas que o meu avô tinha construído para a criação de visons que o ocupou por anos, mas que ninguém tinha se dado ao trabalho de desmontar, no chão rochoso que havia nos limites da propriedade.

Será que Inge era o tipo de pessoa que sabia o nome das estrelas e a distância a que se encontravam?

Por que seria?, pensei, quase rindo de mim e da minha ideia idiota. Mas assim mesmo eu o imaginei de pé em frente à janela do hospital, olhando para a mesma estrela que eu observava naquele exato momento.

Que bobagem.

Fui até o galpão que ficava do outro lado da fazenda, volta e meia erguendo o olhar em direção àquela estrela.

Será que era uma supernova? Uma estrela que se expandia antes de se apagar?

Aquilo parecia meio irreal. Ou então fazia com que todo o restante parecesse irreal.

Parei em frente à porta do galpão. Eu me lembrava muito bem do cheiro ao mesmo tempo suave e forte das vacas na época em que eu era pequena, e não gostei nem um pouco do aspecto frio e inóspito das baias vazias, dos restos de feno e esterco, tudo seco e sem vida, as paredes como que prestes a desabar. Mesmo assim, soltei a velha tramela e empurrei a porta, que bateu contra a parede de alvenaria. Já no lado de dentro acionei o interruptor, e no instante seguinte todo aquele espaço foi tomado por uma luz forte.

Percebi um movimento na última baia.

Fiquei totalmente imóvel.

Um bicho apareceu, andou perto da abertura do porão de esterco e olhou para mim.

Era uma raposa.

Ela tinha os olhos amarelos e deu a impressão de estar me examinando.

E ficou lá, sem demonstrar medo nenhum. Depois baixou a cabeça, deu meia-volta e entrou na portinhola que levava ao celeiro.

Enquanto a banheira enchia devagar, tirei minhas roupas, dobrei-as e deixei-as em cima do cesto de roupa suja. Já nua, parei em frente ao espelho e fiquei me olhando. Não era o tipo de coisa que eu fizesse com frequência, mas decidi ver como os outros me viam.

Eu tinha coxas brancas e arredondadas, quadril largo. Minha barriga era mole e fazia dobras quando eu me inclinava para a frente.

Passei as mãos pelo meu quadril, aquilo parecia muito desajeitado, como se de repente eu estivesse desconfortável comigo mesma.

Eu tinha passado os meus vinte e os meus trinta anos cuidando do corpo. Mas naquele momento tudo que eu aceitara em outras épocas tinha se transformado, então eu precisaria começar tudo outra vez.

Uff.

Era bem melhor não ser nada para homem nenhum. Assim todos os pensamentos desapareciam.

Fechei a torneira e coloquei o pé dentro da banheira. A água estava a uma temperatura escaldante, mas deixei-o lá dentro, mesmo que ardesse, e me sentei.

Segundos depois a ardência era tanta que precisei usar toda a minha força de vontade para continuar sentada. Depois ficou bom.

Me deitei para trás e a água fez meu peito arder, mas logo aquilo voltou a parecer bom, e então fechei os olhos.

Depois do chapinhar da água que caía da torneira, tudo havia ficado em silêncio. Eu mal ouvia os sons da TV da sala e o rumor longínquo da cachoeira no vale.

O pingar das gotas que se acumulavam na torneira e soltavam-se uma atrás da outra.

Corri a mão pela testa, passei-a no meio dos meus cabelos úmidos e estava prestes a pegar o sabonete quando o celular começou a tocar.

O barulho foi uma perturbação infernal daquele silêncio, e eu inclinei o corpo por cima da beira da banheira, puxei a calça para junto de mim, peguei o celular e vi que era do hospital.

É Inge, pensei, ele teve uma hemorragia.

Mas no fim não era Inge, era Ramsvik, ele estava morrendo e havia uma equipe de transplante de órgãos vindo de Oslo.

Me sequei às pressas, vesti as roupas limpas que eu havia separado e fui à sala.

Minha mãe abriu os olhos quando parei em frente à cama.

— Você não está dormindo? — eu perguntei. — Aconteceu alguma coisa?

— Não — ela sussurrou.

— Que bom — eu disse. — Infelizmente vou ter que voltar para o trabalho. Tudo bem?

— Tudo — ela sussurrou.

— Você não quer que eu prepare umas fatias de pão?

— Não — ela sussurrou. — A Line...

— Pode deixar que eu aviso — eu disse. — Ela sabe se virar sozinha. E não fique constrangida se tiver que pedir ajuda para ela!

Tudo estava em silêncio quando fechei a porta às minhas costas e fui até o carro. O fiorde leve e espelhado, a montanha pesada e silenciosa, o céu límpido.

Graças a Deus não era nada com Inge!

Durante o dia inteiro eu tinha pensado que ele de repente podia estar lá deitado com as pupilas dilatadas, pretas e mortas, e com o cérebro cheio de sangue.

Às vezes acontecia.

Dei ré pela estrada de chão, afivelei o cinto de segurança, engatei a marcha e desci a estrada dirigindo mais rápido que o normal.

No meio do caminho, em frente ao portão, havia um bicho. Primeiro achei que fosse um cachorro, mas ao chegar mais perto vi que era uma raposa. Provavelmente a mesma de antes, pensei. Não diminuí a velocidade, certa de que ela sairia do caminho e correria para longe. Mas não foi o que aconteceu.

Freei quase em cima dela.

A raposa olhou para mim.

Eu buzinei e fiz o motor roncar, mas ela continuou parada.

Só quando abri a porta e fiz menção de sair do carro ela se mexeu e correu em direção à fazenda, onde pouco depois sumiu no gramado.

Alguém devia estar dando comida para ela, pensei enquanto voltava a dirigir. Era uma raposa quase domesticada. Que vergonha, o que as pessoas tinham na cabeça? Os animais selvagens deviam permanecer selvagens.

Não havia praticamente nenhum carro no caminho, e eu dirigia o mais depressa possível pelas estradas. Do outro lado do fiorde, no ponto em que a estrada rumo à cidade fazia uma curva para o oeste e o panorama tornava-se mais plano, voltei a ver a estrela, que reluzia acima dos picos das montanhas. Era como se eu já tivesse me acostumado com aquilo, e aquela beleza pareceu bem-vinda. O panorama silencioso e azul da noite, a estrela que luzia forte e clara no céu ademais vazio.

Quando morava em Oslo eu trabalhava como enfermeira cirúrgica no Rikshospitalet. Adorava o trabalho, mas as exigências estressantes daquela atividade não pareceriam adequadas à vida por aqui, pensei quando decidi me mudar de volta, e então procurei trabalho como chefe de setor. Mas nas cirurgias mais complexas às vezes me chamavam como assistente. Eu não tinha nada contra, era uma atividade bem paga e meu trabalho habitual de fato incluía tarefas administrativas demais.

Tudo era uma questão de vida ou morte na sala de cirurgia. E todos os que estavam lá dentro queriam voltar.

Mesmo naquele momento, pensei enquanto dirigia pelo vale escuro e silencioso, era uma questão de vida ou morte. O paciente estava morto, porém os órgãos dele viviam e continuariam a viver em outro paciente.

Para me proteger contra o pensamento seguinte, de que aquele não era um simples paciente, mas Ramsvik, tirei o CD que estava no som do carro e coloquei outro.

Eurythmics, "Here Comes the Rain Again".

Como eu gostava daquela música!

Me ocorreu que eu podia dar uma passada no quarto de Inge, não haveria nada de estranho nisso, ele era um paciente do meu setor. Se eu desse sorte, ele estaria acordado.

Here comes the rain again, cantei.
Falling on my head like a memory
Falling on my head like a new emotion.
I want to walk in the open wind
I want to talk like lovers do
I want to dive into your ocean
Is it raining with you

Ao meu redor as propriedades eram substituídas de forma quase imperceptível por casas de família, cada vez mais próximas umas das outras, até que por fim formassem a cidade que se estendia iluminada à minha frente. Quando atravessei o rio e comecei a cruzar a planície, um helicóptero apareceu voando baixo. Devia ser o time de Oslo, pensei, e estacionei na frente do hospital no mesmo instante em que o helicóptero pousou no heliponto do outro lado. O pensamento acerca de Ramsvik, que havia passado um bom tempo como uma sombra na minha consciência, me atingiu com força total enquanto eu atravessava o estacionamento e descia ao subsolo.

Duas crianças haviam perdido o pai naquele entardecer.

Respirei fundo algumas vezes. A morte era parte da vida. A morte era uma coisa natural. A morte aparecia o tempo inteiro e ceifava a vida das pessoas. Daquela vez tinha sido Ramsvik. Era uma coisa totalmente natural. O fato de que as crianças tinham perdido o pai também era totalmente natural.

Tendo na cabeça esses pensamentos, que sempre apareciam quando eu estava próxima da morte, troquei de roupa às pressas e peguei o elevador até a sala de cirurgia.

Ramsvik estava ligado a um respirador no meio da sala fortemente iluminada, cercado por fios e rodeado por monitores. Havia cinco médicos por lá. Henriksen, do hospital, estava ao lado da mesa de cirurgia, falando com o médico que segundo eu havia entendido era o chefe do time cardíaco.

Camilla havia me dado um briefing na minha chegada. Ramsvik tinha sofrido uma nova hemorragia naquela tarde, uma hemorragia tão forte que já não havia mais o que fazer, porque os danos ao cérebro tinham sido extensos demais. Ele tinha sido ligado de imediato ao respirador e mantido vivo para que os órgãos se mantivessem em boas condições.

Seria impossível compreender que ele estava morto. O peito se erguia e se abaixava regularmente, e o coração batia. Ele parecia um outro paciente qualquer sob o efeito de uma anestesia.

Eu gostava dele. Era um homem pouco comum.

— Que bom ver você, Solveig — disse Henriksen. — Tudo bem?

Os olhos dele sorriam acima da máscara.

— Aham — eu disse.

— Eu pretendo começar logo.

— Tudo bem — eu disse.

O procedimento combinado era que Henriksen coordenaria a operação até que o respirador fosse retirado e o coração parasse, e a partir de então os médicos de Oslo assumiriam o comando. Depois que o coração tivesse sido retirado, o time de Henriksen reassumiria para remover os órgãos abdominais.

Normalmente era naquele ponto que ele colocaria uma música para tocar. Era uma lista de músicas dos anos 50, Elvis, Jerry Lee Lewis, Bo Diddley, mas também Frank Sinatra e outros crooners. Para mim aquilo parecia meio besta, mas eu sempre havia gostado de Elvis. Em especial de "Blue Moon".

Mas naquele entardecer o procedimento ocorreria em silêncio, por respeito ao morto.

Me aproximei de Ramsvik. Suas bochechas tinham uma cor mais rosada do que quando eu o vira antes naquele mesmo dia. Comecei a me preparar, organizei as cânulas que seriam usadas quando o peito fosse aberto, os alicates, os bisturis, os cateteres e as serras, enquanto Camilla preparava a máquina que assumiria as funções da circulação sanguínea. Os médicos de Oslo ficaram atrás de nós, conversando de braços cruzados.

Olhei para os monitores. Todas as funções estavam normais. O coração batia em ritmo constante.

Henriksen se inclinou por cima de Ramsvik e olhou para Kyvik, que interrompeu a aplicação de medicamentos. Henriksen pegou o indicador de Ramsvik e o apertou com força em cima da unha. Olhei para o rosto de Ramsvik, que permaneceu absolutamente imóvel. Ele já não estava sob o efeito de nenhuma anestesia, mas o cérebro não registrava nenhum sinal de dor; estava totalmente sem vida.

— Precaução nunca é demais! — disse Henriksen, rindo antes de endireitar as costas. — Muito bem! Vamos desligar o respirador.

Ele mesmo desligou o aparelho enquanto eu retirava o tubo da boca.

Todos olhavam para os monitores. Às vezes, passavam-se horas até que a respiração cessasse e o coração parasse de bater. Se o processo levasse mais de noventa minutos, os órgãos não podiam mais ser usados. Mas isso raramente acontecia.

Menos ainda em uma situação como aquela. A pressão logo começou a cair, e a respiração tornou-se cada vez mais fraca. Ao fim de talvez um minuto, cessou por completo.

A curva do cardiograma no monitor se achatou aos poucos, até que por fim o coração parasse de bater e houvesse apenas uma linha na tela. Um alarme soou.

No ultrassom, o coração estava completamente imóvel.

— Cinco minutos — disse Henriksen. — A partir de agora.

Ele saiu da sala. Um dos médicos-assistentes o acompanhou.

Olhei para o corpo sem vida que poucos segundos atrás estava vivo. De repente os sons discretos do violão que abre "Blue Moon" surgiram dentro de mim. Era como se fossem tocados no meu âmago, como se soassem de fato por lá, não apenas como uma lembrança.

Olhei para as outras pessoas na sala de cirurgia e fui atingida por uma onda de sentimentos.

Blue Moon
You saw me standing alone
Without a dream in my heart
Without a love on my own.
Blue Moon

Pisquei na tentativa de conter as lágrimas e evitei olhar nos olhos dos outros enquanto eu e a equipe de enfermagem preparávamos a etapa final da operação, que seria bastante complexa. O peito seria aberto para a retirada de vários órgãos, era um trabalho demorado e minucioso, não podia haver nenhum tipo de erro e tudo precisava acontecer de maneira rápida e precisa.

Blue Moon
You knew just what I was there for
You heard me saying a prayer for
Someone I really could care for
And then there suddenly appeared before me
Blue Moon

— Você já fez isso antes? — perguntou um dos enfermeiros, um homem por volta de trinta e poucos anos. Ele não parecia muito saudável e tinha olheiras bem marcadas, mas a verdade era que isso valia para todo mundo sob uma luz forte como aquela.

— Eu trabalhei no Rikshospitalet uns anos atrás — eu disse.

— Como enfermeira cirúrgica?

— É.

— E depois você veio para cá?

— Eu sou daqui — eu disse. — Eu queria voltar para casa.

— Você o conhecia? — perguntou o homem, fazendo um gesto de cabeça em direção a Ramsvik.

— Ele era meu paciente.

O homem balançou a cabeça em solidariedade. Atrás de nós, Henriksen voltou.

— Já se passaram os cinco minutos — ele disse. — Nenhum sinal de vida?

— Não.

— Então vamos lá — ele disse. — Por favor.

Limpei o peito, a barriga e a virilha com antisséptico. Kyvik aplicou heparina no morto e logo Henriksen ligou as mangueiras da máquina que fazia as vezes de coração e pulmão à virilha. Uma dessas mangueiras continha um balão que seria inflado logo abaixo do cérebro para interromper qualquer resquício de circulação. Depois Henriksen ligou a máquina que fazia o bombeamento e a oxigenação do sangue.

Eu sempre tinha achado tudo aquilo macabro, porque a partir daquele momento a parte superior do corpo estava morta enquanto a parte inferior seguia viva. A cabeça, o pescoço e a parte do peito acima do coração tornavam-se frias e passado um tempo azuladas, enquanto a parte inferior do corpo se mantinha saudável e quente.

A atividade ao meu redor era frenética. Puxei a bandeja com bisturis, facas cirúrgicas e pinças e organizei tudo uma última vez antes que o médico começasse. O grande corpo de Ramsvik permanecia imóvel em cima da mesa à nossa frente; o rosto, já privado de sangue, estava totalmente pálido com uma coloração levemente azulada.

Todo o corpo, a não ser pelo peito e pela barriga, foi coberto. Entreguei o bisturi para o médico e ele fez um longo corte, que ia do pescoço até o púbis. Sangue vermelho e fresco começou a gotejar. Quando ele terminou, peguei o bisturi de volta e, depois de guardá-lo, entreguei-lhe a serra.

Olhei para a cabeça de Ramsvik quando ele começou.

Ele tinha os olhos abertos.

— O paciente está acordado! — eu gritei.

— Não brinque com uma coisa dessas — exclamou o médico da doação de órgãos, desligando a serra. — Não pode ser.

Mas ele também viu que os olhos estavam abertos.

— Nunca vi *isso* antes — ele disse. — Mas uma vez tive um paciente que gritou depois de morto. Aquilo foi *muito* sinistro!

Ele tornou a ligar a serra.

Mas aqueles olhos abertos não eram os olhos de um morto. Havia vida neles, uma vida que eu via. Era como se ele estivesse olhando para o mundo a partir de um lugar muito, muito distante.

Mas o coração não batia. E o cérebro havia passado muito tempo sem oxigenação.

Mesmo assim, havia vida naqueles olhos.

— Não há *nenhuma dúvida* de que ele esteja realmente morto? — perguntei. — Nada pode dar errado com o balão?

Tanto o médico de Oslo como Henriksen olharam irritados para mim.

— Isso é um reflexo — disse o médico de Oslo. — O paciente teve *morte cerebral.* Faz uma *eternidade* que o coração parou de bater. Ele *não tem como* estar vivo.

— Solveig, olhe para a imagem do ultrassom — disse Henriksen. — E para o medidor de pressão. O balão funciona.

— Ele está morto — disse o médico de Oslo. — Agora vamos continuar.

Logo ele se inclinou e apertou a serra estridente contra o esterno. Um pó fino se espalhou quando a lâmina cortou o osso, e enquanto ele a passava devagar ao longo do tórax, mais sangue fresco e vermelho gotejava.

Ramsvik abriu a boca.

— Pare! — eu gritei.

O médico desligou novamente a serra.

— Aaaaaaaaaaah — veio um som baixo e quase inaudível do corpo estendido sobre a mesa de cirurgia.

— Que *merda* é essa? — exclamou o médio. — Isso é impossível! Impossível!

Olhei para o monitor. O coração havia tornado a bater. A curva era baixa, mas estava lá.

— O coração dele está batendo! — eu disse.

Ele estava vivo.

Um pânico tomou conta da sala. Os olhos acima das máscaras estavam assustados e olhavam ao redor em busca de uma coisa em que pudessem se fixar.

— De acordo com a definição, a morte é um fenômeno irreversível — disse Henriksen.

— Não há como voltar da morte. Então ele não estava nem tinha estado morto.

— Meu Deus — disse o enfermeiro.

— O que a gente faz agora? — perguntou o médico da equipe de transplantes.

— Vamos suturá-lo e fazer um exame de ressonância magnética no cérebro — respondeu Henriksen.

— Nada de órgãos por hoje, em suma — disse o médico da equipe de transplantes.

— Não — disse Henriksen.

— *Como* uma coisa dessas é possível? — perguntou o médico da equipe de transplantes, balançando a cabeça. — O cérebro está sem circulação faz *meia hora*. O coração tinha parado de bater. E o balão funcionou, não?

— Era o que parecia — disse Henriksen. — Mas o fato é que ele está vivo.

— O que vai acontecer com ele? — eu perguntei.

— Não vamos fazer nenhum tipo de tratamento — disse Henriksen. — E nada de alimentação. Assim ele vai morrer tranquilo e em paz. É o melhor para todo mundo.

De repente ele ergueu a voz.

— Nenhuma palavra sobre o que aconteceu sai desta sala, entendido? Nenhuma palavra em Oslo e nenhuma palavra aqui.

Tirei a touca, a máscara e o avental, joguei-os na lixeira e fui pegar uma caneca de café. Henriksen, que estava lavando as mãos, olhou para mim.

— Pode levar até um dia inteiro para que o coração de um paciente com morte cerebral pare — ele disse.

— Mas o coração parou em poucos segundos — eu disse.

— Eu sei, eu sei — ele disse. — Já aconteceu em outros casos. Não muitos anos atrás houve um caso parecido na Suécia. A morte cerebral do paciente foi declarada e durante a remoção dos órgãos ele de repente abriu os olhos.

— Eu ouvi falar — eu disse. — Mas eles devem ter se enganado. O paciente não podia estar com morte cerebral.

— Não — disse Henriksen.

— Mas o *Ramsvik* estava morto — eu disse. — Todos nós vimos.

— Do ponto de vista lógico, não pode ser — disse Henriksen. — Deve ter havido um problema com o balão. Pode ser que não tenha funcionado direito. Isso também acontece, enfim. Nada é infalível.

Ele sorriu.

— Não é muito tarde. Ainda podemos beber alguma coisa. Você nos acompanha?

Ele piscou para mim.

— Não, obrigada — eu disse.

— Tudo bem — ele respondeu. — Fica para outra.

Ele pegou um pequeno frasco de spray, fez três rápidas aplicações na boca, secou os lábios e guardou o spray de volta no bolso.

— Nicotina — ele disse. — Até mais, Solveig!

Esperei uns minutos antes de pegar o elevador de volta para o setor. Jorunn deixou a sala de plantão enquanto eu saía do elevador. Ela devia ter ouvido o barulho da cabine que chegava.

— Oi, Jorunn — eu disse. — Como vai? Eu só vim buscar uma coisa.

— Você estava trabalhando na operação? — ela perguntou.

— Estava — eu disse.

— Coitado — ela disse.

— Coitado mesmo — eu disse, e logo entrei no meu escritório, coloquei uma pasta-arquivo nova em uma sacola plástica e tornei a sair rumo ao quarto de Inge.

Bati cautelosamente e abri a porta.

Inge estava sentado na cama, apoiado nos travesseiros, e virou o rosto na minha direção quando me ouviu entrar. Ele tinha o rosto pálido, olheiras mais fundas e a leve sombra de uma barba nas bochechas e no queixo. Os olhos dele brilhavam.

— Você *ainda* está trabalhando? — ele me perguntou. A voz era baixa, mas não fraca.

Fiz um gesto afirmativo com a cabeça.

— Eu estava trabalhando numa operação. Mas agora estou indo para casa.

— Você fez por merecer — ele respondeu.

— Como você está? — eu perguntei.

— Estou vivo — ele disse. — Isso é o mais importante. Para mim, pelo menos!

— Você ainda está com dor de cabeça?

Ele acenou com a cabeça, porém meio contrariado.

— Não é nem um pouco estranho. Afinal, passaram horas mexendo aí dentro!

Eu sorri.

Ele também sorriu.

— Chame o pessoal da enfermagem se a dor aumentar — eu disse.

— Pode deixar — ele respondeu.

Fez-se um silêncio.

Depois começamos a falar ao mesmo tempo.

— Você acha que pode… — ele disse.

— Você viu… — eu disse.

Sorrimos outra vez.

— O que você ia dizer? — eu perguntei.

— Fale você primeiro — ele disse.

— Não, fale você — eu disse.

— Não era nada de mais — ele disse. — Eu só queria perguntar se você poderia fazer um pequeno favor e abrir as persianas para mim. Eu não consigo dormir e é bom ficar aqui deitado olhando para o céu.

— Claro — eu disse, e então fui até a janela.

A nova estrela brilhava no alto da cidade.

— O que você acha que é? — eu perguntei.

— A nova estrela?

— É — eu respondi, olhando para cima.

— É uma nova estrela — ele disse.

— A nova estrela é uma nova estrela? — eu perguntei.

— Isso também acontece — ele respondeu. — Novas estrelas se formam no universo.

— É — eu disse.

— O que você ia dizer? — ele perguntou.

— Não era nada — eu disse. — Você precisa dormir, ou pelo menos descansar. Já te incomodei o suficiente. Eu só queria saber como você estava.

— Eu estou bem — ele disse. — Você vem trabalhar amanhã?

Tomei uma ducha rápida no vestiário do subsolo, me vesti, totalmente sozinha naquele espaço, abri a porta e saí para o ar quente da noite. Estava quente, e pensei que logo viria uma tempestade.

Fiquei ao mesmo tempo contente e preocupada. A música começou de novo quando dei a partida no carro, o volume estava alto e aquilo dava a impressão de corresponder a uma outra predisposição mental, então desliguei o som, abri o vidro, avancei pela estrada e atravessei o rio. O sinal estava vermelho no cruzamento e eu olhei para a construção do Riverside, que parecia uma cabana e ficava na margem do rio. Havia cerca de vinte jovens no estacionamento em frente, uns sentados nos capôs dos carros, quase todos com uma garrafa ou um copo na mão. Como acontecia com frequência quando surgiam emoções fortes no trabalho, me ocorreu que o mundo exterior parecia muito diferente. Aqueles jovens mais abaixo não tinham a menor ideia do que se passava dia e noite em um hospital. Claro que não: por que haveriam de ter? A morte está sempre em outro lugar. Até que chegasse perto deles, o que sempre acontecia mais cedo ou mais tarde, e por um tempo assumisse o controle e transformasse a vida que levavam numa coisa distante.

O semáforo ficou verde e fiz a curva para entrar na estrada vazia que saía da cidade e entrava no vale com a nova estrela às minhas costas. O grande rebanho de gado, importado anos atrás para a produção de carne, estava no pasto, e os animais pareciam rochas espalhadas sob a luz da noite de verão. O gado passava o ano inteiro ao ar livre, e eu via o rebanho todos os dias. No inverno eu tinha visto uma vaca morta pela manhã, mas ela já tinha sido retirada quando voltei para casa à tarde, e na primavera eu presenciei o momento em que um terneiro recém-nascido se colocou de pé pela primeira vez, com as perninhas trêmulas, e a mãe baixou a cabeça em direção àquele corpinho para lambê-lo.

As vacas eram criaturas bonitas e pareciam viver uma vida harmônica, mesmo no inverno, quando ficavam encolhidas para se proteger do vento e da neve.

Imaginei Ramsvik de olhos abertos em cima da mesa de operação. O som baixo e atormentado que saiu dele.

Por sorte não seria eu a responsável por escrever o relatório.

O que poderia constar lá?

O coração havia parado quando o respirador foi retirado. A circulação do cérebro havia cessado. Ele devia estar morto. O fato de que o coração havia passado um tempo sem bater não era necessariamente decisivo: muitas pessoas haviam recobrado a consciência após longos períodos com o coração parado. O elemento decisivo era a atividade cerebral.

Como era mesmo que Henriksen tinha dito? A morte é irreversível. Não há como voltar. Se Ramsvik havia voltado, isso só poderia significar que ele não estava morto.

As casas brancas espalhadas pelo cenário ao meu redor cintilavam com um brilho difuso, mas assim mesmo intenso em meio à luz cinzenta. A maioria das janelas estava às escuras. Olhei para o relógio do painel: logo seriam duas horas.

Todas as luzes do primeiro piso estavam acesas quando cheguei em casa. Soltei um suspiro. Line nunca pensava nos outros, nunca assumia a responsabilidade por nada.

Mas já era tarde demais para querer educá-la.

Eu estava totalmente exausta. Mesmo assim, preparei uma caneca de chá e um sanduíche aberto, que comi de pé em frente à janela antes de ir ao quarto da minha mãe ver se ela estava bem.

Ela dormia um sono profundo, então apaguei todas as luzes, coloquei um pouco mais de leite no meu chá para que eu pudesse esvaziar a caneca em um longo gole, subi ao meu quarto, tirei a roupa, dobrei todas as peças, afastei o edredom para o lado e me deitei na cama de lado, com as palmas das mãos sob o queixo, como eu fazia desde pequena.

Passei muito tempo acordada, agitada demais para dormir.

Meu quarto ficava acima do quarto da minha mãe, e quando ela se mudou para a minha casa pensei que isso seria uma vantagem, que eu poderia ouvir se houvesse qualquer tipo de problema, mas na prática foi apenas motivo de preocupação, pois eu nunca ouvia barulho nenhum do andar de baixo, e muitas vezes tinha a impressão de que ela havia parado de respirar e estava morta na cama.

Era a mesma preocupação que eu tive quando Line nasceu.

Era como se a respiração fosse uma transgressão, como se a situação natural das crianças de colo e dos velhos fosse a ausência de respiração, como se o equilíbrio se encontrasse nessa situação de ausência de respiração, e assim os atraísse.

Uma das amigas no grupo de mães daquela época teve uma experiência assim, ela estava num elevador com o carrinho e de repente a criança parou de respirar. Por sorte ela viu e, sem nem ao menos pensar no que estava fazendo, ergueu a criança pelos pés e a sacudiu.

Logo a respiração voltou ao normal.

Achamos graça quando ela contou a história, era cômico imaginar a criança sendo balançada pelas pernas, mas claro que todas as mães que estavam lá devem ter sentido medo.

Fazia muito tempo.

Vinte e um anos.

Naquela altura, a menor das minhas preocupações com Line era que ela parasse de respirar. Ela estava no próprio reino da respiração.

Minha mãe, por sua vez, estava do lado de fora.

Ergui a cabeça, afastei a cortina e olhei para a casa no terreno vizinho, onde as lâmpadas no teto acima da varanda luziam com um brilho amarelo. Com os olhos, segui a estrada que descia até o ponto em que entrava pela floresta e se afastava, oculta pelos espruces imóveis e ensombrecidos pela noite. Dava para ouvir o rumor da cachoeira. Me deitei mais uma vez e fechei os olhos. Minha última lembrança foi uma coruja que crocitou três vezes ao longe. Mas também pode ter sido um sonho.

Kathrine

Talvez eu tivesse encontrado o irmão gêmeo dele no aeroporto, pensei enquanto saía da igreja e voltava ao meu escritório. E talvez o homem tivesse ido a Bergen justamente para comparecer ao enterro. Não parecia muito provável, mas era totalmente plausível.

Ele tinha aquela mesma aparência.

Mas será que eu podia de fato ter uma lembrança exata do rosto?

Podia ser um rosto parecido, simplesmente.

Devia ser isso.

Sorri para Karin, fechei a porta ao sair, me sentei junto à minha mesa e comecei a responder aos e-mails que depressa se acumulavam. Mas eu não conseguia me concentrar, então saí, peguei um copo d'água e uma maçã da fruteira na sala de reuniões, me sentei e fiquei olhando para a rua enquanto comia. O gramado no lado de fora estava seco e amarelado, quase branco no ponto em que encontrava o cascalho do estacionamento. Por cima do muro que cobria em parte a igreja mais atrás eu vi gotas d'água voarem pelo ar e ouvi o quase inaudível tique-tique-tique rítmico do irrigador, mas o som era tão baixo que cheguei a pensar que eu talvez o estivesse imaginando.

Olhei para a fotografia de Gaute e das crianças, era uma fotografia do verão anterior. Todos estavam sentados num escolho com o olhar fixo na câmera: Marie no colo de Gaute e Peter logo ao lado.

Aquela era a minha turma.

Pensei que talvez eu devesse comprar um celular para Peter. Assim poderíamos trocar mensagens durante o dia. Ele se sentiria mais seguro desse modo.

Peter era um menino especial, não era como os outros, e as demais crianças da turma haviam começado a rejeitá-lo. Ele não entendia por que e tentava conquistar espaço usando os meios que tinha à disposição. Ele achava que ajudaria se fosse mais esperto do que os outros. Como se os outros fossem desejar a companhia dele se ao menos soubessem o quanto era dedicado, o quanto era inteligente.

Certo dia na primavera o professor dele me ligou. Para discutir um episódio envolvendo Peter e um colega que gaguejava. Peter havia arremedado o colega na frente dos outros e o desafiado a dizer palavras difíceis. Não toquei no assunto quando Peter voltou para casa porque eu esperava que ele mesmo tomasse a iniciativa. Como ele não disse nada, fui ao quarto dele antes da hora de dormir. Já deitado, com o rosto no travesseiro, ele me olhou com uma expressão confusa ao me ver entrar. Ele tinha acabado de tomar banho e estava limpo e cheiroso. O olhar com que me encarou parecia inocente, mas logo surgiu uma expressão de medo: ele havia compreendido.

Me sentei na beira da cama.

— O seu professor me ligou hoje — eu disse.

Peter não disse nada, simplesmente olhou para a frente, com o olhar subitamente fixo no vazio.

— Ele disse que você ficou provocando um menino gago. É verdade?

— Eu não fiz por querer — ele disse em voz baixa.

— O que foi que você fez? — eu perguntei.

Ele não respondeu.

— Peter, o que foi que você fez?

— Não fui só eu — ele disse. — Os outros fizeram a mesma coisa.

— Não me venha com desculpas — eu disse. — Você fez bullying com ele. Você já imaginou pelo que ele pode estar passando? Hein?

Os olhos de Peter se encheram de lágrimas.

— Eu não sabia que era errado — ele disse em um sussurro.

— Claro que sabia — eu respondi.

— Não! — ele disse quase aos gritos, e então começou a chorar.

Foi como se ele estivesse possuído. O corpo começou a se revirar sob o edredom, e ele soluçava enquanto as lágrimas corriam.

— Peter — eu disse.

— Eu... não... sabia! — ele disse aos borbotões.

— Você tem que dar um jeito nisso — eu disse. — Tem que pedir desculpas para ele. E nunca mais fazer isso outra vez.

— Eu... não... sabia! — ele disse, e então se contorceu, com o olhar totalmente desvairado.

— Peter, se acalme — eu disse, passando a mão nos seus cabelos.

Ele começou a fazer barulhos que pareciam uivos. E começou a se jogar de um lado para outro.

Estava totalmente histérico.

— Peter! — eu disse enquanto tentava contê-lo. — Já chega!

— Aaaaaaaahh — ele disse. — Aaaaaaahh, aaaaahhhh.

— Peter, já chega — eu repeti, e então me levantei. — Você vai pedir desculpas para o seu colega amanhã na escola e depois vai seguir em frente.

Coloquei a mão no ombro de Peter e me inclinei por cima dele.

— Boa noite — eu disse.

Ele olhou para mim.

Apaguei a luz, fechei a porta e desci a escada que levava à sala, onde a TV estava ligada com a imagem pausada de um homem que descia de um carro em um vilarejo qualquer na Inglaterra.

— Gaute? — eu perguntei.

— Aqui — ele disse na cozinha.

Ele estava sentado no banco alto de bar que ficava na ilha da cozinha, comendo as sobras do jantar enquanto mexia no telefone. O cômodo estava na penumbra: somente a lâmpada acima do fogão estava acesa.

— Como foi? — ele me perguntou.

— Deu tudo certo — eu disse, pegando um copo no armário, enchendo-o de água e bebendo com uma das mãos apoiada na bancada.

— Pelo que ouvi ele estava chorando?

— É, ele ficou com muita raiva.

— E como ele está agora?

— Ainda está chorando, acho eu.

— Você simplesmente o deixou lá?

Gaute olhou para mim.

— O Peter tem que aprender a lidar com os sentimentos dele — eu disse. — E ele precisa aprender isso sozinho.

Gaute olhou depressa para mim. Depois fixou o olhar no chão.

Aquilo significava que ele não havia gostado do que eu tinha dito. Significava uma discordância.

— Não suba, está bem? — eu pedi.

— Ele vai pegar no sono logo em seguida — disse Gaute, mais uma vez olhando depressa para mim antes de desviar os olhos.

As fatias de carne de cordeiro no prato dele, que poucas horas antes estavam macias e suculentas, pareciam naquele momento duras e tinham manchas brancas de gordura solidificada. Ele comia usando os dedos.

— O que você está vendo na sala? — eu perguntei, colocando o copo na máquina de lavar louça.

— Inspector Morse — ele disse. — Ou melhor, agora o seriado se chama Lewis, não? Desde que o assistente dele assumiu?

— Pode ser — eu disse. — Inspector Lewis, talvez?

Me virei e olhei para fora da janela. As luzes das casas no fundo da encosta suave pareciam tênues, pelo menos em comparação à luz dura das construções industriais ao longo da estrada. Do outro lado havia novas fileiras de casas, e depois a montanha tomava conta de tudo e subia, escura e recoberta pelas árvores, rumo ao céu cinza-escuro.

— Vamos assistir ao resto do episódio juntos?

— Pode ser — ele disse. — Mas eu já estou no meio.

— Eu nem gosto de seriados policiais — eu disse.

Ele sorriu, abriu a porta da geladeira e guardou as fatias de cordeiro que haviam sobrado num recipiente plástico com as outras sobras.

— Você acha que a gente vai mesmo comer isso? — eu perguntei. — Toda hora eu jogo fora as sobras que encontro na geladeira.

— A gente pode fazer uma bolonhesa com iscas de cordeiro em vez de almôndegas — ele disse. — Fica bom.

— Tudo bem — eu disse, e então fui para a sala. Parei em frente ao sofá e fiquei escutando. Tudo estava em silêncio no andar de cima. Da cozinha eu ouvi a água da torneira; Gaute devia estar lavando as mãos.

Me sentei, peguei o celular e fui conferir as manchetes do jornal local. Eu sabia que ele subiria ao quarto de Peter.

— Pode ligar se você quiser — ele disse às minhas costas. — Eu só vou passar no banheiro.

— Eu espero.

Antes ele passaria no quarto de Peter, imaginei ao ouvir os passos na escada. Sentaria na beira da cama e passaria um tempo oferecendo consolo, para a seguir entrar no banheiro e puxar a descarga, para que eu a ouvisse e acreditasse que ele tinha passado aquele tempo no banheiro.

Assim ele acabaria por minar tudo o que eu tinha acabado de fazer. Talvez não fosse o fim do mundo. O pior era que ele precisasse fazer tudo em segredo. Que não aguentasse sequer um confronto mínimo comigo. Os poucos minutos roubados com Peter no andar de cima não tinham nada a ver com Peter, mesmo que Gaute talvez pensasse dessa forma: tinham a ver apenas consigo mesmo. Ele não sabia lidar com os próprios sentimentos. Nunca tinha aprendido.

De repente me ocorreu que a minha crescente irritação, que surgia com frequência cada vez maior, e que eu nem sempre conseguia guardar para mim, e que às vezes dava lugar à fúria, podia ser uma forma de santimônia.

Como se uma coisa dentro de mim o culpasse de outra coisa para que eu pudesse me sentir livre.

Afinal, Gaute não tinha feito nada de errado. E tampouco havia mudado.

Ouvi barulho no encanamento do andar de cima.

Tomei um longo fôlego.

A necessidade de estar sozinha era tão grande que eu quase tive um ataque de pânico.

Mas eu consegui me controlar, coloquei a TV para funcionar com o controle remoto e me virei sorrindo quando Gaute desceu a escada.

— Você já começou? — ele perguntou.

— Faz cinco segundos — eu disse.

Ele sentou-se ao meu lado.

— Você quer alguma coisa? — ele perguntou. — Um café, um chá?

— Acho que já está meio tarde — eu disse.

— Um drinque, então?

— Não, obrigada — eu disse.

Gaute colocou as pernas em cima da mesa e o braço por cima do encosto, atrás de mim.

— Mas você pode beber um se quiser.

— Está bem assim — ele disse.

Assistimos ao episódio em silêncio. Quando terminou, desliguei a TV, me levantei, entrei na cozinha e comecei a esvaziar a máquina de lavar louça. Gaute veio atrás de mim.

— Aconteceu alguma coisa? — ele perguntou.

Balancei a cabeça e comecei a guardar os copos e canecas de dois em dois no armário.

— Muito bem, então — ele disse. — Vou me deitar. Você também vem?

— Daqui a pouco — eu disse, sorrindo. — Só quero conferir uma coisa antes.

— Está bem — ele disse.

Entrei no escritório e comecei a trabalhar. No segundo andar ouvi a água do chuveiro e suspirei: Gaute só tomava banho à noite quando queria fazer sexo comigo.

Não era muito estranho que ele suspeitasse de uma infidelidade minha, pensei já sentada, enquanto eu olhava distraída para o outro lado da janela com o miolo da maçã na mão. Mesmo que no início nosso sexo fosse bom, aos poucos minha aversão cresceu, era como se houvesse sempre uma distância a percorrer, e essa distância parecia tornar-se cada vez maior. Quando por fim era vencida, surgia outra coisa, mas às vezes a resistência e a dúvida desapareciam por completo nessas horas, então não podia ser isso. Era outra coisa.

Para mim não havia grandes problemas, mas eu sentia a consciência pesada por causa dele. Mesmo assim, eu não podia me dispor a fazer sexo apenas porque tinha a consciência pesada: essa seria uma forma de prostituição.

Claro que ele tinha pensado naquilo. Claro que ele tinha entendido que havia alguma coisa errada. Como eu não tinha ido para casa na noite anterior, ele havia somado dois mais dois.

Eu compreendia essa lógica.

Mas eu não compreendia que ele pensasse uma coisa tão ruim a meu respeito.

Afinal, será que não me conhecia o suficiente?

Me levantei e joguei o miolo da maçã no cesto de papéis. Faltavam apenas quinze minutos para o início da cerimônia. Fui ao banheiro fazer xixi, e quando voltei mais uma vez ao escritório eu me sentei, fechei os olhos e recapitulei mentalmente toda a liturgia, para assim me focar no que estava prestes a acontecer e levar comigo o menos possível da minha própria vida.

Minutos depois atravessei o pátio que levava à capela. O sol estava tão forte que chegava a queimar o rosto. Devia fazer mais de trinta graus na rua. E não havia nenhum vento. As folhas das árvores estavam totalmente imóveis.

Mas no interior da capela, atrás daquelas paredes antigas e grossas, o ar estava fresco.

Terminei de vestir o talar assim que o sino deu as primeiras batidas e logo entrei na igreja. Erik, o organista, começou a tocar o prelúdio. Os dois agentes funerários estavam sentados na primeira fila, um ao lado do outro, com a cabeça baixa. O caixão era preto, o que já não era muito comum, e me perguntei o que os teria levado a escolher aquela cor quando não havia nenhuma especificação nesse sentido.

Comecei a cantar. Os dois agentes ergueram a cabeça e me acompanharam com vozes soantes e acostumadas à situação.

Fager kveldsol smiler,
over heimen ned,
jord og himmel kviler
stilt i heilag fred.

Berre bekken brusar
frå det bratte fjell.
Høyr, kor sterkt det susar
i den stille kveld!

Ingen kveld kan læra
bekken fred og ro,
ingi klokka bera
honom kvilebod.

Så mitt hjarta stundar
bankande i barm,
til eg eingong blundar
i Guds faderarm. *

Foi estranho cantar apenas com eles dois, a cena tornava-se claramente um teatro, uma coisa que fazíamos sem nenhuma ligação real com a situação e o morto, mas apesar disso parecia também uma coisa bonita e rica, como se a música fosse importante justamente porque não havia por lá ninguém que o tivesse conhecido para se despedir.

— Que a misericórdia esteja com vocês e também a paz de Deus Pai e de nosso Senhor Jesus Cristo — eu disse para as fileiras vazias. — Estamos hoje reunidos aqui para nos despedirmos de Kristian Hadeland. Juntos, vamos entregá-lo nas mãos de Deus e acompanhá-lo até o lugar do descanso final. Porque Deus amou o mundo de tal maneira que deu o seu Filho unigênito, para que todo aquele que nele crê não pereça, mas tenha a vida eterna.

Olhei para o caixão. Uma das coroas trazia a mensagem "Descanse em paz" com a assinatura "Amigos", uma expressão usada quando não havia remetente.

O homem que eu tinha encontrado não podia ser o irmão gêmeo, pensei. Se fosse o caso ele estaria lá. Que o falecido tivesse um irmão gêmeo vivo que não comparecesse ao enterro já seria estranho o bastante, e a estranheza seria ainda maior se contatasse justamente a mim, a pastora responsável pela cerimônia, no aeroporto.

Esse tipo de coincidência não acontece.

Mas quem seria o homem nesse caso, se não o irmão gêmeo do falecido? Será que eu podia estar equivocada dessa forma?

Ergui os braços com as palmas voltadas para cima.

— Jesus disse: Vinde a mim, todos os que estais cansados e oprimidos, e eu vos aliviarei.

---

* "O belo sol do entardecer sorri/ acima da casa,/ a terra e o céu repousam/ num descanso sagrado.// Somente o riacho rumoreja/ na encosta da montanha./ Ouça como ele murmura/ no entardecer tranquilo!// O entardecer não ensina/ paz e tranquilidade ao riacho,/ nenhum sino lhe traz/ mensagens de consolo.// E assim meu coração anseia,/ batendo no peito,/ até que um dia eu feche os olhos/ nos braços de Deus pai." (N. T.)

Os dois homens olharam para o vazio à frente. O rosto deles não traía nenhum sentimento; aquilo era parte do trabalho.

— Oremos — eu disse.

Juntei as mãos e baixei a cabeça.

— Senhor, tu tens sido o nosso refúgio, de geração em geração. Antes que os montes nascessem, ou que tu formasses a terra e o mundo, sim, de eternidade a eternidade, tu és Deus. Tu reduzes o homem à destruição; e dizes: Volvei, filhos dos homens. Porque mil anos são aos teus olhos como o dia de ontem que passou, e como a vigília da noite. Ensina-nos a contar os nossos dias, de tal maneira que alcancemos um coração sábio!

Tornei a erguer o olhar. A luz forte da rua punha os vitrais a brilhar em vermelho, azul e verde, e fazia com que as paredes escuras da igreja cintilassem de leve. Tudo realçava o vazio lá dentro. Quando fui até o púlpito, imaginei o rosto redondo daquele homem. O olhar, que a princípio tinha parecido amistoso, embora talvez de forma meio intrometida, naquele momento pareceu debochado. Como se ele soubesse alguma coisa a meu respeito, pensei. Como se ele soubesse quem eu era.

Se fosse ele, seria uma ironia e tanto, porque eu tinha sido encarregada do funeral dele e não sabia nada a respeito dele.

Mas *não podia* ser o mesmo homem.

E já tinha passado da hora de parar com essa história toda.

Olhei para Erik. Ele sorriu e ergueu o polegar, idiota que era. A dignidade era tudo naquele recinto, a despeito de quantas vezes você tivesse estado lá durante o dia.

Tomei fôlego.

— Kristian Hadeland nasceu no dia 6 de junho de 1956 no hospital Haukeland, aqui em Bergen — eu disse. — E morreu aqui na cidade no dia 23 de agosto, aos 67 anos de idade. Estamos hoje reunidos aqui para nos despedirmos de Kristian, e para relembrá-lo. Em geral eu e os parentes temos uma conversa sobre o falecido, sobre a formação, o trabalho e a família, e também sobre pequenos acontecimentos na vida da pessoa. Ou os parentes contam essas histórias, ou eu as conto por eles. Hoje, aqui ao lado do caixão de Kristian Hadeland, não é isso o que acontece. Não há ninguém aqui que possa se lembrar dele. Tudo o que sabemos a seu respeito, Kristian, é que você viveu sessenta e sete anos aqui na terra. Você foi um bebê inocente e amado, e depois foi um menino que cresceu no mundo. Você viu o sol e viu a lua, viu as árvores e as flores, viu as casas e os carros, viu o mar e o céu. Você foi um rapaz cheio de vida e sentimento, e depois foi um homem que seguiu o curso da própria vida, independentemente de sentir que esse curso tenha sido traçado por você ou pelos outros. Hoje tudo isso ficou para trás, e seus dias aqui na terra chegaram ao fim. Agora você está nas mãos de Deus. Você foi um homem, para o bem e para o mal, e é assim que hoje o lembramos. A vida é sagrada, e o que a santifica é a morte, porque o sentido da vida é Deus.

O agente funerário mais jovem, que até então tinha deixado a liturgia passar sem oferecer nenhum tipo de resistência, como um vento, de repente me olhou com o que parecia ser espanto no olhar. Mas quando fiz um aceno de cabeça para Erik e ele começou a tocar "Deilig er jorden", os dois cantaram.

> *Deilig er jorden*
> *prektig er Guds himmel,*
> *skjønn er sjelenes pilgrimsgang.*
> *Gjennom de fagre*
> *riker på jorden*
> *går vi til paradis med sang.*
>
> *Tider skal komme,*
> *tider skal henrulle,*
> *slekt skal følge slekters gang.*
> *Aldri forstummer*
> *tonen fra himmelen*
> *i sjelens glade pilgrimsang.*
>
> *Englene sang den,*
> *først for markens hyrder;*
> *skjønt fra sjel til sjel den lød.*
> *Fred over jorden,*
> *menneske fryd deg.*
> *Oss er en evig frelser født.** *

* "Linda é a terra,/ majestoso é o céu de Deus,/ bonita é a canção peregrina da alma./ Pelos belos/ reinos da terra,/ rumamos ao paraíso nessa canção.// Tempos hão de vir,/ tempos hão de passar,/ gerações hão de seguir o rumo das gerações./ Nunca se calam/ as notas do céu/ na

As notas aos poucos deram vez ao silêncio. Eu não sabia nem ao menos se aquele homem tinha sido cristão. Nem se acreditava em Deus. Provavelmente não, já quase ninguém acreditava.

Eu acreditava?

Nada desses pensamentos por aqui. Jamais.

— Ouçamos o testemunho que as palavras de Deus oferecem sobre a vida e a morte, sobre o juízo e a nossa esperança em Jesus Cristo — eu disse.

Abri a Bíblia que estava à minha frente e comecei a ler.

— "E vi um novo céu e uma nova terra. Porque já o primeiro céu e a primeira terra passaram, e o mar já não existe. E eu, João, vi a Santa Cidade, a nova Jerusalém, que de Deus descia do céu, adereçada como uma esposa ataviada para o seu marido. E ouvi uma grande voz do céu, que dizia: Eis aqui o tabernáculo de Deus com os homens, pois com eles habitará, e eles serão o seu povo, e o mesmo Deus estará com eles e será o seu Deus. E Deus limpará de seus olhos toda lágrima, e não haverá mais morte, nem pranto, nem clamor, nem dor, porque já as primeiras coisas são passadas. E o que estava assentado sobre o trono disse: Eis que faço novas todas as coisas.

"Essas são as palavras do Senhor."

Fechei o livro.

— Essa passagem do Apocalipse de João é um dos trechos mais lidos em funerais — eu disse. — Porque são palavras que trazem esperança, porque estão relacionadas à esperança, a uma libertação de toda a dor que existe na vida, mas em especial da dor surgida com a morte de uma pessoa próxima. Já não há mais pranto nem clamor nem dor, e já não há tampouco a morte — "porque já as primeiras coisas são passadas". Seria fácil interpretar essas palavras como o desejo ardente de um homem atormentado, a chegada de um novo mundo onde não existe nada do que está errado neste. Mas, quando pensamos que aquilo que o Apocalipse descreve é o reino de Deus, e se então pensarmos naquilo que é Deus, tudo faz sentido. Deus não é pranto e dor; Deus é alegria. Deus não é morte; Deus é vida. E além disso: Deus é eterno. E tudo isso existe agora, aqui onde nos encontramos. Tanto a alegria como a

---

alegre canção peregrina da alma.// Primeiro os anjos cantaram-na/ aos pastores do campo,/ e de alma em alma ela ressoou./ Paz na terra,/ a humanidade se rejubila./ Nasceu para nós um salvador eterno." (N. T.)

vida e a eternidade existem. Participamos todos da alegria, participamos todos da vida, participamos todos da eternidade. Mas não somos *nós* a alegria, não somos *nós* a vida, não somos *nós* a eternidade. Deus é. De certa forma participamos de Deus, mais ou menos como o minuto participa da hora, mesmo que seja finito, e assim é mesmo quando somos destruídos pela tristeza, pela saudade ou pela dor. Somos sempre parte de Deus. E o que o filho de Deus nos mostrou foi que Deus é parte de nós. "Eis aqui o tabernáculo de Deus com os homens", diz o Apocalipse de João. Em outras palavras, nunca estamos sozinhos. Que possamos nos sentir às vezes sozinhos é diferente. Nessas horas trancamos Deus no lado de fora, e trancamos a nós mesmos no lado de dentro, junto com a tristeza e a dor. Podemos imaginar uma vida assim, presos em um lugar escuro enquanto a luz brilha lá fora. Qual é a verdade sobre essa vida? Que é escura em si mesma? Ou que simplesmente se afastou da luz? Quando nos abrimos a Deus, por meio de Jesus Cristo, que é a luz, abrimo-nos para a alegria, para a vida e para a eternidade. Que existem até mesmo no escuro, até mesmo na solidão, até mesmo na dor.

"Nunca estamos sozinhos.

"Não, nunca estamos sozinhos."

Me aproximei do caixão, baixei a cabeça, juntei as mãos.

— Oremos.

"Deus eterno, pai do céu, em teu Filho, Jesus Cristo, deste-nos a vitória sobre a morte.

"Pedimos-te, guia-nos com teu Espírito Santo para que nunca de ti afastemo-nos, mas vivamos nossa vida na crença em teu filho e um dia alcancemos a vida eterna em teu reino, com Jesus Cristo, nosso Senhor.

"Em tuas mãos, Senhor Deus, entrego o meu espírito.

"Tu libertas-me, Senhor, Deus constante.

"Em tuas mãos, Senhor Deus, entrego o meu espírito.

"Glória ao Pai, ao Filho e ao Espírito Santo.

"Em tuas mãos, Senhor Deus, entrego o meu espírito."

Fiz um aceno de cabeça para Erik, que começou a tocar o poslúdio enquanto os dois agentes funerários se levantavam, pegavam o carrinho e o empurravam pela nave. Segui atrás do caixão, como eu havia feito inúmeras vezes. Mas naquela vez eu estava chorando. Quase nunca acontecia. Talvez porque em geral a atenção estivesse voltada aos familiares e amigos e à dor que sentiam, era sempre isso o que preenchia o espaço, e quase nunca o falecido, como naquele instante. Tudo parecia muito vazio ao redor dele. E havia a força da liturgia. Sem nenhum rosto enlutado para absorvê-la. Pois a cerimônia não dizia respeito somente a eles, como seria tão fácil imaginar quando as pessoas todas punham-se a chorar; não, a cerimônia dizia respeito a todos.

Apertei os olhos quando saímos para a luz forte do sol. Fazia muito calor. E tudo estava parado.

Como os agentes funerários aguentavam usar roupas pretas naquele calor?

Pensando bem, aquilo não era muito pior do que o talar.

Os homens empurraram o caixão pela estradinha, ao longo da grama amarelada e seca, que se tornava mais verde um pouco adiante, sob as grandes e frondosas árvores decíduas, em meio às incontáveis lápides.

O túmulo recém-aberto ficava junto do muro, no canto do cemitério. As paredes marrons e a terra marrom pareciam uma ferida em meio ao verde. E as tábuas que estavam lá, e a grua que estava lá, faziam com que aquilo parecesse um canteiro de obras. Eu nunca tinha gostado do aspecto provisório daquilo: o baixar do caixão tornava-se prosaico e mecânico. Ao mesmo tempo, o mundo era daquele jeito, uma coisa inacabada em constante mudança. Seria errado fechar os olhos a esse fato.

Os agentes funerários colocaram o caixão sobre a plataforma que estava afixada à grua. Aquilo era pesado, e os dois mais empurraram do que ergueram. O caixão foi depositado em cima da plataforma com um baque.

— Vamos cantar o salmo 570 — eu disse.

Dype, stille, sterke, milde
guddomsord fra himmelhavn
kaller, beder, sjeler leder
til den gode hyrdes favn,
vitner om hva oss er givet:
Jesus er vår vei til livet.

Frelser kjære, takk deg være
for din nåde mot vår jord!
Tiden rinner, verden svinner

evig dog består ditt ord.
Med ditt ord nåde varer,
er vårt vern mot alle farer.

Drag de mange sjeler bange
til deg ved din Hellig Ånd!
Alle vegne døden segne
for din sterke frelserhånd!
Før oss frem på livets veie,
*før oss inn til livets eie!**

Enquanto cantávamos, tive uma visão de nós como que de fora. Três pessoas rodeadas por árvores e grama cantando em frente a um túmulo recém-aberto no canto de um cemitério enquanto os carros passavam na estrada do outro lado e aviões cruzavam o céu azul. Vozes que se erguiam e desapareciam no ar, frágeis e quebradiças. E o caixão com o corpo inanimado suspenso acima do túmulo, o sol que fazia a laca preta brilhar.

Abri a Bíblia e encontrei a passagem que eu havia escolhido para ler. A luz do sol quase se refletia no papel branco.

Eu estava grávida.

Era por isso que eu havia sentido enjoo.

Eu teria um filho.

Essa não.

Mas era por isso.

Eu não podia ter uma criança.

Não com Gaute.

Ergui o olhar e vi os agentes funerários ao lado do túmulo, esperando com as mãos nas costas.

---

* "Profundas, calmas, fortes, serenas/ palavras divinas do porto celeste/ chamam, suplicam, almas conduzem/ ao regaço do bom pastor,/ dão testemunho de nossa dádiva:/ Jesus é nosso caminho à vida.// Querido messias, damos graças/ por tua misericórdia com a nossa terra!/ O tempo passa, o mundo desvanece/ mas tuas boas palavras resistem./ Com tuas palavras a misericórdia perdura,/ é nossa proteção contra todo perigo.// Traz as muitas almas tristes/ para junto do Espírito Santo!/ Que toda morte pereça/ ante a tua mão salvadora!/ Leva-nos pelo caminho da vida,/ leva-nos ao domínio da vida!" (N. T.)

— Jesus Cristo disse: Não temas — eu disse. — Eu sou o Primeiro e o Último e o que vive.

"Fui morto, mas eis aqui estou vivo para todo o sempre. Amém! E tenho as chaves da morte e do inferno.

"Oremos.

"Senhor Jesus Cristo, faz com que Kristian Hadeland possa descansar em paz sob o símbolo da cruz até a aurora da ressurreição. Ajuda-nos na vida e na morte a voltar nossa esperança para ti."

O agente mais jovem ligou o motor enquanto o outro mantinha-se ao lado, com a cabeça baixa e as mãos nas costas. Aos poucos o caixão desceu ao interior do túmulo, que estava seco na parte superior, onde o sol havia brilhado, mas ainda úmido e brilhante e escuro mais abaixo.

Inclinei o corpo à frente e peguei a pá que estava a postos.

— Em nome do Pai, do Filho e do Espírito Santo — eu disse, fincando a pá no montículo de terra e despejando-a em cima do caixão. Houve um barulho curto e seco quando a terra bateu contra a madeira.

"És pó", eu disse.

Repeti o gesto.

— E em pó te tornarás.

Repeti o gesto pela terceira vez.

— Do pó retornarás.

Me abaixei, larguei a pá e tornei a endireitar as costas.

— Nosso Senhor Jesus disse: Eu sou a ressurreição e a vida.

"Quem crê em mim, ainda que esteja morto, viverá.

"Todo aquele que vive e crê em mim nunca morrerá."

Me virei em direção aos agentes.

— Receba essa bênção — eu disse.

"O Senhor te abençoe e te guarde. O Senhor faça resplandecer o seu rosto sobre ti e tenha misericórdia de ti. O Senhor sobre ti levante o seu rosto e te dê a paz."

Então fui até os agentes funerários e apertei a mão deles, como se realmente estivessem de luto. Esse gesto simbolizava o encerramento formal da cerimônia. Voltamos pelo cemitério, e na linguagem corporal dos agentes funerários ficou evidente que estavam caminhando de outra maneira, mais tranquilos e mais relaxados. O mais jovem cantarolava uma música que logo reconheci como "Wonderwall", e o outro tirou o paletó enquanto caminhávamos e o jogou em cima do ombro com o indicador enfiado na presilha.

— Tudo bem se eu fumar um cigarro? — perguntou o mais novo.

— Claro — eu disse. — Mas você não precisa me pedir!

— Por cortesia — ele disse, e então tirou uma carteira de Marlboro do bolso interno, acendeu o cigarro, enfiou-o na boca e o acendeu com um isqueiro tirado do bolso da calça.

"Você fez uma pregação bonita", ele disse. "De verdade."

— Obrigada — eu disse.

— Mas aquela parte em que você falou sobre a morte santificar a vida... de onde veio aquilo? Não é uma passagem bíblica, certo?

— É curioso você mencionar justamente esse trecho — eu respondi. — Porque eu não sei. Eu simplesmente disse aquilo. Saiu antes que eu pensasse a respeito.

— Foi sorte que não tivesse mais ninguém por lá, não? — ele disse.

— Como assim? — eu perguntei.

— Você não acha que vai contra todo o restante da liturgia? A morte deve ser vencida, não vista como aquilo que torna a vida sagrada, não? Na prática você tem razão, eu realmente concordo, mas não do ponto de vista teológico ou litúrgico. Sob esse aspecto parece quase uma heresia, você não acha?

Olhei para ele assim que paramos em frente ao carro fúnebre. Ele sorriu e abriu os braços.

— Você por acaso estudou teologia? — eu perguntei.

— Não, teologia não — ele disse. — Mas estudei filosofia. Muitos anos atrás.

— Então você nem sabe do que está falando — eu disse, e notei que eu tinha erguido a voz.

Ele abriu um sorriso inseguro.

— E mesmo assim você me acusa de heresia! Eu sou uma pastora da igreja norueguesa. Acabei de fazer a cerimônia de enterro de uma pessoa. Você acha que é uma boa hora? E que direito você tem de me criticar?

— Acalme-se — ele disse. — Não foi nada disso que eu quis dizer.

— Eu sei muito bem o que você quis dizer! — exclamei, e a seguir dei meia-volta e voltei à capela.

Pouco depois ouvi o carro deles se afastando.

O mais novo realmente tinha extrapolado os limites, pensei ainda brava enquanto trocava de roupa no quartinho dos fundos.

Pendurei o talar branco no armário, tornei a vestir a saia, enfiei os braços na blusa, fechei os botões, me sentei na cadeira e afivelei as tiras da sandália.

Eu me sentia totalmente vazia.

Mas era sempre assim ao fim de um enterro: aquilo não era nenhuma novidade.

E eu tinha razão em ter ficado brava. A crítica tinha sido inconveniente e estúpida. E além de tudo insensível. Será que ele achava que os sacerdotes não sofrem influência nenhuma daquilo de que participam?

Me levantei e escovei os cabelos em frente ao espelho, prendi-os na altura da nuca e passei um pouco de batom.

As olheiras, que estavam sempre lá, pareciam ainda mais escuras.

A blusa branca não ajudava em nada.

O que será que eu tinha pendurado no armário do escritório? Principalmente roupas de inverno.

Fazia muito tempo desde a última vez que eu tinha comprado roupas novas. De repente eu podia sair para fazer umas compras.

Seria bom, pensei, guardando o batom na bolsinha de maquiagens que eu tinha por lá e lançando um último olhar para a minha própria imagem no espelho.

Coloquei as mãos na barriga.

Será que eu podia mesmo estar grávida?

Jostein

Do lado de fora da janela em frente à qual eu trabalhava o sol brilhava e o céu estava azul e vazio. Eu tinha a impressão de que os cafés e restaurantes com áreas ao ar livre estavam se enchendo aos poucos, então tratei de entregar o artigo um pouco antes das três, mesmo que eu pudesse tê-lo deixado um pouco melhor. De qualquer jeito ninguém se importava, muito menos eu. Era uma entrevista com uma artista que estava inaugurando a primeira exposição individual naquela mesma tarde, na Abildsø Galleri. Ela tinha me recebido pela manhã. Pálida e de cabelos escuros, com uma blusa folgada demais e uma calça larga e artesanal com um monte de bolsos, ela nos esperava do lado de fora quando eu e o fotógrafo chegamos. Foi triste ver o entusiasmo dela por conta de uma simples aparição no jornal. Eu queria terminar aquilo de uma vez e sugeri de cara que a gente entrasse para olhar as pinturas juntos. Todas representavam nuvens brancas contra um fundo azul. Por que você decidiu pintar nuvens?, perguntei. Não sei, ela disse. Ela andava com as mãos enfiadas nos bolsos da calça e os ombros erguidos, com o olhar fixo à frente, e raramente virava o rosto para mim. Talvez porque as nuvens mudam o tempo inteiro de forma, mas ao mesmo tempo continuam sendo as mesmas, ela disse. E isso é um desafio para um artista. Por quê?, perguntei. O que acontece quando uma coisa que está em constante mudança se transforma... enfim, se prende a uma forma fixa?, ela disse. Olhei para ela sem dizer nada. O que acontece nessa situação?, perguntei. Ela não soube dar uma resposta muito detalhada, e assim avançamos devagar e em silêncio, olhando para várias pinturas. Mas por fim ela começou a falar sobre o tempo. O tempo, ela disse, o tempo para na pintura. Mas não para fora da pintura. Não, não para, eu disse. Mas o que isso tem a ver com as nuvens? Tudo, ela disse. Tem tudo a ver com as nuvens. Está bem, eu disse, e logo tentei continuar a entrevista por outro ângulo. Você diria que as suas pinturas oferecem um olhar novo em relação às nuvens? Ela riu e disse que esperava que não. Mas talvez, se não fosse uma ambição demasiado grande, ela esperava que pudesse oferecer a outras pessoas um olhar diferente sobre a pintura. Que tipo de olhar?, perguntei. O que você quer dizer?, ela disse. Bem, você disse que esperava que as suas pinturas pudessem oferecer a outras pessoas um olhar diferente sobre a pintura. No que consiste esse olhar? Eu disse aquilo de brincadeira, ela disse. Ah, eu disse. O que essa exposição em Bergen significa para você como artista?

Eu não tenho nada contra os artistas em si, mas eu não gosto desse pessoal que se acha artista, esse pessoal mesquinho e infinitamente pretensioso e egoísta que acha que sabe coisas que a gente não sabe, que acha que vê coisas que a gente não vê e tem coisas para nos ensinar. A verdade é que essas pessoas sabem ainda menos, e veem ainda menos, e que puta merda, somos nós quem temos coisas para ensinar a elas. Mas eu consegui material para o meu trabalho e as perguntas que fiz foram suficientemente educadas. Mesmo assim, durante a nossa conversa deve ter ficado claro o que eu pensava a respeito dela e da arte dela, porque mais tarde o galerista telefonou para a redação e reclamou para Ellingsen, o editor de cultura. Ele foi até a minha mesa e me contou o que o galerista tinha dito. Eu disse que ele podia ler o artigo e ver se havia comentários desrespeitosos ou desabonadores lá. Ele não quis, disse que estava tudo bem. Senti que a intenção era dar um recado para que eu me comportasse melhor, mas também senti que ele não tinha coragem de me dizer isso.

Idiota.

Antes de sair para aproveitar a tarde, conferi os meus e-mails e vi que Erlend, o fotógrafo, tinha me enviado as fotos. Escrevi dizendo que haviam ficado boas, vesti minha jaqueta e deixei o terrível ambiente do escritório para trás, infelizmente não para sempre, mas por mais aquela vez. Ninguém levantou o olhar enquanto eu saía: todos estavam com a cabeça baixa, olhando para o monitor. Os que não escreviam deviam estar conferindo o número de buscas pelos artigos que tinham escrito. Esse era o passatempo favorito de todos.

Na verdade eu queria mijar, mas preferi sair do prédio o quanto antes. Além do mais, eu não gostava de mijar ao lado dos colegas novos. Claro que eu podia ter usado uma cabine, mas assim achariam que eu não conseguia mijar na presença dos outros. Podem dizer muita coisa a meu respeito, mas um negócio que eu não gostaria de ser é neurótico.

Já na calçada, parei e acendi um cigarro. O sol reluzia na fachada de vidro atrás de mim. O ar estava quente, e a rua estava cheia de carros e pessoas. Era uma situação que me remetia aos países do Sul. Mas aquela era a minha cidade, não havia dúvida: acima de mim, em Sydneshaugen, erguia-se a Johanneskirken, mais abaixo se estendia o Torgallmenningen, ainda mais além começava Fløyen e, já fora do meu campo de visão, porém não da minha lembrança, Ulriken.

Para onde eu iria?

Era bom sentar no Verftet durante o pôr do sol, mas seria uma caminhada longa pra cacete. O Wesselstuen seria bom o suficiente para uma tarde de segunda-feira.

No caminho até lá, liguei para Turid.

— Sim? — ela atendeu.

— O que houve com o "alô"? — perguntei.

— Alô — ela disse. — O que foi?

— Nada — eu disse. — Você está em casa?

— Estou.

— Eu já saí do serviço. Vou tomar uma cerveja no Wessel. Devo chegar em casa por volta de umas sete horas.

— Tá bem — ela disse.

— Você está cansada? — perguntei.

— Não. Pelo menos não mais do que o normal. Por quê?

— Você parece meio cansada. A que horas você começa a trabalhar?

— Às oito.

— Bom, pelo menos a gente consegue passar uma horinha juntos. Você preparou o jantar?

— Está no forno.

— O Ole está em casa?

— Nossa, quantas perguntas!

— É o meu espírito de jornalista — eu disse.

Turid riu.

— Ele está no quarto dele — ela disse.

— E ele vai sair hoje à noite?

— Não sei. Acho que não. Mas ligue para ele e pergunte.

— Ele não diz nada para mim.

— Você não pode desistir.

— Bem, agora eu estou por aqui. Até mais.

Desliguei, dobrei a esquina e desci a encosta em direção ao Hotell Norge. Um sujeito do leste da Europa, pequeno e com cabelos pretos, estava agachado na calçada com uma touca na mão. Ele não podia juntar muito dinheiro por lá, pensei, era um lugar por onde as pessoas simplesmente passavam, e se alguém pretendia mendigar o melhor seria fazer isso num lugar onde as pessoas naturalmente parassem ou então num lugar onde estivessem gastando dinheiro e sentissem a consciência pesada. A área externa dos supermercados era o melhor lugar, porque as pessoas vinham com os carrinhos cheios de comida e de repente encontravam um desgraçado que imaginavam estar passando fome; claro que se dispunham a dar um pouco.

O homem apertou os olhos e me encarou quando eu passei. Não vi os olhos, apenas as dobras de pele estreitas e enrugadas.

E de repente ele baixou a cabeça em direção ao chão.

Gestos como aquele não eram vistos na cidade fazia no mínimo um século, com certeza.

Me senti desconfortável e desviei o olhar.

Por que aquelas pessoas se humilhavam de maneira tão completa quando estavam na Noruega?

Eu não era apoiador do comunismo, mas a representação em dois blocos, um do bem e um do mal, um em que o capitalismo dominava e outro em que o estado era tudo, com amontoados de áreas pobres nas regiões periféricas onde a verdadeira batalha era travada, havia persistido, apesar de tudo.

Me lembrei dos protestos naquela época, das passeatas que chegavam ao Torgallmenningen cheias de bandeiras e estandartes. Contra os Estados Unidos, contra a guerra do Vietnã, contra a Otan, contra as bombas nucleares. As pessoas estavam protestando contra si mesmas, e isso eu havia entendido já naquela época, no início da minha adolescência.

Mas hoje já ninguém protestava, pensei enquanto olhava para a praça cheia de gente. Um grupo de jovens estava sentado no monumento da pedra azul. Nos degraus um pouco adiante também havia vários outros, e por toda a praça havia uma grande quantidade de gente andando de um lado para outro.

Bem, na verdade as pessoas faziam protestos a favor do clima e contra o apocalipse. Mas nesse caso era como ser a favor da vida e contra a morte.

Certa vez eu havia chamado o Torgallmenningen de Sorgallmenningen em um dos meus artigos.

Eu havia recebido muitos comentários elogiosos em relação a essa imagem de uma praça da tristeza.

Percorri os poucos metros que me separavam da área externa do Wesselstuen e corri os olhos pelas mesas repletas de canecos reluzentes de meio litro para ver se havia conhecidos por lá. Não havia ninguém.

Eu podia muito bem me sentar sozinho, mas não parecia haver mesas vagas.

Porra, como estava quente!

Ainda bem que eu estava de jaqueta. As manchas de suor embaixo dos braços me davam um aspecto pouco saudável. E eu não podia dizer aos outros que estava em boa forma.

E se eu fosse para o Ole Bull?

Dei uma olhada um pouco mais adiante. Tive a impressão de que o movimento estava menor por lá.

No mesmo instante quatro pessoas começaram a desocupar uma das mesas. Não pensei duas vezes, porque duas garotas que estavam no bar já tinham começado a se movimentar naquela mesma direção, então passei depressa entre as mesas, coloquei a mão no encosto de uma das cadeiras e perguntei, está vaga?, segundos antes que as duas garotas me alcançassem.

— Está — disse uma das pessoas do grupo. — Pode sentar.

— Obrigado — eu disse, abrindo as mãos em um gesto de resignação para as duas garotas antes de me sentar.

— Podemos dividir a mesa com você? — uma delas perguntou.

Balancei a cabeça.

— Estou esperando mais gente — eu disse. — Me desculpem.

As duas se viraram e voltaram ao bar. Pelas roupas, deviam ser estudantes de humanas.

Altas e magras, as duas.

Será que eu devia ter aceitado dividir a mesa?, pensei enquanto acendia um cigarro e olhava para as garotas, que haviam voltado aos lugares que tinham no bar, com uma taça de vinho branco numa das mãos, a outra descansando apoiada no cotovelo em cima do balcão, brincos tilintantes e constantes olhares para mais além.

Elas ficariam curiosas se eu dissesse que era jornalista de cultura, e com certeza estariam dispostas a conversar.

Mas em primeiro lugar eu teria que atravessar um mar de merda para chegar até elas, em segundo lugar as duas não deviam ter mais do que vinte e poucos anos e além disso eu ainda teria que impressioná-las mais do que estaria disposto a fazer para conseguir uma simples trepada.

Eu precisava ser honesto comigo mesmo.

Aproximei a testa do braço e enxuguei o suor com a manga da jaqueta. Quando voltei a colocar o cigarro na boca, encontrei o olhar de uma mulher que fez um discreto aceno de cabeça e abriu um sorriso contido enquanto fazia um abano quase imperceptível com a mão. Ela tinha cabelos crespos e escuros, devia ter uns cinquenta e poucos anos e estava com a bolsa pendurava no ombro, mesmo sentada. Eu conhecia aquele rosto, mas não lembrava quem era; apesar disso, retribuí o aceno de cabeça, e logo me ocorreu que aquela era uma das ex-colegas de Turid.

Logo percebi que era uma mesa inteira de ex-colegas de Turid.

Seria estranho se eu não me aproximasse.

Mas nesse caso eu precisaria tirar a jaqueta para não perder o meu lugar.

No mesmo instante um dos garçons parou em frente à minha mesma. Ele usava uma roupa clássica de garçom, com camisa branca e calça social preta, mas o rosto não trazia nenhum sinal de dignidade. Era um adolescente de olhar vazio e lábios grossos que permaneciam o tempo inteiro entreabertos.

— Uma pilsen — eu disse.

— Chope Hansa? — ele perguntou.

— Claro — eu disse. — No que mais você estava pensando?

Eu sorri. Ele não sorriu de volta.

Enquanto eu esperava a cerveja, peguei o celular e conferi as manchetes do jornal. O destaque era um acidente durante uma dinamitação em Arna, com um saldo de um morto e um ferido. Aquilo não seria nem ao menos digno de nota, mas como tinha acabado de acontecer estava no topo da página. Depois vinha a confissão de Rafaelsen, o membro do conselho municipal que tinha admitido a falsificação de despesas com viagens.

Quem nunca fez isso?

O desaparecimento vinha em terceiro lugar. "Intensificam-se as buscas pelos quatro adolescentes", dizia a manchete. Ou seja: não havia novidade nenhuma.

Admito que esse caso tinha mexido comigo desde que eu havia começado a investigá-lo. Na verdade não eram quatro "adolescentes", mas quatro membros de uma banda de death metal. Eles posavam com suásticas — dizendo que aquele era um símbolo ancestral indiano —, usavam sangue de porco nos shows e adoravam o demônio, mas eram tão alucinados que ao mesmo tempo adoravam também Odin e tudo aquilo que era nórdico.

Na verdade não passavam de um bando de fedelhos magros e cheios de espinhas, com angústia social e medo das mulheres, mas aquela bobajada de missa negra com a qual se envolviam e os símbolos de violência e morte dos quais se rodeavam cumpriam uma função: as pessoas realmente acreditavam que fossem durões, fodões e malvados.

Os quatro haviam desaparecido quatro dias antes. Eu imaginava que deviam ter cometido suicídio coletivo numa floresta qualquer. O jornal tinha entrevistado alguns dos pais, pessoas totalmente comuns de classe média que moravam em Åsane, todos estavam desesperados, claro, e eu tive que rir um pouco quando percebi esse detalhe, porque se os quatro ainda estivessem vivos a reportagem seria a ruína de tudo aquilo que os rapazes haviam construído. Volte para casa, Helge!

O caneco de meio litro foi posto à minha frente, dourado e bonito.

— Você quer pagar agora? — o pirralho me perguntou enquanto segurava a bandeja vazia apoiada na mesa, ainda com a boca aberta.

— Acho que ainda vou tomar mais duas ou três — eu disse, guardando o celular no bolso. — Mas escute, será que eu posso pedir um favor a você?

— Sim? — ele disse.

— Você é daqui da cidade, não?

— Sou, de Loddefjord.

— Você conhece o pessoal do Kvitekrist?

— Esse pessoal que desapareceu?

— Eles mesmos.

O garoto balançou a cabeça.

— Eu sei quem eles são. Mas não os conheço.

— E você conhece alguém que os conheça?

— Por que você quer saber?

— Eu sou jornalista — eu disse.

— Ah — ele disse. — Eu conheço uma pessoa que conhece o irmão de um deles.

— De qual deles?

— Do Jesper. O baterista.

— Você me consegue o telefone dele?

Ele balançou a cabeça e olhou meio transtornado ao redor.

— Acho que não — ele disse.

— Porque você acha que realmente não consegue ou porque você não confia em mim?

— Eu não tenho nada a ver com essa história — ele disse. — Nem sei por que você me perguntou.

Ele se virou e voltou ao bar. Tomei um gole demorado, limpei a espuma dos lábios e acendi um cigarro.

Será que já chegava de cerveja ou ainda não?

Senti em mim que aquele seria um fim de tarde bom. Havia muita expectativa no ar, havia muito riso e muitas vozes entusiasmadas nas mesas ao redor, e o tráfego de pessoas simplesmente não diminuía. Era como se a cidade inteira tivesse resolvido sair.

E o sol continuava alto no céu.

Alguém às minhas costas pôs a mão no meu ombro. Virei a cabeça e vi o rosto sorridente de Geir Jacobsen.

— Será mesmo o cara? — ele disse, sentando-se na cadeira ao lado.

— Quanto tempo! — eu disse. — Muito tempo mesmo. Por onde você andou?

— Andei pelos mesmos lugares de sempre — ele respondeu. — Foi você quem sumiu. E você agora trabalha com cultura, pelo que fiquei sabendo?

— Lamento dizer, mas é verdade — eu disse, apagando o cigarro e tomando mais um gole de cerveja.

— Você quer um caneco? Eu vou beber mais um de qualquer jeito.

— Não, obrigado. Estou indo para o trabalho. Mas enxerguei você de longe e resolvi passar e dar um alô.

Ele se levantou.

— O seu número ainda é o mesmo?

— É — eu disse.

— Então vou te ligar um dia desses. Aí a gente toma uma cerveja.

— Tá — eu disse. — Bom te ver.

— Nos falamos — ele disse, e então deslizou por entre as mesas e foi até a rua.

Olhei para uma das garçonetes e, quando ela olhou para mim, ergui o dedo. Ela fez um rápido aceno de cabeça e logo depois chegou com mais um caneco de meio litro. Esvaziei o caneco anterior e o entreguei para ela.

O breve encontro com Geir havia me dado vontade de ter uma companhia, então liguei para John para saber se tinha alguém mais no trabalho com planos de sair. John disse que não sabia. Ele iria direto para casa, mas achava que havia uma turma disposta a se encontrar mais tarde, embora não soubesse onde.

— Quer que eu pergunte para você? — ele disse.

— Não, não precisa — eu disse. — Foi só um negócio que passou pela minha cabeça.

Desliguei.

Eu nem devia ter ligado.

"Quer que eu pergunte para você?"

O que ele estava pensando? Que eu tinha quinze anos?

Olhei para o bar. As duas garotas não estavam mais lá. Olhei ao redor para ver se por fim não tinham conseguido uma mesa.

Elas deviam ter ido embora.

No dia seguinte eu teria publicado um artigo sobre uma mulher que pintava nuvens.

O que será que um sujeito como Geir pensaria a respeito disso? Se é que ele lia o caderno de cultura.

Mas, ao contrário de muitos colegas dele, Geir não era burro, então talvez apenas risse por trás da barba pensando que tudo aquilo era uma idiotice, e ao mesmo tempo entendendo a enrascada em que eu tinha me metido.

Ah, eu precisava mijar. Eu não podia ficar lá me segurando como se fosse um pirralho.

Me levantei e pendurei a jaqueta no encosto da cadeira. As marcas de suor debaixo dos meus braços eram grandes como boias infantis, e seria difícil não pensar naquilo enquanto eu atravessava as mesas e seguia em direção ao banheiro, mas ao mesmo tempo a vontade de mijar aumentava à medida que eu chegava perto, e logo eu não poderia mais controlá-la. Assim que atravessei a porta eu aumentei a velocidade, mas já ao entrar no banheiro descobri que havia três sujeitos na fila em frente aos mictórios, e ainda mais gente esperando em frente às portas das cabines.

Senti uma gota escapar, mas era uma gota pequena, que foi absorvida pela minha cueca. Não era o fim do mundo. Mas na próxima vez talvez já não fosse uma gota, mas um jato.

Comecei a me balançar de um lado para outro.

A essa altura eram dois caras na minha frente.

Não teria como.

Quando um dos homens que estavam no mictório balançou o equipamento, fechou o zíper e se virou para sair, passei na frente do sujeito que era o próximo da fila e parei em frente à porcelana branca.

— Que porra é essa? — ele perguntou. — Isso aqui é uma fila!

Senti um alívio tão grande que tive vontade de cantar.

Virei o rosto enquanto o mijo chapinhava contra a superfície da porcelana. Ele tinha uma barba rala e usava óculos, e parecia um sujeito que trabalhava no banco de dados de uma empresa pequena.

— Obrigado por ter me deixado passar na frente — eu disse.

— Eu deixei você passar na frente? Você furou a fila!

— Calma, calma — eu disse, e então virei o rosto para a frente e terminei. — Pronto! Agora é a sua vez.

Ele balançou a cabeça para dar a entender que eu era um imbecil, mas foi de uma forma que demonstrava fraqueza: não havia nada com o que se preocupar.

No caminho de volta dei uma passada na mesa onde os ex-colegas de Turid estavam sentados. Seria estranho não falar com eles, e certamente um motivo de irritação para Turid.

— Olá — eu disse.

Os rostos que se voltaram na minha direção tinham o brilho da embriaguez.

— Olá — disse uma mulher de cabelos crespos que se chamava Jorunn. — Aproveitando a cidade?

— Não, só tomando uma cerveja no fim do expediente — eu disse. — Mas parece que vocês estão prontos para uma noite bem animada!

— A gente sente falta da Turid — ela disse.

— Ela com certeza também sente falta de vocês — eu disse.

— Sente-se e beba uma cerveja com a gente — disse Frank, um sujeito atarracado de bigode com um aspecto que nunca tinha me agradado. — Notamos que você está sozinho!

— Não, obrigado — eu disse. — Estou à espera do restante da turma. Para onde vocês estão indo depois?

— Para o Zachen, talvez — disse Jorunn. — Temos que ver.

— Tudo bem, então — eu disse. — Até uma próxima!

— Mande um alô para a Turid!

— Pode deixar — eu disse.

Preparei uma armadilha para mim mesmo, pensei enquanto voltava à minha mesa. Se os ex-colegas de Turid não fossem embora logo, veriam que eu não me encontraria com mais ninguém, e pensariam que "o restante da turma" não passava de uma fantasia minha. E por que eu inventaria uma coisa dessas? Ora, pensariam todos, ele simplesmente não queria dar a impressão de que estava bebendo sozinho. E por que não? Será que o marido de Turid é um homem sozinho?

Eu conhecia todo aquele caralho de cidade. Dos lugares mais chiques aos mais reles, do Príncipe ao Sapateiro.

Enfim, naquele momento eu queria tomar uma ou duas cervejas depois do expediente. Pouco me importava o que pensavam ou o que deixavam de pensar.

Mas assim mesmo não faria mal nenhum trocar de área. Talvez ir para o Verftet. O pôr do sol não era nada mau por lá. É incrível quando a embriaguez bate junto com o pôr do sol.

Parece o nome de uma coletânea de poemas.

O pôr do sol e a embriaguez. Poemas de Jostein Lindland.

Mas dava para fazer melhor.

Sol-netos noturnos. Poemas de Jostein Lindland.

Será que as pessoas também entenderiam sem o hífen?

Solnetos noturnos.

Era mais limpo. Melhor.

Hemingway sempre tinha bons títulos. *O sol também se levanta. Por quem os sinos dobram. O velho e o mar.*

Tomei um longo gole de cerveja e acendi um cigarro. Não havia nenhuma mulher abaixo dos quarenta anos por lá. Pareciam galinhas cacarejantes com aquelas vozes agudas. E os homens pareciam galos por causa do jeito como estufavam o peito na tentativa de impressioná-las.

Como aquele miudinho no trabalho de Turid. O sujeito tinha puxado tanto ferro que os braços dele ficavam abertos enquanto caminhava, como se fossem galhos. Mas quem se importava com peito e bíceps musculosos em um anão?

Não, eu tinha que ir embora daquele lugar.

Peguei o telefone e segurei-o junto à orelha.

— Sim? — eu disse, fazendo uma rápida pausa. — Estou indo agora mesmo — eu disse, e então guardei o telefone no bolso interno, peguei a carteira de cigarro, me levantei, ergui a mão e sorri para a mesa dos ex-colegas de Turid antes de entrar e pagar a minha conta.

As árvores na rua do lado de fora projetavam sombras compridas sobre a praça. As janelas das casas do outro lado reluziam ao sol. Pensei que, se não soubesse onde estava, eu poderia imaginar que aquilo era Paris. Bulevares largos, renques de árvores decíduas, restaurantes com áreas externas, pessoas por toda parte. E Mariakirken não era precisamente Notre Dame? As duas igrejas eram da mesma época, não?

Eu teria que verificar um dia desses, pensei enquanto dobrava na loja de música da esquina e atravessava a rua em direção ao teatro.

Dois mendigos estavam cada um em um saco de dormir junto ao muro no lado oposto do gramado. Um deles tinha um carrinho de compras cheio de coisas ao lado, e o outro tinha uma bicicleta com inúmeros tipos de bolsas. Só uma parte do rosto de um deles estava visível, era um rosto escuro como uma noz e enrugado como o meu saco.

O verão também devia ter sido bom para eles.

Aquilo não era a pior coisa que existia, certo? Largar tudo, não assumir responsabilidade por nada, ser totalmente livre. Mendigar quando fosse preciso, roubar quando fosse preciso. Se você já desistiu, nada disso importa. Beber até cair quando quiser, e por que não o tempo inteiro, se fosse o caso?

Mas o inverno era frio.

Nessas horas não seria nada bom dormir na rua.

Mas uns desses sacos de dormir modernos conseguem manter o calor mesmo em temperaturas de vinte graus negativos. Era só roubar um desses. E também calças térmicas e jaquetas térmicas e sapatos grandes e quentes de inverno.

Eram as drogas que acabavam com eles, nada mais.

No fim da encosta que descia em direção a Nøstet olhei para a antiga piscina, por onde eu sempre gostava de passar em razão do cheiro de cloro que saía do sistema de ventilação. Mas já não havia cloro nenhum. O lugar tinha sido transformado em um centro cultural. Havia custado quase um bilhão de coroas. E quem ocuparia aquele espaço?

Os grupos de teatro experimentais da cidade.

Puta que pariu, que lixo do caralho!

Certa vez, muitos anos atrás, eu tinha sido cretino o bastante para comprar entradas para uma apresentação num dos festivais de teatro deles. Uma trupe francesa encenou *Fausto* na antiga estação de bondes em Møhlenpris. Foi a pior coisa que eu já tinha visto. E olha que já tinha visto muita merda nessa vida. Quatro ou cinco atores com mantos pretos e longos bicos de pássaro no lugar do nariz ficaram zanzando no palco e balbuciando por quatro horas. Aquilo era tudo o que tinham a oferecer. Tinham feito uma longa viagem da França a Bergen para nos mostrar *aquilo*.

E além de tudo estava frio.

Mas o pior mesmo era que ninguém tinha dito nada. Quando acabou, as pessoas acenaram com a cabeça e disseram que tinha sido "forte" ou "intenso" ou "existencialmente doloroso", para mencionar apenas três dos comentários que ouvi. Ninguém acreditava numa única palavra dita. Mas por um motivo ou outro as pessoas davam a impressão de estar *determinadas* a gostar de coisas de que não gostam, a convencer-se de que *na verdade* aquilo era bom, e assim davam legitimidade a uma merda como aquela de modo que o resultado era cada vez mais merda, em vez de simplesmente dar um basta na merda de uma vez por todas.

Um bilhão! Para um bando de vagabundos que ficaram balbuciando e gritando enquanto imaginavam oferecer uma coisa de valor, quando na verdade não estavam fazendo nada além de tomar! Eles tomaram nosso tempo, tomaram nosso dinheiro e tomaram igualmente o nosso respeito próprio, pois é isso o que acontece quando afirmamos que uma coisa que não é boa é boa um número suficiente de vezes.

A única coisa que haviam nos oferecido era lixo.

As nuvens foram um alívio em comparação, Michelangelo puro.

Fausto é a cabeça do meu pau, enfim.

Aham.

O cheiro de escapamento e maresia que pairava na zona portuária também não era nada mau.

Parei e acendi um cigarro, segui pelo Murallmenningen e entrei na Skottegaten. Parecia inacreditável, mas não podiam ser mais do que cinco horas.

Será que eu não devia ligar para Turid e avisar que eu chegaria mais tarde?

Porque era o que eu acabaria fazendo. Não havia motivo para enganar a mim mesmo.

Ela sairia às quinze para as oito, e antes disso levaria pelo menos outros quinze minutos para se arrumar. Não valeria a pena voltar depressa para casa por meia hora.

Eu podia mandar uma mensagem pouco antes das sete e dizer que ia me atrasar. E assim a duração do atraso ficaria por minha conta, porque afinal ela já não estaria mais em casa.

E Ole não se importaria.

Ou será que se importaria?

Só Deus sabia o que ele pensava a meu respeito.

Mas eu devia ligar para ele naquele momento, porque mais tarde eu poderia estar bêbado.

Larguei o cigarro na calçada, pisei em cima e tirei o telefone do bolso.

Minha primeira namorada tinha morado no segundo andar do prédio na esquina. Agnes. Ela dividia o apartamento com uma amiga. Como era mesmo o nome dela? Mari? Não. Marit? Não, era Margit.

Agnes e Margit de Sandnes.

Procurei o número de Ole e telefonei.

Enquanto o telefone chamava, olhei para as janelas do segundo andar e tentei me lembrar de como era o apartamento lá em cima, que tipo de mobília as duas tinham.

Me lembrei do carpete cinza-claro.

Uma mesa de pinho?

Uma poltrona vermelha.

Ah, uma vez eu a havia pegado de jeito naquela poltrona. Ela estava nua, de pernas abertas e xoxota molhada, e eu me inclinei por cima dela e meti a pica lá pra dentro.

O telefone tocou quatro vezes e a ligação caiu. Ole tinha recusado a chamada. Talvez fosse melhor assim, porque a lembrança de Agnes na poltrona tinha me deixado de pau duro.

Enfiei as mãos nos bolsos e continuei andando. Esfreguei a mão no pau enquanto andava. Apertei-o com força duas ou três vezes. Ah. Eu teria que ir ao banheiro quando chegasse e terminar o trabalho começado. Mas até então eu teria que esperar.

Agnes não era a garota mais linda do mundo, mas que corpo ela tinha! Os peitos eram grandes e firmes, e nada me agradava mais do que abraçá-la por trás enquanto eu os agarrava. E ela também era macia e esbelta.

Eu não conseguia entender por que tinha me cansado dela e terminado o namoro.

O que eu não daria em troca de poder bater naquela porta?

Olhei para a superfície azul da água do fiorde, que se revelava por cima dos telhados, enquanto eu imaginava a silhueta dela descendo a escada, e depois eu subindo a escada, entrando no quarto, me deitando na cama...

Quando a antiga fábrica de sardinhas se revelou mais abaixo, minha ereção também se acalmou um pouco, e mesmo que eu esfregasse e apertasse o pau enquanto caminhava, já não restava mais nada daquilo quando dei a volta no prédio e cheguei à área externa do restaurante.

Com um pouco de dedicação no banheiro aquilo não representaria problema nenhum, pensei, mas será que valeria a pena começar tudo mais do zero outra vez? Claro que não, então passei entre as mesas e peguei uma das que estavam vazias.

Os morros em Askøy erguiam-se verdes no outro lado do fiorde, que seguia plácido e reluzente num tom de azul um pouco mais escuro que o céu. Por um motivo ou outro parecia estar nublado mais adiante; uma névoa luminosa tornava as cores pouco claras por lá.

No meio do fiorde estava aquilo que devia ser um barco de resgate, porque um enorme jato d'água se erguia a partir da embarcação e desenhava um arco em pleno ar antes de cair de volta à superfície d'água. Enquanto isso, outro navio passava ao redor do primeiro, então havia bastante movimento por lá.

No fim pedi duas cervejas de uma vez só, porque assim eu evitaria ficar de um lado para outro o tempo inteiro.

Ole.

Será que eu devia pensar nele àquela altura?

Tomei um gole de cerveja, acendi um cigarro e me reclinei na cadeira enquanto mexia na bolacha do caneco e olhava para longe.

Não havia nada em que pensar, porque não havia nada a fazer.

Não muito tempo atrás Turid havia dito que eu devia levá-lo em uma viagem, só nós dois, um negócio de pai e filho que com certeza ela tinha visto num filme.

— E para onde você acha que a gente devia viajar? — eu perguntei.

Ela deu de ombros e abriu os braços, como em geral fazia ao deixar uma decisão para mim.

— Para qualquer lugar?

— Mas você está pensando aqui no Norte? Na Europa? Ou em outro continente? Você acha que eu devia levá-lo para a África?

— Não precisa ser irônico — ela disse. — Que tal Copenhague? Estocolmo?

— Eu não vou de jeito nenhum para Estocolmo com ele — eu disse.

— Então Copenhague.

— O que você pensou que a gente devia fazer por lá?

Mais uma vez ela deu de ombros.

— Se divertir um pouco.

— O Ole não se interessa por nada além dos jogos dele. Eu sei muito bem como seria essa viagem. A gente acabaria indo de restaurante em restaurante sem dizer nada um para o outro. Você consegue imaginar quão insuportável seria?

— Não precisa ser assim. Pode ser que o fato de estarem só vocês dois, longe de casa, ajude — ela disse.

Eu não sabia de onde ela havia tirado a ideia de que qualquer coisa poderia ajudar. Amor de mãe, talvez. Esse também é um sentimento cego. Eu não queria revelar a verdade, e assim a guardei para mim. Mas a verdade era que meu filho era um perdedor.

E esse fato também fazia de mim um perdedor.

Um ano antes tínhamos atravessado de carro o cenário montanhoso que levava a Oslo, porque Ole estudaria em Blindern. Ele tinha pensado em cursar biologia. Justo ele, que praticamente nunca havia se embrenhado numa floresta. De vez em quando eu o via pelo espelho no banco de trás, olhando para fora da janela. Introvertido e mal-humorado, sem nunca abrir um sorriso.

— Vamos melhorar esse humor aí atrás! — eu disse. — Você enfim está livre!

Ole simplesmente me encarou com um olhar abestalhado pelo espelho.

Ele tinha conseguido um quarto de estudante em Sognsvann. Transportamos as poucas coisas que ele havia levado e depois eu e Turid fomos para o hotel enquanto ele passava a primeira noite no apartamento. No dia seguinte eu o levei à IKEA. Turid faria uma visita à irmã e à família em Nittedal, e mesmo que a ideia de fazer compras na IKEA com Ole não fosse nenhum sonho, fiquei contente de pular essa parte.

— Você precisa de uma frigideira. Quer essa aqui?

— Não sei.

— Vamos levar, então.

— Tá.

E assim foi enquanto o carrinho se enchia de pratos e copos, utensílios de cozinha, tapetes e plantas. Quando terminamos, não me deixei vencer e realmente tentei dar início a uma conversa no café. Ole ficou lá de cabeça baixa, mexendo na comida, balbuciando um sim ou um não de vez em quando.

Ele tinha por hábito cortar o cabelo sozinho, à máquina, e o cabelo dele parecia um tapete de um centímetro de altura. Ele nunca olhava as pessoas nos olhos, então não havia maneira de manter a atenção dele: tudo eram fugas e manobras evasivas.

Mas fugas do quê?

Eu não gostava de falar sobre ele com Turid, e também não gostava do sermão a respeito de psicologia que as pessoas começavam tão logo qualquer coisa saía dos trilhos na vida — de que adianta dar um nome às coisas? —, mas no caminho de volta pelo cenário montanhoso que percorremos naquele domingo um ano antes eu abri uma exceção.

— Você acha que ele está deprimido? — perguntei. Mantive os olhos fixos na estrada à frente, que seguia reta por entre o musgo e as rochas, mas com o rabo do olho percebi que Turid olhava para mim.

Passamos um tempo em silêncio.

— Por que você está perguntando? — ela disse.

— Ele nunca sorri. Não diz nada. Praticamente não come. E ele não tem energia nenhuma. Nenhuma força.

Olhei de relance para ela antes de trocar de marcha e ultrapassar o motor-home que pouco antes tinha saído de um paradouro à nossa frente.

— Ele sempre foi quieto — ela disse.

— É — eu disse, olhando no retrovisor para o motor-home que havia ficado para trás.

Tornamos a ficar em silêncio.

Mas logo viria mais; era só eu esperar um pouco.

— E também nunca foi de comer muito — ela disse.

— Não, não mesmo — eu disse.

— Por que você acha que ele está deprimido? — ela me perguntou.

— Eu não acho que ele esteja necessariamente deprimido — eu disse. — Foi uma pergunta.

Avançamos vários quilômetros sem que nenhum de nós dissesse mais nada. Um lago apareceu e desapareceu, com a superfície da água agitada pelo vento, e ultrapassamos dois ciclistas que de longe pareciam duas bolas vermelhas, devia ter sido o vento que inflava a jaqueta deles.

Estendi a mão em direção ao rádio e o liguei.

— Você acha que ele consegue se virar sozinho? — Turid perguntou.

— Ele vai ter que conseguir — eu disse.

Mas ele não conseguiu, claro. Ele dizia que estava bem, dizia que estava indo às aulas, dizia que tinha feito amigos, mas nada disso era verdade. Turid sabia que as coisas não estavam como deviam e resolveu fazer uma visita sem avisá-lo. Mesmo que eu tenha pedido que ela não fizesse uma coisa dessas, mesmo tendo dito que seria a coisa mais estúpida que poderíamos fazer, ela o trouxe de volta para casa.

E ele ainda estava lá.

Eu fiquei bravo só de pensar a respeito.

Por isso eu evitava ao máximo pensar no assunto. E de qualquer jeito não havia motivo para começar agora, pensei sentado na mesa mais ao fundo do Verftet, perto do cais, naquele último dia de verão enquanto eu olhava para Askøy e aproveitava não apenas o calor do sol, que havia começado a se pôr no ocidente, mas também a embriaguez que os dois canecos de meio litro haviam mais uma vez provocado.

As mesas ao meu redor estavam quase todas ocupadas. As pessoas estavam animadas, o ar estava cheio de vozes altas e riso fácil.

Eram estudantes, trabalhadores da cultura, empregados da universidade, jornalistas e uns poucos atores e atrizes. No meio de enfermeiras e caminhoneiros.

Me levantei para mijar e pendurei a jaqueta no encosto da cadeira. Toda a problemática do suor debaixo dos braços parecia muito distante.

Percebi que no interior do café havia um pessoal da redação, eles passaram por mim em grupo, bem do outro lado da janela. Foi sorte minha não estar sentado no lado de fora quando eles chegaram, pensei enquanto atravessava o corredor, porque nesse caso todos me veriam bebendo sozinho e seriam obrigados a tomar uma decisão: ou sentar comigo na mesa vazia ou então me ignorar. As duas opções seriam desconfortáveis. Mas naquela situação eu poderia me aproximar da mesa deles, vindo de lugar nenhum, engatar uma conversa, me sentar com eles e assim ter companhia pelo restante da noite.

O homem vindo de lugar nenhum. Um romance de Jostein Lindland.

Sentado no vaso, primeiro conferi meus e-mails, depois mandei uma mensagem para Turid.

"Vou demorar um pouco, encontrei um pessoal do trabalho", escrevi.

"Tá bom", ela respondeu no instante seguinte, como se estivesse à espera da minha mensagem.

Depois ela mandou mais uma.

"Mas lembre-se de que amanhã é outro dia."

"Sim, senhora", respondi enquanto soltava um barro meio duro que descobri ser totalmente preto quando me levantei para lavar as mãos e olhei para o interior do vaso.

O celular piscou em cima da pia. Joguei o papel no vaso, apertei o botão da descarga e vi quando tudo desceu rodopiando ao subterrâneo antes de conferir o que ela havia escrito.

"Quando foi a última vez que saímos juntos?"

Meu Deus, além de tudo ela queria que eu ficasse com a consciência pesada.

"Você trabalha à noite", eu respondi.

"Não todas as noites."

"Que tal um jantar no Klosteret no sábado, então?", escrevi.

" :)", ela respondeu.

Não era bem o que eu gostaria, mas pelo menos eu teria um pouco de paz.

Guardei o celular no bolso e voltei para a área externa. O pessoal da redação estava sentado em duas mesas na beira do cais. Eles já tinham feito os pedidos e as mesas estavam repletas de canecos de cerveja.

— Lindland — disse Gunnar quando parei ao lado deles.

— Quem diria — disse Erlend.

— Esse lugar está vago? — eu perguntei.

— Você só precisa arranjar uma cadeira — disse Gunnar.

— Eu também vou precisar de uma cerveja ou duas — eu disse, olhando para o bar e entrando na fila. Acendi um cigarro, peguei o celular, conferi meu e-mail. Nada. Abri o e-mail de Erlend para que eu pudesse falar sobre as fotografias dele se fosse preciso.

A artista estava no meio de uma sala de concreto com as pinturas borradas ao fundo. Tudo o que se podia ver eram umas manchas brancas e azuis. Ela tinha as mãos nos bolsos e olhava para a câmera com a cabeça levemente baixada, de maneira que parecia estar olhando a partir da própria essência do ser.

Muitos daqueles supostos artistas e escritores sabiam posar.

Dei zoom no rosto dela.

Não parecia nada má, desde que eu não precisasse ouvi-la falar. Os olhos eram bonitos.

Os lábios talvez fossem meio finos.

Mas o rosto como um todo era bonito.

Os olhos eram azul-claros e pareciam quase artísticos. Como se fossem de vidro, com a cor aplicada a tinta.

Eu não tinha percebido durante a entrevista. Afinal, ela tinha passado boa tarde do tempo olhando para o chão.

Dei um zoom no peito.

A blusa era folgada demais para que eu pudesse ver o que havia por baixo.

Mas talvez ela não fosse tão esquálida quanto eu havia pensado. Talvez fosse macia e gostosa por baixo daquelas roupas folgadas.

Dei uma longa tragada no cigarro e bati as cinzas. Fiz contato visual com um dos barmen e ergui dois dedos no ar. Ele fez um aceno de cabeça e começou a servir.

Quando voltei à mesa, larguei os dois canecos, peguei uma cadeira da mesa vizinha e me acomodei entre Gunnar e Sverre. Na verdade não havia lugar suficiente entre os dois, então fiquei meio longe da mesa. Aquilo não parecia certo, eu era claramente o mais experiente naquela mesa e já haviam me chamado inclusive de autoridade em jornalismo policial, embora não houvesse nada a fazer naquele momento, tudo porque eu tinha sido o último a chegar.

— Alguma novidade? — eu perguntei, me inclinando para trás com um dos braços por cima do encosto para não parecer uma donzela de joelhinhos encostados como os meus colegas.

— Não, o que mais podia ter acontecido? — Olav perguntou.

— Sei lá — eu disse. — Mas tomara que não demorem muito para encontrar os garotos. É um caso interessante, esse.

— Eles devem ter ido passar umas férias numa cabana — disse Sverre. — Ou então fizeram uma viagem a Oslo para matar alguém com uma faca.

Ele olhou para mim e sorriu. Os outros riram.

— Eu tenho certeza de que estão todos mortos em uma floresta — eu disse, sem me deixar abalar. — Eles fizeram um pacto de suicídio. São o tipo de gente que faz essas coisas.

Meu celular tocou. Idiota que sou, eu tinha me esquecido de colocar o aparelho no modo silencioso.

Era Ole.

Recusei a chamada e desliguei o som. Eu não podia falar com ele naquele lugar. E também não queria me levantar e passar apressado entre as mesas com o telefone espremido contra a orelha, porque aquilo sugeria uma intimidade que eu não queria mostrar a mais ninguém.

Quando larguei o celular no bolso interno, o assunto da conversa já não era mais os garotos desaparecidos, mas uma equipe de mudança que Sverre havia contratado naquele verão, os homens tinham chegado sóbrios à antiga casa dele pela manhã, porém começaram a se comportar de maneira cada vez mais estranha ao longo do dia, e no fim Sverre percebeu que estavam todos bebendo e no fim do dia todo mundo estava num porre do caralho.

— E quando eu abri as caixas no dia seguinte eu não encontrei o conhaque. Eles devem ter bebido tudo.

— E o que você fez? — perguntou Olav.

— O que eu podia fazer? Eu não tinha como provar nada.

— Uma vez eu chamei uns encanadores que emporcalharam todo o meu banheiro — disse Gunnar. — A merda passou dias subindo pelo vaso e chegando até o assento. Eu também não pude fazer nada.

— De onde eles eram? — perguntei.

— O que isso tem a ver com a história? — perguntou Gunnar.

Dei de ombros e sorri.

— Da Polônia? — perguntei.

— Não importa — disse Gunnar. — O que importa é que eu também não podia fazer nada. Não interessa de onde eles eram.

— Ou seja, eles eram da Polônia — eu disse.

Ele não respondeu e eu dei uma risada antes de tomar um gole de cerveja e acender mais um cigarro.

Eu sempre tinha achado que Gunnar parecia um sujeito melancólico. Não que ele não gostasse de falar, porque falava, nem que não sorrisse ou gargalhasse, porque também fazia essas coisas. Mas tudo aquilo parecia uma batalha: o estado natural dele era a melancolia. Ele andava com um ar melancólico pelos corredores, sentava-se com um ar melancólico em frente ao monitor.

Gunnar era de Kinsarsvik, mas ninguém imaginaria uma coisa dessas, porque era moreno como um espanhol e tinha uma barba tão cerrada que o rosto e o pescoço começavam a escurecer já no horário do almoço.

Ele trabalhava na editoria de opinião, e os artigos dele eram sempre os que tinham o maior número de leitores, então não era falta de perspicácia.

Mas eu não suportava as coisas que ele escrevia. Tudo soava como um barômetro que media o que era certo pensar.

Ele era o tipo de sujeito que erguia o dedo para saber de que lado o vento soprava antes de ir para o trabalho.

— Está tudo indo pro brejo na Polônia também — disse Olav. — A situação por lá parece que está tão ruim como na Hungria. É muito estranho. Depois da ocupação nazista e da experiência comunista, os polacos resolveram apostar justamente no nacionalismo.

— Não é estranho — eu disse. — A Polônia sempre esteve espremida entre os grandes poderes. Claro que eles querem assumir o controle da situação tão logo seja possível. E a Polônia é isso. A nação polonesa.

— Eles aprovaram uma lei que proíbe mencionar a Polônia no contexto dos campos de extermínio nazistas — disse Sverre.

— O controle sobre a história é parte da construção de uma nação — eu disse. — E estritamente falando, os campos de extermínio eram alemães, mesmo que ficassem na Polônia.

— Você é a favor de um negócio desses? — Gunnar perguntou.

— Não — eu disse. — Estou simplesmente explicando.

Passamos uns segundos em silêncio. As pessoas olharam para baixo ou para longe, repentinamente ocupadas com o fiorde esverdeado. Esvaziei a cerveja, me estiquei para colocar o caneco vazio em cima da mesa, peguei o outro e dei mais um gole.

— Eu estive em Varsóvia no inverno passado — disse Sverre, a quem uns chamariam de diplomático, outros de avesso a conflitos, mas que de qualquer modo conhecia todo mundo e tinha a simpatia de quase todos. — Eu estava na cidade antiga pouco antes do Natal, então havia muitas barraquinhas natalinas por lá. O lugar parecia um vilarejo da Idade Média. Mas parecia haver uma coisa errada, aquilo não batia, não parecia ter aura nenhuma. Depois fiz uma busca quando cheguei ao hotel e descobri que toda a cidade antiga tinha sido completamente destruída durante a guerra e depois reconstruída exatamente como era. Eu não sabia, mas percebi.

— Aconteceu a mesma coisa em Dresden — disse Gunnar. — Você já esteve lá?

Sverre balançou a cabeça.

Que bando de inúteis, pensei enquanto olhava em direção a Askøy, onde o sol já havia praticamente desaparecido atrás dos morros.

A escuridão se ergueu de forma quase imperceptível no espaço entre as montanhas de ambos os lados do fiorde.

E eu estava me sentindo bem e bêbado. Não havia dúvida quanto a isso. Olhei para Erlend.

— As fotos que você tirou hoje ficaram boas, Erlend — eu disse quando ele olhou para mim.

— Obrigado — ele disse. — O seu artigo também ficou legal.

— Já foi rodado?

— Já, sim. "Será que Bergen precisa de mais nuvens?"

Ele riu.

Tive vontade de conferir o título, mas eu não poderia fazer isso no meio de todo mundo.

— Você gostou das imagens? — Erlend me perguntou.

— Das pinturas?

— É.

Abri um sorriso largo e me reclinei na cadeira.

— Diga pelo menos que você achou razoável.

No mesmo instante vi um dos escritores da cidade aparecer com vários jovens a reboque. Deviam ser alunos da escola de escrita criativa, pensei.

Quando eles passaram em frente à nossa mesa, fiz uma espécie de saudação com o indicador na testa.

— Lindland — ele disse.

Ele fez com que meu nome soasse como uma ofensa, e eu o encarei sem nenhuma expressão no rosto.

O grupo sentou-se a algumas mesas de distância.

— Bem — disse Sverre, esvaziando o caneco e se levantando a seguir. — Amanhã é outro dia.

De repente todos se levantaram.

Senti um calafrio.

O que eu faria?

— Preciso dar uma passada no banheiro — disse Gunnar. — Vocês me esperam para a gente dividir um táxi?

— Eu também preciso dar uma passada lá — disse Olav. — Mas vocês vão para Fyllingsdalen, não?

— Vamos, infelizmente — disse Gunnar.

— Infelizmente porque vocês moram lá ou infelizmente porque eu não posso dividir um táxi com vocês?

— As duas coisas — respondeu Gunnar.

Olav olhou para mim.

— Você mora em Åsane, não?

— É, em Breistein — eu disse. — Mas ainda não estou indo para casa. Vou para o Bull Eye um pouço mais tarde.

Olav piscou o olho para mim.

— Então o jeito vai ser pegar um ônibus — ele disse, e logo começou a andar por entre as mesas, seguido por Gunnar e Sverre.

— Qual é o seu plano? — eu perguntei a Erlend, que ainda estava sentado.

— Só vou terminar esse caneco e depois vou embora — ele disse. — Eu moro por aqui mesmo.

— Onde? — perguntei.

— No pé de Dragefjellet.

— Em Nøstet?

— Mais ou menos. Em Heggesmauet.

— Nunca ouvi falar — eu disse, e então peguei a cerveja que Olav havia deixado pela metade e a bebi enquanto olhava para o outro lado, onde o sol tinha desaparecido e por onde as nuvens haviam espalhado a escuridão acima dos morros.

— O que é aquilo? — perguntou Erlend.

— Aquilo o quê? — perguntei.

Ele apontou em direção a Laksevåg. Havia uma luz acima dos morros, uma luz pálida e cintilante, como a de uma lua cheia.

Mas a lua pálida estava no oriente.

Meu Deus.

A luz se tornou cada vez maior, e instantes depois uma estrela gigantesca surgiu acima das árvores.

— Que merda é essa? — perguntou Erlend.

— Não tenho a menor ideia — eu disse.

Tudo ficou em silêncio ao nosso redor. Todos olhavam em direção à luz. Algumas pessoas haviam se levantado. E então, como que em resposta a um sinal, as vozes tornaram a soar. Uma colcha de retalhos de teorias e hipóteses, angústia e exasperação tomou conta do lugar.

— É só o início do juízo final — eu disse, rindo. — Mais cedo ou mais tarde esse dia chegaria.

— Não fale besteira — disse Erlend. — Porra, isso é a coisa mais estranha que eu vi em toda a minha vida. Será que é um tipo de cometa? Deve ser, não?

O rosto dele estava totalmente imóvel. Mas os olhos estavam tomados de medo.

— Talvez — eu disse. — O certo é que existe uma explicação racional.

— Porra, está quase em cima da gente! — disse Erlend.

Tive pena dele.

— É o que parece — eu disse. — Mas aproveite o espetáculo!

Não era comum que a palavra "bonito" surgisse nos meus pensamentos, mas naquele momento surgiu. Aquela era uma visão bonita e apavorante.

Por que apavorante?

Porque aquilo estava em silêncio. Simplesmente apareceu no céu envolto no mais absoluto silêncio.

Mas era assim que o sol e a lua também faziam, caralho.

— Vamos juntos? — Erlend perguntou, como que casualmente.

Eu sorri.

— Você está com medo de ir sozinho?

— Ha ha — ele riu.

— Quantos anos você tem mesmo? — eu disse.

— Só achei que podia ser legal — ele disse. — Mas enfim, não importa.

Eu ri.

— Não precisa ficar emburrado! Ora, eu só estava brincando com você. Claro que podemos ir juntos.

Ao nosso redor as pessoas continuavam olhando para a estrela, porém não havia mais ninguém de pé. Erlend pendurou a bolsa no ombro, eu acendi um cigarro, pensei que não podia esquecer de comprar mais uma carteira no Seven Eleven e o acompanhei. Saímos da região dos restaurantes e logo passamos ao lado da fábrica de sardinhas.

— Antigamente era lá que costumavam enforcar os condenados — disse eu, apontando para a esquerda.

— Deve ser por isso que o lugar se chama Galgebakken, você não acha? — ele disse.

Erlend caminhava depressa e comecei a me sentir ofegante, mas eu não teria como pedir a ele que andasse mais devagar.

Às vezes ele lançava um olhar em direção à estrela, que havia se erguido a uma altura incrível e dominava o céu. Vi que aquilo o atormentava; houve um momento em que ele balançou a cabeça depois de olhar para cima.

A coluna de luz que a princípio se erguera acima do Puddefjorden tinha desaparecido. No lugar daquilo havia uma luz tênue e fantasmagórica que se refletia em toda a superfície da água.

Se Erlend não quisesse conversar, de minha parte não haveria problema nenhum, pensei. Mas por que ele andava tão depressa, porra? Por acaso achava que o apartamento o protegeria contra o juízo final?

Nos despedimos no cruzamento da Nøstegaten e eu continuei andando sozinho em direção ao centro. Obviamente eu poderia ir para casa, seria a coisa mais inteligente a fazer, porque o dia de amanhã seria mais simples e não haveria nenhuma lembrança desagradável.

Mas eu podia ir ao Bulls Eye e beber com afinco até que o bar fechasse. Depois eu poderia deslizar me sentindo bem e bêbado pelas ruas noturnas em um táxi a caminho de casa — havia poucos sentimentos melhores do que esse.

Em um táxi a caminho de casa. Poemas de Jostein Lindland.

Mas também podia acontecer durante o dia. Todo o sentimento estava na escuridão do outro lado da janela.

Em um táxi a caminho de casa à noite. Poemas de Jostein Lindland.

Não, era um título truncado demais.

Que tal *Noites no táxi?*

Nada mau.

Noites no táxi. Poemas de Jostein Lindland.

Não, espere.

Espere um pouco.

A nova estrela. Poemas de Jostein Lindland.

Porra, esse era um título genial.

Passei em frente ao Den Nasjonale Scenen e entrei na Markeveien em direção ao Torgallmenningen, onde comprei cigarros antes de continuar em direção ao Hotell Norge. Havia gente por toda parte e notei que muitas pessoas estavam olhando para o céu, como se quisessem certificar-se de que a estrela gigantesca realmente estava lá e de que aquilo não era um sonho.

Parei e acendi um cigarro, e olhei também eu para cima.

Que coisa mais estranha.

No mesmo instante o celular vibrou no meu peito.

Era Turid.

— Alô? — eu atendi.

— Onde você está? — ela perguntou.

— Por que você quer saber? — eu disse.

— O Ole não atende o telefone.

Soltei um suspiro.

— Eu tentei agora mesmo ligar para ele — eu disse. — Mas claro que ele não atendeu. Ele simplesmente não quer falar com a gente.

— Então você não está em casa.

— Estou indo para o ponto de ônibus — eu disse. — Você viu a nova estrela?

— Do que você está falando?

— Da estrela enorme que apareceu no céu.

— Não, não vi.

— Você tem que ver.

— Me ligue quando você chegar em casa — ela disse. — Estou meio preocupada.

— Relaxe, você não tem nenhum motivo para se preocupar. Ou ele está jogando, ou está dormindo.

— Tomara que você tenha razão. Tchau.

Turid estava mal-humorada, pensei enquanto guardava o celular de volta no bolso. E ficaria ainda mais mal-humorada!

Já não havia mais praticamente ninguém quando cheguei ao pub. O clima estava bom demais na rua. Mas para mim estava ótimo. Comprei uma vodca com Red Bull, um Jägermeister e uma cerveja, me sentei numa das mesas e virei os destilados antes de aproveitar a cerveja um pouco mais devagar.

O lugar tinha cantos escuros, como devia ser, havia um monte de gente feia bebendo por lá, mas a iluminação pouco clara apagava o rosto de todo mundo e, assim, se as pessoas não pareciam bonitas, ao menos pareciam comuns. Mais umas bebidas e logo poderiam dar umas em cima das outras como se todos fossem modelos de beleza.

A escuridão era vantajosa para aquele tipo de negócio.

Não que os clientes pensassem nisso, mas certamente era um sentimento inconsciente: todos iam para lá sem saber ao certo por quê.

O atrativo com certeza não era o preço da cerveja.

A *nova estrela*.

Qual seria a abertura do primeiro poema?

Em um dia de agosto?
Em um dia de agosto no fiorde?
O fiorde, agosto?
Não.
Num entardecer de agosto.
Esse era um bom verso.
Num entardecer de agosto
enquanto o sol baixava
e a embriaguez subia
eu vi a nova estrela
Pronto! De primeira!

Escrevi essas linhas como mensagem de texto e mandei-a para mim mesmo. Depois me levantei e comprei mais uma rodada completa. Vodca com Red Bull, duas doses de Jägermeister e uma cerveja. Bebi os drinques todos de uma vez, um atrás do outro, e então saí para fumar.

No meio do bar de repente tudo ficou preto.

De repente eu não enxergava mais nada.

Meu Deus, será que fiquei cego?, pensei quando parei e senti meu coração batendo loucamente no peito.

Mas logo passou. Aquilo durou cinco, talvez dez segundos.

Devia ser a minha pressão. Pressão baixa.

E além disso o álcool.

Continuei em direção à porta enquanto olhava discretamente ao redor para ver se estavam me observando.

Caramba, aquilo tinha sido muito desagradável, pensei enquanto acendia o cigarro e olhava em direção ao Lille Lungegårdsvannet.

Mas naquele momento tudo parecia já estar de volta ao normal.

Quem bebe metanol fica cego.

Não podia ser que um imbecil tivesse colocado metanol na minha vodca, certo?

Não no Hotell Norge.

A estrela não era visível do lugar onde eu estava, mas um leve brilho na superfície da água indicava que ainda estava lá em cima.

Minha mãe tinha desmaiado em certas ocasiões como resultado de pressão baixa: ela se levantava e voltava a cair. O mesmo às vezes acontecia quando ela tinha que passar longos períodos de pé.

A velha merda de sempre.

Devia ter sido pressão baixa.

E álcool.

Na hora em que eu me levantei.

Mas naquele momento tudo já estava bem outra vez. Não havia motivo para pânico.

Apaguei o cigarro no cinzeiro alto que ficava junto da parede e tornei a entrar. Tomei dois goles generosos de cerveja e peguei o telefone para ver o que o pessoal da redação estava aprontando.

Era o tempo, claro.

"Verão a todo vapor!", dizia a manchete que os imbecis haviam escrito.

A notícia seguinte era sobre um policial que tinha enviado aquilo que chamavam de "mensagens de conteúdo sexual" a uma menina.

Ele não devia ter feito um negócio desses.

Quem seria?

E o que teria escrito?

Eu tinha que me lembrar de perguntar a Geir na próxima vez que falasse com ele.

Rolei o texto até chegar ao fim da página.

Minha matéria ainda não tinha sido publicada.

Mas Erlend não tinha dito que tinha?

Devia estar direto no caderno de cultura. Não havia nenhum link na página principal.

Eu não poderia culpar os outros, porque aquela artista era uma nulidade.

Por outro lado, a reportagem era minha.

Será que isso não contava mais para aquele bando de lambe-botas?

Eu tinha perdido a vontade de ler o artigo. Preferi dar um zoom na foto da artista para ver se eu não estava completamente fora de mim antes.

Não.

Ela realmente era bonita.

E ainda estava na cidade.

Que horas eram, mesmo?

Deslizei a página para fechá-la. Era pouco mais de nove horas.

Seria mesmo possível?

Só nove horas?

Nesse caso o vernissage ainda estaria acontecendo!

Ora, era para lá que eu iria. Eu tinha feito a cobertura da exposição, logo ninguém poderia me negar acesso.

Bastava tomar mais umas doses e pimba! Lindland estaria a caminho. Como Gulliver em Lilliput.

Era só resistir a todo àquele monte de asneira cultural, suportar aquilo tudo, e depois levá-la para a cama.

Foder até que ela botasse toda aquela cultura para fora.

Me levantei cheio de cuidado para não acabar cego outra vez e comprei mais três doses de Jägermeister e uma cerveja e bebi tudo depressa, animado. De repente havia vários motivos para me sentir alegre. O título, o primeiro poema, que parecia certeiro, e além disso a ideia de tudo o que se escondia por trás da blusa dela. Meu peito se encheu de calor. Cheguei a sentir um aperto na garganta.

Vinte minutos depois eu estava mais uma vez atravessando Engen. Fazia tempo desde a última vez que eu me sentia em tão boa forma. Era como se tudo o que eu via ricocheteasse em mim.

Eu era soberano, era assim que eu me sentia.

A galeria ficava em um píer, era uma construção grande e cinza em concreto. Do lado de fora havia tochas acesas e dois ou três grupos de gente da cultura com taças de vinho e cigarros na mão, todos vestidos da mesma forma.

O lado de dentro estava lotado. Ninguém estava olhando para as pinturas: aquilo era uma festa. Ou uma recepção, enfim, porque tudo acontecia de forma ordeira. Ouviam-se conversas e risadas por todos os lados.

Onde estava a artista?

Olhei ao redor.

Lá estava ela.

Usando um daqueles macacões, ou sei lá como se chamam, que parecem um vestido, mas na verdade são um par de calças folgadas que só as mulheres acham bonito.

Fui até um balcão repleto de taças de vinho no canto e peguei uma taça de vinho branco, mas não bebi; em vez disso, segurei-a elegantemente pela haste e comecei a caminhar beeem devagarinho de pintura em pintura enquanto fazia de conta que as analisava em detalhe.

Logicamente não olhei para ela. Nem um único olhar.

Quando cheguei à última parede, ela se aproximou.

— O que você está fazendo aqui? — ela perguntou.

Aquela não parecia ser uma surpresa especialmente alegre. Estava mais para repulsa. Mas ela tinha se aproximado de mim.

— Resolvi dar mais uma olhada nas suas pinturas — eu disse. — Hoje cedo o tempo foi curto demais.

— Não venha me dizer que você se interessa por arte — ela disse. — Aquela entrevista foi a pior que eu já concedi na minha vida. E olha que isso não é pouco.

Não respondi nada: simplesmente continuei olhando para a pintura na parede à nossa frente.

— Você sabe do que chamam você por aqui?

— Não — eu disse. — Do que me chamam por aqui?

— De "aquele idiota do jornal local". Quando falei que você faria uma entrevista comigo, foi isso o que me disseram. É aquele idiota do jornal local que vai fazer a entrevista?

— Já me chamaram de coisa pior — eu disse. — Você deve saber que a palavra "idiota" vem do grego e significa "uma pessoa comum". Um homem comum, portanto. E estou satisfeito com isso.

Ela ficou me olhando por uns instantes e em seguida deu meia-volta e se afastou.

Terminei a visita, esvaziei a taça de vinho, peguei mais uma e saí para fumar.

Aquela história do idiota era uma lembrança da minha época de escola. Nosso professor de história, um velho que fungava toda hora, costumava esclarecer-nos a respeito daquilo toda vez que ouvia a palavra — o que não era uma ocorrência muito rara, porque obviamente nós todos o chamávamos de Idiota.

No meio do pessoal que fumava do lado de fora, reconheci um sujeito da rádio NRK. Eu topava com o sujeito toda hora, porque íamos às mesmas coletivas de imprensa, mas nunca havíamos trocado mais do que duas ou três palavras.

Em geral eu mantinha distância, mas não seria nada mau se a artista me visse na companhia de pessoas que respeitava, e imaginei que ele a tivesse entrevistado com a subserviência típica do jornalismo cultural naquele mesmo dia, então fui ao seu encontro.

— O que você achou? — eu perguntei.

— Do quê? — ele perguntou. Ele tinha barba e usava óculos e um blazer de veludo marrom, parecia um homem da década de 70, mesmo que não pudesse ter nascido naquela época.

— Das pinturas — eu disse.

— São bonitas — ele disse. — Mas parecem meio pálidas quando você olha para aquilo. Puta que pariu.

Ele olhou para a estrela luminosa acima da cidade.

— É — eu disse. — Mas tudo parece meio pálido em comparação com as estrelas.

— Bem, mas a questão agora nem é essa — ele respondeu. — Isso é uma loucura.

— É verdade — eu disse, estendendo a carteira de cigarros. Ele balançou a cabeça.

— O que você achou? — ele perguntou ao fim de uma pausa.

— Das pinturas?

— É.

— Gostei — eu disse.

Fez-se mais um silêncio. Ele olhou ao redor. Pensei que eu podia me exercitar um pouco e falei antes que ele tivesse a chance de dizer que estava de saída:

— Eu gosto da maneira como ela lida com o tempo. As nuvens compartilham o tempo com a gente, não é mesmo? Transformam-se o tempo inteiro acima da nossa cabeça. É como se elas pintassem o instante. E quando são pintadas, o tempo para. Não é verdade? Para de repente. Mas as pinturas estão lá dentro — eu disse, apontando em direção à porta atrás de nós. — Elas também dividem o tempo conosco. Mas não se transformam e, se a artista der sorte, vão continuar existindo quando morrermos. Então o tempo delas é diferente. Você entende?

— Claro — ele disse. — Mas olha, agora eu preciso mesmo dar uma mijada.

Ele se foi, e eu olhei para as pessoas que haviam restado. Uma política ligada à cultura com vestido vermelho e jaqueta preta… como era mesmo o nome dela? Jensen. Como a patinadora. Eva Jensen.

Ela tinha ganhado ouro ou bronze em Lake Placid?

Bronze, talvez?

Bjørg Eva Jensen.

A mulher em questão se chamava apenas Eva.

Ela tinha uma risada horrível, tanto a que usava quando não ria de verdade, que soava como uma espécie de gorgolejo, como também a que vinha quando realmente achava graça, uma sequência de sons longos, como os dos pássaros, que começavam nas alturas do registro antes de cair.

Ser político devia ser horrível. Aquela gente nunca podia encher a cara, pelo menos não na presença de outras pessoas, e além disso tinha que pensar o tempo inteiro no que dizia e na aparência que tinha.

Por que ela tinha entrado para a política?

Será que entendia mais do que os outros? Será que era mais capaz do que os outros?

Não.

Ela conhecia outras pessoas; esse era o segredo. No início, a Liga de Jovens Trabalhadores, com cursos, treinamentos, acampamentos e um monte de contatos. Depois o governo municipal aos vinte e poucos anos.

Eu a via por toda parte. Ela comparecia a todos os eventos imagináveis.

Eu com certeza poderia beber e ser político ao mesmo tempo. Nunca dava para notar em mim o quanto eu estava bêbado.

Esse devia ser um dos meus talentos mais úteis.

Eu a acompanhei com os olhos enquanto ela caminhava em direção à entrada. No vão da porta, ela parou e deu espaço para uma pessoa que estava saindo.

Quem era, senão a artista?

Ela vinha acompanhada de um homem de terno e uma mulher também de terno. Os três deram a volta na construção e pararam na beira do cais.

Logo ela começou a fumar. Aquilo era bom. Tínhamos uma coisa em comum.

Não havia por que eu me segurar, pensei, e logo me aproximei dos três.

A artista olhou irritada para mim.

— O que você quer? — ela perguntou.

— Eu só queria dizer que as suas pinturas são realmente boas — eu disse.

— Quem se importa com o que você pensa? — ela respondeu.

— Eu sei que a entrevista foi meio complicada — eu disse. — Eu estava mais acostumado a trabalhar com notícias de última hora. Pode ser que eu tenha me deixado influenciar. Mas pelo amor de Deus, nada disso importa. Somos adultos. E as suas pinturas deixaram uma impressão duradoura em mim. Eu só queria dizer isso.

Me virei e fui embora.

Não havia motivo para continuar lá, porque ela estava cheia de ódio e amargura, mas também não havia nenhum motivo para deixar todo aquele vinho grátis intocado, então voltei ao interior da galeria, peguei uma taça e a bebi de pé, apoiado contra a parede, e depois bebi mais uma.

Aquilo seria o bastante.

Amanhã era outro dia, afinal de contas.

Larguei a taça no balcão e fui caminhando em direção à porta quando de repente tudo ficou preto. Era como se uma onda de escuridão houvesse atingido o meu cérebro, e a última coisa que senti foi que as minhas pernas de repente pareceram fracas demais para sustentar o meu peso.

O que aconteceu a seguir foi que me descobri na escuridão, num lugar afastado de tudo. Tentei desesperadamente me lembrar de quem eu era e do que eu estava fazendo lá.

E lá, nessa escuridão longe de tudo, eu de repente vi um espaço. Eu não estava naquele espaço, mas do lado de fora, porém assim mesmo eu o via a partir de baixo.

Rostos olhavam para mim, bocas se abriam e falavam.

Quem eu era?

Onde eu estava?

Quem eram aquelas pessoas?

Que situação era aquela?

Era como se todas as épocas e todos os lugares estivessem abertos ao mesmo tempo. Mas eu tinha ido parar justamente lá.

— Ele está acordando — uma voz disse.

Eu era Jostein.

Eu estava deitado no chão.

Tentei me levantar, mas caí outra vez.

O vernissage.

A artista.

Era ela que estava lá? De joelhos?

— Tome. Beba.

Um copo foi colocado em meus lábios. Bebi.

— O que aconteceu? — eu perguntei.

— Você está bem? — ela me perguntou.

— Agora estou — respondi. — Eu fiquei cego. Agora estou vendo outra vez.

— Você desmaiou. Bebeu demais.

Me sentei. Alguém pegou meu braço e me colocou de pé.

— Você está bem? — perguntou o sujeito que me ajudou a levantar.

— Estou — eu disse.

— Você bebeu um pouco demais — ele disse. — Está na hora de voltar para casa.

— Eu vou chamar um táxi — disse a artista.

— Tem um ali fora — disse o homem. — Ele pode pegar aquele. Certo?

— Está tudo bem — eu disse. — Estou bem. Não há nada com o que se preocupar. Eu posso caminhar sozinho.

E eu realmente consegui.

Meu Deus, que bebedeira. As pessoas ficaram olhando para mim enquanto eu atravessava a galeria e a praça logo em frente.

Abri a porta do táxi e me sentei no banco.

— Você chamou? — o taxista perguntou sem olhar para trás.

— Alguém chamou — eu respondi.

— Para Sandviken?

— Não, para Breistein — eu disse.

— Me chamaram para fazer uma corrida até Sandviken — ele disse.

— Puta que pariu — eu disse, abrindo a porta e saindo.

O sujeito que havia pedido o táxi devia ter me seguido, porque estava lá de pé e inclinou o corpo para dentro do táxi quando a porta foi aberta.

— Fui eu que pedi um táxi para Sandviken — ele disse. — Mas houve uma mudança de planos.

— Tudo bem — disse o motorista, e então fechei a porta e me sentei mais uma vez no banco.

— Para Breistein, então.

O relógio do painel marcava dez e meia.

Não podia ser.

Eu tinha a impressão de estar na rua fazia anos.

Dez e meia?

Então os ônibus ainda estavam passando. Não seria preciso sequer tomar um ônibus noturno.

— Eu mudei de ideia — eu disse. — Vou ficar no Torgallmenningen.

— Você está falando sério? — perguntou o taxista.

— Estou — eu disse.

O sujeito podia ficar bravo se quisesse, pensei, quando paramos num ponto de ônibus e ele me entregou a máquina de cartão. Mas eu é que não daria gorjeta por uma corrida de cem metros.

Afinal, o que tinha acontecido?

Eu tinha que me sentar em um lugar qualquer e organizar as minhas ideias, pensei. Mas não podia ser no Bulls Eye, eu já não estava mais em condições para aquilo.

Talvez pareça estranho, mas eu me sentia leve e bem, como se a escuridão tivesse me purificado.

A escuridão.

Aquele não tinha sido um desmaio qualquer.

Mesmo que nunca tivesse desmaiado antes, eu soube que não podia ser daquele jeito.

Parei entre o Narvesen e o Dickens.

Café Opera?

Henrik?

Não, esses lugares estariam muito cheios. E no estado em que me encontrava eu não queria saber de muita gente.

Talvez o bar do Norge?

Era o tipo de lugar onde eu poderia ficar em paz.

Na mesma hora eu fui para lá. Após uma rápida visita ao banheiro, onde lavei o rosto com água fria e o sequei com toalhas de papel, comprei uma cerveja no bar e me sentei numa das mesas baixas junto às paredes. O movimento era razoável, mas o lugar parecia calmo; havia muita gente sozinha, às vezes com laptops abertos.

A cerveja estava deliciosa.

Era justamente do que eu precisava naquele instante.

O que havia acontecido não era nada bom. Tinha muita gente conhecida por lá. "O Lindland desmaiou de bêbado, sabia?" Mas aquilo não tinha sido uma bebedeira. Era um problema hereditário. Minha mãe volta e meia desmaiava.

Ela nunca disse nada sobre como era aquilo. Talvez porque não tivesse nada de especial.

Mas eu duvidava que ela alguma vez houvesse acordado numa escuridão fora de tudo, como tinha acontecido comigo. Aquele espaço cheio de rostos e vozes que brilhavam num lugar diferente daquele onde eu estava.

O que tinha sido aquilo?

Tudo aconteceu na minha cabeça.

Mas não era o que parecia.

Terminei de beber a cerveja e me levantei para pegar mais uma. Quando voltei para a mesa e estava prestes a me sentar, vi uma figura conhecida na recepção. Era a artista.

Será que estava hospedada *lá?*

Devia estar.

Mas de onde arranjava dinheiro?

Tudo bem que aquele pessoal dava umas garfadas em dinheiro público, mas eu sabia que as quantias oferecidas não eram nenhuma fortuna.

Ela falou qualquer coisa para a recepcionista, que fez um gesto afirmativo com a cabeça e escreveu no PC.

Depois se virou e tomou o caminho do bar.

O que eu faria naquela situação?

Ela estava com muito ódio e amargura para que eu me sentisse disposto a tentar outra vez.

Mas eu também não podia me esconder.

Quando me viu, ela quase parou, mas no instante seguinte conseguiu se recompor e continuou como se nada tivesse acontecido. Ela pediu um drinque no bar sem olhar para mim. Em seguida levou o drinque, que parecia ser um gim-tônica, para uma das mesas no outro lado, onde se sentou de costas para mim.

Como se aquilo fosse me afetar.

Ela era fria e magra, e pretensiosa como poucas.

Peguei o telefone e fiz uma busca por *"clouds in paintings"*. Quarenta e dois milhões de resultados. Não era uma questão de originalidade, propriamente.

Abri uma das páginas. John Constable parecia ser um nome importante. Ele pintava um quadro com nuvens em uma hora.

Com um resultado muito melhor do que o dela.

Aqueles quadros eram vivos. Era como ver as nuvens no céu. Cinzas e sujas.

Com o canto do olho, percebi que ela tinha se levantado. Ergui o rosto ao mesmo tempo que guardava o telefone no bolso interno. Ela veio na minha direção. Parou a três metros da mesa.

— Eu só queria dizer que eu acho que você devia ir para casa — ela disse. — Todo mundo que viu o que aconteceu ficou preocupado com você. Sério, você devia ir para o pronto-socorro.

Abri o meu sorriso mais largo e mais satisfeito.

Ainda não dava para ver os peitos dela; a roupa era larga demais.

Ou será que ela não tinha peitos?

— Obrigado pela consideração — eu disse. — Mas você não é a minha mãe. Nem a minha esposa. O que você acha simplesmente não conta.

— Graças a Deus — ela disse. — Bom, pelo menos eu disse o que queria dizer.

Ela voltou para o lugar.

Quanto à bunda dela não havia o que dizer. Estava lá, delineada sob o tecido macio e preto.

Fiquei de pau duro.

Cruzei as pernas, me inclinei para trás e tomei um gole de cerveja.

Por que ela estava lá bebendo sozinha, afinal?

Será que era alcoólatra?

Não parecia fazer o tipo.

Mas nunca dava para ter certeza quanto a essas coisas.

Será que eu devia sair e bater uma punheta?

Ou eu podia tentar mais uma vez.

Por que não?

Não faria mal nenhum.

Fui até o bar e pedi dois gins-tônicas. Bebi o primeiro sozinho, de pé, e levei o outro para a mesa onde ela estava sentada.

Ela olhou para mim sem dizer nada. O olhar parecia mais resignado do que irritado.

— Eu só queria pedir desculpa pelo que eu acabei de dizer. E agradecer pela sua ajuda hoje mais cedo. A questão é que eu não tenho nenhum orgulho do que aconteceu, então pareceu mais fácil simplesmente fazer de conta que não era comigo.

— Tá — ela disse. — Não tem problema.

Ela se virou e tornou a olhar para a frente, como se eu já tivesse ido embora.

— Só mais uma coisa — eu disse. — As suas pinturas me emocionaram de verdade. É importante para mim que você entenda isso, depois daquela entrevista.

Ela lançou um olhar rápido na minha direção.

— Por que você não escreveu isso, então?

— Eu só consegui ver as pinturas com a devida calma agora à noite — eu disse. — Quando fiz a entrevista eu estava mais ocupado com você.

— Com fazer críticas a mim, você quer dizer — ela disse.

— O meu trabalho é ser crítico — eu disse. — Não é uma postura muito comum no jornalismo de cultura, onde quase todo mundo é servil, mas eu acho que isso está errado. Não existe motivo para tratar artistas e escritores como se fossem de açúcar.

— Eu não gosto de você — ela disse.

— Tudo bem, então — eu disse. — É um direito seu. Mas por que é tão importante para você dizer isso?

— Porque eu não parei de topar com você a noite inteira. E também achei bem curioso você dizer que as minhas pinturas te emocionaram. O que um idiota como você seria capaz de ver nelas?

— Imagine que talvez eu não encontre as palavras — respondi. — Isso é bem comum entre os idiotas.

— Você ficou magoado? — ela perguntou, rindo. — Não me diga que você ficou magoado!

— Mas eu posso tentar — eu disse, sentando-me na cadeira ao lado dela.

— O que você está fazendo? — ela perguntou.

— Eu só quero contar o que eu vi nas suas pinturas — eu disse. — Depois eu vou embora. De qualquer jeito, está na hora de ir para casa.

Ela não disse nada, simplesmente mexeu no copo.

— Você com certeza não vai concordar, mas para mim as suas pinturas deram uma impressão de vazio.

— Aham — ela disse.

— Quando você olha para as nuvens do John Constable elas são cheias de vida, não? Você entende o que eu quero dizer? As nuvens dele muitas vezes parecem sujas. Mas as suas nuvens são limpíssimas. E vazias. E isso é o *vazio existencial.*

— O que você quer dizer com isso? — ela perguntou, olhando para mim.

— Não é nada — eu disse.

— Você se refere ao nada da existência? — ela perguntou.

— É — eu disse.

— E por que isso te emociona?

— Porque eu vou morrer.

— Que história é essa?

— Não, não é nada do que você está pensando — eu disse. — Eu vou morrer um dia, foi isso o que eu quis dizer. E você também vai. Não seria por isso que você pintou as nuvens?

Ela fez pequenos acenos de cabeça sem dizer nada.

Esvaziei o copo e me levantei.

— Tenha uma boa volta para casa — ela disse.

— Acho que vou fumar um cigarro antes — eu disse.

Ela não disse nada e não fez menção nenhuma de me seguir, mas recolheu-se a si mesma, e assim eu fui à rua sozinho, parei ao lado da janela e acendi um cigarro.

Quando voltei, ela olhou para mim.

— Você não ia embora? — ela perguntou.

— Ia — eu disse. — Mas ainda tenho que pagar.

No bar, olhei mais uma vez para ela. Ela estava de costas para mim. Fui até lá.

— Você não quer beber mais um drinque? — perguntei. — Antes que eu feche a minha conta?

— Você está dando em cima de mim agora? — ela perguntou.

— E se eu estiver? — perguntei de volta.

— Nesse caso eu quero que você vá pro inferno.

— Não precisa. Eu vou pagar uma bebida para você, na amizade. Pode ser?

Ela acenou com a cabeça.

O que havia com ela?, pensei enquanto voltava ao bar para fazer o pedido. Não pareciam restar muitas semelhanças com aquela artista que desviava o olhar para o chão e não sabia o que dizer.

— É gim-tônica que você bebe? — eu perguntei, colocando um copo na sua frente.

— É — ela disse. — Obrigada.

Ela tomou um gole generoso.

— Eu me enganei a respeito de você — ela disse. — Você não é um idiota. É só mesmo um cara insuportável.

Ela riu, como que para si mesma.

Será que era mentalmente desequilibrada?

Claro que era. Afinal, era artista.

— Eu sei que a única coisa que você quer é trepar comigo — ela disse. — A gente nem precisa fingir que é outra coisa o que está acontecendo.

Eu não disse nada.

— Mas você é meio gordo demais para o meu gosto.

— Tudo bem — eu disse.

Ela riu.

— Você tinha que ter visto a sua cara agora! Não, você é bonito. Vamos?

— Para onde? — eu perguntei, sentindo um nó na garganta.

Ela ergueu as sobrancelhas com uma expressão irônica e se levantou.

Eu também me levantei.

Eu não estava gostando daquilo. Ela era muito desequilibrada.

Eu a segui até o elevador, que estava aberto. As portas se fecharam e ela apertou o botão do terceiro andar.

— Eu tenho uma regra — ela disse. — Nada de beijo na boca.

— É o que as prostitutas dizem — eu respondi.

— Exatamente — ela disse, rindo.

Cheguei bem perto e coloquei a mão no meio das pernas dela. Ela me afastou.

— O que a sua esposa vai pensar a respeito disso? — ela disse.

— Ela não sabe de nada — eu disse, apertando o meu corpo contra o dela.

— Não seja tão afoito — ela disse.

O elevador parou e ela saiu. Eu a acompanhei pelo corredor.

Não, eu não estava gostando nem um pouco daquilo.

Por outro lado meu pau estava duro como ferro.

Ela parou, pegou o cartão magnético, passou-o no leitor, abriu a porta e entrou. Antes que eu pudesse impedi-la, ela fechou a porta bem na minha cara.

Essas vagabundas filhas da puta!

Ela tinha me enganado.

Ou será que estava jogando um jogo?

Bati na porta o mais forte que eu podia.

Nenhuma reação.

Ela só queria me humilhar, o tempo inteiro.

Mas eu não permitiria.

Vadia arrombada do caralho!

Ela não era nada, uma nulidade como artista.

Bati mais uma vez.

Nada.

Tudo bem, então.

Se era para ser daquele jeito, por mim tudo bem.

Comecei a atravessar o corredor quando uma coisa aconteceu comigo. De repente senti o sangue correr pelo meu corpo, uma leve pressão em todas as veias ao mesmo tempo, por toda parte, e também na cabeça, que faiscava com todos aqueles novos sentimentos. Ao mesmo tempo, a onda preta deu a impressão de voltar, se ergueu de repente, e então a escuridão se espalhou pela minha consciência.

Por quanto tempo estive lá, não tenho a menor ideia. Mas, quando voltei a mim, eu estava no escuro. Abaixo de mim havia um cômodo iluminado, que não podia ser maior do que um cartão-postal. O corpo estendido no chão, que eu mal conseguia distinguir, parecia não ter nada a ver comigo, mesmo eu sabendo que era de lá que eu tinha vindo. Eu não conseguia organizar meus pensamentos, eles tinham se espalhado, e tudo o que aparecia sob aquela luz era pequeno demais e estreito demais para que fosse abraçado.

E assim, sem nenhum aviso prévio, me vi naquele espaço apertado e exíguo, olhando para o corredor com todas as portas que se estendiam à minha frente.

Mais uma vez, a artista estava agachada ao meu lado.

Eu estava deitado de bruços e tinha o rosto no carpete.

— Você me ouve? — ela perguntou.

— Fique longe de mim — eu disse enquanto me sentava devagar.

— Você precisa ir ao pronto-socorro — ela disse. — Eu posso te acompanhar.

— Eu estou bem. Vá embora.

Me levantei e comecei a andar pelo corredor.

Imaginei que ela não me seguiria.

Enfim tive a impressão de que meu cérebro estava limpo. Vi tudo ao meu redor com mais clareza e mais nitidez. Mas as pernas ainda estavam fracas e tremiam de leve a cada passo. No meio do caminho até o elevador senti que poderiam ceder mais uma vez e tratei de me apoiar na parede.

— Você precisa de ajuda? — ela perguntou, a dois ou três metros de mim.

— Não, porra — eu disse.

— Mas você promete que vai para o pronto-socorro?

— Não.

— Você precisa ir. É sério. Você pode ter sofrido uma AVC leve.

— Um acidente isquêmico transitório, você quer dizer.

— É.

— Escute — eu disse enquanto voltava a caminhar. — Eu simplesmente tive um desmaio. É um negócio que acontece na minha família. Agora eu vou para casa dormir. E você vai ficar bem longe de mim.

Ela não disse nada.

Eu havia chegado ao elevador e apertado o botão que levava à recepção. Quando me virei, ela estava de pé no corredor, com os braços pendendo junto às laterais do corpo.

— Sério mesmo, eu estou preocupada com você — ela disse. — Você não pode ficar sozinho nesse estado.

Mantive o olhar fixo na porta de metal reluzente e ouvi o deslocamento de ar no interior do fosso. Eu estava tão cansado que mal sabia o que fazer.

Mas no que eu estava pensando?

Eu devia me aproveitar daquela situação!

— Tudo bem — eu disse.

As portas do elevador se abriram. Lá dentro havia um senhor. Ele tinha um rosto estranho. Macio e redondo como o de um jovem, porém ao mesmo tempo enrugado e sulcado como o de um homem de setenta anos.

Ele abriu um sorriso cortês para mim e fez menção de sair, mas de repente se deteve.

— Aqui não é a recepção, certo? — ele perguntou.

— Não — eu disse.

— Você está descendo? — ele perguntou.

— Não. Eu mudei de ideia — eu disse.

As portas do elevador se fecharam. A artista olhou para mim e deu uma risada.

Porra, aquilo tudo era incerto demais para o meu gosto.

— Me desculpe — ela disse. — Eu só queria me vingar.

Ela riu mais uma vez.

— Não tem nada de "só" nisso — eu disse.

— Não — ela concordou, e então veio devagar até o meu lado.

Por que as minhas pernas estavam tão fracas?

Será que eu tinha *mesmo* sofrido um acidente isquêmico transitório?

Senti o cheiro do perfume dela e o meu pau endureceu outra vez.

Ela abriu a porta e ficou à minha espera. Discretamente enfiei a mão dentro do bolso e tentei acomodar a minha ereção. Ela riu enquanto olhava para baixo.

Era a vez de ela sentir-se constrangida.

— Agora você pode entrar — ela disse.

— Só porque desmaiei — eu disse.

— É — ela disse. — Mas você precisa de mais motivos?

— Não — eu disse, entrando. — Até porque nem existem.

— Claro que existem — ela disse. — Você acha que eu teria deixado você chegar tão longe se eu não estivesse a fim de trepar?

Hein?

Olhei para ela. Ela foi em direção à peça que imaginei ser o banheiro.

Tinha ido se aprontar.

Isso se não estivesse me enganando por uma segunda vez.

O quarto era pequeno. Uma poltrona, uma escrivaninha pequena, um armário e um frigobar.

A mala dela estava no chão, aberta; as roupas pareciam ter sido jogadas com força, atiradas por todo lado.

Mas a cama era grande.

Eu não gostava de ouvir uma mulher dizer "trepar". Elas deviam dizer "fazer amor", ou no máximo "ir para a cama".

Será que eu devia ir embora?

Aquela mulher só me traria problemas.

Mas eu não podia fugir daquela situação. Uma mulher disposta num quarto de hotel. Tudo daria certo.

Afinal, ela não podia ser perigosa.

Abri o frigobar e peguei um uísque e uma vodca. As garrafinhas dos hotéis são ridiculamente pequenas.

— Você quer beber alguma coisa? — perguntei em voz alta enquanto me sentava na poltrona.

— Daqui a pouco! — ela gritou do banheiro.

Terminei o uísque num só gole.

Pensei no tecido do vestido deslizando por aquele rabo delicioso. Imaginei-a inclinada para a frente. E me imaginei atrás, de joelhos, lambendo o cu dela.

A porta se abriu e ela saiu. Ainda vestida.

O que ela tinha ido fazer lá dentro, então?

— Você já caiu duas vezes agora à noite — ela disse. — Isso não pode ser bom para você.

— Eu estou bem — eu disse. — O que você quer beber?

— Ainda tem vinho tinto? — ela perguntou, sentando-se no lado oposto da cama. De repente ela pareceu cautelosa e quieta outra vez.

Será que estava jogando um jogo?

Eu não sentia nada da parte dela, mas fiz de conta que tudo estava normal, me virei para a frente, peguei a garrafa de vinho tinto que estava na estante atrás da poltrona e a joguei em cima da cama, ao lado dela.

Ela pegou a garrafa, abriu a tampa e olhou ao redor.

Peguei uma das taças que ficavam ao lado da garrafa e a joguei da mesma forma.

— Obrigada — ela disse, sorrindo.

Fiquei olhando enquanto ela servia o vinho na taça.

Ela bebericou o vinho, sentada meio de costas para mim. Não dissemos nada por um bom tempo.

— O que vamos fazer agora? — eu perguntei.

Ela virou o rosto e me olhou por cima do ombro.

— Talvez a gente devesse só dormir.

— Só isso? — eu perguntei.

— Ou você quer que eu aja como uma puta?

— Eu não tinha pensado em pagar nada — eu disse.

Ela riu.

Eu me levantei.

Ela encontrou os meus olhos.

Me aproximei dela, apertei o meu corpo contra o dela, agarrei-a pelas ná-
degas com as duas mãos.

— Hmm — ela sussurrou. — Quer dizer que você estava pensando em
mim?

— Estava — eu disse.

Tentei beijá-la, mas ela virou o rosto.

Havia um zíper nas costas, eu o segurei e o abri e deslizei o vestido pelos
ombros dela, ao longo do corpo, ao mesmo tempo que ela abria o cinto da minha calça.

Deitada na cama, só de calcinha e sutiã, ela ficou me olhando enquanto
ainda de pé eu tirava a calça o mais depressa possível.

Eu era pesado demais para me deitar em cima dela. Em vez disso, me
deitei ao lado e comecei a tirar a calcinha dela.

— Tire a camisa — ela disse.

— Não precisa — eu disse, fazendo força para deslizar a calcinha por entre os joelhos, que por um motivo ou outro ela mantinha apertados.

— Estou bem assim.

— Eu quero ver você.

— Não precisa — eu gemi, apertando o corpo contra o dela.

— Relaxe. Eu não tenho nada contra gordos — ela disse.

Será que a gente não podia simplesmente fazer aquilo de uma vez por
todas? Será que não podia simplesmente meter o pau pra dentro?

— Tá bem — eu disse, desabotoando a camisa e tirando-a de qualquer
jeito.

Ela passou a mão na minha barriga enquanto agarrava o meu pau com
a outra.

— Como você me quer? — ela perguntou.

Que pergunta incrível.

— De quatro — eu disse.

— Muito bem — ela disse, colocando-se de quatro. Quando fui para trás dela, vi o nosso reflexo na parede acima da cama. Meu Deus, aquele era eu?, pensei enquanto me ajeitava de joelhos para ficar na posição mais favorável para meter o ferro. Tentei não olhar para o espelho, porém o meu olhar voltava o tempo inteiro para lá enquanto eu botava e tirava. Eu parecia um bicho de barriga inchada com as bochechas flácidas, e ela parecia um bicho de quatro sendo fodida de cabeça baixa com os cabelos caídos para baixo, mas ao mesmo, ah, aquilo era tão bom, eu me sentia tão bem que era quase como se o homem e a mulher no espelho fossem outras pessoas.

— Você é muito gostosa — eu resmunguei. — Você é muito gostosa.

Só mais um pouco.

— Você é muito gostosa — eu repeti. — Você é muito gostosa.

Ahhh.

Gozei por um tempo relativamente longo dentro dela e então rolei para o lado.

Ela se deitou de costas com o rosto no travesseiro e os olhos fechados.

— Foi bom? — ela perguntou. — Fui gostosa?

— Foi uma delícia — eu disse.

Tudo ficou em silêncio.

— Por essa eu não esperava — ela disse, passado um tempo. — Você não vai contar para ninguém?

— Quê? — eu disse.

— Você não vai contar para ninguém?

— O que você acha? — eu perguntei. — Para quem eu contaria uma coisa dessas?

Ela se colocou meio de pé, pegou um lenço na poltrona e se limpou.

— Para os seus amigos? — ela disse, entrando no banheiro. Ouvi quando ela ligou o chuveiro. Tornei a vestir a cueca e tinha começado a abotoar a camisa quando ela botou a cabeça para fora da porta.

— Você não vai embora, né? Não faça isso!

— Não é nem uma hora ainda — eu disse. — Posso demorar mais um pouco antes de voltar para casa.

— Eu não posso ficar sozinha agora — ela disse. — Você não pode fazer isso comigo!

Meu Deus. Mais complicações.

Por outro lado, se eu ficasse poderia foder mais uma vez pela manhã, antes de ir para o trabalho. Se eu fosse para casa, isso não aconteceria.

— Eu não sabia que o plano era esse — eu disse. — Mas claro que posso ficar.

— Obrigada — ela disse. Quando ela fechou a porta, me sentei na poltrona e fui conferir o celular. Nenhuma mensagem, nenhum e-mail. A principal manchete de todos os jornais era a nova estrela ou o que quer que fosse aquilo.

Eu tinha me esquecido completamente daquela história no meio de todo o resto.

Abri o texto que eu tinha enviado para mim mesmo.

A nova estrela

Num entardecer de agosto
enquanto o sol baixava
e a embriaguez subia
eu vi a nova estrela

Eu seguia gostando.

Era um bom poema.

Nunca dá para ter certeza em relação a essas coisas. Às vezes a inspiração do momento revela mais tarde que não havia passado de uma baboseira.

Coloquei o celular na prateleira baixa logo atrás da cama, tirei a camisa e entrei para baixo do edredom. Talvez eu também devesse tomar um banho, porque meu pau estava fedendo a boceta, mas era bom demais ficar deitado lá, e o cansaço me pegou de repente, como uma avalanche cada vez maior que descia cada vez mais depressa até me soterrar por inteiro em escuridão.

Quando acordei, o quarto estava completamente às escuras. Na prateleira atrás da minha cabeça, meu telefone vibrava. Tateei para encontrá-lo.

— O que foi? — perguntou a artista, que devia ter se deitado sem me acordar.

— Meu celular está tocando — eu disse, por fim pegando o aparelho.

Era Geir.

Às três e meia da manhã?

— Alô? — eu disse.

— Eu tenho uma matéria para você — ele disse. — Venha agora mesmo para o Svartediket.

— Quê? Que tipo de matéria?

— A gente encontrou os garotos da banda.

— É mesmo?

— Quer dizer, encontramos três.

— Eles estão mortos?

— Digamos que sim. Eles foram mortos. De uma forma horrível. É a pior coisa que eu vi em toda a minha vida. Parece que envolveu um tipo de ritual. Eles foram mortos como bichos.

— Como assim? — eu perguntei, estendendo a outra mão e pegando a minha camisa do chão. — Ritual?

— Eles foram esfolados.

— Então temos um assassino serial em Bergen?

— Exato. Venha agora já.

— Eu não tenho carro.

— Pegue um táxi. Você não poderia fazer todo o trajeto, de qualquer forma. Saia pela lateral da estação de tratamento de água e venha pela margem do lago, no lado direito. Você vai nos encontrar sem nenhuma dificuldade. Pode ser?

— Por que você está fazendo isso por mim?

— Estou meio com pena de você. Venha logo.

Ele desligou. Me levantei e vesti a camisa e a calça enquanto a artista olhava para mim.

— O que foi? — ela perguntou. — Para onde você vai?

— É trabalho. Trabalho urgente.

— Você não é jornalista cultural?

— Não agora — eu disse, então me abaixei, calcei os sapatos, peguei minha jaqueta e saí pela porta.

Turid

Claro que Jostein não estava em casa às sete e quinze, minha hora de sair para o trabalho. Mas isso era problema dele, não meu, pensei, embora assim mesmo eu tivesse esperado o máximo possível antes de desligar o forno e ir para o quarto me aprontar. Fazia um calor infernal lá dentro, mesmo que a janela estivesse totalmente aberta. No jardim do lado de fora tudo estava quieto. Passei um tempo admirando a paisagem. A grama da encosta estava amarelada, mesmo que eu a regasse com frequência durante o verão. Ainda me doía o coração ver o toco ao lado da cerca, onde antes ficava a castanheira. Como a árvore ficava bonita na primavera, com as flores brancas e a copa frondosa! Mas aquele era o ciclo da vida. Mesmo as árvores adoecem e morrem. De qualquer jeito, tinham acontecido muitas outras coisas boas, pensei enquanto me inclinava para ver as rosas-trepadeiras que semanas antes tinham aberto flores brancas.

Pensei se eu devia fechar a janela ao sair, mas Ole continuaria por lá, e Jostein chegaria logo em seguida, e com certeza não gostaria de encontrar um quarto escaldante.

Minha respiração preencheu aquele espaço junto com o som dos meus pés, que deslizavam pela calça jeans. Do quarto de Ole, no outro lado da parede, vinham os eternos cliques do teclado. Coloquei um sutiã branco e vesti uma camiseta também branca. Parei em frente à porta do armário por uns instantes, pensando se eu não devia pegar uma jaqueta leve: poderia esfriar à noite. Mas logo abandonei a ideia porque de qualquer forma eu não estaria na rua.

Conferi o telefone para ver se Jostein tinha mandado uma desculpa qualquer, mas não, então guardei o celular na bolsa junto com os meus óculos de sol e o inalador. Depois bati na porta do quarto de Ole.

Ele estava sentado de costas para mim na enorme cadeira ergonômica. Vestia a bermuda cinza e a camisa preta que tinha usado a semana inteira.

— Tudo bem por aqui, Ole? — eu perguntei.

Ele virou a cadeira de leve e olhou para mim.

Percebi no mesmo instante que ele parecia estar diferente. Era quase como se brilhasse.

— Tudo — ele disse, sorrindo. — Está tudo muito bem.

Será que tinha acontecido alguma coisa? O que teria acontecido?

— Que bom — eu disse. Eu não sabia o que mais poderia dizer. Em geral ele teria suspirado e respondido, sim, mãe, ou então perguntaria irritado por que eu queria saber, sem nem ao menos se dar o trabalho de se virar na minha direção, de tão acostumado que estava a ouvir a pergunta.

— É — ele disse. — Que bom mesmo.

Será que ele tinha conhecido alguém?

Não, ele tinha passado o tempo inteiro em casa.

E nenhuma menina queria um garoto que usasse uma bermuda como aquela. Nem um menino de cabelos sebosos.

— É uma ótima notícia, Ole — eu disse. — Estou saindo agora para o trabalho. Mas o seu pai logo deve chegar em casa.

— Tá — ele disse. — Um bom plantão para você.

— Obrigada — eu disse. — Pode me ligar se precisar.

— Tá.

No fundo da escada tive que parar a fim de recobrar o fôlego. Eu realmente havia piorado; antes era a subida da escada que fazia com que eu sentisse a garganta apertada.

Era como respirar através de um canudo.

E aquilo também mexia com a minha cabeça, que se enchia de tudo que eu não podia fazer. Como se a força escorresse por entre os meus dedos.

Não que eu tivesse força alguma. Mas tudo o que eu costumava fazer.

O ar tremulava acima do asfalto quando eu saí. Dois pardais empoleirados bicavam cada um sua maçã na macieira, sem nenhuma preocupação com as tiras reluzentes que eu havia pendurado nos galhos. Eles voaram para longe quando agitei os braços. Eu sabia que aquilo era inútil, eles voltariam assim que eu tivesse partido, mas assim mesmo era uma satisfação.

Parei em frente ao carro e procurei a chave na minha bolsa.

Onde estaria?

Remexi a bolsa com as duas mãos. Estojos de óculos, óculos, echarpes, chaves de casa, comprimidos de paracetamol, embalagens de chiclete, bombas de inalação e o inalador, tudo quanto era possível, mas nada da chave do carro. Onde eu a teria deixado?

Subi mais uma vez, meio depressa, e tive que parar no alto da escada para recobrar o fôlego. Depois conferi a mesa da sala, a mesa da cozinha, a mesa da cabeceira do quarto. Não havia chave nenhuma em lugar nenhum. Já eram sete e meia. Ainda havia tempo suficiente, mas seria preciso sair nos próximos dois ou três minutos.

— Ole? — chamei.

— Oi — ele respondeu do quarto.

— Venha aqui um pouco.

Ouvi a porta se abrir.

— Onde você está? — ele perguntou.

— Aqui — eu disse. — Você pode me ajudar? Eu não consigo achar a chave do carro.

Ole apareceu no vão da porta. Me sentei na cadeira.

— A mãe está meio sem fôlego — eu disse.

— E a mãe não encontra a chave do carro? — ele disse. — A mãe não consegue se virar sozinha?

— Já chega — eu disse. — Não sei por que falei desse jeito.

— Desse jeito como?

— Com esse "mãe" — eu disse.

— É, foi bem esquisito — ele disse. — Mas eu posso procurar. Fique aí sentada. — Ele procurou nos mesmos lugares onde eu já havia procurado sem que eu dissesse nada, podia ser que eu não tivesse procurado direito, e foi bom ficar lá sentada.

— Nada — disse Ole.

Por que de repente ele estava tão leve e tão solto?

— Aconteceu alguma coisa? — eu perguntei.

Ele parou e me encarou.

— Não — ele disse. — O que podia ter acontecido?

— Sei lá — eu disse. — Mas você parece diferente.

— Mais alegre?

— É.

Ele olhou para o jardim.

— E você fica preocupada quando eu estou alegre? — ele perguntou.

— Não fale uma besteira dessas. É claro que não.

Era curioso notar o quanto ele era diferente do pai. Muito atento e muito sensível. Os traços do seu rosto também eram diferentes, bem como toda a linguagem corporal. Jostein tinha sido um homem bonito. Eu ainda conseguia ver a beleza no rosto dele, nos olhos azul-claros. O corpo compacto e forte havia se tornado gordo, mas ele não era desleixado como Ole, que tinha os ombros caídos e o rosto inchado.

Ainda bebê, ele parecia irresistível.

Já menino, tinha sido tímido e desastrado.

O jeito de bebezão desapareceria logo se ele saísse, pegasse um pouco de sol no corpo, arranjasse uns amigos que o fizessem tomar jeito, fizesse um pouco de exercício, talvez, e começasse a se vestir melhor...

Muita coisa dependia da postura.

— Achei! — ele gritou do banheiro.

Me levantei.

— Que bom — eu disse. — Muito obrigada! Será que eu ganho um abraço antes de sair?

— A mãe quer um abraço? — ele disse, vindo na minha direção.

Eu sorri.

— Não sei por que falei aquilo — eu disse. —Eu costumava falar daquele jeito quando você era pequeno.

Ele me entregou a chave.

— Obrigada! — eu disse.

Sem dizer nada, ele me deu um abraço. Encostei o rosto no peito dele.

— Muito bem, mãe — ele disse, se afastando. — Agora você tem que ir.

— Mande uma mensagem para mim quando você for se deitar — eu disse. — Assim posso dar boa-noite para você.

— Combinado — ele disse, e então voltou ao quarto enquanto eu saía em direção ao carro, que eu havia tomado o cuidado de estacionar na sombra da cerejeira ao voltar do mercado naquela tarde para que a temperatura lá dentro não ficasse insuportável.

Senti um leve cheiro de carne grelhada. Olhei por cima da cerca viva e vi que Jensen estava no deque, de costas para mim, com luvas de grelhar nas duas mãos. Ele estava sozinho, e eu deixei o olhar correr pelo jardim deles até encontrar a esposa, que estava agachada de short vermelho em frente a um dos vários canteiros de flores com uma pequena tesoura na mão.

Que idílio!

Me sentei no carro, dei a partida no motor, peguei a estrada, passei ao longo da sequência de casas e jardins e entrei na estrada principal. Eram sete e quarenta, então eu chegaria dois minutos atrasada. Ninguém diria nada em razão disso.

A não ser Berit.

Ela diria. Ela colecionava os erros dos outros. E passava o tempo inteiro em cima de mim.

Corrigir outra pessoa é colocar-se acima dela, é dizer que você mesmo é melhor. Não havia como encarar a situação de outra forma.

Como chefe de setor, ela estava no seu direito. Mas não era nada bom para o ambiente de trabalho. E eu tinha infinitamente mais experiência do que ela. Além do mais, não era preciso ser neurologista para cuidar de pacientes com deficiência mental.

Suspirei, mas só me dei conta disso quando ouvi o meu próprio som, que soou como um gemido.

Em casa eu conseguia evitar todos os pensamentos acerca do trabalho. Se não cem por cento, pelo menos oitenta, mas, quando eu pegava o carro para ir trabalhar, eles voltavam todos ao mesmo tempo.

Todos os dias eu agonizava. Nem sempre tinha sido daquele jeito, mas agora era.

E eu poderia dizer o mesmo a respeito de Ole.

A história com Ole não acabava nunca.

O que era aquilo no olhar dele?

O que era aquilo que eu tinha visto no olhar dele?

Será que ele havia tomado uma decisão? E que tudo seria melhor porque ele havia tomado essa decisão? Eu tinha dito inúmeras vezes para ele que estudar em Oslo não era nenhuma questão de vida ou morte. Talvez fosse mais inteligente estudar na universidade de Bergen. Assim ele poderia continuar morando em casa, se quisesse.

Mas o problema era justamente esse. Ele não tinha nada de próprio. E arranjar uma coisa nossa deixa-nos mais atilados. Deixa-nos mais polidos. A partir desse momento passamos a ter um exterior, não apenas um interior.

Imaginei o rosto dele. O olhar bondoso.

Não havia nada de errado com Ole. Ele simplesmente era um menino bom.

Por que isso não era bom o suficiente?

O posto Shell apareceu na minha frente. Meu olhar voltou-se instintivamente para o medidor de combustível. O tanque estava três quartos cheio.

Mas logo pensei em cigarros.

Seria incrível sentar na sacada e fumar à noite. Só um cigarrinho.

Mas nesse caso tudo estaria acabado. Eu sabia. Um cigarro seria o suficiente para que tudo começasse outra vez.

De qualquer jeito eu já tinha passado do posto, e peguei a antiga estrada, onde havia duas ou três pequenas fazendas com ovelhas e vacas, até que surgissem os novos loteamentos, com a nova igreja sem flecha que todo mundo havia detestado a não ser os responsáveis pela encomenda do projeto, que a achavam incrível. Moderna.

Fria como um freezer, na minha opinião.

E Deus não era particularmente moderno.

Havia também os velhos satanistas que haviam queimado a antiga igreja. Todo mundo já sabia quando aconteceu. A novidade se espalhou como círculos concêntricos numa superfície d'água. A igreja está em chamas, a igreja está em chamas. Eu nunca tinha pensado naquilo antes, que as pessoas realmente se importavam com a igreja. E que eu também me importava. Aquilo não era uma simples construção.

Jostein tinha conseguido uma entrevista com um dos responsáveis pelo ocorrido, um jovem que usava o pseudônimo Heksa. Pouco depois ele foi encontrado e preso. Jostein sempre disse que não teve nada a ver com o assunto.

Mas houve boato, e pouco tempo depois ele foi transferido para a redação de cultura. O suposto motivo foi uma reorganização da empresa. Podiam dizer muita coisa a respeito de Jostein, mas ele era um jornalista policial competente, talvez um dos mais competentes. Mas tiraram isso dele. E ele se agarrou ao que tinha.

Para ser bem sincera, achei que ele tinha mais orgulho. Mas naquele momento ele buscava emoção de outras formas.

Ele era como um menino, queria viver aventuras.

Desde que não fosse comigo.

Fiz a curva no ponto em que o cenário de repente descia rumo ao fiorde e vi os telhados dos prédios altos e retangulares da região brilharem vermelhos em meio ao verde.

Senti um aperto no peito.

Tomei fôlego bem devagar e me imaginei num gramado por onde uma brisa soprava. Senti o ar descendo pela garganta, senti o ar enchendo os meus pulmões.

Bem cheios.

E depois exalei, até esvaziá-los por completo, bem devagar.

Depois do ponto de ônibus entrei na estradinha que avançava em meio às árvores. Dois cuidadores que eu não conhecia apareceram empurrando pacientes em cadeiras de rodas. Mais atrás vinham outros dois residentes. Os dois pararam ao ver o meu carro, era um reflexo aprendido ainda na infância que estava como que marcado a ferro.

Cumprimentei-os e eles ficaram me olhando de boca aberta.

A floresta mais além estava banhada em luz. O sol reluzia nas janelas dos prédios em frente aos quais eu passava. Quase todas estavam vazias; restavam apenas quatro setores.

O relógio na fachada do prédio administrativo marcava oito horas em ponto.

Quando estacionei no recuo da A2 e desliguei o motor, ouvi gritos lá dentro, quase como o mugido de um boi. Peguei a bolsa e abri a porta. No mesmo instante meu telefone bipou. Fiquei sentada no vão da porta com os pés no chão enquanto atendia. Era Jostein.

"Vou demorar um pouco, encontrei um pessoal do trabalho."

— Não diga — eu disse em voz alta. — Que surpresa!

"Tá bom", respondi.

Com certeza ele já devia estar se embebedando. E ainda eram oito horas.

"Mas lembre-se de que amanhã é outro dia", escrevi.

Me arrependi no mesmo instante: eu não era a mãe dele.

Realmente.

"Sim, senhora", ele respondeu.

Olhei para as janelas do segundo andar. Todas estavam abertas de par em par. A porta da sacada na sala de plantão também. Devia estar um forno lá dentro. Não havia nenhum rosto por lá.

Senti vontade de falar com Jostein. Ele parecera estar de bom humor no início da tarde, e eu também queria conversar sobre Ole. Mas os dois minutos virariam dez. E se estava com os colegas, não estaria disposto a falar, especialmente se já estivesse meio bêbado àquela altura. Estaria mais disposto a rosnar. Ou a emitir opiniões. Mas não a falar.

Quando eu pensava em Jostein, ele parecia diferente. Pelo menos às vezes.

"Quando foi a última vez que saímos juntos?", eu escrevi.

"Você trabalha à noite", ele respondeu na mesma hora.

"Não todas as noites", escrevi.

Houve um instante de silêncio.

"Que tal um jantar no Klosteret no sábado então?", ele escreveu.

Respondi com um emoji sorridente, guardei o telefone na bolsa e caminhei devagar até a entrada. Mesmo assim, eu continuava a sentir um aperto no peito. Era como se houvesse por lá uma barreira que dificultasse a passagem do ar. Meu coração batia com força, meu corpo gritava por ar e tudo sufocava. Mas eu não conseguia tomar um fôlego profundo, não conseguia deixar que o ar enchesse os pulmões e dessem o que eles queriam. Eu tinha que respirar com uma respiração curta e entrecortada, que pouco ajudava, e todo o meu corpo doía e agonizava, até que a velocidade baixasse e aquela exigência violenta e desarrazoada de mais ar desaparecesse.

Então o jeito era caminhar sem pressa, o jeito era manter a calma.

Tirei os óculos de sol e passei um tempo totalmente parada antes de digitar o código de acesso e abrir a porta.

O corredor estava silencioso e vazio. Deviam estar todos na rua, pensei enquanto ia à sala de plantão. A porta estava trancada, e eu a destranquei. Duas moscas que estavam no sofá levantaram voo quando larguei a bolsa.

Elas começaram a zumbir de um lado para outro na sala. Servi uma xícara de café da garrafa térmica grande. Não saiu vapor nenhum, e ao tomar um gole percebi que o café estava morno e dormido. Mas serviria assim mesmo. Me sentei no sofá, passei um tempo acompanhando as moscas com os olhos enquanto zumbiam para lá e para cá e então olhei para a porta aberta que dava para o prédio do outro lado do pátio de exercícios e para a floresta mais atrás.

Ouvi passos no corredor.

Berit entrou na sala de plantão sem olhar para mim, foi até a mesa do canto e pegou o livro de registros verde.

— Oi — eu disse.

— Ah, oi — ela disse. — Você já chegou?

Ela tornou a sair.

Cadela.

Cadela cretina.

Tomei um longo gole de café e larguei a caneca. Me levantei. Mas seria apenas para mostrar que eu estava trabalhando, pensei, e então me sentei novamente.

Se Berit quisesse bancar a minha fiscal, eu bancaria a fiscal dela.

Ela só tinha uns trinta e poucos anos. Mas se comportava como uma megera velha. Pequena, magra e cinzenta, com incisivos protuberantes que faziam com que parecesse uma ratazana.

Ela roía tudo e todos.

Era muito efetiva. Muito energética.

Mas ela trabalhava lá. E portanto não poderia ser muito talentosa. Ninguém que tinha escolha ia trabalhar lá.

Uma das moscas pousou no meu joelho. Fiquei totalmente parada e observei enquanto a mosca andava de um lado para outro. Quando ela parou e ergueu as patas dianteiras em direção à cabeça, mais ou menos como um gato se limpa, eu ergui a mão e a desloquei o mais devagar possível em direção à mosca. Foi meu pai que me ensinou esse método quando eu era pequena. O movimento era tão lento que a mosca não o percebia. Quando a mão estava cerca de vinte centímetros mais acima, mantive-a imóvel por uns poucos segundos e então bati o mais depressa que pude. Segurando-a por uma das patinhas, levantei a mosca esmagada, de onde escorria uma substância amarela, e joguei-a na lixeira.

Meu pai também dizia que as moscas eram os mortos. Que era por isso que havia tantas, e que era por isso que se mantinham tão perto de nós e tão perto das nossas casas. Porque eram almas mortas. Eu nunca entendi se ele realmente pensava isso. Mas desde a primeira vez que ele disse isso eu nunca mais tinha conseguido ver uma mosca sem me lembrar.

Ah.

Já estava na hora de começar a trabalhar um pouco.

Saí do setor. Tudo estava em silêncio nos corredores e nos quartos. Atrás da porta de vidro do escritório estava Berit, colocando remédios nos porta--comprimidos dos residentes.

Graças a Deus logo terminaria o plantão dela.

Será que naquela vez ela não se esqueceria de trancar a porta?

Mas por que haveria de se esquecer?, pensei quando fui à cozinha. Isso nunca tinha acontecido.

Outras moscas zumbiram lá dentro, eu vi pelo menos cinco, e com certeza havia mais, porém todas estavam pousadas em superfícies escuras onde era difícil vê-las.

A quantidade de moscas devia-se à floresta próxima.

Eu me virei. Berit estava me olhando da sala dela, no outro lado do refeitório.

Eu não queria dar àquela megera a alegria de me criticar, então me inclinei para a frente e comecei a esvaziar a máquina de lavar louça, que estava cheia após o jantar.

— Você não acha melhor dar uma olhada nos residentes antes de cuidar da louça? — Berit perguntou. Ela havia saído do escritório e estava me olhando do refeitório.

Soltei um suspiro e fechei a porta da máquina.

— A ideia não é que depois do jantar tudo esteja organizado antes que o pessoal da noite chegue?

— Não existe regra nenhuma a respeito disso — ela disse, e então voltou ao escritório.

Eu estava prestes a dizer que achava que todos estavam na rua quando percebi os uivos. Claro. Georg estava lá.

Bati na porta e entrei.

Ele estava deitado com o olhar fixo no teto enquanto fazia aqueles sons.

Tinha um pouco de cuspe no canto da boca. Georg virou a cabeça, e ao me ver sorriu.

O cheiro lá dentro era terrível. Bosta de gente, como eu já tinha ouvido alguém dizer no norte da Noruega, em um quarto quente.

— Gaaaaa! — ele disse.

— Olá, Georg — eu disse. Passei a mão nos cabelos dele. — Vamos trocar você?

— Gaaa, gaaa, gaaa.

Antes de tudo abri a janela. O ar no lado de fora tinha a mesma temperatura que o interior do quarto. Depois tirei do armário uma fralda limpa, um pacote de lenços umedecidos e uma toalha. Deixá-lo sozinho no quarto em um dia como aquele era inadmissível. Tudo bem que era só por umas semanas antes de ele voltar para a cidade natal, onde estavam reformando um apartamento para recebê-lo. Mas assim mesmo podiam ter encontrado um lugar com mais pessoas naquela situação, para que ele não ficasse deitado sem companhia simplesmente porque os seguranças que trabalhavam por lá não aguentavam a trabalheira que ele dava. Tirei o edredom para o lado e comecei a respirar pela boca. Georg usava um calção verde e uma camiseta branca de manga cavada. Tinha as pernas macias e arredondadas, quase tão brancas quanto o lençol. Aquelas pernas eram completamente mortas, simplesmente ficaram lá paradas quando tirei-lhe o calção, pesadas como troncos. Ele tinha uma grande cicatriz numa das coxas. Aquilo era o resultado de uma vez que o haviam deixado perto de um aquecedor, segundo o que eu tinha ouvido. Ele tinha ficado lá sendo queimado, incapaz de se mexer ou sequer de fazer barulho.

Soltei o adesivo da fralda e a abri. Os excrementos eram moles e se espalhavam por toda aquela bunda peluda. Engoli em seco e comecei a fazer a limpeza. Notei que a sujeira também havia se espalhado pelas coxas e pelo saco dele.

Fui largando os lenços umedecidos sujos em cima da fralda à medida que eu os usava.

— Na verdade você devia tomar um banho — eu disse. — Mas vamos ter que esperar até amanhã. Tudo bem?

Passei o braço sob as coxas dele e as ergui um pouco, de maneira que eu pudesse colocar a fralda limpa no lugar certo.

O sexo dele parecia um bicho morto no meio das pernas.

— Bem melhor assim, limpo — eu disse. — Não é mesmo, Georg? Ele simplesmente continuou olhando para o teto enquanto eu fazia a minha parte.

Puxei o calção para cima, fechei a fralda suja e levei-a até o banheiro, onde joguei tudo na lixeira e lavei bem as mãos.

Enfiei a cabeça no vão da porta e disse que logo seria hora do jantar. Depois voltei à cozinha e comecei a esvaziar a máquina de lavar louça.

Enquanto eu estava ocupada, um micro-ônibus branco apareceu no lado de fora. O micro-ônibus dobrou a esquina e parou. Vozes exaltadas soaram lá fora, e houve um rápido intervalo entre o momento em que a porta deslizou pelos trilhos e voltou a se fechar.

Houve um instante de silêncio, mas logo em seguida o espetáculo começou.

Fechei o portão antes de continuar o meu trabalho. Os residentes foram acompanhados até os respectivos quartos e o barulho cessou.

Eu estava de pé com uma das mãos cheia de talheres que eu guardava na gaveta com a outra quando ouvi os barulhos de Torgeir se arrastando pelo corredor. As pernas dele não eram funcionais: a partir do joelho tornavam-se magras e vestigiais, e os pés eram voltados para trás, então lá dentro ele se movimentava usando os braços, meio como um macaco.

Pch. Pch. Pch.

Ele parou em frente ao portão e olhou para mim.

— Oi, Torgeir — eu disse.

Ele tinha uma expressão amistosa no rosto, que poderia muito bem pertencer a qualquer outro homem com quarenta e poucos anos de idade. A pele que cobria a testa e o nariz estava vermelha do sol, e o tom azulado da barba já tinha aparecido nas bochechas, mesmo que o tivessem barbeado naquela manhã.

Mas as aparências enganam. Torgeir não falava e tinha uma mente primitiva.

Eu não gostava nem um pouco dele.

Ele tampouco gostava de mim.

— Você teve um bom dia? — eu perguntei.

Ele respirou meio resfolegante enquanto olhava para mim.

Talvez porque soubesse que o meu cuidado não vinha do coração. Será que me odiava?

Era o que talvez parecesse.

Ele não tirava os olhos de mim.

— Você quer café? — eu perguntei.

A respiração dele parou.

Eu peguei uma caneca do armário e a servi até a metade com o café da cafeteira que eu tinha acabado de passar.

Ele voltou a respirar.

Peguei uma caixa de leite e completei a caneca.

— Tome, meu amigo — eu disse, entregando-lhe a caneca por cima da grade. Ele esticou o braço e a pegou. Seus olhos estavam fechados de tanta vontade. Torgeir jamais parecia ter mais do que um pensamento por vez na cabeça. Isso se fossem mesmo pensamentos, e não desejos.

Ele esvaziou a caneca em um longo gole.

Estendeu-a em direção a mim.

Do outro lado, Berit se levantou da cadeira e trancou o armário de remédios.

Peguei a caneca antes de dizer não para que Torgeir não pudesse jogá-la na parede.

— Você não pode tomar mais — eu disse. — E você sabe disso. Senão depois você não dorme. Berit fechou a porta do escritório. Olhei para o relógio de parede. Só mais meia hora até ela ir embora.

Torgeir ficou sentado no chão olhando para mim enquanto eu guardava as últimas louças da máquina. Uma mosca pousou na cabeça dele. A mosca desfilou pela cabeça sem que ele se desse conta. Desceu pela fronte e caminhou até o rosto, logo abaixo do olho. Então ouvi o barulho da TV na sala; Torgeir deu meia-volta com um movimento brusco e se dirigiu para lá.

Servi uma caneca de café para mim. A cozinha era o meu lugar favorito, atrás da grade, ao menos quando os residentes estavam todos acordados. Eu não me apressava quando estava lá.

Peguei a bandeja grande e comecei a preparar os acompanhamentos. O queijo marrom cortado em fatias, a mortadela, o patê de fígado, o salame e o cream cheese com bacon. Eu também cortava sempre umas fatias de pepino e tomate para fazer um agradinho aos residentes, mas eles nunca comiam. Nos sábados à noite comíamos pizza, e na manhã de domingo eu servia ovos cozidos. Três dos residentes não conseguiam preparar as fatias de pão, então eu as preparava para eles. Esses três eram Torgeir, Olav e Kenneth. Os três por vezes tinham comportamentos violentos.

Olav tinha me mordido logo depois que eu começara a trabalhar no setor, eu estava fazendo a sua barba enquanto ele estava na banheira, fiz um movimento em falso, ele berrou, agarrou meu braço e o mordeu com força suficiente para me fazer sangrar. Um dos cuidadores chegou correndo e tomou conta dele.

Na verdade eles não eram cuidadores, a maioria trabalhava como segurança, e estavam lá porque eram homens grandes e fortes, capazes de lidar com atitudes violentas.

Eu precisei tomar uma vacina antitetânica. E depois pedi para trabalhar à noite. Eu dizia que não tinha medo, mas os residentes sabiam.

Os seguranças não tinham medo. Sempre falavam bobagens e brincavam com os residentes, abraçavam-nos, eram firmes sempre que preciso e riam muito. Os residentes gostavam deles, sentiam-se cuidados e seguros.

Até mesmo Kenneth. Kenneth não tinha nada na cabeça. Andava de um lado para outro pelo setor, comendo tudo aquilo que encontrava pelo caminho. Ele colocava bolas de pó na boca, e na época em que ainda tinha cabelos arrancava tufos e também os enfiava na boca. Depois começamos a raspar a sua cabeça. Eu já o tinha visto comer cebola crua como se fosse maçã, eu tinha esquecido de fechar a grade e de repente o vi em frente à porta da geladeira, devorando a cebola com lágrimas correndo pelo rosto. Ele era magro e atlético e parecia um esportista. Certa vez haviam-no esquecido num posto de gasolina, mais tarde ele foi encontrado a quilômetros de distância, caminhando por um terreno nevado em direção à floresta. Quando eu comecei, me disseram que ele era capaz de andar até cair. Não porque quisesse ir embora, mas porque quando andava, ele realmente andava. Quando se aborrecia, Kenneth batia a cabeça contra a parede. Uma vez ele conseguiu rachar a cabeça antes que pudessem impedi-lo. E quando tinha acessos de fúria, eram necessários três homens para contê-lo.

O mais estranho era que ele era muito bonito.

Ele não dava a mínima para mim, porém assim mesmo eu sentia medo dele. Mas quem mais me dava medo de verdade era Olav. Ele sabia examinar as pessoas e era capaz de fazer planos. De vez em quando ao me ver ele arreganhava os dentes. As noites não eram problema: os residentes tomavam medicamentos para dormir e nunca despertavam antes do amanhecer seguinte, quando o pessoal da manhã chegava. Então de certa forma era bom estar lá.

Coloquei a chaleira no fogão antes de levar os pratos, as canecas e os talheres para a mesa de jantar. Tudo era de plástico e estava tão usado que as cores eram desbotadas, e as superfícies ásperas.

Quando abri a porta da geladeira para pegar o leite e o suco, Karl Frode saiu do quarto. Ele parecia cansado, tinha os cabelos crespos desgrenhados e a blusa toda manchada, e as meias estavam praticamente caindo dos pés.

— Boa noite, Turid! — ele disse em tom mecânico, como se repetisse uma fórmula decorada. Ele nunca olhava para as pessoas com quem falava, nem mesmo para mim.

— Boa noite, Karl Frode — eu disse. — Você está com fome?

— Sim, eu estou com fome — ele disse, puxando a cadeira do lugar habitual e sentando-se.

Coloquei as caixinhas no centro da mesa.

— Você teve um dia divertido hoje? — eu perguntei.

— Tive — ele disse.

— O que aconteceu? — eu perguntei, voltando à cozinha para buscar a bandeja dos acompanhamentos.

— Não fale comigo — ele disse.

— Tudo bem — eu disse, levando a bandeja. — Prometo que não vou falar com você.

— Foi um dia bonito hoje — ele disse.

— É, foi mesmo — eu disse. — Você saiu para dar uma volta?

Ele bateu a palma da mão com força em cima da mesa.

— Não fale comigo! — ele disse, com a voz de repente bem mais clara.

— Não vou falar com você — eu disse. — Você prefere que a gente fique em silêncio?

— Prefiro — ele disse.

— Tudo bem — eu disse, e então destranquei a gaveta onde ficavam as facas de metal e cortei um pão inteiro em fatias na grande cesta de pão.

— Manteiga — ele disse assim que eu larguei o cesto em cima da mesa.

— Você tem razão — eu disse. — Obrigada, Karl Frode.

Ele sorriu enquanto mantinha o olhar fixo na mesa.

— Manteiga! — ele disse. — Manteiga! Manteiga!

— Estou levando a manteiga — eu disse.

Karl Frode também era perigoso, tinha acessos de fúria durante os quais jogava móveis ao redor e quebrava tudo o que encontrava pela frente. Mas esses episódios eram muito raros. Pelo menos enquanto eu estava lá, nunca tinha acontecido. E como ele falava, também parecia menos ameaçador, de certa forma. Um estudante que havia trabalhado lá durante umas semanas naquele verão tinha dito que Karl Frode era parecido com um filósofo chamado Hvitgensten. Ele havia me mostrado uma foto no telefone e os dois realmente eram idênticos. Os mesmos cabelos crespos, os mesmos olhos redondos e fixos, o mesmo rosto alongado e os mesmos cantos da boca voltados para baixo. Karl Frode tinha um queixo mais assertivo, mas afora esse detalhe os dois pareciam gêmeos univitelinos.

Ele tinha morado lá durante praticamente a vida inteira. Depois da época em que amarravam os residentes com cintas durante a noite, tinha adquirido o hábito de apertar o cinto das calças o máximo possível. Outra coisa que havia se distorcido nele era a masturbação. Ele só conseguia se masturbar quando estava nas moitas do pátio, olhando para as janelas. E as janelas tinham que estar refletindo as nuvens. Às vezes o levavam para a rua quando as condições estavam propícias e esperavam fumando de costas enquanto ele baixava a calça até os joelhos e batia punheta. Era uma coisa inocente, mas assim mesmo ninguém tocava no assunto.

Coloquei a margarina na frente dele.

— Ha ha. Ha ha — ele disse.

— O que foi? — eu perguntei.

— Não é manteiga, é margarina — ele disse.

— Você tem razão — eu disse. — Mas a gente pode chamar as duas coisas de manteiga, não?

Ele permaneceu sentado e imóvel, olhando para a superfície da mesa. Uma mosca pousou no canto da margarina. Outra pousou em cima do queijo, facilmente visível contra o fundo amarelo.

Espantei-as com a mão. Karl Frode não percebeu o movimento, simplesmente manteve o olhar fixo à frente. Quando estava de bom humor, ele costumava se reclinar na cadeira, colocar um pé em cima do outro e conversar e rir, às vezes com tanto entusiasmo que se confundia todo e gaguejava até se babar por inteiro.

Entrei na sala e vi que estava no horário do jantar. Kenneth estava sentado no colo de um dos enfermeiros e roçava a cabeça no peito dele, como um bebê de colo. Olav estava quase deitado na cadeira com as mãos pendendo para além do apoio. Gunnar, o outro enfermeiro, estava sentado na cadeira ao lado, olhando para o celular.

Quando eles se levantaram, segui em direção à sala de plantão. Torgeir estava no corredor mais além com a porta aberta; ele olhava para dentro como um cachorro à espera de um pedaço de carne.

— O jantar está servido — eu disse para Berit, que estava no sofá fazendo anotações com o livro de registros apoiado no colo.

— Notei que hoje você chegou atrasada quinze minutos outra vez — ela disse, olhando para mim.

— Pode ser — eu disse.

Nada no mundo faria com que eu pedisse desculpas. Ela se levantou.

— Todo mundo estava na rua quando eu cheguei — eu disse.

— Mas você não sabia disso — ela disse, e então se levantou e passou ao meu lado.

— Me dê uma mão com o Georg — Gunnar disse para mim.

Eu o ajudei a colocá-lo na cadeira de rodas, que Gunnar então empurrou até a ponta da mesa. Coloquei um babador nele enquanto ele sorria e parecia estar bem à vontade.

Por sorte Berit nunca jantava conosco quando fazia plantão à tarde. Depois de dar os medicamentos aos pacientes ela pegou a bolsa no escritório, despediu-se dos residentes e cuidadores que estavam sentados ao redor da mesa e atravessou o corredor com passos apressados. Em seguida o motor do carro dela foi ligado no lado de fora. Segundos depois, o ronco do motor se afastou.

Os residentes comeram os sanduíches abertos com voracidade, bebendo suco ou leite em cima. Dei de comer a Georg enquanto Gunnar e Hans acompanhavam preguiçosamente os outros. Os dois pareciam indiferentes a mim. Era como se eu fosse uma cadeira ou uma cortina.

— Aonde vocês foram hoje à tarde, afinal? — eu perguntei.

— A Hellevangen — disse Hans. — O pessoal comeu salsichas e sorvete. Puro Dezessete de Maio! Não é verdade, Kenneth?

Ele colocou o braço enorme ao redor de Kenneth e o balançou de leve. Kenneth estendeu a mão para pegar mais uma fatia de pão e a enfiou até a metade na boca. Era como se estivesse num espaço diferente do nosso.

— Que bom — eu disse.

— Chá — disse Karl Frode.

— É verdade — eu disse. — Eu tinha me esquecido.

Fui até a cozinha e liguei a chaleira.

Do lado de fora, o sol começava a se pôr. As árvores no alto do urzal brilhavam vermelhas. Um dos pinheiros erguia-se solitário acima de uma rocha e parecia arder em chamas. O céu ainda estava azul, porém nos pontos mais baixos da encosta, na grama e entre as árvores, as cores pareciam desaparecer. O ar que soprava pela janela aberta estava quente e repleto de cheiros secos. Quando me virei mais uma vez, Karl Frode estava olhando para mim.

— O demo está lá fora — ele disse.

Gunnar e Hans deram risada.

— Você e esse seu demo — disse Gunnar.

Ele não olhou para os enfermeiros: olhou para mim.

— O demo está lá fora agora mesmo — ele disse, apontando para a janela. Peguei quatro canecas plásticas e coloquei um saquinho de chá em cada uma. Assim que comecei a servir a água quente, Karl Frode se levantou.

— Feche a janela! — ele gritou. — Feche a janela!

— Karl Frode, se acalme — disse Gunnar.

— Feche a janela logo, criatura! — ele repetiu quase aos berros, com o braço estendido enquanto vinha na minha direção.

Senti o coração bater forte no meu peito.

De repente não consegui mais respirar.

Gunnar se levantou.

— Karl Frode, pare — ele disse.

Karl Frode não parou, então Gunnar o alcançou com dois passos ligeiros, pôs os braços ao redor dele e o segurou.

— Calma, calma — ele disse. — Calma, Karl Frode. Calma, calma.

— O demo está vindo! — gritou Karl Frode, tentando se desvencilhar. Apoiei as mãos nas bordas do balcão enquanto tomava fôlego.

Mais atrás, Torgeir jogou o prato no chão, e em seguida o copo. Hans se levantou. Torgeir saltou para o chão, virou a cadeira e saiu em disparada a caminho da sala. Hans correu atrás dele. Kenneth começou a uivar. Olav fixou os olhos em mim. Ele abriu um sorriso com dentes arreganhados.

— O demo está aqui! — berrou Karl Frode, cuspindo e bufando enquanto tentava se desvencilhar.

— Se você fechar a janela... — Gunnar disse para mim. — Feche a janela.

Eu me virei. A janela parecia infinitamente distante. De repente tudo ficou nublado.

— Agora! — disse Gunnar.

Dei uns passos à frente e estendi o braço assim que a janela esteve ao meu alcance, mas quase caí. Mesmo assim, consegui fechá-la. E então tomei um longo fôlego: não havia nada lá, nenhuma barreira, nenhuma corda que fechasse o trânsito de ar para os meus pulmões.

— Você está vendo, Karl Frode? — Gunnar perguntou. — Agora a janela está fechada. O demo não pode mais chegar aqui.

Karl Frode realmente se acalmou.

Gunnar olhou para Olav e Kenneth.

— Fiquem sentadinhos aí, rapazes. Combinado?

Depois ele pegou Karl Frode pela mão e o levou ao quarto. Olav continuou olhando para mim. Fui até a grade e a fechei. Da sala ouvia-se a voz aguda de Hans.

Tudo era um pandemônio lá dentro.

Olhei para o relógio. Gunnar e Hans iriam embora em quarenta minutos, quando chegasse o outro guarda-noturno. Mas os residentes estavam muito irrequietos naquela noite. Se continuassem daquele jeito, eu não conseguiria tomar conta deles sozinha.

Será que eu devia pedir a Gunnar ou a Hans que ficassem comigo até que os residentes estivessem dormindo?

Ou talvez pedir um guarda-noturno extra?

Kenneth soltava uivos graves e monótonos, como sempre fazia quando estava insatisfeito com alguma coisa.

Por sorte Gunnar voltou.

— Talvez seja uma boa ideia servir aquele chá — ele disse.

Peguei os saquinhos de chá e os joguei na lixeira, terminei de encher as canecas com leite e levei duas até a mesa. Sentei-me e continuei a dar de comer a Georg, que não tinha se deixado abalar por toda aquela cena.

Eu estava totalmente relaxada, com a respiração leve e tranquila. Só as minhas pernas continuavam meio bambas.

— O que você acha, Olav? Não seria bom tomar um chá? — Gunnar perguntou. — Para acalmar um pouco os nervos?

Olav bebeu o chá morno de um só gole. Kenneth ficou olhando para a caneca. Depois ele a virou com a mão, fazendo com que o chá escorresse pela superfície da mesa.

— O que é isso, Kenneth? — disse Gunnar. — Se você não quer chá, é só não tomar.

Peguei um rolo de papel-toalha na cozinha e sequei a sujeira enquanto Gunnar cuidava de Olav e Kenneth na sala e Hans levava Georg para o quarto na cadeira de rodas. Comecei a tirar a mesa, guardei a comida na geladeira e coloquei as canecas e os pratos na máquina de lavar louça. Quando entrei na lavanderia, vi que Gunnar havia entrado com Kenneth no quarto dele.

Aquilo significava que todos haviam se acalmado.

E que o caminho estava livre.

Voltei pelo corredor. Em frente ao escritório de Berit, primeiro me assegurei de que ninguém estava me vendo, e então abri a porta e entrei. O armário de medicamentos estava trancado. Ela guardava a chave na primeira gaveta da escrivaninha, mas a chave das gavetas, ou melhor, a chave extra, ficava na prateleira mais alta, onde ficavam as pastas. Abri a gaveta.

A chave não estava lá.

Como?

Como aquilo era possível?

Valendo-me de todos os cuidados para não deixar rastros, levantei todos os objetos para me certificar de que a chave não havia deslizado para baixo de outra coisa.

Mas não.

Merda, merda, merda.

Conferi as outras gavetas às pressas.

Nada.

Senti o sangue bater na minha garganta como se fosse um dedo a me cutucar. Eu não podia continuar lá por muito tempo.

Tranquei as gavetas, coloquei a chave na prateleira e voltei ao corredor enquanto Gunnar saía do quarto de Kenneth.

— Você está com o livro de registros? — perguntei, me adiantando a qualquer pergunta quanto ao que eu estaria fazendo lá.

Mas ele não desconfiou de nada.

— Acho que está na sala de plantão — ele disse.

— Tomara — eu disse, indo até lá.

— Talvez seja uma boa ideia fechar as outras janelas também — ele disse às minhas costas. — Antes que o nosso amigo as descubra.

Por que você mesmo não as fecha, então?, pensei, mas não disse nada. Voltei à lavanderia, esvaziei a secadora, coloquei as roupas secas em um cesto, transferi as roupas úmidas da máquina de lavar para a secadora e liguei a secadora antes de encher a máquina de lavar com mais roupas sujas, colocar lá dentro um daqueles sabões de lavar em cápsula e ligar a máquina.

Olhei para a rua pela janela estreita. O céu acima do urzal parecia chamejar em amarelo e vermelho. As árvores pareciam escuras.

Quando Karl Frode era pequeno, alguém devia tê-lo assustado com histórias sobre o demônio.

Ou o demo, como ele dizia.

Onde ela podia ter deixado a chave?

Por acaso estava desconfiada? E por isso a havia levado para casa?

Não, se fosse esse o caso ela teria feito um registro, e eu teria sido chamada a dar explicações.

Entrei na sala de plantão, me sentei no sofá e tirei o celular da bolsa. Nada de Ole. Nem de Jostein. Mandei uma mensagem de texto para Ole.

"Oi, querido!", escrevi. "Espero que tudo esteja bem por aí. Mande uma mensagem ou ligue antes de ir para a cama. Estou pensando em você. Mãe." Naquela altura, sabendo que eu não conseguiria os comprimidos, minha irrequietude se tornou ainda maior. Eu não conseguia pensar em outra coisa. A porta no fim do corredor se abriu. Devia ser Sølve. Olhei para o relógio.

Dez minutos adiantado, como sempre.

Talvez ela não tivesse trancado o armário!

Eu não havia experimentado.

Imagine se estivesse *aberto*!, pensei enquanto Sølve entrava.

— Oi — ele disse, baixando um pouco a cabeça para tirar a bolsa que ficava pendurada em diagonal sobre o peito.

— Oi — eu disse.

Ele largou a bolsa em cima do sofá, sentou, afrouxou as presilhas das pernas das calças, abriu a bolsa e guardou-as lá dentro enquanto suspirava.

— Alguma novidade? — ele perguntou ao me ver.

— O pessoal estava meio agitado durante o jantar.

— Ah, é?

— O Karl Frode achou que o demônio estava na floresta.

— O demo, você quer dizer. Não tem nenhuma novidade nisso. Mas agora eles estão calmos?

— Acho que estão — eu disse.

Sølve tinha trinta e poucos anos. Ele tinha cabelos escuros e olhos castanhos, e um rosto estreito com barba rala. Poderia ser um homem atraente, se não se queixasse tanto e fosse um pouco menos intenso. Já no primeiro plantão que fizemos juntos ele tinha me contado detalhes pessoais sobre a vida dele e da esposa, coisas que eu não queria saber. E também sobre outras pessoas com quem ele havia trabalhado. Todo mundo era motivo de mágoa para Sølve.

Aquelas confissões feitas a mim deviam ocorrer porque ele me considerava inofensiva. Eu detestava aquilo, detestava as suas reclamações, eu chegava a sentir enjoo de ouvir. Mas ele certamente achava que as confissões eram um presente que me oferecia.

— Vou fazer uma ronda — eu disse, me levantando.

— Tudo bem — ele disse. — A propósito, as montanhas de músculo já foram embora?

Eu já estava de costas para ele e fiz de conta que não tinha ouvido. A chance de que Berit tivesse esquecido de trancar o armário era ínfima, mas ainda assim eu não podia deixar de experimentar. Senti meu rosto corar quando pensei nisso.

Os dois cuidadores estavam fora do meu campo de visão quando abri a porta do escritório e entrei.

Claro que o armário estaria trancado. Claro que estaria.

Com certeza ela tinha largado a chave em um lugar qualquer sem nem ao menos se dar conta. Fiquei parada no meio do escritório, olhando ao redor.

Nada.

Talvez estivesse num envelope ou em outra coisa que ela houvesse jogado fora, pensei enquanto eu remexia apressadamente a lixeira.

Mas não.

Aquela vaca tinha mesmo levado a chave para casa.

Sølve apareceu do outro lado da janela. Entrou na cozinha sem me ver. Saí do escritório e fechei a porta como se não houvesse nada de errado com o que eu fazia.

— Tem café recém-passado na térmica — eu disse.

— Ah, obrigado — ele disse.

Na sala de plantão, Gunnar fazia anotações debruçado sobre o livro de registros enquanto Hans estava na sacada, olhando para longe. A casca branca das bétulas na floresta cintilavam de leve na escuridão do crepúsculo.

— Muito bem — disse Gunnar, se levantando. — Um bom plantão para você.

— Obrigada — eu respondi.

Ele vestiu a jaqueta de couro e pegou o capacete que estava em cima da mesa no canto.

— Conseguiu ver o demo aí fora? — ele perguntou.

Hans se virou.

— Não — ele disse, rindo. — Mas acredito que esteja mesmo lá quando o Karl Frode se exalta!

Os dois saíram juntos. Logo depois ouvi Gunnar dar a partida na moto. A noite estava tão silenciosa que o ronco do motor desapareceu apenas quando eles já haviam tomado a estrada principal.

Conferi o meu celular. Nenhuma palavra de Ole.

Liguei para ele.

Por que ele não atendia?

Talvez já houvesse se deitado, pensei. Ou talvez a bateria tivesse acabado.

Guardei o celular na bolsa e voltei ao setor. Todos os residentes estavam nos respectivos quartos. Se fosse conferir se estavam dormindo, talvez eu acabasse por acordá-los, então eu costumava deixá-los quietos.

Sølve estava sentado na sala, assistindo à TV com uma caneca apoiada no braço da poltrona.

Senti a garganta seca e fui à cozinha beber um copo d'água de pé em frente à janela.

A pele dos meus braços grudava-se à pele do meu tronco, logo abaixo das axilas, e assim ergui os cotovelos para fazer com que o ar circulasse um pouco lá. Minha testa estava úmida também.

No lado de fora o sol já havia se posto. O pinheiro que não muito tempo atrás havia chamejado no alto do urzal desaparecera em meio à escuridão.

Umedeci a mão na torneira e a passei no rosto e na testa. Sequei o rosto com uma toalha de papel.

Uma coruja arrulhou mais acima.

Onde podia estar aquela bosta de chave?

Tudo o que eu queria era tomar um oxazepam.

Entrei mais uma vez no escritório. Havia uma chance ínfima de que o armário de medicamentos não estivesse trancado, mas apenas emperrado, e assim enfiei a unha do mindinho na fresta entre a porta e o armário na tentativa de abri-la.

Não funcionou, então comecei a procurar a chave em lugares cada vez menos lógicos. Dentro de pastas, debaixo de maços de papel.

Logo depois comecei a chorar.

O que eu queria era uma coisa tão pequena. Tão pequena!

No caminho de volta à sala de plantão me ocorreu que também havia um armário de medicamentos no primeiro andar. Só Deus sabia qual era o procedimento por lá. Pelo que eu sabia, o armário não ficava trancado. Ou então a chave podia estar na gaveta. Eu só precisava arranjar um pretexto.

Não precisava ser nada grandioso. Sabão em pó para a máquina de lavar roupa, leite, café. De repente tudo pareceu mais claro.

Sølve continuava sentado com a caneca apoiada no braço da poltrona.

Será que tinha adormecido?

Se tivesse, eu precisaria acordá-lo.

Na sala de plantão, desliguei a luz, saí à área externa da sacada e me sentei numa das cadeiras que havia por lá.

A escuridão entre os troncos das árvores era muito densa. Mas acima das copas um raio de luz estendia-se ao longe.

A lua devia estar do outro lado, pensei. Tudo estava quieto.

Se eu pedisse sabão em pó ao guarda-noturno ele simplesmente iria buscar para mim. Sendo assim, eu precisaria entrar sem nenhum aviso e torcer para que não me vissem. Caso me vissem, eu teria de explicar o que estava fazendo. Seria estranho descer sem dar notícia, mas talvez não chegasse a parecer suspeito? Tomei fôlego com uma inspiração lenta e profunda.

Um movimento no céu fez com que eu virasse a cabeça. Um pássaro enorme pairava acima da floresta. Mal dava para vê-lo naquela escuridão.

O que podia ser?

Uma garça ou coisa parecida?

O pássaro se afastou pela escuridão acima das árvores.

Outro chegou planando. Esse estava um pouco mais próximo. Ele ruflou as asas e eu ouvi o som das batidas, um som que sugeria o roçar de couro. Quando entrou na luz tênue, o pássaro virou a cabeça.

Fui atravessada por uma onda de medo.

Aquilo era uma pessoa.

Um rostinho de criança olhou para mim.

Por fim, enquanto o pássaro desaparecia como os outros, compreendi que aquilo só podia ser resultado do jogo entre a luz e as sombras.

Mas ah, como tinha sido terrível!

A cabeça pareceu humana, mas aquela criatura tinha asas, plumas e patas longas e magras.

Qual seria a altura de uma garça? Ou de uma cegonha?

Eram pássaros grandes.

Olhei para o céu, mas já não havia pássaros. Quem me dera ter um cigarro, pensei.

E a seguir pensei em Ole.

Será que ele não teria respondido?

Me levantei e peguei o celular.

Nada.

Me sentei mais uma vez e liguei para ele.

Por favor atenda, filho.

Deixei tocar até que a voz automática atendesse. Liguei mais uma vez, e depois outra.

Passei um tempo sentada, olhando para a escuridão.

Tinha alguma coisa errada. Eu sabia. Eu era mãe dele.

Ole nunca deixava o telefone descarregar. Pelo menos não em casa. Será que o tinha desligado?

Talvez.

Mas por quê?

Liguei para Jostein.

— Alô? — ele atendeu.

Pela voz, percebi que estava bêbado.

— Onde você está? — eu perguntei.

— Por que você quer saber? — ele perguntou.

Levei uns segundos para responder. Eu sabia que ele trataria a minha ligação como uma coisa sem importância.

— O Ole não atende o telefone — eu disse.

Jostein soltou um suspiro.

— Eu tentei agora mesmo ligar para ele. Mas claro que ele não atendeu. Ele simplesmente não quer falar com a gente.

— Então você não está em casa — eu disse.

— Estou indo para o ponto de ônibus. Você viu a nova estrela?

— Do que você está falando?

— Da estrela enorme que apareceu no céu.

— Não, não vi.

— Você tem que ver.

— Me ligue quando você chegar em casa — eu disse. — Estou meio preocupada.

— Relaxe, você não tem nenhum motivo para se preocupar. Ou ele está jogando, ou está dormindo.

— Tomara que você tenha razão — eu disse. — Tchau.

Me levantei, guardei o celular no bolso e voltei ao setor. Eu precisava do remédio naquele instante.

Mas antes eu precisava ver se os residentes estavam dormindo.

Com todo o cuidado, abri a porta do quarto de Olav. Ele estava deitado de costas e dormia de boca aberta, como um homem de meia-idade qualquer. Na parede havia uma fotografia dele, ainda menino, junto com os pais. Eu sabia que eles não se viam fazia vinte anos. Kenneth estava deitado de costas para a porta, com o rosto encostado no braço e as cicatrizes na cabeça bem visíveis sobre o fundo branco dos lençóis.

Karl Frode também dormia profundamente: estava de costas e roncava tranquilamente com uma expressão relaxada.

Quando fechei a porta do quarto dele, Sølve saiu da sala.

— Tudo certo? — ele me perguntou.

Fiz um gesto afirmativo com a cabeça.

— Só estou dando uma olhada — eu disse.

— Eu vou começar a limpeza em seguida — ele disse. — Só vou tomar um café primeiro. Você também quer?

— Não, obrigada — eu disse, passando por ele e avançando em direção ao cômodo no fundo do corredor, ocupado por Torgeir. Ele não tinha nada lá dentro, nenhum móvel, nenhuma fotografia, nenhum bibelô, apenas um colchão azul colocado no chão. Ele não tinha sequer roupas de cama: dormia vestido, diretamente sobre o colchão, com uma coberta por cima.

Era assim porque Torgeir quebrava ou rasgava tudo. O quarto dele também não tinha porta, uma vez que ele não conseguia abri-la, então haviam construído uma divisória para lhe dar um pouco de privacidade.

Ouvi a sua respiração ofegante lá dentro. Torgeir com frequência hiperventilava, mas não durante o sono.

— Torgeir? — eu disse. — Você está dormindo?

Quando entrei, Torgeir estava agachado em um canto, se masturbando. Ele estava nu. O sexo dele, que era enorme, se erguia diagonalmente entre as duas pernas. A mão corria para a frente e para trás.

Ele ficou me olhando com aqueles olhos maus e um sorriso no rosto enquanto resfolegava.

Me virei o mais depressa possível.

— Torgeir, você precisa dormir — eu disse ao sair.

Da porta da sala de plantão, Sølve olhou para mim.

— Ele estava dormindo? — ele perguntou.

Balancei a cabeça.

— Está ocupado com as coisas dele — eu disse.

— Ah — disse Sølve, sorrindo.

Não retribuí o sorriso. Peguei o telefone, liguei para Ole e coloquei o aparelho contra a minha orelha enquanto ia até a lavandeira. Ele não atendeu.

Devia estar dormindo.

Ole não dormia como as outras pessoas. Ele costumava dormir de maneira intermitente, umas horas aqui, umas horas acolá. Podia ser esse o motivo. Nesse caso ele tinha simplesmente esquecido de me enviar uma mensagem.

A visão de Torgeir me abalara, e enquanto eu colocava as pastilhas da máquina de lavar em um saco, que então fechei e joguei na lixeira, enxerguei-o nos meus pensamentos mesmo contra a minha vontade. Os pés apontados para o lado errado, o enorme sexo que se erguia entre as pernas finas, o tórax musculoso. O sorriso no rosto dele.

No que poderia estar pensando?

Meu Deus, tome jeito, menina!

Tirei as roupas secas da secadora, coloquei as roupas úmidas lá dentro e enchi a máquina de lavar com mais roupas sujas, mas deixei a porta aberta.

Depois levei as roupas limpas até a sala, dobrei-as e as dispus em pilhas em cima da mesa.

Quando tudo estava pronto, entrei na sala de plantão, onde Sølve continuava sem fazer nada no sofá.

— Vou começar agora, então — ele disse.

— Estamos sem pastilhas de sabão para a máquina de lavar — eu disse. — Vou descer e pegar umas.

— Deixe que eu vou — ele disse. — Não fiz grande coisa desde que cheguei.

— Não — eu disse. — Fique aí. Eu conheço a guarda-noturna e pensei em já dar um alô para ela.

— Tá bem, então — ele disse.

Um som alongado se ergueu em um ponto qualquer da floresta. Parecia a mistura do som de um pássaro e de uma coisa que remetia talvez a um lagarto.

Senti um arrepio nas costas.

Sølve virou a cabeça e olhou para a escuridão que estava do outro lado da porta aberta.

— Você ouviu? — ele perguntou. — O que foi isso?

— Não tenho ideia — eu disse. — Será que pode ter sido uma garça?

— Aí está — ele disse. — Acho que pode. Você já ouviu o canto de uma garça?

Fiz um gesto afirmativo com a cabeça.

— É um som completamente pré-histórico — disse Sølve.

Ele se levantou e saiu para a sacada. Conferi o celular mais uma vez. Nada. Mesmo assim, um sentimento parecido com alegria tomou conta de mim. Passaram-se uns poucos segundos até que eu entendesse por quê. O armário de medicamentos no primeiro andar. Senti meu sangue latejar nas têmporas enquanto andava pelo corredor. Se me flagrassem, eu perderia o emprego. Isso era certo.

Mas ninguém ia me flagrar.

E além do mais aquele era um trabalho de merda.

Abri a porta no fim do corredor e desci a escada em direção ao corredor escuro. Me senti um pouco ofegante e parei no pé da escada para que o ritmo dos meus batimentos cardíacos desacelerasse e meus olhos se acostumassem à escuridão.

Se eu entrasse como se fosse a coisa mais natural do mundo, ninguém suspeitaria de nada.

Um barulho vindo de cima fez com que eu virasse a cabeça.

Era apenas a porta que havia batido.

A porta de saída também precisava ser destrancada pelo lado de dentro com uma chave, então peguei o chaveiro enquanto eu caminhava, encontrei a chave, que era a única com capinha, e após remexê-la um pouco a inseri e a girei no interior da fechadura.

O ar no lado de fora estava quente como nos países do Sul.

Um vulto chegou correndo pela escuridão às minhas costas. Me virei e fui empurrada para o lado enquanto o vulto passava por mim.

Sob a luz dos postes de iluminação do estacionamento, percebi que era Kenneth.

Ele dobrou pela lateral do prédio e desapareceu.

Estava totalmente nu.

Ah, era só o que me faltava.

Agora sim eu estava bem arranjada.

Fui o mais depressa possível em direção aos fundos do prédio.

Ele não estava lá.

Tinha corrido em direção à floresta.

Meu peito doía, e eu tive de me apoiar numa parede a fim de recuperar o fôlego.

O que eu faria?

Eu devia soar o alarme. A fuga de um residente era um incidente grave. Especialmente a fuga de um residente nu rumo à floresta. Chamariam a polícia. Dariam início a uma busca. Com helicópteros, talvez.

Tudo por minha culpa.

Essa não.

Imaginei a reação de Berit.

Sem dúvida ela daria um jeito para que eu fosse demitida.

Quanto a isso não havia dúvida.

Mas ninguém sabia *quando* ele havia sumido.

E se eu tentasse encontrá-lo por conta própria? Talvez ele estivesse sentado num tronco qualquer.

E se eu não o encontrasse, poderia dizer que ele tinha acabado de sumir.

Quem dera eu pudesse encontrá-lo sozinha! Talvez eu desse sorte, não? Eu estava prestes a gritar o nome dele, mas lembrei que a porta da sacada acima de mim estava aberta. Talvez Sølve ainda estivesse por lá.

Caminhei devagar pela estreita faixa coberta de grama e entrei pelo meio das árvores. A luz pálida das janelas se atenuou ao fim de poucos metros, e a escuridão fechou-se ao meu redor.

Arne

Acordei com uma dor tão intensa que por vários instantes eu não soube onde estava, nem o que tinha acontecido. Tudo o que existia era uma dor lancinante no meu rosto e um forte latejar na minha cabeça.

Ergui a mão em direção ao nariz. As pontas dos meus dedos saíram vermelhas de sangue, e uma forte ardência correu pela minha testa.

Eu estava dentro do carro e tinha sofrido um acidente.

Os faróis dianteiros ainda estavam ligados, e os traseiros brilhavam vermelhos contra os troncos de árvore.

Passei a língua pelo lábio superior, que estava ensanguentado. O gosto de sal e metal por pouco não fez com que eu vomitasse.

Abri a porta e saí.

O carro tinha batido contra uma árvore na orla da floresta, a poucos metros da estrada. O lado direito havia se chocado contra o tronco. O farol estava quebrado, e o capô amassado.

Tudo estava em silêncio. Não se ouvia sequer o rumor do mar.

E não havia outros carros, graças a Deus. Ninguém que pudesse chamar a polícia.

Nem qualquer tipo de casa nas proximidades.

Eu não me lembrava de nada do que tinha acontecido. Mas a velocidade não podia ter sido muito alta.

Eu estava dirigindo bêbado.

De quanta estupidez uma pessoa era capaz?

Mais uma vez levei a mão ao nariz, era como se eu precisasse tocá-lo para sentir aquela dor murmurante explodir, por mais sofrido que fosse.

Que inferno! Ah! Ah! Ah!

Aos poucos voltei a me sentir bem. Restou apenas como que um murmúrio constante.

Eu ainda devia estar um pouco bêbado, porque quando fui à estrada para descobrir mais ou menos onde eu estava, perdi o equilíbrio e precisei me apoiar numa árvore. Além disso, era como se houvesse uma membrana entre mim e as coisas que eu via.

Parei no meio da estrada. Estava quente como se fosse meio-dia. O ar estava totalmente seco e parecia queimar de leve a minha pele.

Que estranho.

Entre as árvores do outro lado, pude ver a lua refletida na superfície do mar um pouco além, e ainda mais longe, à direita, havia um círculo formado por vários pontos luminosos que só podia vir das casas em Vågsøya.

Eu estava a pelo menos doze quilômetros de casa.

Como eu sairia daquela situação?

Pensei que um bom começo seria desligar o carro, para que os faróis não ficassem acesos na beira da estrada.

Abri a porta, me sentei e girei a chave.

Será que eu podia desligar tudo e simplesmente deixar o carro lá? E depois ir para casa?

Nesse caso era certo que aquilo ia virar assunto de polícia.

Tove?

Ela estava longe demais para ajudar.

A propósito, eu não tinha comigo uma carteira de cigarro?

Me inclinei por cima do banco do passageiro e um novo relâmpago de dor atravessou minha cabeça assim que a pressão aumentou.

Mas os cigarros estavam no chão. Uma carteira vermelha e branca de Marlboro. E ao lado estava o meu celular.

Acendi um cigarro.

Um pouco de sangue escorreu por cima dos meus lábios. Lambi o sangue. Dessa vez não senti o reflexo de vomitar.

Abri o porta-luvas e peguei uma embalagem de lenços de papel, abri-a e cuidadosamente apertei o papel macio contra o meu rosto.

Em seguida liguei para Egil.

Ele atendeu na mesma hora.

— Arne? — ele perguntou.

— Oi, Egil — eu disse. — Como você está?

— Bem — ele disse. — E você? Você não costuma ligar para mim. Ainda menos a essa hora.

— É isso mesmo — eu disse. — Estou meio que numa enrascada.

— Ah, é?

— É. Bati o carro contra uma árvore.

— Sério?

— Você acha que podia vir até aqui? Sabe como é, eu estou bêbado.

— Sei — ele disse. — Onde você está?

— Na estrada, um pouco depois de Vågsøya. Uns quatro quilômetros depois do mercado.

— O seu carro ainda funciona?

— Não sei. Acho que sim. Provavelmente sim.

— Tá bem.

— Você está vindo?

— Estou. Vou pegar o barco para ir até aí, porque assim eu posso dirigir o seu carro e trazer você de volta.

— Ótimo.

— Não fique tão contente. Um dia você pode ter que retribuir o favor.

— Vai ser um prazer — eu disse.

— Com uma coisa que você preferia não fazer, eu digo. Nos vemos.

E então ele desligou.

Joguei a bituca de cigarro ainda acesa na estrada e acendi outro. Notei que a garrafa tinha resistido e que ainda estava no suporte.

Não seria nada bom estar bebendo no carro se outra pessoa chegasse, então peguei a garrafa, atravessei a estrada e me embrenhei na floresta do outro lado.

Foi somente então que me lembrei da estrela. E dos caranguejos que tinham atravessado a estrada.

O luar não estava muito forte, pensei, e a seguir olhei para o céu às minhas costas.

Lá estava.

Menor, e também mais distante.

Ou talvez tivesse parecido maior e mais próxima porque eu estava mais bêbado antes.

Seria de lá que vinha o calor?

Não seja idiota.

As estrelas ficavam do outro lado de um mar infinito de frio e escuridão. Aquela estrela não era diferente, mesmo que parecesse mais próxima.

O chão da floresta estava nu e seco e coberto de agulhas de coníferas. Mais acima, as árvores erguiam-se a prumo, com galhos que se abriam a talvez cinco metros de altura, mas em seguida tornavam-se mais baixas e mais curvas, porque o vento do mar soprava mais forte por lá, e assim tive que pegar vários pequenos atalhos antes de finalmente chegar à praia de cascalho.

Havia um tronco em cima das pedras a poucos metros do último renque de árvores. O tronco parecia ter passado um longo tempo no mar, porém não estava podre, conforme senti ao passar a mão por cima dele. Me sentei, acendi um cigarro e olhei para o mar. As águas estavam totalmente imóveis e acabavam quilômetros à frente, numa parede negra que se erguia e se estendia como uma campana de escuridão acima do mundo. Uma escuridão repleta de pequenos furos, que deixavam passar a luz mais atrás. Pelo menos se confiássemos no que disse Strindberg, o sueco maluco, pensei enquanto eu tomava um gole de uísque.

Eu ainda não tinha conferido as mensagens de texto que haviam chegado. Provavelmente eram de Ingvild. Mas, a despeito do assunto, eu não poderia ajudá-la de lá, e além disso ela sabia cuidar de si mesma. Ingvild era uma pessoa confiável. Muito diferente da mãe.

Que desgraça.

Uma mãe maníaca. Um pai bêbado. O carro batido.

Como eu tinha acabado naquela situação?

E como eu podia colocar tanta responsabilidade nos ombros de Ingvild?

Ela só tinha quinze anos.

Tomei mais um gole.

Ahh.

O destilado não apenas fez arder minha garganta e desviou a atenção daquela dor murmurante no meu rosto, mas também ajudou a clarear meus pensamentos. Eu quase podia acompanhar o álcool em pensamento, a maneira como se espalhava pelo cérebro junto com o meu sangue, limpando todas as impurezas. Era como uma faxina no salão, em que todos os pratos e copos sujos eram recolhidos, toalhas limpas eram postas nas mesas, o chão era lavado e as velas eram trocadas e acesas. Logo tudo estaria limpo e reluzente.

E por fim eu poderia dançar.

Tomei mais um gole.

O mar escuro permanecia imóvel à minha frente. A não ser por um chapinhar cauteloso, quase inaudível da água contra os cascalhos, tudo estava em absoluto silêncio.

Que noite.

Eu tinha vontade de ir até a orla e sentir a temperatura da água. Num dia quente como aquele, devia ter atingido uns vinte e poucos graus.

A ideia de me agachar, inclinar o corpo para a frente e enxaguar o rosto me encheu de um desejo repentino. Seria tão bom!

Me levantei e notei que eu tinha o celular na mão. Guardei-o no bolso da calça.

Não adiantaria nada saber como o pessoal estava em casa. E de qualquer forma eu não poderia fazer nada enquanto não estivesse lá.

As pedrinhas arredondadas estalavam sob os meus pés com um som que era ao mesmo tempo marcado e cavo. Era como se pudessem ser ouvidos a centenas de metros de distância.

Parei em meio à escuridão e me pus a escutar. Egil devia chegar a qualquer momento.

Nada.

Fui em direção às três pedras mais adiante, que eu conhecia bem da minha época de menino. Eu costumava subir nelas quando ia à praia com a minha mãe e o meu pai. Uma delas parecia um pastor barrigudo com uma batina preta, em especial por conta do risco acinzentado que a envolvia como um rufo no ponto em que se afunilava, já perto do topo.

Mas eu devia *ler* a mensagem assim mesmo. Será que ela não teria dito simplesmente que tudo estava bem?

Coloquei as duas mãos na grande pedra. A superfície estava quente a ponto de parecer ainda mais quente do que a minha pele.

Mas não podia ser.

Me abaixei e toquei uma das pedras mais baixas.

Também estava quente.

Será que existia atividade vulcânica num ponto qualquer do subterrâneo? Uma atividade capaz de esquentar as pedras?

Não lá. Na Islândia, talvez, mas a Islândia ficava a milhares de quilômetros.

Muito bem. Eu queria primeiro enxaguar o meu rosto, para então voltar ao tronco, me sentar, acender um cigarro e por fim ler a mensagem dela.

Parecia um bom plano.

O preto não somente atraía o calor, mas também o armazenava, então claro que a temperatura subia.

Aliviado por ter encontrado uma explicação, caminhei os últimos metros até a orla, me agachei, fiz uma pequena tigela com as mãos e as enchi d'água ao mesmo tempo que eu inclinava a cabeça para a frente.

A água morna foi um alívio, eu enxaguei o rosto diversas vezes antes que o sal, no qual eu não havia pensado, começasse a fazer meus ferimentos arderem.

Mas aquilo também foi bom, sentir que uma coisa puxava e rasgava-se em mim.

Olhei para o mar.

No mesmo instante ouvi o ronco distante de um motor. Foi como se um zíper auditivo se abrisse em meio ao silêncio.

Voltei para o meu lugar, bebi o restante do uísque e acendi um cigarro. Egil ainda estava meio longe, então eu devia conferir as mensagens, como havia dito para mim mesmo.

Mas, enquanto eu permanecesse lá, pouco importava o que eu sabia e o que eu não sabia.

Todos deviam estar dormindo.

Uma listra esbranquiçada revelou-se a nordeste, e ao mesmo tempo o ronco do motor ganhou intensidade.

Peguei o celular, abri-o e cliquei na mensagem de Ingvild.

"pai to com medo quando você chega"

Essa não.

O que podia ser?

Me levantei.

Talvez fosse a nova estrela que a tivesse assustado. O fato de não haver nenhum adulto por lá.

Mas Tove estava lá.

Será que eu devia ligar?

Não, não fazia sentido na situação em que ela se encontrava.

Comecei a andar mais uma vez rumo à água. O casco surgiu de repente quando o barco fez um longo arco em direção à terra.

Me ocorreu que eu não sabia exatamente onde estava. O barco reduziu a velocidade e o ruído do motor de repente diminuiu.

Segundos depois o telefone tocou.

— Onde você está? — ele perguntou.

— Estou vendo você — eu disse. — Estou aqui na praia.

— Tá bom — ele disse. — Eu vou amarrar o barco na baía, então. Em que parte da praia você está?

— Bem no meio. Você sabe onde fica a pedra que parece um pastor?

— Sei.

— A gente pode se encontrar lá.

— Tá bom — ele disse, e então desligamos.

Acendi um cigarro.

Se ligasse para Ingvild eu talvez a acordasse, e como eu não estava lá com ela, talvez isso deixasse tudo ainda pior.

Será que eu devia mandar uma mensagem?

Se tivesse acontecido alguma coisa mais séria, ela teria ligado. Será mesmo?

O barco deslizou rumo à baía e sumiu atrás das árvores.

Digitei o número dela e apertei o telefone contra a orelha enquanto olhava para as estrelas na escuridão mais acima.

Deus. Por favor, permita que nada de grave tenha acontecido. Permita que tudo esteja bem.

— Pai, onde você está? — perguntou Ingvild.

— Na casa do Egil — eu disse. — Mas agora mesmo estou pegando o caminho de casa. Aconteceu alguma coisa?

— É a mãe — ela disse. — Ela está entrando e saindo de casa e andando de um lado para outro no jardim. Eu não consigo falar com ela. Ela só pergunta "Tem certeza?" quando eu digo qualquer coisa. Ou então diz "Me desculpe" ou "Eu não sei". Os gêmeos estavam apavorados, você não tem ideia.

— Eles estão dormindo?

— Estão. Eu fiquei um tempo com eles e agora há pouco os dois pegaram no sono. E além disso tem alguém no primeiro andar.

— Como é?

— Tem barulhos vindo de lá. Eu não tenho coragem de descer. Venha para casa. Por favor.

— Estou indo agora mesmo — eu disse. — Mas saiba que isso que está acontecendo com a mãe não é perigoso. Ela simplesmente está trancando o mundo do lado de fora por enquanto. Só precisa descansar um pouco e tudo vai ficar bem.

— Você quer dizer que ela precisa ser internada — disse Ingvild.

— É — eu disse. — Lá ela vai poder descansar.

— Que horror — disse Ingvild. — É como se ela nem visse a gente! Ela olha direto para mim, mas não me vê! E além disso ela não para de andar. O Heming perguntou se você não pode vir para tentar dar um jeito nela.

— Ingvild, eu estou indo para casa agora mesmo. Onde a mãe está?

— Não sei. Lá fora.

— Tá bem. Mas não fique preocupada — eu disse. — Combinado?

— Que barulhos são esses? Eu não tenho coragem de descer. Parece ser uma pessoa.

À minha esquerda, um vulto surgiu da floresta e caminhou até a orla.

— Não deve ser nada. Talvez seja a gata.

— Não é a gata, pai. É uma pessoa.

— Não deve ser, filha. Não tenha medo. Estamos saindo agora mesmo. Devemos chegar daqui a uns quinze minutos. No máximo meia hora. Tá bem?

— Tá bem. Mas venha logo.

— Ingvild, eu gosto demais de você, filha. Você foi uma menina forte e corajosa agora à noite.

Ela suspirou e desligou.

Tomado pelo desespero, me virei em direção ao vulto e ergui a mão em um cumprimento.

Egil, no entanto, não me viu, mas continuou fazendo o percurso em direção às grandes pedras.

— Egil! — eu gritei. — Aqui em cima!

Tudo parecia errado.

Ele olhou confuso ao redor por uns segundos antes de me enxergar.

— Achei que você tinha dito ao lado do pastor! — ele gritou.

Acendi mais um cigarro enquanto o vi subir com dificuldade na minha direção.

Ele parou ofegante à minha frente.

— Você tinha que ver a sua cara — ele perguntou.

Levei a mão instintivamente ao nariz, mas parei o movimento no último instante.

— O seu nariz está torto — ele disse. — Parece estar quebrado. Está mesmo?

— Não tenho ideia — eu disse. — Mas está doendo.

— Sei — ele disse. — Onde está o carro?

Apontei para cima.

— A gente tem que ir logo — eu disse. — A Tove não está bem, e os meninos estão sozinhos com ela.

— E você estava dirigindo bêbado e bateu o carro.

— Não precisa esfregar na minha cara — eu disse, começando a subir.

— Parece sério. Parece que ela está a caminho de uma psicose.

— É, ela já não andava bem.

— Pode ser mesmo que não — eu disse. — Mas nunca é fácil saber o rumo dessas coisas.

— É o que você costuma dizer — ele disse.

Ele caminhou resfolegante ao meu lado enquanto subíamos a encosta. Alto, de costas empertigadas, com uma barriguinha de cerveja e o cabelo bagunçado.

— O que você está pensando em fazer? — ele perguntou.

Me abaixei e passei sob um galho de pinheiro, e senti a dor latejar no meu nariz. Quando minha cabeça já estava livre, endireitei as costas, mas fiz isso cedo demais e senti os galhos rasparem forte contra a minha nuca.

— Porra — eu disse. — Que floresta de merda!

Egil deu a volta e desapareceu por trás de uma muralha de coníferas.

— O que você está pensando em fazer? — ele perguntou quando nossos caminhos voltaram a se encontrar.

— Não sei — eu disse. — Em relação à Tove, você diz?

— É.

— Primeiro eu tenho que ver como ela está — respondi.

— Psicótica, segundo você acabou de dizer?

— Talvez. Não sei. Se for isso mesmo, vou ter que levá-la ao hospital.

Egil olhou para a nova estrela quando atravessamos a estrada, mas não disse nada.

— Foi ali que estacionei — eu disse.

— Não parece tão ruim assim — ele disse. — Se você tiver a chave eu tento sair de ré.

— Está na ignição — eu disse.

Egil abriu a porta e sentou-se no banco do motorista. Logo depois foi dada a partida no motor e um dos faróis se acendeu. Ele acelerou o motor em ponto morto, como se fosse um bosta de um piloto de corrida, antes de engatar a marcha e fazer com que o carro vagarosamente deslizasse para trás em meio à urze e aos arbustos.

Quando o carro estava na estrada, caminhei até lá e me sentei no banco do passageiro.

— Deu certo — ele disse.

— Obrigado, Egil — eu disse.

— Não tem de quê — ele respondeu, e então fez uma curva até a beira da estrada, girou o volante enquanto dava a ré e depois começou a andar para a frente em um arco que nos colocou de volta na pista.

— Como estão as crianças?

— A Ingvild está assustada — eu disse. — Os gêmeos estão dormindo.

— Muito bem — ele disse.

Fez-se um silêncio.

— Eu não sou um cara que entenda muito de crianças — disse Egil. — Mas, se você quiser levá-la ao hospital, eu posso ao menos estar por lá.

Ele olhou para mim.

Em seguida ele riu.

— Você não pode levá-la ao hospital nessas condições — ele disse. — Acabariam internando você também!

— Você não ouviu quando eu disse que a Ingvild está assustada? Psicoses não têm graça nenhuma.

— Bem, você pode me aguentar um pouco depois de ter feito uma besteira enorme como a que você fez. Eu posso levar a Tove para o hospital enquanto você fica em casa com as crianças.

Não respondi.

Por que Egil daria uma lição de moral justo naquele momento?

E *quem era ele*, afinal de contas? Um sujeito desempregado de cinquenta anos que morava sozinho numa cabana. Não era exatamente um motivo de orgulho.

Saímos da floresta e adentramos a planície, que poderia estar nos alpes, onde os caranguejos tinham atravessado a estrada. Não havia nenhum por lá, a não ser por uma ou outra carapaça atropelada.

Olhei para Egil.

Ele tinha o olhar fixo à frente e aumentou a marcha quando chegamos à curva do outro lado.

Nem me dei ao trabalho de contar a história dos caranguejos.

Em vez disso, reclinei a cabeça para trás e fechei os olhos.

— Obrigado por ter vindo — eu disse.

— Não tem de quê — ele respondeu.

— Você estava dormindo quando eu liguei?

Ele não respondeu, mas tive a impressão de que balançou a cabeça.

— Eu estava lendo — ele disse.

— O que você está lendo? — eu perguntei.

— Um livro sobre o Homem-Leão.

Um detalhe qualquer na articulação me disse que ele esperava que eu perguntasse quem era o Homem-Leão. Mas ele não teria esse gostinho. Pelo menos não às minhas custas.

— Ah, sim — eu disse, abrindo os olhos. Passamos a estrada que levava à marina. Era verdade, eu tinha dito a Ingvild que o que tinha acontecido com Tove não era perigoso. Mas era assustador. Ver outra pessoa desaparecer num mundo próprio, fora do alcance dos outros, era assustador em si mesmo. E aquela era a mãe das crianças.

No ponto em que a estrada fazia uma curva para o norte, a estrela despontou no céu acima de nós.

Aquilo era bonito.

Bonito como a morte é bonita.

— A gente não falou sobre essa nova estrela — eu disse. — É um negócio meio esquisito.

— Pode ser — disse Egil. — Mas você tem muita outra coisa em que pensar.

— É — eu disse.

Fez-se silêncio. Entramos na estrada de chão e Egil diminuiu a velocidade. O carro deslizava quase como um barco por entre as casas vazias.

— O que você acha que é? — eu perguntei. — Um cometa? Uma supernova? Ou uma nova estrela?

Egil deu de ombros.

— Não sei. Provavelmente uma nova estrela. Isso já aconteceu em outras ocasiões.

— É mesmo?

— Sim, muitas vezes.

Ele olhou para mim.

— Você já ouviu falar do *Augsburger Wunderzeichenbuch*?

— Não — eu disse.

— É um manuscrito alemão ilustrado do século XVI. Descoberto não muito tempo atrás. Mas agora já estamos por aqui — ele disse, entrando no acesso ao lado da casa. — Podemos falar a respeito disso mais tarde.

— É — eu disse.

Egil desligou o motor e puxou o freio de mão.

— Você quer que eu espere aqui enquanto você dá uma conferida nas crianças?

Soltei o cinto de segurança.

— Pode ser — eu disse. — Você está mesmo disposto a levar a Tove para o hospital?

— Estou.

— Tá bem. Espere um pouco, então.

Abri a porta e saí.

O ar quente envolveu minha pele. Todas as luzes de fora estavam ligadas, e também no ateliê de Tove as lâmpadas estavam todas acesas, de maneira que o jardim parecia uma ilha iluminada em meio à escuridão.

Ao seguir o caminho de lajes ao longo da casa, notei que as peças lá dentro estavam vazias. E que não havia ninguém no jardim.

A porta da casa estava escancarada.

Só depois de entrar me lembrei de que Ingvild havia dito que tinha alguém no primeiro andar.

Parei no vão da porta e olhei para dentro.

Tudo estava do jeito de sempre.

Abri a porta da cozinha.

Tudo estava do jeito de sempre por lá também.

— Pai, é você? — a voz de Ingvild perguntou do segundo andar.

— Sou eu — eu disse, olhando para o alto da escada.

Ela estava lá em cima, com o corpo inclinado por cima da balaustrada. Ela estava com a boca aberta quando nossos olhares se encontraram.

— O que foi que aconteceu? O que foi que você fez? Você está machucado?

A princípio não entendi do que ela estava falando. Mas logo me ocorreu.

— Não foi nada — eu disse. — Eu só bati o nariz. Nem estou sentindo nada. Nem pense nisso agora. Como estão as coisas por aqui? Como você está?

Parei na frente dela e abri os braços.

Ela fez o contrário: retraiu os braços em direção ao corpo e olhou para baixo.

— Você dirigiu bêbado — ela disse.

— Não é nada do que você está pensando — eu disse. — Agora temos que cuidar do que está acontecendo por aqui. Você me dá um abraço?

Ela fez um aceno de cabeça, mas continuou parada, como que encolhida. Enlacei-a com os braços.

— Minha filha querida — eu disse. — Vai ficar tudo bem, você vai ver. Tudo vai ficar bem.

— Pai, você dirigiu *bêbado* — ela disse, afastando-se de mim.

De repente Ingvild olhou para o meu rosto.

— Você ainda está bêbado?

— Vamos nos sentar e aí você me conta o que aconteceu com toda a calma e tranquilidade — eu disse. — E depois cuidamos disso. Os gêmeos ainda estão dormindo?

Ela fez que sim com a cabeça.

Deixei-a para trás e entrei no quarto deles. Os dois estavam deitados de lado, com o rosto apoiado no braço. Tudo em relação a eles parecia fechado, não apenas a boca e os olhos, mas de certa forma também o corpo, e pensei que a vida é uma coisa que transcorre dentro de nós.

Me virei em direção a Ingvild, que ficou parada, olhando para mim.

— Você também precisa dormir — eu disse. — Vamos ao seu quarto.

— Você não pode encontrar a mãe e cuidar dela primeiro? Agora?

— É mais importante cuidar de você.

— Como assim? — ela perguntou enquanto me encarava com o que parecia desconfiança no olhar.

— A mãe não vai se lembrar de nada disso — eu disse. — É como se ela estivesse sonhando. Mas você vai se lembrar de tudo. Por isso é mais importante cuidar de você. E do Asle e do Heming.

— Vá ver onde a mãe está agora — ela disse.

Ingvild tinha uma vantagem moral, uma vez que eu havia dirigido bêbado e não estava em casa quando precisaram de mim. Mas eu também não podia deixar que me controlasse.

De repente ouvimos um baque no andar de baixo, e o barulho de alguma coisa se quebrando.

Ingvild saiu correndo.

— Você ouviu? — ela perguntou. — Tem alguém lá embaixo!

— Parecia um gato, Ingvild — eu disse. — Não tem nada de errado acontecendo. Vou descer e colocá-lo para fora.

Ela se levantou e ficou me olhando enquanto eu descia a escada.

O que podia ser aquilo?

Um baque como aquele não podia ser obra de um gato.

Já na porta de entrada, olhei para fora na tentativa de ver se Tove estaria por lá, mas o jardim permanecia vazio. Depois abri cuidadosamente a porta da sala de jantar e espiei lá para dentro.

Nada.

Me esgueirei pelo cômodo até a porta do outro lado. Coloquei meu ouvido contra a porta.

Tinha alguém remexendo as coisas lá dentro.

Será que era um cachorro?

Fiquei tentado a simplesmente ignorar o assunto. Afinal, a porta estava fechada. O que quer que estivesse lá dentro não poderia sair.

A não ser que fosse uma pessoa.

Mas não era o que parecia.

Com bastante cuidado, abaixei a maçaneta e empurrei a porta para dentro.

Tudo estava completamente às escuras. E os barulhos haviam cessado.

Tentei encontrar o interruptor da parede. Quando o acionei e a luz preencheu o cômodo inteiro, havia um texugo olhando para mim.

Ele bufou.

Fechei a porta novamente às pressas.

— O que houve, pai? — Ingvild perguntou do corredor. — Pai? O que houve?

— Tem uma porra de um texugo lá dentro! — eu disse.

— O quê?

Ela veio ao meu encontro.

— Como foi que ele entrou?

— Não tenho a menor ideia — eu disse. — Mas por enquanto vamos deixar isso de lado e procurar a sua mãe. Depois o enxotamos.

— O texugo vai simplesmente ficar lá dentro? Um texugo não é perigoso?

— Não, não é — eu disse. — E de qualquer jeito ele não tem como sair de lá.

Passei a mão na cabeça dela.

— Filha, vá se deitar.

Ingvild começou a chorar em silêncio.

Eu a abracei.

— Você vai levar a mãe para o hospital? — ela perguntou depois de um tempo.

— Vou.

— E nós vamos ficar sozinhos por aqui? Eu não quero ficar sozinha.

— O Egil vai levar a mãe para o hospital. Eu vou ficar aqui com vocês. Está bem?

Ela acenou com a cabeça.

— Tente dormir um pouco — eu disse.

Ela acenou novamente com a cabeça.

Peguei a chave na gaveta da cozinha e tranquei a porta. Depois fui ao encontro de Egil, que permanecia imóvel na escuridão com a porta do carro aberta.

— Está tudo bem com as crianças — eu disse. — Mas a Tove não está em casa, então agora eu vou sair atrás dela.

— Você quer ajuda?

— Pode ser — eu disse. — E além disso tem um texugo na sala. Eu tranquei a porta.

— É sério? — ele disse. — Eu nem sabia que havia texugos nessa região.

— É o que parece — eu disse. — Vamos?

Egil se levantou e saiu do carro.

— A Tove costuma sair e dar longas caminhadas pela orla — eu disse. — Pode ser que ela esteja por lá. Outra possibilidade é que ela tenha saído ao longo da estrada.

— Você procurou no ateliê? — Egil perguntou.

— Olhei pelo lado de fora. Parecia vazio.

— Talvez valha a pena dar uma boa olhada antes de tentar outra coisa — ele disse.

— Você tem razão — eu disse. — Me espere aqui.

Fui até a porta do ateliê e a abri.

Tove estava dormindo no sofá junto à janela. A boca estava aberta, e ela roncava. Estava deitada de costas, com uma das mãos no peito, as plantas dos pés no sofá e os joelhos erguidos e abertos.

Tinha passado, eu pensei. Pelo menos daquela vez.

Peguei uma coberta que estava pendurada no braço do sofá e estava prestes a cobri-la quando vi que havia sangue numa das mãos. Era um sangue vermelho e grosso, como se ela tivesse enfiado as mãos num balde de sangue.

Que merda era aquela?

Ergui o braço dela cautelosamente e examinei as mãos mais de perto. Não parecia haver nenhum ferimento.

Parado, olhei ao meu redor.

De onde podia ter vindo aquilo?

Entrei na outra sala do ateliê. E lá, na grande mesa onde ela costumava trabalhar, estava a cabeça da gata. Tinha sido arrancada; tiras e fibras saíam do pescoço ensanguentado.

A cabeça tinha os olhos abertos, que brilhavam com uma coloração amarelada contra a pelagem escura e pareciam vivos.

Ao lado havia uma pilha de papéis com desenhos da cabeça.

Puta que pariu.

O que você andou fazendo, Tove?

Apaguei a luz, fui mais uma vez até o sofá para ver se ela ainda estava dormindo, apaguei a luz também por lá e fui ao encontro de Egil, que tinha as mãos nos bolsos e olhava em direção ao mastro reluzente.

— Ela estava lá — eu disse.

— Achei mesmo — ele disse. — Estava dormindo?

— Estava.

— E o que você pretende fazer agora?

— Não pretendo acordá-la. Ela passou dias acordada. Talvez esteja bem quando acordar. De um jeito ou de outro, vamos ter que esperar.

— Então você não precisa mais de mim por aqui, é isso?

— Não. Quer dizer, talvez? Se não for pedir demais, enfim. Mas ainda tem o texugo, lembra?

Egil fez um gesto afirmativo com a cabeça.

— Ele está na sala — eu disse, entrando na casa enquanto Egil vinha no meu encalço. Em frente à porta, peguei a chave e destranquei a fechadura.

— Como vamos fazer? — eu perguntei.

— Não é só abrir a porta? — ele perguntou. — E sair de perto? O texugo com certeza vai achar o caminho da rua.

— E se ele for em direção às crianças?

Egil riu.

— Não acho que o texugo possa subir uma escada. Você acha que pode?

— Não faço ideia — eu disse. — Mas de qualquer jeito vou me certificar de que as portas dos quartos estejam fechadas. Espere um pouco.

Vi que a porta do quarto de Ingvild estava trancada. E também a dos gêmeos, no segundo andar.

— Muito bem — disse Egil. — Vamos abrir?

O texugo devia saber que estávamos lá, porque estava imóvel com o olhar fixo em nós quando abrimos a porta.

Ele bufou e arreganhou os dentes.

— Opa, opa — disse Egil. — Esse bicho está de mau humor. Vamos deixá-lo um pouco a sós.

Saímos ao corredor.

— Eu fico aqui até ele sair, não tem problema — disse Egil. — Você acha que pode arranjar umas cervejas? Assim a gente pode sentar e acompanhar tudo do jardim.

— Boa ideia — eu disse, e então peguei duas pilsens e levei-as até a mesa, onde dispusemos as cadeiras de maneira a enxergar a porta.

Será que o texugo tinha matado a gata? E arrancado a cabeça dela?

Eu me recusava a acreditar nisso.

Mas a cabeça estava lá dentro.

— Saúde — disse Egil, levando a garrafa aos lábios.

— Saúde — eu disse. — E mais uma vez obrigado.

Passamos um tempo em silêncio. A escuridão de agosto fechou-se fora do círculo de luz, e tudo ficou em silêncio ao nosso redor.

A dor latejava no meu rosto a intervalos regulares, e me ocorreu que eu a devia ter sentido por todo aquele tempo, mas não havia percebido antes de me sentar.

Acima de nós pairava a nova estrela.

Fiquei sentado, olhando, enquanto Egil cantarolava uma melodia para si mesmo e examinava as unhas, como tinha por hábito fazer.

— Que boa essa cerveja — ele disse. — Qual é?

— Nøgne Ø — eu disse. — É boa, mas é cara pra cacete, enfim.

Ele fez um gesto afirmativo com a cabeça.

Percebi um movimento na parte mais baixa do meu campo de visão, e quando olhei em direção à porta vi que o texugo havia colocado o focinho para fora.

— Aí está — disse Egil.

— Psst — eu disse.

O texugo olhou para a direita e depois para a esquerda, e depois mais uma vez para a direita, como se fosse uma criança em idade escolar prestes a atravessar a rua. Depois saiu e correu ao longo da parede, a poucos metros de nós. O centro de gravidade baixo fazia com que parecesse um trem que deslizava para longe.

— Que bicho bonito — disse Egil.

— É — eu disse. — Estranho encontrar um por aqui.

— Como assim?

— Parece um bicho saído de um conto de fadas. Ou um bicho exótico de um país longínquo. É difícil imaginar que existem por aqui.

— Que bichos você acha que existem por aqui?

— Cachorros e gatos. Vacas e ovelhas.

Egil olhou sorrindo para mim. Como em muitas outras vezes, tive a impressão de que ele sabia alguma coisa sobre mim em relação à qual eu mesmo não tinha a menor ideia.

Esvaziei o restante da garrafa num gole demorado e a larguei em cima da mesa.

— Mais uma? — eu perguntei.

— Mal não vai fazer — ele respondeu.

— Pode ser que eu tenha sido ambicioso demais — eu disse. — Não sei se tenho outra.

Me levantei e entrei. Primeiro fui em direção ao quarto de Ingvild para ver se ela tinha dormido, mas ainda no caminho mudei de ideia, pois se estivesse acordada ela com certeza me repreenderia por estar bebendo outra vez. O fato de que era uma cerveja com apenas 3,5% de teor alcoólico não seria levado em conta. Em vez disso fui ao banheiro mijar.

Meu Deus.

A minha cara.

Meu nariz estava torto e inchado, e havia sangue nas bordas. Meus olhos estavam vermelhos, e meu cabelo desgrenhado.

Umedeci um pano com água quente e limpei cuidadosamente o sangue seco.

Quando terminei, o mijo no vaso era amarelo-escuro, quase marrom. Devia ser por causa do calor, pensei. Eu devia ter suado muito.

Só havia mais uma garrafa de cerveja na geladeira, porém atrás de duas caixas de suco havia uma lata de Hansa.

— Obrigado — disse Egil quando lhe entreguei a garrafa.

— Tudo calmo por aqui? — perguntei enquanto me sentava.

Ele acenou com a cabeça.

— Depois dessa eu vou para casa. Foi um dia longo. Quando vocês partem?

— O plano era depois de amanhã. Mas agora vai depender de como as coisas andarem com a Tove.

— Quando recomeçam as aulas?

— Na quarta-feira.

Egil acenou novamente com a cabeça, como se o calendário escolar dos meus filhos realmente importasse para ele.

Será que uma psicose podia ter levado Tove a fazer uma coisa daquelas?

Eu precisava tirar aquela cabeça de lá antes que as crianças acordassem.

Passamos um tempo sentados em silêncio. O suor no rosto de Egil quase reluzia com o brilho tênue da iluminação da casa. Minha pele também estava grudenta, e a camiseta fina grudava no meu peito e nos meus braços. Mesmo que eu puxasse o tecido, a camiseta mal largava a pele.

— Como é mesmo o nome daquele livro que você mencionou? Duisburg não sei das quantas?

— Augsburg. *Das Wunderzeichenbuch*. O livro dos sinais milagrosos.

— E então?

— É meio como um catálogo ilustrado de todos os sinais que já se revelaram no mundo desde a época do Antigo Testamento até o momento em que o livro foi escrito, no ano de 1552.

— Você tem um exemplar?

Egil riu.

— Não tenho esse dinheiro todo. Só existe um único exemplar. Então não. Mas sim: a Taschen publicou uma edição nova uns anos atrás.

— E?

— Consta que em 1103, na primeira sexta-feira da Quaresma, surgiu uma nova estrela no céu. A estrela foi visível por vinte e cinco dias, sempre à mesma hora. E em 1173 também foi observada uma nova estrela no céu. Foi durante um eclipse solar, então pode ser que a estrela tenha sido observada pela primeira vez nessa ocasião. Por outro lado, ela era bem maior do que as outras estrelas. E em dezembro de 1545 surgiram duas novas estrelas no céu. Essas duas também eram maiores do que as outras estrelas.

— Você tem uma memória e tanto para os detalhes — eu disse.

— Nada disso — ele respondeu. — Mas eu me lembro desses detalhes porque tudo me pareceu muito interessante. E o livro traz vários outros sinais, enfim. Chuvas de sangue, cometas, pássaros que caem mortos do céu, terremotos, eclipses solares, espadas no céu, tudo o que você pode imaginar. Um peixe com rosto de homem, uma galinha de quatro pernas.

— Ah — eu disse. — Por um instante achei que era uma espécie de livro de anotações científicas sobre fenômenos celestes. Mas então não passa de um monte de baboseiras e superstições.

— Aquela estrela por acaso é uma baboseira?

— Não — eu disse. — Mas tampouco é um sinal enviado por Deus.

Egil sorriu.

— Desde quando você é uma autoridade em assuntos divinos?

— Ora, pare com isso — eu disse. — Agora você acredita em milagre?

— Eu não preciso acreditar — ele disse, erguendo o olhar rumo ao céu. — Basta ver.

— Então isso é um sinal?

— Tudo é um sinal. A árvore lá adiante. As folhas. São sinais.

— Sinais de quê?

— Não sei.

— Não, não. Mas sinais vindos *do quê?* Quem está nos contatando?

— O mundo está nos contatando. São sinais enviados pelo mundo. Por tudo aquilo que é.

— Você está quase me deixando irritado — eu disse, batendo no bolso da calça em busca dos cigarros.

— Estão em cima da mesa — ele disse.

Peguei a carteira, fiz saltar um cigarro e o acendi.

— Vamos deixar o assunto de lado — eu disse.

— Por mim tudo bem — ele disse. — De qualquer jeito já está na hora de eu ir para casa.

— Quanto tempo você leva a pé?

Egil se levantou e bebeu o último gole já de pé.

— Meia hora, talvez — ele disse, recolocando a garrafa em cima da mesa. No mesmo instante ouvimos um barulho longo, parecido com um assovio, vindo de um lugar qualquer.

— O que foi isso? — perguntei, olhando ao redor.

O assovio se repetiu.

— Parece que está vindo daquele canteiro — disse Egil, indicando com o rosto um dos canteiros junto às paredes da casa, que explodia em verde sob a luz da lâmpada mais acima.

Me levantei e o acompanhei até lá.

Ele afastou a moita para o lado.

— Diacho! — Egil exclamou.

— O que foi?

— Um gato morto. E também o seu gatinho.

Ele enfiou a mão na parte de baixo da moita. Depois se virou para mim com o gatinho nas mãos. O bichinho miava e gemia.

Me abaixei e vi a gata lá embaixo, ensanguentada e sem cabeça.

— Deve ter sido o texugo — ele disse.

— Você acha mesmo? — eu disse, me levantando. — Eles atacam gatos?

— Atacam. Tome conta desse pobrezinho aqui.

Ele me entregou o gatinho, que se retorcia nas mãos dele.

Quente, macio e apavorado.

O gatinho tentava se desvencilhar, e eu o aconcheguei no meu peito com as duas mãos.

— Muito bem, meu amigo — disse Egil. — Nos vemos no próximo momento decisivo.

— Tchau, Egil. E mais uma vez muito obrigado — eu disse.

Continuei de pé enquanto ele se afastava pela estradinha.

Egil se virou.

— E quanto a amanhã? — ele perguntou. — Quem vai cuidar das crianças se você precisar levar a Tove para o hospital?

— Nesse caso eu ligo para a minha mãe — eu disse. — Você já me ajudou o suficiente por um bom tempo!

Egil levou a mão à testa e logo desapareceu.

— E então, gatinho? — eu disse, passando a mão pelo dorso do bichinho. Primeiro imaginei que o gatinho devia ficar no quarto de Ingvild, ela adorava gatos, mas depois compreendi que essa ideia envolveria fatos que não justificariam acordá-la no meio da noite para que se inteirasse do que tinha acontecido. Além do mais, o dia já tinha sido dramático o bastante.

— Então você vai ficar comigo — eu disse, e a seguir entrei em casa, tirei os sapatos e entrei no quarto com o gatinho no colo.

Fechei a porta às minhas costas e o coloquei no chão para que eu pudesse ter as mãos livres para tirar a roupa. No mesmo instante o gatinho disparou para baixo da cama.

Só de cueca, me ajoelhei e tentei pegá-lo, mas ele se manteve longe das minhas mãos e eu desisti e fui me deitar. O plano era tê-lo comigo na cama, para que dormisse ao meu lado e tivesse um pouco de companhia. Mas no fim ele acabaria no chão, embaixo de mim, com o coração acelerado e os olhinhos brilhantes, pensei, ou melhor, imaginei, porque os pensamentos vinham como imagens e também palavras, mais ou menos como a luz vem em ondas e também partículas, seria possível imaginar, como eu de fato tinha imaginado inúmeras vezes.

Kathrine

O ar tremulava acima da calçada e a rua inteira parecia balançar no calor, enquanto o lado que ficava à sombra das construções ganhava um aspecto enviesado e onírico por ter ao fundo o céu profundamente azul e os raios de sol que punham tudo aquilo que tocavam a faiscar e a reluzir. O gramado às margens do Lille Lungegårdsvannet estava lotado de gente. Mas no interior do shopping center, onde tudo era fresco e agradável, não havia praticamente ninguém. Passei um tempo nos corredores da farmácia, peguei diversos itens necessários, como pasta de dente infantil, novas escovas de dente para Peter e Marie com estampas de pirata, dois chicletes sem açúcar que as crianças apreciavam, bolas de algodão, cotonetes, um desodorante e um paracetamol, imaginando que essa variedade toda pudesse fazer com que o teste de gravidez passasse despercebido. Mesmo assim, olhei ao redor antes de pegá-lo na prateleira, e depois mais uma vez, ao dispor os itens todos em cima do caixa.

A atendente me encarou antes de escanear os códigos de barra. Será que aquele olhar era um exame?

Será que ela sabia quem eu era?

Ou será que ela simplesmente tinha me achado velha demais para estar grávida? Assim que abri a bolsa para pegar a carteira, meu telefone se iluminou lá no fundo, ainda no modo silencioso por causa da reunião. Peguei-o e vi que era Gaute.

Hesitei por uns segundos, e então recusei a chamada e devolvi o telefone à bolsa.

Primeiro eu teria de me recompor.

— Você quer uma sacola? — a atendente me perguntou.

Balancei a cabeça.

— Quatrocentas e vinte coroas, por favor — ela disse, sem olhar para mim. Era uma mulher pequena, rechonchuda e loira, com óculos de armação preta, vestida com o uniforme quase médico da farmácia, que tinha o tecido esticado pelo volume dos seios. Ela parecia ser o tipo de mulher capaz de parir muitos filhos. Mas esse era um preconceito meu, pensei, enfiando o cartão no leitor. Não podia ser verdade que mulheres rechonchudas eram mais férteis do que mulheres magras?

Guardei as coisas todas na bolsa e saí para o corredor do shopping center, peguei a escada rolante que levava ao café do andar superior, que estava totalmente vazio a não ser por um senhor junto da janela, comendo um pão doce com mãos trêmulas e flocos de coco ralado nos lábios e um par de muletas apoiado na cadeira ao lado.

Fui ao banheiro, enviei uma mensagem a Gaute dizendo que eu ligaria em seguida, abri o pacote com o teste e então abaixei a saia e a calcinha e me sentei no vaso.

Era uma reação bem idiota, quase histérica. O que estava acontecendo comigo? Eu tinha quarenta e dois anos e tomava pílula. Claro que eu não podia estar grávida. Meu enjoo podia ser explicado de mil outras formas. Devia ser uma sugestão inconsciente.

Mas por que o meu inconsciente queria que eu engravidasse? A porta se abriu e alguém entrou.

A maçaneta se movimentou para cima e para baixo algumas vezes, mesmo que desse para ver que a cabine estava ocupada.

Me levantei, vesti mais uma vez a calcinha e a saia, coloquei o teste ainda não usado de volta na bolsa, acionei a descarga e saí. Uma menina de vinte e poucos anos esperava com o olhar fixo no chão. Seu rosto pareceu familiar, mas não consegui identificá-lo. Ela não fez nenhum tipo de cumprimento, simplesmente entrou na cabine, então devia ser apenas impressão minha, pensei enquanto lavava as mãos.

Já no café, comprei uma coca-cola light, fui para a mesa que ficava mais longe do senhor, perto de uma janela, e bebi praticamente o copo inteiro de um só gole, com uma sede bem maior do que eu havia imaginado. Depois fiquei sentada olhando para a esplanada lá fora, cheia de pessoas e pássaros.

Será que aquilo era um sinal de que eu devia ficar? Será que meu inconsciente percebia a vida com Gaute e com as crianças como uma vida boa, e assim tinha feito aquilo para que eu não a abandonasse?

Criar laços com mais uma criança.

Para mim seria uma alegria. Mais uma criança seria incrível. Mas não com Gaute.

Será que eu poderia virar o jogo?

Um passo para o lado e tudo estaria bem.

Deus, permita-me dar esse passo. Permita que a minha vida com Gaute torne a me encher de alegria.

As sombras lá embaixo haviam se tornado mais compridas. Os gritos das gaivotas, que soavam melancólicos contra o vazio, chegavam abafados pelas janelas.

A aparição da ave de rapina no dia anterior tinha sido bem estranha. Eu nunca tinha ouvido falar em nada parecido.

Por que era desagradável pensar naquilo?

As coisas não eram como deviam ser. Havia mudança onde não devia haver mudança.

A porta do banheiro se abriu e a menina saiu. Ela olhou na minha direção antes de pegar a escada rolante para o andar de baixo. Naquele instante eu a reconheci: era a menina que trabalhava na recepção do hotel.

Então eu não estava de todo senil.

Peguei o telefone e liguei para Gaute.

— Oi — eu disse. — Você tinha me ligado? Eu estava numa reunião.

— Tinha — ele disse. — Eu só queria pedir desculpas.

— Pelo quê?

— Pelas acusações que eu fiz ontem. Eu estava fora de mim. E lamento.

— Eu entendo — respondi.

— Que eu lamente?

— Não, que você tenha desconfiado. Eu sinto como se já não fosse eu mesma faz muito tempo. Mas agora estou melhor.

— É mesmo?

— É.

— E o que havia de errado?

— Prefiro não falar a respeito disso por telefone. Podemos falar hoje à tarde? E eu já aproveito e compro um vinhozinho e uma comida gostosa?

— Talvez uma comida para fazer no grill, no pátio — ele disse. — O dia está lindo.

— Boa ideia — eu disse. — Você quer convidar mais alguém?

— Mas a gente não ia aproveitar para conversar?

— A gente pode conversar depois. O que você acha de eu ligar para a Sigrid e o Martin?

Depois que desligamos, mandei uma mensagem para Sigrid e perguntei se ela não estava a fim de aparecer para um jantar ao ar livre. Eu a conhecia desde o ginásio e nunca havíamos perdido contato durante as épocas em que morávamos distante uma da outra, mesmo que nem sempre nossa amizade tenha sido particularmente empolgante. Mas, quando ela se mudou de volta para a cidade anos atrás, retomamos o convívio. Sigrid tinha uma predisposição idealista, o primeiro trabalho que ela teve foi na redação do *Klassekampen*, e depois trabalhou numa organização em Moçambique por cinco anos e mais tarde numa fundação em Londres antes de ter os dois filhos, Helene e Theo, e por fim voltou para a cidade natal e começou a escrever para o jornal regional. Ela também era cínica, e eu gostava dessa mistura, de saber que ela trabalhava ao mesmo tempo com ilusões mas sem ilusões. De vez em quando eu tinha a impressão de que eu também era assim, mas *certamente* não passava de ilusão, porque o meu trabalho era relacionado a sentimentos e relações, a estar perto de uma coisa sobre a qual ninguém detinha conhecimento nenhum, mas todo mundo, ou pelo menos muita gente, tinha vivenciado. A teologia não era o conhecimento sobre Deus, mas o conhecimento sobre a maneira como podemos falar sobre Deus, para assim abrir um caminho por onde o sagrado possa fluir. Sigrid compreendia isso tudo, o cinismo dela se voltara para as formas como as pessoas se referiam a Deus, em particular os pastores, que ela chamava de "medíocres". "As pessoas que falam sobre Deus são as pessoas erradas", ela disse certa vez. "Não é estranho que já ninguém mais acredite. Já de saída, é preciso ter alguma coisa errada com um homem que tem vontade de se tornar pastor, e são esses que mais tarde se tornam pastores." "Mas quem devia falar sobre Deus, então?", eu perguntei. "As mentes mais brilhantes, ora." E depois ela riu, olhou para mim e disse que essa crítica não valia no meu caso.

Eu também gostava de Martin, o marido de Sigrid, mesmo que não estivesse convencida de que ele fazia bem para ela. Os dois haviam se conhecido na época de estudante, e Martin continuava estudando. Ele tinha feito um doutorado em filosofia, depois mudou de ramo, se formou técnico de radiologia e trabalhou por anos em hospitais, porém mais tarde começou outro curso a ver com um negócio de dados que eu não sabia direito o que era antes de mudar de ideia outra vez e começar a estudar biologia, um curso em que estava fazendo outro doutorado. Já não fazíamos mais piadas a respeito daquilo: tinha deixado de ser um traço excêntrico para transformar-se num destino.

Sigrid respondeu na mesma hora, eles adorariam nos fazer companhia, então bebi o último gole de coca-cola, me levantei e peguei a escada rolante para o andar de baixo. Estava quente demais para comer carne, pensei quando saí para a rua e senti o calor. Seria melhor servir camarões e talvez caranguejos, se eu conseguisse arranjar. Com vinho branco fresco.

Fui até o mercado de peixes e entrei na fila em meio à multidão. A luz sob a lona era avermelhada, meio como parece quando olhamos para o sol de olhos fechados, e o mesmo tempo brilhava em superfícies grandes e pequenas por toda a parte. Passei um bom tempo olhando para um tanque onde havia peixes grandes. A água fria e esverdeada era um bom descanso para os olhos. E a aparência e os movimentos dos peixes pareciam muito estranhos em terra, em meio aos vários turistas de calção e bermuda, das casas e dos carros.

— Três quilos e meio — eu disse quando chegou a minha vez, apontando para os camarões.

O atendente, que era um homem grande, tinha uma cabeça pesada e raspada e usava um avental branco por cima de uma camiseta vermelha, começou a encher um saco com os camarões.

— Não são camarões frescos, né? — eu disse. — Será que você pode me dar um desconto?

Dava para ver pelas antenas que tinham sido descongelados, pela quantidade de antenas quebradas. Eu sabia disso porque uma amiga minha havia trabalhado lá quando éramos adolescentes, ela me contou que eles corriam ao supermercado para comprar camarões congelados quando o estoque dava sinais de que podia acabar.

— São frescos — ele disse sem olhar para mim enquanto colocava os sacos na balança. — Deu seiscentas coroas.

— Tudo bem — eu disse. — Imagino que a diferença não seja muito grande de qualquer jeito.

O homem lançou um olhar rápido na minha direção enquanto colocava os dois pacotes de papel num saco plástico maior e prendia as alças com um nó. Gotas de suor escorreram pela garganta dele.

— Vou querer uns caranguejos também — eu disse. — Quatro.

Ele fez um aceno de cabeça, abaixou-se e pegou quatro dos caranguejos que estavam dispostos sobre uma camada de gelo picado.

— São noruegueses? — eu perguntei.

— Os camarões estão frescos e os caranguejos são noruegueses — ele disse. — São mais novecentas coroas.

Peguei o cartão e ele me entregou o leitor. No mesmo instante o meu telefone tocou. Digitei a senha às pressas, enfiei a mão na bolsa e peguei o celular.

Era a minha mãe.

— Oi, Kathrine — ela disse. — Como você está?

— Bem — eu disse, usando o ombro para firmar o telefone contra a lateral do rosto enquanto eu retirava o cartão com uma das mãos e pegava a sacola de frutos do mar com a outra. — Me fez bem falar com você ontem.

Ela deu uma risada seca.

— Acho que não. Mas posso ouvir na sua voz que você está melhor. Você falou com o Gaute?

Guardei o cartão na carteira, a carteira na bolsa e comecei a andar.

— Ainda não — eu disse. — Mas não vou dizer nada.

— Por que não?

— Porque não há nada a dizer.

— Me parece certo — ela disse. — Os relacionamentos vêm em ondas. Temos que aprender a não agir quando estamos na maré baixa.

— E aguentar no osso?

— Não. Não estamos falando de tortura. Estamos falando de paciência.

Fez-se um momento de silêncio. Minha mãe costumava desligar de forma meio abrupta, mas não foi o que aconteceu.

— E você, como está? — eu perguntei. — Ainda no trabalho a essa hora?

— Sim. Mas depois eu vou para a cabana.

— Parece um bom plano — eu disse.

— Nem é porque eu esteja a fim — ela disse. — Mas eu não consigo falar com o Mikael. Ele não atende o telefone. Então vou dar um pulo lá para ver se ele não infartou nesse calor.

— Mas você está preocupada de verdade? Ele costuma atender sempre o telefone?

— O Mikael? Não. Ele não é nem um pouco confiável no que diz respeito a esse tipo de contato. Mas de repente tive a impressão de que pode ter acontecido alguma coisa.

— Com certeza não deve ser nada — eu disse, e então parei em frente ao sinal vermelho, junto à faixa de pedestres.

— Também acho — ela disse. — Ele deve ter perdido o telefone enquanto pescava. A essa altura o telefone deve estar tocando no fundo do mar.

— É uma imagem legal — eu disse.

— Do quê?

— Não sei — eu disse. — Mas escute, eu vou ter que desligar agora. Me dê notícias quando você estiver de volta, está bem?

— Claro — ela disse. — Tchau, tchau.

Um carro sujo e cheio de pequenos amassões estava trancando o tráfego no estacionamento em frente ao supermercado. Dentro do carro havia uma senhora de cabelos finos e grisalhos que me encarou por diversas vezes com uma expressão preocupada enquanto um senhor se aproximava pelo outro lado. Não eram simplesmente pessoas velhas, pensei, os dois também pareciam muito cansados, da maneira como alcoólatras ou viciados em drogas parecem cansados. Eu poderia ter dado a ré e feito uma volta, mas eu não tinha pressa nenhuma, e além do mais aquilo não poderia levar *muito* tempo. Mas provavelmente eu devia ter feito isso, porque a mulher acabou cheia de culpa, fez gestos agressivos em direção ao homem que se aproximava e por fim tornou a me encarar com um olhar assustado.

Ela inclinou o corpo e abriu a porta. O homem era alto e tinha uma cabeça estreita, que parecia um toco, com uma juba de cabelos grisalhos e uma pele morena cheia de sulcos profundos. Ele colocou uma coisa dentro do carro antes de entrar. Mas o homem parecia rígido demais, não conseguiu entrar naquele pequeno espaço e sentar-se no assento, era quase como se estivesse preso e não conseguisse mover-se. A mulher gritou com ele, pelo que entendi a partir dos movimentos feitos pela boca.

Ela olhou depressa na minha direção e em seguida pegou a camiseta do homem e a puxou com toda a força. O carro atrás de mim buzinou e a mulher se estendeu por cima do homem, já sentado, e bateu a porta.

Era estranho ver que ela podia ser tão sensível em relação aos outros e ao mesmo tempo viver a vida que parecia viver, enquanto o carro deles se afastava e eu estacionava na fileira mais próxima do supermercado.

O que eu queria não era muita coisa. Umas garrafas de cerveja, uns limões, um pouco de maionese, um bom pão branco, refrigerante para as crianças. E sorvete, claro.

E manteiga. Eu não podia me esquecer da manteiga.

Peguei um cesto vermelho da pilha junto da entrada e andei pelo corredor fresco e brilhante que mal se parecia com um corredor, uma vez que todas as prateleiras davam a impressão de atrair o olhar para si próprias. Era como se todas as cores distintas, todos os logos distintos, toda aquela mixórdia de superfícies, enfim, toda aquela tempestade de sinais, cada um com um significado distinto, prendesse a nossa atenção.

Eu nunca tinha pensado no assunto antes daquele momento, na volta de um enterro.

O grande mundo exterior.

Eu tinha falado a respeito disso em certas pregações, a importância de erguer o rosto, de ver as coisas no contexto maior, porém não adiantava nada falar sobre isso, era o tipo de coisa que precisava ser vivida. Que precisava vir do próprio âmago.

Mas já perto do túmulo todos viam o grande mundo exterior, pensei, detendo-me junto à seção de frutas, onde deixei o olhar correr por todos os tipos de maçãs, laranjas, tangerinas e bananas lustrosas, em busca dos limões, que estavam no canto, reluzindo em amarelo contra o tecido verde.

Puxei um saco plástico e coloquei seis unidades lá dentro, fui em direção à padaria e peguei dois pães de fôrma e duas baguetes.

Será que ainda se dizia "pão de fôrma"?

Havia poucos clientes no supermercado. O fluxo de pessoas que saíam do trabalho ainda não havia começado. E o dia estava lindo. Aqueles eram os últimos dias do verão antes que a chuva, o vento e a escuridão começassem.

Passei um tempo em frente às prateleiras de cerveja, primeiro escolhendo a marca, depois resolvendo quantas afinal eu devia comprar. Três para cada um? Seriam doze. Mas se ficássemos sentados ao redor da mesa, três não seriam muito, em especial naquele calor. Com quatro seriam dezesseis. Nesse caso o melhor seria comprar logo uma caixa. Assim teríamos umas de sobra depois.

Mas não pareceria nada bem, uma pastora andando pelo supermercado com uma caixa de cerveja.

Bem, mas azar.

Larguei o cesto em cima de uma das caixas, me abaixei, peguei-a e a levei até o caixa.

Depois de pagar e guardar as compras na sacola, senti que estava sendo observada. Eu me virei e dei de cara com o homem do aeroporto. Ele estava junto do quiosque, me olhando.

Sem dar por mim, comecei a andar ao encontro dele.

O homem se virou e caminhou depressa em direção à saída.

— Ei, você — eu disse. — Preciso falar com você.

O homem saiu pela porta. Comecei a correr.

Quando cheguei ao estacionamento, ele estava a talvez vinte metros de distância. O carro velho e desgastado parou ao seu lado. Ele se virou para mim e ergueu a mão em cumprimento. Tive a impressão de que sorria. Em seguida ele abriu a porta e sentou-se no interior do carro, que então acelerou de repente, pegou a estrada e desapareceu.

Meia hora depois eu estacionei no cascalho em frente a casa, abri o porta-malas e tirei as sacolas de compras. Deixei a caixa de cerveja lá, pensando que Gaute poderia levá-la para dentro.

As janelas da cozinha estavam abertas, e de lá vinha música. Mesmo à sombra da bétula, o ar quente chegava quase a queimar.

Gaute abriu a porta da casa enquanto eu subia os degraus.

— Oi! — ele disse, me recebendo com um abraço. — Que bom te ver!

Ele me deu um beijo na boca, o que para mim foi quase um assédio naquela situação, enquanto eu estava parada com uma sacola de compras em cada mão.

— Que bom te ver também — eu disse, entrando com as compras.

— Você teve um dia bom no trabalho?

A música vinha do rádio, que estava sintonizado num canal jovem. Pelo menos se fosse 1995, pensei assim que reconheci a música da minha época de estudante. *I'm building up my problems to the size of a cow*, a voz cantava. *The size of a cow.*

— Está tudo como sempre — ele disse. — A não ser pelas crianças, que andaram meio maníacas. É por causa do tempo.

— É — eu disse, guardando a sacola com os camarões e caranguejos na geladeira. — Sempre tem mais mortes com a chegada do calor. E depois com a chegada do frio.

Peguei uma fruteira no armário e coloquei os limões lá dentro. Gaute se aproximou e me abraçou por trás. Endireitei as costas e virei o rosto em direção a ele, ele deu um beijo no meu rosto.

— Me desculpe — ele disse baixinho.

Senti que ele estava duro.

— Você não tem pelo que se desculpar — eu disse, e então me afastei, tirei os pães da sacola e coloquei-os em cima do balcão. — Vamos comer camarões — eu disse. — Carne assada não fica bem nesse calor.

— Tem alguma coisa errada? — ele perguntou com os braços estendidos ao longo do corpo enquanto olhava para mim.

A fina rede de sulcos no canto do olho parecia muito nítida na luz do interior da casa, e de repente percebi a aparência dele — os cantos da boca haviam começado a cair, e na testa havia uma ruga profunda que se tornara permanente. O cabelo ondulado, levemente ruivo, que sempre tinha sido comprido, fazia com que ele parecesse mais jovem, e o entusiasmo tornava o rosto mais vivaz. Mas não naquele instante.

Pobre do meu marido, pensei, sorrindo para ele.

— Não — eu disse. — Simplesmente tive um dia complicado no trabalho. Enterrei um homem com a igreja vazia. Isso mexeu comigo. Não sei por quê.

— Claro que mexeu — ele disse. — Eu nem sei como você aguenta tanta tristeza dia após dia.

— Essa tristeza não é minha — eu respondi.

— Não, mas você a testemunha. Você fala com pessoas enlutadas.

— Escute — eu disse. — Tem uma caixa de cerveja no porta-malas, você pode buscar?

— Quem diria — ele disse. — Você comprou uma caixa inteira de cerveja?

— Vai ser bom ter umas de sobra — eu disse. — Especialmente num calor desses.

— Não tenho nada contra — ele disse, e então saiu.

Desliguei o rádio e entrei na sala, abri a janela e me sentei bem ao lado. Depois me levantei outra vez, apoiei os cotovelos no parapeito e olhei para longe. Eu ainda estava meio fora de mim em razão do que tinha acontecido no supermercado. Claro que aquele não era Kristian Hadeland, mesmo que em momentos de desvario eu tivesse achado que era. Esse homem estava morto e enterrado. Mas, ainda que não fosse, era uma sensação incômoda, afinal por que aquele homem tinha surgido perto de mim outra vez? E o que ele tinha a ver com o casal de velhos cansados?

A mulher tinha uma expressão assustada quando olhou para mim.

E não era necessariamente por achar desagradável ter de esperar enquanto bloqueava o meu acesso ao estacionamento, como eu tinha imaginado. Podia ser outra coisa, relacionada ao homem do aeroporto.

Ela olhou assustada para mim e não muito tempo depois o homem olhou para mim, e depois foi embora com o casal. Tinha sido quase uma fuga.

Por que ele correu ao me ver?

Ouvi Gaute subindo os degraus e me virei.

— Não é melhor colocar no porão? — eu perguntei quando ele apareceu com a caixa nas mãos.

— Pode ser — ele disse. — Só vou colocar umas na geladeira antes.

— Quando o Peter e a Marie chegam? — perguntei.

Gaute parou.

— Às sete. Mas pode ser que durmam por lá. Assim a gente receberia o Martin e a Sigrid sem as crianças em casa.

— Mas eles têm os filhos deles — eu disse.

— Tá bem — ele disse, e então foi até a cozinha.

Aquilo não podia ser mais do que uma série de coincidências, pensei. Eu não tinha por que dispender tempo e energia com o assunto. Um homem que eu tinha encontrado por acaso se parecia com um homem que eu havia enterrado, e logo depois eu topei com ele outra vez por acaso. Não era nada além disso.

Pontualmente às sete e meia o Passat vermelho de Sigrid e Martin entrou no pátio. Quando ela saiu, vi que estava usando uma blusa branca curta, amarrada na cintura, e uma longa saia colorida de algodão, além dos óculos de sol e do cabelo preso num rabo de cavalo. Pele bronzeada, postura confiante.

Ela sempre tinha sido uma garota muito bonita.

— Olá — eu disse assim que Sigrid levantou o rosto.

— Oi! — ela respondeu. — Que bom que a gente pôde vir!

Martin abriu a porta de trás e as crianças desceram. Ele estava usando uma bermuda verde-oliva e uma camiseta preta meio justa, que deixava o volume da barriga naquele corpo de resto magro especialmente à vista. A pele de Martin era branca como papel, o que, somado ao cabelo preto e ao jeito meio tímido, faziam com que parecesse o oposto da companheira.

— Vamos para os fundos ou vamos entrar? — Sigrid perguntou, com a chave do carro ainda na mão.

— Vão para os fundos — eu disse. — O Gaute e as crianças já estão por lá.

O sol pairava baixo no ocidente, e no horizonte havia uma listra de luz alaranjada. Pela janela aberta, chegavam do jardim ao lado vozes entusiasmadas e cheias de expectativa, pensei, como se aquela fosse uma grande ocasião.

Baixei a cabeça de leve e vi cinco ou seis pessoas com taças de vinho na mão perto de Vroldsen, o diretor da escola de Gaute, que punha carvão no grill. Também ouvi sons em nosso jardim: eram as crianças que riam e gritavam.

Peguei duas tigelas grandes do armário e retirei os três sacos de camarão da geladeira. Eles raspavam-se uns contra os outros enquanto eu os tirava dos sacos, rolando de qualquer jeito em todas as nuances possíveis de vermelho--claro.

Levei as tigelas empilhadas para os fundos da casa, onde os adultos estavam sentados ao redor da mesa no deque e as crianças brincavam na casinha que o pai de Gaute havia construído.

— Que boa ideia essa dos camarões — Sigrid disse, levantando-se. — São os primeiros que eu como nesse verão, sabia?

Ela me deu um abraço. Martin ficou esperando logo atrás.

— Oi — ele disse, aproximando o rosto do meu enquanto punha uma das mãos nas minhas costas, mas sem completar o movimento, de maneira que nossos rostos não se tocaram.

Ele também pareceu tomar o cuidado de não olhar para mim.

De vez em quando eu tinha a impressão de que Martin sentia-se atraído por mim, e que me evitava daquele jeito para evitar que os outros suspeitassem.

— E então, Martin, como você tem passado? — eu perguntei.

— Bem — ele disse, sentando-se e olhando para Sigrid. — Você não tem passado bem?

— Claro que tenho, superbem — disse Sigrid.

— Alguma novidade? — Gaute perguntou, sentado com as pernas lisas cruzadas e a cabeça inclinada para trás numa postura meio arrogante.

— Novidade não é um conceito que eu associe muito ao Martin — disse Sigrid, rindo.

Será que os dois tinham discutido antes de chegar? Deviam ter discutido.

— Vinho ou cerveja, Kathrine? — Gaute perguntou.

— Acho que uma cerveja — eu disse, me sentando.

A mesa estava bonita com os frutos do mar, limões, pães, manteiga, os pratos azuis e um uma garrafa verde e esbelta de vinho branco se erguendo acima de tudo com a toalha branca ao fundo.

— Crianças, vamos comer! — disse Gaute.

As crianças engatinharam para fora da casinha, sentaram-se na mesinha que ficava ao lado da mesa grande e começaram a se servir de salsichas e pão.

— Sabem o que eu vi hoje? — Sigrid perguntou.

As crianças balançaram a cabeça e olharam para ela.

Será que *elas* a achavam bonita?

Não, isso viria mais tarde.

Peter, talvez?

— Eu estava sentada no jardim. Ouvi um barulho atrás da cerca. E de repente uma raposa pulou lá para cima!

— Uma raposa! — Marie repetiu.

— Isso mesmo! — disse Sigrid. — E ela ficou lá olhando para mim. Por muito tempo. E depois ela pulou de volta para o chão e correu de volta para a floresta.

— As raposas são perigosas? — perguntou Marie.

— Não, você está louca? — disse Peter.

— Que estranho — disse Gaute.

Martin não disse nada, mesmo que provavelmente tivesse ideias a respeito do assunto. Ele desprendeu a carne de uma das carapaças de caranguejo e passou-a numa fatia de pão com as costas recurvadas e o olhar fixo na mesa.

— O que vocês têm feito nesses últimos tempos, afinal? — Sigrid perguntou.

— A Kathrine passou o último fim de semana num seminário, e eu fiquei aqui com as crianças — disse Gaute. — Fomos tomar banho em Nordnes. O tempo estava muito bonito.

— Banho de mar?

— Não, não, de piscina. Além disso, durante a semana eu trabalhei. Nada de especial. E vocês?

— O trabalho anda parado — disse Sigrid. — O mundo ainda não voltou das férias de verão.

— Mas deve estar acontecendo alguma coisa, não? — Gaute perguntou. — Aqueles quatro rapazes que desapareceram, por exemplo?

— Não é da minha competência — disse Sigrid. — Mas o Martin recentemente fez uma escolha interessante no trabalho dele. Não é verdade, Martin?

Martin olhou para Sigrid e uma expressão que parecia ser de fúria tomou conta de seu rosto.

— Pode ser — ele disse. — Mas existem assuntos mais interessantes do que esse, tenho certeza.

— Ah, pare com isso — disse Gaute. — O que foi que você fez?

— Ele abandonou o projeto de doutorado e vai começar outro — disse Sigrid.

— Você já não estava quase terminando? — Gaute perguntou.

— Não exatamente — disse Martin. — Eu tenho pelo menos um semestre de trabalho pela frente ainda.

— Mas o que foi que aconteceu? — eu perguntei.

Ele deu de ombros.

— Ele quer escrever sobre os pensamentos das árvores — Sigrid disse, aos risos.

Não ria dele, pensei.

Martin olhou para ela. Depois largou o guardanapo em cima da mesa e por um instante eu achei que ele ia se levantar e ir embora.

— Parece bem interessante! — eu disse.

— Não parece, não — disse Sigrid. — Parece até bem idiota, na minha opinião.

— Vamos ouvir do próprio interessado — disse Gaute. — Sobre o que você está pensando em escrever?

Martin suspirou.

— Eu nem me decidi ainda — ele disse.

— Já se decidiu, sim — disse Sigrid.

Se os dois não tinham discutido antes de chegar, começariam a discutir ali mesmo, pensei.

— As árvores *pensam*? — Gaute perguntou.

Senti uma coisa afundar dentro de mim quando ele disse aquilo. Às vezes Gaute agia de forma muito... bem, *idiota*.

Por outro lado, ele colocou a situação toda de volta ao curso normal, porque Martin sentiu-se fisgado pela pergunta.

— Não, não pensam — ele disse. — Mas para eu explicar o que imaginei fazer, o ponto de partida não seria esse. Todos nós sabemos o que são pensamentos. Mas na verdade não sabemos o que os pensamentos *são*.

— Não são uma série de processos químicos e elétricos no cérebro? — Gaute perguntou.

— São, mas o pensamento está um passo *à frente* dos processos biológicos. O que é um pensamento?

— Bem que você gostaria de saber! — disse Sigrid, aos risos.

Por sorte Martin sorriu.

— A consciência é o maior enigma que existe. Ninguém sabe o que ela é. Ninguém. E nem por que ela existe. Nietzsche acreditava que todos nós conseguiríamos nos virar perfeitamente sem consciência.

— O eterno retorno — disse Gaute. Martin olhou de relance para ele antes de continuar.

— A consciência é mais ou menos como um lugar onde nos revelamos para nós mesmos. Mas por que fazemos isso? Que bem isso nos traz? Quando nos vemos, nos vemos a partir de fora, ou seja, da mesma forma como os outros nos veem. E foi isso o que Nietzsche compreendeu: que a consciência existe em prol da comunidade. Em prol de tudo aquilo que acontece entre as pessoas. E é *nesse sentido* que talvez existam outras formas de consciência. Outras formas de inteligência. Numa floresta, por exemplo. A questão é que essa consciência, ou inteligência, que seja, é tão estranha para nós que nem ao menos conseguimos ver que está lá.

— Bem interessante — eu disse.

— Mas daqui a um semestre ele terminaria o doutorado atual e poderia arranjar um emprego — disse Sigrid.

— Então uma árvore não pensa — disse Martin. — Mas várias árvores pensam. O ecossistema como um todo pensa. O interesse por esse tema pode estar relacionado às tentativas de criar a inteligência artificial. Nem ao menos sabemos que jeito essa inteligência vai ter.

— Que jeito ela vai ter? — Gaute perguntou.

— O jeito de uma inteligência artificial — eu disse. — Mas essas ideias não são exatamente novas, certo, Martin?

— Como assim?

— Por muito tempo as pessoas acreditaram que tudo era vivo, que a floresta era cheia de espíritos, ou até mesmo que a floresta era uma entidade.

— Eram superstições — Martin respondeu. — Eu estou falando de ciência.

Depois da breve exposição de Martin passamos uns minutos em silêncio antes que a conversa fosse retomada e voltássemos a comer e a beber e a falar sobre isso e aquilo. O sol desapareceu por trás das copas, o azul do céu escureceu e aos poucos transformou-se em preto. O estranho foi que a temperatura não caiu quando o sol se pôs: o calor permaneceu, um calor quase abrasador.

Um tempo depois, Gaute e Martin entraram em casa e puseram as crianças para dormir. Sigrid acendeu um cigarro assim que os dois se afastaram e reclinou-se na cadeira.

Peguei a lamparina no galpão, acendi o pavio e coloquei-a em cima da mesa.

— Você quer mais vinho? — eu perguntei.

— Quero, obrigada — disse Sigrid.

Servi primeiro o copo dela, em seguida o meu.

— Saúde — eu disse.

— Saúde — ela disse. — Um brinde às árvores pensantes!

— Eu não vejo nada de mais — eu disse. — Desde que seja financeiramente viável para vocês, claro.

— Não é uma questão financeira. É só que eu já estou de saco cheio disso. De que nunca dê em nada, de que nunca seja nada. Você entende? Nada de resultados, nada de concreto, nem sequer uma tese de doutorado pronta. Todo dia a mesma coisa. O Martin tinha que dar o exemplo para as crianças, você não acha? É por meio dele que as crianças vão entender o papel de um homem. E aí ele vem com essas ideias.

— Mas é interessante, de verdade — eu disse.

Sigrid adotou uma expressão idiota e olhou para mim. Depois deu uma tragada no cigarro e tomou um gole de vinho.

O céu acima da montanha no outro lado do fiorde começou a clarear de leve. Devia ser o nascer da lua, pensei, e então me virei para ver o quarto das crianças e as duas janelas iluminadas por lá.

— Você é pastora — disse Sigrid. — Então você não é a pessoa certa para comentar teorias fantásticas sobre forças invisíveis.

— Existe muita coisa que a gente não sabe — eu disse.

— Não é verdade. Pelo contrário: existe muita coisa que a gente sabe. Que história é essa?

— Veja! — eu disse.

Sigrid virou-se.

— Minha nossa — ela exclamou.

Uma estrela enorme se erguia por trás da montanha.

— Ei! — Gaute gritou da sacada. — Vocês viram aquilo?

A estrela fazia com que tudo ao redor desse a impressão de desaparecer.

— É difícil não ver! — Sigrid gritou de volta.

Era como se ela estivesse nos observando, pensei.

Gaute e Martin atravessaram o pátio, Gaute com movimentos nervosos.

— O que vocês acham que é aquilo? — ele perguntou, detendo-se com o olhar fixo no céu. — Um óvni? Ha ha ha!

— É uma supernova — disse Martin. — Uma estrela que explode num lugar qualquer da galáxia antes de se apagar para sempre.

— Mas está muito perto — disse Sigrid.

— Não, está longe — disse Martin. — O que estamos vendo agora na verdade aconteceu séculos atrás.

— O que é que você acha, Kathrine? — Gaute perguntou.

— Não sei — respondi. — Mas o que você disse parece convincente, Martin.

Passamos um tempo em silêncio, olhando para a estrela. Aquela visão me encheu de um medo que tentei afastar com meus pensamentos, dizendo para mim mesma que aquilo era um fenômeno da natureza, não um sinal, e que uma estrela era incapaz de nos ver, incapaz de pensar em nós, incapaz de nos julgar.

Minutos depois era como se já não fosse mais possível vê-la, como se tivéssemos visto tudo o que havia para ver. Gaute serviu os copos e sentou-se, Sigrid acendeu mais um cigarro, eu comecei a pensar se devia buscar a sobremesa ou se devia simplesmente oferecer um café. Mas não foi como se a estrela desaparecesse da nossa consciência; todos olhavam a intervalos regulares em direção ao céu, inclusive eu, e mesmo quando não estava com o rosto voltado para cima eu permanecia consciente daquela presença.

Será que os outros estavam com medo?

Não era o que parecia.

— As crianças dormiram lá em cima? — Sigrid perguntou.

— Não — respondeu Gaute. — Mas como amanhã não tem aula, tudo bem. Estão se divertindo.

— Como sempre — disse Sigrid. — Você sabe que o Peter é o herói do Theo.

— Ainda? — Gaute perguntou.

— Ainda, sim. Ele fala muito a respeito dele.

— O que as crianças estão fazendo? — eu perguntei.

— Preparando um teatro — disse Martin. — O Peter e a Helene estão escrevendo, dirigindo e interpretando os papéis principais, enquanto o Theo e a Maria são figurantes.

— Que bom saber que não estão cada um na frente de uma tela — eu disse, me levantando. — Quem vai querer um café?

Enquanto eu subia a escada, ocorreu-me que minha mãe tinha prometido ligar quando chegasse. Larguei os pratos em cima do balcão e conferi o telefone. Nada. Logo atrás de mim, Martin e Gaute traziam o restante das coisas que haviam ficado na mesa. Ela devia ter esquecido, pensei. Mas não seria do feitio dela.

— Onde eu coloco? — Martin perguntou.

— Pode largar em cima do balcão — eu disse. — Obrigada.

Esvaziei as tigelas em um saco de lixo e fechei-o com um nó antes de jogá-lo na lixeira debaixo da pia. Quando Gaute começou a pôr os pratos e os copos na máquina de lavar louça, fui até o meu escritório, fechei a porta e liguei para a minha mãe enquanto eu olhava para a estrela. Estava mais alta no céu e já não parecia mais preocupante.

Minha mãe não atendeu.

Liguei mais uma vez. Às minhas costas, a porta se abriu. Me virei. Era Gaute. Quando viu que eu estava no telefone, ele tornou a fechá-la.

Ou havia alguma coisa errada, ou então a minha mãe tinha se esquecido de carregar o telefone.

Tudo certo?, perguntei numa mensagem antes de voltar à cozinha. Gaute havia ligado a cafeteira, colocado as frutas vermelhas numa tigela e pegado canecas e copos.

— Você precisa de ajuda? — eu perguntei.

— Talvez você pudesse ficar um pouco com os nossos convidados agora que já terminou de falar no telefone — ele disse, sem olhar para mim.

— Eles conseguem se virar sem mim por uns minutos — eu disse. — Aconteceu alguma coisa?

— Não — ele disse, e então abriu a porta da geladeira e puxou a gaveta do freezer.

— Tá bem — eu disse. — Vou levar o que eu puder lá para fora.

Passei por Gaute enquanto ele se levantava com um pote de sorvete na mão, peguei a bandeja de servir que ficava de pé entre a parede e o micro-ondas e comecei a dispor copos, canecas e tigelas em cima.

— Para quem você ligou, afinal? — Gaute perguntou.

— Para a minha mãe — eu disse.

— A essa hora?

— É. Ela ficou de me ligar quando chegasse à cabana, mas não ligou, então eu queria ver se está tudo bem.

— Sei — ele disse, mais uma vez sem olhar para mim.

No andar de cima, de repente ouviram-se as vozes alegres e as gargalhadas das crianças. Aqueles sons movimentaram-se ao longo do corredor e chegaram à escada.

— A gente pode apresentar a nossa peça de teatro pra vocês? — Peter perguntou logo antes de a pequena trupe entrar cheia de entusiasmo na cozinha. — Por favor!

— Vocês ainda não estão na cama? — eu perguntei. — Já está supertarde!

— Claro que podem — disse Gaute. — Vai ser bem legal ver o que vocês fizeram!

Dez minutos depois estávamos assistindo à peça dos nossos filhos. Peter era um boneco de neve, tinha um lençol branco enrolado ao redor do corpo e usava a minha touca branca.

— Estou andando por um país estrangeiro — ele disse, indo de um lado para outro no gramado. — Nossa, que calor! Essa não, vou derreter! Estou morrendo!

Ele caiu de joelhos.

Helene entrou em cena com a tiara de Marie na cabeça e asas nas costas. Nas mãos ela tinha uma varinha mágica. Logo atrás vieram Theo e Marie. Os dois haviam prendido travesseiros com cintos na altura da barriga e usavam gorros compridos na cabeça, sem que ficasse imediatamente claro qual era o papel que representavam.

— Estou andando por um país estrangeiro — disse Helene, indo de um lado para outro com os dois pequenos logo atrás. De repente ela viu o boneco de neve.

— Quem é você, e o que você está fazendo aqui? — ela perguntou.

— Eu sou Sam, o boneco de neve — disse Peter. — Me ajude, por favor! Estou derretendo!

— Eu não posso ajudar. Não tenho poderes sobre o tempo e o vento. Mas eu conheço uma pessoa que pode — disse Helene. — Aguente firme!

— Depressa, depressa! — disse Peter, afundando ainda mais enquanto os outros três andavam mais uma vez de um lado para outro. Depois Peter se levantou, tirou o lençol e a touca e olhou para o céu com uma expressão melancólica.

— Feiticeiro, feiticeiro — Helene disse, aproximando-se dele. — Você pode controlar o tempo e o vento?

— Posso — respondeu Peter. — Você quer um tempo mais frio ou um tempo mais quente?

— Mais frio, por favor. Um boneco de neve está derretendo no deserto agora mesmo.

— Aah, vento do norte! Aah, neve e gelo! — disse Peter, estendendo as mãos para o alto. — Venham e façam com que o tempo se torne mais frio!

— Obrigada, feiticeiro — disse Helene, afastando-se com os dois pequenos enquanto Peter enrolava-se novamente no lençol e recolocava a touca na cabeça. Dessa vez ele se deitou.

— Estou morrendo — disse. — Mas espere! O tempo está mais frio! Aconteceu um milagre!

Ele se levantou devagar. Os outros três se aproximaram.

— Obrigado, fada bondosa, por ter salvado a minha vida! — ele disse. — Você quer se casar comigo?

— Quero, quero muito — disse Helene, pegando a mão dele.

Batemos palmas. Gaute gritou "bravo". Peter dava a impressão de estar tímido.

— Parabéns, criançada! — eu disse. — Mas agora está na hora de ir para a cama.

Me levantei e acompanhei as crianças ao segundo andar. Peter estava próximo de mim.

— Você gostou, mamãe? — ele perguntou.

— Gostei, claro que gostei — eu disse, remexendo os cabelos dele.

— Eu pensei no clima — ele disse.

— Eu notei — respondi. — Mas da próxima vez deixe que os outros também façam o papel principal!

Peter me encarou.

— Mas fui eu que escrevi tudo — ele disse. — Os outros não deram ideia nenhuma.

— Mais um motivo para você envolver todo mundo — eu disse. — Mas agora vamos nos deitar.

De repente Peter aumentou a velocidade. Ele correu escada acima e avançou pelo corredor. Quando entrei no quarto, ele estava deitado com o rosto voltado para a parede. Os outros três se deitaram cada um na sua cama.

Me sentei na beira da cama dele.

— O que foi, Peter? — eu perguntei, afagando os cabelos dele.

332

Ele não respondeu. Permaneceu totalmente imóvel, com o corpo tenso.

— Você se saiu muito bem — eu disse. — Foi uma peça muito bacana.

Ele não respondeu.

Me levantei.

— Durmam bem — eu disse. — Daqui a pouco a mãe e o pai de vocês dois vêm buscar vocês!

— Boa noite, mamãe — disse Marie.

Apaguei a luz e saí.

Parei na sacada e olhei para a estrela. Era como se aquela visão redefinisse o céu. A impressão era de que naquele instante somente a estrela importava.

Uma coisa terrível estava prestes a acontecer.

Essa era a mensagem da estrela.

Uma coisa terrível estava prestes a acontecer.

Já bem depois da meia-noite, Sigrid e Martin levaram as crianças adormecidas para o carro. Assim que se despediram e pegaram a estrada, eu e Gaute fomos à cozinha e começamos a lavar e organizar as coisas. Era sempre assim quando tínhamos convidados; por maior que fosse a tentação de ir direto para a cama, não era maior do que a vontade de acordar e encontrar uma cozinha limpa e arrumada na manhã seguinte. Em geral falávamos sobre os convidados e sobre os assuntos das conversas, mas naquela noite não trocamos uma única palavra. Quieto e de mau humor, Gaute enxaguou os pratos e os copos enquanto eu esvaziava a máquina de lavar louça, e quando comecei a enchê-la ele foi embora sem dizer nada, talvez para buscar as coisas que haviam ficado em cima da mesa.

Eu estava cansada e inquieta porque minha mãe ainda não tinha feito contato e não fiz nenhum esforço para melhorar o clima entre nós. Não serviria para nada, a não ser para que Gaute desse início a uma discussão.

Coloquei uma pastilha no pequeno compartimento da máquina de lavar louça, fechei a porta e a liguei. Sem esperar por Gaute, subi ao quarto, tirei a maquiagem, lavei o rosto, escovei os dentes e me despi. Quando cheguei ao meu lado da cama, vi que a embalagem do teste de gravidez estava em cima da minha mesa de cabeceira.

Será que eu o tinha deixado *lá*?

Eu não tinha a menor lembrança.

Mas devia ser o que eu tinha feito, pensei.

Peguei o teste e o escondi entre o pé da cama e a parede antes de abrir o edredom e me deitar. Mesmo que estivesse quente demais para o edredom, eu não conseguia me virar sem aquilo: para mim era impossível dormir sem uma coberta. Os lençóis usados nos países do Sul tampouco serviriam: quando tirávamos férias por lá, eu sempre revirava os armários em busca de um edredom. Não só em razão do peso e da segurança que me faziam sentir, mas também pelo hábito.

A solução foi me deitar de lado com uma perna para dentro e a outra para fora. Que dia.

E como Peter era sensível!

Aquela sensibilidade toda às vezes tornava-o quase disfuncional. Ele tinha que aprender a ser mais resistente, a aguentar melhor.

Por que minha mãe não tinha ligado?

Será que eu devia tentar mais uma vez?

Levantei um pouco o corpo, depois me deitei outra vez.

Eu não estava aguentando.

Pelo menos o enjoo tinha sumido.

Não que significasse grande coisa. O importante era a manhã seguinte. Claro que eu não estava grávida.

De onde vinham essas fantasias?

O duplo. A gravidez.

Tudo não passava de fantasia.

Eu estava velha demais. O risco de problemas genéticos aumentava com o passar dos anos. Mas por acaso eu recusaria uma coisa dessas?

Uma dádiva de Deus?

Uma criança?

Eu teria que aceitar.

Será que Deus conhecia todos os meus pensamentos?

Como você é burra. Deus é onisciente e onipresente, porém não de maneira pessoal.

Eu estava a salvo.

Mas que ideia terrível, imaginar que alguém soubesse de tudo o que você alguma vez já pensou! E agora, quando a vida se aproxima do fim, confronta você com essas coisas todas.

Quantos pensamentos idiotas. Quantos pensamentos feios e maus. E também justificadores.

O que tinha acontecido com Gaute?

Eu detestava quando ele agia daquele jeito. Era uma coisa que ocupava todos os espaços, da qual era impossível escapar.

Não havia nada a fazer senão rir da situação.

Ele não teria como opor-se ao riso.

Mas eu não conseguia.

Que ideia terrível, a do eterno retorno.

Mas a ideia de que alguém conhecesse absolutamente todos os pensamentos de outra pessoa era ainda mais terrível.

Por quê?

Porque *era mesmo*, não?

A noção do eterno retorno obrigava-nos a agir sempre da melhor forma possível. Tudo o que uma pessoa fazia era repetido até o infinito. Mas, se uma pessoa conhecesse todos os pensamentos das outras, seríamos obrigados a pensar sempre da melhor forma possível. E essa era uma ideia insuportável.

Ah, que calor!

Me virei para o outro lado e por um instante senti o edredom frio na minha pele.

Ouvi Gaute na escada, os passos firmes.

Abri os olhos e o vi no vão da porta.

— Quem foi que engravidou você? — ele perguntou.

Me sentei na cama.

— Do que você está falando?

— Acho que eu tenho o direito de saber.

— Mas Gaute — eu disse. — Por favor. É isso o que você acha?

— Por que você tinha um teste de gravidez na bolsa? E por que você o escondeu agora?

— Você mexeu na *minha bolsa*?

— Essa é uma questão de segunda importância. Responda à minha pergunta.

— Eu passei uns dias meio enjoada e achei que eu podia estar grávida.

— De quem?

— De ninguém. Eu não estou grávida. Mas, se eu estivesse, é claro que seria de você.

— Você sabe que já não fazemos mais sexo.

— Nem faz todo esse tempo — eu respondi. — Mas não seja absurdo! Eu não vou falar com você desse jeito.

— Para quem foi que você ligou quando se escondeu no escritório?

— Chega — eu disse. — Já falei que eu liguei para a minha mãe.

— Me deixe ver o seu telefone, então.

— Nunca na vida. Agora você foi longe demais, Gaute. Eu não aceito que você não confie em mim. Você acha que estou mentindo?

— Acho.

Ele se virou e desceu a escada.

Me deitei mais uma vez na cama e fiquei olhando para o teto. Senti como se eu fosse vomitar.

Não havia mais como seguir daquele jeito.

Eu não podia continuar naquela situação.

Me virei de lado com a cabeça sobre o braço e fechei os olhos.

Foi como se o sangue que corria em minhas veias se enegrecesse.

Que dia.

Ele era pequeno demais.

Um homenzinho minúsculo. Era isso o que Gaute era.

Depois abri os olhos mais uma vez. Sobre o assoalho havia um cintilar discreto, que eu não havia percebido antes. Sem dar por mim, achei que fosse o luar. Mas era a nova estrela.

De repente ouvi música no andar de baixo.

Devia ser um dos álbuns de Dylan lançados na década de 70.

Me levantei, fui até a janela aberta e olhei para a estrela, que brilhava lá no alto. Em meio ao frio, em meio à escuridão.

Por que aquilo não podia ser o sinal de uma coisa boa?

De uma nova criação, de uma nova vida?

Em cima da mesa de cabeceira o meu celular se acendeu. Devia ser a minha mãe.

Abri a mensagem.

"Oi, Kattis, me desculpe não ter dado notícias antes. Estou no hospital com o Mikael, ele teve um pequeno derrame. Mas ele está consciente e as chances de recuperação total são boas. Estou no quarto dele agora e não posso falar. Te ligo amanhã cedo. Um abraço, mãe."

Iselin

As batidas continuaram enquanto eu descia a escada, e os gritos também. Eu estava com medo, ele parecia estar totalmente fora de controle, mas já tinha me visto, e de certa forma aquela era a casa dele, então me obriguei a descer e a ir até a porta.

A porta estremecia a cada pancada.

— Me deixe entrar, porra! — ele gritou.

Cheguei a pôr os dedos na maçaneta. Mas não consegui abrir.

Em vez disso, me virei e comecei a subir novamente os degraus, fazendo o menor barulho possível. Se ele não tivesse chave, não seria minha responsabilidade abrir para deixá-lo entrar.

Eu era apenas a inquilina. E ele estava drogado e totalmente fora de si. Podia ser perigoso.

Eu parei.

O que era aquilo?

Devia ter acontecido uma coisa. Uma coisa louca e imprevisível.

Desci mais uma vez, sem fazer nenhuma tentativa de ocultar minha presença.

Parei em frente à porta, na qual ele ainda batia.

Abri a fechadura.

Mas ele nem percebeu, simplesmente continuou a bater, então abri a porta devagar.

Quando percebeu que a porta se abria, ele a empurrou com força para dentro e quase desabou para o interior da casa enquanto eu fui empurrada em direção à parede.

Tranque a porta! Tranque a porta!, ele berrava enquanto subia correndo os degraus.

Pouco depois ouvi a porta de um dos quartos no andar de cima bater.

Tranquei a porta de entrada e subi ao meu estúdio, tranquei a porta do estúdio e me deitei novamente na cama. Desliguei o iPad, enxuguei o rosto e o pescoço com uma toalha e fechei os olhos.

Um grito alto e estridente soou lá embaixo. AAAAAAAAAH!, ele gritou. AAAAAAAAAH!

Assustada, me sentei na cama.

Era o grito mais horrível que eu já tinha ouvido.

AAAAAAAAH!, ele gritou mais uma vez. AAAAAAAAAAAH!

Ele devia ter usado um negócio muito forte. Cetamina. E devia estar alucinando. Ou então LSD.

Pobre coitado.

Eu tinha que ajudá-lo, não?

Ele podia ser perigoso. Podia achar que eu estava atrás dele e me matar. Bastava que tivesse uma faca no bolso e eu poderia dar adeus à vida.

Mas ele também poderia machucar a si mesmo.

Afinal, estava totalmente fora de controle.

Me levantei. Fiquei de pé, sem ação. Logo ele gritou outra vez e eu enfim me decidi. Peguei uma faca da gaveta da copa para me proteger se necessário e desci a escada lentamente. A porta de um dos quartos deles estava aberta.

NÃO NÃO NÃO, ele gritava lá dentro.

Fui até o vão da porta. Eu não sabia onde ele estava, então parei e esperei que gritasse mais uma vez. Mas de repente tudo ficou em silêncio.

Por um motivo ou outro, compreendi que era a porta mais distante. O quarto do menino.

Abri com todo o cuidado.

Ele estava ajoelhado no meio do quarto, com as mãos postas. Não havia nenhuma luz acesa, mas já estava razoavelmente claro no lado de fora e eu pude ver que ele tinha os olhos fechados.

— Ei — eu disse, baixinho.

Ele arregalou os olhos e se pôs meio de pé ao mesmo tempo que quase caiu para trás, em direção à parede.

— NÃO! — ele gritou. — NÃO! NÃO!

Ele apertou o corpo de encontro à parede e me encarou com um olhar de pavor.

Só Deus sabia o que estava vendo.

— Sou eu — eu disse, apertando a faca na mão às minhas costas. — A inquilina. Não tenha medo. Tudo está bem.

Ele começou a hiperventilar. Espremia o corpo de encontro à parede como um bicho encurralado. Não me mexi, e ele deu a impressão de se acalmar um pouco.

— O que você tem nas suas costas? — ele perguntou.

— Nada — eu disse. — Não tenho nada nas minhas costas.

— Mostre as mãos — ele disse.

Tentei sorrir da forma mais amistosa possível.

— Eu não tenho nada comigo — eu disse.

— MOSTRE AS MÃOS! — ele gritou, vindo na minha direção. Dei uns passos para trás, me virei, saí correndo do quarto e subi a escada. Lá no alto eu me virei. Ele não me seguiu. Tranquei a porta ao entrar e me deitei na cama, sentindo o coração martelar no peito e a respiração ofegante.

Puta merda.

Ele estava completamente enlouquecido, sozinho comigo na casa.

O que eu devia fazer?

Prendi a respiração por uns segundos e fiquei escutando.

Tudo estava em silêncio no andar de baixo.

Peguei o telefone e abri a lista de contatos.

Quando minha respiração voltou ao normal, liguei para os meus senhorios. Eu tinha os números do casal, mas preferi ligar para Anne, a senhoria.

Ela atendeu no mesmo instante.

— Iselin? — ela atendeu. — Aconteceu alguma coisa?

— Oi — eu disse. — Uma pessoa entrou na casa agora mesmo. Eu acho que é o filho de vocês.

— O Jesper está *aí*?

— Está. Mas ele está fora de controle. Gritando e berrando. Eu tentei falar com ele, mas ele me afugentou para o andar de cima. Acho que ele deve ter tomado alguma coisa. Parece que está tendo alucinações. Eu não sei o que fazer. Vocês também não podem fazer nada daí onde estão. Mas eu pensei que talvez houvesse mais alguém para quem eu pudesse ligar.

— Você não sabia? — ela perguntou. — O Jesper desapareceu. Estamos agora em Amsterdam. A caminho de casa para procurá-lo. Mas então ele está aí! Tem certeza de que é ele?

— Eu acho que é. Ele gritou pela mãe enquanto batia na porta. O que você acha que eu faço? Estou com medo.

— O que ele está fazendo?

— Gritando. Parece estar possuído. Não existe a menor condição de falar com ele.

— Que horror — ela disse. — Não vamos chegar antes de amanhã pela manhã. Mas escute. Eu ligo para você daqui a uns minutos. Pode ser?

— Tá bem — eu disse.

Com o telefone na mão, levantei-me, fui até a janela e estiquei o corpo para fora. O ar quente erguia-se como uma muralha.

Um novo gritou soou lá embaixo. O som chegava até o tutano dos ossos.

Minha impressão foi que ele tinha visto outra coisa ao olhar para mim. Devia estar num outro mundo, onde tudo significava outra coisa.

Meu celular tocou.

— Iselin? — a voz perguntou. — Você ainda está em casa?

— Estou — eu disse.

— Nós ligamos para a polícia. Devem estar chegando aí logo em seguida. O que está acontecendo nesse instante?

— Não sei. Estou no meu quarto. Mas ele acabou de gritar lá embaixo.

— Obrigada, Iselin — ela repetiu. — Eu realmente lamento que você esteja passando por isso. Mas logo vai passar.

Quando desliguei, tudo estava em silêncio no andar de baixo. Me deitei mais uma vez na cama. O suor escorria das minhas axilas ao longo do meu corpo. Me cocei e enxuguei a testa na toalha.

A partir daquele instante foi o silêncio que passou a me deixar tensa.

Será que ele havia tirado a própria vida?

Naquele estado, não seria impossível.

Porém o mais certo era que tivesse apenas dormido.

340

Me levantei e fui novamente à janela. A casa ficava numa rua sem saída, então a polícia só poderia chegar por um lado.

Mas não havia nenhum sinal de movimentação.

Eu devia esperar até que a polícia chegasse, abrir a porta e explicar a situação. Mas a ideia de que ele pudesse estar morto ou ferido não me deixava.

Abri a porta com a chavezinha minúscula e desci a escada fazendo o menor barulho possível. Parei junto à entrada e fiquei escutando.

Não havia nenhum som.

Um carro chegou pela estrada e eu me virei e olhei para fora da janela. Era a polícia. A viatura estava com as luzes azuis ligadas, mas não com a sirene. Dois homens e uma mulher desceram. Eles conversaram um pouco enquanto olhavam para a casa.

Tudo continuava em silêncio lá dentro.

Um deles bateu na porta, como um ator em um filme, uma pessoa que de repente bate na porta do cômodo onde você está.

Desci os últimos degraus no maior silêncio possível e abri.

— Oi — disse a policial. — Você que é a Iselin?

Fiz um gesto afirmativo com a cabeça.

— Ele está lá em cima?

— Está. Mas agora ele está quieto. Talvez esteja dormindo. Agora há pouco estava completamente alucinado.

— Ele fez alguma coisa com você?

Balancei a cabeça.

— Ele só gritou umas coisas totalmente sem sentido. E depois veio na minha direção, mas eu fugi e ele não me seguiu.

— Você aluga um quarto no sótão, é isso?

— É.

— Você pode nos mostrar o quarto onde ele está? Depois você pode subir para o seu quarto e voltar a dormir. A gente toma conta do resto.

Os policiais me acompanharam até o segundo andar.

— Ele está aqui — eu disse, e os policiais pararam em frente à porta e começaram a bater enquanto eu subia em direção ao meu quarto. Deixei a porta aberta e fiquei parada no meio do quarto para ouvir o que estava acontecendo lá embaixo.

Se o tivessem pegado, os policiais haviam sido discretos pra burro, pensei.

Sem gritos, sem pancadas, sem violência.

Depois de um tempo ouvi passos na escada. Depressa, encostei a porta, sem fechá-la, e me deitei na cama.

Logo alguém bateu.

Era a policial.

— Não o encontramos — ela disse. — Parece que não está por aqui.

— Como é? — eu disse. — Não pode ser. Dá para ouvir tudo daqui. Eu teria ouvido se ele tivesse saído.

— Será que ele pode estar no primeiro andar? A porta de lá está trancada. Você por acaso não teria a chave?

Balancei a cabeça.

— Tudo bem — ela disse. — Nesse caso não tem mais nada que a gente possa fazer. Você pode ligar para esse número caso ele volte. Agora eu vou ligar para a mãe dele.

Ela me entregou um cartão e eu o deixei em cima da mesa.

— Obrigada pela sua ajuda — ela disse, e em seguida desceu. Logo depois a viatura lá embaixo deslizou pela estrada, dessa vez com as luzes azuis desligadas.

Tranquei a porta, me deitei na cama e fechei os olhos. Eu tinha certeza de que ele ainda estava no interior da casa. Eu teria ouvido se ele tivesse saído.

Será que aquilo tinha sido coisa da minha cabeça?

Me sentei.

Como o incêndio?

Não era possível. Não podia ser.

Tudo havia parecido real. Ele tinha batido e gritado, eu havia descido para abrir a porta e depois ele tinha me empurrado contra a parede e corrido pela escada, eu tinha ido atrás dele, ele havia se jogado contra a parede e se apavorado com a minha presença.

Não havia como a minha imaginação ter inventado tudo isso.

Mas se não fosse assim, então onde ele estava?

Fui até a janela, apoiei as mãos no parapeito e inclinei o corpo para fora. O céu acima das montanhas havia clareado, e as estrelas haviam empalidecido quase a ponto de tornarem-se invisíveis, a não ser pela nova estrela, que continuava a brilhar, forte e nítida.

Jostein

Talvez eu não fosse o homem mais feliz do mundo quando fechei a porta às minhas costas e corri em direção à porcaria do elevador, que não ficava muito longe. Um homicídio triplo não era uma ocorrência comum. E se Geir havia dito que era a pior coisa que já tinha visto, devia ser ruim o bastante. Um assassino serial à solta na cidade: quase não havia como ficar melhor do que isso. E de repente eu tinha arranjado um álibi para Turid também: ela não teria como saber a que horas haviam me chamado. E até onde eu sabia, talvez a artistinha no quarto passasse mais um dia no hotel. Eu podia dar um pulo lá depois que a matéria estivesse pronta e conferir.

Quando desci à recepção, por um motivo ou outro eu estava à espera de que fosse inverno, de que houvesse montes de neve junto às paredes das construções no lado de fora e de que o céu preto estivesse cheio de flocos rodopiantes. Mas não foi nada disso. Não podia ser mais verão do que aquilo. O ar mais parecia uma parede em frente à porta, quente como se fosse meio-dia.

Não havia táxis no ponto da encosta. Acendi um cigarro e digitei o endereço no aplicativo de táxi. No campo do destino, primeiro escrevi Svartediket, mas logo apaguei porque ninguém aceitaria uma corrida até lá em plena madrugada. Em vez disso, procurei no Google Maps quais eram as estradas que subiam até lá. O cruzamento entre a Svartediksveien e a Stemmeveien pareceu bom.

Eram seis minutos de viagem.

Fiquei parado, acompanhando o carro preto que se movimentava pelo mapa e avançava rumo ao centro.

O Torgallmenningen estendia-se vazio e deserto à minha frente. De um apartamento nos andares mais altos vinha uma música alta. Olhei para cima e vi três vultos aparecerem na sacada, cada um com uma garrafa na mão.

Geir disse que os rapazes tinham sido mortos como bichos.

Com uma máscara de abate? Ou com um bom e velho machado? E esfolados?

Era realmente extremo.

Por que ele havia feito uma coisa dessas?

Ou talvez fossem eles. Eram quatro rapazes. Poderia haver mais de um assassino. Mas Geir não tinha dito que apenas três estavam mortos? Nesse caso, onde estava o quarto?

Devia ter sido ele o assassino dos outros três. E como ainda não o haviam capturado, ele estava à solta. Talvez na cidade, no exato momento em que eu estava lá.

O táxi estava no interior do túnel, e eu joguei o cigarro fora com um peteleco e fui à estrada onde logo haveria de surgir.

Os pássaros já haviam começado a grasnar na árvore mais acima. Pimponeta, mas que boceta. Petá petá perrugem, no inferno rabujem, eles cantavam como de costume.

Apenas nesse momento percebi que havia um homem escorado contra a parede no outro lado da rua, com os olhos fixos em mim. Ou será que era a minha imaginação? Com certeza não passava de um bêbado admirado que juntava forças para fazer um último esforço até chegar em casa.

Olhei para o alto da estrada, por onde o táxi devia chegar. A estrada se encontrava totalmente vazia, e abri o mapa para conferir. O carro preto havia parado em frente ao Hotell Norge.

Olhei ao redor.

Nem sempre os mapas eram muito precisos.

Não havia táxi em lugar nenhum.

Mas agora dava para ligar direto para os táxis, não?

Pelo menos havia um ícone com um sinal de telefone. Cliquei no ícone e levei o celular até a orelha enquanto eu andava impacientemente de um lado para outro. Estavam todos lá no Svartediket com os cadáveres dos rapazes, e não levaria muito tempo até que a notícia chegasse a outros jornalistas.

O telefone chamou e chamou.

Por fim desisti e voltei ao hotel. Não havia ninguém na recepção, então bati a mão com força na campainha.

Um rapaz alto de terno preto e folgado saiu da parte de trás e me olhou com ares de superioridade, mesmo que tivesse dentes de cavalo e cicatrizes de espinha no rosto.

— O que posso fazer por você? — ele perguntou.

— Você pode chamar um táxi para mim? — eu pedi. — Já tentei chamar um, mas não veio.

— Você está hospedado no hotel?

Você pode apertar o botão sem perguntar isso, feioso do caralho.

Balancei a cabeça.

— Mas eu acabei de fazer uma visita a uma das hóspedes — eu disse.

Acabei de enfiar o pau numa das hóspedes, você quer dizer, ele deve ter pensado. Mas eu caguei para tudo isso, porque o rapaz fez um gesto afirmativo com a cabeça e apertou o botão e no instante seguinte me entregou um canhoto com o número do pedido.

Quem dera o táxi chegasse logo! Me consumia por dentro ficar parado na recepção sabendo de tudo o que estava acontecendo lá fora.

Acendi mais um cigarro.

Ninguém poderia me negar nada se eu fosse o primeiro a escrever uma matéria sobre o caso.

Três cadáveres na floresta, abatidos e esfolados, e um único jornalista.

Quem diria!

— Você devia ser mais paciente — disse uma voz às minhas costas.

Quê?

Me virei com um movimento brusco. Era o sujeito que tinha ficado me encarando. Achei que ele devia ter uns vinte anos, mas naquele momento percebi que tinha pelo menos quarenta, se não cinquenta.

— Você está falando comigo? — eu perguntei.

O homem abriu um sorriso. Não parecia estar bêbado. O que poderia querer comigo? Será que era gay?

345

— É com você mesmo — ele disse. — Não tem mais ninguém aqui.

— Você podia ser um idiota que fala sozinho — eu disse. — Para ser bem sincero, é o que você parece.

Ele pôs a mão no meu ombro.

— Que porra é essa? — eu perguntei, me desvencilhando. No mesmo instante o táxi chegou ao ponto. Saí andando decidido naquela direção e me sentei no banco de trás enquanto balançava a cabeça.

— Foi você que chamou? — o motorista perguntou sem olhar para mim.

— Eu mesmo — eu disse, abanando o canhoto que o recepcionista havia me dado.

— Para a Svartediksveien?

— É. E estou com pressa pra cacete. Você acha que pode correr um pouco? Posso oferecer uma gorjeta.

O gay continuava me olhando com um sorriso no rosto. Quando o taxista manobrou e pegou a estrada, o homem ergueu a mão num cumprimento, como se a partir de então fôssemos amigos.

Que idiota.

Quase mostrei o dedo médio para ele, mas pensei que aquilo talvez significasse outra coisa no mundo gay e tratei de olhar para o outro lado.

— Você mora por lá? — o taxista perguntou enquanto me olhava pelo espelho. A voz dele era clara e rouca e parecia não se conformar ao rosto envelhecido. Testa enrugada, olhos tristes por trás dos óculos.

— Por quê? — eu perguntei de volta com o jeito mais despretensioso possível enquanto olhava para as construções e as árvores que deslizavam do outro lado da janela.

O taxista com certeza tinha visto o outro sujeito pôr a mão no meu ombro, e naquela altura devia ter uma interpretação pessoal a respeito da cena.

Uma estranha calma se espalhou pelo meu corpo, devagar, como se fosse um líquido. Eu estava completamente puto da cara, então nem queria uma sensação daquelas, mas não era o tipo de coisa que podia ser parada com um ato de vontade.

Minha impressão era que se aquilo continuasse eu logo estaria chorando.

— Houve uma emergência e tanto por lá agora à noite — disse o taxista.

— É mesmo? — eu disse. — Incêndio?

— Não, um caso de polícia, acho eu. Mas então você não mora por lá?

Não respondi.

Ele devia passar muito tempo bebendo e fumando sozinho, pensei quando pegamos a Kong Oscars Gate. Não havia vivalma. Para mim era raro ver a cidade a uma hora daquelas. Em geral, ou eu estava bêbado demais para prestar atenção, ou então dormindo.

Quando tinha sido a última vez que eu havia chorado?

Eu ainda devia ser menino.

Peguei um canivete, abri uma das lâminas, coloquei a ponta sobre a polpa do dedo e aos poucos aumentei a pressão até que o sangue começasse a correr e a dor, fina como uma agulha, fosse a única coisa na minha consciência por uns instantes.

— Mas você é daqui da cidade. Dá para reconhecer pelo sotaque — disse o taxista.

— Já chega — eu disse, lambendo a risca de sangue. — Cuide da sua vida e dirija um pouco mais depressa, por favor. A estrada está deserta.

— Ai, ai — disse o taxista.

Ao longo de Kalfaret ele realmente aumentou a velocidade. O Svartediket ficava a poucos minutos do centro, mas quase não dava para acreditar nisso, porque tudo era completamente deserto por lá. Mas era bom para os adoradores do diabo: assim eles podiam se ocupar de seus assuntos em paz.

Como ele tinha conseguido matar os outros três? Será que estavam dormindo?

Mas por quê?

Com certeza deviam estar totalmente drogados e fora de si.

Ou então essa história de adoração do diabo tinha subido à cabeça dele. Como se aquilo fosse realmente de verdade, e não só um negócio para que todos se achassem fodões.

Que ideia estúpida, reverenciar o mal. Era como reverenciar o sol. Ele nasce todos os dias; não é preciso reverenciá-lo para que isso aconteça. Com o mal é a mesma coisa. O mal já está aqui e por sinal passa muito bem.

O celular começou a tocar no meu bolso.

Era Turid.

Ela ainda estava no trabalho, então com certeza devia estar apenas conferindo se eu continuava na rua.

Recusei a chamada e desliguei o telefone.

O taxista saiu da Kalfarveien e seguiu por uma estrada secundária à esquerda. No instante seguinte ele atravessou um cruzamento e parou.

— Chegamos — ele disse.

Peguei o cartão, inseri-o no leitor que o taxista segurava à minha frente e digitei a senha. Ele estava ansioso demais para descobrir se eu daria uma gorjeta.

No fim acabou tão azedo que nem sequer me deu tchau quando eu desci.

Como se a gorjeta fosse uma reivindicação de todos!

Enfiei a carteira no bolso de trás e comecei a caminhar ao longo das casas silenciosas, em direção à represa cinzenta.

Tomara que a diversão ainda não tivesse acabado por lá, pensei enquanto olhava para o relógio. Mas a verdade é que não havia se passado nem meia hora desde a ligação de Geir.

Não era tempo suficiente para ter acontecido muita coisa.

Ele não tinha dito para seguir pela direita, e não pela esquerda, quando eu chegasse à estação de tratamento de água?

Tinha sim.

Virei à direita e segui ao longo de uma estrada que avançava até chegar perto da represa, passando em frente a um pequeno campo de futebol e depois por uma pequena quadra de basquete, enquanto o barulho de água corrente aumentava.

Parei. Havia pelo menos sete viaturas estacionadas na estrada junto à orla da floresta na margem oposta do rio. Três policiais uniformizados, todos jovens e todos armados, estavam lá conversando, um deles sentado em cima do capô.

Nenhum dava a impressão de ter notado a minha presença, e assim dei um passo para trás para me esconder atrás da construção principal.

O que eu faria?

Acendi um cigarro e olhei para o enorme paredão da represa. Uma das opções era me aproximar deles e falar a verdade, dizer que eu era jornalista e que tinha recebido uma informação e havia me deslocado até o local dos fatos. Ninguém me daria um tiro, mas com certeza dariam uma boa risada na minha cara. Não existia a menor chance de que a polícia fosse dar acesso a um jornalista naquele momento.

Mas o ar era grátis para todos, como a gente dizia quando éramos pequenos.

E aquilo era um loteamento habitacional, ninguém poderia me questionar por eu atravessar a ponte e andar pela estrada no outro lado. De lá eu poderia subir a encosta da montanha e deixá-los para trás atravessando a floresta na parte mais alta.

Talvez fosse um pouco estressante, mas valeria a pena.

Joguei o cigarro longe e comecei a andar. Todos os três policiais olharam para mim quando atravessei a ponte, e eu os encarei de volta com um olhar curioso, porque me pareceu que era o que um transeunte qualquer faria.

Com aqueles olhares nas minhas costas foi difícil continuar andando normalmente, mas assim que fiz a curva e saí do campo de visão dos policiais eu voltei a relaxar e comecei a procurar um local apropriado para subir a encosta.

Havia casas ao longo de toda a estrada, e assim eu seria obrigado a atravessar um dos jardins. Dificilmente haveria alguém de pé a uma hora daquelas, pensei, então abri o portão mais próximo e subi os degraus íngremes que levavam ao jardim de uma casa vermelha. As janelas estavam às escuras, tudo se mantinha em silêncio, e comecei a subir o mais depressa que eu podia, resfolegando antes mesmo de deixar a casa para trás, mas assim mesmo continuei, atravessei o jardim até o outro lado e logo me vi em meio às árvores, onde então parei, apoiei as mãos nos joelhos e respirei aliviado.

Ainda estava escuro, o terreno era irregular e as árvores cresciam próximas umas das outras, então aquilo não seria nem um pouco divertido. Mas, se eu desse sorte, os cadáveres estariam em um local próximo. Eram preguiçosos, esses satanistas: com certeza não tinham se dado ao trabalho de ir muito longe.

Comecei a me afastar. Por entre as árvores eu via as luzes das casas mais abaixo, e em seguida vi também as luzes da estação de tratamento. O melhor seria manter-me um pouco mais acima, porque eu imaginava que a polícia devia estar se deslocando entre as viaturas e o local do crime. O tempo inteiro eu tinha que baixar a cabeça para evitar os galhos, subir porque a vegetação era muito densa e descer porque a encosta era muito íngreme, tudo isso enquanto eu tinha as pernas arranhadas por arbustos e escalava muros de pedra, e quando em vez de dar a volta resolvi passar entre dois abetos que cresciam muito perto um do outro eu arranhei o rosto.

Como eu odiava a floresta!

Por que eles não tinham matado uns aos outros num apartamento?

Passados dez minutos parei mais uma vez, com as pernas cansadas demais e a respiração ofegante demais para continuar. O suor escorria da testa para os meus olhos, que ardiam com o sal.

Mas pelo menos eu estava acima da água: já dava para ver o pretume entre as árvores lá embaixo.

De um lugar qualquer veio o rumor de um helicóptero.

Supostamente o helicóptero devia estar a caminho do hospital, que ficava a poucos quilômetros da estação de tratamento.

Enxuguei o suor da testa com uma das mangas e esfreguei os olhos com a outra antes de continuar.

Talvez não fosse má ideia chegar um pouco mais perto da água, pensei. Pelo que eu sabia, talvez o local do crime já tivesse ficado para trás.

Comecei a descer. Minhas pernas estavam moles como vara verde, e eu tinha a sensação de que não faltava muito para que eu perdesse o equilíbrio.

O helicóptero chegou mais perto. Com certeza não estava indo para o hospital, pensei. Devia ser coisa da polícia.

O helicóptero começou a sobrevoar a encosta e eu parei e olhei para cima. Logo o vi se afastando, escuro e metálico com o céu quase preto ao fundo.

Continuei a descer. O terreno era irregular, e em certos pontos tão íngreme que não se via nada além da montanha.

No fim do vale ouvi o helicóptero fazer uma curva e voltar. Ele fez um voo baixo ao longo da encosta.

O que estaria fazendo?

Me agarrei a um galho com uma das mãos e olhei para cima. O helicóptero estava voando mais devagar.

Mal passou por mim e em seguida voltou. Dessa vez parou bem acima de mim, lá no alto.

Será que podiam me ver lá de cima?

Por segurança, me agachei sob a copa de um abeto.

Eu já não conseguia mais ver o helicóptero, mas o rumor continuou por mais uns trinta segundos antes que o barulho se alterasse e a aeronave se deslocasse para longe com uma velocidade cada vez maior.

Saí do meu esconderijo e continuei descendo em um trajeto diagonal. Somente naquele instante me ocorreu que o assassino poderia estar por lá. Escondido, até que as coisas se acalmassem.

Ou não. Ele não poderia estar lá, porque a polícia faria buscas com cachorros. Ele já devia ter voltado à cidade muito tempo atrás. Talvez houvesse até mesmo atravessado a montanha. Isto é, caso os satanistas tirem carta de motorista. Afinal, o sujeito não podia ser maluco a ponto de pegar um avião ou um trem?

Cheguei a um trecho mais plano e percebi que eu já não estava muito longe da água. O céu continuava escuro, e ainda não era possível distinguir as cores no meio do arvoredo que crescia ao meu redor, porém ao menos eu já conseguia ver onde estava pisando.

— POLÍCIA! DEITADO! AGORA! ESTOU FALANDO COM VOCÊ! DEITADO! SENÃO EU ATIRO!

Me ajoelhei o mais depressa que pude e ergui os braços acima da cabeça.

— EU SOU JORNALISTA! — gritei. — NÃO ATIRE!

— DEITADO! DE CARA NO CHÃO! AGORA!

Baixei o corpo e apertei o rosto contra o chão. Segundos depois ouvi ruídos nos arbustos próximos.

— EU SOU JORNALISTA! — gritei com o rosto ainda no chão. Mas os idiotas não quiseram saber. Eles chegaram de todos os lados. Senti um joelho nas minhas costas, e uma mão empurrou minha cabeça para baixo enquanto os meus braços foram erguidos e juntados às minhas costas.

— Ah, caralho! — eu disse. — Você está me machucando! Eu já disse que sou jornalista!

Logo vieram as algemas, e a seguir fui posto de pé. Somente então eu vi o rosto deles. Eram três rapazes das forças especiais em uniformes de combate.

— O que você está fazendo por aqui? — um deles me perguntou enquanto tentava me diminuir com o olhar. Ele tinha a barba como a de um homem das cavernas, sem dúvida para dar-lhe um aspecto mais velho.

— Eu já disse três vezes. Eu sou jornalista. Estou fazendo a cobertura de um caso para o meu jornal. Você pode fazer o favor de retirar as algemas? O que está acontecendo é uma idiotice.

— Nome?

— Jostein Lindland. Você pode me procurar no Google se quiser.

Ele continuou a olhar para mim. Eu não queria jogar aquele jogo, então voltei o olhar para a encosta.

Ele fez um gesto afirmativo com a cabeça e ao mesmo tempo ergueu as sobrancelhas, enquanto os outros dois me pegaram cada um por um braço e começaram a me levar para baixo da encosta.

Provavelmente já tinham decidido que aquela seria a maneira de proceder, então eu não disse nada.

Quando nos aproximamos da água, seguimos por uma trilha que surgiu. Depois de um tempo uma clareira se abriu; um pouco mais abaixo havia uma fenda na montanha, e quanto chegamos lá eu finalmente pude ver o local dos assassinatos. Um pequeno córrego, que não podia ter mais de cem metros, e que estava tomado por gente da polícia. No mesmo instante vi Geir, que estava em frente a uma tenda branca armada na outra ponta, falando com um homenzinho que devia ser Gjertsen. Os dois olharam para nós quando chegamos. Geir veio prontamente em nossa direção.

Havia um leve cheiro de queimado por lá. Como o cheiro de um incêndio ocorrido uma semana antes. E além disso havia um outro cheiro estranho. Ah, o que era aquilo? Estava na ponta da minha língua...

— Lindland — disse Geir. — O que você está fazendo aqui?

— O meu trabalho — eu respondi. — Quando de repente fui atacado na floresta.

Ele sorriu.

— Eles também estão fazendo o trabalho deles.

Geir olhou para o rapaz com a barba de homem das cavernas.

— Você já pode tirar essa coisa dele.

O rapaz acenou com a cabeça e tirou as algemas.

Esfreguei um dos pulsos, depois o outro, e então absorvi tudo o que estava ao meu redor enquanto eu tentava não parecer curioso.

Será que era pólvora, aquele cheiro? A boa e velha pólvora?

Gjertsen, que até então vinha digitando no telefone, olhou mais uma vez para nós, guardou o celular no bolso e se aproximou.

— Achei que agora você trabalhava no caderno de cultura — ele disse.

— E trabalho mesmo — eu respondi, limpando umas agulhas de conífera que haviam ficado presas à minha calça. — Estou preparando uma matéria sobre uma banda. O Kvitekrist. Ouvi falar que estavam todos por aqui.

Geir e Gjertsen sorriram.

— Como foi que você soube? — Gjertsen perguntou.

— Tenho as minhas fontes — eu disse.

— O que mais você sabe?

Dei de ombros.

Um técnico de roupa branca saiu da tenda. Dois outros caminharam lado a lado junto à orla da floresta com a cabeça baixa e o olhar fixo no chão. Um pouco mais além havia uma grande fogueira. Vi que as achas estavam parcialmente queimadas. Depois da fogueira havia pedras que pareciam estar dispostas em um padrão. Era difícil ver, mas parecia ser um pentagrama.

— Você não pode ficar aqui — disse Gjertsen. — Vou pedir a alguém que acompanhe você no caminho de volta.

Ele se aproximou do técnico em frente à tenda.

Olhei para Geir.

— Eles ainda estão aqui? — eu perguntei.

— Quem?

— Os cadáveres.

— Aham — ele disse.

— Posso ver?

— Você está louco? É claro que não. Já é ruim o bastante você ter chegado até aqui.

— Você tem fotos?

— Trate de escrever a sua matéria — ele disse.

Eu queria muito vê-los. Adoradores do diabo, um triplo homicídio ritual, a pior coisa que ele já tinha visto na vida.

Na orla da floresta um dos técnicos se abaixou e juntou um objeto do chão. Parecia ser um livro preto, ou então queimado.

O outro lhe alcançou um saco plástico transparente e o livro foi colocado lá dentro.

— É o baterista que não está por aqui? — eu perguntei.

Geir lançou um olhar rápido na minha direção antes de ocultar o interesse.

— Nada a declarar — ele disse.

— Obrigado — eu disse.

— Eu não disse nada — ele disse.

— Tudo bem — eu disse. — Mas, se for ele, eu conheço uma pessoa que o conhece bem. Falei com o sujeito ainda ontem. Antes que isso acontecesse.

— Lindland, nós também conhecemos um bocado de gente — disse Geir.

— Mas pode ser que vocês não conheçam justamente esse sujeito. E ele sabe de coisas. Mas duvido que esteja disposto a falar com vocês depois do que aconteceu hoje.

— Você não sabe — ele disse.

— Eu vou encontrá-lo antes de vocês! — eu disse com uma risada.

Geir pegou um cigarro eletrônico do bolso de trás e colocou-o na boca. Uma pequena nuvem de fumaça logo envolveu a cabeça dele.

Depois colocou aquilo de volta no bolso.

— Você só quer ver os cadáveres, certo? — ele perguntou. — Não vai escrever nada sobre o que você viu? Se isso acontecer, vai ser um adeus eterno.

— Combinado — eu disse, sentindo uma pontada de alegria no peito.

Acompanhei Geir até a tenda, onde paramos na frente de Gjertsen.

— O Lindland vai entrar — ele disse.

— Geir, pare com isso — disse Gjertsen. — Você sabe que não dá. Vão crucificar você.

— Talvez ele possa nos ajudar. E ele não vai escrever nada sobre o que está aí dentro.

— A gente pode confiar em você? — Gjertsen perguntou, olhando para a minha testa.

— Você tem a minha palavra de honra — eu disse.

— E isso vale alguma coisa?

Que história era aquela?

Um sujeitinho daqueles?

Tive vontade de fazer um comentário qualquer sobre micropênis, porém eu estava à mercê deles, então guardei meu comentário e em vez disso abri um sorriso amistoso.

— Eu nunca quebrei uma promessa feita a vocês — eu disse. — E vocês só pegaram o Heksa graças a mim. Aquilo custou o meu emprego, lembra? É claro que vocês podem confiar em mim.

— Está bem, está bem — disse Gjertsen. — Mas a responsabilidade é sua, Geir.

Como que para frisar esse comentário, Gjertsen se afastou de nós.

— Esteja preparado ao entrar — disse Geir. — É uma coisa absolutamente terrível e grotesca. Nada de vomitar. Certo?

— Tudo bem — eu disse.

— E nenhuma palavra sobre o que você vai ver, nem no jornal nem em lugar nenhum.

— Está bem, está bem, está bem — eu disse. — Vamos entrar?

Geir levantou a aba da porta e eu o acompanhei rumo ao interior. A luz era forte, quase branca, e conferia à grama uma cor estranhamente artificial. No meio da tenda estava o que deviam ser os cadáveres, cobertos por uma lona, também branca. Um técnico examinava o chão, ajoelhado. Ele não ergueu o rosto quando entramos. Outro, talvez o legista, estava sentado num banco dobrável digitando no celular com um monte de caixas e recipientes às costas.

— Pronto? — Geir me perguntou, agachado ao lado da lona com os olhos fixos em mim.

Fiz um gesto afirmativo com a cabeça e num único movimento ele ergueu a lona e se levantou.

Meu Deus.

Puta que pariu.

Os três rapazes estavam deitados de bruços com a cabeça virada para as costas, de maneira que o nariz e o cu apontavam para o mesmo lado. Toda a pele do corpo tinha sido esfolada; os três estavam reduzidos a amontoados de carne com uns poucos tendões e veias aqui e acolá. Mas do pescoço para cima a pele tinha sido preservada: eles pareciam estar de máscara. A garganta dos três estava cortada. Na ponta dos dedos descarnados ainda restavam as unhas. E o topo da cabeça tinha sido cortado.

Os três já nem pareciam pessoas.

Era como se alguém houvesse tentado criar pessoas, mas não tivesse conseguido.

— Já viu o suficiente? — Geir me perguntou.

Acenei com a cabeça e ele tornou a cobrir os cadáveres.

— Você entendeu? — ele perguntou quando saímos.

— Quem pode ter feito uma coisa dessas? — eu perguntei. — Como é possível? Deve ter levado dias! E deve ter sido um homem forte.

Geir pegou mais uma vez o cigarro eletrônico.

— Eu não entendo como você pode estar tranquilo desse jeito — eu disse. — Você tem um triplo homicídio nas costas, não tem nenhum suspeito e ainda por cima tem um assassino demente à solta. *Aqui na cidade.*

— Demente é a palavra exata.

— Só me resta desejar sorte — eu disse. — E agradecer pela espiada.

— O que você acha? — Geir me perguntou.

Dei de ombros.

— Por sorte não é o meu trabalho — respondi. — Mas alguém deve ter arranjado uma droga que o deixou completamente enlouquecido. E além disso lhe deu forças sobre-humanas.

— Por causa da cabeça virada?

— É.

— Duas pessoas conseguiriam fazer aquilo — ele disse. — Mas até agora sabemos de apenas uma que andou por aqui.

— Talvez você devesse investigar os índios expatriados aqui da cidade — eu disse. — Os três foram escalpelados!

— Tome nota disso — ele disse.

Os três jovens policiais que estavam postados junto à estação de tratamento de água deviam ter recebido notícias de que eu estava a caminho, porque simplesmente fizeram um aceno de cabeça para mim quando saí da floresta e passei por eles.

Parei atrás do grande prédio administrativo, acendi um cigarro e liguei o celular para chamar um táxi.

Turid havia me ligado quarenta e sete vezes.

Quarenta e sete vezes!

Devia ter acontecido alguma coisa.

Será que ela tinha esquecido a chave e não conseguia entrar em casa porque Ole estava dormindo?

A despeito do que fosse eu não poderia ajudá-la, ao menos não naquela hora: eu precisava ir para a redação escrever a matéria depressa pra caralho.

Não me dignei a ficar brincando com o aplicativo, mas fiz tudo à moda antiga, ligando para a central e pedindo um táxi, e então desliguei o celular outra vez.

Quinze minutos depois eu estava no banco de trás do táxi, olhando para as casas que deslizavam do outro lado, muitas já com luzes nas janelas agora que o dia raiava. Também havia pessoas nas ruas, não mais a caminho de casa, mas a caminho do trabalho, ciclistas com capacetes e luzinhas que piscavam histericamente, ônibus que transportavam a carga de trabalhadores. O céu estava totalmente limpo e azul-escuro, o sol erguia-se acima de Fanafjellet e do outro lado, acima de Askøy, ainda estava a porra daquela nova estrela.

Tudo havia dado certo.

Eu tinha conseguido pôr as mãos numa matéria inacreditável.

Um bando inteiro de satanistas massacrados da forma mais horrível que se podia imaginar! Um assassino à solta!

E ninguém sabia de nada!

Eu bem que gostaria de ter batido na porta do quarto de hotel e me divertido com a artista por mais trinta minutos, porém naquela situação o tempo era a única coisa que eu não podia desperdiçar.

Quando o táxi parou em frente à redação eu dei uma gorjeta para o taxista. Ele não tinha dito nada durante todo o trajeto, e aquele era o meu dia.

Finalmente o meu dia havia chegado.

Turid

No início eu não vi nada na escuridão entre as árvores. Passei um tempo imóvel para que os meus olhos se acostumassem e também para ouvir os barulhos de Kenneth. Tudo estava em silêncio.

Ele devia estar muito longe.

Como era capaz de correr por lá?

Eu teria dado qualquer coisa para correr atrás dele, simplesmente atravessar a floresta dando tudo de mim, tudo para encontrá-lo e levá-lo de volta.

Mas eu só conseguia andar devagar. E mesmo assim com um aperto no peito.

Acalme-se, Turid Tusseladd.

Acalme-se.

Caminhe tranquila.

Tudo está bem.

Ele não vai morrer, no fim vão encontrá-lo são e salvo.

Respire tranquila.

Pense tranquila.

O chão da floresta estava tão seco que fazia pequenos rumores a cada passo meu. Eu mal conseguia distinguir os troncos, e por isso andava devagar, com uma das mãos à frente do corpo para me proteger dos galhos que surgiam de repente.

Ao fim de talvez vinte metros, quando o terreno ficava mais íngreme, parei.

Aquilo não daria resultado nenhum. Ele já devia estar centenas de metros à minha frente. E eu não sabia nem ao menos para que lado ele havia seguido.

Mas eu não podia simplesmente perder um paciente.

Isso daria início a uma busca gigantesca. Tudo porque eu tinha agido como uma idiota.

O que Berit diria?

Ele podia estar sentado em um lugar qualquer.

Era como se os meus ouvidos tivessem de se acostumar ao silêncio assim como os olhos têm de se acostumar ao escuro, pensei, e naquele momento ouvi vários rumores ao meu redor.

— Kenneth! — chamei em meio à escuridão, mantendo a respiração suspensa logo a seguir.

Nada.

Decidi continuar mais um pouco. Pelo menos eu teria feito tudo o que eu podia.

— KENNETH! — gritei.

Nada.

Mas ele nunca tinha obedecido a ninguém, era burro demais para isso, mais burro do que um cachorro, então por que responderia naquele momento?

Poucos metros acima encontrei uma trilha que subia em diagonal à esquerda, depois à direita e depois novamente à esquerda. Um luar pálido estendia-se sobre o chão nos pontos mais abertos da floresta, e era fácil caminhar, mesmo que a intervalos regulares raízes grossas surgissem à minha frente. Sob o brilho do luar, pareciam cobras.

Eu fazia paradas mais ou menos a cada vinte metros. Às vezes me apoiava em um tronco de árvore. Escutava. Havia os rumores e os farfalhares das profundezas da floresta, mas nada de passos, nada de um louco à solta, nada de uivos.

Por fim cheguei a um pequeno platô sem árvores, onde me virei e olhei para longe, em direção aos caixotes iluminados mais abaixo e às estradas que os separavam. A floresta mais atrás estava totalmente preta até a cadeia, que estava a talvez um quilômetro de distância, como uma ilha de luz em meio à escuridão.

Me ocorreu que eu podia simplesmente me demitir. Eu relutava com o meu emprego dia após dia, então não havia motivo para me apegar. Especialmente naquela noite.

Quando me virei, percebi que não era a lua que brilhava acima das árvores, mas um planeta.

Quando menina, eu achava que era a Estrela de Belém. Todo mundo achava.

Ah, meu Deus, quem me dera estar de volta lá! Com a minha mãe, meu pai e o pequeno Tore.

O bebê sobre o tapete da sala, que sorria quando eu me abaixava e fazia caretas.

Aqueles olhinhos espertos.

Aquela pele macia!

Não sei se imaginei a pele ou cheguei a senti-la quando voltei a caminhar, mas durante os poucos segundos em que o bebê recém-nascido esteve nos meus pensamentos aquilo me encheu com uma torrente de sentimentos infinitamente bons.

Certa vez Jostein tinha me dito que era isso que a heroína faz. Que você tem a mesma sensação de estar protegido e de ser cuidado que teve quando era pequeno.

Com a mamãe e o papai. O edredom sobre o corpo, os grandes adultos que se levantam e sorriem e dizem boa-noite e apagam a luz. Bondade, ternura e conforto.

Olhei para a Estrela de Belém e detive o passo.

— Pai nosso que estás no céu — eu disse. — Faça com que isso acabe bem. Permita que eu encontre o Kenneth. Permita que o Ole fique bem.

Mais cinco minutos, pensei. Depois eu volto e soo o alarme.

Sølve logo começaria a se perguntar onde eu estava.

Isso caso não estivesse dormindo.

— KENNETH! KENNETH! VENHA! — eu gritava enquanto andava.

Talvez fosse mais para mim do que para ele. Para me convencer de que eu havia feito tudo o que podia.

Do outro lado do platô as árvores erguiam-se como uma parede, mas logo depois o terreno enviesado mais uma vez tornava a descer; naquele ponto as árvores eram distantes umas das outras, e o chão era repleto de urze. Já não se via estrada nenhuma, porém assim mesmo era fácil caminhar por lá.

De repente eu vi uma luz. Entre as árvores, a talvez cem metros de mim.

A luz parecia vir de uma fogueira.

Era o tipo de coisa que despertaria o interesse de Kenneth. Se ele tivesse visto aquilo, sem dúvida teria ido até lá.

Mas quem acenderia uma fogueira naquela floresta?

Uma turma que estivesse bebendo, talvez.

Esse pessoal não se preocuparia com a proibição de acender fogueiras.

Desci a encosta suave com a urze roçando meus pés. No ponto mais baixo havia duas árvores caídas, e poucos metros além a floresta voltava a se adensar.

A fogueira parecia estar muito distante. Talvez porque eu já não a visse mais de cima, pensei. Mas o que aconteceu foi o oposto: depois que andei em zigue-zague por entre os grandes abetos escuros, a luz da fogueira de repente pareceu bem mais próxima do que eu havia imaginado.

Estava no outro lado de um pequeno bosque. Ou talvez fosse um pequeno charco.

Eu via apenas o reflexo. Mas não havia som nenhum. Ninguém simplesmente abandonaria uma fogueira acesa na floresta?

Deviam estar dormindo.

Claro, sem dúvida estavam dormindo.

E claro que Kenneth não estaria lá. Por que haveria de estar?

Foi como se naqueles últimos minutos eu tivesse esquecido da própria razão para a minha presença naquele lugar. Da situação desesperadora em que eu me encontrava.

E como eu tinha ido longe!

Olhei para o relógio.

Não haviam se passado mais de vinte minutos.

Não faria diferença nenhuma ir até lá conferir.

Continuei ao longo de um riacho estreito e quase seco, que em certos pontos estava totalmente oculto sob os galhos dos abetos que cresciam nas duas margens.

De um lugar próximo veio um barulho. Parei e no instante seguinte o barulho também cessou.

Tinha soado como se fossem passos.

— Olá — eu disse. — Tem alguém por aqui?

De repente um estalo sinistro ressoou pela floresta.

Houve respostas: o mesmo estalo veio de outra direção.

Fiquei tão assustada que não consegui fazer mais nenhum movimento.

E então, acima de mim, alto como uma voz humana, de repente soou um grito que parecia vir de um pássaro.

CRUUÁÁÁ!

Senti meu coração bater como louco no peito. Quando inclinei a cabeça para trás e olhei para cima, uma grande sombra deslizou da árvore, planou acima da clareira e desapareceu na escuridão do outro lado.

O estalo soou mais uma vez a poucos metros de mim.

Senti vontade de gritar.

Mas nesse caso eles chegariam mais perto.

Imóvel, com o corpo trêmulo, continuei parada e olhei para a escuridão de onde o barulho tinha vindo.

O pássaro, aquele grande pássaro, estava coberto por escamas.

Não vi nada por lá.

Nada no bosque.

E de repente tudo voltou ao silêncio.

Nada de sons, nada de movimentos.

Foi como se em poucos segundos ondas enormes tivessem quebrado em cima de mim, para então se afastar novamente.

Eu tinha que ir embora daquele lugar.

Mas eu não tinha coragem de fazer nenhum movimento.

Virei o rosto com todo o cuidado e tornei a olhar para o bosque.

A fogueira continuava a arder. As chamas haviam se tornado menores, e o círculo de luz que projetavam havia encolhido.

Kenneth saiu da floresta.

Ele andava devagar, como um sonâmbulo.

Na frente dele a fogueira se extinguiu.

O estalo voltou de várias direções ao mesmo tempo, mas em volume menor.

cali-cali-cali-cali

Kenneth parou. Seu corpo nu cintilava de leve sob a luz do céu.

Em seguida ele se ajoelhou.

cali-cali-cali-cali

Ouvi um rumor em um arbusto próximo. Vi uma sombra movimentar-
-se lá dentro. Segundos depois a sombra emergiu. Era um homem. Ele andava depressa, com movimentos convulsivos; era um caminhar ao mesmo
tempo fluido e rígido. A cabeça era grande e pesada como a de um boi. Três
longas tranças estendiam-se pelo dorso nu. Os dedos de uma das mãos, que
era enorme, espalmavam-se no ar. A outra trazia um recipiente.

cali-cali-cali-cali

O homem parou na frente de Kenneth.

Kenneth ergueu a cabeça e olhou para cima.

Com o tronco inclinado para trás e a cabeça inclinada para a frente, o
homem enfiou a mão no recipiente. A seguir pousou a mão sobre a testa de
Kenneth, uma onda pareceu atravessar o corpo de Kenneth e a seguir ele caiu
para trás.

Então o homem olhou para mim.

Os olhos dele eram amarelos, e aquilo não era um homem. Aquilo não
era um homem.

SEGUNDO DIA

Egil

A manhã não começou bem. Já eram quase quatro horas quando fui para a cama e eu tinha esquecido de baixar a cortina quando me deitei, então fui acordado já às seis e meia com a primeira luz do sol batendo no quarto. Eu sabia que não havia como pegar no sono outra vez, mas assim mesmo tentei, porque havia poucas coisas piores do que a passividade nas primeiras horas da manhã quando uma pessoa não dormiu o suficiente para se concentrar em nada — e já não pode mais, como eu não podia, tomar uma bebida ou duas para dar início ao dia.

Ou melhor, na verdade eu *podia*, pensei ainda deitado enquanto me virava na cama quente. A proibição era autoimposta, e assim podia ser revogada por mim.

Por que havia dois de mim? Um que dizia não, outro que me tentava, um que queria e um que não queria? Não teria sido mais fácil se a unidade interior fosse um princípio da humanidade?

Por fim tudo o que tinha acontecido durante a noite anterior desabou em cima de mim. A nova estrela.

Será que ainda estava lá?

Me levantei e fui até a sacada.

A estrela continuava a brilhar no Norte. Mesmo naquele instante, já de manhã, com o sol alto.

Devia ser um brilho muito forte. Ou então a estrela devia estar próxima.

Uma estrela matutina.

Eu sou a resplandecente estrela da manhã, Jesus havia dito.

Mas no Livro de Isaías a estrela da manhã era o Diabo.

Não era assim?

Eu tinha que conferir.

Apoiei as mãos na balaustrada e olhei para a paisagem. O mar azul-escuro estava tão calmo que não parecia ser líquido, mas dava a impressão de ser firme.

Como uma superfície de vidro azul em que o sol reluzia e brilhava.

Gaivotas singravam o ar mais acima. Dava para ver que aproveitavam o calor e a tranquilidade.

Não era comum que o lugar estivesse tão calmo.

Passei a mão nos cabelos e notei que estavam sebosos.

Eu não tinha vontade de tomar uma ducha, porque estava quente demais para isso; mas talvez um banho de mar?

Entrei e peguei uma toalha no armário do quarto, vesti um calção de banho e uma camisa, enfiei os pés nos chinelos e tornei a sair. Parei ao lado da mesa onde ficava a máquina de escrever, puxei a folha que eu havia escrito quando Arne ligou e coloquei-a numa pilha ao lado, sem ler.

A estrela era claramente um sinal.

Mas um sinal de quê?

Logo estaria claro.

Mas onde, e para quem?

Segui a trilha que começava na varanda e descia até os escolhos. Desde a infância eu me banhava naquele mesmo ponto, um recanto preto e levemente inclinado na encosta da montanha, abrigado por uma rocha íngreme com um buraco cheio de água salgada na parte mais baixa. A impressão era de que aquele lugar pertencia à cabana, e eu me sentia puto da cara toda vez que encontrava mais gente por lá, mesmo que eu obviamente não dissesse nada, porque afinal não éramos donos dos escolhos.

Mas naquele momento eu estava sozinho.

A água parecia tentadora com a superfície azul e espelhada, mas eu já não tinha mais doze anos; eu também sabia que os primeiros instantes seriam como um choque de frio, apesar do calor que fazia, então tirei a camisa e os chinelos e me sentei para tomar calor e coragem.

A noite anterior tinha chegado com um clima de pesadelo, me ocorreu enquanto olhava para o horizonte enevoado ao longe. O rosto ensanguentado de Arne na praia, o carro parado em meio às árvores, a grande estrela no céu. O calor na escuridão, o texugo na casa, a gata com a cabeça arrancada. E além disso a mania de Tove.

Tudo ao meu redor estava muito distante.

Eram essas coisas todas que criavam a situação, mas nelas próprias a impressão era a de que tudo simplesmente acontecia de maneira igual para todos.

Pensei se eu não devia passar na casa deles mais tarde, porém no mesmo instante abandonei a ideia. Eu gostava de falar com Arne, mas naquele momento não estava disposto a pagar o preço exigido. Não havia como estar lá sem me sentir marcado, toda vez era como se eu fosse rasgado em pedaços no meio daquele caos, e depois era preciso muito esforço para me livrar dessa sensação. Era uma família que passava necessidade, mas não sabia disso.

Tinha sido um erro topar aquelas cervejas.

Eu devia ter mantido *distância*.

Mesmo que fossem apenas duas ou três cervejas e eu não estivesse bêbado, aquilo fazia com que eu me pusesse em contato com a situação. Fazia com que tudo estivesse próximo de mim.

Por que era tão difícil fazer o que havíamos decidido?

Me levantei e subi na rocha, me postei na borda, ergui os braços acima da cabeça e mergulhei. A água fria e salgada envolveu a minha pele quente. Quando abri os olhos, descobri um redemoinho de pequenas borbulhas e o fundo rochoso que reluzia em verde abaixo de mim. Dei umas braçadas rumo ao fundo antes de fazer a volta e romper a superfície para tomar fôlego.

Já era o suficiente.

Subi no escolho, me sequei com a toalha, vesti a camisa sem abotoá-la, enfiei os pés nos chinelos e segui mais uma vez em direção à cabana.

Só quero a cabana, mais nada, eu havia dito ao meu pai tão logo os arranjos do testamento começaram a ser feitos. Se eu não ficar com a cabana, o resto não faz diferença nenhuma: não quero mais *nada*.

E assim foi. A não ser por uma soma generosa que também entrava na minha conta todos os meses. Eu não tinha pedido isso, mas também não tinha recusado.

Essa história do dinheiro nunca ficou bem resolvida. Meu pai deve ter me desprezado pela falta de orgulho, por ver que eu me recusava a aceitar com uma das mãos enquanto aceitava com a outra. Mas ele nunca havia feito nenhum comentário a respeito.

E afinal de contas eu precisava do dinheiro.

Já na cabana, fui até a varanda, no ponto onde dava para o oriente, para ver se a teia da aranha havia feito uma captura naquela manhã. A aranha, que eu chamava de Rainha, era enorme e estava lá fazia anos. Andava de um lado para outro e fiava a teia ora aqui, ora acolá, de acordo com uma lógica que jamais pude compreender. Mas ela estava naquele mesmo ponto havia meses já.

Uma mamangava estava presa na teia. Parecia estar morta, mas era difícil ter certeza. Baixei a cabeça e tentei olhar por baixo da viga, onde Rainha geralmente ficava.

Lá estava ela.

Totalmente imóvel, com as patas dispostas em círculo ao redor do corpo, ela permanecia no escuro, tendo abaixo de si a complexa teia que havia fiado.

Não tinha jeito de considerar a hipótese de que a evolução fosse cega. Não havia jeito de considerar a hipótese de que uma coisa tão sofisticada e ao mesmo tempo tão simples pudesse ter surgido por acaso, a despeito de quantos milhões de anos o acaso tivesse à disposição.

Toquei de leve o corpo da mamangava, que balançou de um lado para outro.

Como era possível que a aranha pudesse comer aquilo?

Fui até a varanda, abri a porta de correr, busquei uma lata de Pepsi Max na geladeira, peguei o romance que eu estava lendo, os cigarros e o cinzeiro e me sentei na cadeira da varanda.

Ainda não havia nenhuma nuvem no céu, e se não fosse pelos escolhos e pelas ilhotas, que reluziam quase em branco sob a luz do sol, o mundo pareceria totalmente azul de onde eu estava sentado.

Abri a lata de refrigerante e tomei um gole, acendi um cigarro e tentei ler um pouco. Era *Islands in the Stream*, de Hemingway, mas aquele mundo caribenho onde a ação se desenrolava não parecia convincente no panorama ensolarado do litoral nórdico em que eu me encontrava. Eu via florestas de espruce, cabanas de madeira e praias de cascalho onde devia haver palmeiras e casas coloniais de alvenaria. Eu também estava meio cansado demais para me concentrar. E além disso o calor estava bem incômodo.

Era um veranico e tanto, pensei, largando o livro na mesa ao lado. Mas veranico não era bem a palavra certa. Essa palavra sugeria uma coisa incondicionalmente boa, um dia incrível de verão que podia surgir de repente como que por milagre após seis longos meses de inverno, mas aquele calor tinha um caráter meio doentio e era difícil de aproveitar.

Tudo bem que, a julgar pela quantidade de plástico que havia começado a singrar as águas mais abaixo, com e sem velas, havia pessoas em número suficiente fazendo justamente isso.

No quarto o telefone tocou. Apaguei o cigarro, entrei e me inclinei por cima do aparelho, na tentativa de enxergar o número exibido na minúscula tela em uma peça ensolarada.

Era Camilla.

O que ela podia querer?

Esperei até que o telefone parasse de chamar. Depois coloquei o celular no mudo e o enfiei no bolso da camisa, vesti uma bermuda, coloquei um chapéu de palha e um par de óculos de sol, saí pelo outro lado, montei na bicicleta, pedalei até a estradinha de cascalho, passei em frente aos trapiches na baía e saí na estrada principal — que não era mais larga do que a estradinha de cascalho, mas pelo menos era asfaltada.

O ar quente erguia-se em colunas entre as árvores, e o cheiro de floresta, de coníferas, de folhas secas e terra crestada chegava em ondas enquanto eu pedalava.

Havia epilóbios no barranco e na descida em direção à água, e pés de framboesa mais perto das grades de contenção.

Ela havia ligado na noite anterior. Eu atendi. Foi um erro. Ela disse que faria uma viagem a Roma, e que eu teria de ficar com Viktor por uma semana. Com um dia de antecedência!

Eu tinha dito que não podia e que seria impossível para mim fazer uma coisa dessas em cima da hora.

Eu tinha agido de maneira amistosa e racional. Ela havia ficado brava. Furiosa.

E sem nenhuma razão, para dizer o mínimo.

Por que você não me ligou antes?, eu tinha perguntado. Não teria havido nenhum problema.

Mas eu fiquei sabendo hoje!, ela berrou. Você nunca fica com ele! E é uma boa oportunidade para mim, eu não posso recusar!

Não precisa gritar, eu disse. Você já falou com os seus pais?

Eles estão na merda da Tailândia!

E o seu irmão?

Você é o pai dele. Puta merda, Egil!

Ele não pode ir junto?, perguntei.

Ela desligou na minha cara.

Eu tinha saudade dele, não era nada disso. Mas ele não podia simplesmente aparecer do nada. Eu tinha que me preparar, me colocar no clima. Porque quando Viktor estava comigo, não havia mais nada. Ele ocupava todo o espaço.

A subida em direção à floresta começou e eu fiquei em pé na bicicleta.

O chão da floresta estava cheio de musgo e pés de urze e de mirtilo. Uma claridade branca vinha das bétulas lá dentro, no ponto onde o pântano começava.

Por que aquilo não era bom o suficiente? Por que não era suficiente em si mesmo?

No interior da floresta fazia ainda mais calor, e senti o suor escorrer pela camisa numa listra que ia da nuca até as costas quando me sentei mais uma vez e pedalei ao longo da estrada.

Estou aqui, nesse instante.

É o bastante.

Nada de smartphone, apenas um pequeno Nokia, nada de GPS, nada de motores, somente os pedais, as rodas, o ar quente no corpo e a floresta.

Os últimos quilômetros eram leves, ou planos ou levemente inclinados para baixo, e ao fim de quinze minutos eu havia chegado ao lugar onde Arne tinha batido o carro na noite anterior. Desci e conduzi a bicicleta pela trilha que levava à praia, empurrando-a por cima das pedras e rumo ao interior da floresta no outro lado, onde ficava a baía em que eu tinha amarrado o barco. Não foi nada fácil, porque lá havia abrunheiros e roseiras com espinhos que me obrigavam a erguer a bicicleta e recolocá-la no chão à minha frente para só então passar, e os abetos baixos, que cresciam de maneira compacta em razão do vento e mais pareciam arbustos, também eram difíceis de transpor com uma bicicleta. Tudo por causa daquele idiota do Arne, pensei enquanto largava a bicicleta para fazer uma pausa rápida.

Era estranho, mas ele parecia banhar-se no brilho da loucura de Tove. Aquilo fazia dele uma pessoa importante, ou pelo menos era o que ele dava a impressão de achar.

Mas a angústia é um inferno. A depressão, um inferno. A psicose, um inferno.

A trilha onde eu estava era de terra seca, repleta de pequenos gravetos e agulhas secas de coníferas, ladeada por pedras e arbustos. O sol batia em cheio por lá e conferia a tudo um brilho dourado: era como se cada pequena coisa tivesse um halo próprio. Acendi um cigarro e percebi um grande formigueiro logo adiante, em uma pequena clareira no meio de uns pinheiros baixos que cresciam tortos.

Empurrei os galhos para o lado, fui até lá e me agachei com o cigarro na mão. O formigueiro estava repleto de formigas, a superfície inteira movimentava-se como se fosse viva e pertencesse a uma única criatura. No instante seguinte a primeira formiga subiu no meu pé. Preta e marrom, com os segmentos perfeitos em forma de projétil, ela caminhou destemidamente pela tira do meu chinelo. Outras vieram atrás. Me perguntei o que elas podiam querer. Me picar para que eu fosse embora? Ou será que pensavam que eu era uma árvore em que podiam subir?

Afastei-as tomando o devido cuidado, me levantei e me distanciei um pouco.

Junto ao tronco, bem ao meu lado, havia uma coisa estranha que brilhava ao sol. Primeiro achei que fosse uma jaqueta meio podre, já sem forma, mas quando me abaixei vi que devia ser uma espécie de pele. Era uma coisa seca e meio translúcida, como as peles de cobra que aparecem durante o verão na primavera, mas não podia ser pele de cobra: era grande demais para isso.

Peguei aquilo cautelosamente usando o polegar e o indicador e o arrastei para junto de mim.

Minha nossa.

Era quase do tamanho de uma criança.

Que tipo de bicho podia ter deixado aquilo para trás?

Era uma pele fina, seca e levemente rígida.

373

Me levantei e olhei ao redor.

Tudo estava em silêncio; não se ouvia sequer o rumor do mar.

Ou melhor: havia no registro mais alto o motor de um barco que passava rumo ao ponto em que o fiorde se abre para o mar no ocidente.

Nessas horas eu bem que gostaria de ter um smartphone, pensei, e então voltei até a bicicleta. Assim eu poderia ter batido uma foto da pele, se fosse mesmo uma pele, e depois procurado mais informações no Google. Era a mesma situação da estrela da manhã com a referência dupla feita ao Diabo e a Jesus na Bíblia. Eu teria que me sentar e procurá-las folheando as páginas.

Mas não seria um sacrifício demasiado grande. Na verdade, assim era melhor. Surgia um tempo entre a pergunta e a resposta, ou talvez um espaço: uma distância a ser percorrida. Um trabalho a ser feito.

O conhecimento era o mesmo, porém o esforço aumentava-lhe o valor.

Não era verdade?

Ou esse era um pensamento dos anos 80? Quando a resistência era um sinal de qualidade? Barulho na música, ilegibilidade na literatura?

Levantei a bicicleta, apoiei o quadro nos ombros e percorri o último trecho entre a floresta e o barco, que permanecia exatamente no ponto onde eu o tinha amarrado, com o motor e todo o resto no lugar. Soltei a amarra, puxei o cabo, puxei o barco em direção à orla, coloquei a bicicleta a bordo, empurrei o casco ainda com as pernas dentro d'água, subi a bordo, levantei a âncora, dei a partida no motor e aos poucos segui mar adentro.

Ainda fazia um calor escaldante, mas o calor parecia menos opressivo naquele lugar aberto.

Me virei e vi as ondas que se espalhavam atrás de mim na forma de um V e o cenário que dava a impressão de ir ao encontro do mar no ponto em que baixava ao nível da água, com uma vegetação que se tornava cada vez mais baixa até desaparecer.

Peguei o telefone para ver se Camilla havia me xingado por mensagem, o que me parecia bem possível. Estava tão claro que precisei inclinar o corpo e proteger o telefone com a mão para enxergar a tela.

Havia uma mensagem dela.

Abri.

"O Viktor está no ônibus a caminho da sua casa. Pegue-o na rodoviária às onze e quarenta. Camilla."

Que merda era aquela?

Por acaso ela tinha enlouquecido?

Ela não podia fazer aquilo comigo.

Não tínhamos nenhum tipo de trato!

E se eu estivesse doente?

Eu tinha dito que não podia!

E não posso!

Quem ficaria com ele?

Ela não pensava nos interesses de Viktor?

Tive vontade de jogar o telefone no mar, porém logo me recompus, coloquei-o ao meu lado no paneiro e acelerei o barco.

Megera do inferno.

Onze e quarenta?

Já estava quase na hora!

Peguei o telefone mais uma vez e escrevi uma mensagem para ela enquanto eu olhava de vez em quando para a frente a fim de conferir se não havia outros barcos no meu trajeto.

"Não posso buscá-lo. Ele vai acabar sozinho na rodoviária. Egil."

Ela não era a única que sabia jogar aquele jogo, pensei, com o telefone ainda na mão, a postos para quando a resposta chegasse.

Deixei Vågsøya para trás e fiz uma longa curva em arco rumo ao leste. A travessia ainda levaria uns bons minutos.

Quando reduzi a velocidade e a proa baixou enquanto o barco deslizava vagarosamente em direção ao cais, ela ainda não tinha respondido. Amarrei o barco, coloquei a bicicleta em terra firme, peguei o galão de gasolina e subi em direção à cabana.

Logo seriam dez horas.

Eu teria de encontrar Viktor na rodoviária; não haveria outro jeito. E então eu o colocaria no próximo ônibus de volta.

Larguei o galão no pequeno galpão, acendi um cigarro, peguei uma cerveja na geladeira, abri o guarda-sol na varanda e me sentei com as pernas apoiadas na balaustrada.

Tomei um longo gole. Depois liguei para Camilla.

Ela não respondeu.

Ela devia ter um plano B para o caso de eu não aparecer, pensei. Não seria nem um pouco do feitio dela fazer uma aposta tão arriscada.

Mas não havia como ter certeza.

O que aconteceria se eu não fosse buscá-lo?

O conselho tutelar.

E tudo respingaria para cima dela, não para cima de mim. Quem tinha a guarda era ela.

Mas e se ela a perdesse e a guarda viesse para mim?

Eu não poderia ter Viktor comigo o tempo inteiro. Era irreal.

Será que ela tinha um plano B?

Liguei mais uma vez.

Nada de resposta.

Terminei de beber a cerveja, entrei na cozinha e joguei a lata no caixote ao lado da geladeira, e então parei e fiquei olhando para a sala, mesmo que não houvesse nada para ver.

Recebi uma nova mensagem no celular.

"Não vou atender o telefone quando você ligar. Assim você pode ver como é. Embarcando no voo agora. Divirta-se com o Viktor!"

Senti repulsa com o ar triunfante. Imaginei o olhar dela quando estava convencida de que tinha razão e me olhava com um sorriso. Aquele olhar era ao mesmo tempo gélido e debochado.

Por sorte não estávamos mais juntos. Pelo menos.

"Infelizmente, não posso buscá-lo", escrevi. "Espero que alguém mais possa. É você que tem a guarda dele."

No mínimo essa mensagem daria o que pensar.

Busquei o galão de combustível mais uma vez no galpão e fui até o barco. Camilla sabia que no fim eu ia buscá-lo. Ela sabia o quanto eu era fraco.

Ela tinha visto os meus olhos se encherem de lágrimas nas vezes em que brigávamos. Mas também quando uma coisa boa acontecia de maneira inesperada.

Aquilo escapava à compreensão dela. O fato de que uma guinada boa e repentina pudesse umedecer-me os olhos.

Eu não poderia ter continuado naquele lugar.

Com o galão ao meu lado no trapiche, uma mancha vermelha contra o fundo azul, puxei o barco para mais perto, subi a bordo, soltei a amarra, fiz a conexão da mangueira de gasolina e saí num arco em marcha a ré antes de engatar o motor e partir.

Se um dia eu fosse escrever um poema de amor, seria um poema para o arquipélago. Para a vida marítima, onde a água era a estrada e os barcos eram os meios de transporte. Eu nunca tinha conseguido expressar para ninguém o que eu pensava, o que eu sentia erguer-se dentro de mim quando eu via os trapiches da cidade nos quais as pessoas amarravam os barcos, os ferries que iam às ilhas, a água que batia contra o muro da margem, o hotel, os depósitos ao longo da estrada, o mercado de peixes com arenques sobre gelo em caixas de isopor, as bandeiras que tremulavam na brisa do mar e as redes de pesca que tilintavam. A floresta nas ilhotas maiores, as depressões recobertas por grama nas ilhotas menores, o farol no ponto em que o fiorde se abre para o mar, os peixes nas profundezas, os caranguejos que andam por cima das cracas à noite. Muitas vezes eu havia discutido esse tema com amigos e namoradas, e todos entendiam o que eu queria dizer e mexiam a cabeça para dar a entender que tudo aquilo era muito bonito. Mas a questão não era ser bonito! Quando eu via aquilo tudo, as rotas marítimas e os barcos e as casas que davam para o mar, e o mar que se apoiava contra a terra, fosse ela formada por ilhas, ilhotas, baías ou cidades, quando eu via essa cena a impressão de que tudo era estranho me atingia com uma força tão intensa, tão diferente, que era quase como o começo de um outro mundo, um mundo aquático. Quando eu atravessava a praça com minhas sacolas de compras e descia os degraus em direção ao barco, amarrado no meio da cidade, para então sair vagarosamente pelo canal em direção ao mar, era como se eu estivesse no livro *Cidades invisíveis* de Italo Calvino.

Esse sentimento nunca passava. Pelo contrário: era fortalecido a cada novo ano que eu passava por lá.

Não era impensável que Viktor desenvolvesse o mesmo tipo de relação com aquele panorama, mas provavelmente não seria o caso, pensei enquanto entrava no pequeno estreito entre as duas ilhas, onde as casas se amontoavam de ambos os lados, pintadas de branco ou vermelho, uma ou outra amarelo--ocre no meio daquilo tudo, com as janelas brilhando ao sol. Ele era um menino da cidade que preferia ficar dentro de casa.

Mas talvez passássemos uns dias agradáveis juntos, apesar de tudo.

Pescando, tomando banhos de mar e indo à cidade tomar sorvete.

O que mais um menino de dez anos poderia querer?

Mas uma semana inteira era bastante tempo. Eu já estava com vontade de parar tudo e ler, depois sair para dar um passeio, ler mais quando escurecesse e talvez escrever um pouco também.

Passei na velocidade de um barco pesqueiro em meio a todos os outros barcos do estreito. As pessoas não tinham discrição nenhuma, tomavam sol nos conveses ou comiam e bebiam cerveja e ouviam música como se estivessem em casa e não levassem em conta que aquele era um espaço compartilhado.

Eu gostaria que as pessoas não estivessem lá. Que não houvesse nenhum barco no estreito, e que as ilhotas estivessem desertas. Para que o panorama se revelasse como era. Ou melhor, não era bem isso. Mas eu tive a impressão de estar lá, precisamente lá, naquele lugar da terra. De que o panorama me habitava, e de que eu o habitava.

Era assim por lá durante o outono e todo o inverno e também parte da primavera. Eu não tinha do que me queixar.

E claro que os outros tinham o mesmo direito que eu de estar lá.

Mas estavam encapsulados em outra coisa quando estavam lá. Ouviam música, ouviam rádio, conversavam uns com os outros, mexiam nos telefones. Levavam consigo cada um o seu mundo próprio, sem absorver este.

Entrei na parte mais larga do estreito e aumentei a velocidade. Já eram onze e quinze, então só restavam o tempo e a estrada.

Por entre as árvores verdejantes que cresciam nas duas ilhas, rochas e casas surgiam em uma explosão de cores e detalhes. No fim do estreito ficava a cidade, que parecia vibrar sob o céu azul, com casas brancas ao longo do urzal e a antiga antena de rádio acima de tudo.

Jesus tinha sido um solitário. Ele apresentava todos os traços de caráter. Rejeitou a mãe e o irmão, não quis mais saber deles. Os discípulos que tinha ao redor de si não eram um substituto da família — essa relação era unidirecional: Jesus falava, os discípulos ouviam; Jesus ditava, os discípulos obedeciam. Semanas no deserto. Um claro anseio pela morte.

O que ele teria feito durante os trinta anos que haviam se passado antes que se apresentasse como o messias?

Será que havia se redescoberto? Era por isso que de repente havia surgido?

Mas que redescoberta fora essa? A partir de que existência, de que vida?

Uma das coisas sobre as quais eu mais havia refletido naquele verão era se a religião — o cristianismo, no caso — era principalmente um fenômeno social ou se, pelo contrário, era um fenômeno que acima de tudo se voltava para longe do social. Os ensinamentos de Jesus eram sociais, como dar a outra face e cuidar dos fracos e doentes. A igualdade era um princípio fácil de invocar, e havia muitos que o invocavam, mas as consequências desse pensamento eram quase inumanas. Jean Genet certa vez havia escrito um ensaio sobre Rembrandt no qual, aparentemente sem motivo, descrevia uma situação em um vagão de trem, havia um homem repulsivo sentado no banco à frente dele e Genet teve uma revelação súbita e transformadora ao formular a pergunta, será que ele vale *o mesmo* que eu?

Os idiotas, os mentirosos, os assassinos, os que batem na esposa, os pedófilos valem o mesmo que eu?

Sim, infinitamente sim.

Esse era o aspecto social do cristianismo que Nietzsche expôs e denunciou de maneira brutal. No cristianismo os fracos encontraram uma forma de intimidar os fortes. O fraco transformou-se em forte, o ruim em bom, o doente em sadio. A moral limita, reprime, tolhe. Não existe desdobramento real, não existe liberdade real, não existe grandeza real na tirania dos fracos. Mas não era possível ler Nietzsche sem levar em conta o fato de que ele próprio tinha sido um perdedor, um fraco e um solitário, e que tudo o que havia escrito sobre a vontade, a força e os fortes era uma compensação para a própria insuficiência. Isso não diminuía em nada sua filosofia, pois não havia dúvida de que Nietzsche fora um dos maiores pensadores desde a Antiguidade: a liberdade e a força daqueles pensamentos nunca tinham sido ultrapassadas — mas assim mesmo eram pensamentos. Os pensamentos de Jesus haviam transformado o mundo. Os pensamentos de Nietzsche haviam transformado somente a nossa forma de pensar. E Jesus não era um fraco: uma força enorme transparece através dos evangelhos, mesmo que se tenha passado todo esse tempo desde que foram escritos.

Mas não foi por causa dessa mensagem de solidariedade que eu me converti. Pelo contrário, eu quase me sentia tentado a dizer. O problema com a nossa época era que a humanidade engolia tudo, e que já não existia mais um lado de fora. A despeito de onde você estivesse, você encontraria olhos, ou coisas já vistas por outros olhos. De certa forma, essa era uma ideia tão distante da fé quanto seria possível chegar. Desde que eu havia pedido o meu desligamento da igreja nacional aos dezesseis anos eu não sentia nada além de desprezo pelo cristianismo — e também por todas as outras religiões —, mas eu continuava interessado na fé como fenômeno, em descobrir qual era o significado de crer. Era um ato que conferia sentido à vida, segundo me parecia, e eu me interessava pelo sentido. Mas, para mim, crer parecia consistir na aceitação de um sistema, de um pacote de ideias e valores embalado pelos outros, e o preço para o sentido que assim se obtinha era a liberdade. Crer era para os simplórios, os dependentes, os subordinados, os que alegremente se deixam conduzir pelos outros. Eu li o *Temor e tremor* de Kierkegaard e senti que devia existir uma outra forma de crer, e uma cristandade diferente daquela que Nietzsche atacara — uma cristandade que se virasse para longe do social. No livro havia estranhas vinhetas sobre uma criança a quem a mãe parava de amamentar, de repente a primeira relação da criança, a simbiose, o calor, a segurança, era negada, e assim era possível entrever o desejo por tudo aquilo que não se encontrava mais lá e o voltar-se a todo o restante, que naquele ponto ainda não era nada. Eram os outros, a esfera social, a comunidade. A fé era portanto o voltar-se a todo o restante, mais uma vez a tudo aquilo que ainda não era nada. Foi rumo a esse lugar que Abraão se dirigiu quando subiu a montanha para sacrificar o filho a Deus. Ele sentia o amor de um pai, e a fé levou-o a um abismo. Talvez não houvesse nada à sua espera, apenas um vazio terrível. Mas a fé venceu esse terror e assim o transformou numa criatura inumana, pois que tipo de pessoa estaria disposta a matar voluntariamente o filho e abandonar a própria humanidade a fim de voltar-se a uma incerteza que talvez se revelasse apenas como um nada terrível? Era uma ideia tentadora, mas não tinha nenhum significado para mim, nenhuma consequência, porque nenhuma integração à minha vida era possível.

Mas alguma coisa devia ter acontecido, um processo interno devia ter se operado às escondidas, porque no inverno eu me converti. Num momento indescritível de felicidade, tudo se encaixou no devido lugar. Essa revelação, pois tinha sido uma revelação, havia perdido o brilho desde aquele instante, e o tempo inteiro eu tentava me reaproximar dela. Mesmo que os dias fossem escuros, sempre havia uma luz brilhando em um lugar, fosse o interior da floresta ou a imensidão do mar no mundo da minha alma: a questão era chegar até lá.

Eu tinha passado aquele inverno praticamente vegetando, dormindo muito, com o telefone desligado, sem nenhuma preocupação com tomar banho ou trocar de roupa, tentando sempre fazer um passeio durante o dia e aproveitando o restante do tempo para fazer preguiça no sofá. Bebendo um pouco quando o dia escurecia. Em anos anteriores, muitas vezes eu havia pensado que seria incrível morar sozinho numa cabana, e depois de Camilla eu resolvi levar a ideia a sério. Já não parecia mais tão incrível. Claro que eu sabia que o problema não estava na cabana, não estava no panorama, não estava na minha existência solitária, mas em mim. Eu não gostava da minha própria companhia. Era irônico, durante todos os anos passados em diversos relacionamentos eu sempre havia desejado estar sozinho, e quando por fim levei esse desejo às últimas consequências, continuei desejando. Mas o quê? Eu tinha fugido da vida, não era preciso que nenhum psicanalista me dissesse isso. Eu acreditava que tinha fugido apenas dos outros — do meu pai e dos meus irmãos e de Torill e de toda essa gente, da minha cidade e do meu país, da conformidade à expectativa de uma formação, de Therese e Helene e Hanne e de todas as outras mulheres que tive entre uma e outra quando eu era o rei da cidade — mas na verdade era óbvio que eu havia fugido de mim mesmo.

Foi uma revelação dolorosa, porque era óbvia. As pessoas ao meu redor deviam ter visto.

Será que todas as atitudes podiam ser atribuídas à predisposição do espírito de uma pessoa?

Eu relutava em aceitar essa ideia, mas, quando estava deitado no sofá com a chave na mão, todas as portas se abriram.

Eu era fraco, avesso a conflitos, avesso ao trabalho, avesso às pessoas. Eu evitava todo o tipo de exigências, procurava sempre o caminho da menor resistência, bebia demais e não pensava em ninguém além de mim.

Eram essas as coisas que tinham me levado ao ponto em que eu estava.

Nos primeiros dias do ano-novo começou a cair uma neve densa e silenciosa. Fazia perto de zero grau e uma pesada neblina pairava acima do mar e da floresta. Quando eu ia fazer os meus passeios, quase sempre à tarde, pouco antes que o dia escurecesse, sempre pela mesma rota, ao longo dos escolhos, atravessando a praia e depois voltando pela floresta, o silêncio era tão notável que parecia estar prenhe de fatalidade. A neblina abafava todos os sons, envolvia o panorama em umidade, e além disso não havia mais ninguém por lá naquela altura do ano, e eram vários quilômetros até a estrada trafegada mais próxima.

Só havia o som dos meus passos e os meus pensamentos.

Ficou mais frio, uma fina camada de gelo depositou-se sobre os escolhos e a neblina desapareceu, porém não as nuvens, que permaneciam como uma muralha preta no horizonte. Começou a ventar e também a nevar, e logo o ar se encheu de pequenos flocos duros que eram levados pelo vento enquanto rodopiavam em largas volutas. Mesmo a pequena expedição para buscar lenha no galpão tinha de ser feita com gorro, cachecol e luvas. Quando voltei, coloquei três das achas que trazia junto ao peito na lareira, deixei o restante no caixote ao lado, tirei as roupas grossas e me deitei no sofá. Ainda não eram mais do que onze horas, mas na rua estava tão escuro que o leve reflexo do fogo chegava a aparecer na janela. Ouvi o leve murmúrio do mar um pouco abaixo.

Em seguida vieram os sinos da igreja.

Ou melhor, a princípio eu não soube identificar o som, que mal conseguia se revelar em meio à tempestade e desaparecia quase por completo no farfalhar das árvores, no vento pesado que subia desde os escolhos e no grave ronco do mar.

Blém, blém, blém, repicou o sino, tão fraco e destoante dos outros sons lá fora que mais parecia vir de outro país.

Eu nem ao menos sabia que era domingo.

Vou para lá, pensei, e então me levantei. Seria bom ouvir outra coisa além dos meus pensamentos. E mesmo que fosse insuportável, talvez houvesse o que ver lá dentro.

Vesti um blusão grosso, um anoraque, coloquei o gorro e as luvas, enrolei um cachecol ao redor do rosto e saí. Havia parado de nevar, mas ninguém acreditaria nisso, porque o ar estava ainda repleto de flocos que o vento erguia do chão em redemoinhos para logo espalhar a seu bel-prazer.

A igreja ficava numa colina acima do mar e era visível de muito longe para quem chegava de barco, mas permanecia quase escondida para quem vinha da estrada pelo outro lado, como era bem mais comum hoje em dia. Uma das paredes de alvenaria remontava ao século XII, quando a primeira igreja fora erigida na região, enquanto o restante da construção era de madeira e remontava ao século XVIII.

Eu tinha ido à igreja certas vezes durante as minhas caminhadas, não levava mais do que vinte minutos e eu gostava de sair da floresta e encontrá-la no alto da colina: havia um elemento de fascínio arcaico em deparar-se com uma casa de deus localizada em meio à natureza na época moderna. Mas eu nunca tinha entrado.

Quando abri a porta naquela manhã, o culto já estava em andamento, e as poucas pessoas que havia lá dentro — não poderiam ser mais do que seis ou sete, no máximo oito, todas idosas — se viraram quando entrei. Tirei o gorro e as luvas, cumprimentei a todos com um discreto aceno de cabeça e me sentei no canto mais afastado da última fileira de bancos enquanto eu tirava o cachecol e abria o zíper da jaqueta. Meu rosto estava quente por dentro em razão da caminhada enérgica e frio por fora em razão do vento gélido. Esfreguei o rosto com as mãos enquanto eu olhava para o pastor. Ele também era idoso, tinha bochechas flácidas e óculos com lentes tão grossas e uma armação tão pesada que aquele objeto parecia dominar por completo a maneira como se apresentava. Era quase como se as vestes brancas desaparecessem.

Estava na hora da confissão dos pecados. O pastor manteve os olhos no chão enquanto recitava a prece.

"Deus sagrado, nosso criador,
Sê misericordioso.
Pecamos contra ti
e desviamo-nos do teu caminho.
Perdoa-nos em nome de Jesus Cristo.
Liberta-nos para te servir, protege a obra da criação e recebe com amor o nosso próximo."

Se eu tivesse fé, talvez encontrasse consolo naquilo que o pastor dizia. Mas, como eu não tinha fé, as palavras não tinham força nenhuma, não estavam ligadas a nada. Não havia ninguém com quem ser misericordioso, ninguém a perdoar, ninguém a libertar.

Olhei para o teto. Era verde, com pinturas de nuvens brancas. O matiz de verde era bonito, mas a cor era inesperada: por que não azul-celeste? A cor era como a do mar acima de um banco de areia profundo em um dia de sol. As nuvens eram estilizadas, todas iguais. Do céu pendia o modelo grande de um navio a vela. Que tipo de cristandade era aquela? Com nuvens rococós sobre um céu do século XVIII num mundo marítimo?

Nos bancos do outro lado havia como que um portal guarnecido por um grande leão estilizado em cada flanco. Aqui e acolá, pinturas com motivos bíblicos que deviam ter parecido ainda mais estranhas naquela época do que hoje, uma vez que não existiam fotografias nem filmes, e nenhuma das pessoas que haviam estado lá jamais poderia ir a Israel ver o mar da Galileia ou Jerusalém, Belém ou Nazaré com os próprios olhos.

Para aquelas pessoas, era um mundo de fantasia.

Como o mundo marítimo do século XVIII, com sua floresta de mastros no oceano, era um mundo de fantasia para nós.

Foi estranho me ver em um lugar tão repleto de sentido, numa floresta à beira-mar, porém ainda mais estranho, pensei, era que todo aquele sentido já não mais se aplicasse. As revelações gravadas naqueles símbolos, como que numa sedimentação de significado, já não eram mais relevantes.

Só uns poucos trastes velhos ainda se importavam o suficiente para ir até lá. Para eles, a igreja funcionava como um andador espiritual. Logo as vozes começaram a entoar os salmos junto com o pastor; eram vozes frágeis e trêmulas. Uma mulher cantava cheia de vontade, talvez ouvindo a si mesma como soava aos vinte anos, porém aquela voz tinha uma vida inteira atrás de si, e já não pela frente.

Mais para o fim o pastor rezou o credo, e eu apurei os ouvidos.

"Creio em Deus-Pai, todo poderoso,
criador do céu e da terra.
E em Jesus Cristo
Seu filho unigênito, nosso Senhor,
o qual foi concebido pelo Espírito Santo,
nasceu da virgem Maria,
padeceu sob o poder de Pôncio Pilatos,
foi crucificado, morto e sepultado,
desceu ao mundo dos mortos,
ressuscitou no terceiro dia,

subiu ao céu,
e está sentado à direita de Deus Pai, todo-poderoso,
de onde virá
para julgar os vivos e os mortos.

Creio no Espírito Santo,
na santa Igreja cristã,
na comunhão dos santos,
na remissão dos pecados,
na ressurreição do corpo
e na vida eterna.
Amém."

Isso também era uma fantasia. Nascido de uma virgem, mas assim mesmo filho de um rei. E "no terceiro dia"; por que não no segundo ou no quarto?

Depois houve outra confissão dos pecados antes do culto encerrar-se com uma prece, e o sacristão, um homem vesgo de sessenta anos de cabelos brancos e eriçados que não parava de lamber os lábios, andou pela igreja coletando dinheiro. Peguei uma nota amarrotada de cem coroas no bolso da calça e a entreguei para ele, acima de tudo porque eu senti pena daquelas pessoas, só havia um punhado de moedas no fundo da pequena cesta de palha que o homem estendia para recolher as doações.

Do lado de fora: o vento, o mar imenso, o céu escuro.

Os carros que manobravam no estacionamento e saíam pela estrada em meio aos flocos de neve.

O sacristão que fechou as grandes portas da igreja por dentro, as luzes que se apagaram no interior.

Segui pela velha estrada em meio à floresta, onde o vento espremia-se contra os troncos e neles depositava a neve, para depois sair no grande espaço aberto que décadas atrás tinha sido usado como pista de tiro, e que antes disso, durante a guerra, tinha servido como pista de avião para os alemães, e que hoje em dia já não era usado para nada a não ser como estacionamento para os banhistas durante o verão. Antigos fortes alemães de concreto estendiam-se ao longo da orla, virados para o mar, de onde o vento naquele instante soprava. Seria verdade, pensei enquanto andava por lá de cabeça baixa, que a forma assumida pela fé daquelas pessoas, que era arcaica, pertencia a épocas passadas, enquanto aquilo em que tinham fé era imutável, sempre tinha estado e sempre estaria lá, e que a fé sempre poderia assumir — e talvez sempre tivesse assumido — novas formas a partir dos vários lugares em que as culturas se encontravam?

Nesse caso, o problema era Jesus. Não havia nada de atemporal a respeito dele, e nada de imutável. Jesus tinha vivido em um lugar definido numa época definida, rodeado de pessoas que existiam no mesmo tempo que ele, muitas delas conhecidas através da história. Augusto, Herodes, Pôncio Pilatos. E o que aconteceu com ele aconteceu uma única vez e desde então jamais se repetiu, como acontece com a vida de cada um de nós sob as circunstâncias do tempo e da terra em que vivemos.

O culto a Jesus era como uma sacralização de nós mesmos, não? Como se Deus se tornasse um de nós.

Não teria sido esse o começo da antropomorfização total da existência em que hoje vivemos?

Cheguei ao fim daquele espaço e peguei a trilha que seguia pela floresta. Todo o cenário ao meu redor fervilhava. As árvores rangiam e farfalhavam, as ondas bufavam e rumorejavam, o vento ululava. Me senti revigorado, mais pelo interior da igreja do que pelo ritual: tinha sido bom estar num espaço tão repleto de sentido, mesmo que o sentido não fosse relevante para mim.

No que creem as pessoas que creem?

Eu nunca tinha entendido direito.

Lá embaixo, grandes ondas erguiam-se como monstros e atiravam-se em direção à terra. O mar estendia-se em branco mais adiante; e acima estava o céu baixo e cinza-chumbo. No ponto em que a trilha fazia uma curva para o norte o mar sumia da vista, mas os sons não desapareciam, continuavam existindo em meio às árvores, como que retirados da própria origem.

Eu queria ter sentido na minha vida. Mas eu não podia acreditar numa coisa em que eu não acreditava. Eu não podia me atirar no vazio esperando que alguém me segurasse, porque eu *não acreditava* que houvesse ninguém por lá.

Parei e olhei para a floresta. Os pinheiros esguios balançavam-se como mastros de navio ao vento. Mais ao fundo havia um denso cinturão de abetos, os galhos tremiam e balançavam, mas os troncos seguiam praticamente imóveis. Havia outro peso e outra escuridão naquelas árvores.

— Deus, me dê um sinal! — exclamei de repente.

Eu realmente disse isso?, pensei no instante seguinte.

Eu, um homem feito, estava realmente no meio da floresta pedindo um sinal de Deus?

Constrangido e envergonhado, continuei andando depressa com metade do rosto enfiado no cachecol grosso e largo e o gorro baixado até os olhos. E de repente senti um anseio pelo sofá, pela cama, pelo sono, pela escuridão.

Uma coisa se movimentou acima de mim e olhei para cima.

Um pássaro preto razoavelmente grande chegou voando em meio à tempestade. Ele balançava de um lado para outro e passou um tempo parado em meio a uma rajada de vento, mesmo que batesse as asas para avançar. Depois o pássaro pousou num galho logo acima de mim.

Era um corvo, e ele olhou diretamente para mim.

Eu não sabia o que pensar.

O corvo abriu o bico, ergueu a cabeça e crocitou três vezes.

Cró! Cró! Cró!

Depois ruflou as asas, voou em direção à copa das árvores e se afastou.

Confuso, retomei a minha caminhada. Eu tinha pedido um sinal, e um pássaro havia surgido. Mas claro que era uma coincidência! Se houvesse um deus, uma força suprema, decerto não se importaria com o que eu fazia ou dizia!

Por outro lado: o pássaro havia surgido. Havia olhado diretamente para mim. E crocitado três vezes. Não duas, não quatro.

Depois de eu ter pensado na fantasia dos três dias de Jesus no reino da morte.

A trilha dava a volta em um pequeno outeiro e tornava a descer rumo ao mar. Um antigo areal se estendia por lá. Não havia vivalma. Não havia tampouco um pássaro ou um animal.

No primeiro outono depois que me mudei para a Noruega aos dezesseis anos e comecei os estudos no ensino médio eu havia discutido religião com uma menina da minha turma chamada Kathrine, ela era cristã e defendia a própria fé com unhas e dentes. Eu não ligava muito para as minhas opiniões na época, era mais para irritá-la que eu dizia as coisas que dizia, e também para que eu fosse alguém para ela. Por meses não pensei em quase nada além dela. Certo dia ela levou uma imagem para a escola para me mostrar. Era uma coluna de luz que surgia em meio a uma densa camada de nuvens. Você diz que Deus não existe, ela disse, e que ele não passa de uma invenção dos homens. Mas não foi homem nenhum que inventou isso, ela disse, mostrando a imagem para mim. Mas isso é só uma imagem do sol, eu disse. Você adora o sol? Fiquei genuinamente surpreso com a ingenuidade dela. Ela ficou chateada, claro. E de repente eu tinha visto um sinal da presença de Deus, não no sol, mas num pássaro, e não como um adolescente de dezesseis anos sem nenhuma experiência de mundo, mas como um homem feito na metade da vida.

Quando abri a porta da cabana eu havia me distanciado o suficiente em relação ao ocorrido para que pudesse sorrir da minha própria idiotice. Bati os pés no marco da porta a fim de limpar a neve, tirei as roupas grossas e pendurei-as nas duas cadeiras que ficavam junto da lareira, e então coloquei três achas em cima das brasas, me ajoelhei e soprei até despertar as chamas. Depois fui ao quarto, acendi a luz e parei em frente à estante de livros. Quando li *Temor e tremor* eu fiquei tão entusiasmado com o pensamento e o estilo de Kierkegaard que na mesma hora encomendei a obra completa dele de uma editora dinamarquesa. Eram mais de cinquenta volumes, e tenho vergonha de confessar que não abri sequer um deles, uma vez que o entusiasmo com o Cavaleiro da Fé, a Esfera da Resignação Infinita e todas as outras coisas sobre as quais Kierkegaard escrevia tinham arrefecido durante os dois meses que os pacotes com os livros levaram para chegar.

Naquele instante, deixei meus olhos correrem pelas lombadas. Uma das obras tinha "pássaro" no título, então a retirei da prateleira. *O lírio da terra e o pássaro do céu*. Depois de folhear um pouco, compreendi que era uma pregação. Uma dissertação sobre uma passagem do Novo Testamento. Levei o volume para a escrivaninha da sala, me sentei e comecei a ler.

Quando terminei o dia já tinha escurecido, e o vento, parado.

Eu estava tomado por um sentimento tão enorme que não sabia o que fazer com aquilo. Os pensamentos de repente não eram nada.

Fechei o livro e me agachei mais uma vez em frente à lareira, amassei umas folhas de jornal, acrescentei um punhado de casca de árvore, gravetos e aparas de lenha, apoiei três achas umas contra as outras, como uma pequena cabana indígena, avivei a lareira e fiquei sentado, olhando o fogo chamejar em dourado enquanto um círculo preto espalhava-se no papel, que aos poucos se enrolava e tornava-se cada vez menor.

O reino de Deus era aqui.

Me virei e toquei nas roupas que estavam penduradas no encosto da cadeira. Já estavam totalmente secas. Vesti-as, me sentei no banquinho ao lado da porta e amarrei os cadarços das botas. A neve do meio-dia havia derretido e formado pequenas poças que resistiam como pequenos domos sobre as tábuas envernizadas do assoalho. Na lareira, as chamas erguiam-se quase na vertical. Tudo estava em silêncio, a não ser pelos chiados e pelos estalos da lenha.

O reino de Deus era aqui.

Me levantei, abri a porta e saí. O panorama coberto pela neve, que avançava até o mar, permanecia imóvel à minha frente. As estrelas no céu claro e preto tremeluziam. A temperatura havia caído muito; devia fazer no mínimo menos cinco, talvez menos dez graus. Um monte de neve havia se acumulado na porta do galpão de lenha. Eu bem que podia limpar aquilo naquele instante, pensei, e então dei a volta na cabana, entrei na pequena garagem onde o meu pai guardava o carro em outras épocas, peguei a pá, voltei e comecei a tirar a neve.

*

Sem dúvida todos já sentiram um anseio por liberdade uma ou mais vezes ao longo da vida. Esse anseio por liberdade é como uma mola: vê-se pressionado, cada vez mais forte, e por fim chega a um ponto em que as forças acumuladas se libertam e a mola salta. Com frequência a primeira ocorrência se dá por volta dos dezessete ou dezoito anos, quando os filhos saem da casa dos pais, e depois mais uma vez por volta dos quarenta, quando a nova família é novamente dinamitada por esse desejo. Mas não é apenas o desejo de liberdade que se transforma ao longo da vida: nossa compreensão também faz o mesmo. Gosto de pensar a sociedade nesses termos, de imaginar que um conceito-chave como a liberdade é compreendido de forma radicalmente distinta por diferentes grupos, e que a força que surge nas fraturas superficiais, nos pontos de fricção entre as diferenças, é justamente aquilo que impulsiona o avanço da sociedade — ou o retrocesso, se for o caso, ou ainda a circularidade. Ao concretizar-se, o anseio pela liberdade leva a uma ruptura, e por consequência a um novo estado de coisas. Um afastamento, um movimento brusco. O fato de que esse novo estado com frequência seja idêntico ao velho leva a revelações em sentido contrário, que também vivem uma vida em sociedade, junto com o anseio pela liberdade, o impulso de ruptura e a crença no futuro, que também existe em graus variados, desde a resignação leve até a resignação total, desde o desejo comedido de preservação até o impulso brutal de estagnação.

Hans Jonas, o filósofo judeu que escreveu a obra fundamental do gnosticismo, que foi aluno de Heidegger e que, assim como outros alunos de Heidegger que vieram a se tornar importantes, afastou-se da filosofia dele, não exatamente no sentido de condená-la — mesmo que isso também tenha acontecido —, mas no sentido de ampliá-la, já no final da vida esboçou uma filosofia biológica, na qual rastreou a origem de um conceito tão repleto de carga ética quanto a liberdade de volta a uma época anterior ao surgimento da humanidade; a bem dizer, de volta ao instante em que surgiu a primeira forma de vida. A realidade de então: matéria sujeita à violência de forças materiais, desprovida de vontade, presa a padrões mecânicos de acontecimentos. Lava fluida que esfria e solidifica-se, mares evaporados pelo sol que se transformam em nuvens, quedas de pressão atmosférica que levam a ventanias, ventanias que provocam tempestades marítimas, águas que erodem a montanha, areia soprada pelo vento. Descargas elétricas que num lampejo cruzam o céu em direção à Terra. O Sol que brilha, as estrelas que reluzem, a Lua que orbita a Terra que orbita o Sol em uma galáxia em forma de espiral que vaga pelo universo. A vida, mesmo a primeira forma de vida primitiva e monstruosa, liberta-se da matéria e da mecânica dessa matéria. A vida é a própria matéria, e esse é justamente o milagre: a matéria liberta-se da matéria e pode fazer o que bem entender, com variados graus de independência em relação ao sistema. O fato de que por centenas de milhões de anos essa vontade tenha sido limitada e o espaço para a ação tenha sido mínimo é irrelevante em relação ao avanço gigante e incompreensível que representa a vida em relação à matéria. Porém a liberdade não é incondicional, pois o que acontece quando a matéria é libertada é que ao mesmo tempo surge a independência, essa também nova e inédita. A vida exige um suprimento constante de nutrientes, sejam do sol, da água, da terra ou de outras formas de vida, pois se esse suprimento deixa de existir a matéria viva retorna ao estado de matéria morta e a liberdade cessa. Dito de outra forma, a dinâmica entre a liberdade e a independência é fundamentalmente a mesma para os seres unicelulares, para as bactérias e para nós.

Quando tinha dezesseis anos eu via somente um dos aspectos da liberdade. Para mim era o valor maior, e eu me dizia anarquista. O que eu tinha em mente na época era uma espécie de liberdade absoluta: *ninguém* poderia decidir por mim, eu poderia fazer *tudo* que quisesse e o mesmo valia *para os outros*. Não devia haver autoridades, nada de estruturas sociais superordenadas, nada de fronteiras territoriais. Nas discussões em que eu tomava parte naquela época o meu ponto de vista era obviamente recebido com oposição por cabeças balançando. A sociedade entraria em colapso se não houvesse nenhuma forma de hierarquia, e a criminalidade estaria em toda parte. E se você tivesse vontade de matar outra pessoa? Você devia poder? Já que ninguém pode decidir sobre ninguém e tudo é possível? Claro, eu respondia, se você quiser matar outra pessoa, vá em frente. Mas você não mataria outra pessoa, mesmo que pudesse. Porque tem uma coisa que te impede. A tua própria moral. A moral deve estabelecer os limites. Nada mais. As pessoas matam umas às outras hoje — mesmo que a gente tenha leis e prisões e polícia e esse seja o maior tabu que existe, não? Sempre vai haver pessoas que matam outras pessoas, também numa sociedade anarquista. Mas eu acredito que seriam menos. Porque não são só as leis e as regras impostas a partir de fora, existe também uma enorme pressão para que as pessoas correspondam a expectativas e se integrem, para que vençam na vida, ganhem dinheiro, obtenham bens materiais e símbolos de status, e as pessoas que ficam à margem disso encontram liberdade no crime. Você entende? Numa sociedade em que não existe pressão, em que a liberdade é para todos, a criminalidade, mesmo que não deixasse de existir, pelo menos desapareceria em grande parte. Ah, como você é ingênuo, diziam-me, como se fosse uma obviedade. Ingênuos são vocês, eu respondia, como se fosse uma obviedade equivalente. As pessoas são fundamentalmente boas, e é a sociedade que as torna más. Você alguma vez já viu um bebê mau?

Não seria difícil ver por que essas opiniões haviam surgido em mim. Meu pai tinha assumido a firma de navegação do pai dele, e, como filho mais velho, havia uma expectativa de que eu fizesse o mesmo. Meu pai nunca falava o que estava sentindo, e quando o meu desenvolvimento tomou um outro rumo que, para dizer o mínimo, não seria desejável para uma carreira de negócios, ele não expressou nenhum tipo de decepção. Ele já tinha desistido de mim fazia muito tempo, pelo que pude entender. Mas eu sentia a pressão, eu sentia que o tinha decepcionado.

Meu pai estava sempre trabalhando durante a minha infância e a minha adolescência, porém mesmo que quase sempre só chegasse em casa depois que eu já tinha me deitado e quase nunca tivesse erguido a voz ao falar comigo, a despeito dos modos contidos e suaves, eu sentia que ele não gostava de mim. Quando pequeno eu era gordo, isso com certeza o havia incomodado, e eu também era tímido a ponto de não conseguir olhar no rosto das visitas nem expressar uma opinião razoável, ou sequer compreensível. Ele tolerava esse meu jeito quando estávamos a sós, mas quando tínhamos visitas eu via que isso o incomodava, mesmo que o assunto fosse tratado com bom humor. Desde os meus doze anos o que eu mais gostava de fazer era brincar sozinho: meu quarto era cheio de bonecos e eu não tinha nenhum problema em brincar de boneca. Meus irmãos eram muito diferentes, em especial Harald, que só era um ano mais novo e se aproveitava das minhas fraquezas o melhor que podia quando éramos pequenos. Nietzsche escreveu que forte é aquele a quem damos força, porém naturalmente eu não sabia disso na época, e assim tive de me acostumar às provocações para ser deixado em paz. Se eu chorasse depois de um desentendimento com Harald, não era Harald quem levava bronca, era eu, porque eu era o irmão mais velho e portanto devia infernizar a vida do meu irmão mais novo, e não ser infernizado por ele.

Já adulto, passei a ter um bom relacionamento com eles, e a bem dizer não havia mais nada a ser dito sobre as circunstâncias em que havíamos crescido; simplesmente pertencíamos a mundos diferentes. Meu pai se aposentou ao completar sessenta anos, e Harald, que havia estudado na London School of Economics e depois tido uma carreira próspera no Goldman Sachs, também em Londres, assumiu a empresa. Gunnar, que era três anos mais novo do que eu, tinha seguido um caminho parecido: era diretor de uma empresa de medicamentos com a qual havia se envolvido ainda na fase inicial, e que naquela altura tinha um crescimento assombroso por causa de um novo medicamento para a depressão que na verdade era um alucinógeno. Todos os três continuavam a morar em Londres. Meu pai tinha vendido a casa em Hampstead e passado a morar em um hotel no centro. Ele estava bem, até onde eu sabia: cultivava o hobby de colecionar obras de arte e frequentava exposições, vernissages e jantares no mundo da arte. O grande interesse dele era o construtivismo. Havia muita coisa que eu não tinha coragem de dizer para ele. No mundo dos negócios ele tinha sido um ponto central, porque detinha o controle sobre tudo e sabia melhor do que praticamente todo mundo como as coisas funcionavam. Parecia que ele se comportava da mesma forma no mundo da arte, inclusive porque era bem-vindo em todos os lugares. Ele era bem-vindo porque tinha dinheiro, e quando as pessoas, ou seja, artistas, galeristas e curadores, sentavam-se para ouvi-lo falar sobre os preciosos construtivistas russos ou os artistas norte-americanos da pop art, que ele também havia comprado em grande quantidade, era por bajulação, não por interesse, porque o aborrecimento não devia ser pouco. Meu pai era um homem pequeno, cheio de si embora não fosse egoísta, um homem que se vestia de maneira elegante e meticulosa, com ternos azuis, sapatos marrons, gravatas e abotoaduras, um homem de olhos gentis que se tornavam frios quando afetados por um cinismo que não era nato, mas tinha sido exercitado por anos a fio. Ele era bom em fazer estimativas em relação a outras pessoas, mas assim mesmo havia muita coisa que lhe passava em branco, porque era uma pessoa sem profundidade.

Ele conheceu Torill na associação norueguesa quando ela trabalhava como babá em Londres, ela era uma típica beldade nórdica e tinha arranjado uma vida que não havia sequer imaginado quando os dois se aproximaram. Ela também era neurótica, e me amava mais do que qualquer outra pessoa. Torill era uma mulher profunda, mas também irrefletida, os sentimentos dela estavam sempre misturados, tudo era muito intenso para ela. Ela me levava para o cinema desde que eu era pequeno, e aos treze, catorze anos eu já era um pequeno cineasta. Os filmes eram o lugar onde os sentimentos dela corriam livres, onde não se voltavam para dentro, mas para fora, e aquilo devia ser muito bom para ela.

Os dois separaram-se no verão em que completei dezesseis anos, e eu e meus irmãos voltamos com ela para a Noruega. Torill era especialista em fazer com que eu sentisse culpa e tivesse a consciência pesada, e apertava cada vez mais as tiras com que me prendia. Ela só tinha quarenta anos na época e ainda era bonita, mas alguma coisa havia se quebrado dentro dela, talvez porque não tivesse construído nada seu, e não ajudava nem um pouco que a família dela morasse na mesma cidade, pelo contrário: era um detalhe que a infantilizava um pouco.

Eu tinha começado a crescer no ano antes da mudança de volta para a Noruega, e já não estava mais gordo quando entrei para o ensino médio. Eu tinha uma aparência boa, mas isso não me ajudou em nada, tampouco o fato de que eu tinha me mudado de Londres, o que eu imaginava ser uma peculiaridade capaz de tornar-me automaticamente popular. Meus colegas me achavam esquisito porque eu era muito tímido e nunca tomava a iniciativa em relação aos outros, mas preferia escapar, e também porque eu me dedicava muito a certas matérias. Torill me perguntava sobre as meninas da escola e eu respondia com toda a sinceridade possível, mas nunca falei nada sobre Kathrine, mesmo que isso parecesse uma traição. Não existia nada entre nós, mas Kathrine era sagrada para mim, um lugar que eu havia cercado no meu coração enquanto permanecia deitado na cama, lendo e sonhando em me levantar e ir embora para nunca mais voltar.

Descobri os livros de Bjørneboe e me identifiquei muito com ele, ele também era filho de um armador de navios e anarquista. Li *Bazarovs barn* de Kaj Skagen e *Dødt løp* de Erling Gjelsvik, que me levaram a Hemingway, de onde o caminho a Turguênev era curto, e de Turguênev ainda mais curto até Dostoiévski.

Eu tinha uma fantasia de matar outra pessoa, não Torill, embora isso fosse deixar a minha vida incrível, mas uma pessoa aleatória. A chance de ser descoberto nesses casos em que não existe nenhuma relação entre o assassino e a vítima, eu sabia, era baixíssima. Mas, com a facilidade que eu tinha para sentir culpa — eu não conseguia sequer matar uma mosca sem me sentir atormentado depois —, tudo indicava que eu não seria capaz de aguentar. Eu tampouco conseguiria me afastar de Torill. Contrariar meu pai? Não sem que meus olhos ficassem rasos d'água.

Me afastei de tudo no verão em que terminei o ensino médio, e quando me encontrei no convés do ferry para a Dinamarca e vi a Noruega ficar para trás e desaparecer, fui tomado por um sentimento de absoluta felicidade. Eu estaria longe de casa por um ano, simplesmente viajando pelo continente, trabalhando um pouco aqui e acolá para arranjar dinheiro; na mochila eu tinha um livro chamado *Vagabond i Europa*, uma lista de trabalhos fáceis de conseguir, como por exemplo colhedor de maçãs na Espanha ou estivador na França. Mas eu não estava totalmente livre, porque Torill havia pedido que eu ligasse todos os dias, e eu não tinha conseguido dizer não. No começo, durante a viagem a Munique, de onde o meu plano era ir para os Alpes, tentei me esquivar das ligações por dois ou três dias. Mas ela se disse tão desesperada, tão preocupada comigo que não tive coragem de repetir a dose.

Viajei de um lado para outro na Itália, e de Brindisi peguei um ferry para Atenas. De lá parti rumo às ilhas antes de tomar mais uma vez o rumo do norte e chegar a Zurique no final de setembro. Lá eu tive uma espécie de colapso, de repente comecei a sentir medo à noite, medo de morrer, medo de tudo que havia por acontecer, e pela manhã eu não conseguia me levantar. Eu passava na cama o dia inteiro, tentava dormir para fugir, mas funcionava apenas em parte, e quando a escuridão caía eu sentia um pânico tão intenso que meu corpo inteiro tremia. Cheguei a passar fome, mas eu não tinha como arranjar comida. E o medo era dobrado, porque eu também me assustava por estar com tanto medo. E por estar totalmente sozinho numa cidade estranha. Eu não podia ligar para Torill, isso eu sabia mesmo na situação em que eu me encontrava. Nem para o meu pai, porque seria uma derrota grande demais. Mas no fim foi o que fiz. Me sentei ainda trêmulo com o telefone na mão, esperei o sinal de linha e disquei o número dele.

— Stray? — ele perguntou do outro lado da linha.

— É o Egil — eu sussurrei.

— Quê? — ele disse. — Quem é?

— É o Egil — eu repeti.

— Egil! — ele disse. — Por onde você anda?

Comecei a chorar.

— Aconteceu alguma coisa? — ele perguntou. — O que foi que aconteceu? Qual é o problema?

Não consegui falar nada, simplesmente chorei sem parar e no fim desliguei. Não consegui sequer ir para a cama e me deitei no chão mesmo. Em seguida o telefone tocou.

Atendi e coloquei o fone no meu ouvido.

— Egil? — disse o meu pai. — Eu sei em que hotel você está. A não ser que você me diga de maneira clara que não quer eu vou pedir a um bom amigo meu que vá até aí.

— Tudo bem — eu disse em um sussurro.

— Eu não sei o que aconteceu — ele disse. — Mas a gente vai dar um jeito. Não tem problema.

Eu chorava com tanta força que todo o meu corpo estremecia, e, como eu não queria que o meu pai ouvisse, desliguei. Uma hora mais tarde bateram na porta. Eu estava deitado na cama e não consegui atender. Um homem de terno na casa dos quarenta anos entrou. Ele usava óculos quadrados de armação fina e tinha um rosto de feições regulares que pareceria anônimo se não fosse pelos lábios, que eram carnudos e levemente tortos.

— Bom dia, meu jovem — ele disse em alemão. — Eu soube que as coisas não estão muito boas.

Simplesmente olhei para ele e estremeci por dentro.

— Meu nome é Dieter. Eu sou amigo do seu pai. E estou aqui para ajudar você.

Ele sorriu. O cabelo dele era fino e claro. Os olhos eram azuis.

— Antes de qualquer outra coisa temos que tirar você daqui — ele disse. — Você consegue se vestir?

Eu não disse nada.

— Vá com calma — ele disse. — Eu posso ajudar você.

Ele abriu minha mochila, tirou umas peças de roupa e segurou a camisa azul-clara da Paisley à minha frente.

— Pode ser essa?

Não respondi, eu não conseguia responder, mas ele sorriu mais uma vez, pegou uma calça, sentou-se na beira da cama e começou a vesti-la em mim. Depois colocou a mão nas minhas costas, levantou o meu corpo, vestiu a camisa em mim e, com toda a calma do mundo, abotoou cada um dos botões. Calçados, jaqueta.

Ele arrumou a minha mochila, colocou-a nas costas, pegou a minha mão e me levantou. Depois colocou o braço em volta de mim e então saímos do quarto. Ele disse que já tinha pagado a conta. De lá, iríamos para a casa dele, onde eu passaria a noite antes de tomar um avião para Londres, onde meu pai estaria à minha espera. Tudo bem? Tudo bem se a gente fizer dessa forma?

Voltei a chorar.

No carro, enquanto deixávamos a cidade para trás, ele me disse que tinha dois filhos. As crianças tinham seis e oito anos e eram meio agitadas, mas eu não precisava me preocupar com isso.

— Você está com fome?

Fiz um aceno com a cabeça.

Ele estacionou em frente ao pátio de uma casa de alvenaria, deu a volta e abriu a porta para mim. A esposa dele, que tinha um rosto delicado com sardas na base do nariz e também um pouco nas bochechas, e olhos estreitos com marcas de expressão, lavava verduras na pia da cozinha quando chegamos.

— Esse é o Egil — anunciou Dieter. — Egil, essa é Annika, a minha esposa. O Egil não está se sentindo muito bem, então nós vamos para o quarto de hóspedes. A gente tem uma comida para oferecer para ele?

— Claro — disse Annika.

Não lembro como passei aquela tarde e aquela noite. Provavelmente dormi. Na manhã seguinte uma enfermeira foi até a casa; ela me acompanharia por toda a viagem até Londres. Dieter nos levou de carro até o aeroporto. Ele se despediu afetuosamente e me abraçou como se fôssemos velhos amigos. Meu pai estava à minha espera em Heathrow; ele foi amistoso, porém contido. Não havia ninguém para me ajudar na sua casa, segundo me disse, e por isso ele havia providenciado um quarto privado num hospital próximo onde eu poderia ficar até me recuperar.

Ele imaginava uma semana, talvez duas. Fiquei lá por seis meses. Não me lembro de quase nada, as coisas misturam-se umas às outras. Sei que eu não conseguia ler, não conseguia ouvir rádio, não conseguia sequer ouvir música. A questão não era que eu não conseguisse me concentrar, mesmo que eu não conseguisse; era que parecia não haver lugar para nada vindo de fora, porque tudo o que vinha de fora era doloroso. Até mesmo olhar para um vaso de flores ou para uma cortina era doloroso. Foi terrível. Porém o mais terrível de tudo era que não parecia haver escapatória. Eu passava o tempo inteiro no escuro, em meio à dor. Eu não falei com ninguém; passei seis meses abrindo a boca só para comer.

Era outono quando recebi alta. *Disso* eu me lembro. Meu pai me buscou pela manhã, eu tinha feito a mala e deixado tudo arrumado. Torill também queria ter ido, mas eu disse que não. Ela morava num hotel e queria me ver. Mas não é por isso que tenho lembranças vívidas, ou pelo menos não apenas por isso. Foi porque, quando acompanhei meu pai até o carro sob aquele céu branco e suave de outono, tive uma impressão muito forte de que o mundo não queria o meu bem. De que nada de bom aconteceria na minha vida.

Tudo foi meio irônico. Numa das ilhas gregas eu tive uma espécie de visão. Não foi em Patmos, eu não tinha ideia nenhuma a respeito dessa ilha, nem em Hidra, mas numa ilhota totalmente desconhecida e insignificante onde eu tinha passado uma semana. Não foi uma visão grandiosa, porque era pequena demais para que eu a dividisse com outras pessoas, mas assim mesmo foi grandiosa para mim. Pelas manhãs eu costumava andar a vau até uma ilhota que ficava a certa distância da praia levando comigo um lanche, uma toalha, roupas e livros numa mochila que eu segurava acima da cabeça; eu passava os dias sozinho por lá, lendo e tomando banhos de mar e de sol, e pelas tardes eu saía para jantar nos restaurantes, tomar umas cervejas e ver as pessoas. Na ilhota eu ficava parado e meio angustiado e talvez meio contrariado de estar lá, era como se eu ansiasse por uma coisa que eu não sabia ao certo o que era. Não eram pessoas, porque naquela pequena cidade interiorana eu estava rodeado de gente e também queria me afastar de tudo aquilo — em especial quando alguém vinha falar comigo —, porém não de forma brusca ou violenta.

Numa dessas tardes eu resolvi fazer um passeio. Subi por uma das ruelas estreitas e cheguei ao ponto onde a cidade acabava e começava a montanha, e continuei subindo: de repente senti vontade de chegar ao topo. Lá em cima havia uma grande antena de rádio, que brilhava com uma luz vermelha na escuridão. Me sentei, acendi um cigarro e olhei para o mar preto repleto de pontinhos de luz que vinham dos barcos mais além, e em seguida para o céu, que também era preto, mas de um preto um pouco mais uniforme do que eu estava acostumado a ver no céu noturno em casa. De vez em quando lá no alto também surgiam pontinhos de luz, dos aviões que chegavam ou partiam do aeroporto de Atenas.

Seria possível que existisse uma pessoa sem nome?, pensei no mesmo instante.

Sem identidade?

Seria possível existir como pessoa sem qualquer tipo de ligação com nada?

Sem ligações com o futuro ou a história, a família ou a sociedade?

Era possível ser *apenas uma pessoa na terra*? Capaz de ir para onde bem entendesse, sem deixar nenhuma marca daquilo que via no sistema, mas assim mesmo capaz de pensar livremente, apenas vendo o que via, sempre como se fosse a primeira vez? Seria possível existir como uma pessoa que simplesmente existia? Como uma pessoa sem nenhuma ambição, nenhum plano, nenhuma teoria? Não como Egil Stray, mas simplesmente alguém, qualquer um, ninguém. Apenas como um lugar por onde fluía o mundo, que por sua vez fluía sem prender-se a nada.

Dito de outra forma: seria possível existir como uma pessoa *totalmente* livre?

Essa foi a minha visão. A de uma pessoa sem nome, sem história. A de uma pessoa que *não era nada além de uma pessoa.*

A visão foi tão pequena que não faria sentido para ninguém além de mim. Pelo menos foi o que senti quando mais tarde falei a respeito disso com outras pessoas, que elas não entendiam da mesma forma como eu entendia. Era um pensamento tão simples que mal podia ser chamado de pensamento. Ah, claro. Sem nome, claro. Sem identidade. É interessante. Meio como um bicho, então, é isso que você quer dizer?

Para mim esse pensamento tinha carne, sangue e nervos. Eu sabia muito bem que jamais poderia ser posto em prática, mas eu pensava que poderia mantê-lo como uma espécie de objetivo, como um ideal de vida.

Mas por que tornar-se livre de quaisquer laços?

Eu poderia comprar um veleiro maior e começar a velejar mundo afora, sozinho no barco, velejando por onde eu bem entendesse, atracando onde eu bem entendesse; meu pai com certeza teria me proporcionado isso se eu pedisse, e, mesmo que não gostasse da ideia, já tinha percebido que rumo a coisa estava tomando e já me considerava um caso perdido. Mas eu já pressentia na época que os laços eram uma grandeza interna, então de nada adiantaria livrar-se das coisas externas.

Mesmo assim, o pensamento tornou-se precioso para mim nas semanas a seguir e, segundo eu imaginava, assim permaneceria pelo resto da minha vida. Mas, quando tive a minha crise, tudo se transformou de uma hora para a outra, pois a partir de então o mais importante passou a ser não acabar novamente naquele lugar terrível que existia dentro de mim. Os médicos falavam em estruturas fixas, em contextos fixos, em clareza e rotina. Obviamente, esse era o contrário de existir apenas como uma pessoa.

Tudo isso, e a bem dizer tudo, na minha vida como um todo, foi posto em jogo naquele dia de inverno na cabana, quando de maneira brusca e inesperada passou a fazer sentido no momento da conversão.

Como explicar uma coisa dessas?

Eu não consigo.

Quando mais tarde reli *O lírio da terra e o pássaro do céu*, foi difícil compreender exatamente o que havia causado uma impressão profunda em mim naquela vez. Não consegui traçar a origem dos meus sentimentos grandiosos de volta a uma frase ou a uma passagem específica, mesmo que muitas estivessem sublinhadas como resultado de uma profunda agitação interior. Mas esse é um erro que cometemos o tempo inteiro, achamos que os pensamentos são unidades isoladas, separados não apenas dos sentimentos, mas também do ambiente em que são pensados. Deve ser por isso que os filósofos sentem o impulso de construir sistemas, pois num sistema os pensamentos têm lugar fixo, independentemente do que aconteça no lado de fora; de certa maneira encontram-se protegidos contra o mundo, e assim podem se apresentar como pensamentos em si mesmos, de maneira pura e impessoal, a quem quer que deseje pensá-los outra vez, a qualquer momento e em qualquer lugar. Mas a questão é que os pensamentos sozinhos não se bastam. Quando Nietzsche teve a ideia do eterno retorno, o ponto mais elevado de toda a filosofia que desenvolveu, foi como se estivesse tão repleto de sentimentos que mal conseguia administrá-los: as cartas que escrevia sobre a grande descoberta que havia feito tinham um espírito maníaco, porém ele não dizia sequer uma palavra a respeito *do que* havia pensado e que haveria de revolucionar tudo. E foi com isso que se defrontou no momento de consignar o pensamento e suas consequências ao papel: o pensamento em si mesmo, nu e despido de sentimentos, já não parecia mais grandioso e fantástico, e na verdade, como preto sobre o branco da página, chegava a ser até mesmo banal. A grandeza estava na tempestade que se armou dentro dele, e era essa tempestade que ele desejava comunicar, não o pensamento em si mesmo. O pensamento precisou ser embasado, sustentado e erguido por outros pensamentos adjacentes, para que assim despertasse os sentimentos de surpresa e reverência que Nietzsche imaginava ser digno de receber.

Por mais diferentes que fossem, Kierkegaard tinha em comum com Nietzsche o fato de que a maneira como escrevia era tão pessoal que parecia quase impossível separar aqueles pensamentos da origem e apropriar-se deles sem que assim fossem prejudicados. Mas quando ele escreveu

> "Que tu no silêncio esquecesses-te a ti mesmo, como te chamas, teu próprio nome, o nome célebre, o nome miserável, o nome insignificante, para no silêncio rezar a Deus: 'Santificado seja o Teu nome!'. Que tu no silêncio esquecesses-te a ti mesmo, teus planos, todos os planos grandes e abrangentes, ou os planos limitados que digam respeito à tua vida e ao futuro desta, para em silêncio rezar a Deus: 'Venha a nós o Teu reino!'. Que tu no silêncio esquecesses-te da tua

própria vontade, da tua independência, para em silêncio rezar a Deus: 'Seja feita a Tua vontade!'."

esses pensamentos não pareceram estranhos para mim, a não ser pelo fato de que eu nunca havia pensado em Deus nessa equação. Entregar-se ao divino e abandonar-se a si mesmo eram vivências conhecidas por todas as religiões e atividades que deviam ser praticadas no contexto de sistemas que incluíam preces, liturgias e meditações, e nada disso jamais havia despertado o meu interesse porque se parecia com um simples exercício de sugestão, um truque do baixo clero. Mas a entrega de Kierkegaard era diferente. O silêncio em que você devia esquecer-se a si mesmo era como o silêncio dos lírios e dos pássaros, nossos mestres, mas também o silêncio da floresta e o silêncio do mar. Mesmo quando o mar ruge e estruge, permanece em silêncio, escreveu Kierkegaard, e enquanto eu lia o mar rugia e estrugia lá fora. Mesmo quando a floresta farfalha, permanece em silêncio, escreveu Kierkegaard, e eu ouvi a floresta farfalhar, e o silêncio nesse farfalhar, e senti o silêncio: era em relação àquilo que o barulho dentro de mim parecia tão alto. Quando eu estava com outras pessoas, eu não o escutava, porque nessas horas o barulho estava em toda parte, trazido por todas aquelas vontades, todos aqueles planos, todas aquelas ambições, todas aquelas buscas por prazer, mas quando eu estava lá, naquele silêncio, eu o escutava.

Foi estranho, mas aquilo que eu lia parecia coincidir com aquilo que eu era. Eu lia sobre o rugir do mar ouvindo o rugir do mar, eu lia sobre o farfalhar da floresta ouvindo o farfalhar da floresta e, quando li que orar não era falar, mas calar, pois o reino de Deus só poderia chegar envolto em silêncio, o reino de Deus veio a mim.

O reino de Deus era o momento.

As árvores, a floresta, o mar, os lírios, os pássaros, todos sempre no instante. Para eles não existia futuro e não existia passado. Não existia terror e não existia medo.

Essa foi a primeira reviravolta. A segunda veio quando li a seguinte frase: "O que sucede ao pássaro não lhe diz respeito".

Esse foi o pensamento mais revolucionário que tive em toda a minha vida. Era um pensamento capaz de me libertar de toda a dor, todo o sofrimento. *O que acontece comigo não me diz respeito.*

Era um pensamento que exigia uma confiança absoluta e uma entrega absoluta a Deus. E era o pensamento que os lírios da terra e os pássaros do céu tinham. Mesmo na mais profunda tristeza e com o mais terrível futuro à sua espera, o pássaro estava sempre tomado de alegria. A tristeza e o futuro não lhe diziam respeito. Porque tudo fora entregue a Deus.

Ser obediente como a grama é obediente quando o vento a verga, pensei enquanto levantava o rosto: do outro lado da janela a tempestade amainara, tudo parecia escuro e silencioso, e o luar tênue refletido pela neve dava a impressão de que os escolhos flutuavam.

O reino de Deus era aqui.

E eu existia para Deus.

Nos seis meses que se passaram desde aquela tarde esses pensamentos tinham sido como um lugar para o qual eu podia retornar. Era como se as revelações o tempo inteiro precisassem ser renovadas para que se mantivessem válidas; eu retornava o tempo inteiro ao que era antigo. Li uma parte dos evangelhos e depois o todo sob uma nova luz. A luz da liberdade e da inexistência de amarras, e a luz do reino de Deus. Quando Jesus disse: "Se alguém vier a mim e não aborrecer a seu pai, e mãe, e mulher, e filhos, e irmãos, e irmãs, e ainda também a sua própria vida, não pode ser meu discípulo", eu compreendi o que ele queria dizer: essa era a mensagem da liberdade total que ele trazia, de uma libertação de todas as relações. E quando ele disse: "As raposas têm covis, e as aves do céu, ninhos, mas o Filho do Homem não tem onde reclinar a cabeça", estava se referindo ao rompimento com todos os lugares. Jesus viveu na abertura, ou pelo menos aspirava a viver na abertura. Esse corte de todos os laços com outras pessoas, com a própria história e com todos os lugares talvez pareça interesseiro e egoísta, mas é na verdade o contrário, pois é somente assim, somente agindo como "apenas uma pessoa" que todas as pessoas adquirem o mesmo valor umas das outras, somente assim todos podem ser vistos como aquilo que são, "pessoas que são apenas pessoas". E a seguinte passagem de Lucas: "E disse a outro: Segue-me. Mas ele respondeu: Senhor, deixa que primeiro eu vá enterrar meu pai. Jesus lhe observou: Deixa aos mortos o enterrar os seus mortos; porém tu vai e anuncia o Reino de Deus. Disse também outro: Senhor, eu te seguirei, mas deixa-me despedir primeiro dos que estão em minha casa. E Jesus lhe disse: Ninguém que lança mão do arado e olha para trás é apto para o Reino de Deus", sublinha a radicalidade na mensagem de Jesus e reforça o significado da liberdade para a vinda do reino de Deus. Nada de passado, nada de futuro, apenas um imenso agora em cuja luz Deus tomou forma.

Foi essa luz que eu vi aquela tarde na cabana.

Não a obra da criação em si mesma, não os pinheiros tortos com feixes de agulhas trêmulas, não o fogo ardente e as achas crepitantes que depois se transformaram em carvão e cinzas, não as estrelas que tremeluziam na escuridão silenciosa do céu noturno, não os escolhos cobertos de gelo. Nem as raposas que habitavam a floresta com pelagens grossas e rostos matreiros, ou as gaivotas que grasnavam ao planar sobre a terra e o mar com vestes de plumas brancas e cinzentas, bicos amarelos e olhos escuros, ou ainda os bacalhaus que permaneciam imóveis sobre os bancos de areia esverdeados para além das ilhotas, com a pele branco-amarelada e totalmente em silêncio. Tampouco as algas que cresciam sob a água ou os grupos de conchas pretas e azuis que chocavam-se contra a rocha no quebrar das ondas. Nada do que existia, mas a *consequência* dessas existências: era nisso que Deus surgia.

Tudo isso eu pensei e li naquele verão, sem nenhuma ambição de no fim chegar de fato a qualquer tipo de resultado, porque Deus era um acontecimento, não uma coisa sólida que se poderia tocar. Mas, pensei enquanto manobrava o barco pelo estreito com a cidade à minha frente, eu pelo menos sabia ao que prestar atenção, e em que direção olhar. Na esfera social via-se apenas o social, tudo dizia respeito às pessoas, até mesmo as árvores e os animais desapareciam, e era por esse motivo que a religião verdadeira se afastava do social. As pessoas não são criadas *à imagem* de Deus, mas *para a imagem* de Deus, como escreveu Hans Jonas. E somente aqueles que aborrecem o pai, a mãe, a mulher, os filhos, os irmãos, as irmãs e também a própria vida são capazes de perceber isso.

Mesmo com o vento causado pelo deslocamento do barco, estava quente como um forno no estreito, e assim não foi nenhuma surpresa descobrir que em ambos os lados havia banhistas, cabecinhas loiras que surgiam como focas na superfície da água, ou ainda corpos brancos e magros que entravam ou saíam da água.

As toalhas coloridas estendidas por toda parte. À minha frente os detalhes da cidade tornaram-se mais nítidos, eu pude ver as pessoas na área externa dos cafés, as sacolas de compra reluzentes e até mesmo os minúsculos sorvetes brancos que algumas delas tinham na mão.

Faltavam dez minutos até a chegada do ônibus. Eu chegaria bem na hora, pensei ao diminuir a velocidade enquanto o pequeno ferry saía do cais rumo a uma das ilhas mais além. Tornei a acelerar depois que ele passou, e ao fim de poucos minutos tive que reduzir novamente para entrar no largo canal que levava aos ancoradouros.

Encontrei um lugar vago, amarrei o barco e segui em direção à cidade. O ar estava totalmente imóvel entre as fileiras de construções. Todas as flâmulas e bandeiras estavam caídas.

Será que eu poderia tomar uma cerveja enquanto Viktor tomava um sorvete?

Uma cerveja nunca tinha feito mal a ninguém.

Olhei para o bazar de igreja no outro lado da estrada e depois para a igreja, com as paredes de tijolo à vista, o telhado e a flecha de cobre, e me ocorreu que eu nunca havia pensado sobre aquilo, era como se fosse uma coisa dada de antemão para mim. Eu nunca tinha entrado lá dentro.

Mas dificilmente essa seria a vontade de Viktor, então a visita teria que esperar.

O relógio da igreja marcava onze e trinta e oito, então atravessei a estrada e me apressei no último trecho até a rodoviária. Um ônibus grande e luxuoso, branco com letras vermelhas e azuis nas laterais, chegou no mesmo instante. Seria aquele?

O ônibus estacionou, as portas se abriram e as pessoas desceram; quase todas postaram-se ao lado do bagageiro, enquanto outras saíram rumo à cidade como homens e mulheres livres.

Viktor não estava lá.

Fui até o grupo de pessoas quando o motorista abriu o bagageiro e começou a retirar as malas.

— Com licença — eu disse. — Esse ônibus veio de Oslo?

Ele não respondeu, simplesmente ficou com metade do corpo enfiada para dentro do compartimento enquanto tentava soltar um carrinho de bebê. A camisa branca dele estava molhada de suor ao longo das costas.

— Veio de Oslo, sim — disse um outro rapaz.

— Obrigado — eu disse, e então fui até a porta e subi os degraus que levavam ao interior do ônibus para ver se o encontrava. Em razão da forte luz no lado de fora, a princípio eu não enxerguei nada. Um estranho gosto preencheu minha boca, era o gosto de um tipo específico de maçã, mas o gosto sumiu tão rápido como apareceu, mais ou menos ao mesmo tempo que os meus olhos se acostumaram à penumbra e eu comecei a andar pelo corredor.

Viktor estava sentado na última fileira, com os joelhos apoiados no encosto do banco à frente. Ele não olhou para mim quando me aproximei: manteve o olhar fixo em um ponto no outro lado da janela.

— Oi, Viktor! Que bom te ver! — eu disse.

Ele não respondeu nada, não olhou para mim.

— Foi boa a viagem?

Nenhuma reação.

Um leve tremor no canto da boca deu a entender que ele não estava de todo indiferente.

— Venha — eu disse. — Vamos lá.

Pousei a mão no ombro dele.

— Você tem bagagem lá fora? Temos que ir lá buscar. Depois vamos para a cabana de barco. Vai ser divertido! E eu pensei que você podia tomar um sorvete também.

— Eu não quero sorvete — ele disse, lançando um olhar furtivo em minha direção.

— Não tem problema — eu disse. — Mas você precisa sair do ônibus agora.

— Eu não quero sair — ele disse. — Quero ir para casa.

— Você só vai passar uns poucos dias aqui — eu disse. — Depois você volta para casa.

— Eu quero ir para casa agora.

— Infelizmente não tem como, meu rapaz.

— Não sou o seu rapaz.

— Tudo bem — eu disse. — Tudo bem. Mas você entende que não pode ficar aqui sentado, não? Todo mundo já desceu.

— Por mim pode todo mundo ir pro inferno — ele disse.

— Viktor — eu disse. — Você não pode falar assim. É feio.

— Estou cagando — ele disse. — Seu merda!

— Não fale assim comigo, por favor — respondi. — Eu sou o seu pai.

— Pai do meu cu — ele disse.

— Viktor — eu disse. — Não me chame assim.

— Pai do meu cu — ele disse. — Pai de merda.

— Já chega — eu disse.

Ele olhou para a frente e abriu um sorrisinho. Depois tornou a olhar para alguma coisa ao longe.

Não pude acreditar nos meus próprios olhos.

Será que ele era *mau*?

Eu tinha imaginado que Viktor estaria chateado porque a mãe precisara viajar. Mas nesse caso ele não teria sorrido.

— Venha — eu disse.

— Não — ele respondeu.

Do lado de fora, o motorista endireitou as costas. Só havia mais dois ou três volumes de bagagem na frente dele.

— Nós *temos* que ir — eu disse. — Você entende? *Não tem como* você ficar aqui sentado.

Viktor não disse nada. Continuou sentado, olhando para o lado de fora.

Peguei o braço dele e o puxei de leve.

— Viktor, vamos lá — eu disse.

Ele olhou para as minhas mãos.

— Cuzão do caralho — ele disse.

Uma fúria repentina tomou conta de mim.

— JÁ CHEGA! — eu disse. — Venha comigo AGORA!

Puxei-o em direção a mim. Ele se agarrou ao assento da frente para resistir.

— SOCORRO! — ele começou a gritar. — SOCORRO!

No mesmo instante o motorista subiu a escada e entrou no ônibus. Larguei Viktor.

— O que está acontecendo? — perguntou o motorista, encarando-nos.

— Nada — eu disse. — O meu filho simplesmente não quer vir comigo. Mas está tudo certo.

— Viktor, não é mesmo? — ele disse. — Eu prometi para a sua mãe que cuidaria de você, sabia? Agora você tem que acompanhar o seu pai.

— Ele não é o meu pai — disse Viktor.

— Você ouviu o que eu disse? — perguntou o motorista. — Eu prometi para a sua mãe que cuidaria de você. Agora você precisa acompanhar o seu pai e pegar a mala que está lá fora antes que ela seja roubada.

— Tá bem, então — disse Viktor, levantando-se sem olhar para mim.

Acompanhei-o e fui até onde estava a bagagem. Uma mala e uma mochila, ambas pequenas.

— Você pega a mochila e eu levo a mala? — perguntei.

— Pode levar as duas coisas — ele disse.

— Tudo bem — eu disse, colocando a mochila nas costas e pegando a mala com a mão.

Como podia ser que ele desse ouvidos ao motorista do ônibus, mas não a mim?, pensei quando nos pusemos a caminhar, Viktor sempre um ou dois metros à minha frente. Provavelmente ele achava que podia descontar em mim porque eu era o pai dele e ele me conhecia bem, enquanto o motorista era um estranho. E a calça preta com a camisa branca davam a impressão de um uniforme. Aquilo conferia um ar instantâneo de autoridade.

Eu devia levá-lo pela mão, afinal ele só tinha dez anos, mas não quis fazer isso na tentativa de evitar mais uma rejeição.

— Que tal um sorvete? — eu sugeri. — Está um calor terrível!

— Eu já disse que não quero — ele respondeu. — Você está ficando surdo?

— Então vamos direto para o barco — eu disse.

Ele usava uma bermuda verde, feita daquele tecido usado por adultos, e uma camiseta amarela com a estampa de um surfista no peito. Sua pele era branca como papel, e as cores escolhidas pela mãe não melhoravam em nada o aspecto geral, pensei. Os braços e as pernas de Viktor eram magros, a cabeça era pequena, os olhos, estreitos como duas listras, e os lábios também eram finos e sérios. Ele nunca olhava no rosto de ninguém, e na época em que eu ainda estava com a sua mãe eu havia sugerido que o levássemos a um médico para que fosse examinado, porque aquilo era um sinal de autismo.

Ela foi tomada de fúria, então a ideia nunca deu em nada.

Mas tinha alguma coisa errada com Viktor.

Ele andava com o olhar fixo no chão e as mãos nos bolsos. Quando chegamos ao cruzamento, ele lançou um olhar rápido em minha direção e fiquei aliviado ao ver que afinal de contas ele parecia um pouco inseguro.

— Vamos atravessar aqui — eu disse.

Atravessei uns poucos metros atrás dele. Para evitar que ele tivesse de revelar a própria insegurança mais uma vez, eu disse:

— Agora dobramos à esquerda e vamos até aquele ancoradouro, está vendo?

Na esplanada em frente à antiga agência de correios apareceu uma figura conhecida. Era Tore. Ao me ver, ele ergueu a mão em um cumprimento. Vestia calça e camiseta pretas naquele calor. Tinha uma bolsa pendurada no ombro. Óculos de sol grandes.

— Quem diria! — ele disse.

— Há quanto tempo — eu disse. — Como vão as coisas?

Vi minha própria imagem nos óculos dele e desejei que ele os retirasse.

— Andando — ele disse. — E para você?

— Tudo certo — respondi.

Viktor havia parado um pouco adiante e agia como se não tivesse nada a ver conosco.

— Você ainda está morando na cabana? — Tore perguntou.

— Estou — eu disse. — Vim à cidade para buscar o meu filho.

— Você tem um filho? — disse Tore. A voz dele parecia surpresa, mas como eu não podia ver os olhos era difícil entender se aquilo era ou não uma brincadeira.

— Tenho sim — eu disse. — Ele está com dez anos.

— Veja só! — ele disse. — Você nunca tinha me contado.

— Não? — eu perguntei. — Ele passa a maior parte do tempo com a mãe. Não vem com frequência para cá.

Olhei para Viktor.

— Viktor! Venha cá dar um alô para um amigo meu!

Ele continuou parado como se não tivesse me ouvido.

— Ele é meio tímido — eu disse. — Mas e você? O que anda fazendo?

— Não muita coisa. Estou trabalhando na minha ópera.

— É mesmo! — eu disse. — E já está quase pronta?

Ele respondeu com um aceno de cabeça.

— E é bem provável que seja encenada na primavera.

— Uau! — exclamei. — Fico contente por você. Mas escute, agora eu tenho que ir. Até mais!

— Até mais, então — disse ele, retomando a caminhada enquanto eu me aproximava de Viktor.

— Quem era aquele? — ele perguntou.

— O nome dele é Tore — eu disse, sorrindo para ele, aliviado de ver que tinha feito um comentário por iniciativa própria. — É um velho amigo meu.

— Por que você não contou a ele nada sobre mim? — Viktor perguntou.

Ele olhou para mim.

Um sentimento gelado se espalhou pelo meu peito.

— Claro que eu contei — eu disse enquanto começava a andar. — Ele só estava brincando com você. Porque nunca tinha encontrado você antes. Foi isso o que ele quis dizer.

— Não pareceu que ele estava brincando — disse Viktor.

— Mas ele estava mesmo assim — eu disse. — Vamos, o barco está para lá.

Será que não havia nada que eu pudesse usar para distraí-lo?

Ele não queria sorvete.

Refrigerante?

Nesse caso teríamos de nos sentar, e Viktor teria oportunidade de pensar e especular e talvez fazer mais perguntas.

Não, o barco seria melhor.

Com o olho do pensamento, me vi caminhando ao longo do cais com uma sacola de compras em cada mão e me abaixando para colocá-las no barco.

Eu tinha me esquecido totalmente de ir às compras. Não havia nenhuma comida para Viktor na cabana.

— É assim que eu e ele conversamos um com o outro — eu disse. — A gente faz de conta que é mais burro do que na verdade é. É meio difícil de explicar. Mas esse jeito de falar é chamado de ironia.

Viktor nem ao menos se virou.

Não havia motivo para que ele não acreditasse em mim. E de certa forma era verdade: Tore podia ter esquecido que eu já havia falado, ou então podia estar brincando. Era o tipo de coisa que ele faria.

Descemos os degraus até o cais. Viktor parou em frente ao barco sem virar-se para mim.

— Agora você me deixou impressionado — eu disse. — Por ainda se lembrar do barco.

Na mesma hora percebi que aquele comentário minava a minha ligação com ele. Claro que ele se lembrava do meu barco.

— São muitos barcos aqui — eu disse. — Todos muito parecidos.

Coloquei a bagagem no chão, puxei o barco e subi a bordo.

— Você me alcança a mala? — eu pedi.

Viktor pegou a mala e entregou-a para mim.

— E a mochila?

Ele também pegou a mochila e entregou-a para mim, e então também subiu a bordo. Ele tinha uma expressão séria, quase obstinada. Mas pelo menos não se recusou a me acompanhar. Já era bom o suficiente, pensei enquanto soltava a amarra.

— Eu quero um colete salva-vidas — disse Viktor.

— Eu não tenho — respondi. — Me desculpe. Mas prometo dirigir com todo o cuidado. Não tem perigo nenhum. Você sabe nadar, não sabe?

— É ilegal não ter colete salva-vidas — ele disse.

— Não é exatamente ilegal — eu respondi. — Não é uma coisa muito boa, mas se a gente tomar cuidado e for com calma, vai dar tudo certo. Podemos comprar um colete para você amanhã. Tudo bem?

Ele não respondeu, então liguei o motor e dei a ré por uns poucos metros antes de manobrar o barco e navegar mar adentro. O sol estava a pino. Não havia nuvens em nenhum lugar. Tudo brilhava e resplandecia, janelas, carros, bicicletas, motores de popa, balaustradas, bancos e mesas; no cais a superfície do mar refletia a luz em pequenas áreas trêmulas, enquanto mais além, quase no horizonte, a luminosidade corria por rios largos.

Viktor ficou sentado de costas para a proa, olhando para a cidade, que aos poucos tornava-se menor enquanto eu aumentava a velocidade e o barco avançava.

Ele podia abrir um sorriso, não?

O vento salgado que soprava nos cabelos, o ar quente e o mundo azul, profundamente azul que nos envolvia.

Minha infância também não tinha sido nada fácil. Eu era gordo e feio. Mas não me lembro de ter sido um menino agressivo. Eu gostava de ficar sozinho e era tímido. Muito tímido. Mas não bravo. Não atrevido. E não conseguiria ter magoado outra pessoa nem se eu quisesse.

Era preciso ter paciência com Viktor.

Afinal, ele só tinha dez anos.

Olhei para a nova estrela. Parecia estar mais distante na intensa luz do dia, mas permanecia claramente visível.

Apontei para ela.

— Você já viu a nova estrela? — perguntei.

Viktor olhou para o céu. Nenhuma expressão surgiu no rosto dele quando o desviou novamente e voltou a olhar para o panorama às nossas costas.

Vinte minutos depois chegamos ao Marinaen.

— Você vem comigo? — eu perguntei.

Ele balançou a cabeça.

— Tudo bem se você ficar aqui sozinho um pouco?

— Tudo — ele disse.

— Está bem. Não é perigoso aqui — eu disse, e então desci em terra, amarrei o barco e entrei na loja. Lá dentro estava gelado e não havia nenhum cliente. Tentei fazer as compras o mais depressa possível, e peguei basicamente batatas e legumes para acompanhar o peixe que eu havia pescado, e além disso *knekkebrød*, queijo e cigarros. Mas não havia nada para ele.

Do que será que ele gostava?

Larguei o cesto de compras e fui até o barco. Viktor estava com os braços para fora e o rosto apoiado no alto do costado. Ao me ver, ele endireitou o corpo.

— Você quer que eu compre alguma coisa especial? — eu perguntei.

— Não — ele respondeu.

— Do que você gosta?

— Não sei.

— Batata chips? Chocolate? Pizza? Pode escolher.

— Não sei — ele repetiu.

— Qualquer coisa?

— Pode ser.

— Tudo bem — eu disse. — Vou escolher uma coisa boa, então.

Dentro da loja tentei me lembrar do que eu gostava quando tinha a idade dele. Coloquei um pacote de batata chips com páprica no cesto, depois outro com sal e por fim um pacote de amendoim e outro de pipoca. Umas garrafas de refrigerante para ele, umas garrafas de cerveja para mim. Um entrecôte para cada um. Molho béarnaise. Umas barras de chocolate. Flan de chocolate, geleia de framboesa, cobertura de baunilha. E seis pãezinhos com passas.

Quando parei em frente ao caixa e coloquei as compras em cima da esteira me ocorreu que talvez eu também devesse comprar umas pizzas. Larguei o cesto e peguei quatro pizzas diferentes no freezer.

— Cigarro hoje? — perguntou o atendente, um rapaz de dezoito anos com tez pálida, cabelos escuros e uma grande espinha vermelha de pontinha amarela na bochecha. Eu tinha uma ideia de que o nome dele era Simon.

— Boa ideia — eu disse. — Obrigado pelo lembrete.

— Não tem o que agradecer — ele disse, abrindo um sorriso tímido. — Cada cigarro encurta a sua vida em dois minutos, não é?

— É — eu disse, colocando as compras na sacola. — Mas não dizem que minutos são esses. De repente são justamente os mais terríveis.

Ele sorriu mais uma vez, um pouco menos confiante, e abriu a vitrine com os cigarros que ficava atrás.

— Quantos? Os três de sempre?

— Pode ser — eu disse. — Obrigado.

Às minhas costas a porta se abriu e uma senhorinha na casa dos sessenta anos entrou, tirou os óculos de sol e guardou-os na bolsa que trazia pendurada no braço.

— Olá, querido — ela disse. — Como vão as coisas por aqui?

A voz dela era rouca, e a pele levemente pálida; devia fumar um bocado.

Simon, caso esse fosse mesmo o seu nome, empurrou o leitor de cartões na minha direção.

— Tudo bem por aqui — ele disse. — Sem grande movimento.

— É, ninguém vai às compras num tempo desses — ela disse.

— Pelo menos não no meio da tarde.

Inseri o cartão e digitei a senha. Me surpreendi com a intimidade no tom da conversa; aquela devia ser a mãe dele, e nesse caso eu talvez pudesse imaginar que o rapaz estaria preocupado com o que os outros pensavam a respeito daquilo, mas ele parecia não se importar.

— Obrigado — eu disse quando a compra foi aprovada, e então peguei as duas sacolas.

— Eu que agradeço — ele disse. — Até a próxima!

O calor do lado de fora veio como um choque, mesmo que eu estivesse preparado. O ar tremulava de leve aqui e acolá sobre o estacionamento vazio. A floresta, que ficava pouco além, estava verde e seca. Mas o cheiro era de maresia, não de floresta, e tornou-se ainda mais forte quando dei a volta e o cais estendeu-se em direção à água plácida e cintilante.

Viktor estava sentado no atracadouro, jogando pedrinhas na água. Quando me aproximei, ele se levantou e voltou para o barco sem dizer uma palavra. Subi a bordo e passei por ele com uma sacola em cada mão, e ao notar que o barco balançava mais do que havia imaginado sob o meu peso tratei de me agachar e largar as sacolas. A sacola das garrafas tilintou, e Viktor ergueu o rosto e olhou para mim com olhos apertados.

— Quanta cerveja você comprou? — ele perguntou.

— Duas — eu disse. — Para tomar nas refeições. E além disso comprei refrigerante para você.

— A mamãe disse que você é um bêbado miserável — ele disse.

Mais uma onda gelada se espalhou pelo meu corpo.

Usei toda a minha força de vontade para manter a calma, acomodei uma sacola em cada lado, empurrei-as de leve para ver se estavam suficientemente firmes e me sentei no paneiro de popa.

Viktor ficou me encarando.

— Ela disse isso para *você?*

Ele balançou a cabeça.

— Ela disse isso para o Milo. Não sabia que eu estava ouvindo.

— Quem é Milo? — eu perguntei.

— O namorado da mamãe, ora — ele disse.

— Ela tem um *namorado?* — eu perguntei.

— Tem — ele respondeu. — O Milo.

— E ela disse para ele que eu era alcoólatra?

— Não. Ela disse que você era um bêbado miserável.

— Viktor, eu não sou nada disso. É importante que você entenda. Isso não é verdade.

Ele não respondeu nada. Simplesmente estendeu o corpo para fora do costado e enfiou a mão para dentro d'água.

— Às vezes eu tomo uma cerveja para acompanhar uma refeição — expliquei. — Mas isso não faz de mim um alcoólatra.

Ele não dava nenhum sinal de estar prestando atenção. Dei a partida no motor e comecei a sair de ré. O barco parou com um solavanco.

Eu tinha me esquecido de soltar a amarra.

Coloquei o motor em ponto morto, me ajoelhei ao lado de Viktor, recolhi o cabo, soltei o nó, dei um empurrão, voltei à popa e acelerei ao máximo. Eu estava me lixando para o limite de velocidade no ancoradouro. Queria apenas chegar em casa o mais depressa possível.

E pouco depois realmente estávamos em casa. Se Jesus não tinha um lugar onde reclinar a cabeça, como diz o evangelho, porque queria ser totalmente livre, um simples homem, sem nenhum tipo de ligação a ninguém e a nada, o que eu entendia perfeitamente, *eu* não conseguiria renunciar àquilo tudo. Eu amava a visão dos galpões pintados de vermelho-escuro na pequena baía, o cheiro de alcatrão e de sal, como eu amava a própria cabana amarelo- -ocre, baixa e comprida junto à orla da floresta, e também a floresta, claro, e os escolhos e o cais. A varanda, a sala com lareira, a pequena cozinha.

Sem esse refúgio eu estaria perdido. Eu não era forte o bastante para simplesmente andar por aí, mesmo que fosse essa a minha vontade. Mas o mundo tinha se aberto mesmo assim, e tinha sido lá.

Com uma sacola em cada mão, avancei pela estradinha que levava até a cabana, logo atrás das costas magras de Viktor. Ele não parecia muito ágil nem muito firme ao subir, o terreno acidentado parecia ser difícil para ele, havia uma falta de motricidade naquela figura, ele tinha os joelhos levemente valgos e parecia não controlar direito os braços.

Senti um aperto no peito ao ver aquela cena.

Depois de largar as coisas na cozinha, desci mais uma vez para buscar a mala e a mochila enquanto Viktor ficava na varanda, agindo como se eu não existisse.

— Você não quer sentar? — perguntei quando cheguei mais perto e vi que ele estava de pé em um canto.

Ele balançou a cabeça.

Logo ele mudaria de ideia, pensei, e então o deixei em paz. Coloquei a mala e a mochila dele no quarto, depois levantei o edredom e o cheirei. Estava limpo, mas aquelas roupas de cama estavam postas fazia meses, talvez mais de meio ano, então o cheiro não era lá muito bom.

Mas as crianças não se importavam muito com essas coisas: o importante era que estava limpo. Se ele reclamasse, havia vários sacos de dormir no mezanino da garagem.

Abri a cortina e olhei para a floresta. A luz do sol caía em diagonal sobre as árvores, de galho em galho, como a água escorre de uma rocha à outra numa encosta. Eram poucos os fachos que chegavam até o chão, onde a luz parecia ainda mais intensa em meio à escuridão e ao verde.

Podiam dizer muita coisa a meu respeito, mas alcoólatra eu não era.

Por que ela tinha dito uma coisa dessas?

Para se fazer de vítima na frente do sujeito novo?

Milo? Isso não era nome de sabão em pó?

Endireitei as costas. Enfim, não era problema meu. Nada disso.

Eu era do meu jeito.

Tente deixar que as coisas aconteçam, aceitar que são dessa forma. Não relute tanto.

Saí à varanda e acendi um cigarro. Viktor tinha ido até os escolhos, e estava sentado, mexendo em alguma coisa no chão.

Nas alturas do céu azul, três gaivotas voavam. Tinham sido enviadas até lá, para aquele momento.

Não traziam nenhuma outra mensagem além da própria presença.

Era a própria definição de um acontecimento místico.

Me virei e olhei para a estrela.

Que mensagem trazia?

A estrela da manhã era importante na Bíblia. Porém de maneiras contraditórias.

E naquele momento era importante no mundo.

Eu tinha que ver o que constava na Bíblia quando Viktor fosse dormir.

Ou talvez antes, se ele se ocupasse com uma coisa qualquer.

Fui até a cozinha e peguei um pãozinho com passas, imaginando que seria bom oferecer um lanche a Viktor quando eu me aproximasse dele. Talvez um refrigerante, também?

Não, isso seria demais em plena montanha. Como se eu me subordinasse por completo a ele e estivesse disposto a servi-lo onde quer que estivesse.

Um pãozinho com passas seria bom o suficiente.

Ele olhou para mim assim que saí à varanda. Quando me aproximei, ele baixou novamente o olhar.

415

— Ei, Viktor! — eu disse, me abaixando ao lado dele. — Eu trouxe um lanche para você. Você gosta de pão com passas, não?

— Não estou com fome — ele disse.

— Ora, vamos lá — eu disse. — Você sabe que precisa comer. E já que está aqui, também podia aproveitar para se divertir um pouco. Não tem por que você se emburrar. Não vai resolver nada.

Deixei o pãozinho ao lado dele e me levantei.

— Acho que hoje é o dia mais bonito que já fez esse ano — eu disse. — Você não quer tomar um banho de mar? Ou quem sabe pescar caranguejos? Ou ainda podemos dar um passeio de barco, se você preferir. Ir a uma das ilhotas. Até o farol!

— Eu quero ir para casa — ele disse.

— Você está em casa — eu disse. — Mas tudo bem. Se você prefere ficar aí emburrado, por mim não tem problema.

Viktor ergueu o rosto e sorriu com os olhos estreitos.

O que ele queria? Que eu ficasse bravo? Será que estava me infernizando de propósito?

Nesse caso ele acabaria decepcionado, porque eu não ficaria bravo com ele.

Ainda na varanda eu tive uma ideia. Os gêmeos de Arne eram da mesma idade de Viktor. Eu podia levá-lo até lá. Assim todos poderiam brincar juntos. E talvez Viktor pudesse até passar a noite lá. Arne me devia mais do que um favor.

Digitei o número dele, me apoiei no parapeito e olhei para o mar.

— Oi, Egil — ele disse ao atender. — Estou dirigindo e você está no viva-voz. A Tove está comigo.

— Tudo bem — eu disse. — Como vão as coisas?

— Estamos a caminho do hospital.

— Muito bem. E quando você acha que volta?

— Não tenho ideia. Por quê?

— O Viktor está aqui comigo — eu disse. — Me fez uma visita-surpresa.

— Viktor é o seu filho?

— É. Pensei que de repente ele podia se encontrar com os gêmeos.

— Claro que pode — disse Arne. — Eles estão em casa, até onde eu sei. A minha mãe está lá com eles.

— Ah, tudo bem — eu disse. — Talvez seja melhor amanhã, então.

— Como você preferir — ele disse. — A minha mãe com certeza ficaria contente de receber uma visita.

— Vou ver por aqui — eu disse. — Mas de qualquer forma obrigado. Nos falamos mais tarde.

Por uns instantes me perguntei se eu não devia preparar um drinque, já que um gim-tônica gelado não seria má ideia àquela altura, mas em vez disso entrei e peguei uma Pepsi Max, larguei uns cubos de gelo num copo, cortei um pedaço de limão e o coloquei lá dentro antes de servir o refrigerante e voltar à varanda com o copo na mão.

— Ei, Viktor! — eu disse. — Venha tomar um refrigerante!

Eu não tinha esperado nenhum tipo de reação, mas ele se levantou e veio em direção à cabana.

— O que você quer? — eu perguntei quando ele chegou à varanda. — Temos Villa Farris, Solo e Coca-Cola.

— Solo — ele disse.

— A garrafa inteira ou só um copo?

— A garrafa — ele disse.

Abri uma garrafa para ele na cozinha. Ele tomou um gole demorado. Depois saiu com a garrafa na mão e sentou-se exatamente no mesmo lugar de antes.

Será que ele passaria a semana inteira sentado lá?

Me sentei na cadeira da varanda com a grande Bíblia no colo e comecei a correr os olhos pelo livro de Isaías em busca da citação que eu procurava.

Aquela Bíblia tinha pertencido ao meu avô, era pesada como uma criança de colo e incrivelmente trabalhada, mas naquele momento era minha, e eu sublinhava trechos e fazia anotações a meu bel-prazer.

Descobri que eu já tinha sublinhado a passagem sobre a estrela da manhã.

"Como caíste do céu, ó estrela da manhã, filha da alva! Como foste lançada por terra, tu que debilitavas as nações!

E tu dizias no teu coração: Eu subirei ao céu, e, acima das estrelas de Deus, exaltarei o meu trono, e, no monte da congregação, me assentarei, da banda dos lados do Norte. Subirei acima das mais altas nuvens e serei semelhante ao Altíssimo. E, contudo, levado serás ao inferno, ao mais profundo do abismo."

A estrela da manhã chamava-se Lúcifer em latim, o que significa portador da luz. Lá estava Lúcifer, filho da alva, e a alva dificilmente poderia ser outra coisa que não Deus, o criador do universo. Lúcifer quis igualar-se a Deus, mas foi expulso do céu rumo ao inferno, onde, segundo a tradição, passou a governar.

Essa passagem podia dar a impressão de que Lúcifer era o filho de Deus. Mas nos livros mais antigos da Bíblia as relações entre essas diferentes figuras eram bem menos claras; os anjos, em especial, permaneciam inexplicados, uma passagem afirma que os anjos tiveram com os humanos filhos que em outras épocas vagavam sobre a terra como gigantes, e em mais de uma passagem a transição entre Deus e os anjos era fluida, de maneira que seria difícil estabelecer onde um terminava e onde os outros começavam. Além do mais, pensei, "filho" também podia ser interpretado como "criado por". Mas assim mesmo era notável que Jesus, que *era* o filho de Deus, também fosse chamado de estrela da manhã, ou seja, de Lúcifer, na Bíblia.

O anjo Lúcifer, a estrela da manhã, havia caído do céu rumo à terra. E naquele instante a estrela da manhã brilhava mais uma vez no céu. O que isso significava?

Eu não acreditava que a estrela *fosse* Lúcifer ou Cristo. A estrela era a estrela. Mas eu não duvidava de que aquilo pudesse ser o *sinal* de qualquer outra coisa.

Tomei um gole de refrigerante. Estava aguado por causa do gelo, que já havia derretido.

Era só olhar para aquilo, pensei enquanto mantinha o olhar fixo no céu atrás da cabana. A estrela era repleta de significado, e todos os que a viam percebiam. Uma aura silenciosa e intensa emanava dela. Era quase uma vontade, uma coisa inexorável que a alma podia abarcar, sem no entanto transformá-la nem deixar-lhe marcas.

O sentimento de que alguém nos observava.

Dos escolhos veio o barulho de uma coisa se quebrando. Virei o rosto. Viktor estava de pé, olhando para baixo. Percebi que ele devia ter jogado a garrafa, então larguei a Bíblia no chão, apaguei o cigarro, me levantei e fui até lá.

— Você *jogou* a garrafa? — perguntei.

Ele fez que sim com a cabeça e sorriu.

— Mas, Viktor, você sabe que não pode fazer isso. Os cacos ficam espalhados por toda parte e as pessoas podem acabar se cortando. Os bichos também. E a gente não quer que isso aconteça, certo?

— Esse lugar é muito chato — ele disse.

— Eu sei que você acha isso — eu disse. — Mas se pensar um pouco você vai ver que tem um monte de coisas para fazer aqui. Podemos tomar um banho de mar, você não está a fim? Com certeza a água deve estar a vinte e cinco graus. Como nas praias do Sul.

— Não quero — ele disse.

— Tudo bem — eu disse. — Vamos fazer o jantar, então? Você deve estar com uma fome enorme. Eu comprei pizza.

Viktor não disse nada.

— Você está com fome?

Ele fez um gesto positivo com a cabeça.

— Muito bem! — eu disse. — Mas primeiro temos que juntar esses cacos de vidro. Venha!

— Junte você — ele disse.

Por um breve instante eu não soube o que fazer. Eu devia insistir, talvez até mesmo empregar a força, porque ele precisava aprender que jogar lixo na natureza era a pior coisa que existe. Ao mesmo tempo, eu sabia que ele protestaria e eu simplesmente não encontraria jeito de convencê-lo, ou, se o convencesse, acabaria estragando todo o restante do dia.

Me agachei ao lado dele.

— Viktor — eu disse. — Outra pessoa pode se machucar nesse vidro. Um bicho inocente pode se cortar e ficar sem ter como arranjar comida. E nós não queremos que um bicho inocente morra por causa de uma coisa que você fez, certo?

— Não é nada de mais — ele disse. — São só uns cacos de vidro. Pode juntar, se é tão importante para você.

— Tudo bem — eu disse. — Mas se você fizer isso outra vez eu vou ficar bravo.

Entrei na cabana e peguei um saco plástico para recolher o vidro. Os cacos haviam se espalhado por uma grande região e com certeza não consegui encontrar tudo, mas pelo menos deu para juntar os maiores.

De vez em quando eu olhava para Viktor, que permanecia sentado na rocha, magro e obstinado. Seria difícil imaginar que tivesse qualquer tipo de relação comigo.

Larguei o saco no contêiner de reciclagem em frente à cabana, dei uma espiada no interior da garagem para ver se não havia nada com que Viktor pudesse brincar e encontrei um velho alvo e umas flechas, que levei comigo para a varanda e guardei num canto para mais tarde antes de ir à cozinha preparar o jantar.

Eu nem sempre tinha o cuidado de pôr a mesa e deixar tudo ajeitado quando estava sozinho, claro, mas naquele momento peguei dois pratos do melhor serviço, que segundo meu pai era da metade do século XVIII, e duas taças de vinho, mesmo que o jantar fosse pizza pré-pronta e refrigerante.

Viktor apareceu assim que o chamei, pegou uma fatia de pizza e a enfiou na boca antes mesmo de estar sentado. Eu não comia pizza congelada desde a época em que morava com Torill e ela tinha um daqueles dias em que passava o tempo inteiro trancada no quarto.

Na época aquilo parecia ter gosto de papel, e com Viktor também pareceu ter gosto de papel.

— A gente tem ketchup? — Viktor perguntou sem olhar para mim.

Minha alegria ao ter notado que ele havia dito "a gente" foi imediatamente destruída pela ideia de que eu seria obrigado a decepcioná-lo.

— Me desculpe — eu disse. — Eu esqueci.

Ele pegou mais uma fatia, ajeitou o queijo e o molho de tomate com os dedos e a colocou na boca.

— Tem certeza que você não quer tomar um banho de mar? — eu perguntei. — O tempo está ótimo.

Ele balançou a cabeça.

— Você não gosta? — eu perguntei. — A água não é fria.

Ele se levantou, foi para trás da cadeira e, antes que eu pudesse reagir ou entender o que estava acontecendo, ergueu a cadeira acima da cabeça e a bateu com toda a força contra a mesa, quebrando os pratos e as taças.

Depois largou a cadeira, se virou e saiu para a rua.

Senti meu coração bater desesperadamente.

Passei um tempo sentado para me recompor e notei que Viktor tornou a sentar-se mais uma vez naquele mesmo lugar.

Havia uma coisa profundamente errada com ele.

Saí da cozinha e peguei um saco de lixo preto, a vassoura e a pá, e então comecei a limpar a sujeira. Coloquei tudo, as fatias de pizza, as lascas de louça e os cacos de vidro, na lixeira do lado de fora. Depois de ajeitar mais ou menos as coisas, fui até a varanda e acendi um cigarro. Eu ainda sentia o meu corpo inteiro tremer.

Ele tinha feito aquilo para chamar a atenção. Ou então para receber um castigo.

Mas eu não queria aplicar nenhum castigo. E eu não queria lhe dar nenhum tipo de atenção por coisas negativas.

O melhor que eu tinha a fazer era ignorar aquilo.

Assim ele teria no que pensar.

Senti muita vontade de tomar mais um gim-tônica, talvez por conta do sabor e da sensação de ter um copo de vidro gelado na palma da mão. Quando a mão roça o vidro de leve e o líquido transparente rodopia de leve, e os cubos de gelo reluzem e tilintam ao se chocar. A rodela verde de limão no meio dessa canção transparente e brilhante.

Por que Viktor havia ficado tão furioso?

O lugar não tinha nada de terrível, nem mesmo para um menino de dez anos.

Mas ele estava mais do que furioso. Era como se a fúria estivesse marcada nele. Como se fosse até o tutano dos ossos.

No que ele estaria pensando?

Será que estava satisfeito com o que havia feito?

Ou será que nem estava pensando naquilo?

Eu não me lembrava das coisas que eu pensava quando tinha a idade dele, sem chance.

Estava quente demais para tomar café.

Mas quem sabe um espresso? Só três golinhos.

Uma brisa leve soprou pelos escolhos. Pude ver a superfície da água se encrespar. E a flâmula no lado da cabana se ergueu de leve, como um bicho ao fim de uma longa hibernação.

Eu sempre havia detestado a brisa do pôr do sol, desde que eu era pequeno. Tinha a ver com o fato de que o mundo, silencioso e brilhante, de repente tornava-se inquieto. A superfície do mar tornava-se inquieta, os arbustos e as flores tornavam-se inquietos, as árvores tornavam-se inquietas, e então os mastros das bandeiras começavam a tilintar: era o pior som de toda a minha infância.

Por que o mundo tornava-se inquieto? O que o atormentava? No que pensava?

Entrei na cozinha, coloquei água na cafeteira italiana, enchi o pequeno cilindro metálico de café, atarraxei a parte superior e coloquei-a em cima da placa do fogão, que no mesmo instante começou a estalar.

Foi estranho ter sentido aquele gosto de maçã quando entrei no ônibus, pensei, enquanto imaginava me sentar ao lado de Viktor lá fora, colocar o braço ao redor dele e apertá-lo de leve contra o meu corpo.

Ele teria se desvencilhado, talvez fugido de mim.

Mas será que assim mesmo não era o que desejava?

Todas as crianças queriam ser abraçadas.

Resolvi que depois eu sairia e faria isso. Ele podia sair correndo se achasse melhor assim.

A água na cafeteira começou a chiar.

O gosto de maçã tinha sido muito claro, havia uma memória ligada àquilo, mas eu não conseguia identificá-la, era como um sonho que você tenta gravar no exato instante em que ele desaparece.

Fui até a sala e olhei para fora.

Viktor já não estava mais lá.

Ouvi passos e rumores na varanda.

Saí. Viktor tentou pendurar o alvo no parapeito da janela, mas percebeu que aquela não era uma boa ideia e parou com o alvo na mão.

Eu não estava bravo com ele, percebi ao vê-lo naquele momento, magro e desengonçado, com o rosto que muitas vezes parecia uma careta em razão dos olhinhos estreitos e do queixo saliente. Mas eu tampouco sentia ternura por ele.

— A gente pode escolher um lugar e pregar o alvo — eu disse.

Ele respondeu com um aceno de cabeça.

— Numa árvore, talvez? — ele perguntou.

— Não. As árvores estão vivas. Não é uma boa ideia pregar coisas nelas. Podemos colocar na frente da garagem. Na parede. Tudo bem?

Ele respondeu com outro aceno de cabeça.

— Eu só vou terminar uma coisa ali na cozinha — eu disse. — Você me espera aqui? Ou prefere ir na frente?

Viktor deu de ombros.

Aquele entusiasmo tinha sido um pouco demais, pensei ao entrar na cozinha. A água na cafeteira chiava um pouco mais alto, mas ainda não tinha começado a ferver.

Será que eu devia esperar por aquilo ou devia simplesmente desligar o fogão e ir até a garagem?

Se Viktor tivesse de esperar, talvez aquela iniciativa se perdesse.

Por outro lado, bastariam poucos instantes para que o café ficasse pronto. E se eu desligasse, o café estaria arruinado, não?

Pressionei a cafeteira contra a placa do fogão. O chiado aumentou um pouco. Peguei uma caneca da prateleira logo acima, coloquei-a em cima da mesa e tirei o telefone do bolso da camisa para ver se havia ligações perdidas.

Johan. Três ligações.

Não era muito típico dele, pensei, e assim que ouvi o café borbulhar enquanto subia para o compartimento superior da cafeteira resolvi que mais tarde eu telefonaria para ele. Tirei a cafeteira da placa, desliguei o fogão e olhei para fora enquanto esperava que o café parasse de borbulhar.

Um veleiro estava atracando na baía, na altura do abrigo para barcos. O motor estava ligado. Havia uma mulher no timão e um homem na popa, com uma âncora na mão. Duas crianças sentadas na proa tinham o olhar voltado para baixo, sem dúvida em direção ao telefone celular nas mãos de cada uma.

Aquela era a minha propriedade.

Eu nunca havia colocado uma placa, esse não era o tipo de direito à propriedade em que eu acreditava, e não haveria problema nenhum se fosse por umas poucas horas, mas tive a impressão de que aquela família pretendia dormir por lá.

Servi o café e saí para a varanda com a caneca na mão. Viktor estava atirando as flechas diretamente contra a parede da garagem; tive a impressão de que pretendia fazer com que se fixassem.

— Esse é um bom lugar — eu disse. — Espere um pouco que eu vou pegar o martelo e um prego.

Bebi o café num único gole demorado, larguei a caneca no chão, ao lado da bicicleta, entrei na garagem e fui até o canto onde ficava a caixa de ferramentas do meu pai. O fundo estava cheio de pregos, e também encontrei um pequeno martelo.

— Aqui? — perguntei, segurando o alvo mais ou menos a um metro e meio de altura.

Viktor acenou com a cabeça, e então martelei o prego na madeira.

— Pronto — eu disse. — Pode atirar.

Peguei a caneca e fiz menção de entrar, minha vontade era sentar com a Bíblia no colo no meio de toda aquela luz e olhar mais uma vez para o mar, porém me ocorreu que aquela era a chance de me aproximar dele, então larguei mais uma vez a caneca.

— Você não ia entrar? — ele me perguntou, deixando a flecha deslizar sobre a mão algumas vezes antes de disparar.

A flecha atingiu o alvo de lado e caiu no chão.

— Errou! — eu disse.

Um enxame de borrachudos esvoaçava junto à parede, mudando o tempo inteiro de lugar sem que aquela forma se alterasse.

A macieira na floresta. Era de lá que vinha o gosto. Das maçãs selvagens que eu tinha provado quando era pequeno. O elemento fabulesco de uma árvore que não pertencia a ninguém, que floria sozinha na primavera, totalmente diferente das árvores ao redor, e que dava quilos de fruta no fim do verão.

— Tente, então, se você acha que é fácil — disse Viktor, me entregando uma flecha.

Disparei-a sem pensar em nada, e uma onda de arrependimento tomou conta de mim quando a flecha parou e tremeu a um centímetro da mosca vermelha.

— Foi sorte — eu disse. — Sua vez.

Ele fez o mesmo movimento com a mão antes do disparo. O tiro foi curto demais, e a flecha atingiu a parede abaixo do alvo e caiu no chão.

— Muito bem — eu disse. Dessa vez eu estava preparado quando ele me entregou a flecha, e quando atirei ela atingiu a parte superior da parede, onde ficou tremendo.

— Viu só? — eu disse.

— Viu o quê? — ele perguntou.

— Que o meu primeiro disparo foi pura sorte.

A luz do sol incidia na diagonal e era refletida por todas as pequenas superfícies das árvores ao longo da encosta, em especial das bétulas, que cintilavam trêmulas em meio à brisa suave.

A terra ao lado da estrada de chão parecia disposta a empoeirar tudo.

Viktor concentrou-se mais uma vez.

Será que não podíamos ir até a macieira ver se havia maçãs por lá?

Ele ergueu uma das pernas e inclinou o corpo para a frente ao fazer o disparo. Dessa vez a flecha atingiu o alvo, mas não chegou a se fixar.

Viktor se virou e foi embora.

— Ei, para onde você está indo? — eu perguntei.

— Isso é chato — ele disse.

— Eu posso ensinar você — eu disse.

— Você não é melhor do que eu — ele disse, e então desapareceu ao dar a volta na casa.

Juntei as flechas e disparei-as em rápida sequência. Todas dispuseram-se como um buquê no centro do alvo. Me senti um mentiroso e me virei para ver se, ao contrário do que eu esperava, Viktor não teria voltado, e então retirei as flechas, coloquei-as junto da parede, tirei o telefone do bolso e liguei para Johan enquanto voltava para a cabana.

— *Tjena gubben!* — ele atendeu em sueco, como se não tivesse me ligado antes.

— Oi, Johan — eu disse. — Como vão as coisas por aí?

— Muito bem, eu diria. E você? Curtindo a vida na cabana? Ha ha!

— Eu estou bem por aqui — eu disse, apoiando a mão no parapeito e olhando para a baía. — Você me ligou antes?

— *Ja*, liguei. Você já viu as notícias de hoje?

— Como estou por aqui, ainda não vi, não.

Os recém-chegados tinham armado uma barraca lá embaixo. Porém não estavam à vista. Deviam estar no veleiro.

— Então você não ouviu falar do Kvitekrist?

— Claro que ouvi falar. Você se refere ao desaparecimento? Eu acho que eles se esconderam.

— Não foi nada disso, *förstår du*. Eles foram todos mortos da forma mais brutal possível. A notícia chegou hoje aqui na Suécia. Parece que foi um assassinato ritual. A cidade inteira está em polvorosa por aí.

— Como assim? — eu perguntei. — Todos eles foram mortos?

— Três dos quatro. Estão suspeitando do quarto. O baterista.

— O Jesper? Nunca na vida. Mas... o que foi que aconteceu? E quando?

— Nas margens do Svartediket. Você esteve lá, ora.

Me sentei no banco que ficava encostado na parede. Senti ânsia de vômito.

— O que você pretende fazer com todas as gravações que tem? Todas as TVs do mundo vão querer comprar as suas imagens agora. CNN, Fox, quem você imaginar. *Snälla*, não me diga que você quer ficar com esse material só para você!

— Como assim? — eu perguntei. — Por que eu venderia?

Do outro lado da linha, Johan soltou um suspiro.

— Pelo menos termine o filme, *människa*! Eu posso deixar todo o resto de lado se você quiser.

— Tenho que pensar um pouco — eu disse. — Quando você disse que aconteceu?

— Os corpos foram encontrados ontem.

— E eles foram assassinados?

— Três dos quatro. Mortos e vilipendiados.

— Que horror — eu disse. — Eles eram muito jovens.

— Já não são mais — ele disse. — Mas escute, eu liguei só para dizer que estou à disposição se você resolver trabalhar com esse material. *Snälla*, termine esse filme!

Depois que desliguei, acendi um cigarro e saí à varanda. Quando enxerguei Viktor sentado, apaguei o cigarro e fui ao encontro dele.

— Viktor, a gente precisa arranjar uma coisa para fazer — eu disse. — Concordo que pode ser meio chato ficar disparando flechas. Mas não podemos simplesmente ficar sentados aqui sem fazer *nada*.

Viktor não respondeu.

— Você quer ligar para a sua mãe?

Ele balançou a cabeça.

— O que você acha de a gente ir até a garagem e ver se encontramos alguma coisa? Tem um monte de coisas antigas por lá. Inclusive umas bicicletas. E se a gente fosse pedalar um pouco? Ou então dar um passeio de barco? Você pode dirigir o barco se quiser.

— Você tem um iPad? — ele perguntou.

— Não. Eu não tenho internet aqui. Nem no telefone. Mas escute, eu sei onde tem uma macieira no meio da floresta. E se a gente fosse lá ver se tem maçãs?

— Quem são aquelas pessoas? — ele perguntou, apontando para o barco na baía e para os quatro vultos que caminhavam ao longo dos escolhos.

— Não tenho ideia — eu disse. — Devem ser turistas.

— O que você vai fazer? — ele perguntou.

— Nada de especial — eu respondi. — Ler um pouco, talvez. E além disso estou a fim de tomar um banho de mar um pouco mais tarde. Existem poucas coisas melhores do que tomar um banho de mar ao entardecer. Você já experimentou?

— Eu não sei nadar — ele disse baixinho.

— Você *não sabe* nadar? — eu repeti, e no mesmo instante percebi que a frase havia soado mal. — Bom, mas isso você pode aprender em duas ou três semanas por aqui — eu me apressei em emendar. — E eu posso te ajudar.

O mar havia escurecido na última hora e estendia-se plácido e escuro à nossa frente. Os escolhos reluziam sob a luz cada vez mais baixa. Já não havia mais vento.

Não dava para acreditar que os rapazes estavam mortos. Todos?

Como uma coisa dessas podia ter acontecido?

Jesper estava vivo. Eu precisava ligar para ele. Mas ele já devia estar na cadeia se era o principal suspeito.

Será que tinha chorado?

— Ei, Viktor, o que houve? — eu perguntei, sentando-me ao lado dele.

— Eu não quero ficar aqui — ele disse. — E eu odeio você.

— Espere um pouco — eu disse. — "Odiar" é uma palavra muito forte. O que foi que eu fiz para você me odiar?

Ele se levantou e começou a andar.

Não tentei impedi-lo e nem sequer me virei para ver que rumo havia tomado.

O que Camilla tinha feito com o nosso filho? Dizendo para ele que eu era um alcoólatra e levando-o a se virar contra mim? Ele acabaria crescendo antes de entender o tipo de pessoa que eu realmente era. E falar não adiantaria nada. "Não acredite na sua mãe. Eu não sou alcoólatra. E na verdade sou uma pessoa boa."

Porém havia mais coisas erradas com ele do que aquelas que talvez se devessem a Camilla.

A família deixou o barco para trás e passou na minha frente, a apenas vinte metros de distância. Aquele já era o interior do meu círculo particular, então me coloquei de pé e voltei à cabana. Olhei de relance para o interior da sala, onde Viktor estava deitado no sofá. Servi um pacote de batata chips num prato, abri mais uma garrafa de refrigerante, coloquei tudo numa bandeja com uma tigela e uma colher, uma caixinha de flan de chocolate e outra de cobertura de baunilha e levei tudo até a sala.

— Se você quiser uma coisa boa para comer, tem aqui em cima da mesa — eu disse. Depois fui até a varanda, acendi um cigarro e me sentei na cadeira com os pés apoiados na balaustrada. Liguei para o número de Jesper, que ainda estava na minha lista de contatos, mas uma voz me informou que aquele número estava temporariamente indisponível.

O que podia ter acontecido?

Não podia ter sido um acaso: os garotos não teriam se transformado em vítimas por acaso. A vida daqueles rapazes era muito cheia de violência e símbolos de violência para que essa fosse a explicação.

Será que podia ter sido uma das outras bandas?

Escrevi uma mensagem de texto para ele.

"Ouvi falar que a bruxa está à solta e que você está numa pior. Ligue se precisar de ajuda ou se quiser falar com alguém que não tenha nenhum envolvimento / Skallgrim"

Passei um tempo olhando para a mensagem, apaguei "Skallgrim" e escrevi "Egil" e por fim a enviei. Skallgrim era como eles costumavam me chamar — obviamente por causa de Egill Skallagrímsson —, mas quando eu mesmo usava o nome a impressão era de que eu me identificava com eles, o que definitivamente não era o caso.

Fascinado por eles, sim; interessado por eles, sim. A certa altura, em um grau muito profundo. Mas a fascinação e o interesse vinham justamente do fato de que eu era incapaz de me identificar com eles, era impossível imaginar que eu teria me transformado numa pessoa como eles se eu tivesse encontrado uma turma como aquela nos meus vinte anos. Os rapazes eram ingênuos, e os símbolos e gestos que usavam eram acima de tudo uma pose, eles queriam parecer durões, nada mais — mas assim mesmo isso os havia levado, consciente ou inconscientemente, a outra coisa radical ao extremo. O diabo representava a transgressão de todas as leis, de todas as regras, de todos os pensamentos relativos à compaixão e à solidariedade, um egoísmo tão grande que poderia culminar no assassinato de outra pessoa, por exemplo, sem que isso significasse nada para eles. Como um desses rapazes havia dito, morre uma pessoa a cada segundo, então não existe motivo para grandes comoções em razão de um único assassinato. Um desses sujeitos tinha matado um homem escolhido ao acaso num parque, e poderia muito bem ter escapado se não resolvesse se vangloriar do que havia feito.

Foi com um sentimento de horror que ao fim de semanas na companhia deles eu compreendi que era uma questão de liberdade. E que, para eles, a liberdade e a violência estavam inextricavelmente ligadas. Pensei que aqueles rapazes aceitavam a morte, cultuavam-na, porque somente quando a morte deixa de causar medo, quando deixa de ser uma coisa a se evitar, seja a própria morte ou a morte dos outros, somente então você se torna realmente livre. Nesse caso já não existem motivos para demonstrar consideração, e a condição fundamental da liberdade é a ausência de consideração.

Nietzsche e Bataille foram filósofos da liberdade, e a ausência de consideração não era um conceito estranho a nenhum deles, mas os pensamentos desses filósofos não foram mais do que pensamentos, as palavras não foram mais do que palavras. Como membro da sociedade secreta Acéphale, Bataille não era estranho à ideia de sacrificar uma pessoa durante uma decapitação, e os membros da sociedade tinham chegado a escolher uma pessoa — mas haviam parado por aí — enquanto aqueles rapazes haviam transformado palavras e ideias em ações — obviamente sem conhecer Nietzsche nem Bataille, embora Skjalg, ou Heksa, o mais carismático do grupo, tivesse lido *Zaratustra*, segundo havia me dito —, de maneira a torná-las uma realidade. Foi isso o que me levou a entrar em contato com eles.

Dois dos rapazes que entrevistei e em parte acompanhei haviam tirado a própria vida. O primeiro, um mês após as gravações; o segundo, um ano depois. A situação ficou tão complicada que no fim decidi me afastar, abandonar o projeto e não levar adiante o filme, que já tinha o título de trabalho *O demônio de Dala*.

Assim que Viktor estivesse na cama eu daria uma olhada no material que eu tinha. Eram várias horas de filme sem nenhum tipo de edição. Havia partes que nem mesmo eu tinha visto.

Ou talvez não, pensei no instante seguinte, enquanto pegava uma carteira de cigarros. Talvez o melhor fosse deixar aquilo de lado. Os rapazes estavam mortos. E não havia nada que eu pudesse fazer em relação ao assunto.

No oriente o céu parecia haver escurecido, estava mais preto do que azul, e erguia-se como uma muralha acima do mar. Não chegava a parecer estranho em vista da temperatura, pensei enquanto colocava a Bíblia no colo e a folheava em busca da passagem em que Jesus aparecia como a estrela da manhã, porém essa era uma tarefa ingrata porque eu não tinha absolutamente nenhuma ideia em relação ao lugar onde aquilo poderia estar, então larguei a Bíblia, dei uma tragada profunda no cigarro e olhei em direção ao mar.

A família havia se instalado na minha propriedade: os adultos estavam sentados na rocha enquanto as crianças nadavam em silêncio um pouco mais além. Uma gaivota soltou um guincho rouco, o som espalhou-se pelo cenário e desapareceu. Fiquei parado no silêncio que imperava, o silêncio do entardecer, e então me reclinei na cadeira e fechei os olhos.

Quando acordei, já estava quase escuro.

Um barulho estranho vinha da floresta atrás da cabana. Uma espécie de clique gorgolejante.

cali-cali-cali-cali

Logo veio a resposta de um lugar mais afastado.

cali-cali-cali-cali

O que poderia ser aquilo?

Um bicho, talvez, mas que bicho?, pensei enquanto eu me levantava. Foi só então que percebi uma fogueira acesa na baía.

As chamas eram nítidas e claras em meio à escuridão indefinida.

Um pássaro?

As garças faziam um barulho ancestral. Mas aquilo não era uma garça. Entrei na cabana. Viktor dormia no sofá. Estava de costas com a boca aberta e as pálpebras levemente abertas, porque eu conseguia ver o branco dos olhos.

Pobrezinho.

Eu o peguei e o levei para o quarto. A cabeça dele caiu para trás quando o levantei, e logo ele abriu os olhos.

O olhar parecia totalmente vazio, como se a alma o tivesse abandonado.

— Só vou colocar você na cama — eu disse.

— Aham — ele respondeu. — Ahammm.

Já sob o edredom ele se encolheu em posição fetal. Não consegui descobrir se ele estava ou não dormindo.

— Boa noite, filho — eu disse ao sair, deixando a porta aberta caso ele acordasse e tivesse um acesso de pânico ao não reconhecer o lugar onde estava.

Abri uma garrafa de Delamain, servi um copo e o bebi de pé na varanda. Não podia haver nada melhor. O sabor era tão forte que bastavam umas poucas gotas sobre a língua para que tudo explodisse na boca, mas ao mesmo tempo era também delicado.

Depois de experimentar aquele conhaque na casa do meu pai uns anos antes eu tinha passado a encomendar seis garrafas do Vinmonopolet duas vezes por ano.

O ar ainda estava quente, porém mais úmido, quase vaporoso no entardecer.

Qualquer que fosse aquele bicho, o som havia parado.

Eu sentia o corpo meio rígido depois de ter dormido sentado. E estava com um pouco de fome, mesmo naquele calor.

Fui até o quarto e tirei a camisa, sequei o suor com uma toalha, vesti uma camisa limpa, uma calça leve de algodão e um par de meias brancas e me sentei no banquinho em frente à porta de correr para amarrar os cadarços dos tênis.

Depois enfiei a cabeça para dentro do quarto para ver se Viktor continuava dormindo. Ele estava.

E era um sono profundo, segundo parecia.

Depois saí à varanda e continuei andando pela montanha, sempre meio afastado da trilha para evitar os turistas na baía.

Havia uma listra de luz avermelhada às minhas costas, suficientemente clara para que ainda houvesse cores no panorama, embora poucas: as estancadeiras tinham um matiz cinza, não lilás, a grama que crescia nas pequenas encostas tinha um matiz cinza, não amarelado, embora a própria montanha continuasse marrom e o mar um pouco mais abaixo continuasse azul.

Era bom caminhar. E era bom ver a luz aos poucos ser tragada desde o chão e transformada no véu de escuridão que se adensava depressa naqueles últimos dias de agosto.

Se eu apressasse o passo, poderia chegar até a macieira antes que estivesse totalmente escuro.

Era preciso atravessar a praia de cascalho e adentrar a floresta do outro lado, onde a macieira se erguia numa pequena clareira a talvez cem metros das primeiras árvores.

À margem de um córrego?

Sim, havia um córrego por lá.

Um raio cortou a muralha preta do horizonte. O trovão que veio a seguir soou fraco e distante.

Era estranho ver o céu a oeste totalmente claro e o céu a leste totalmente obstruído pela enorme nuvem de tempestade.

Mas ainda demoraria pelo menos uma hora para que a chuva caísse.

Atravessei a orla o mais depressa possível, avancei em direção à floresta, segui por uma trilha em meio aos abrunheiros e roseiras que se estendiam como uma cerca de arame farpado no ponto mais alto e entrei no meio das árvores, que a princípio não eram mais altas do que eu, mas aos poucos estendiam-se rumo ao céu, até por fim se erguerem a dez ou vinte metros de altura como torres de vigia.

A primeira parte da floresta era como um cinturão de aproximadamente duzentos metros de profundidade; mais além ficava a estrada, logo depois havia terrenos e para além desses a floresta continuava.

Lá dentro havia um grande lago onde eu costumava tomar banho na minha infância, mas naquela altura tudo estava tomado por grossas camadas de algas.

Segui por uma estrada de chão que atravessava os terrenos e do outro lado vi uma trilha que subia em direção ao urzal.

O dia escurecia mais depressa do que eu havia imaginado, e me arrependi de ter ido tão longe.

Mas eu gostava de ter um objetivo quando saía para dar um passeio.

A clareira estava a poucos minutos de caminhada, e Viktor dormia um sono tão profundo que não haveria de acordar senão na manhã seguinte.

Do interior da floresta veio um farfalhar.

Meu primeiro pensamento foi que aquilo seria a alma de um morto que havia encontrado repouso.

Mas os mortos não fazem barulho, certo?, pensei enquanto sorria para mim mesmo.

Eu tinha acabado de escrever sobre um morto que eu tinha visto, então devia ser esse o motivo. Como se o meu inconsciente ainda estivesse operando nesse modo. Mas eu só o tinha visto uma vez, e não sabia se o que eu tinha visto era real ou não, se estava em mim ou fora de mim.

E eu jamais haveria de descobrir, pensei no instante em que percebi um movimento logo além na trilha.

Parei, me detive por um instante e fiquei observando, mas, a despeito do que fosse, aquilo já havia sumido entre os arbustos.

Devia ser uma cobra, pensei, e enquanto caminhava tomei o cuidado de bater os pés com força para que ela notasse a minha presença.

De qualquer modo, já devia estar se afastando.

Esses bichos só atacam quando sentem-se ameaçados.

Quer dizer, isso se fosse mesmo uma víbora. Mas também podia ser uma cobra-d'água. Eu não tinha visto nenhuma cobra desde a primavera, quando encontrei umas tomando sol na praia, ainda frias e vagarosas por conta do inverno.

Um novo movimento à minha frente. Dessa vez eu vi claramente quando uma forma deslizou pela trilha e entrou no meio dos arbustos com a cabecinha chata no ar.

Era uma víbora.

Mas duas, no mesmo lugar, naquela época? Ou talvez mesmo três? Senti um arrepio percorrer a ponta dos meus dedos, nas mãos e também nos pés. Do ponto de vista racional eu não estava com medo, aqueles bichos não eram perigosos se você tomasse cuidado, mas havia algo a respeito daquelas criaturas que me enchia de medo.

Um medo que existia sobre a terra desde que a serpente havia surgido.

Não era por lá?

Era, claro. Na direção do vale.

Avancei mais um pouco ao longo da encosta baixa. Ao fim de talvez cinquenta metros a floresta se abria numa clareira.

Como eu lembrava, um riacho corria do outro lado.

E a macieira estava a poucos metros, um pouco afastada das árvores restantes.

Fui até lá. Os galhos estavam carregados de fruta. Tinha sido um verão bom, pensei quando estendi a mão, peguei uma maçã, puxei-a e dei-lhe uma dentada.

Humm.

Aquele sabor agridoce era exatamente como eu me lembrava. Um cheiro leve de coisa amarga que não existia nas maçãs do supermercado, um gosto levemente arrepiante e único.

O mundo antigo.

Quem me levou até lá pela primeira vez foi meu tio. Håkon, o irmão mais novo do meu pai.

Um sujeito distante, brusco, rígido.

Mas comigo sempre gentil. Ele me contava coisas que meu pai nunca mencionava.

Provavelmente ele se divertia fazendo aquilo, pensei enquanto colhia maçãs para que Viktor pudesse experimentá-las e guardava-as no bolso da calça; quando fiz menção de voltar, percebi um movimento na grama alta a poucos metros de mim.

Era mais uma víbora.

Ela parou, levantou a cabeça, vibrou a língua.

Deu a impressão de olhar para mim. Mas as víboras são praticamente cegas.

Bati com os pés no chão diversas vezes.

Ela estendeu a cabeça para a frente, e aquele movimento se espalhou pelo corpo quando se pôs a deslizar rumo às árvores do outro lado.

Olhei ao redor para ver se havia outras por lá.

Tantas víboras num espaço de tempo curto como aquele não era um acontecimento comum. Será que podia ser a época de acasalamento ou coisa do tipo?

Ou será que lá havia comida farta para elas?

Tudo parecia calmo e tranquilo. O prado estava cinza no lusco-fusco, um pouco mais escuro entre as árvores.

As copas mais altas erguiam-se pretas em direção ao céu.

Fui até a montanha, que tinha uma inclinação no limite do que seria possível escalar sem usar as mãos.

De um lugar às minhas costas veio o mesmo som de antes.

cali-cali-cali-cali

Me virei e olhei para longe. O som era próximo, e parecia vir do interior da floresta no outro extremo do prado.

Se fosse mesmo um pássaro, devia ser grande.

Pelo que eu sabia, não havia pássaros grandes naquela região. Subi até o topo do urzal e já tinha começado a descer do outro lado quando percebi aquilo que devia ser uma fogueira entre as árvores, não muito distante do lago.

Havia uma planície por lá, também ao longo da encosta, que descia em diagonal rumo à água. Eu tinha estado naquele lugar inúmeras vezes na minha infância.

Houve um verão em que encontrei uma vaca morta por lá, num riacho; eu tinha espetado um graveto e feito um furo na barriga dela.

O fedor tinha sido indescritível.

Já não havia mais ninguém que acampasse em meio à natureza, pensei enquanto me decidia a ir até lá ver o que era aquilo.

Apesar disso, eu não precisava anunciar a minha presença.

A água permanecia imóvel entre os juncos. A margem, que na minha lembrança era úmida e barrenta, estava seca e rachada.

De qualquer modo, as memórias voltaram; comecei a recordar os detalhes do panorama antes de vê-los, mais ou menos como quando eu lia um livro lido muito tempo atrás, que eu imaginava ter esquecido.

Parei quando cheguei ao fim da planície estreita e enviesada. A fogueira ardia no ponto mais alto, junto à orla da floresta.

Eu não via ninguém por lá.

Mas devia ter alguém por perto. Afinal, ninguém abandonaria uma fogueira acesa na floresta durante um período de seca como aquele, certo?

Avancei devagar.

Não havia ninguém em lugar nenhum.

Parei em frente à fogueira, que ardia com força em meio ao entardecer de fim do verão.

— Alô? — eu disse. — Tem alguém aqui?

Silêncio total.

Olhei ao redor, tentando enxergar o que havia na escuridão em meio às árvores. O que podia ser aquilo?

Do outro lado, entre a orla da floresta e a encosta, havia como que uma antena.

Eu nunca tinha visto aquilo antes.

— Alô! — chamei mais uma vez.

Como não houve nenhuma resposta, cheguei mais perto.

Que coisa estranha.

A estrutura devia se erguer a uns quinze metros de altura, ao abrigo da encosta íngreme.

No ponto mais baixo havia duas rampas que subiam, feitas de madeira, e de lá se erguia a antena, estreita e esbelta, feita de uma espécie de rede metálica.

Não era uma antena de rádio nem de telefone, e parecia totalmente feita em casa. Talvez um projeto escolar?

As pessoas que tinham feito aquilo deviam ser as mesmas responsáveis pela fogueira. Deviam ter ido ao carro buscar alguma coisa. Afinal, a estrada não ficava longe.

A bem dizer, eu podia seguir por aquele caminho. Seria mais rápido.

Avancei pela trilha em meio às árvores, que estava vazia, e também não havia nenhum carro parado na beira da estrada.

As pessoas que tinham acendido a fogueira deviam ter saído para dar um passeio, talvez nas margens do lago, confiando que o fogo não se espalharia.

Aquela era uma fogueira bem-feita.

Continuei seguindo pelo caminho até chegar aos terrenos e à estrada de chão que seguia rumo à praia, de onde logo pude ver a luz da cabana ao longe, como que flutuando em meio à escuridão.

Quando cheguei aos escolhos, que se erguiam abruptamente na praia, subi a encosta à direita e caminhei um pouco ao longo da orla da floresta antes de voltar a descer no ponto em que o terreno se tornava plano.

A fogueira estava apagada.

Havia pontos de luz nos barcos do oceano; no mais, tudo estava preto e às escuras. Era uma noite de agosto.

Parei e acendi um cigarro. Me sentei na rocha da montanha, que ainda estava quente. A camada de nuvens estava tão densa que nem mesmo a nova estrela era visível.

O trovão ribombou no céu distante.

Comoção nas terras mais além, pensei enquanto pegava o celular para ver se Jesper havia respondido.

Não. Mas Camilla tinha me enviado uma mensagem.

"Tudo bem por aí? / C"

"Tudo", respondi. "E com você?"

"Tudo ótimo", chegou na mesma hora a resposta.

"Tanto assim?", perguntei.

Ela respondeu com uma carinha sorridente. Devia estar com Milo num restaurante em Roma.

Mas quem se importava com isso?

Um relâmpago brilhou mais além.

Dez segundos mais tarde veio o trovão.

Dessa vez mais alto.

Me levantei e comecei a percorrer a parte final do trajeto de volta à cabana. Parei acima da baía e olhei para o veleiro branco e imóvel em meio à escuridão. Não havia nenhum sinal dos turistas. Deviam estar todos recolhidos no barco. Era estranho pensar que havia pessoas adormecidas lá dentro, flutuando no interior daquele casco fino, a bem dizer indefesas. Qualquer um poderia subir a bordo.

Mais um relâmpago cortou o céu. Contei os segundos. Foram sete antes do trovão.

De repente ouvi um grito.

Me virei.

O grito tinha vindo da cabana. Era a voz de Viktor.

Comecei a correr.

Mais um grito, dessa vez mais longo e mais arrastado.

Cheguei à varanda, abri a porta e entrei correndo na sala.

Viktor estava de pé contra a parede, olhando fixamente para mim. Ele tinha o rosto transfigurado pelo medo.

— O que houve, Viktor? — eu perguntei. — Tem alguém aqui? O que foi que aconteceu? Ele apontou para a porta do quarto. A porta estava fechada.

Corri até lá e a abri. O quarto estava vazio.

Me virei em direção a Viktor.

— Não tem ninguém aqui — eu disse, me aproximando dele.

Ele começou a chorar, e eu o abracei.

— O que houve? O que foi que aconteceu? — eu perguntei.

— Um homem — ele disse aos soluços.

— Tinha um homem aqui? — eu perguntei enquanto pensava no homem do veleiro: teria sido ele?

Viktor fez que sim com a cabeça.

— Na... na... na... — ele soluçou. — Na ja... ne... la.

— Um homem na janela? Do lado de fora?

— Si... i... im — ele disse.

Não gostei nem um pouco daquilo, mas eu não poderia deixar que ele percebesse.

Me agachei.

— Não foi nada. Deve ter sido uma pessoa que passou e olhou aqui para dentro.

— Não, não, não — disse Viktor.

Remexi os cabelos dele.

— É o que eu acho — respondi. — Você acordou, viu alguém na janela e notou que estava sozinho aqui. Não é nenhuma surpresa que você tenha se assustado! Mas não foi nada.

— Foi sim — ele disse, me abraçando com força.

— A gente está seguro aqui na cabana. E ninguém entrou aqui. Foi alguém que estava dando um passeio e ficou curioso. Não é legal fazer uma coisa dessas, mas existem pessoas assim. Também já aconteceu comigo pelo menos duas vezes.

— Mas... ele... parecia... que não...

— Que não o quê?

— Não era... uma... pes... soa... — ele soluçou.

Não era uma pessoa?

Seria então um morto?

Então os portões do inferno tinham se aberto?

— Viktor, fique aqui um pouco. Eu vou conferir.

— Não! — ele gritou.

Ah, pobrezinho.

— Claro que foi uma pessoa — eu disse. — Mas está escuro lá fora. Nessas horas as coisas às vezes parecem estranhas e esquisitas. Mesmo as coisas mais comuns.

— Não, pai — ele disse. — Não era... uma... pessoa...

— Você acha que pode ter sido um bicho?

Ele balançou a cabeça com lágrimas a escorrer pelo rosto.

— Muito bem — eu disse. — Vou entrar no seu quarto, abrir a janela e olhar para fora. Não tem ninguém lá, mas eu quero que você tenha certeza. Está bem?

— Está bem — ele disse.

Entrei no quarto, me virei e ergui o polegar para ele antes de abrir a janela. As árvores em meio à escuridão no lado de fora balançavam-se com o vento que soprava do mar. Toda a paisagem lá fora rangia e farfalhava.

— Tem alguém aí? — eu gritei.

Não houve resposta nenhuma, claro. Me senti um idiota. Mas eu tinha feito aquilo por Viktor, não por mim.

Fechei a janela e me aproximei dele.

— Não tem ninguém aqui — eu disse. — Você não acha que pode ter imaginado coisas?

Viktor balançou a cabeça com uma expressão decidida.

— Então foi um andarilho noturno que estava curioso — eu disse. — Mas escute, você não quer fazer uma coisa legal agora?

Viktor me encarou sem dizer nada.

O que seria legal para ele?

— O que você acha de a gente comer um flan de chocolate?

Ele balançou a cabeça.

— E se acendermos uma vela e nos sentarmos um pouco lá fora? O que você acha?

Viktor tornou a balançar a cabeça.

Estava apavorado de verdade. Não era possível que tivesse simplesmente acordado sozinho e se assustado. Ele devia ter visto alguma coisa.

E também devia haver nele uma angústia subjacente.

Abracei-o mais uma vez. Ele estava tenso como uma mola sob pressão.

— Está tudo bem, filho — eu disse. — Não aconteceu nada de errado aqui. Venha, vamos nos sentar lá fora.

Levei-o com todo o cuidado em direção à porta. Ele se deixou levar, e logo estávamos na varanda, cada um sentado na sua cadeira. O céu acima do mar era iluminado por relâmpagos a intervalos regulares. Viktor olhou para longe sem nenhuma expressão no rosto.

Eu estava inquieto. Claramente havia alguma coisa errada.

A nova estrela. Aquela pele enorme na floresta. Os caranguejos na estrada.

A menina morta.

E o fato de que Viktor tinha visto uma coisa inumana.

Mas quem sabia a que tipo de filmes ele assistia, e que tipo de jogos jogava?

— Eu acabei de receber uma mensagem da sua mãe — eu disse. — Ela disse que está tudo bem lá em Roma.

— Aham — ele disse.

— Você e a sua mãe se dão bem?

Viktor olhou para mim. Depois virou o rosto e tornou a olhar para longe.

Era impossível saber o que estaria pensando.

— Que tal um pouco de batata chips? — eu perguntei após mais uns instantes.

— Pode ser — ele disse.

Eu me levantei e peguei a bandeja que estava na sala e o candeeiro.

Viktor serviu-se de batatas chips enquanto eu acendia as quatro velas.

— Você ainda está assustado? — eu perguntei enquanto me sentava.

— Um pouco — ele respondeu.

— Mas você já conseguiu entender que o que você viu não tem importância?

Ele deu de ombros.

Servi refrigerante no seu copo. Ele bebeu tudo em um longo gole.

— É quase como estar no cinema! — eu disse.

A paisagem estava realmente magnífica com os relâmpagos que rasgavam a noite à nossa frente.

Viktor pegou mais um punhado de batata chips, abriu a boca e colocou tudo lá dentro de uma vez só enquanto farelos e pedacinhos caíam no seu peito.

Modos eram uma coisa que ninguém havia lhe ensinado.

Mas ele parecia estar mais tranquilo.

Me estiquei para pegar a carteira de cigarro, peguei um e o acendi.

De trás da cabana veio mais uma vez aquele barulho

cali-cali-cali-cali

O que seria aquilo?

Me levantei.

— Vou pegar uma coisa na garagem — eu disse. — Volto em dois minutos.

— Não vá! — Viktor exclamou.

Eu não poderia levá-lo comigo. Não poderia deixá-lo sozinho.

Me sentei outra vez. Do mar veio um som baixo e trêmulo. Era a chuva que havia começado a cair. E no instante seguinte as primeiras gotas atingiram o terreno logo abaixo, e depois começaram a cair sobre tudo: de repente nos vimos como que em uma cúpula que farfalhava e chapinhava.

Passamos um bom tempo sem dizer nada.

— Você tem medo de outras coisas também? — perguntei ao fim de um tempo. — Sei que você se assustou quando viu um rosto na janela. E que você estava sozinho na cabana. Mas e além disso?

— Não — Viktor respondeu.

Ele pegou a garrafa e tomou um gole.

— Que bom — eu disse. — Não há *nenhum motivo* para ter medo.

— Eu sei — ele disse.

— Mas escute — eu disse. — Já é bem tarde. Você não acha que devia se deitar?

Ele balançou a cabeça.

— Você está com medo de ficar sozinho no quarto?

— Não.

— Você pode dormir na minha cama se quiser.

— E você?

— Eu posso dormir num colchão ao seu lado.

— Tá — ele disse.

Entramos em casa. Viktor tirou a bermuda e a camiseta e entrou para baixo das cobertas com aquele corpo magro e pálido.

Eu me sentei na beira da cama e tentei afagar os seus cabelos, mas ele afastou a cabeça.

Me levantei.

— Para onde você vai? — ele perguntou.

— Para a varanda — eu disse. — Está meio cedo para eu me deitar.

Ele sentou-se na cama, juntou a bermuda do chão e começou a se vestir.

— Está na hora de você ir para a cama, Viktor — eu disse. — Ou você quer que eu fique aqui o tempo inteiro?

Quando eu disse isso ele tirou a bermuda e se deitou mais uma vez.

— Não vá embora quando eu dormir — ele disse.

— Eu não vou embora — eu disse.

— Promete?

— Prometo.

Viktor fechou os olhos e eu me sentei no chão com as costas apoiadas na parede. Ele tinha a respiração regular e tranquila e durante vários minutos eu fiquei por lá, imóvel, mas por um motivo ou outro tive a impressão de que ele ainda não estava dormindo.

— Pai? — ele me chamou de repente.

— Estou aqui.

— Eu estou com medo.

— Medo do quê?

Viktor passou um bom tempo em silêncio.

Olhei para ele. Estava totalmente imóvel, com o olhar fixo no teto.

— Medo da morte — ele disse baixinho.

Eu não sabia o que dizer. Mas ele estava à espera de uma resposta.

Talvez nunca tivesse dito aquilo para ninguém.

Se havia uma coisa que não me inspirava medo era a morte. Seria um alívio receber esse chamado. Deixar para trás toda a faina, toda a dor, toda a mesquinharia, todas as vontades, todas as pessoas que faziam exigência atrás de exigência.

— Todo mudo tem de vez em quando — eu disse ao fim de um intervalo. — Até mesmo os adultos.

Viktor não respondeu nada. Eu tinha a impressão de quase *ouvir* os pensamentos dele.

— Você vai ter uma vida longa — eu disse. — Não há por que ter medo. Está bem?

Ele não respondeu.

Vinte minutos depois ele dormia profundamente.

Me esgueirei para fora do quarto e fui me sentar na varanda. Tudo pingava e escorria na escuridão. Me perguntei se a chuva era quente, e se eu não devia ir atrás do que estivesse fazendo aquele barulho. Mas logo esqueci o assunto e em vez disso apoiei as pernas no parapeito e acendi um cigarro.

cali-cali-cali-cali, veio um som da floresta atrás da cabana.

cali-cali-cali-cali, veio a resposta do outro lado.

Solveig

Quando saí para o jardim na manhã seguinte o canto dos pássaros estava em toda parte. Longas cordas de chilreios espalhavam-se pelo ar numa rede de sons oscilantes, uns repletos de anseio, outros alegres, em certos momentos acompanhados pelo arrulhar rouco e entrecortado de um pombo, tudo sobre o fundo composto do crocitar de centenas de gralhas que naquele instante começavam o dia nas árvores mais além.

Larguei a tigela de iogurte e a caneca de café em cima da pequena mesa que ficava encostada na parede da casa e me acomodei com o rosto voltado para o sol, que naquele exato momento havia despontado acima dos abetos no alto do monte a leste.

O cansaço era como uma dor no meu corpo. Mas um pouco de comida e café dariam um jeito naquilo. Era o que sempre acontecia. O cansaço não fazia diferença, bastava aguentá-lo durante todas as diferentes fases, inclusive as menos perceptíveis.

Passei o dorso da mão na boca ao engolir e estendi a mão em direção ao café. Toda a minha boca se arrepiou com o sabor azedo do iogurte.

Um dos pombos voou da floresta em direção à minha casa, e quando virei o rosto em direção a ele vi que a estrela continuava a brilhar no alto do céu.

Peguei o celular para ver o que os jornais haviam escrito. Acima de mim a janela se abriu. Virei a cabeça para trás e olhei para cima, porém não vi ninguém. Ela devia ter se deitado outra vez.

Muitos especialistas haviam se manifestado. A maioria acreditava tratar-se de uma supernova, segundo parecia. Era um fenômeno raro, mas não extraordinário. O aspecto intrigante era que os especialistas não conseguiam identificar a estrela.

A teoria de Inge, de que aquela seria uma nova estrela, não era defendida por ninguém.

Sorri e larguei o telefone em cima da mesa. Enquanto eu terminava de comer o iogurte, um bezerro chegou mais abaixo, na propriedade vizinha, e começou a roçar contra a cerca. Ele esfregou a cabeça para a frente e para trás, certamente incomodado pelas moscas ou pelas mutucas, antes de pôr-se mais uma vez a pastar. Atrás do monte surgiram duas vacas, que andaram calma e tranquilamente até onde estava o bezerro e também começaram a pastar.

Era impossível que uma coisa totalmente nova acontecesse, não? Uma coisa que nunca tivesse acontecido antes?

Cocei a perna e fechei os olhos com o rosto voltado para o sol. Quando tornei a abri-los, vi um pardal planar desde o alto de uma bétula até um dos galhos baixos da macieira. Ele ruflou as asas uma vez antes de aterrissar, como se estivesse alegre.

Eu poderia muito bem ter passado mais tempo lá, porém minha mãe já devia ter acordado, e eu não queria que ela continuasse na cama, então tomei mais dois ou três goles rápidos, me levantei, fui à cozinha e enxaguei a tigela e a caneca na pia antes de abrir a porta que dava para a sala.

Ela estava dormindo na mesma posição em que eu a vira pela última vez.

Pousei a mão no ombro dela.

— Mãe? — eu disse. — Está na hora de acordar. Já está quase na minha hora de ir para o trabalho.

Ela abriu os olhos e olhou para mim.

Os olhos pareceram claros no mesmo instante em que se abriram, e não havia nenhuma dúvida nela quanto ao lugar onde estava ou a quem eu era.

Era bom ver aquilo.

— A Anita chega daqui a pouco — eu disse. — Você quer que eu levante a cama ou quer ficar deitada mais um pouco?

Seus lábios formaram claramente a palavra "levante", então peguei o controle remoto que estava debaixo do travesseiro, apertei um botão e a parte superior da cama ergueu-se devagar com um rumor mecânico.

— Vou me arrumar — eu disse. — Você quer alguma coisa enquanto isso? Um copo d'água?

Ela balançou a cabeça.

— Não quer escutar rádio?

Ela abriu a boca em um "não" sussurrante, quase inaudível.

Abri as cortinas, sorri para ela e fui até o corredor, onde peguei umas roupas e as levei comigo até o banheiro. Tomei uma chuveirada rápida, sequei os cabelos, passei maquiagem e estava me vestindo quando ouvi o carro de Anita manobrar no pátio.

Anita terminou de estacionar, a porta se abriu e se fechou, ouvi passos no cascalho e logo a seguir o sonoro e bem-disposto "Bom dia!".

Quando entrei na sala ela estava ao lado da minha mãe, que por sua vez estava sentada na cama, lentamente estendendo as mãos trêmulas em direção ao andador que tinha à sua frente.

— Oi, Anita — eu disse.

— Oi — ela disse. — Foi uma noite boa, pelo que entendi?

— É, acho que foi — eu respondi.

Eu gostava de Anita; o bom humor dela fazia bem à minha mãe. O único problema era o tanto de coisas que ela falava na frente da minha mãe como se ela não estivesse presente.

Minha mãe virou a cabeça devagar e procurou os meus olhos. Quando os encontrei, ela abriu a boca para dizer alguma coisa.

Cheguei mais perto, aproximei a cabeça do seu rosto e peguei sua mão, que estava quente.

"Line", ela deu a impressão de sussurrar.

— A Line está dormindo — eu disse. — E acho que deve ficar na cama até mais tarde! Mas ela vai estar aqui o dia inteiro.

Minha mãe sussurrou mais alguma coisa.

— O que você disse? — eu perguntei.

Ela repetiu o sussurro.

Ao ver que eu mais uma vez não havia entendido, ela se irritou, e os dois braços começaram a tremer com força. Havia fúria naquele olhar.

Passei a mão pelo braço dela.

— No que você está pensando, mãe? — eu perguntei, baixando a cabeça até a altura do seu rosto.

Só havia respiração; a voz havia sumido.

E ela podia estar pensando em qualquer coisa. Que queria jantar com Line, ou que queria que eu dissesse para Line que ela não precisava se preocupar com a avó e podia estar à vontade para fazer o que bem entendesse.

Uma onda de tremor tomou conta dela.

— Você está pensando no que a Line vai fazer hoje?

Ela me encarou com um véu de protesto sobre os olhos. Não era aquilo.

— No que você está pensando, então? — perguntei.

Ela tornou a sussurrar, porém mais uma vez não consegui entender o que dizia.

Aquilo era desesperador, porque eu já estava atrasada.

— Eu vou ajudar você a se levantar — eu disse, segurando o braço dela e, com a ajuda de Anita, colocando-a de pé.

— Deixei umas roupas prontas para você no banheiro — eu disse. — Mas agora tenho que ir. Nos vemos de tarde! Aí podemos conversar mais um pouco. Tenha um ótimo dia com a Line!

Minha mãe tinha a boca aberta e os braços trêmulos e tinha os olhos fixos em mim quando fechei a porta.

Me senti incomodada ao chegar perto do carro: era como se uma coisa grave tivesse acontecido. Não adiantava dizer para mim mesma que não era nada, que a minha mãe simplesmente não tinha conseguido dizer o que gostaria.

Mas ela se tornava pequena nessas situações em razão do peso que por vezes dava às menores bagatelas. Eu sabia que ela provavelmente continuava a pensar e a sentir como antes, porém o que chegava à superfície era muito pouco; já não era possível falar com ela sobre nada complicado.

O que ela tinha pensado em relação a Line?

Parei em frente ao portão e olhei para o ninho, que estava oculto em meio às trepadeiras. Só quando dei um passo ao lado consegui enxergar os filhotes, que juntos erguiam os biquinhos amarelos para cima.

Enquanto eu estava lá, mais uma vez um dos pombos chegou voando por cima do telhado. Sem me dar a menor importância, ele pousou na borda do ninho, se inclinou para a frente e começou a alimentar os filhotes. Os movimentos eram rápidos, abruptos, como se a cada instante ele mudasse de ideia.

Terminei de dar a volta na casa e me sentei no carro, que por um motivo ou outro eu havia me esquecido de trancar na tarde anterior. Provavelmente em razão da visita de Line, pensei enquanto deixava a bolsa no banco de trás, e então dei a partida e manobrei para sair de ré na estrada. Porque o extraordinário tinha mais força do que o ordinário.

E então pensei em Ramsvik.

Um sentimento irreal tomou conta de mim.

Ele estava morto. O que estava em cima da mesa de operação era um cadáver, que no entanto tinha aberto os olhos e soltado um grito baixo. Enquanto o médico cortava o peito dele.

Dirigi pela estrada de chão levemente inclinada e peguei a estrada que seguia em direção ao fiorde. O céu no ocidente ainda estava enevoado, e a montanha ao longo do fiorde permanecia oculta por um véu.

Havia uma explicação natural para tudo, inclusive para aquilo, pensei. Ele simplesmente não estava morto. As máquinas haviam errado.

Passei pela cooperativa, onde não havia ninguém àquela hora da manhã, a não ser por um único homem sentado no banco do lado de fora. Ele estava sempre lá; havia alguma coisa errada com aquele homem. Não muita, mas o suficiente para que passasse os dias lá, naquele banco, onde ficava observando as pessoas e de vez em quando engatava uma conversa com um passante.

Os barcos na baía mais além permaneciam totalmente imóveis sobre a água; era quase como se flutuassem no ar.

Depois a estrada adentrou o vale e deixou para trás os campos amarelos, as casas brancas e os galpões vermelhos. De ambos os lados da estrada a floresta era densa. Rasgos de luz brincavam em meio às sombras esverdeadas. Um pequeno rio corria lá dentro; aqui e acolá era possível ver um reflexo entre os troncos. Em outros pontos o rio surgia abertamente, como se fosse erguido pelo leito arenoso.

Comecei a cantar.

Would I lie to you?
Would I lie to you honey?
Now would I say something that wasn't true?
I'm asking you sugar
Would I lie to you?

De onde vinha essa música?, pensei, quando vi a cachoeira descer por entre as árvores um pouco mais além, no ponto em que a estrada fazia uma curva e começava a subir a montanha.

Ah, tinha sido o Eurythmics no carro durante o entardecer anterior.

Claro.

Como era mesmo o nome daquele álbum? Eu o tinha ouvido durante todo o verão do lançamento, tinha feito tudo com aquilo.

Be yourself tonight.

Quanta ironia!

Sverre de olho em mim enquanto eu vinha do trapiche, a caminho do centro comunitário, na companhia de Therese, Marit e Anna.

Já meio de pileque, com os cabelos molhados e um vestido branco na chuva de verão, a capa de chuva debaixo de um braço e a garrafa de Liebfraumilch na mão do outro.

Be yourself tonight: Foi com ele que me perdi durante muitos anos.

Would I lie to you?: Uma das primeiras coisas que ele me disse quando começamos a ter conversas sérias e íntimas foi que tivera câncer e estava morrendo.

Não havia razão para não acreditar. Quem mentiria sobre uma coisa dessas?

Eu tinha avançado de olhos abertos em direção a uma catástrofe.

Mas aquilo tinha acabado! Eu estava livre. E eu estava em casa, pensei, e então vi o pântano se espalhar mais adiante, amarelo e seco ao fim do longo verão, e então o urzal inclinado, cheio de arbustos de mirtilo, bem no ponto em que o lago surgia e refletia as encostas verdejantes.

Quando meia hora mais tarde atravessei o estacionamento em frente ao hospital percebi um helicóptero entre as montanhas, meio como se fosse uma libélula.

Era estranho pensar na maneira como o barulho da pequena hélice conseguia dominar o céu inteiro, pensei. A atmosfera era a de uma tragédia esperando para acontecer.

Desci ao vestiário e troquei de roupa, e enquanto o helicóptero pousava ruidosamente no lado de fora eu peguei uma caneca de café, tomei o elevador até a ala e cheguei na hora exata da reunião matinal.

Na ronda que fiz a seguir, comecei pelo quarto de Ramsvik. A situação dele permanecia a mesma, segundo Renate me dissera. O coração batia por conta própria e a tomografia havia revelado atividade cerebral, então sem dúvida ele estava vivo. Mas não o suficiente para voltar a ter uma vida digna: os médicos haviam decidido que ele não receberia alimentação intravenosa, e por isso estava com os dias contados. Quantos, dependeria da força de vontade dele. A esposa tinha sido informada e aceitou a decisão. Quando bati na porta soube que ela estava lá. E que as crianças viriam à tarde se despedir.

Ela estava sentada numa cadeira ao lado da cama, segurando a mão dele, e sorriu quando olhou para mim.

Era uma mulher pequena com rosto arredondado e olhos ternos, com pequenas rugas nos cantos dos olhos e da boca.

— Olá — eu disse, fechando a porta às minhas costas.

— Olá — ela disse.

— Lamento muito — eu disse.

Ela ergueu as sobrancelhas e apertou os lábios numa expressão de desalento. Não podemos fazer nada, o rosto parecia dizer.

— Tudo foi muito rápido e indolor — eu disse. — Saber disso talvez ajude.

— Ele ainda não está morto — ela disse.

— Não — eu concordei.

— Ele não vai sofrer muito sem receber alimentação? Porque ele vai morrer de fome, não?

— Ele não tem consciência de nada — eu disse. — Não acredito que ele possa ter consciência da dor.

Deitado de olhos fechados, Ramsvik parecia estar dormindo. O rosto tinha um aspecto nu sem os óculos. A barba ainda estava bem-feita. Eu sabia que o peito estava cheio de curativos por baixo do pijama, mas provavelmente ela não sabia.

— O que foi que aconteceu ontem, afinal? — ela perguntou.

— Ele sofreu dois AVCS violentos à tarde — eu disse.

— Isso eu sei — ela disse. — Me ligaram dizendo isso e pediram que eu viesse. E então me disseram que ele tinha sofrido morte cerebral. E que os órgãos dele seriam doados. Uma vez ele realmente assinou um documento para a doação de órgãos. Mas quando eu cheguei aqui hoje pela manhã ele não estava com morte cerebral.

Com um gesto discreto, ela estendeu a mão em direção a ele.

— E os órgãos não foram doados. O que isso significa? Você sabe? O que foi que aconteceu? Agora o médico disse que ele tem atividade cerebral, mas nunca mais vai despertar.

— Eu acho que fizeram uma tomografia ontem à tarde. E o exame realmente indicou que não havia atividade cerebral. Deve ter sido por volta dessa hora que ligaram para você. Mas a tomografia estava errada. Infelizmente eu não sei dizer como isso aconteceu. E quando fizeram uma nova hoje de manhã havia atividade cerebral. Mas isso é tudo o que eu sei.

Ela olhou para Ramsvik. Segurou a mão dele e a acariciou.

Eu me levantei.

— Se você precisar de qualquer coisa, basta chamar. Ou se você tiver mais perguntas. O melhor seria você conversar com Henriksen, o médico. Eu vou pedir que ele venha até aqui.

— Obrigada — ela disse, sorrindo.

Devolvi o sorriso e fui rumo à porta.

— Realmente não existe nenhuma chance de que ele acorde? Nem mesmo uma possibilidade ínfima?

— Infelizmente, acredito que não — eu disse. — Os AVCS foram muito violentos.

— Na verdade eu sei — ela disse. — É só porque ele parece muito vivo.

Ela acariciou o rosto dele enquanto eu fechava a porta e saía ao corredor.

Eu entendia bem demais o que ela queria dizer. Ramsvik parecia capaz de acordar a qualquer momento. A ideia da morte cerebral parecia mais uma pressuposição, uma teoria adotada pelos médicos.

Aquela mulher devia ter sido mãe já mais velha, pensei. Ela parecia ter no mínimo cinquenta anos. As crianças cresceriam sem o pai e com uma mãe idosa. Mas ela parecia ser do tipo que enfrenta qualquer coisa.

Sorri para Ellen, que vinha na minha direção.

— Como foi com a menina de ontem? — eu perguntei. — Arranjaram quem tomasse conta dela? Ela ficou bem?

— Deu tudo certo — disse Ellen. — Ela passou a noite na casa de uma colega. E hoje a irmã vem tomar conta dela.

— Que bom, Ellen! — eu disse. — E a mãe?

— A mãe não está tão bem. Está sofrendo com a abstinência. Mas de qualquer modo vai receber alta amanhã pela manhã.

— Não podemos fazer nada em relação a isso — eu disse. — Mas agora pelo menos o Conselho Tutelar está a par da situação. Vamos torcer para que possam ajudar.

— Mas o que o Conselho Tutelar faz é tirar as crianças dos pais — ela disse.

— Nem sempre. Além do mais, às vezes essa é a melhor alternativa — eu disse.

— Não nesse caso — ela respondeu.

— Infelizmente tudo o que resta a fazer é torcer pelo melhor — eu disse antes de entrar no escritório, onde examinei o prontuário de um novo paciente que tinha sido internado na tarde anterior. O nome dele era Mikael Larsen, ele tinha setenta anos e havia sofrido um AVC leve antes de ser encontrado pela esposa horas depois. Tinha perdido a fala e estava com o lado esquerdo do corpo paralisado. Ele seria operado durante o dia, porque um coágulo entre a meninge e o crânio precisava ser drenado.

Estava no mesmo quarto que Inge, que naquela manhã tinha sido transferido.

Fechei o documento e massageei a testa com a palma da mão enquanto eu olhava para a fotografia de Line e de Thomas, que, com dois e três anos, estavam de pé na estrada de mãos dadas, olhando para a câmera, Line com um sorriso largo, Thomas sério. Era na época que os dois ainda caminhavam de um jeito desengonçado, duas pessoinhas que eu ainda conseguia erguer, pegar no colo e segurar.

Eles me davam muito amor sem nem ao menos perceber. Era maravilhoso quando aconchegavam a cabecinha no meu peito. Os rostos não tinham nada além de olhos e bochechas.

A tristeza de saber que aquela época havia passado tomou conta de mim por uns instantes, uma sombra da perda. Mas era uma sombra, pensei, e portanto resultado da luz. Afinal, eles não estavam mortos!

Me levantei, entrei no banheiro dos funcionários, enxaguei o rosto com água fria, sequei-o bem e voltei para conhecer o novo paciente.

A cama de Inge estava oculta atrás de uma cortina. Ele tinha um rádio ligado em volume baixo, percebi quando parei em frente à outra cama do quarto. O paciente estava acordado e olhou para mim. Uma mulher de sessenta e poucos anos, que lia sentada na cadeira assim que cheguei, pôs o livro de lado e se levantou.

— Eu sou a Hanne — ela disse, estendendo a mão. — E esse é o Mikael.

— O meu nome é Solveig — eu disse. — Sou a chefe do setor. Por favor, sente-se!

A mulher permaneceu de pé. Ela tinha um rosto magro e pálido com traços marcantes. Cabelos ruivos, olhos verdes.

— Como você está? — eu perguntei olhando para Mikael, que não parecia ter setenta anos. O cabelo dele, preto e levemente comprido, estava penteado para trás, mas ainda tinha uns fios caídos para a frente. Ele parecia um astro do cinema maduro saído da década de 50.

O canto de um dos lados da boca estava caído.

— Be... ei — ele disse.

— Ele está com dificuldade para encontrar as palavras — ela disse. — Ele sabe o que quer dizer, mas não consegue. Não é verdade, Mikael?

— É — ele disse.

— Vocês já falaram com Mattson, o médico?

— Já, sim — disse a mulher.

— Que bom. Então vocês já sabem que temos uma cirurgia marcada à tarde.

— Ele nos disse — a mulher respondeu.

— Tem uma lanchonete aqui, se você quiser esperar.

A mulher acenou com a cabeça, com um gesto que denotava impaciência.

Ela dava a impressão de que me tinha em pouca conta, como nada além de uma simples enfermeira, o que lhe conferia um ar meio aristocrático. Ou talvez ela simplesmente estivesse lutando contra o medo.

Coloquei a mão no braço dela.

— Não hesite em me chamar — eu disse. — Se você tiver qualquer dúvida ou se precisar de qualquer coisa.

— Obrigada — ela disse, voltando a sentar-se. — Por enquanto acho que não precisamos de mais nada. Não é mesmo?

Ela olhou para o marido.

— É — ele disse.

— Que bom — eu disse, e então fui para o outro lado do quarto, onde estava Inge. Na ausência de uma porta, bati com o nó do dedo contra o suporte que sustentava a cortina.

— Pode "entrar" — ele disse lá dentro em tom irônico.

Afastei a cortina para o lado e entrei.

Inge estava sentado na cama com a cabeça enfaixada. Ele vestia um avental hospitalar e sorria.

— Ouvi que você estava fazendo a sua ronda — ele disse.

— Como você está? — eu perguntei.

— Bem, obrigado — ele respondeu. — A minha cabeça está doendo bastante, mas acho que deve ser o esperado. Afinal mexeram por um bom tempo lá dentro. E a calota foi serrada. Ninguém tinha feito isso antes.

— Realmente espero que não — eu disse. — No mais, você sentiu qualquer coisa estranha?

— Não — ele disse. — Não tive nenhum ataque epilético e nenhuma alucinação. Só a rotina triste do hospital.

— Que bom! — eu disse, sorrindo comigo mesma ainda que não quisesse fazer isso.

— É — disse ele. — Pelo tempo que isso durar.

Fez-se uma breve pausa.

— O que foi que você viu, afinal? — eu perguntei.

— Quando eu estava alucinando, você diz?

— É.

— Uma vez eu vi árvores flutuando na beira da estrada. Eu estava a caminho do trabalho pela manhã, como sempre, o sol estava brilhando e as árvores estavam flutuando acima dos terrenos, com as raízes no ar. Mas o mais estranho de tudo — ele disse, olhando para mim —, o mais estranho de tudo foi que na hora não me pareceu uma alucinação. Porque eu realmente vi aquilo! Era real!

Ele balançou a cabeça.

— Outra vez eu vi um carro pegando fogo. Era um dia de sol e neve. O carro estava no meio da estrada, totalmente envolto pelas chamas. Eu freei de repente e vi que não tinha carro nenhum por lá. Achei que eu tinha enlouquecido. Porque eu realmente vi aquilo! Não era imaginação, porque estava na minha frente. No fim eu já não sabia mais no que eu podia e no que eu não podia acreditar.

— Deve ter sido horrível — eu disse.

— É, foi mesmo — ele concordou.

Fez-se mais uma pausa.

— Amanhã você já deve receber alta — eu disse. — Você está preparado?

— Mais ou menos — ele disse. — Mas acho que vai ser bom voltar para casa.

Ao lado do rádio, em cima da mesinha, havia uma fotografia emoldurada. Não da mulher nem das crianças, mas de uma coruja com as asas abertas, no instante antes do pouso. Como as asas interrompiam o voo em vez de encarregar-se dele, a coruja dava uma impressão quase sobrenatural de estar suspensa no ar.

Era uma imagem poderosa.

— Você gostou? — ele me perguntou.

Fiz um aceno com a cabeça.

— Foi você que tirou?

— Quem me dera! Não, foi um fotógrafo. Ele montou um poste numa planície e o equipou com uma câmera e um disparador automático. Disse que a ideia era puxar os pássaros do céu. E foi o que ele fez. É uma coruja. Não é uma imagem incrível?

— Com certeza — eu disse.

Me perguntei se ele sabia que antigamente as pessoas associavam as corujas à morte. Ouvir o canto de uma coruja nas proximidades da casa era um presságio de que logo alguém morreria. As corujas encontram-se no limiar entre a noite e o dia, a vida e a morte.

Se ele não sabia, não seria eu a contar.

Quando entrei na sala de plantão, Renate, Ellen e Mia estavam rindo. Renate separava doses de medicamentos, Ellen estava sentada em frente ao PC e Mia tinha uma caneca de café numa das mãos e um cigarro na outra.

— Hoje o movimento está fraco — eu disse, servindo uma caneca de café.

— É a calmaria antes da tempestade — disse Renate.

— Passei no quarto do Mikael Larsen agora — eu disse. — A esposa dele pareceu bem complicada. Vocês sabem o que ela faz?

— Não tenho a menor ideia — disse Renate. — Mas eu sei que eles não moram aqui. Têm uma cabana em Hellevika. Numa das ilhas do fiorde. Na verdade eu acho que eles são proprietários da ilha. Então devem ter dinheiro.

— Isso explicaria a questão — eu disse, e então tomei um gole de café e olhei para o monitor acima da porta, que havia começado a piscar. Quarto número 2. Era o quarto de Ramsvik.

Larguei a caneca e fui para lá. No caminho, alguém veio correndo atrás de mim pelo corredor. Me virei. Era Henriksen.

— Solveig — ele disse. — Aconteceu um acidente grande. Um carro que bateu contra um ônibus. Não sei quantos feridos ou mortos. Mas vamos ter muito trabalho. Preciso da sua ajuda. Um helicóptero está a caminho. E as ambulâncias devem chegar em seguida. Você arranja alguém para assumir as coisas por aqui?

— Acho que não vai ter problema — eu disse. — Me dê dois minutos.

Entrei na sala de plantão e expliquei a situação a Renate. Ela se encarregaria de chamar pessoal extra e de cancelar as cirurgias marcadas. Subi de escada, e não de elevador, até a sala de cirurgia, para que eu pudesse ligar para Line no caminho e explicar que eu chegaria tarde. Ela não atendeu, então mandei uma mensagem de texto, desliguei o telefone e terminei de subir os últimos andares.

Ao meu redor havia começado uma atividade frenética, e assim me troquei e fiquei preparada. Todos ainda se lembravam do acidente com o ônibus escolar ocorrido anos atrás, que envolveu quarenta crianças e dezessete mortos. Eu ainda não estava lá, porém muitos dos meus colegas estavam, e aquele tinha sido um acontecimento traumático para muitos deles. Com certeza jamais se livrariam das imagens que haviam ficado na cabeça.

A maca com a primeira paciente saiu do elevador minutos depois. Era uma das crianças que estavam no carro. Uma menina de cinco ou seis anos. Com ferimentos graves, possivelmente letais na cabeça e no peito. O rosto dela estava oculto atrás do ventilador, mas havia sangue nos cabelos, e tive a impressão de que o crânio estava aberto. Também lhe haviam colocado um cateter, ainda no helicóptero, para administrar morfina, então ela respirava, o coração batia e a hemorragia estava sob controle, mas Henriksen simplesmente balançou a cabeça enquanto eu cortava as roupas dela com uma tesoura.

Logo atrás veio mais um paciente, e depois outro.

— Na prática ela está morta — Henriksen disse por trás da máscara. — Não sei nem como o coração ainda bate.

— Mas ele bate — eu disse. — Ela está lutando.

— Hemorragia cerebral, hemorragia na cavidade torácica e além disso ela também deve estar com pneumotórax. E provavelmente outras hemorragias.

A menina usava um colarzinho que ela mesma devia ter feito, eram miçangas de diferentes cores ao redor de cinco cubinhos centrais com letras que formavam o nome ALICE.

Henriksen pegou a mão dela e apertou o polegar contra uma das unhas. Os olhos dela permaneceram fechados. Depois ele apertou o polegar e o indicador contra a omoplata dela. A menina afastou o braço e ao mesmo tempo abriu a boca. O barulho que veio era baixo e regular, e não parecia vir dela.

Ela foi levada à sala de tomografia, e então Henriksen se debruçou por cima da irmã, que devia ter uns dez anos e estava gravemente ferida, também em coma.

— Meu Deus, que desastre — ele disse. — Não tem mais nada aqui. Só sangue e ossos.

Ele começou a tirar pequenos fragmentos de osso do crânio dela com a mão.

*

Já estava quase escurecendo quando saí da sala de operação. Toda a família estava viva e estável. Uma das meninas tinha sofrido danos cerebrais tão extensos que nunca mais teria uma vida normal caso sobrevivesse aos dias seguintes. O mesmo valia para o pai. A mãe e as duas crianças mais velhas não tinham sofrido ferimentos na cabeça, mas a situação ainda era crítica para todos.

Ninguém resistia a ferimentos daquele tipo. Mas, sabe-se lá como, naquele caso tinham sobrevivido. Pelo menos por um tempo.

Passei um bom tempo no chuveiro, sem conseguir absorver o ambiente ao meu redor: era como se eu ainda estivesse na sala de operação e aquele compartimento azulejado fosse apenas uma imagem nos meus pensamentos.

A família estava voltando das férias. E por causa de uns poucos segundos de desatenção do motorista do ônibus, havia perdido tudo.

Os pequenos momentos que todos achavam que sempre estariam lá, que provavelmente nem eram percebidos, nunca mais haveriam de retornar. Como um café da manhã antes da escola, quando a menina mais nova sentava-se na ponta da mesa com as perninhas balançando e comia flocos de milho e as duas mais velhas discutiam por causa das roupas no andar de cima enquanto a cafeteira passava o café e o rádio transmitia as notícias matinais.

Como a nossa vida era inocente.

Fechei a água, peguei a toalha e apertei-a por um longo tempo contra o rosto. O cansaço voltou de repente. E ainda mais forte.

Larguei a toalha por cima dos ombros, como uma capa, entrei no vestiário e me sentei no banco.

A simples ideia de me vestir era quase inconcebível.

Eu podia ficar mais um pouco sentada.

Depois teria que dar um jeito em mim mesma. Minha mãe e Line estavam em casa à minha espera.

Eu não conseguia nem ao menos ficar de pé, então me vesti sentada.

E também não conseguia ligar o celular.

Mas eu tinha que fazer isso, pensei.

Me senti um pouco melhor ao sair do prédio e ver que o mundo se abria ao meu redor. O tempo havia fechado, o céu estava cinza e a chuva pairava no ar. Nem mesmo a nova estrela era visível.

Um ônibus branco da TV manobrou no estacionamento. Olhei para a entrada, havia talvez dez pessoas por lá, muitas delas com câmeras.

De repente me dei conta do absurdo que era aquilo, um monte de pessoas querendo informações sobre uma tragédia, muitas vindas de muito, muito longe.

Peguei a chave da bolsa, apertei o botão e mais adiante vi os faróis do carro piscarem e os espelhos se abrirem, como as orelhas de um bicho que percebe um som qualquer.

Me sentei no banco do motorista, coloquei a bolsa no banco do carona e liguei o celular.

Havia quatro mensagens de Line.

"É esse acidente que apareceu na TV?"

"Estou fazendo waffles para a vó!"

"Onde está a chapa?"

"Achei!"

Uma profunda alegria tomou conta de mim quando respondi para ela.

"Que bom! Estou a caminho de casa. Nos vemos em breve!"

Guardei o celular na bolsa, dei a partida no carro, engatei a marcha e saí do estacionamento.

Aquilo era a última coisa que eu teria imaginado.

Devia ser bom para ela estar em casa, mesmo que não tivesse crescido lá. E mesmo que eu não estivesse lá para cuidar dela naquele dia.

Talvez a própria casa proporcionasse a sensação de cuidado.

E o fato de que a minha mãe também estava lá.

Abri a janela para tomar um pouco de ar fresco e manter-me acordada ao volante. Havia tão pouco tráfego e tão poucas exigências depois que saí da cidade e peguei a estrada que eu realmente podia ter dormido ao volante.

Uma vez eu tinha levado Thomas e três amigos dele a uma partida de futebol depois do trabalho, eu estava tão cansada que havia dormido, não mais do que uns poucos segundos, mas assim mesmo o suficiente para que o carro desse uma guinada em direção à encosta da montanha. Um dos meninos havia gritado "Cuidado!", e eu acordei no último instante em que ainda seria possível reassumir o controle do carro.

Por sorte nenhum deles tinha percebido a gravidade da situação. Mas eu tinha levado um susto enorme. Eu tinha falhado como responsável por três crianças e pelo meu próprio filho, e não as havia matado por um triz.

Gotas pesadas caíram no para-brisa. Fechei a janela e liguei o rádio, mas em seguida o desliguei outra vez. Eu não tinha espaço para mais nada.

O rio corria com águas escuras por entre as árvores. Não se enxergava vivalma.

Seria muito bom me deitar.

Eu podia preparar uma coisa simples para nós. Almôndegas e ovos, talvez. Depois fazer massagem na minha mãe, dar banho nela e então me deitar.

Os grandes carvalhos erguiam-se como torres escuras acima da planície. As vacas haviam se reunido sob as copas para se proteger da chuva. Mas aquele não era o melhor lugar para estar se começasse a relampejar.

Por que aquelas pessoas não tinham morrido?, pensei quando a chuva veio com força e precisei aumentar a velocidade dos limpadores. Alguma coisa as prendia aqui. Era quase como se os corações operassem por conta própria, como se batessem por conta própria, sem nenhuma influência do cérebro.

Aquela pobre menina.

Alice.

Muitos passageiros do ônibus também haviam sofrido ferimentos graves. Mas ninguém tinha morrido, pelo menos até aquele momento. Era inacreditável.

O milagre de Sædalen.

Devia ser essa a manchete nos jornais.

Sem tirar os olhos da estrada, abri o porta-luvas, peguei um dos velhos CDS que estavam por lá e coloquei-o para tocar.

Era a Sinfonia nº 7 de Beethoven. Pulei a abertura e aumentei o volume.

Pam páá pá, paam pá pá!, cantarolei, enquanto a chuva tamborilava contra o vidro sob o céu escuro em meio ao panorama que se transformava o tempo inteiro ao meu redor.

Me perguntei que tipo de música Inge gostava de ouvir.

Eu não sabia praticamente nada a respeito dele. Mas tinha certeza de que ele teria gostado daquilo.

A ideia de estar no carro ouvindo música na companhia dele fez com que meu coração batesse com mais força.

Como eu era boba.

Na manhã seguinte ele receberia alta, e então sumiria da minha vida para sempre.

Do meu coração.

Já chega, pensei.

Eu nem ao menos o conhecia. Mal havia falado com ele.

E eu já não tinha mais dezesseis anos.

Do outro lado da montanha a névoa se estendia sobre o vale como uma tampa. Quando desci, eu enxergava poucos metros adiante e fui obrigada a reduzir a velocidade. Ao chegar à grande pedra onde eu tinha visto o cervo no dia anterior, me entreguei a um impulso do momento e encostei o carro. Uns minutos a mais ou a menos na volta para casa não fariam diferença nenhuma, pensei, e então desliguei o motor e abri a janela.

O rumor da cachoeira reverberava nas encostas. Vi que o rio estava mais caudaloso do que no dia anterior, porque cobria mais da metade do leito rochoso. A luz dos faróis diluía-se na neblina e fazia com que tudo cintilasse.

De certa forma eu esperava que o cervo surgisse mais uma vez. Claro que não aconteceu, mas assim mesmo foi bom passar um tempo lá. Era um lugar agradável, com a cachoeira, a piscina natural mais abaixo, o rio estreito que em dias de sol parecia uma faixa verde e dourada por causa das pedras claras e da areia no fundo. A enorme pedra que segundo a lenda tinha sido jogada por um gigante desde o outro lado da montanha e se partido ao cair. O gigante com certeza devia tê-la jogado por não aguentar a irritação causada pelos sinos da igreja que retiniam na baía.

Olhei para as árvores que cresciam na outra margem do rio. Por causa da estrada, seria fácil imaginar que a floresta começava naquele ponto. Mas não era nada disso: eu estava no meio da floresta.

Aquilo era o cervo?

Era!

Estava no meio dos troncos, olhando direto para mim.

O carro devia ter chamado a atenção dele. Talvez a luz dos faróis? Não parecia que estivesse me vendo.

Não me mexi.

O cervo ergueu a cabeça e passou um bom tempo farejando. Por fim ele deu uns passos à frente. A pelagem tinha um aspecto escuro sob aquela luz tênue, a não ser nas pernas, que eram brancas atrás.

Ele foi até o rio.

Será que ia beber água?

Não. Ele continuou.

Parou mais uma vez, a poucos metros do carro.

Naquele instante não houve mais dúvida nenhuma. Era para mim que ele estava olhando.

Com aqueles olhos grandes e escuros.

Inclinei o corpo para a frente com todo o cuidado.

— Oi, coisa linda — eu sussurrei. — No que você está pensando?

O cervo deu uns passos à frente e parou com a cabeça a meio metro do carro.

Com toda a cautela possível, estendi a mão para fora da janela. O cervo baixou a cabeça e a cheirou. Senti aquela respiração quente na palma da mão.

— Ei — sussurrei mais uma vez.

Ele olhou para mim. Era um olhar terno e aberto, mas também curioso.

Nos segundos que aquilo durou, antes que o cervo endireitasse a cabeça e seguisse adiante, me ocorreu que ele tinha me olhado do mesmo jeito que eu tinha olhado para ele.

Quando o cervo havia desaparecido, passei mais um tempo sentada para me recompor antes de seguir viagem. O ruído do motor soava como um pequeno inferno depois do encontro com aquele animal delicado. Não havia outros carros na estrada, e minutos depois estacionei no gramado na frente de casa.

Uma nova onda de cansaço tomou conta de mim. Mal consegui abrir a porta do carro e sair. Eu não me lembrava de já ter me sentido exausta daquele jeito antes. Sentir cansaço era comum, mas aquilo era outra coisa. Não era um bom sinal que simplesmente levantar do carro para entrar em casa exigisse um esforço consciente. Mas tudo seria diferente já na manhã seguinte, pensei enquanto abria a porta e largava a bolsa em cima da cadeira. Eu só precisava de uma noite de sono.

Minha mãe já devia estar dormindo, e Line devia estar no quarto, porque toda a casa estava em silêncio.

Mas havia luz em todos os cômodos.

Quando ela daria um jeito de aprender?

Abri a porta da sala e olhei lá para dentro.

Não havia ninguém na cama. A cadeira também estava vazia.

— Mãe? — chamei.

Ninguém respondeu.

Onde ela poderia estar?

Fui até a cozinha. Lá também não havia ninguém. Mas a chapa de waffles estava em cima da bancada, junto com uma tigela suja de massa e dois pratos.

— Line? — chamei.

Não havia nenhum som.

Subi a escada e abri a porta do quarto dela.

Estava vazio.

Será que as duas tinham saído?

Minha mãe estava frágil demais para isso. Mas talvez Line tivesse se lembrado da cadeira de rodas.

Não, mas não naquela tarde, num tempo daqueles. Ela não faria uma besteira dessas.

Desci os degraus com toda a calma. No caso de uma emergência com a minha mãe, se uma ambulância houvesse ido socorrê-la, Line teria me avisado.

Parei no corredor e fiquei escutando.

Não havia ninguém na casa.

— Mãe? — tornei a chamar, dessa vez mais alto.

Depois peguei o celular na bolsa e telefonei para Line.

Ela tinha desligado o telefone.

Será que as duas podiam ter ido ao hospital?

Não podia haver outra explicação.

Justo naquela hora, quando tudo o que eu queria era dormir. Mas não seria possível. Eu não poderia fazer nada além de esperar.

Liguei a chaleira. Em geral a montanha no outro lado do fiorde era visível durante a noite inteira no verão, como uma muralha preta e inexpugnável sob o cinza-escuro do céu, mas naquele momento estava oculta pela neblina. Era como se o mundo se fechasse ao redor das tramazeiras atrás da cerca, pensei enquanto eu pegava uma caneca do armário, um saquinho de chá da despensa e leite da geladeira, para então procurar o adoçante, que estava ao lado do pacote de aveia que Line havia deixado em cima do balcão.

Enquanto eu esperava a água ferver, desci ao porão para ver se, ao contrário do que eu imaginava, ela não teria pegado a cadeira de rodas. Mas a cadeira estava lá como de costume, entre a parede e o freezer, empoeirada e feia.

Voltei à cozinha no momento exato em que a chaleira se desligou sozinha e a luz azulada na parte inferior se apagou. Servi a água na caneca com o saquinho de chá, completei com leite, coloquei umas pastilhas de adoçante e me sentei na cadeira com a caneca na mão.

Eu devia ligar para o hospital.

Mas antes precisava ir ao banheiro.

Só isso já requeria um grande esforço.

Tomei um gole, larguei a caneca em cima da mesa, me levantei e fui ao banheiro.

O andador da minha mãe estava do lado de fora.

Meu Deus.

Abri a porta e a vi caída no chão. Ela não se mexia. Um dos braços estava virado num ângulo terrível.

Me abaixei e coloquei a mão no pescoço dela para sentir a pulsação.

Mas os olhos dela estavam abertos, e se mexeram para encontrar os meus.

— Mãe, mãe! — eu disse.

Ela tentou dizer alguma coisa.

— Pst — eu disse. — Você quebrou o braço. Vou chamar uma ambulância agora mesmo. Tudo vai ficar bem.

Fui depressa até a cozinha, peguei o celular e liguei para o número de emergência. Depois fui à sala e peguei um cobertor de lã enquanto falava.

— Quem fala aqui é a Solveig Kvamme — eu disse. — A minha mãe sofreu uma queda no banheiro e quebrou o braço. Vocês podem enviar uma ambulância agora mesmo? Ela é idosa, sofre de Parkinson e está muito fraca. É uma emergência.

Informei o endereço e fui ao banheiro com o cobertor de lã. Ajeitei-a com todo o cuidado em uma posição menos desconfortável, enrolei-a no cobertor, busquei água na cozinha, coloquei o copo nos lábios dela e fiz com que bebesse um pouco, o tempo inteiro falando com ela.

Ela fechou os olhos e adormeceu, ou então perdeu a consciência. Devia ter lutado enquanto esperava por mim, pensei, e o desespero se espalhava pelo meu corpo a cada batida do coração. Ela devia ter ouvido quando cheguei em casa, devia ter ouvido quando a chamei.

Me sentei ao seu lado no chão e tentei ligar mais uma vez para Line. No mesmo instante a porta da casa se abriu e tornou a se fechar.

Fui ao corredor. Line tinha acabado de pendurar a capa de chuva no cabide e olhou para mim quando apareci.

— Você está em casa! — ela disse. — Quer dizer, eu já sabia. Vi o carro.

— A vó caiu e quebrou o braço — eu disse. — Uma ambulância está a caminho.

— Como assim? — ela perguntou. — Como foi que isso aconteceu? Ela estava dormindo! Foi por isso que eu saí. Ela estava dormindo!

— Não é culpa sua, querida — eu disse. — Ela deve ter se levantado para ir ao banheiro e acabou caindo.

— Coitada! — ela disse. — Foi muito feio?

— Ela já estava muito debilitada, então não é nada bom — eu disse. — Mas com sorte ela se recupera depressa. Ela é uma mulher forte.

— Tem alguma coisa que eu possa fazer? Eu posso fazer qualquer coisa! — Balancei a cabeça e passei a mão pelo seu rosto.

— Obrigada, Line. Eu vou ficar com ela até que a ambulância chegue.

— Tá bem — ela disse.

Comecei a ir em direção ao banheiro.

— Você vai com ela até o hospital? — Line perguntou às minhas costas. Me virei.

— É, acho que vou — eu disse.

— Mas você acha que precisa? — ela perguntou. — Afinal, os médicos e os enfermeiros vão cuidar dela, não?

— Mesmo assim pode ser assustador — eu disse. — Ser levada sozinha de ambulância até um grande hospital.

— Tá — ela disse, e então baixou os olhos e subiu a escada em direção ao quarto.

Minha mãe ainda tinha os olhos fechados quando voltei. Levei a mão à testa dela. Estava fria e úmida. Aquele era um mau sinal, pensei, e então me sentei no chão com as costas apoiadas na parede. Um péssimo sinal. A respiração estava tão fraca que tive de passar um bom tempo olhando para o peito dela a fim de me certificar de que realmente estava se mexendo.

Era como se ela precisasse de menos tudo naquela situação, inclusive menos ar.

Torci para que ela não morresse.

A boca estava aberta e como que caída para dentro, e assim as maçãs do rosto tornavam-se mais pronunciadas, como quando ela ainda era menina.

Claro que eu tinha que acompanhá-la na ambulância: meu cansaço não importava. Eu podia dormir lá e ir direto para o trabalho, não haveria problema nenhum.

Mas Line não poderia ficar sozinha em casa a noite toda. Ela sofria muito com medo do escuro, desde pequena.

Mas, já mais crescida, havia se tornado orgulhosa demais para admitir.

Minha mãe continuava dormindo. Será que eu não podia aparecer na manhã seguinte para dar uma olhada nela?

Eu precisava ter força por nós duas.

Na estrada que levava à casa o ruído de um carro ganhou força. Me levantei e abri a porta, vi o pessoal da ambulância descer, pegar a maca e vir na minha direção com os refletores dos uniformes a brilhar de leve sob a luz das janelas.

Vibeke

Åse acordou com o raiar do dia, se pôs de pé e começou a gritar de alegria na cama com as mãozinhas nas barras, mas, como demorei para chegar porque eu já havia me levantado às quatro horas para dar-lhe de mamar e desde então tinha ficado acordada, torcendo para que ela quisesse se deitar outra vez e continuar dormindo, os gritos de alegria deram vez a berros e por fim ao choro.

Helge se virou na cama ao meu lado.

— Que horas são? — ele perguntou. E em seguida: — Pelo amor de Deus, você não pode dar um jeito nela?

Coloquei a mão no peito dele, apertei meu rosto contra o dele, áspero por conta da barba que começava a crescer, e beijei-lhe o pescoço.

— Parabéns por mais um ano, meu velhinho — eu sussurrei.

Ele abriu os olhos e me encarou com uma expressão sonolenta.

— É verdade — ele disse, estendendo a mão e afagando os meus cabelos.

— Obrigado. Que horas você disse que eram?

— Eu não disse. Mas são cinco e meia.

— Meu Deus — ele disse.

— Você pode continuar dormindo. Eu dou um jeito nela. Hoje é o seu dia.

Ele se virou, afundou a cabeça no travesseiro, estendeu a cabeça o máximo possível para trás e segundos depois a respiração tornou-se regular e tranquila ao mesmo tempo que a boca se abriu.

Me levantei, peguei minha camisola e a vesti a caminho do canto do quarto, onde ficava a caminha de Åse.

Ela estendeu os braços com o ursinho de pelúcia numa das mãos.

— Minha nossa, você resolveu acordar cedo hoje — eu disse, levantando-a pelos quadris. Ela colocou a cabeça no meu ombro e apertou a mãozinha contra as minhas costas.

— Você é muito querida, Åse — eu disse, dando-lhe um beijo na testa. — Vamos descer?

— Nh — ela disse. Isso queria dizer "sim". Nh também queria dizer "não", mas nesse caso a entonação era diferente: em vez de descer, subia.

O celular. Eu precisava dele.

Com Åse no braço, fui até o meu lado da cama e peguei o celular de cima da mesinha de cabeceira.

A posição em que Helge dormia parecia terrivelmente incômoda, mas eu já tinha percebido que era a única na qual ele conseguia dormir. Com a cabeça estendida o máximo possível para trás.

Talvez ele virasse a cabeça daquele jeito para que a nuvem escura do sono se espalhasse mais depressa. Afinal, ele sempre adormecia muito rápido. E sempre dormia um sono tão profundo que eu duvidava de que *alguma vez* me tivesse visto adormecer.

— O papai está dormindo — eu disse baixinho para Åse, que olhava para ele enquanto chupava o bico.

— Nh — ela disse, se virando nos meus braços com vontade de ir mais longe.

Entrei no banheiro e a coloquei no chão enquanto eu me sentava no vaso para fazer xixi. Ela caminhou até a borda da banheira, olhou para baixo, se inclinou, pegou uns brinquedos que estavam no chão e começou a jogá-los lá dentro um atrás do outro.

— Bum! — eu disse.

Ela me olhou e sorriu. Meu coração se encheu de ternura.

Já no andar de baixo, abri a porta que levava à varanda para que ela pudesse entrar e sair à vontade enquanto eu preparava o café e ouvia o rádio.

O sol ainda não tinha nascido, mas o céu estava claro e o ar no lado de fora estava muito quente.

Com a caneca na mão, fiquei olhando para os telhados na direção do fiorde mais abaixo e para as montanhas ainda mais atrás. Åse empurrava a joaninha sobre rodas de um lado para outro em cima da laje. A fralda estava pesada, então voltei ao banheiro, busquei uma limpa, peguei um vestido azul-claro de algodão que estava na secadora para não incomodar Helge lá em cima, coloquei Åse no sofá e a troquei.

No rádio estavam falando sobre o novo fenômeno celeste que havia surgido do nada na tarde anterior. Um especialista da universidade discorria a respeito de supernovas. Aquela voz parecia estar cheia de entusiasmo e orgulho: ele sabia do que estava falando e enfim sua hora havia chegado.

— Pronto, minha linda — eu disse, e então a levei até a cadeirinha, peguei um iogurte na geladeira e comecei a dar-lhe de comer. Primeiro ela ficou tranquila, abrindo a boca quando a colher se aproximava, engolindo e então tornando a abri-la, enquanto me olhava o tempo inteiro bem nos olhos. Havia uma ternura e uma confiança totalmente inconcebíveis nos olhos dela, pensei, e uma abertura enorme. Não havia uma única nuvem, uma única sombra.

— Ei! — eu disse. — No que você está pensando?

De repente ela gritou e começou a agitar um dos braços. A atenção tinha se voltado para um ponto às minhas costas.

Me virei para o ver o que poderia ser.

— Aha! — eu disse. — Você quer a sua própria colher?

— Nh — ela respondeu.

Peguei uma colher da gaveta e a entreguei para Åse, que a segurou com força e tentou enfiá-la no pote de iogurte. Ao ver que não conseguia, ela gritou de frustração. Segurei o pulso dela e tentei ajudar, mas ela não quis nem saber.

— Rrraaaah! — ela gritou.

Não chegue perto, mamãe, era o que aquele grito queria dizer.

Quando finalmente conseguiu pôr a colher no pote, ela virou-a para cima e um enorme respingo de iogurte foi parar no meu peito. E antes que eu conseguisse evitar, Åse pegou o pote inteiro nas mãos e o jogou no chão.

Depois ela olhou para mim. O olhar era meio curioso e meio provocador.

— Você quer uns mirtilos? — eu perguntei.

— DÁÁÁ! — ela gritou.

Servi uns mirtilos numa tigela e os coloquei na frente de Åse. Ela pegou-os um por um entre o polegar e o indicador e, concentrada, levou-os à boca um a um, sem fazer nenhum barulho.

— Gostoso, né? — eu disse, lambendo o dedo que havia usado para limpar o iogurte do vestido antes de pegar um pano e limpar o chão em frente à cadeirinha, enxaguar o pote e jogá-lo no lixo. Depois servi mais café na minha xícara e bebi tudo de pé sob a luz que entrava pela janela da claraboia enquanto conferia a minha agenda no celular. A ideia era que eu trabalhasse de casa, mas essa era simplesmente uma coisa que eu tinha dito, porque o plano de verdade era preparar o aniversário de Helge. Ele não queria nenhum tipo de atenção, nenhum convidado, nenhuma reunião de pessoas — nós dois comemoraríamos sozinhos em Roma no fim de semana —, mas não havia como, ele estava completando sessenta anos, e nunca que eu o deixaria escapar de uma ocasião dessas.

Eu já tinha me aliado a Tore, o irmão dele, e havíamos convidado catorze pessoas para uma festa à tarde. Drinques na varanda e, no cardápio do jantar, ossobuco, a comida favorita de Helge — um dos cozinheiros do Sjølyst, o restaurante preferido dele, viria à nossa casa durante a tarde para cozinhar. E por fim um bolo especialmente feito para a ocasião — não um bolo do tipo espetacular, mas uma torta de morango como as que a mãe dele costumava servir nos aniversários durante sua infância e a juventude, e que eu daria um jeito de preparar assim que Helge saísse para o trabalho.

Os preparativos estavam bem adiantados. Mas eu ainda tinha que comprar flores, vinho, destilados, frutas e água mineral, buscar o presente dele no emoldurador, passar a toalha de mesa e os guardanapos, pôr a mesa e decorar a casa e deixar Åse na casa da minha mãe — era preciso fazer mil pequenas coisas para essas recepções, e durante boa parte do dia eu teria Åse comigo e precisaria enviar e-mails e atender telefonemas.

E além disso eu teria que fazer um discurso.

Quanto ao que dizer, eu trataria de pensar ao longo do dia.

Tudo isso me proporcionava alegria, e eu vinha fazendo essas coisas todas havia muito tempo. Eu provavelmente gostava de armar conspirações e agir em segredo. Talvez porque fosse um comportamento muito distante da minha natureza?

Eu mal podia esperar para ver a cara de Helge quando chegasse em casa e percebesse que seria festejado em grande estilo.

Åse olhou para mim, e então deixei o celular de lado, tirei-a da cadeirinha e a larguei no chão, coloquei a tigela na máquina de lavar, peguei a caneca na mão e a acompanhei até a varanda.

As franjas das montanhas brilhavam em laranja no céu. Pouco tempo depois os primeiros raios surgiram como lanças de luz.

No aniversário de quarenta anos de Joar a esposa dele tinha feito um discurso em que decidira falar sobre como as coisas realmente eram com ele, com eles. Nenhum dos convidados sabia o que fazer com aquilo, houve desconforto, as pessoas começaram a olhar para baixo e a trocar olhadelas, e depois tudo ficou em silêncio: ouviu-se apenas o barulho das facas e dos garfos quando as pessoas voltaram a comer.

Eu ainda não entendia por que ela tinha feito aquilo, o que ela imaginou que podia alcançar. Talvez houvesse pensado que aquilo que tinha dito era verdade, e que a verdade era o valor mais precioso de todos. Quarenta anos é a idade em que pela última vez encontramos a nós mesmos na porta e podemos analisar a situação antes que seja tarde demais para mudar de rumo na vida. A verdade tem lugar nessa situação, a despeito do quanto seja feia. Mas não em uma celebração! Uma celebração existe para as coisas boas, para tudo o que há de bom, para as linhas da vida que se mostram grandes, fora do alcance das coisas ruins. Porque as coisas ruins são sempre pequenas.

Não que eu não tivesse coisas ruins a dizer a respeito de Helge.

Ele se ocupava demais com o trabalho e pensava de maneira simplória a respeito de tudo aquilo que não o interessava, ou seja, da vida cotidiana, embora fosse bem-intencionado. Era egoísta. Enérgico. Decidido em certos assuntos, porém indeciso em outros. Sentia um medo de envelhecer que jamais admitira.

Mas esses detalhes não diziam nada sobre *a pessoa que ele era.*

Ele era o tipo de pessoa que você não gostaria que fosse embora, a despeito de todas as outras que pudessem estar ao seu redor. Era o tipo de pessoa que dizia coisas em que você nunca tinha pensado. Era o tipo de pessoa de quem você queria estar perto.

Olhei para Åse. Ela estava totalmente parada, olhando para um ponto mais à frente. Com o dedo apontado, por um motivo ou outro.

Me levantei.

— Você encontrou alguma coisa? — perguntei enquanto me inclinava por cima dela.

Cinco joaninhas andavam pela laje na frente dela.

— Ah, que lindas! — eu disse. — Joaninhas!

— Nh — ela disse.

— Quando eu era pequena a gente chamava esses bichinhos de "Maria Fly-Fly", como na música — eu disse, fazendo com que uma delas subisse no meu dedo.

Me levantei e joguei-a para longe. Em seguida ela bateu as asas e saiu voando.

— Lá vai ela — eu disse.

Só então percebi que havia muitas outras. Vinte, trinta, no mínimo. Umas haviam pousado na balaustrada e outras na laje, enquanto ainda outras voavam de um lado para outro.

Que estranho.

— Está vendo, Åse? — eu disse, pegando-a no colo.

Naquele instante, quando eu já sabia o que procurar, vi ainda mais delas. Os pontinhos mais distantes também deviam ser joaninhas. Era um enxame.

Elas começaram a pousar ao nosso redor.

— Dáá! — disse Åse, agitando as mãozinhas de empolgação.

De repente as lajes estavam tomadas por joaninhas. Umas pousaram em Åse, no vestido e nos cabelos, e outras três pousaram na minha camisola. Tirei-as de cima de mim enquanto eu tentava entrar em casa sem esmagar nenhuma, mas era impossível, porque as joaninhas eram muitas, e ouvi-as estourar sob os meus pés descalços enquanto eu ia em direção à porta de correr, que estava aberta.

Fechei-a às minhas costas e coloquei Åse no chão. Catei as joaninhas do cabelo dela, tirei-as do vestido e derrubei-as no chão, onde começaram a caminhar junto com outras que haviam entrado.

No lado de fora, o chão da varanda estava coberto de insetos. O vidro da porta e as grandes janelas também.

Me senti enjoada.

— Como elas são bonitas — eu disse enquanto Åse, de cócoras, observava as joaninhas andando e caminhando no parquê. — Mas agora vamos ver um pouco de TV, tá? Depois a mamãe vai arrumar e ajeitar as coisas por aqui.

Peguei o controle remoto no sofá e liguei a TV, levantei Åse, selecionei o canal dos programas infantis, escolhi um episódio dos Teletubbies, que ela adorava e, quando o sol com rostinho de criança nasceu na tela fixada na parede e toda a atenção dela concentrou-se naquilo, fui depressa até a cozinha e busquei a vassoura e a pá de limpeza.

Era desconfortável varrer criaturinhas vivas como se não passassem de farelos, mas era ainda pior tê-las andando por todo o chão da sala. Por mais estranho que parecesse, as joaninhas não ofereceram nenhum tipo de resistência, não tentaram se afastar nem fugir, simplesmente permaneceram na pá quando atravessei a sala e fui até a janela da cozinha, que abri com uma das mãos para espantá-las com a outra.

Às minhas costas, Helge desceu a escada.

— Não precisa limpar nada por mim! — ele disse.

Ele ainda não tinha colocado os óculos, e seu rosto parecia totalmente nu, os olhos inocentes como se não estivessem acostumados ao mundo.

— Parabéns pelo seu dia! — eu disse, me aproximando dele.

Ele me deu um beijo leve nos lábios.

— Não precisa ficar me lembrando disso o tempo inteiro — ele disse. — É um dia terrível!

— Você é um homem crescido — eu disse. — Nada poderia ser melhor do que isso, certo?

Ele riu.

— Esse é o pior eufemismo que já ouvi!

— Você já olhou lá para fora? — eu perguntei. — Para a varanda? Tem milhares de joaninhas.

Helge se virou e olhou em direção à porta no outro lado da sala.

— Você já tinha visto coisa parecida? — ele perguntou. — É incrível!

— Cheguei a ficar meio com um sentimento de fim do mundo — eu disse.

— Que bobagem — ele disse, indo em direção à porta. — É um enxame. Só isso.

— Mas o que isso significa?

— Que elas estão procurando comida ou então um lugar onde passar o outono, acho eu.

— Mas então por que eu nunca vi uma coisa dessas? — perguntei.

Helge deu de ombros.

— Você já? — eu perguntei.

— Se eu já vi isso antes? — ele perguntou.

Fiz um gesto afirmativo com a cabeça.

Ele balançou a dele, negativamente.

— Então como você pode saber que é uma coisa natural?

— Porque os insetos se reúnem em enxames. E a joaninha é um inseto.

Helge olhou para Åse, que continuava sentada com o olhar fixo na TV enquanto chupava o bico, percorreu o curto trajeto que o separava dela e a pegou no colo.

— Oi, filhota! — ele disse, jogando-a para cima.

Ela começou a chorar.

Uma sombra toldou o rosto dele.

— Nada serve quando o assunto é tirá-la da frente dos Teletubbies — eu disse às pressas. — Ela reclama sempre.

— Estou vendo — disse Helge.

Ele a largou e ela parou de chorar no mesmo instante.

— Você já tomou café? — ele me perguntou enquanto olhava para mim e mexia distraidamente nos cabelos de Åse.

— Eu estava esperando por você — eu disse.

— Tudo bem se eu fizer uma corrida rápida antes?

— No seu aniversário de sessenta anos?

— *Especialmente* no meu aniversário de sessenta anos.

— É o seu dia — eu disse, sorrindo. — Não tem problema. Eu vou preparando o café enquanto você corre. O que você quer? Ovos? Omelete?

— Mingau de aveia — ele disse. — Mas você devia comer uma coisa mais gostosa.

Eu tinha conhecido Helge no ponto de táxi. Eu estava em Londres e tinha voltado para casa num voo à tarde. Em geral eu pegava um ônibus no aeroporto, mas não era eu que estava pagando pela viagem, então pensei que não haveria por que não ir de táxi, em especial porque já era tarde.

Chovia e o ponto estava vazio, a não ser por um homem alto e magro que tinha um guarda-chuva numa das mãos e uma bolsa de documentos na outra.

Quando parei ao lado dele eu o reconheci. Era Helge Bråthen, o arquiteto. Volta e meia aparecia na TV e nos jornais, e eu tinha assistido a um documentário a respeito dele.

Um único táxi se aproximou. Ele fechou o guarda-chuva, sacudiu-o e, quando o táxi parou, abriu a porta e sentou-se. Só naquele instante ele deu a impressão de notar a minha presença.

— Para onde você está indo? — ele me perguntou.

— Para o centro — eu disse.

— Podemos dividir a corrida, se você quiser. Assim você não precisa ficar aqui esperando.

— Obrigada — eu disse, e então dei a volta no carro e me sentei do outro lado.

Ele passou um tempo olhando para o celular, e assim também aproveitei para conferir as mensagens. A seguir, largamos os celulares no mesmo instante e olhamos ao mesmo tempo cada um para fora da sua janela.

Tive a impressão de que ele não havia percebido a sincronicidade.

Os limpadores deslizavam com movimentos regulares e soporíficos sobre o para-brisa. As superfícies úmidas no lado de fora brilhavam sob a luz de faróis e lâmpadas. Nos pontos em que a luz cessava, a escuridão era totalmente impenetrável.

— Você se interessa por arte? — ele perguntou.

Olhei para ele, surpresa.

Logo me dei conta. A minha bolsa da Tate no assento.

— De certa forma — eu disse, sorrindo. — E você?

Não vi nenhum motivo para massagear o ego dele, que com certeza já era grande o suficiente, e não deixei transparecer que eu sabia quem ele era.

— É, me interesso um pouco — ele disse, me olhando pelas lentes redondas dos óculos com armação preta. — De certa forma. Perguntei porque eu vi você ontem na exposição do Blake em Londres — ele continuou. — Era você, não? Você não estava lá?

Fiz um gesto afirmativo com a cabeça.

— Você gostou? — ele perguntou.

— Gostei — eu disse. — Eu gosto de Blake. Mas a exposição era muito grande, tinha coisas demais por lá, não havia espaço ao redor das imagens. Então achei que pareceu um pouco morto.

— Concordo — ele disse. — Mas e os manuscritos? Extraordinários, não?

— Com certeza — eu disse.

Mais uma vez houve um silêncio. Fiquei contente, porque eu não estava muito a fim de conversar, especialmente com uma pessoa que eu não conhecia. Eu devo ter sinalizado isso, porque ele não disse mais nada até que chegássemos às redondezas do centro, quando me perguntou onde eu gostaria de ficar.

No dia seguinte, quando cheguei ao trabalho, eu contei que tinha dividido um táxi com Helge Bråthen, mas depois não pensei mais no encontro. Eu não estava atrás de nenhum tipo de relacionamento porque eu e Markus havíamos nos mudado cada um para a sua casa poucos meses antes, e mesmo que a iniciativa tivesse sido em boa parte minha, eu ainda me sentia abatida, porque no fundo gostava dele. E além disso tinha a exposição. Na verdade eu era jovem demais e inexperiente demais para assumir uma responsabilidade daquelas, era uma grande aposta, o maior destaque no museu em anos, mas a ideia tinha sido minha e eu tinha feito uma parcela significativa do trabalho preliminar, em parte também porque assim seria mais difícil passá-lo a outra pessoa — isto é, se aprovassem a ideia.

Mas no fim a aprovaram, e pelos oito meses seguintes eu trabalhei quase exclusivamente nisso.

Na inauguração, para a qual todos os artistas, políticos, patrocinadores e celebridades locais tinham recebido convites, Helge Bråthen se aproximou com o dedo apontado para mim.

— A exposição de Blake em Londres! — ele disse. — Certo?

Fiz um gesto afirmativo com a cabeça.

— Então você não apenas tem interesse, mas trabalha com arte? Já que você está aqui, eu quero dizer?

— De certa forma — eu disse. — E você?

— Não, eu sou um simples arquiteto — ele disse. — O que você achou da exposição? Lembro que você tinha sido meio crítica em relação à exposição de Blake.

Como ele ainda se lembrava daquilo? Afinal, um homem como ele devia encontrar pessoas diferentes todos os dias.

Abri um sorriso.

— Eu gostei muito dessa exposição — eu disse. — E você? O que achou?

— Eu gostei de algumas coisas — ele disse. — De outras nem tanto.

— Do que foi que você não gostou?

Ele olhou para mim enquanto passava a mão pelos curtíssimos fios de cabelo.

— A iluminação da sala está péssima — ele disse. — Escura demais. Acaba criando a atmosfera errada. A atmosfera deve vir dos quadros, não da porcaria da iluminação. E as cores das paredes também estão terríveis. Pela mesma razão.

— Mas e o todo? A arte? Juntas as coisas funcionam bem, não?

Dessa vez ele passou a mão pelos curtíssimos fios do queixo.

— Mais ou menos — ele disse. — Mas é extremamente difícil misturar períodos. Mesmo que o tema seja o mesmo. Fica aparente demais, sabe? Você quer que de um jeito ou de outro as obras funcionem *em conjunto*. Que acrescentem coisas umas às outras. Não que simplesmente representem uma época.

Fiz um gesto afirmativo com a cabeça.

— Mas as gralhas estão *muito* boas. E as obras da Vanessa Baird. Eu *adoro* a Vanessa Baird.

— Eu também — respondi.

Ele olhou discretamente para mim, como se tivesse se esquecido do que havia falado, e então fez um aceno de cabeça e sorriu. Depois olhou ao redor, provavelmente em busca de um garçom com uma taça de vinho.

Retribuí o aceno de cabeça e comecei a andar pela sala.

No dia seguinte ele me telefonou.

— Aqui é o Helge Bråthen — ele disse. — Do Blake em Londres.

— Ah! Olá — eu disse.

— Você me enganou ontem! Me enganou de verdade. Eu jamais teria dito o que realmente pensava a respeito da exposição se eu soubesse que a curadoria era *sua*!

Eu dei uma risada.

— Pois eu gostei de saber o que você realmente pensava — eu disse. — Agora a luz vai ser ajustada. Obrigada por ter me avisado! Você tinha razão.

— Não, não — ele protestou. — Me dê uma chance de endireitar as coisas. Posso convidar você para jantar?

— Claro — eu respondi.

— Hoje?

— Não dá — eu disse, e notei que eu havia sorrido. — Hoje à tarde é a inauguração pública.

— Mas isso não vai durar a noite inteira?

— Vai até as dez.

— Podemos nos encontrar depois?

— Mas depois as cozinhas já vão estar todas fechadas, não?

— Não tem problema. A cozinha vai estar aberta para nós. Nos encontramos às dez e meia? No Sjølyst?

Combinamos às dez e meia, e poucos meses depois eu me mudei para o apartamento dele. Eu via que ele estava feliz, mas também via que estava preocupado.

— O que você quer comigo, afinal? — ele me perguntou naquela tarde. — Logo eu vou fazer sessenta anos. Você tem trinta e três.

— Eu quero ter um filho seu — eu disse.

Ele me encarou com um olhar perplexo.

— Você está brincando comigo?

— Não.

— *Por que* você ia querer uma coisa dessas?

— Porque eu te amo.

— É mesmo?

— É.

— A esse ponto?

— Aham. E além disso você tem bons genes.

Aqueci o mingau de aveia enquanto ele tomava uma chuveirada. Depois esquentei uns pães no forno, passei café novo, preparei uma omelete e terminei de espremer três copos de suco de laranja bem na hora que ele entrou.

— Veja só — ele disse, esfregando as mãos enquanto se sentava.

— Não venha me dizer que você só vai comer mingau de aveia — eu disse, sentando Åse na cadeirinha. Coloquei a borda do copo com suco de laranja na boquinha dela. Os lábios se contorceram numa careta, mas assim mesmo ela quis beber mais.

— Por que não? — ele disse.

— Porque isso é comida para advogados e para homens de negócio que disputam maratona de cross-country. Não consigo imaginar nada pior.

— Claro que consegue — ele disse, colocando um naco de manteiga no meio do mingau e polvilhando-o com canela. — Você acha que a criação industrial de animais, a extração de petróleo e a extinção de espécies, por exemplo, são piores do que mingau de aveia.

— Você se esqueceu da caça às baleias — eu disse.

— Isso está incluído na extinção de espécies.

Ele começou a comer.

— Você não pode se sentar? — ele me perguntou.

— Claro — eu disse, olhando para o queijo marrom. — Você corta um pedacinho para ela?

Me sentei e Helge serviu um pedacinho de queijo marrom para Åse, que o pegou e o colocou na boca, concentrada e em silêncio, como havia feito com os mirtilos.

— Ela não é linda? — eu perguntei.

— Mais um eufemismo — ele disse. — Ela é absolutamente incrível.

— Com quem você acha que ela está parecida hoje?

Ele olhou para mim, depois para Åse.

— Ela tem os seus olhos. Ainda bem. O meu nariz. O rosto da sua mãe. As cores da sua irmã. Mas o conjunto é todo dela. E a alma.

Åse olhou com atenção para Helge enquanto ele falava. Às vezes eu tinha a impressão de que os dois se admiravam de longe. Ainda não eram íntimos, mas logo haveriam de tornar-se.

Não falamos mais sobre filhos na tarde em que me mudei para o apartamento dele, nem durante os dias a seguir. Depois, no carro, a caminho do supermercado, ele colocou a mão no meu joelho.

— Está bem — ele disse. — Eu concordo em ter filhos com você. Mas você tem que se encarregar da criança. Eu estou velho demais para trabalhar e ser um pai moderno. E você tem que estar decidida. Você tem que querer de verdade. Porque eu vou ter setenta anos quando a criança fizer dez.

— Eu estou decidida — respondi, apertando a sua mão.

Naquele momento ele empurrou o prato vazio para o lado, partiu um dos pães ao meio e colocou uma fatia de queijo em cada metade.

— Prove a omelete — eu disse. — Está bem gostosa, e não digo isso só porque fui eu que fiz.

— Uhum — ele disse enquanto dava uma mordida no pão, inclinado sobre o prato para que os farelos de casca não caíssem na camisa.

— Você sabe quais são os planos do escritório para hoje? — perguntei.

Ele balançou a cabeça, engoliu e tomou um gole de suco de laranja.

— Certamente um bolo no formato do novo prédio do correio ou outra idiotice dessas — ele disse. — Eu disse que não queria nenhuma comemoração. Mas claro que todo mundo acha que foi só da boca para fora.

— E não é?

Ele soltou vento pela boca.

— Nos cinquenta estava tudo bem. Eu entendi a gravidade daquilo. Mas sessenta é totalmente outra coisa.

Passamos um tempo comendo em silêncio, os três. No rádio voltaram a transmitir os comentários do astrônomo empolgado que eu já tinha ouvido antes.

— Que imbecil — disse Helge, reclinado na cadeira. — Essa gente adora dizer que tudo o que acontece já deve ter acontecido antes e vai acontecer de novo exatamente da mesma forma. Toda a ciência é baseada nisso. Na ideia de que as coisas seguem determinadas leis, e essas leis não se alteram nunca. Eu sempre achei que isso não pode estar certo. Nem sempre, claro, mas desde os meus vinte anos. Não faz mais do que trezentos mil anos que o homem surgiu. Esse foi um acontecimento totalmente novo. Nunca tinha existido uma coisa parecida.

Esse era o grande pensamento de Helge. O de que o mundo não era governado por leis, mas por hábitos. Era uma ideia do filósofo Peirce, que ele e os amigos tinham lido na época de estudante. O trabalho que ele escreveu na época se chamava "Arquitetura e hábito". Depois da nossa primeira noite eu fui à Universitetsbiblioteket e retirei o exemplar, e fiquei bastante impressionada. Mas depois daquilo ele abandonou de vez a teoria e não levou as ideias adiante, mesmo que continuassem a orientar sua visão de mundo.

— Mas são coisas diferentes — eu disse. — O seu exemplo tem a ver com biologia e evolução. Você acha que essas ideias entram em conflito com as leis da natureza?

— Toda a nossa experiência está ligada à transformação! — ele disse. — Não faz muito tempo desde que um átomo foi partido pela primeira vez, por exemplo. E você não precisa voltar muitas gerações para chegar a uma época em que não existiam carros ou máquinas de costura ou aviões ou computadores ou foguetes espaciais ou sabe-se lá o quê.

— A questão é que sempre usamos as leis da natureza a nosso favor — eu disse. — Isso certamente não anula a validade delas.

— Mas imagine que não existem leis da natureza. Que não existem padrões que se repetem nem limites para o que é o caso e o que não é. Mas que essas coisas também estão em constante evolução. Que *tudo* tem história.

— Então a gravidade, por exemplo, vem se desenvolvendo? — eu perguntei a fim de provocá-lo, mas ele não entendeu.

— Claro! A gravidade nunca foi uma coisa dada! Foi uma forma como a matéria começou a se comportar. Depois se tornou um hábito, e ao fim de bilhões de anos um hábito tão consolidado que chegamos a considerá-lo uma lei eterna. Mas no início tudo não passava de improvisação. Porque tudo na natureza é improvisação. Mas existem soluções melhores do que outras, e essas vão aos poucos se consolidando.

— Mas e como é que a matéria sabe como deve se comportar? Porque um hábito pressupõe uma forma de consciência, não?

Eu olhei para ele, sorrindo.

— Você não está querendo dizer que a matéria *pensa*?

— Pareceu mais correto quando eu pensei do que agora, depois que eu disse — ele respondeu, também sorrindo. — Mas, como um simples experimento mental, digamos que a matéria pense. Ou melhor, não que pense, mas que tenha uma forma de consciência. Os átomos, enfim. E que esses átomos passem a se comportar de acordo com um padrão que funciona. E que tudo de novo que acontece está em busca de padrões que funcionam.

— Não entendi muito bem a diferença — eu disse. — O resultado é o mesmo: a gravidade existe tanto de um jeito como do outro.

— Mas a diferença é enorme! — ele disse. — Se a evolução vale para tudo, então uma coisa totalmente inédita pode acontecer a qualquer momento. Essa supernova lá em cima, por exemplo — ele disse, apontando para o teto. — E se for uma coisa totalmente inédita? A ciência não seria capaz de explicá-la, porque excluiu a possibilidade de que uma coisa totalmente inédita possa acontecer, e assim jamais seria capaz de vê-la.

— O que você acha, Åse? — eu disse, passando a mão no cabelo dela.

Åse tinha em parte ouvido enquanto Helge falava e gesticulava e em parte disposto os flocos de milho secos que eu havia servido para ela numa tigela em uma linha comprida à sua frente.

— Você sabia que essa pode muito bem ter sido a primeira ideia metafísica no mundo? — eu perguntei.

— Que ideia?

— A de que tudo é vivo, inclusive a matéria.

— Não existe motivo para achar que o pensamento dos antigos era pior do que o nosso — ele disse, levantando-se. — Que planos você tem para hoje?

— Vou trabalhar um pouco quando a Åse dormir, acho. Talvez dar uma volta com ela pela cidade.

— Boa ideia — ele disse, bebendo o último gole de café e secando a boca com o dorso da mão. — Mas acho que já estou meio atrasado. Nos vemos mais tarde!

Assim que Helge saiu eu coloquei Åse na cama e, quando ela dormiu, comecei a preparar a base do bolo. Por sorte as joaninhas haviam sumido da varanda, e enquanto a massa do bolo estava no forno eu me sentei por lá e enviei uns e-mails.

Já fazia trinta graus na rua e a temperatura com certeza subiria ainda mais durante a tarde.

Mandei uma mensagem para Atle, o filho mais velho de Helge, que tinha prometido me ajudar.

"Você ainda está dentro?", escrevi.

"Claro", ele respondeu. "A que horas você chega?"

"Às dez. Então nos vemos em seguida. Obrigada!"

Entrei e olhei para a massa do bolo através do vidro. Ainda estava bege, então subi ao quarto, tomei uma chuveirada-relâmpago e troquei de roupa, tudo enquanto Åse dormia de costas com as pernas e os braços estendidos, como uma estrela-do-mar, para então descer outra vez, tirar do forno a massa já assada, que cheirava bem e tinha uma linda coloração dourada, e colocá-la para esfriar em cima de uma armação. Uma das metades tinha abatumado um pouco, mas não a ponto de estragá-la.

Limpei a mesa do café, liguei a máquina de lavar louça e estava prestes a pegar a batedeira quando Åse começou a chorar lá em cima.

— Estou aqui, Åse! — gritei enquanto subia a escada. Ao chegar, encontrei-a de pé em cima da cama, com o rosto suado e sujo.

— Você dormiu bem — eu disse, pegando-a no colo. — Só vou trocar você e depois vamos dar um pulo na cidade. Vai ser bem divertido!

Ela choramingou um pouco e eu entreguei-lhe uma escova de cabelo que serviu como distração quando a larguei.

Peguei umas fraldas e uns lenços úmidos, umas papinhas de fruta e umas caixinhas de leite, coloquei a mamadeira vazia num dos bolsos laterais e uma garrafa d'água no outro, me certifiquei de que a carteira, as chaves do carro e os óculos de sol estavam todos na bolsa e por fim a levei ao corredor com a mochila nas costas e a bolsa no braço e peguei o elevador para descer até o porão.

Eu quase nunca pegava o carro porque geralmente andava a pé ou de bicicleta, mas naquele momento eu estava a caminho dos grandes shopping centers fora da cidade e não haveria outro jeito.

Helge tinha pegado o Mini, como de costume, então foi com o Audi que minutos depois eu manobrei de ré pela estreita garagem até sair no sol forte, com Åse presa à cadeirinha no banco de trás.

No caminho, liguei para a minha mãe.

— Oi — eu disse. — Tudo bem se eu pedir para você buscá-la por aqui? Vai ser meio complicado para mim se eu tiver que ir até aí.

— Tudo bem — ela disse. — Que horário fica bem para você? O mesmo da última vez?

— Pode ser. Na verdade, qualquer horário antes das cinco fica bem.

— Mas quanto antes melhor? — ela perguntou.

Eu dei uma risada.

— É — eu disse.

— Então eu chego por volta das três.

— Ótimo — eu disse. — Até mais tarde!

Minha mãe tinha praticamente a mesma idade de Helge, os dois só tinham um ano de diferença, e eu sabia que ela achava difícil lidar com aquilo, mesmo que nunca tivesse dito nada.

Em primeiro lugar, ele tinha idade para ser o namorado dela. Essa ideia já devia ser perturbadora o suficiente. Em segundo lugar, ele, tendo a mesma idade dela, era o namorado da sua filhinha — pois aos olhos da minha mãe eu ainda era uma menina —, o que, mesmo que ela jamais tivesse dito qualquer coisa nesse sentido, devia parecer quase pedofilia. Se não fosse assim, de qualquer jeito aquilo era vivenciado como uma situação que ia contra a ordem natural das coisas.

O que um velho poderia querer com uma menina? E não uma menina qualquer, mas justamente a filha dela?

Nunca tínhamos falado a respeito disso. Minha mãe queria que eu vivesse a minha própria vida, e eu me sentia grata por isso. Mas era *impossível* para ela não sentir desprezo por Helge, um homem da idade dela que ia para a cama com meninas trinta anos mais jovens.

Eu ainda teria que discutir o assunto com ela.

Mas ela jamais admitiria, talvez nem para si mesma.

E o que eu diria? Eu não tinha nada além de clichês à mão.

"A idade é apenas um número."

Mas é verdade!

A personalidade de Helge, *a pessoa que ele era*, não tinha idade. Essa personalidade estava rodeada por sessenta anos de vivências e experiências, e para muita gente essa camada talvez houvesse tornado o caminho demasiado longo, talvez longo a ponto de transformar a personalidade numa coisa que essas pessoas tinham apenas para si mesmas, um eco de si próprias no meio de todos os outros pensamentos e sentimentos, que já ninguém mais conhecia. Mas no caso de Helge esse caminho era curto. Quando ele transbordava de entusiasmo, ou quando se entristecia, ou quando achava graça e começava a rir descontroladamente.

Essas coisas tornavam-no vulnerável, e eu amava essa vulnerabilidade.

— Estou pensando no papai! — eu disse, estendendo a mão para trás e pegando a mãozinha de Åse.

Ela empurrou a minha mão para longe.

— Você quer tomar um sorvete depois? — eu disse, e então me arrependi no mesmo instante: "depois" ainda era um conceito desconhecido para Åse.

— Nh! — ela disse.

E no instante seguinte, como nenhum sorvete tinha aparecido:

— UÁÁ! UÁÁ! UAAAARGH!

— Åse, você só tem que esperar um pouco — eu disse. — Já estamos chegando. Quando a gente chegar eu vou comprar um sorvete para você.

Mas era tarde demais: ela já tinha começado a chorar a plenos pulmões.

Naquele instante um posto de gasolina surgiu à nossa frente, e sem hesitar fiz sinal e entrei.

— Venha comigo que você já vai ganhar um sorvete — eu disse, e então desafivelei o cinto de segurança que prendia a cadeirinha, soltei-a e peguei-a no colo.

O calor tremulava sobre o asfalto. Os carros passavam zunindo, em implacáveis rajadas de som. O lugar cheirava a gasolina e fumaça de escapamento. Åse ainda não havia entendido que havíamos parado para comprar sorvete, e assim continuou chutando e quase não deixou que eu a carregasse.

Mas quando abri o freezer na loja de conveniência e peguei um picolé de fruta ela se acalmou. Abri a embalagem, ela colocou o picolé na boca e eu entreguei a embalagem para que o balconista fizesse a leitura do código de barras. Paguei, voltamos para o carro e minutos depois fizemos uma curva em direção ao centro.

Estacionei no teto do shopping center. Estávamos adiantadas e Åse continuava hipnotizada com o picolé, então liguei o rádio e esperei que ela terminasse de comer.

Pensei sobre o que Helge tinha dito, que tudo no mundo era improvisado e que as leis da natureza no fundo não seriam mais do que hábitos.

As ideias não precisavam ser verdadeiras nem verossímeis para entusiasmá-lo. Bastava que fossem novas.

Mas e se os pensamentos se comportassem da mesma forma?

Um pensamento era pensado, e uma vez pensado começava a ser repensado, por toda parte, e gerações mais tarde tornava-se inculcado e habitual a ponto de se perpetuar como uma espécie de lei da natureza.

Certa vez minha mãe me disse que, já perto do fim da vida, meu vô tinha perguntado: "O que esse judeu maldito está fazendo na TV?", ao ver Jo Benkow no noticiário. O episódio deixou-a abalada, porque o pai dela nunca tinha manifestado nenhum sentimento antissemita nem qualquer outra forma de racismo. Será que ele tinha nutrido aqueles pensamentos ao longo da vida inteira e guardado tudo para si, uma vez que sabia do estigma que trariam, para revelá-los somente quando começou a perder o senso de orientação?

Que esses pensamentos, que todas as formas de preconceito tinham sido pensadas por tempo suficientemente longo a ponto de tornar-se parte de nós, mesmo que nunca os tivéssemos manifestado? Que esse era o motivo para que fosse tão difícil combatê-los? E que justamente por isso os pensamentos novos pareciam tão raros e eram sempre recebidos com resistência? Uma vez pensados, no entanto, começavam a ser repensados, repensados e repensados, até que o hábito também os galvanizasse e os transformasse, se não em leis, pelo menos em verdades possíveis.

Era uma esperança, não?

Assim a impossibilidade de alterar o curso do mundo quando avançávamos como uma mariposa rumo às chamas deixava de ser uma impossibilidade. Eu pensava em salvar a floresta. Eu pensava em proibir os combustíveis fósseis. Eu pensava que a forma como tratávamos os animais era horrível. E quando eu pensava essas coisas, outras pessoas também começavam a pensá-las, e um padrão começava a se formar, e cada vez mais pessoas começariam a pensá-las, até que a ideia se transformasse numa verdade inevitável capaz de orientar nossa forma de agir.

Como uma simples consequência da natureza dos pensamentos, que precisam sedimentar-se a fim de tornar-se cada vez mais inexoráveis.

Ou será que isso não passava de idealismo besta?

Meu celular bipou. Era Atle.

"Cheguei", ele escreveu. "Você está longe?"

"Chego em cinco minutos!", eu respondi, e então desci do carro, abri o porta-malas, peguei e abri o carrinho e coloquei Åse lá dentro.

— Isso é jeito de se apresentar? — eu disse.

Ela tinha picolé por todo o rosto, e o vestido estava cheio de respingos.

Peguei uns lenços úmidos e limpei o rosto dela. Depois a levantei, me sentei no banco do carro com os pés no chão e Åse no colo, tirei o vestido por cima da cabeça dela, peguei uma roupa nova na mochila e a vesti antes de recolocá-la no carrinho.

— Muito bem! — eu disse, colocando a mochila nas costas, guardando a bolsa na parte inferior do carrinho e empurrando-o até o elevador.

Eu podia comprar praticamente tudo por lá. A única outra coisa que eu precisava fazer era pegar a fotografia no emoldurador. E isso eu podia fazer depois que a minha mãe estivesse com Åse, pensei, virando o carrinho para que ela pudesse se ver no espelho.

Apertei o botão do primeiro andar e me agachei ao lado dela enquanto a porta se fechava.

— Você viu? — eu disse. — Nós duas! A Åse e a mamãe. Você consegue abanar?

Ela fechou os dedinhos de uma das mãos e tornou a abri-los com aquele jeitinho infinitamente doce.

Eu achei graça, dei um beijo na bochecha dela e tornei a me levantar, empurrei o carrinho até o andar da entrada e fui até o Vinmonopolet, onde Atle me esperava.

Ele estava usando uma bermuda cáqui, tênis brancos e uma camisa azul. Os óculos de sol estavam pendurados no bolso da camisa. O cabelo estava penteado para trás, a barba aparada.

Que Helge tivesse um filho vaidoso daquele jeito era inconcebível.

— Oi, Vibeke — ele disse, me examinando de cima a baixo com um olhar rápido que sem dúvida imaginou ser imperceptível, e que por uma fração de segundo deteve-se nos meus seios, antes de dar um passo à frente e me dar um abraço. — Achei muito bom que você tenha resolvido dar uma festa para ele!

— Não é mesmo? — eu disse.

Åse olhou para ele.

— E você continua linda — ele disse, sorrindo para ela.

Já no interior do Vinmonopolet, Atle pegou um carrinho enquanto eu empurrava Åse.

— O cozinheiro pediu que a gente comprasse ou Barolo ou Barbaresco — eu disse. — Levamos sete de cada, de repente?

— Vamos estar em quantos? — ele perguntou.

— Catorze.

— Deve ser o suficiente — ele disse. — Que Barolo você quer?

— Esse, talvez? — eu disse, apontando.

— O mais caro? — ele disse, sorrindo. — Por que não o melhor?

— Eu gosto desse — eu disse.

— Tudo bem, então — ele disse, pegando sete garrafas.

Por que afinal de contas eu tinha pedido a ajuda dele?, pensei, já lamentando a próxima escolha que eu teria de fazer.

Talvez o melhor fosse deixá-la a cargo de Atle.

— Eu não cresci com vinho e essas coisas todas — eu disse. — Então não tenho muita ideia. Você já tinha percebido, né?

— Você pelo menos não pegou o segundo mais caro — ele disse. — Isso é o que as pessoas fazem quando têm dinheiro, mas estão inseguras. Acham que o mais caro é vulgar. E que o segundo mais caro também dever ser muito bom.

— Você pode escolher se quiser — eu disse.

— Também não tenho muita ideia — ele disse. — Mas posso escolher, claro.

— Nós precisamos de um vinho de sobremesa — eu disse. — E também de destilados para os drinques. Gin, vodca e uísque. Você acha que é o suficiente?

— Conhaque, talvez? Ele gosta bastante.

— Claro.

Atle colocou as garrafas na esteira do caixa enquanto eu tirava o cartão da minha carteira.

— Ele não vai ver pela fatura que você esteve aqui? — ele perguntou. — E perceber que você está preparando uma surpresa?

Será que ele estava dizendo aquilo para me sabotar? Ou será que era uma preocupação genuína?

Enfiei o cartão no leitor e digitei a senha.

— Não estamos nos anos 60 — respondi. — Eu tenho o meu cartão e as minhas coisas. E a minha conta também.

Guardei o cartão e comecei a pôr as garrafas nas sacolas.

— E *mesmo* que eu tivesse usado a conta do seu pai, duvido que ele fosse conferir. Não é muito o estilo dele, certo?

— Não, acho que você tem razão — disse Atle. — Ele não tem muito controle sobre as economias.

No mesmo instante Åse jogou o ursinho no chão. O bico logo o acompanhou.

— Você está aborrecida? — eu perguntei, juntando tudo e colocando os objetos na sua frente. Quando ela balançou energicamente a cabeça, guardei tudo embaixo do carrinho.

— Já estamos indo — eu disse.

— Eu estou pronto — disse Atle, dividindo as sacolas nas duas mãos.

— Talvez seja melhor deixar essas coisas no carro antes de a gente continuar — eu disse. — É demais para você ficar carregando.

— Onde você estacionou? Eu posso ir até lá. Assim você não precisa se preocupar com o carrinho e tudo mais.

— Estacionei no teto — eu disse. — Bem ao lado do elevador.

Me ocorreu que todas as pessoas que nos vissem achariam que estávamos fazendo compras com a nossa filha.

— Enquanto isso eu vou à floricultura — eu disse. — Nos encontramos lá.

Quando Atle sumiu de vista, liguei para Helge.

— Como vão as minhas meninas favoritas? — ele perguntou.

— Bem — eu disse. — Viemos ao shopping center.

— O que vocês estão fazendo aí?

— Pensei em comprar umas flores. Porque apesar de tudo é o seu aniversário. Além disso a Åse ganhou um picolé, que ela comeu com muito gosto, e depois acho que vamos a um café ou coisa parecida. O que você está fazendo?

— Nem sei direito — ele respondeu. — Está quente demais para trabalhar. Na verdade eu só estou parado aqui.

— Mas vocês não têm ar-condicionado? — eu perguntei, já em frente à floricultura.

— Temos, temos. A questão é a atmosfera por aqui. O verão deixa todo mundo irrequieto. Onde vocês estão aí no shopping? Eu posso dar um pulo aí. Você já almoçou?

— Que tipo de pessoa almoça às dez horas?

Helge riu.

— Não, tudo bem. Mas o que você acha de nos encontrarmos daqui a uma hora? Você aguenta esse inferno até lá?

— *Eu* aguento. O problema é a Åse.

— Mas não precisamos almoçar para nos encontrar — ele disse. — Onde vocês estão? Eu posso dar um pulo aí agora mesmo. Estou precisando comprar umas camisas, e talvez umas bermudas também.

— Ah, bem… — eu disse. — Na verdade não é uma ideia muito boa.

Ele ficou em silêncio.

— Tudo bem — eu disse. — É melhor eu dizer logo. Estou aqui numa missão secreta.

— Ah, é isso — ele disse.

Sabendo daquilo ele poderia adivinhar, pensei, e então vi Atle saindo do elevador mais adiante.

— É uma coisa pequena — eu disse. — Mas posso dizer que é também muito especial, e que eu acho que você deve gostar. Pelo menos o plano é esse.

— Desde que não seja um bolo com o formato da igreja de Malmö — ele disse.

— Foi essa a surpresa que fizeram aí para você?

— Aham.

Eu ri e Atle parou na minha frente.

— E estava bom? — eu perguntei, colocando o indicador na frente dos lábios.

— Estava.

— Eles te amam — eu disse. — E eu também!

Tudo parecia estar melhor quando entramos na floricultura. A loja estava cheia de gladíolos, e comprei um buquê de flores brancas, outro com várias tonalidades que iam do rosa-pálido ao vermelho-sangue e outro com flores amarelas, laranja, rosa e vermelhas. Também comprei dois buquês de anêmonas, os dois com flores vermelhas, brancas, roxas e azuis.

— Você não está para brincadeira — disse Atle, carregado de flores, enquanto esperava que eu pagasse.

— As flores favoritas do seu pai são girassóis — eu disse. — A gente também devia comprar uns, mesmo que não combinem muito com as outras flores.

— Quais são as suas? — ele perguntou.

— As minhas o quê?

— As suas flores favoritas.

— O que você acha? — eu disse. — Gladíolos, claro.

Depois que os girassóis foram embalados e pagos, entrei no supermercado para comprar frutas e água mineral. Åse tinha começado a se aborrecer, ela se retorcia no carrinho e parecia cada vez mais incomodada, mas gostava de andar de carro e ficou toda calma e sossegada e começou a fazer barulhinhos de satisfação quando enfim a prendi na cadeirinha.

— Acho que daqui para a frente eu consigo me virar sozinha — eu disse para Atle depois de largar as flores no banco de trás.

— Eu posso te ajudar — ele disse, entrando no carro. — É complicado para você fazer tudo com a Åse, não?

— Um pouco — eu disse. — Obrigada!

Ele colocou os óculos escuros e ficou olhando pela janela lateral enquanto avançávamos em meio aos shopping centers em formato de caixote.

Eu sabia muita coisa a respeito de Atle, mas tudo o que eu sabia tinha vindo de Helge. Eu sabia pouco sobre como o mundo era quando visto a partir da perspectiva dele.

Já na estrada ele pegou o telefone.

— Parece que temos um assassino serial à solta na cidade — ele disse.

— Como? — eu perguntei.

— Encontraram os garotos daquela banda que tinham desaparecido. Três foram mortos. O quarto está desaparecido.

— Meu Deus — eu disse, olhando para o retrovisor antes de trocar de pista.

— Eles brincaram com o fogo — disse Atle.

— Literalmente — eu disse. — Não foram esses caras que atearam fogo nas igrejas?

— Não exatamente os mesmos, acho eu. Mas eles são todos do mesmo círculo.

Ele abriu o vidro e apoiou o cotovelo na abertura.

— O que você acha de colocarmos uma música?

— O que você quer ouvir? — eu perguntei.

— Alguma coisa da sua playlist. Qualquer coisa.

— Tudo bem — eu disse, colocando o último álbum que eu havia escutado.

Atle começou a bater uma das mãos no ritmo da música.

— Beach House — ele disse.

— Você gosta?

— Gosto.

Entramos no túnel e ele fechou a janela.

— Tudo certo aí atrás? — eu perguntei, estendendo a mão em direção a Åse. Pronto.

— Eu gostei muito da sua exposição — disse Atle.

— A *Alma e a Floresta*?

— Você teve outras?

Eu ri.

— Não, exposições individuais, não.

— Bom, eu gostei muito. Fiquei impressionado. E na época eu não tinha nem ideia de quem você era.

— Obrigada, Atle — eu disse.

Fez-se silêncio. Saí da estrada, diminuí a velocidade e entrei nas ruas do centro, que estavam lotadas de gente, mas felizmente não muito lotadas de carros. Quando chegamos à rua da nossa casa eu procurava o controle do portão da garagem sob o freio de mão quando a mão de Atle encostou na minha. Senti como se aquilo fosse uma descarga elétrica.

— Aqui está — ele disse, me alcançando o controle remoto.

Peguei-o e no mesmo instante olhei para ele. Atle mantinha o olhar fixo à frente, como se nada tivesse acontecido.

Devia ter acontecido sem querer.

— Obrigada — eu disse, e então apertei o botão e vi que o portão vinte metros à nossa frente começou a se abrir.

— Como é estar casada com o meu pai? — ele perguntou.

Lancei um olhar em direção a ele e então diminuí a velocidade e reduzi a marcha para atravessar o portão estreito e os espaços apertados no interior do prédio.

O que ele pretendia com aquilo? Abrir um espaço entre nós dois?

— Bem, isso é uma coisa que fica entre mim e o seu pai — eu disse, virando a cabeça para entrar de ré na nossa vaga. Åse virou o rostinho na mesma hora e olhou para mim.

— Mamamã! — ela disse.

— Você disse "mamãe"? — eu perguntei. — Você disse?

— Mamã! — ela repetiu, dessa vez com uma nota de triunfo na voz.

— Eu só estava curioso — ele disse. — É sempre bom ouvir perspectivas diferentes sobre as coisas. Em especial no que diz respeito ao meu pai.

— É, você tem razão — eu disse. — Mas com licença, eu preciso mandar uma mensagem agora.

"A Åse disse mamãe!", escrevi e enviei a mensagem para Helge.

"Incrível!", ele respondeu. "Ninguém segura essa menina!"

Guardei o celular na bolsa, tirei o cinto de segurança, desci do carro, soltei Åse e a peguei no colo enquanto Atle abria o porta-malas e pegava as sacolas.

— Eu já volto para buscar as flores — ele disse.

— Tudo bem — respondi.

Já no apartamento, troquei a fralda de Åse enquanto Atle deixava as garrafas na ilha da cozinha e logo voltava a desaparecer. Eu queria simplesmente que ele fosse embora, mas, para manter as aparências, eu teria que oferecer-lhe um café ou outra coisa para beber, porque afinal ele tinha passado a manhã inteira me ajudando.

— Onde você quer que eu deixe? — ele me perguntou na porta, abraçado aos buquês de flores.

— Pode colocar ao lado das garrafas — eu disse.

— Você não quer que eu as coloque na água?

— Pode deixar que eu coloco em seguida — eu disse. — Você já me ajudou o bastante.

— Não, não — ele insistiu. — Não me custa nada.

— Não se incomode com isso — eu disse. — Você não quer um café? Uma coca light gelada? Ou então uma cerveja?

— Não vou me fazer de rogado — ele disse. — Pode ser uma cerveja, por favor.

Åse parou em frente ao armário dela e começou a abrir e fechar as gavetas, uma atrás da outra. Depois olhou ao redor, à procura de coisas para colocar lá dentro. Pegou um cavalo de plástico e tentou guardá-lo, mas o cavalo era grande demais, então ela ficou olhando para mim.

Eu puxei a corda no lado de trás e a bailarina começou a dançar enquanto a música tocava. Åse fechou a porta e a música parou.

Atle olhava os quadros na parede.

— Não era isso que você queria — eu disse. — Você queria coisas para guardar nas gavetas!

Peguei uns bichinhos, uns bonecos e umas peças de montar e coloquei-as ao lado dela.

— Eu cresci com esses quadros — disse Atle. — Mas nunca olhei com atenção para eles.

— Nh — disse Åse, abrindo uma das gavetas.

Entrei na cozinha.

— E você gosta deles? — perguntei enquanto passava por ele a caminho da cozinha.

— Gosto — ele disse. — Em especial desse de Gustav Aase.

— Do pássaro?

— É. É uma imagem inacreditável. Eu tinha medo desse pássaro quando era pequeno.

— Não chega a ser uma surpresa — eu disse, tirando uma lata de Carlsberg da geladeira.

A pintura mostrava um enorme pássaro preto que estendia a cabeça para cima, com o bico aberto. Ele pairava acima das pessoas na imagem, que pareciam minúsculas.

— Tome — eu disse, entregando-lhe a cerveja.

Ele a pegou com uma das mãos e pôs a outra no meu antebraço.

— Obrigado — ele disse, me olhando no fundo dos olhos.

Dei um passo para trás e olhei para Åse, que estava de joelhos, olhando para nós.

Ele sorriu, tomou um gole e se virou mais uma vez em direção à pintura.

Eu não podia dizer nada, porque ele não tinha feito nada. Se eu dissesse qualquer coisa, ele me chamaria de histérica. Ele só tinha sido amistoso.

— Vou colocar a Åse para dormir — eu disse. — Ela está cansada.

— Claro — ele disse. — Eu vou me sentar um pouco na sacada enquanto isso.

Peguei Åse no colo e ela largou a cabecinha no meu ombro.

— Agora você pode dormir um pouco — eu disse enquanto subia a escada. Baixinho, para que Atle não me ouvisse, eu perguntei:

— Você consegue dizer "mamãe"?

— Mã-mã! — ela disse.

— Ah, minha estrelinha! — eu disse, apertando-a de leve.

Ela estava realmente cansada e se deitou sem nenhum resmungo. Liguei o ar-condicionado, baixei as persianas e fui ao banheiro lavar o rosto com água fria.

Atle fumava na sacada com a latinha verde na mão.

— Ela dormiu? — ele me perguntou.

— Está pegando no sono — eu disse enquanto me sentava na cadeira do outro lado da porta de correr.

— Você não vai beber uma também? — ele me perguntou.

Balancei a cabeça.

— Acho que já vamos ter bebida suficiente hoje à noite.

— E ele ainda não sabe de nada?

— Não. E acho que ele nem suspeita de nada.

De repente tudo ficou em silêncio.

Eu queria beber alguma coisa, mas se fosse pegar uma coca-cola aquela situação se estenderia por ainda mais tempo.

Atle colocou a lata no chão. Pude ouvir que estava vazia.

Me levantei.

— Bem, tenho bastante coisa a fazer — eu disse.

— Eu posso te ajudar — ele disse.

— Agradeço a gentileza — eu respondi. — Mas também preciso de um tempo para mim antes da festa.

— Entendi — ele disse, sorrindo. Em seguida apagou o cigarro e se levantou.

Eu o acompanhei até o corredor.

— Obrigada pela ajuda, Atle — eu disse.

Ele se aproximou de mim e me deu um abraço.

Passou a mão pelas minhas costas.

Me abraçou com mais força.

— Atle — eu disse, tentando me soltar.

— Estou aqui — ele disse, beijando a minha boca.

— O que é isso? — eu perguntei, me desvencilhando. — Você ficou louco? Seu imbecil!

— Achei que você gostava de mim — ele disse. — Mas parece que eu me enganei.

— Eu sou a sua madrasta! — eu disse.

— Na teoria, é mesmo — ele disse. — Mas eu sou mais velho do que você.

— Vá embora — eu disse.

— Tudo bem — ele disse, e então se virou, abriu a porta e saiu pelo corredor. Em seguida ele parou.

— Não conte nada para o meu pai — ele disse. — Por favor.

Fechei e tranquei a porta sem dizer nada.

Eu não queria chorar, mas acabei chorando.

Chorei enquanto atravessava o apartamento e subia a escada para tomar um banho. Para lavar tudo aquilo.

O que eu havia feito para que ele achasse que podia fazer isso?

Fechei a porta do quarto onde Åse dormia, tirei a roupa, abri o chuveiro e deixei a água escorrer pelo corpo.

Por que ele tinha feito aquilo?

O que eu podia ter feito para que ele imaginasse uma coisa daquelas?

Eu não poderia contar para Helge. Ele ficaria arrasado.

Depois ensaboei todo o corpo, lavei os cabelos, me enxaguei, me sequei, pendurei a toalha no cabide e fui em silêncio até o quarto.

Åse dormia, e o peitinho dela se enchia e se esvaziava como um pequeno fole.

Atle era irmão dela.

Que desgraçado.

Peguei um vestido branco.

Mas o vestido era curto demais nas coxas e tinha um decote muito profundo para que eu estivesse disposta a usá-lo. Em vez disso vesti uma blusa e um short.

De volta ao andar de baixo, comecei a cortar as flores, a podar as folhas e a colocá-las em vasos.

Estavam muito bonitas.

Eu estava prestes a passar a toalha quando me lembrei do bolo. Quanto mais tempo passar já recheado com o creme, mais gostoso fica, a mãe de Helge tinha dito.

Levei as garrafas para junto da parede da bancada, peguei a maior tábua de cortar e a coloquei na ilha da cozinha, cortei as massas do bolo em três partes cada e as dispus lado a lado, para que eu soubesse quais eram as partes de cada uma.

Depois comecei a bater o chantili.

Eu desligava a batedeira a intervalos regulares para ouvir se Åse não tinha acordado.

Quando o chantili ficou pronto precisei ir ao porão buscar a geleia e as frutas.

Eu devia ter feito isso antes. Naquele momento a chance de que Åse acordasse era maior.

Mas eu não levaria mais do que uns poucos minutos, no máximo cinco.

Fiquei escutando em silêncio.

Tudo estava quieto no andar de cima.

Muito bem.

Peguei as chaves da fruteira que ficava no banco ao lado da porta e esperei uns segundos pelo elevador, olhando através da janela para o gramado do pátio, que estava vazio e repleto de luz. Apertei o botão do porão. Não haveria problema se ela acordasse: uns poucos minutos sozinha no quarto não fariam mal nenhum.

No porão, onde ficavam os depósitos dos apartamentos, a lâmpada do teto se acendeu sozinha quando saí do elevador.

Mas o que era aquilo?

A porta do nosso depósito estava aberta.

Será que tinha havido um arrombamento?

Enfiei a cabeça lá dentro para ver melhor.

Havia um vulto no chão.

Um mendigo ou um drogado.

Tomara que não estivesse morto.

Liguei a luz e entrei com todo o cuidado.

Era um rapaz muito jovem.

Me abaixei ao seu lado.

Ele estava respirando.

Devia estar dormindo.

Mas não podia ficar lá.

Me levantei.

O que eu faria?

O telefone tinha ficado lá em cima. E eu não podia deixar Åse sozinha por mais tempo. Será que o melhor seria voltar e chamar a polícia?

Ele devia ter uns vinte anos. E não parecia um drogado.

Com certeza era um estudante que havia bebido além da conta.

Me abaixei outra vez, coloquei a mão no ombro dele e o sacudi de leve.

Ele abriu os olhos. Quando me viu, se encolheu contra a parede como um bicho assustado.

— Você não pode dormir aqui — eu disse.

— Me ajude — ele sussurrou. — Você tem que me ajudar.

Arne

Acordei no meio da noite com vontade de mijar. Passei um tempo lutando contra a vontade e tentando pegar mais uma vez no sono, mas a pressão na bexiga continuou aumentando e por fim me levantei e desci. Em vez de ir ao banheiro, saí ao jardim e mijei no canteiro das rosas, bem no meio do gramado. Às vezes eu fazia isso enquanto todos dormiam, porque me dava um sentimento de liberdade, ou talvez de propriedade: a casa era minha, o jardim era meu e lá eu podia fazer o que bem entendesse.

Estava quente o suficiente para que não houvesse diferença nenhuma entre a temperatura dentro e a temperatura fora de casa. Minha pele estava úmida, mesmo que eu estivesse apenas de cueca. A nova estrela brilhava no céu noturno com uma claridade mais intensa do que todas as demais estrelas, e aquela luz se refletia de leve na vegetação do jardim.

Eu teria que me endireitar daquele momento em diante, pensei enquanto o mijo chapinhava contra as flores à minha frente e eu desviava um pouco o jato para que o barulho não acordasse ninguém. O que eu havia feito naquela tarde simplesmente não tinha sentido nenhum.

Eu já não estava mais bêbado, mas sentia uma dor de cabeça que surgia toda vez que fazia um movimento.

Quando terminei, abri a porta do ateliê para ver se Tove continuava dormindo.

Ela estava exatamente na mesma posição de antes. Tinha a boca aberta e roncava de leve. Era uma boa notícia. Era uma excelente notícia. O sono a trazia de volta para a terra, e eu precisava dela aqui e agora. Voltaríamos para casa em dois dias. Não só as aulas das crianças começariam, mas também o meu semestre.

Eu estava louco para voltar a trabalhar. A ideia inicial era que eu escrevesse o meu livro durante aquele verão, mas não foi o que aconteceu.

Nunca era o que acontecia.

Não por uma questão de capacidade. Mas faltava-me a vontade, a vontade definitiva.

Mesmo assim, eu sabia dar aulas. E escrever *sobre* literatura era fácil para mim. Eu podia fazer as duas coisas de olhos fechados.

Entrei discretamente no cômodo ao lado.

A cabeça cortada da gata ainda estava por lá.

Puta que pariu, que visão macabra.

Os olhos vazios, o sorriso de gato, o sangue.

Tove nunca tinha feito nada parecido.

Será que o melhor não seria me livrar daquilo naquele momento, antes que as crianças acordassem e a vissem?

Peguei um saco de lixo preto, um par de luvas amarelas de borracha, um borrifador de desinfetante e um esfregão na cozinha, enchi um balde de água morna e voltei. Tove ainda dormia, perdida para este mundo, porém assim mesmo fechei a porta antes de calçar as luvas e pegar a cabeça com as duas mãos enquanto tentava não pensar em nada. A pelagem parecia estar grudada ao crânio, e em razão disso cheguei a pensar que a cabeça era menor do que parecia quando a larguei no interior do saco. Os olhos amarelos e mortos, a superfície ensanguentada deixada pelo corte em meio à pelagem preta, o pequeno baque quando aquilo bateu contra o assoalho ao chegar no fundo do saco.

Limpei o sangue às pressas, esvaziei a água no pátio, busquei a pá e fui até os pés de groselha com o saco. Tudo estava em silêncio na casa.

Larguei o saco no chão e cravei a pá no ponto onde eu havia enterrado o gatinho. Os dois eram mãe e filho, e portanto deviam ser enterrados juntos. Era um pensamento sentimental e idiota, mas não havia nenhum motivo para não segui-lo.

Afinal, não havia ninguém além de mim por lá.

Assim que esse pensamento se formou, senti como se eu não estivesse mais sozinho.

O sentimento era forte, então me levantei.

Não era como se houvesse alguém no escuro, olhando para mim. Era como se houvesse alguém dentro de mim.

Como se me observassem a partir de dentro.

— Você virou um idiota completo agora? — eu disse a meia-voz, enfiando a pá em meio à mistura de casca de árvore e cravando-a na terra mais firme logo abaixo. Formei um monte de terra ao lado. Minutos depois a cova tinha cerca de meio metro de profundidade.

O gatinho não estava lá. Eu devia ter cavado no lugar errado, provavelmente ele estava um pouco mais adiante, pensei, e então peguei o saco de lixo e estava prestes a balançá-lo para soltar a cabeça quando mudei de ideia e em vez disso a retirei cuidadosamente do saco. Não havia motivo para fazer aquilo de maneira indigna.

E se o gatinho tivesse sido enterrado lá, mas no fim houvesse dado um jeito de sair?

Mesmo que ainda estivesse vivo, não teria conseguido fazer uma coisa dessas, pensei, e então me abaixei e larguei a cabeça da gata na cova. Depois peguei o corpo na moita ao lado da casa, ajeitei a cabeça no lugar do jeito mais natural que consegui e tapei o buraco.

Depois de limpar tudo, lavei as mãos bem lavadas na pia do banheiro. Em seguida fui à cozinha, peguei umas fatias de salame na geladeira, enrolei-as e as enfiei na boca.

O sentimento de que alguém via o que eu fazia e sabia de tudo o que eu pensava não havia me abandonado.

Se aquilo fosse uma prova, eu teria sido reprovado, pensei enquanto sorria.

Será que tínhamos chocolate ou coisa parecida em casa?

Abri o armário ao lado. No fundo havia uma tigela com balas das crianças, eu tinha escondido aquilo atrás do saco de farinha para que não as encontrassem, e havia também um rolo de KrokanRull pela metade, que eu enfiei na boca e fui mastigando enquanto subia a escada.

Foi só então que me lembrei do gatinho sobrevivente.

Por sorte eu tinha fechado a porta com ele ainda lá dentro.

Me abaixei e olhei embaixo da cama. O bichinho estava encolhido num canto, mas parecia estar acordado, pelo que vi dos olhos naquela bolinha felpuda e preta.

— Ps-ps-ps — eu disse.

O gatinho não se mexeu.

— Você precisa de um nome — eu disse. — Agora você é o gato mais velho por aqui. Tudo bem?

Me levantei, me deitei na cama e coloquei as mãos em cima do peito.

— Quer saber como você se chama? — eu perguntei. — Mefisto. Já que você é todo preto.

Fechei os olhos e devo ter adormecido quase no mesmo instante, pois minha lembrança seguinte é do quarto cheio de luz e de vozes lá embaixo, na sala.

Os gêmeos estavam brigando.

Me levantei e abri as cortinas. O sol brilhava no céu perfeitamente azul, e não havia o menor sopro de vento nas copas das árvores.

Peguei uma bermuda e uma camisa de manga curta no armário, me vesti e desci.

Heming estava sentado na cadeira de vime, emburrado, e Asle estava sentado no sofá, jogando no iPad.

— Como estão vocês, meninos? — eu perguntei.

— Bem — disse Asle, lançando um olhar de desafio em direção a Heming.

— E você? — eu perguntei, mexendo no cabelo dele.

— O Asle pegou o carregador que eu estava usando — ele disse.

— A quantos por cento está a sua bateria? — eu perguntei.

— Três.

— E a sua, Asle?

Ele deu de ombros.

— Sei lá.

— Você pode olhar? — eu pedi.

— Posso — ele disse. — Catorze.

— Então dê o carregador para o Heming. Quando ele tiver catorze por cento você pega de volta.

— Mas, pai, é o *meu* carregador! — ele disse. — O carregador que quebrou foi o *dele*. Por que eu tenho que sofrer por isso?

— Você acha que está sofrendo mesmo? — eu perguntei. — Bem, independente da resposta, quem toma as decisões por aqui sou eu. Então dê o carregador para o seu irmão. Entendido?

— Tá bem, tá bem — ele disse, puxando o fio e arrancando o plugue da tomada.

— Não, não, o que você está fazendo? — eu disse. — Você precisa cuidar das suas coisas!

Ele se levantou com gestos exagerados e saiu da sala com o iPad nas mãos, deixando o carregador no chão.

— Você já tomou café? — perguntei a Heming, que havia sentado no lugar vago deixado pelo irmão.

Ele balançou a cabeça.

— Nem o Asle?

— Não — ele disse.

— Vou cuidar disso então — eu disse.

— Tá — ele disse, sem tirar os olhos da tela.

Ouvi passos no corredor e inclinei o rosto para a frente a fim de ver quem era.

Kristen, claro. Com o macacão azul que sempre usava. Um fino para o verão, outro grosso e forrado para o inverno. Ele trazia uma sacola de compras em cada mão. Quanta vitalidade, pensei. Ele já devia ter o quê, uns oitenta anos?

Me virei mais uma vez em direção a Heming.

— Filho? — eu disse.

— Hmm? — ele disse.

— Como foram as coisas ontem enquanto eu não estava aqui?

— Feias — ele disse, enquanto o iPad bipava.

— Feias por quê?

— Você sabe muito bem — ele disse.

— Não sei — eu disse. — Eu não estava aqui.

— A mãe estava esquisita — ele disse. — Não parava de repetir a mesma coisa.

— A mãe anda meio doente — eu disse. — É o que acontece quando ela não consegue dormir. É quase como se ela estivesse sonâmbula, você não acha?

— É — ele disse.

— Mas vocês não precisam ter medo — eu disse.

— Eu sei — ele disse.

— E a Ingvild também estava aqui — eu disse. — Isso ajudou um pouco, não?

— Um pouco — ele disse.

— Muito bem — eu disse. — Café da manhã daqui a quinze minutos!

Eu devia falar com Asle sobre o comportamento dele, mas isso podia esperar, porque o mais importante era descobrir como Tove estava.

Bebi um copo d'água na cozinha, abri bem as duas janelas para encher a casa de verão e fui até a casa de hóspedes, que estava vazia.

Tove devia ter saído para dar um passeio, pensei enquanto eu me sentava no jardim; eu também queria me encher de verão. Arejar tudo o que tinha acontecido durante o dia e a noite anterior.

Se pretendíamos voltar para casa na manhã seguinte, eu ainda precisava fazer as malas, organizar e limpar tudo.

Olhei para as cabanas no outro lado da baía, onde no mesmo instante um carro reluzente deslizava para longe, e depois mais além, em direção ao mar azul e cintilante mais atrás.

Mas puta merda: o gatinho!

Eu tinha me esquecido totalmente.

Tomara que a porta lá em cima ainda estivesse fechada.

Como eu contaria às crianças que não apenas um dos gatinhos tinha morrido, mas também Sophi, a mãe?

Eu não queria mais mentir.

Mas dizer que o texugo a havia matado talvez fosse demasiado brutal. Especialmente por ter acontecido bem na nossa casa.

Vi que Tove retornava dos escolhos. Nos cinco minutos que levou para chegar ao nosso jardim me senti tomado pelos mais variados sentimentos em relação a ela.

Ela passou reto pela mesa e seguiu em direção ao ateliê sem dar pela minha presença. Estava usando uma camiseta branca, um short bege e sapatos de madeira. Me levantei e fui atrás dela. Tove ficou andando de um lado para outro lá dentro, totalmente perdida em seu mundo particular. Os sapatos de madeira batiam contra o chão.

— Tove — eu disse. — Precisamos conversar um pouco.

Ela me olhou como que en passant.

— Tem certeza? — ela disse, e então saiu.

Acompanhei-a e comecei a andar ao seu lado pelo gramado.

— Vamos voltar para casa amanhã pela manhã — eu disse.

— Tem certeza? — ela disse.

— Claro que tenho certeza — eu respondi.

Ela terminou de atravessar o pátio e saiu para a estrada.

— Me desculpe — ela disse.

— Você não tem motivo para me pedir desculpas — eu disse.

— Tem certeza? — ela disse.

— Tove — eu disse. — Você pode vir comigo para dentro de casa?

— Não sei — ela disse.

— Acho que o melhor que temos a fazer é ir até o hospital.

— Tem certeza?

Coloquei a mão no ombro dela para que parasse de caminhar. Ela continuou.

— Para onde você está indo? — eu perguntei.

— Não sei — ela disse.

Parei. Eu não queria usar a força, pelo menos não com as crianças em casa.

Tove já estava vários metros à frente.

— Tove — eu disse em voz alta. — Venha comigo para dentro de casa!

— Tem certeza? — ela deu a impressão de dizer.

Não seria responsável deixar que ela continuasse, ela não se importava com mais nada, simplesmente andava. Mas não havia mais nada a fazer.

O melhor seria levá-la ao hospital naquele instante.

A questão a resolver era se Tove estaria mal o bastante para ser admitida. O que eu diria? Que ela não parava de andar pelo jardim? E que eu não conseguia estabelecer contato?

Afinal, ela não tinha feito *nada*.

Entrei, peguei o celular no quarto, voltei ao jardim e liguei para a minha mãe.

— Oi, como você está? — eu perguntei quando ela atendeu.

— Oi, Arne — ela respondeu. — Tudo bem por aqui. Foi muito bom receber uma visita da Ingvild. Ela é uma menina muito simpática.

— É mesmo — eu disse.

— E vocês, como estão por aí? Deve estar mais interessante!

— É meio que por isso que estou ligando — eu disse. — A Tove está bastante mal, e eu acho que vou ter que levá-la para o hospital. Mas não tenho certeza. É meio drástico. E pode ser que para melhorar ela só precise dormir um pouco.

— De que jeito ela está mal?

— Eu não consigo estabelecer contato. Ela fica andando de um lado para outro, alheia a tudo.

— E as crianças estão por aí?

— Estão, claro.

— Arne, você precisa tirar a Tove daí. Não só por ela, mas também pelas crianças.

— É, acho que você tem razão — eu disse. — Mas eu não posso deixar as crianças sozinhas aqui. Você acha que poderia vir e passar um tempo com elas?

— Eu entendo. E posso sair de casa agora mesmo. Você quer que eu leve alguma coisa?

— Não precisa. Talvez umas ameixas para as crianças?

— Pode deixar que eu levo. Nos vemos daqui a pouco, então. E boa sorte!

Desliguei e olhei para a casa. Me ocorreu que as duas janelas abertas da cozinha pareciam um par de asas. Como se a casa tivesse acabado de aterrissar e logo fosse decolar e dar continuidade ao voo.

Ingvild.

Entrei em casa e bati na porta do quarto dela.

— Pode entrar — ela disse.

Ela estava deitada de bruços no chão, com os joelhos flexionados e os pés no ar, aplicando maquiagem em frente ao espelho.

— Olá — eu disse.

— Olá — ela disse.

— A mãe não está muito bem — eu disse. — Ela vai ter que dar uma passada no hospital.

— Imaginei — disse Ingvild, e vi no espelho que ela pincelava a bochecha enquanto mantinha a boca na forma de um O.

— A vó deve estar chegando daqui a pouco para cuidar dos gêmeos.

— Que bom — ela disse.

— Você não está brava comigo? — eu perguntei sorrindo quando os nossos olhares se encontraram no espelho.

— Estou um pouco de tudo com você — ela disse, tornando a olhar para o estojo de maquiagem.

— Eu sei como é — respondi.

— Mas agora é na mãe que a gente tem que pensar, não? — ela disse.

— Você tem razão — eu disse. — Só achei que eu devia pedir desculpa a você pelo que aconteceu ontem. Por eu ter deixado vocês sozinhos aqui.

Ela não respondeu nada, mas tensionou os lábios em um círculo um pouco mais apertado e começou a passar batom.

— Eu volto o mais depressa possível — eu disse.

— A gente vai voltar amanhã mesmo que a mãe fique no hospital daqui?

— Eu ainda não decidi — eu disse. — Mas temos que voltar para casa.

Ingvild se pôs de joelhos e fechou o batom. Guardou-o no estojo, se levantou e foi até a cama.

— No mais vocês estão bem? — eu perguntei.

— Estamos — ela disse. — Muito bem.

Ela abriu um sorriso indiferente, pegou um livro que estava no parapeito da janela e começou a ler.

Fiquei olhando para ela por mais uns segundos, mas quando vi que ela continuaria lendo naquela mesma posição eu saí e fechei a porta do quarto. Fiquei parado no corredor, porque eu simplesmente não sabia o que fazer.

Eu podia seguir Tove e trazê-la de volta pra casa. Mas ela insistiria em sair de novo, e eu não podia trancá-la.

Além disso eu tinha que falar com as crianças e explicar que a gata havia morrido. A gata devia estar conosco no carro quando atravessássemos a montanha, então eu precisava dar a notícia um tempo antes de partirmos.

Por outro lado, não precisávamos de mais sentimentos exacerbados por lá.

Talvez o melhor fosse mantê-las ocupadas com as malas até que a mãe voltasse. Assim eu podia encontrar Tove, levá-la ao hospital e terminar de fazer as malas quando voltasse.

Eu não gostava nem um pouco de saber que Ingvild estava brava comigo, mas não adiantava falar com ela, as palavras não serviriam naquele momento. Era preciso dar um tempo, e aquilo passaria naturalmente. Eu compreendia a reação dela, o que eu fiz não tinha sido nada bom, mas ela via tudo pelo lado de fora e não tinha nenhuma ideia de como eram as coisas pelo lado de dentro. Não entendia as minhas razões, nem o quanto boa parte daquilo se devia simplesmente ao azar e a um timing ruim, pensei ao entrar na cozinha, e então botei Nescafé em uma caneca, enchi-a com água quente da torneira, saí para o jardim e fui até a mesa que ficava à sombra do salgueiro.

Se aquele fosse um dia comum, eu teria levado as crianças para tomar um banho. Teríamos passado o dia inteiro à beira-mar.

Era vergonhoso passar um dia como aquele dentro de casa. Devia estar fazendo no mínimo trinta graus.

Será que eu não devia montar a rede de badminton? As crianças gostavam daquilo, depois que começavam a jogar. E não havia um sopro de vento. Eu podia fazer as malas enquanto elas jogassem.

Tove chegou por entre as duas casas. Sem olhar para mim nem olhar ao redor, ela entrou na casa principal. Logo depois saiu outra vez, e então caminhou ao lado da casa de hóspedes e saiu pelo portão que havia naquele lado.

O que podia estar se passando dentro dela?

Olhei para o relógio. Minha mãe deveria chegar em quarenta minutos se tivesse feito como havia dito e saído naquele mesmo instante.

O barulho como que de um arranhão me fez virar o rosto. O esquilo mais uma vez andava na parede, mas dessa vez outro esquilo o seguia. Os dois subiram pela testeira e correram por cima do telhado com a cauda móvel e o corpo hábil.

De repente me lembrei de uma coisa que eu havia sonhado naquela noite. O sonho voltou, claro e nítido: eu estava na cama e ouvia uma voz cantar em algum lugar da casa, no andar de baixo, e então eu tinha descido, aberto a porta da cozinha e lá, na cozinha, a gata estava cantando.

Cantando "Watch the Sunrise".

Sun, it shines on all of us.

Eu sorri e me levantei. Não apenas a gata tinha cantado em inglês, mas tinha a cabeça no lugar e parecia satisfeita, até mesmo contente.

Abri a porta do galpão, passei um tempo parado até que meus olhos se acostumassem ao escuro e depois peguei a rede e os finos suportes da prateleira, tudo estava muito bem enrolado, quase como uma rede de pesca, e então levei tudo aquilo para o gramado e comecei a abrir. Finquei uma das hastes no gramado, estendi a rede e a tensionei um pouco antes de fincar a outra haste e pegar as raquetes e a peteca.

— Asle, Heming! — eu gritei, entrando na casa.

— Quê? — Asle respondeu lá de cima.

— O que foi? — veio outra voz da sala.

— Chega de ficar dentro de casa! — eu disse. — Venham jogar badminton!

Senti como se eu os ouvisse suspirar enquanto largavam os celulares e tablets. Mas eu sabia que não seriam necessários mais do que uns poucos minutos para que estivessem concentrados no badminton sem pensar em outra coisa.

— A vó deve chegar aqui em seguida — eu disse, saindo ao corredor. — Mas vocês ainda devem ter pelo menos meia hora para jogar.

— A vó está vindo? — perguntou Heming.

Fiz um gesto afirmativo com a cabeça.

— Por quê? — perguntou Asle.

— Por que você não disse nada? — perguntou Heming.

— Ela vai ficar cuidando de vocês — eu disse. — E depois eu vou levar a mãe para o hospital. Ela precisa passar um tempo lá descansando.

— Ela não pode dormir aqui? — perguntou Asle, sentando-se no sofá para calçar os sapatos.

— Não — eu disse. — Mas pode dormir no hospital. Mesmo assim, não é nada grave.

— A gente pode tomar um refrigerante? — perguntou Heming, que nunca amarrava os cadarços, simplesmente enfiava os pés nos calçados e enfiava os cadarços para dentro. Eu já tinha pedido a ele que não fizesse isso, parecia muito desleixado, e por um tempo ele amarrou os cadarços, mas depois havia retomado o velho hábito.

Ele lançou um olhar rápido na minha direção enquanto fazia aquilo, então eu sabia que ele não tinha esquecido.

— Pai, a gente *pode* tomar um refrigerante? — perguntou Asle, se levantando. — Está muito calor!

— Quando a vó chegar — eu disse.

— Tá bem — ele disse, e então saiu ao pátio, seguido por Heming.

Quando os dois começaram a jogar, subi para arrumar as malas. Pela terceira vez me ocorreu que o gatinho ainda estava lá dentro quando vi a porta do quarto. Era quase inacreditável que eu o tivesse esquecido por todo aquele tempo, pensei. O bichinho devia estar faminto. Peguei água e patê de fígado na cozinha, abri cautelosamente a porta, me abaixei e empurrei as duas tigelas até onde alcancei embaixo da cama. O gatinho havia se mexido um pouco e tinha a cabecinha baixa e as patas à frente do corpo quando as tigelas chegaram deslizando.

— Aqui, Mefisto — eu disse a meia-voz. — Uma comidinha para você. Eu vou arrumar as malas, mas você não tem nada a temer.

Fui largando as roupas das prateleiras em pilhas dentro das duas malas grandes até que estivessem cheias, e então as levei para o corredor, enchi a bolsa de hóquei com as roupas dos gêmeos e coloquei-a ao lado. Não daria tempo de limpar a casa antes de irmos embora, mas eu podia contratar uma firma para se encarregar disso e deixar a chave com Egil, para que pudesse abrir a porta.

— Oi, mãe! — ouvi um dos garotos exclamar.

Saí do quarto. Tove estava atravessando o gramado, sem dúvida em direção ao caminho que levava ao mar. Os meninos tinham interrompido o jogo e estavam olhando para ela.

— Onde você estava? — perguntou Asle.

— Não sei — Tove respondeu.

— E para onde você está indo? — perguntou Heming.

— Não sei — Tove respondeu, e então se virou e avançou em direção à casa.

Estendi o braço quando ela passou por mim e coloquei a mão em seu ombro. Tove simplesmente continuou andando, entrou no corredor, continuou pela sala, saiu outra vez e seguiu em direção à estrada.

Os meninos pareciam não saber o que fazer, os dois estavam parados com as raquetes na mão e uma linguagem corporal que expressava contrariedade.

Me aproximei deles.

— O que a mãe tem? — Asle perguntou.

— Ela está meio doente — eu disse. — Mas não é nada grave. Logo ela vai estar recuperada.

— Mas ela não para de andar pra lá e pra cá — disse Asle. — Você não pode fazer com que ela pare?

— Não posso, infelizmente — eu disse.

— Você não pode segurá-la? — Heming perguntou. — E assim talvez ela pare por conta própria?

— Em seguida eu vou levá-la ao hospital — eu disse. — Assim que a vó chegar. Mas agora joguem. Quem está ganhando?

— Ninguém. Não estamos contando os pontos — disse Asle.

— Espero que ela passe um bom tempo no hospital — disse Heming. — Para que esteja totalmente curada quando voltar para casa.

Fiz um gesto afirmativo com a cabeça.

— É o que vai acontecer — eu disse. — Quando ela voltar para casa, vai estar totalmente curada.

Tove voltou mais uma vez ao longo da passagem entre as duas casas.

Os meninos olharam para ela.

Ela fez uma curva à esquerda e se afastou mais uma vez.

— Vocês não querem tomar aquele refrigerante agora? — eu perguntei. — Vocês dois estão bem suados.

Os dois quiseram, e então beberam o refrigerante na mesa à sombra. Deixei-os em paz, faltava menos de meia hora para que minha mãe chegasse e já havia o suficiente a fazer nesse meio-tempo.

Quando tirei a louça da máquina, me ocorreu que talvez Ingvild fosse contar para a minha mãe o que tinha acontecido. Que eu tinha dirigido bêbado e batido o carro. Mesmo que não fosse exatamente isso o que tinha acontecido, talvez essa fosse a visão dela.

Coloquei a louça suja mais uma vez na máquina, liguei-a e bati na porta do quarto de Ingvild.

Ela estava sentada na cadeira, deslizando o dedo pela tela do celular.

— O que você está fazendo? — perguntei.

— Mexendo no celular — ela respondeu.

— Isso eu sei — eu disse. — Mas o que você está vendo aí?

— O Insta.

— Posso ver?

Ela me olhou e tentou abafar uma risadinha e virou a tela contra a perna quando me aproximei.

— Não me diga que você tem segredos em relação a mim!

— Ha ha — ela disse.

— A sua vó deve chegar daqui a pouco — eu disse. — E fiquei pensando no que aconteceu ontem. Talvez ela não precise saber de tudo. Ela vai ficar preocupada. Você sabe como é. E ela está começando a ficar velha.

Ingvild olhou para mim.

— Você não pode estar falando sério — ela disse, e então se levantou, passou por mim e saiu do quarto.

— O que foi agora? — eu perguntei. — O que tem de errado?

Ouvi a porta do banheiro bater.

Aquele tinha sido um olhar cheio de desprezo, e a maneira de falar também.

Ingvild era muito idealista. Tudo sempre tinha que acontecer da maneira correta. Mas a vida não era assim. No fim ela com certeza entenderia.

Mas assim mesmo senti uma coisa afundar dentro de mim. Ela era minha filha, mas sentia desprezo por mim. Ou melhor, pelo que eu havia feito.

E isso além de todas as outras coisas com as quais ela precisava lidar.

Entrei na cozinha e limpei a bancada, passei um pano em todas as superfícies e continuei a organizar a sala de jantar e a sala de estar.

Por outro lado, pensei, ela era uma adolescente, e se havia uma coisa pela qual os adolescentes eram famosos era o ódio aos pais.

Comigo também havia sido assim. Eu não tinha ódio, mas houve um período em que senti um forte desgosto em relação aos meus pais, durante o qual eu sentia vergonha deles.

Ingvild entrou na cozinha quando eu estava largando os copos e as tigelas recolhidos pela casa.

— Já não está na hora de você cuidar da mãe? — ela perguntou. — Ela precisa de ajuda. Você está vendo que ela está totalmente perdida!

— Estou vendo, claro — eu disse, abrindo a porta da máquina de lavar louça. Uma nuvem de vapor saiu de lá, e a água escorreu e pingou no lado de dentro. — Eu vou levá-la para o hospital assim que a sua vó chegar.

— Você não pode fazer isso de uma vez? Eu posso cuidar dos gêmeos.

Coloquei as xícaras e as tigelas na máquina e fechei a porta.

— Ingvild, eu estou fazendo o melhor que posso — eu disse. — Quero voltar para casa amanhã, então ainda preciso fazer as malas e organizar tudo antes de sair para o hospital. E não tem nada que eu possa fazer quando ela está desse jeito.

— E a mãe? — ela perguntou.

— Como assim?

— A gente vai voltar para casa sem ela?

— É o que temos que fazer, não? — eu disse. — Vocês têm aula. E eu tenho que preparar o meu semestre.

— Ela não pode ficar no hospital *daqui* — disse Ingvild. — Como a gente vai fazer visitas?

Soltei um suspiro.

— Não, realmente não é o ideal — eu disse. — Mas não temos opção. Talvez ela possa ser transferida de ambulância para um hospital mais perto de casa. Claro que eu vou perguntar se isso é possível.

— Você está contente de poder deixá-la por aqui, não? — ela disse, e então se virou e marchou em direção ao quarto.

Fiquei muito bravo, mas contive o impulso de segui-la, e em vez disso fechei as janelas; o teto e a bancada estavam cheios de moscas, então peguei o mata-moscas na gaveta mais de baixo. O primeiro golpe atingiu três de uma única vez, uma delas ficou esmagada contra a viga, enquanto as outras duas caíram imóveis no chão. Juntei-as pelas asas e joguei-as no tanque. Dei um jeito em mais duas antes que as moscas começassem a tomar cuidado, ou levantando voo e rodopiando pelo ar, onde sabiam que eu não poderia atingi-las, ou então pousando nas superfícies pretas da cozinha, onde era difícil enxergá-las, ou ainda em lugares onde em geral não paravam, e que portanto não eram conferidos.

As moscas tinham uma certa inteligência, quanto a isso eu estava totalmente convencido. Assim era uma satisfação ainda maior atingi-las com o mata-moscas e ver a vida se esvair numa fração de segundo.

Mas nem todas morriam, umas só desmaiavam, passavam uns segundos imóveis e depois se punham de pé e saíam caminhando mais uma vez. Essas eu também juntei pelas asas e coloquei na pia, todas juntas formavam uma pequena pilha, e então fiz com que descessem pelo cano ao abrir a torneira.

Olhei para os meninos. Os dois haviam feito progresso no badminton ao longo do verão, já conseguiam golpear a peteca em arcos elevados e seguros de um lado para outro entre os dois.

Quanto ao café da manhã, eu tinha me esquecido por completo.

Puta que pariu.

No mesmo instante um carro chegou pela estrada e, quando passou em frente à janela, vi que era o Fiat azul da minha mãe.

Ela podia preparar um brunch para os meninos, pensei, e então saí para recebê-la. Já no pátio ela deu a ré devagar e estacionou ao lado do meu carro. Vi quando ela tirou os óculos escuros e guardou-os na bolsa que estava no assento do passageiro antes de abrir a porta e sair. Às minhas costas, Heming e Asle chegaram correndo.

Minha mãe tinha as costas levemente recurvadas e movimentava-se com gestos mais lentos do que eu lembrava.

— Ora, ora! Asle e Heming! — ela disse, recebendo-os com um abraço em cada um. Os dois se remexeram um pouco, mas percebi que também gostaram.

— Você trouxe alguma coisa para nós? — Heming perguntou.

— Acho que trouxe, sim — ela disse, olhando para mim e fazendo um aceno de cabeça.

— Olá — eu disse.

— Você sofreu um acidente? — ela me perguntou.

— Não foi nada grave — eu respondi.

Ela se virou e olhou para o meu carro.

— Quando foi?

— Ontem. Mas acho que os meninos estão bem empolgados para saber o que você trouxe para eles!

— Ah, nem é nada — ela disse. — Só umas coisinhas boas.

Ela abriu a bolsa e pegou um saco de bombons Twist.

Vi que o coração deles afundou dentro do peito.

— Para vocês dividirem — ele disse. — Tenho certeza que vocês conseguem!

— Obrigado, vó — disse Heming.

— Muito obrigado — disse Asle.

— Vocês podem sentar e comer alguns, se quiserem — eu disse. — Eu preciso falar um pouco com a vó.

Os meninos fizeram como eu havia pedido.

— Me desculpe ter que chamar você aqui — eu disse. — Mas, como eu disse, estamos vivendo uma pequena crise. Acho que talvez a Tove esteja psicótica. É totalmente impossível fazer contato com ela.

— Onde ela está agora? — minha mãe perguntou, recolocando os óculos em razão do sol forte.

— Andando de um lado para outro. Nem sei direito onde ela está. Mas posso descobrir em breve. Você acha que eu posso ir com o seu carro? Não quero me arriscar com o meu.

— Claro — ela disse. — A Ingvild também está por aqui?

Fiz que sim com a cabeça.

— Mas infelizmente as crianças ainda não tomaram café da manhã. Você acha que pode se encarregar disso? Eu volto assim que possível. Devo levar cerca de uma hora para chegar, mas não sei quanto tempo vou demorar lá. Imagino que não mais de uma hora. Então você já pode ir embora ao entardecer, se quiser. Mas agora eu tenho mesmo que ir. Você está com a chave do carro?

Ela fez um gesto afirmativo com a cabeça e me entregou as chaves.

— Estou a caminho, então — eu disse. — Nos vemos mais tarde!

— Você não vai levar nada? — ela me perguntou.

— No que você estava pensando?

— Numa mala com as coisas mais essenciais para ela. Umas roupas e coisas assim.

— Pode ser — eu disse, e logo entrei pelo corredor, abri uma mala e comecei a procurar roupas adequadas. Calcinhas, duas calças de corrida, umas camisetas, duas calças jeans, duas blusas, meias. Esvaziei uma bolsa que tinha roupas de praia, enfiei tudo lá dentro, peguei um desodorante no banheiro e pensei que aquilo devia ser o bastante: eu não sabia do que mais ela poderia precisar.

Ah, uma identidade.

Abri a bolsa dela, que estava pendurada no corredor. A bolsa estava cheia de remédios. Centenas. Por que ela tinha colocado tudo aquilo lá?, pensei enquanto eu abria o compartimento mais externo, onde estava a carta de motorista dela.

Eu não gostava nem um pouco de mexer nas coisas de Tove, como eu tinha que fazer quando ela estava mal, porém não havia outro jeito, então coloquei a carta de motorista dela na minha carteira e saí para o jardim, onde minha mãe já estava sentada com os meninos.

— Muito bem — eu disse. — Estou indo.

Ela parecia cansada e meio pálida. Mas o olhar era lúcido e decidido.

Ela sorriu. No mesmo instante Tove apareceu no portão.

Puta que pariu. Se ela não quisesse me acompanhar eu seria obrigado a forçá-la, mas eu não queria fazer isso na frente dos meninos.

Me aproximei dela.

— Tove — eu disse. — Acho melhor a gente ir para o hospital agora.

— Você tem certeza? — ela perguntou.

— Tenho — eu disse.

— Não sei — ela disse.

Peguei a sua mão com todo o cuidado. Ela me deixou fazer aquilo e me acompanhou quando fui em direção ao carro.

— Você não quer se despedir dos meninos? — eu perguntei.

— Tem certeza? — ela perguntou.

Ergui a mão e acenei para eles, como se fizesse aquilo por nós dois.

— Agora estamos indo! — eu disse em voz alta. — Fiquem bem aqui com a vó!

— Tchau — disseram os meninos.

Paramos em frente ao carro. Abri a porta sem largar a mão de Tove. Ela estava prestes a sentar quando de repente o corpo inteiro se enrijeceu.

— Sente, por favor — eu pedi. — Estamos indo para o hospital.

Ela olhou para mim.

— Tem certeza? — ela perguntou.

A voz era neutra, mas havia medo no olhar dela.

— Tove, sente-se — eu disse. — Não tem problema.

Ela fez menção de ir embora, e então coloquei as mãos sobre os ombros dela, segurei-a no assento, coloquei os pés dela para dentro e fechei a porta, fui até o outro lado como se nada tivesse acontecido, abri a porta e me sentei sem virar o rosto na direção da mesa, onde todos estavam.

Me abaixei, puxei o cinto de segurança dela, afivelei-o, dei a partida no carro, afivelei o meu cinto de segurança, dei ré e acenei para os três, que por sorte já não estavam mais olhando para nós.

Tove não disse nada a caminho da cidade, simplesmente manteve o olhar fixo à frente. Eu ainda não estava convencido de que a internação seria o melhor a fazer. Talvez se recusassem a aceitá-la, dizendo que aquilo era muito pouco para uma internação. Afinal, o que ela tinha feito além de ficar andando de um lado para outro pelo bairro e dando sempre as mesmas respostas para qualquer pergunta?

Não sei. Você tem certeza? Me desculpe.

Essas também foram as coisas que ela disse no carro toda vez que eu fiz uma pergunta.

Era como uma ferramenta que ela tivesse encontrado, uma coisa que estivesse sempre à mão e lhe desse uma segurança: a despeito do que me perguntem, eu tenho uma resposta.

O sol estava alto no céu e derramava cascatas de luz em direção ao cenário que atravessávamos. O mar azul cintilava, os urzais verdejantes reluziam e o próprio asfalto por onde andávamos brilhava.

Parei em frente ao semáforo perto do lago e vi um monte de pessoas no parque. Acelerei quando o sinal trocou para o verde, porque o acesso à autoestrada ficava do outro lado. Tove segurava-se à porta com uma das mãos e mantinha a outra na tampa do porta-luvas, como se quisesse estar preparada caso sofrêssemos um acidente.

Aumentei a velocidade quando chegamos paralelamente à estrada e dei sinal.

— Pare! — Tove gritou. — Eu quero descer! Vamos bater!

— Tem certeza? — eu disse, lançando um olhar rápido em direção a ela. Se ela entendesse a ironia, tudo não teria passado de um jogo.

— Pare! — ela gritou outra vez, e então começou a mexer com a mão direita no trinco da porta.

— Tove, se acalme — eu disse. — Não vamos bater. Estamos na autoestrada. É por isso que estamos andando mais depressa. Essa estrada é feita para andar depressa.

Tove pareceu afundar de repente.

— Me desculpe — ela disse.

— Está tudo bem — eu disse, e então peguei o celular, liguei o bluetooth, fiz o pareamento com o som do carro e coloquei o último álbum que eu tinha ouvido para tocar.

Bowie, *Blackstar*.

— Não, não — disse Tove quando a música começou.

— Achei que você gostava de Bowie — eu disse.

— Essa música é má — ela disse.

Olhei para ela.

— Como assim? — perguntei.

— A morte — ela respondeu.

— É — eu disse. — Mas é uma música incrível.

— DESLIGUE! — ela gritou.

— Está bem, está bem — eu disse, e então peguei mais uma vez o celular e deslizei o dedo sobre a tela, olhando de vez em quando para a estrada vazia à nossa frente.

Coloquei *Lodger*.

— Eu tinha acabado de deixar os gêmeos na escola quando soube que o Bowie tinha morrido — eu disse. — E curiosamente eu comecei a ouvir *Lodger*. De todos os discos, foi justo esse. Eu achava que não gostava dele.

Tove não disse nada e manteve o olhar fixo à frente.

— Tove? — eu a chamei.

— Tem certeza? — ela perguntou.

Muito bem, pensei, e então dei sinal e peguei a pista mais à esquerda para ultrapassar um caminhão. O caminhão estava carregado de toras, e quando o ultrapassamos eu vi que Tove mais uma vez estava agarrada à porta.

Ela nunca tinha sentido medo de andar de carro antes.

Dei sinal para voltar à pista do meio. A floresta era densa nos dois lados, e ora se erguia em pequenos urzais, ora tornava a baixar e abria-se em direção ao mar.

Se ela não estivesse ruim o suficiente para uma internação, as pessoas do hospital pensariam que eu estava tentando me livrar dela. Esse pensamento tinha me acompanhado durante todas as outras vezes em que aquilo tinha acontecido: o de que eu era como um malfeitor que pretendia trancafiá-la num manicômio.

Mas até a minha mãe tinha ficado em dúvida.

A música baixou de repente e foi substituída pela chamada de um telefone.

Era Egil, então toquei na tela do celular para atender.

— Oi, Egil — eu disse. — Estou dirigindo e você está no viva-voz. A Tove está comigo.

— Tudo bem — ele disse. — Como vão as coisas?

Olhei para Tove, que estava como antes e parecia não ter percebido a voz de Egil.

— Estamos a caminho do hospital — eu disse.

Uma placa indicava que ainda faltavam trinta e dois quilômetros. Se eu mantivesse uma velocidade média de noventa quilômetros por hora, levaria um terço de hora, pensei. Mas quanto tempo era isso?

— Muito bem — disse Egil. — E quando você acha que volta?

— Não tenho ideia — eu disse. — Por quê?

— O Viktor está aqui comigo. Me fez uma visita-surpresa.

Viktor?

A princípio eu não tinha ideia do que ele estava falando.

Mas logo me ocorreu. Devia ser o filho que ele nunca via. Então esse era o nome dele?

— Viktor é o seu filho? — eu perguntei.

— É. Pensei que de repente ele podia se encontrar com os gêmeos.

— Claro que pode — eu disse. — Eles estão em casa, até onde eu sei. A minha mãe está lá com eles.

— Ah, tudo bem — ele disse. — Talvez seja melhor amanhã, então.

— Como você preferir — eu disse. — A minha mãe com certeza ficaria contente de receber uma visita.

— Vou ver por aqui — ele disse. — Mas de qualquer forma obrigado. Nos falamos mais tarde.

Eram vinte minutos.

— Você sabia que o Egil tem um filho? — eu perguntei.

Tove não respondeu. Eu não tinha contado com isso.

Ingvild estava certa. Eu estava contente por me livrar de Tove. Essa era a verdade. Mas talvez não pelo motivo que ela tinha imaginado. Era simplesmente porque tudo havia se tornado muito difícil, o caos ao redor de Tove era cada vez maior, e assim a ideia de que ela não estaria mais perto de mim parecia um alívio. Assim *tudo* se tornaria mais fácil. Preparar o café da manhã não seria um problema. Levar as crianças para a escola não seria um problema. Trabalhar não seria um problema. Preparar o jantar não seria um problema. Passar o entardecer em meio às lições de casa e à TV não seria um problema.

Era com certeza por isso que eu sentia a consciência pesada e tinha a impressão de querer trancafiá-la, porque era muito bom quando ela não estava perto de mim, embora não devesse ser dessa forma.

A floresta vazia ao longo da qual tínhamos avançado por dezenas de quilômetros deu lugar a uma zona industrial com fábricas, shopping centers e revendas de carro. Umas poucas árvores erguiam-se entre as superfícies dinamitadas da rocha como se fossem ruínas da floresta.

Era estranho pensar que Egil tinha um filho. Eu não conseguia imaginá-lo como pai. Gentil e avesso a conflito, bastava um sopro de vento para levá-lo — e como uma coisa dessas funcionaria em família?

"Eu quero trepar com o Egil."

O que ele tinha que eu não tinha?

Egil mal conseguia tomar conta de si mesmo. Eu tomava conta de todo mundo. Ele não trabalhava e vivia com o dinheiro do pai, enquanto eu era um professor universitário responsável por centenas de alunos.

Será que Tove achava que Egil tinha uma profundidade que eu não tinha?

Essa seria uma ideia equivocada.

Mas talvez parecesse dessa forma. Ele era tímido e introspectivo, se escondia, e nesses casos era fácil imaginar que fosse mais do que aquilo que de fato era. Certa vez Tove havia me dito que Egil tinha alma de artista, e que ela, como artista, tinha um caminho aberto em direção a ele.

Mas o que ele tinha feito?

Nada de artístico, até onde eu sabia. Os filmes dele eram documentários. Filmes jornalísticos.

Eu, pelo menos, tinha escrito pouco mais de cento e cinquenta páginas de romance.

Talvez eu devesse dar o texto para que ela lesse.

Sim, quando Tove ficasse bem e tivesse alta eu lhe daria o texto. Assim ela não me subestimaria mais. Pelo menos não daquela forma.

Esse foi um pensamento bom, então olhei para Tove e sorri.

Ela mantinha o olhar fixo à frente e nem ao menos parecia estar ciente da minha presença.

Peguei o telefone e corri o dedo pela tela do Bowie e coloquei "Hunky Dory" para tocar, porque apesar de tudo essa era a minha música preferida dele.

Um quilômetro à nossa frente a ponte se erguia acima do estreito. De lá eram poucos minutos até o hospital.

Mas não era culpa de Egil, pensei enquanto pulava "Changes", que eu já tinha ouvido muitas vezes. Afinal, fora Tove quem havia escrito aquilo, não ele. E eu gostava dele.

Wake up, you sleepy head, cantou Bowie.
Put on some clothes, shake up your bed
Put another log on the fire for me
I've made some breakfast and coffee
Look out my window, what do I see
A crack in the sky and a hand reaching down to me
All the nightmares came today
And it looks as though they're here to stay

— Lembra de quando eu mostrei essa música para você pela primeira vez? — eu perguntei. — E você nem tinha ouvido *o álbum?*

Eu não esperava receber nenhuma resposta, mas não havia como saber o que chegava até ela.

— Você era totalmente inalcançável para mim. E você sabia que eu pensava assim, não? Uma estudante linda da Kunsthøyskolen que pretendia seguir carreira artística. E além disso você achava que o Bowie tinha estreado com "Let's Dance". Você nunca tinha ouvido Nick Cave, e achava que "Love Will Tear Us Apart" tinha sido composta pelo Paul Young!

Eu ri um pouco.

Tove continuou em silêncio, fechada em si mesma.

— Foi a primeira vez que eu pensei que realmente podia dar certo. Que podíamos acabar juntos. Não parece idiota? Simplesmente porque você não tinha a menor ideia em relação à música? Mas assim foi.

Tínhamos chegado aos limites da cidade. Havia diversos blocos ao longo da planície que atravessamos, escolas e também um ou outro supermercado. Logo depois surgiram as primeiras placas que indicavam o hospital. Do outro lado do rio, depois do túnel, fiz uma curva à direita e dirigi por mais umas centenas de metros até que a construção estivesse à nossa frente — um grande complexo recém-construído com vários prédios.

Depois estacionei e olhei para Tove.

— Pronta? — eu perguntei.

— Não sei — ela respondeu.

Dei a volta no carro e abri a porta. Ela me deixou pegar sua mão, com o olhar de todo ausente, e então a levei em direção a uma grande placa em frente àquele que eu imaginava ser o prédio principal: era o mapa geral da região.

A recepção do setor psiquiátrico localizava-se nos fundos. Passamos entre dois prédios com um corredor que se estendia no ar como uma ponte. Tove caminhava devagar e ainda estava com os sapatos de madeira. Mas tinha havido uma transformação, porque quando eu olhava para ela, ela havia começado a abrir um sorrisinho matreiro.

A porta dos fundos estava trancada. Toquei o interfone. Tove ficou de pé, olhando para o rio, sem demonstrar nenhum interesse pelo que eu fazia. A tranca se abriu e eu empurrei a porta para dentro, segurando-a aberta para Tove. Precisei colocar a mão no seu ombro e guiá-la cautelosamente para que entrasse.

Havia uma pequena sala de espera com cadeiras, uma mesa e uma recepção atrás de uma parede de vidro. Um sujeito jovem de cabelos escuros estava sentado, falando sozinho, e ao lado dele havia um outro homem de barba, um pouco mais velho; davam a impressão de ser parentes. Fui até a recepção, onde uma mulher estava ocupada com o monitor à sua frente. Tove ficou parada no meio da peça, atrás de mim.

— Olá — eu disse, me inclinando para a frente em direção à pequena abertura na parte de baixo.

A mulher, que devia ter quase sessenta anos, usava óculos e tinha cabelos presos, lábios finos e olhos cansados, olhou para mim sem dizer nada.

— Eu trouxe comigo a minha esposa — eu disse. — Ela passou os últimos dias um pouco maníaca, e agora eu já não consigo mais nenhum tipo de contato com ela. Ela não pode tomar conta de si mesma.

Falei em voz baixa, porque não queria que Tove me ouvisse falar daquele jeito a seu respeito.

— Pode ser que ela esteja meio psicótica. E eu gostaria que ela fosse examinada.

— O senhor telefonou antes? — a mulher perguntou.

— Não — eu disse. — Viemos direto.

— O senhor devia ter ligado — ela disse.

— Me desculpe — eu disse, e então olhei para trás. Tove estava imóvel, com a cabeça inclinada, olhando para o chão com um sorriso nos lábios. O sorriso não tinha nada a ver com o que fora dito, mas parecia vir de um lugar nas profundezas dela.

A mulher usou o mouse para dar uns cliques.

— Nome? — ela perguntou.

— O meu ou o dela?

A recepcionista suspirou.

— O dela — ela disse. — O da sua esposa. Como é o nome dela?

— Tove Hovin Larsen — eu disse.

— Você tem um documento dela?

— Tenho.

Onde estava a bolsa?

Olhei para baixo. Não estava lá.

Eu não tinha a menor lembrança de tê-la levado comigo.

Devia ter ficado no carro.

Puta merda.

— A carta de motorista dela está no carro — eu disse. — Você quer que eu busque?

— Pode ficar para depois — ela disse. — Número da identidade?

Depois que forneci todas as informações necessárias a recepcionista pediu que aguardássemos. Olhei para Tove. Ela encontrou o meu olhar e sorriu e mais uma vez pareceu abafar uma risadinha. Fiquei intrigado por saber como ela vivenciava tudo aquilo. Tove sorriu como se estivéssemos juntos fazendo uma coisa emocionante fora da nossa rotina. Uma coisa boa com um grande significado.

O rapaz de barba falava consigo mesmo em inglês, percebi naquele instante. O irmão, se é que de fato era o irmão, deixava-o em paz.

No lado de fora uma voz gritava. A porta se abriu e uma mulher mais velha entrou, flanqueada por dois homens. Devia ter uns setenta anos e estava muito exaltada: ela se debatia e desferia golpes com os braços enquanto gritava sempre a mesma coisa, repetidas vezes. "Ele está mentindo, eu não sou a Anne! Ele está mentindo, eu não sou a Anne!" Ela foi levada pelo recinto e para o interior de uma porta no outro lado.

Tove permaneceu impassível em seu mundo particular.

— Você quer um café? — eu perguntei. — Tem uma máquina de café ali.

— Tem certeza? — ela perguntou.

Fui até a máquina e coloquei as moedas. A máquina começou a roncar e um copo branco foi ejetado e enchido. O plástico era tão fino que chegava a se escurecer com o café, e as laterais ficaram tão quentes que precisei segurá-lo pelas bordas, o que não resolvia muita coisa, porque nesse caso o vapor batia na palma da minha mão. Larguei o café em cima da mesa e estava prestes a me sentar quando um enfermeiro entrou. Mas ele não tinha vindo nos chamar: em vez disso chamou os irmãos, que o seguiram pela porta, o mais novo sempre balbuciando sozinho enquanto fazia pequenos gestos irritados com a cabeça.

— As aulas das crianças recomeçam em dois dias — eu disse enquanto me sentava. — Eu pensei em voltar para casa amanhã.

— Tem certeza? — ela perguntou.

— Espero que você possa ser transferida para o hospital perto de casa. Mas não tenho como garantir.

— Me desculpe — ela disse.

— Não é culpa sua — eu respondi.

Meu telefone bipou e eu conferi a mensagem. Era Ingvild.

"Como está a mãe?"

"Bem", escrevi de volta. "Estamos na sala de espera do hospital. Como estão vocês por aí?"

"Bem."

"A vó fez pão?"

"Bolo de maçã"

"Maravilha! Nos vemos daqui a pouco."

"Dê um abraço na mãe e diga que eu amo ela"

Respondi com um coração e guardei o telefone no bolso. Atrás da parede de vidro chegou outra mulher, as duas começaram a conversar, a recém-chegada gesticulava e a recepcionista dava risada. Me irritei com aquilo e estava prestes a perguntar quanto tempo demoraria o atendimento quando a porta se abriu e uma enfermeira apareceu. Ela era jovem, não devia ter nem trinta anos, tinha pele clara e sardas e lábios que pareciam levemente assimétricos por conta de uma cirurgia corretiva de lábio leporino.

A enfermeira era muito atraente, e tive que me esforçar para olhar para Tove e não para ela quando parou à nossa frente.

— Oi — ela disse. — O meu nome é Benedicte. E você deve ser a Tove?

— Tem certeza? — perguntou Tove.

— Por favor me acompanhem — ela disse.

Atravessamos a porta e entramos por um corredor. No final havia mais uma sala de espera.

— Por favor, sentem-se. O médico já vem falar com vocês — ela disse.

— Obrigado — eu disse.

Um grito de partir o coração soou em um local próximo. Era um grito de desespero, pensei, não de dor.

Tove abriu um sorriso discreto em direção à porta.

— A Ingvild mandou uma mensagem dizendo que gosta muito de você — eu disse.

— Tem certeza? — ela perguntou.

Logo a porta se abriu e uma outra enfermeira entrou para nos buscar. Ela tinha vinte e poucos anos e falava com um sotaque que imaginei ser do leste da Europa. Acompanhou-nos até um recinto sem janelas, onde eu e Tove nos sentamos cada um numa cadeira. A enfermeira sentou-se atrás de uma escrivaninha com uns papéis à frente.

— Oi, Tove — ela disse.

Tove não respondeu, mas olhou para a parede oposta.

— Quais são os seus outros nomes além de Tove?

— Não sei.

— Tove Hovin Larsen? É o que diz aqui.

— Tem certeza? — Tove perguntou.

— Qual é a sua data de nascimento?

— Não sei.

— Por que você está aqui hoje? — a enfermeira perguntou.

— Não sei — disse Tove, limpando uma sujeira invisível na perna da calça.

— Quais são os seus outros nomes além de Tove?

— Não sei.

— Que dia é hoje?

Por um instante tive a impressão de que Tove estava pensando na resposta, porque o rosto dela tensionou-se ao redor dos olhos, mas logo ela desistiu e olhou para a mão que tinha apoiado na escrivaninha.

— Não sei — ela disse.

— Como você está se sentindo?

— Não sei.

— Você viu alguma coisa estranha hoje? Ou ouviu alguma coisa estranha?

— Não sei.

A enfermeira olhou para mim.

— Talvez você possa ajudá-la um pouco. Por que vocês vieram aqui hoje?

— A Tove passou os últimos dias maníaca — eu disse. — E desde ontem está impossível fazer contato com ela. E hoje ela ficou andando de um lado para outro sem parar. A gente tem três filhos e isso tudo foi bem assustador para eles, então resolvi trazer a Tove até aqui e ver se não seria melhor que ela passasse uns dias por aqui.

— É isso mesmo que o Arne está dizendo? — a enfermeira perguntou, olhando para Tove.

Tove fez um gesto afirmativo com a cabeça.

— Muito bem — disse a enfermeira. — Esperem um pouco aqui que logo o médico vem falar com vocês.

Ela saiu e nós permanecemos sentados na sala de espera. Aquilo me fez pensar em quando Tove estava grávida e tínhamos que fazer diversos exames, quando também havíamos ficado sozinhos em salas de espera, só nós dois. Mas nessas ocasiões estávamos cheios de expectativa em relação ao que ia acontecer, tínhamos coisas em comum.

Naquele momento eu já não sabia mais o que tínhamos em comum.

Claro que os filhos seriam para sempre nossos, mas e além disso?

A porta se abriu mais uma vez e um homem na casa dos cinquenta anos entrou. Ele se apresentou como Nygård, e tinha um rosto que não despertava confiança em razão das bochechas volumosas e dos olhinhos pequenos. Mas devia ser competente mesmo assim, pensei enquanto ele olhava para Tove através dos óculos de armação quadrada com a caneta na mão. Além dos seis anos de formação, ele devia ter uns vinte de experiência.

Ele fez grosso modo as mesmas perguntas que a enfermeira já tinha feito, com umas poucas exceções. A certa altura ele perguntou a Tove se ela tinha filhos.

— Não sei — disse Tove.

— Quem é esse homem? — o médico perguntou a seguir, fazendo um gesto em minha direção.

Tove olhou para mim.

— Não sei — ela disse.

O médico largou a caneta e se inclinou para a frente, com os cotovelos apoiados em cima da mesa.

— Acho que seria bom você passar um tempo aqui até melhorar um pouco, Tove.

— Tem certeza? — ela perguntou.

Uma hora depois eu finalmente pude ir embora do hospital. Parei no lado de fora, acendi um cigarro, atravessei o estacionamento com o cigarro fumegando entre os dedos, parei em frente ao carro e dei as últimas tragadas antes de me sentar. O interior do carro estava um forno, então abri todas as quatro janelas enquanto avançava aos poucos em direção à saída.

Quando o médico foi embora, levaram-nos a outra sala vazia, dessa vez numa ala fechada, com janelas que davam para o corredor onde o tempo inteiro trafegavam enfermeiros e pacientes, muitos desses aos gritos e berros, sem que aquilo parecesse causar grande impressão a Tove, que permanecia sentada em silêncio ao meu lado, como se nada daquilo, nem mesmo a minha presença, tivesse qualquer tipo de relação com ela.

Quando a papelada ficou pronta, a enfermeira com sardas nos acompanhou ao interior da ala, onde outra enfermeira assumiu o controle e levou Tove ao quarto onde ficaria internada. Paredes brancas de gesso, piso de linóleo cinza, uma cama, uma cadeira, uma mesinha de cabeceira.

— Você já comeu hoje? — ela perguntou.

Tove balançou a cabeça.

— Eu vou providenciar uma refeição para você. Você não trouxe nada?

— Não sei — disse Tove.

— Ela tem uma bolsa no carro — eu disse. — Eu posso buscar. Quando voltei, Tove estava sentada na cama com as mãos entre as pernas. Em cima da mesinha de cabeceira havia uma bandeja com duas fatias de pão, uma maçã e um copo de suco.

— Vou indo, então — eu disse. — Acho que vai ser bom para você passar um tempo aqui. Eu vou ligar todos os dias.

— Tem certeza? — ela perguntou, e então se levantou e estendeu a mão.

Tove queria apertar minha mão na despedida, como se eu fosse um estranho. Apertei a mão dela, e me ocorreu que nunca tínhamos apertado a mão um do outro.

— Todos estão mortos — ela disse, olhando com uma expressão séria para mim.

— O quê? — eu perguntei. — O que foi que você disse?

— Estamos todos mortos.

Soltei um suspiro.

— Estamos vivos e bem — eu disse. — Nós todos. Eu ligo hoje à tarde. Está bem?

— Me desculpe — ela disse.

Antes mesmo que eu tivesse saído do quarto ela já estava mais uma vez sentada na cama, olhando fixamente para o chão.

Naquele momento, sozinho no carro enquanto saía do hospital, pensei que tudo tinha um significado. Que o fato de que Tove houvesse dito que não sabia quem eu era tinha um significado. Que o fato de que tinha apertado a minha mão em vez de me dar um abraço tinha um significado. Independentemente de ela estar psicótica ou não.

E a afirmação de que estávamos mortos: isso significava que estávamos mortos uns para os outros.

Eu sabia que as psicoses eram parecidas com sonhos e faziam com que a pessoa afetada pensasse em termos de imagens e símbolos e visse significado em tudo o que não tem significado.

E realmente era assim. Estávamos mortos uns para os outros.

Parei no cruzamento e olhei para o retrovisor para ver se não havia outros carros atrás de mim, peguei o celular e comecei a escrever uma mensagem para a minha mãe dizendo que eu estava a caminho de casa quando me ocorreu que ela não tinha como saber quanto tempo aquilo ia demorar, e que portanto eu tinha a oportunidade de tirar uma hora para mim em um lugar qualquer.

Coloquei o celular no compartimento abaixo do freio de mão, engatei a marcha, saí para uma área residencial e a seguir peguei a estrada. Logo eu estava atravessando a ponte com o mar aberto reluzindo mais além, o sol já estava mais baixo, e de vez em quando era possível ver, por entre as árvores da floresta, uma grossa camada de nuvens escuras.

A estrela. Eu tinha me esquecido totalmente.

Foi quase um choque vê-la brilhar com tanta intensidade em meio ao oceano azul do céu.

Os caranguejos, o acidente.

Eu tinha me esquecido de tudo.

E puta que pariu: todo aquele peixe no porão!

Já devia estar um fedor horrível. Eu ainda *tinha* que me livrar daquilo antes que fôssemos embora.

Peguei o celular mais uma vez e enquanto dirigia corri os olhos pelos álbuns que eu tinha copiado. Nada de Bowie, porque isso me lembraria dela e da viagem de ida. Talvez Peter Gabriel? O primeiro álbum solo dele, com "Here Comes the Flood"? Eu ouvia regularmente aquele álbum desde a minha adolescência, mas já devia fazer um ano que não o colocava para tocar.

Era um alívio estar sozinho.

Os problemas já não existiam mais. Pelo menos não os problemas insolúveis.

A música começou e eu aumentei o volume.

Quando eu era pequeno a estrada seguia ao longo da costa, em meio às pequenas cidades que havia por lá, ao longo de baías e pequenas propriedades rurais. Naquele momento, estendia-se à frente reta como a linha de um prumo. Era mais rápido, mas eu não tinha pressa nenhuma, então no acesso seguinte fiz uma curva em direção ao mar. Passado um tempo, encontrei a velha estrada e segui por ela. Era como se tudo aquilo estivesse vivo na minha lembrança, porque eu sabia o que me esperava depois de cada curva. As memórias e a realidade se misturavam, o passado e o presente trabalhavam juntos. Em parte era como se eu dirigisse o carro dentro da minha cabeça, e em parte era como se a minha cabeça dirigisse o carro no mundo real.

Um pequeno rio descia pelo que parecia ser uma escadaria d'água com degraus pretos e reluzentes à sombra dos carvalhos. Uma cerca de ferro lavrado brilhava ao sol entre a estrada e aquilo que outrora devia ter sido uma grande propriedade: um galpão vermelho, uma estrebaria vermelha e uma casa branca com uma flâmula nas cores da bandeira norueguesa pendendo imóvel de um mastro.

De repente imaginei o hotel na pequena baía com praia de areia. Um domingo por mês os meus pais nos levavam para jantar lá, sempre no domingo após o dia do pagamento. O restaurante ainda devia funcionar, não? Lá eu poderia me sentar e tomar uma cerveja à sombra antes de continuar a viagem. Talvez até jantar? As crianças estavam bem com a minha mãe, e me dei conta de que eu não tinha comido nada o dia inteiro.

Quando cheguei perto do hotel começou a tocar "Here Comes the Flood". Cantei junto.

When the night shows
The signals grow on radios
All the strange things
They come and go, as early warnings

Eu nunca tinha pensado no que essa letra podia significar, mesmo que a soubesse de cor. Não eram mais do que palavras. E assim era com todas as letras de música para mim. Johannes, do instituto, que era um grande fã de Dylan e tinha escrito um livro sobre as letras dele, costumava me provocar em razão disso. Quem é que põe Dylan para tocar sem prestar atenção nas letras?, ele às vezes dizia. As músicas são as letras!

Mas naquele momento eu ouvi.

Stranded starfish have no place to hide
Still waiting for the swollen Easter tide
There's no point in direction we cannot
Even choose a side

Egil acreditava em sinais. Mas nesse caso, em que acreditava? Sinais de quê, de quem, de onde? Se os caranguejos abandonavam o elemento em que viviam e subiam à terra, se uma nova estrela se acendia no céu, isso então quereria dizer que havia uma vontade por trás, que por assim dizer "falava" através dessas coisas? Conosco?

Eu não entendia como ele podia acreditar numa coisa dessas.

Afinal de contas, os sinais não precisavam ser arbitrários ou desprovidos de significado em razão disso. Quando os bichos começavam a se comportar de maneira distinta, ou de repente começavam a morrer de maneira estranha, isso era um sinal de que o equilíbrio da natureza fora perturbado, de que o próprio ecossistema havia começado a entrar em colapso. E o calor era um sinal de que o clima que nos protege também havia começado a entrar em colapso.

Era um sinal racional de um sistema do qual fazíamos parte. Não havia nada de místico, nada de sobrenatural, nenhum deus que "falasse" conosco.

E a estrela era uma supernova. Mais uma vez, um fenômeno natural.

À minha frente, em meio às árvores, estava o hotel. Dei sinal e diminuí a velocidade. O estacionamento estava completamente lotado e percebi que eu claramente não tinha sido o único a ter boas ideias, mas no fim consegui encontrar uma vaga bem perto da entrada, e ainda por cima na sombra.

Consegui também uma mesa no terraço: quando entrei, um casal com uma criança tinha acabado de se levantar.

Sem dúvida aquele era o meu dia de sorte, pensei enquanto me virava na cadeira para chamar um garçom.

Como eu podia pensar que era um dia de sorte quando eu tinha acabado de internar Tove numa ala psiquiátrica?

Mas aquilo não tinha pesado nos meus ombros, pelo contrário, eu me sentia leve.

E alegre?

É, alegre também.

Uma garçonete fez contato visual comigo e foi anotar meu pedido. Ela devia ter a minha idade, com um porte robusto e cabelos escuros que pareciam tingidos.

— *What can I get you? A drink, maybe?*

— Por que você está falando inglês? — eu perguntei. — Esse é um restaurante norueguês!

— *I'm sorry, I don't speak Norwegian very well* — ela respondeu.

— *I see* — eu disse. — *Where are you from? And please don't say Sweden!*

— *No, I'm not from Sweden* — ela disse, sem entender a piada. — *I'm from Lithauen.*

— *Nice* — eu disse, e então pedi um caneco de meio litro de cerveja e um chateaubriand.

Bem, eu devia estar desanimado, pensei ao acompanhar a garçonete com o olhar enquanto ela atravessava a porta dupla e entrava no restaurante. Aquilo sugeria que eu não tinha muita empatia, o que às vezes me preocupava um pouco, porque o certo seria ter. Preocupar-se de verdade com os outros. Tanto a minha mãe como o meu pai tinham empatia, então não podia haver relação nenhuma com a minha criação. Provavelmente era genético.

Claro que eu me importava com Tove, não era essa a questão. Mas eu não me importava com ela o tempo inteiro.

Tove estava sentada no quarto de um hospício sem nem ao menos saber quem era.

Era terrível. Mas o comportamento dela também. Ela deixava as crianças entregues à própria sorte, não demonstrava a menor preocupação com elas. Uma hora antes ela havia negado que tivesse filhos.

Estava psicótica, claro, mas não importa. Essa resposta mostrava o que se passava dentro dela.

Pelo menos com as crianças eu me preocupava.

Eu tinha passado o verão inteiro cuidando delas.

Mas eu também precisava me lembrar de que Tove era a mãe das crianças para entender que era difícil para elas. E isso não era nem um pouco bom.

Nem um pouco bom mesmo.

A garçonete voltou trazendo uma bandeja de bebidas. Peguei o caneco frio, coloquei-o na mesa à minha frente e tomei um gole enquanto eu olhava para o mar cintilante.

O dilúvio *ainda chegaria*. O dilúvio era o aumento do nível dos mares, o pecado era o consumo.

Mandei uma mensagem para minha mãe dizendo que eu estava a caminho.

E estava mesmo.

"Que bom!", ela respondeu. "Por aqui tudo bem. Como está a Tove?"

"A Tove ficou internada", respondi. "Não sabemos quando ela vai receber alta, mas deve ser questão de semanas."

"Pobrezinha", ela respondeu.

Eu não sabia mais o que responder, então larguei o telefone em cima da mesa e tomei mais um gole. Minha mãe sabia que eu estaria dirigindo, então não acharia estranho se eu não respondesse.

Peguei o telefone mais uma vez e liguei para Lothar.

Ele atendeu na mesma hora.

— Oi, Lothar — eu disse. — Como você está?

— Quem diria! — ele disse. — Nós estamos bem por aqui. E você?

— Também — eu disse. — O que você está fazendo?

— Agora, você quer dizer?

— É, agora.

— Estou lubrificando a correia da bicicleta enquanto as crianças fazem um alvoroço na piscina. E você?

— Estou sentado num restaurante olhando para o mar.

— Parece uma ótima coisa a fazer.

— Não tenho do que reclamar — eu disse. — Nós vamos para casa amanhã. Ainda tenho uns dias para me preparar. Mas você deve ter passado o verão inteiro trabalhando, se te conheço direito?

— Não. Eu simplesmente aproveitei as férias. Mas trabalhei um pouco, você tem razão.

— Você escreveu alguma coisa?

— Um pouco, sim.

— O quê?

— Sobre os cadernos pretos de Heidegger. Você já leu?

— Nah — eu disse. — Dei uma espiada num deles. Na verdade foi quando estivemos na sua casa, acho que em maio. Mas o que você está escrevendo a respeito deles?

— Nada de interessante — ele respondeu. — Mas estou olhando para o nazismo e o antissemitismo, para a forma como são expressos nos cadernos, e para como essas expressões se relacionam com a filosofia mais normal que Heidegger escreveu durante o mesmo período.

— Parece *bem* interessante — eu disse.

— Não, não — ele respondeu. — Todo mundo está fazendo a mesma coisa hoje. Mas eu estou fazendo isso acima de tudo para mim. Eu sempre gostei de Heidegger.

— Você pretende reabilitá-lo?

— Não! Essa é a última coisa que eu quero! Mas eu quero tentar ver tudo com os meus próprios olhos.

— Olhar para o abismo?

— Olhar nos olhos do demônio.

— Sei — eu disse. — Eu também olhei para um abismo hoje. A Tove foi internada. Está psicótica. Estou voltando do hospital.

— Essa não! — ele disse. — Que notícia péssima. Coitada. E coitado de você e das crianças, também. Como elas estão no meio de tudo isso?

— Bem — eu disse. — Estou tentando protegê-las da melhor forma possível. E além do mais isso já tinha acontecido.

— Ela deve ficar no hospital daí, então?

— Foi o jeito — eu disse. — Mas talvez ela melhore. Existem psicoses que passam depressa.

— Fico muito chateado com essa notícia, Arne — ele disse. — Se você precisar de qualquer tipo de ajuda quando estiverem de volta é só avisar.

— Obrigado — eu disse. — Mas acho que vai dar tudo certo. Acho mesmo. Foi bom falar com você.

— Digo o mesmo. Uma boa viagem de retorno!

Desliguei e guardei o celular no bolso da calça: seria falta de etiqueta mantê-lo em cima da mesa, ainda que eu estivesse sozinho, e além disso vi que naquele instante meu pedido havia saído da cozinha.

O bife não estava particularmente macio, mas assim mesmo estava bom. O acompanhamento eram batatas fritas, que foram servidas num recipiente à parte e estavam crocantes e gostosas.

Atrás de mim havia alemães, à minha direita, ingleses, e as demais pessoas que eu conseguia escutar eram todas dos países do leste. A praia estava cheia de gente, e os barulhos chegavam como flechas pelo ar: eram risadas, vozes, gritos.

Eu devia ter levado as crianças até lá. Mas isso teria de ficar para o verão seguinte.

Bebi o resto da cerveja e bati em todos os bolsos da minha bermuda à procura dos cigarros, mesmo sabendo que tinham ficado em casa.

Lord, here comes the flood, eu cantava dentro de mim. *We'll say goodbye to flesh and blood.*

Por alguma razão comecei a pensar na crise climática, mas não em termos concretos, não como se pudesse ocorrer durante a minha vida. Eu sabia que ocorreria, e no nível racional eu acreditava nisso, porém não no nível emocional. Eu não tinha medo, porque simplesmente não parecia haver nada a temer.

Será que era possível ter mais ou menos empatia em relação à natureza também?

Endireite-se, homem. Essa autocrítica toda não vai levar a lugar nenhum.

Além do mais, ninguém sabia que a minha empatia não era particularmente desenvolvida. Eu nunca tinha demonstrado isso para ninguém.

Me virei mais uma vez em direção à garçonete. Ela me acompanhou, mesmo que não falasse a língua, porque veio na mesma hora.

— Você pode me trazer a conta? — eu pedi.

Ela entendeu e fez um gesto afirmativo com a cabeça.

Lothar tinha sofrido uma crise repentina de meia-idade, um belo dia pela manhã apareceu no instituto paramentado de ciclista, cheio de listras e sujeira nas costas, com o capacete numa das mãos e a mochila com livros e papéis na outra. Me perguntou se eu queria ver a bicicleta durante o almoço, e quando fiz uma busca no Google por aquela marca descobri que ele tinha pagado trinta mil coroas por aquilo.

Trinta mil!

Por uma bicicleta!

Sorri, tirei o cartão do bolso de trás e o coloquei em cima da bandejinha com a conta que a garçonete havia largado em cima da mesa.

Quando nos conhecemos, ele era todo barba e cabelo, e o corpo parecia ser um simples apêndice do espírito. Mas naquela altura ele usava o cabelo curto, estava magro e bronzeado e parecia mais um analista de finanças do que um professor universitário.

Por que os garçons já não vinham logo com a maquininha de cartões? Era muito custoso receber primeiro a conta para depois mostrar o cartão e só depois receber a maquininha.

Qual seria o motivo disso? Será que pretendiam dar aos clientes a oportunidade de conferir a conta primeiro? Bem, mas a conferência podia ser feita enquanto o garçom esperava já com a maquininha, não?

Bem, Heidegger não era para mim. Eu havia tentado ler as análises de Hölderlin que Heidegger tinha escrito e não conseguia afastar o pensamento de que ele tinha cometido o erro básico de colocar o próprio eu nas poesias em vez de retirar os elementos das poesias e assoprá-los cuidadosamente para acender uma chama. Ler um poema à luz do próprio poema era o único método defensável. O material que Heidegger tinha escrito era bom, mas guardava pouca relação com Hölderlin.

A garçonete finalmente parou à minha frente com o leitor de cartões na mão. Dei a ela dez por cento de gorjeta, porque o serviço tinha sido bom e a comida não tinha sido ruim.

Cinco minutos depois eu estava a caminho da estrada, não havia motivo para me demorar, pensei, e além disso eu sentia um leve anseio pela velocidade.

O motor do carro da minha mãe devia ter a potência de uma máquina de costura, mas assim mesmo consegui acelerar até cento e trinta antes que tudo começasse a tremer e a balançar.

Fui ouvindo The War on Drugs no trajeto final. A melancolia se adequava perfeitamente à minha disposição e ao cenário ao redor, com uma muralha de tempo fechado que aos poucos se aproximava em meio à luz esplendorosa do sol.

Os barcos brancos no estreito, o estacionamento em frente ao supermercado totalmente cheio, dois ciclistas que subiam lentamente a encosta em direção à ponte, carregados como dois burros de carga.

E se ela tivesse razão?, pensei de repente. E se estivéssemos todos mortos e esse fosse o reino da morte?

Abri um sorriso e borrifei o fluido de limpar para-brisa no vidro frontal, que sob a luz forte do sol revelava a natureza verdadeira e suja.

Na semana a seguir eu daria uma aula que teria como tema o fato de que na Antiguidade a separação entre o reino dos mortos e o reino dos vivos não era tão clara quanto hoje. Mas eu nunca tinha pensado que podíamos estar no reino da morte. Seria um bom ponto de partida? Ou será que simplesmente confundiria tudo? Os alunos nem ao menos entenderiam sobre o que eu estava falando. O cérebro deles era incrivelmente conforme, não se afastava sequer um centímetro do mundo que conheciam, então seria melhor que não me enchessem já logo no início de críticas e de ceticismo.

Eu devia convidar logo um pastor para dar uma palestra se fosse possível. Ou será que essa era uma ideia ruim?

A visão da igreja norueguesa sobre a vida e a morte?

Não, claro que era interessante. Mas havia tantos balbucios na igreja, tanta evasão, que havia se tornado difícil saber no que de fato aquelas pessoas acreditavam. Tudo se diluía como que em uma névoa de boas intenções.

Atravessei a ponte e peguei a estrada à esquerda, deixei para trás a baía e os trapiches e logo entrei na floresta, onde às vezes surgiam prados e arvoredos, e depois fiz uma curva à esquerda no cruzamento e avancei por mais uns quilômetros até que à direita surgisse a estrada de chão e as duas casas brancas com o gramado estendido à frente.

Minha mãe estava lendo na mesa, vi ao estacionar o carro. Ao lado dela, em cima de uma toalha, Ingvild tomava banho de sol.

— Oi — eu disse, olhando para elas. — Como estão vocês?

— Bem — disse a minha mãe, tirando os óculos.

Ingvild sentou-se.

— Quanto tempo a mãe vai ficar no hospital? — ela perguntou.

— Ninguém sabe — eu disse. — Mas com sorte não vai ser muito tempo.

— Ela pode ser transferida para um hospital mais perto de casa?

— Acho que agora não. Mas talvez daqui a uns dias, quando ela já estiver melhor.

— Você perguntou?

— Eram muitas coisas para resolver — eu disse. — Mas eu vou manter contato todos os dias, claro. Vamos saber quando a hora chegar.

Ela não disse mais nada, simplesmente pegou a toalha e entrou em casa.

— Onde estão os gêmeos? — eu perguntei.

— Dentro de casa — minha mãe respondeu. — Eles reclamaram que aqui fora estava quente demais.

— É, e está mesmo — eu disse enquanto me sentava.

Havia uma jarra d'água em cima da mesa, e ao lado uma pequena pilha com três copos. Peguei um dos copos e me servi.

— Talvez não seja da minha conta — ela disse. — Mas você está cheirando a cerveja.

Olhei para ela.

— Você tem razão — eu disse. — Talvez não seja da sua conta.

— Tudo bem, então — ela disse, e pegou o livro e começou a ler.

— Eu fiz uma parada no hotel onde a gente costumava jantar aos domingos — eu disse. — Jantei por lá e pedi uma cerveja para acompanhar a comida. Tenho quarenta e três anos, como você sabe, e posso decidir sozinho o que fazer da minha vida. Eu tinha passado o dia inteiro sem comer nada e tinha acabado de internar a minha mulher numa ala psiquiátrica.

Ela olhou para mim e fez um gesto afirmativo com a cabeça.

— Então é por isso que eu estou com cheiro de cerveja — eu disse.

Ela largou novamente o livro.

— Eu falei por um longo tempo com a Ingvild — ela disse.

— E então? — perguntei calmamente, embora temesse o pior.

— Ela me contou sobre o que aconteceu ontem.

— O que foi que ela disse?

— Ela disse que você pegou o carro bêbado e se acidentou enquanto eles estavam aqui, sozinhos com a Tove. Que estava psicótica.

— Em primeiro lugar — eu disse —, eu não estava bêbado. Eu tinha bebido duas cervejas. Em segundo lugar, eu só tinha ido comprar cigarros. Sei que não é uma coisa bonita, mas enfim, eu voltei a fumar. Em terceiro lugar, a Tove estava dormindo. E em quarto lugar: eu me acidentei porque a estrada estava cheia de caranguejos, e porque eu estava tentando desviar.

Minha mãe olhou para o vazio e deu a impressão de estar digerindo o que eu havia dito.

— A questão é que você não estava aqui quando as crianças precisaram de você — ela disse. — A Ingvild ficou muito assustada. E ainda está assustada. As crianças precisam de estabilidade, ainda mais enquanto a Tove estiver instável. E você é o único que pode oferecer isso para elas.

— Eu sei — eu disse. — Foram várias circunstâncias infelizes ao mesmo tempo.

Me levantei.

— Eu vou dar uma olhada nos gêmeos — eu disse. — A que horas você pretende voltar?

— Vai depender de até que horas você precisar de mim por aqui — ela respondeu.

— Tem umas coisas que eu preciso arrumar para amanhã — eu disse. — Seria bom para as crianças se você pudesse ficar aqui enquanto isso. Até a gente voltar para casa, eu quero dizer.

— Então eu fico — ela disse.

* * *

A chuva veio enquanto eu fazia as malas e arrumava a casa, uma muralha preta com tons azulados de nuvens que escureceram ainda mais o entardecer e aos poucos fecharam-se sobre o mundo. Quando as primeiras gotas caíram, era como se existissem apenas a casa e o jardim. Para além disso era tudo preto.

A última coisa que fiz foi levar as malas e as mochilas até o carro e colocá-las no porta-malas. A vantagem de ter um carro era que se tornava desnecessário pensar que tudo aquilo teria de ser transportado, como numa viagem aérea, então ocupei o espaço que restava com sacolas e outras coisas soltas que ou não tinham cabido nas malas ou que eu havia esquecido de colocar nas malas e só encontrei ao ir de cômodo em cômodo para ver se nada havia ficado para trás.

A casa não estava como devia, mas se eu contratasse uma firma de limpeza tudo estaria pronto no verão seguinte.

Eu ainda não tinha pedido a Egil que abrisse a porta quando chegassem nem que ligasse a calefação quando o outono chegasse, mas isso era uma simples formalidade. Ele não tinha muita coisa a fazer no semestre de inverno e era uma pessoa naturalmente prestativa.

Fechei o porta-malas e mais uma vez fui olhar os estragos. Um dos faróis não funcionava, e uma das luzes de pisca tampouco, mas não havia mais nada a fazer senão correr o risco e atravessar a montanha naquele carro. Se, contra todas as expectativas, houvesse fiscalização da polícia, o pior que podia acontecer era que o carro fosse impedido de trafegar, o que seria ruim, porém o mais provável seria uma multa.

E durante os anos em que eu havia dirigido por aquela estrada não haviam me parado nenhuma vez.

Uma gota caiu na minha testa, depois nas costas da minha mão, e quando olhei para as nuvens escuras a chuva começou a tamborilar sobre a carroceria, primeiro devagar, mas logo cada vez mais depressa.

Entrei na cozinha e liguei para Egil enquanto olhava para a chuva no jardim, que se revelava como uma série de listras sob a luz das lâmpadas.

Ele não atendeu, e eu desliguei.

Minha mãe estava com os gêmeos na sala, assistindo a um filme. Ingvild estava no quarto dela. Tínhamos jantado, então já não podia acontecer mais nada naquele entardecer.

Eu ainda precisava contar o que tinha acontecido com a gata. Não havia como esperar até a hora de partir e esperar que as crianças percebessem que a gata não estava mais conosco.

Não seria melhor dizer que ela provavelmente tinha sido atropelada?

Não, "provavelmente" daria uma certa esperança, não havia como.

E se eu dissesse que a gata tinha sido atropelada, as crianças fariam perguntas sobre os detalhes, como eu sabia, onde eu a havia enterrado.

Liguei mais uma vez para Egil, me virei em direção à cozinha e depois em direção à bancada vazia e à minha própria silhueta na janela mais além. Três moscas caminhavam vagarosamente, cada uma numa direção. O que as moscas pensam sobre as outras moscas?, pensei. Será que elas sabem que existem outras moscas?

Mais uma vez Egil não atendeu. Aquilo não era estranho, quase sempre ele deixava o telefone em casa quando ia para o mar, e também em outras situações.

Eu podia ir até lá de carro.

Seria bom tomar um drinque e fumar um cigarro na varanda.

Se o tempo abrisse, claro. Seria muito estressante fazer isso num tempo daqueles.

Fui ao encontro dos meninos, que estavam cada um de um lado da avó, assistindo ao filme. Ela tricotava e às vezes olhava rapidamente para a tela.

— É *O castelo animado*? — perguntei.

Os meninos fizeram um gesto afirmativo com a cabeça.

— Esse é bom — eu disse. — Acho que é o meu favorito dentre os japoneses.

— Aham — disse Asle.

— A gente pode fazer um lanche? — perguntou Heming.

— Podem — eu disse. — Vamos embora amanhã cedo. Podem comer o que vocês quiserem.

— Sorvete?

— Veja se ainda tem no freezer — eu disse.

Asle pausou o filme e os dois foram direto à cozinha.

Minha mãe continuou tricotando.

Um relâmpago brilhou na escuridão lá fora. Contei os segundos por reflexo, e estava no sete quando o trovão ribombou.

— Será que você pode visitar a Tove no hospital se a internação for longa? — eu perguntei. — Eu vou tentar arranjar uma transferência, mas pode levar um tempo.

— Poder eu posso — ela respondeu. — Mas não sei se ela vai ficar muito alegre com isso.

— Claro que vai — eu disse.

— Não me parece muito certo.

Soltei um suspiro e estava a caminho da porta quando os meninos voltaram à sala.

— Vocês podem me acompanhar por uns minutos? — eu perguntei.

— Aonde?

— Ao andar de cima. Eu quero mostrar uma coisa para vocês.

Já no quarto, fechei a porta e me agachei.

— O gatinho está debaixo da cama — eu disse. — Vamos levá-lo conosco amanhã.

Os meninos se ajoelharam e abaixaram a cabeça para enxergar melhor, ainda com o sorvete na mão.

— Agora ele tem um nome — eu disse. — Mefisto.

— Ele está assustado? — Asle perguntou.

— Onde está a Sophi? — Heming perguntou. — Ela não devia estar cuidando dele?

— Devia — eu respondi. — Mas aconteceu uma coisa meio feia. A Sophi morreu. Um texugo a matou. Mas por sorte ainda temos o Mefisto! Agora ele é o nosso gato.

— Um texugo? — perguntou Asle.

— A Sophi morreu? — perguntou Heming.

Me levantei e mexi nos cabelos deles, um de cada vez.

— É — eu disse. — Coisas desse tipo acontecem no mundo dos bichos. Mas ela teve uma vida boa com a gente. E além disso o Mefisto é filho dela. Vamos cuidar muito bem dele, né?

— Mas... — disse Heming. — Onde é que...

— Na floresta — eu disse.

— Você a encontrou?

— Encontrei.

— Quando?

— Ontem à tarde, enquanto vocês dormiam — eu disse. — E eu a enterrei no jardim. Fiz tudo da melhor forma possível.

Lágrimas escorreram pelo rosto de Asle.

— Não chore — eu disse. — Ela teve uma vida boa, e você sabe disso.

— Eu não pude me despedir dela — ele disse.

— Vocês sempre a trataram muito bem — eu disse. — Mas agora venham comigo. Amanhã vocês vão me ajudar a colocar o Mefisto na caixinha. De repente a gente aproveita e dá uma comida bem gostosa para ele. Ele deve resmungar um pouco, mas é só porque não vai entender o que está acontecendo. Como vocês sabem, ele nunca andou de carro antes.

Descemos juntos e os meninos voltaram a sentar-se no sofá.

Aliviado ao ver que tudo havia dado certo, fui ao ateliê para fumar um cigarro. Eu não tinha sabido ao certo o que levar para Tove: roupas, claro, mas e em relação ao trabalho dela? Eu não tinha a menor ideia do que ela precisava em casa, e assim deixei tudo como estava.

Com o cigarro fumegando entre os dedos, examinei as pinturas apoiadas na parede com a imagem para dentro, como ela sempre as deixava.

Passei um tempo olhando para uma planície repleta de pinheiros com umas garotas, pequenas em relação às árvores, e também estranhas com as calças jeans e as camisetas, que se abaixavam para colher frutinhas, meio ocultas pelos troncos. Ela tinha pintado o quadro a óleo, as cores eram nítidas e claras, e o sentimento da floresta parecia muito presente. E também um sentimento vago e sinistro.

Atrás dessa pintura havia outra, ainda mais sinistra. Era um homem nu, também na floresta, em frente a uma muralha de abetos ao entardecer. Ele andava com a cabeça baixa e numa das mãos tinha o que parecia ser um pão.

Virei a luz em direção àquela pintura a fim de examiná-la melhor no instante em que a coluna de cinzas do cigarro caiu no chão e percebi que ele estava lá, então aproveitei e dei uma tragada forte que aqueceu até o filtro.

Não era um homem, percebi naquele instante, mas uma criatura humanoide. O corpo era como o de uma pessoa, mas era também extremamente forte, e a cabeça era lisa, a não ser por uma trança que descia pelas costas, enquanto o rosto… O rosto era rústico, como o de um homem de neandertal. As orelhas pareciam as de um bicho, e os olhos…

O mais estranho era que havia uma estrela brilhando acima da floresta.

Apertei o dedo contra o canto da tela e olhei para aquilo. A tinta estava seca. Ela devia ter pintado o quadro antes que a nova estrela surgisse.

Ou será que tinha pintado a estrela em um quadro antigo?

Apertei o dedo com todo o cuidado contra a estrela.

Também estava seca.

Quando Tove havia pintado aquilo? Eu com certeza não a tinha visto trabalhar naquele quadro.

E a estrela!

Devia ter sido uma coincidência, mas assim mesmo parecia estranho, pensei, e então recoloquei a pintura no lugar, apaguei a luz e saí em direção à chuva enquanto mais uma vez eu tentava fazer uma ligação para Egil.

A princípio ele não atendeu.

O celular devia estar descarregado, pensei enquanto ia até a sala.

— Vou dar uma passada no Egil — eu disse. — Ele não está atendendo o telefone e eu preciso acertar uns detalhes com ele. Tudo bem? Pode ler para os gêmeos quando eles se deitarem, se você quiser. Se não, eles podem se virar sozinhos. Não é mesmo?

Os dois fizeram um gesto afirmativo com a cabeça.

— Mas não demore muito — disse minha mãe.

— Pode deixar — eu disse. — Só pretendo tomar um café na varanda dele.

Ela me acompanhou pelo corredor.

— Você acha que é absolutamente necessário? — ela perguntou. — Num tempo desses?

— Eu não vou demorar — respondi, vestindo a capa de chuva.

— Hoje as coisas estão bem agitadas por aqui — ela disse. — Você não percebeu?

— Não, *nada disso* — eu disse. — Pelo contrário. Não existe agitação nenhuma agora que a Tove não está mais por aqui. Você está sendo um pouco sensível demais, só isso.

— Pode ser — ela disse. — Você quer o meu carro?

— Quero — eu disse enquanto abria a porta e o murmúrio da tempestade entrava pelo corredor. — Pode ser?

Ela fez um gesto afirmativo com a cabeça.

— Tome cuidado — ela disse, retornando à sala.

Liguei os limpadores de para-brisa no máximo e dei a ré na estrada. Vi pelo brilho dos faróis que grandes poças já haviam se acumulado logo adiante. Eu sentia uma alegria infantil ao ver todas aquelas forças à solta, a água, o relâmpago, o trovão, e não havia sequer um carro na rua, então eu podia dirigir à velocidade que eu quisesse na estrada asfaltada, zunindo em meio à chuva com árvores nos dois lados, como se fossem as paredes de um túnel.

Tove devia ter pintado a estrela depois, pensei. Ela certamente via um pouco de tudo durante as crises de psicose, mas eu duvidava que ganhasse dons proféticos.

Tomara que as crianças não herdassem aquilo, pensei enquanto diminuía a velocidade no trecho final do trajeto, por uma estradinha em más condições que seguia em direção à baía. Toda a baía estava agitada, as ondas batiam-se contra a terra, os barcos jogavam de um lado para outro e tensionavam as amarras.

Vi que o carro de Egil estava lá quando os faróis iluminaram a garagem no alto do morro. E também a bicicleta. Mas ele não podia ser louco a ponto de pedalar num tempo daqueles. Ainda mais com o filho.

Estacionei ao lado do carro, desliguei o motor e desci. A chuva tamborilava no telhado, murmurava na floresta e roncava nos escolhos quando as ondas quebravam contra a terra.

Bati na porta.

Esperei por talvez dois minutos antes de experimentar a maçaneta. A porta estava trancada, então dei a volta na cabana para bater na porta da varanda. Ou então para encontrá-lo no interior da casa, com um livro no colo sob a lâmpada solitária que costumava usar para ler.

Um relâmpago rasgou a escuridão.

Ah, esse tinha sido muito perto!

O estrondo que veio poucos instantes depois soou como uma explosão.

Andei um pouco mais e subi na varanda.

A porta estava aberta. Nesse caso eles deviam estar em casa. Mas tudo estava às escuras lá dentro, então podiam estar dormindo.

Será que eu devia acordá-lo?

Como eu já tinha feito todo o trajeto, resolvi bater no vidro.

— Alô! — eu chamei. — Egil?

Tudo estava em silêncio no interior da cabana.

Entrar lá enquanto eles dormiam não parecia uma boa ideia. Mas eu poderia simplesmente dizer que tinha ficado preocupado. Com a porta aberta no meio da tempestade e tudo mais.

Entrei e parei no meio do cômodo.

— Egil? — eu chamei. — Você está em casa?

Não se ouvia nada além dos barulhos da tempestade.

Entrei no quarto dele. O quarto estava vazio. A cama estava desfeita, como se alguém tivesse se deitado lá e depois tornado a se levantar. Mas isso se aplicaria no caso de uma pessoa normal, não no caso de Egil, pensei sorrindo. Eu tinha dificuldade em imaginar que ele arrumasse a cama.

Me ocorreu que talvez os dois estivessem dormindo no outro quarto.

Lá também estava tudo vazio.

Eles simplesmente não estavam em casa.

Liguei a luz do teto e olhei ao redor.

Uma Bíblia enorme estava no chão; era a única coisa inusitada que eu podia identificar. E também que havia comida servida na cozinha.

Fui até a máquina de escrever que ficava em cima da mesa e virei cuidadosamente a pilha de folhas ao lado para ler o título.

Sobre a morte e os mortos
Um ensaio de Egil Stray

Era sobre *isso* que ele vinha escrevendo, então?

Olhei ao redor, à espera de ouvi-lo dizer "o que você está fazendo, cara?", mas não havia ninguém por lá, então comecei a folhear a pilha e a ler um pouco aqui e um pouco acolá.

"*Como sabemos, a morte é desnecessária.* Foi o que George Bataille escreveu em 1949, e desde que li essa frase pela primeira vez ela passou a viver comigo", Egil escrevera a certa altura.

"O que acontece é que a morte se torna cada vez menor, e esse desdobramento tem sido tão impressionante que já não é mais impensável que em determinado momento alcance um valor de zero e desapareça", dizia outro trecho.

Foi um alívio ver o quanto aquilo era pretensioso. Lá estava o filho de um homem rico, sentado na cabana achando que era filósofo!

Virei a pilha mais uma vez e coloquei tudo de volta, exatamente como estava. Depois me virei mais uma vez para ver se Egil não estava me observando de outro lugar.

— Egil? — eu chamei.

Será que os dois não estariam na garagem? Podiam ter dormido lá, como uma aventura para o filho.

Liguei a lanterna do celular, dei mais uma volta na cabana, entrei na garagem onde ficava o velho Saab e a apontei em direção ao sótão.

— Egil? — eu chamei, mesmo sabendo que o lugar estava vazio; sempre notamos esse tipo de coisa.

Fechei a porta ao sair.

Onde eles podiam estar?

Eu podia dar uma conferida no barco para ter certeza, pensei, e então amarrei o capuz em volta da cabeça, dei a volta na cabana e saí em meio à tempestade, que se despejava em cima de mim com uivos, bufos e sussurros. Iluminei o caminho à minha frente, que descia até o abrigo do barco.

O barco estava lá, balançando-se de um lado para outro.

Eu nem teria imaginado outra coisa; dificilmente Egil poderia ter se feito ao mar num tempo daqueles.

E se tivessem saído antes da tempestade e sido apanhados no caminho? E se estivessem presos numa ilhota ou coisa parecida?

Bem, nesse caso o barco não poderia estar lá, pensei, rindo da minha própria estupidez.

O barco se sacudia e tensionava as amarras como um bicho que tentasse libertar-se.

As ondas batiam com toda a força contra os escolhos, e em certos pontos erguiam-se a diversos metros de altura.

Subi mais uma vez até a cabana, apaguei a luz, fechei a porta de correr e voltei ao carro. Como tanto o carro como o barco e a bicicleta estavam lá, a única explicação era que os dois tivessem saído para fazer um passeio a pé e admirar a tempestade.

Nesse caso, logo estariam de volta. Mas eu não estava a fim de esperar, e além disso tínhamos que acordar cedo na manhã seguinte, então dei a partida no carro, engatei a marcha, saí de ré em direção à orla da floresta e desci a encosta com a luz dos faróis como que abrindo dois túneis listrados de chuva em meio à escuridão.

Turid

Eu estava com tanto medo que fechei os olhos para escapar de tudo aquilo. Mas tudo era horrível mesmo assim, porque ele podia chegar sem que eu percebesse, então logo tornei a abri-los.

Ele tinha se virado para o outro lado e estava de costas para mim.

Tinha inclinado a cabeça para trás e estava olhando para o céu com os dentes arreganhados. Depois ele avançou em direção à orla da floresta e sumiu entre as árvores.

Tudo ficou quieto de repente. Não havia nenhum ruído na floresta.

Passei um bom tempo imóvel. Eu corria o olhar de um lado para outro. Nada se mexia. Nem mesmo Kenneth.

Tudo em mim tremia. Eu sentia as pernas tão fracas que precisei me apoiar numa árvore para não perder o equilíbrio.

Será que ele podia mesmo ter ido embora?

Devo ter passado ao menos dez minutos parada antes de caminhar em direção ao arvoredo. Eu parava, olhava ao redor, dava mais uns passos e logo parava outra vez.

Tudo estava quieto.

Não havia ninguém por lá.

Acabou, pensei. A criatura tinha ido embora.

Me abaixei na frente de Kenneth. Ele estava deitado de costas com os braços estendidos para os lados, como se houvesse levado um tiro.

Mas senti que ele tinha pulso quando coloquei o polegar e o indicador no seu pescoço.

Não tive coragem de chamá-lo em voz alta, com medo de que a minha voz pudesse atrair as criaturas de volta.

Passei a mão no seu rosto.

— Kenneth — sussurrei. — Kenneth.

Ele abriu os olhos.

A princípio, fixou o olhar vazio no céu acima de nós.

— A gente está na floresta — eu disse. — Mas agora vamos para casa.

Ele olhou para mim enquanto sentava-se.

Seu olhar me assustou. Havia outra coisa naquilo. Outra coisa que antes não estava lá.

A maneira como ele me olhou.

— Venha — eu disse em voz baixa. — Agora nós vamos para casa.

Ele se levantou.

Olhei ao redor. Não havia nenhum movimento, nenhum ruído.

Peguei a mão de Kenneth, ele não tentou me impedir. Comecei a andar e ele me acompanhou. Ao longo do córrego, entre as duas árvores caídas e depois encosta acima, pelo meio do urzal.

Kenneth com certeza não sabia que estava nu, ou, caso soubesse, isso não significava nada para ele, porque se comportava da maneira habitual.

Ele devia ter fugido do presídio, pensei de repente. Devia ser um presidiário. Essas pessoas às vezes tinham um aspecto terrível. Cheios de anabolizantes e esteroides. Como touros. Brutais, com rostos selvagens.

Devia ser essa a explicação.

Ele tinha fugido do presídio e estava escondido por lá até que cessassem as buscas.

Os grandes pássaros não eram mais do que grandes pássaros.

Na escuridão, com a angústia que eu sentia, tudo havia se transformado numa coisa terrível.

E não havia nada de novo no olhar de Kenneth, pensei, examinando-o depressa. Kenneth mantinha o olhar fixo à frente com uma postura grave, sem nenhuma expressão no rosto. Ele sempre tinha sido daquele jeito, só tinha uma expressão facial e um olhar. Não era bem um olhar vazio, mas um olhar sem expressão. Como se nada dissesse respeito a ele.

Comecei a sentir dificuldade para respirar na metade do caminho, e então parei. Eu não estava recebendo oxigênio suficiente. Tive a impressão de que todos os pequenos vasos estavam constritos, de que se retorciam por todo o meu corpo. Meu coração martelava no peito, e assim inclinei o corpo à frente, mesmo sabendo que eu devia endireitar as costas para expandir os pulmões e receber mais ar.

O ar parecia chegar através de um canudo muito fino, e os pulmões eram tão volumosos que aquilo não adiantava nada.

hhhhii hhhhoo hhhhhii hhhhooo

Tive a impressão vaga de que Kenneth olhava para mim.

hhhhii hhhhoo hhhhhii hhhhooo

De repente foi como se uma rolha tivesse sido aberta. O ar fluiu para dentro dos meus pulmões e para dentro das minhas veias, e a dor sumiu.

Endireitei as costas e percebi que durante todo aquele tempo havíamos caminhado de mãos dadas.

— Só mais um pouco, Kenneth — eu disse. — Logo vamos estar em casa.

Do alto do monte, olhei para os prédios da instituição. Pareciam estar dormindo na planície. O presídio tinha outro aspecto, era um quadrado iluminado no meio da floresta escura, desperto e furioso.

O que tinham sido aquele sujeito e aquele sangue?

Ele devia ter matado e esquartejado um bicho. Devia estar se divertindo um pouco quando Kenneth apareceu. Devia estar sob o efeito disso ou daquilo.

Descemos o caminho bem devagar e entramos no último trecho da floresta.

A partir daquele momento, o importante seria colocá-lo de volta para dentro sem que ninguém percebesse.

Se ao menos Sølve estivesse dormindo! Nesse caso seria como se nada tivesse acontecido.

A luz dos prédios chegava ao chão da floresta à nossa frente. Pouco depois pude ver as janelas e as lâmpadas de onde vinham, e logo chegamos ao gramado.

A sacada estava vazia. E também não havia ninguém entre os prédios.

Se tivessem notado que não estávamos lá, sem dúvida haveria algum tipo de atividade.

Mas não se enxergava vivalma.

Abri a porta enquanto Kenneth permanecia calmo à minha espera.

No corredor, abri a porta do banheiro, umedeci um pedaço de papel higiênico e limpei a marca vermelha que ele tinha na testa. Aquilo era grudento e devia ser sangue.

Naquela altura, já dentro do prédio, aquele seria o único sinal de que alguma coisa tinha acontecido. A nudez de Kenneth podia ser explicada se eu dissesse que ele havia corrido, fugido, e que eu não tinha conseguido impedir. Afinal, ele não falava, então não poderia contar o que tinha acontecido. Quanto a mim, claro que eu não diria nada. Nem mesmo a Jostein.

Ele não acreditaria em mim.

Subi a escada e Kenneth seguiu no meu encalço com o rosto sem expressão e os passos mecânicos.

O corredor estava vazio. Fui cautelosamente até a sala de plantão e olhei para dentro. Sølve estava deitado no sofá, com a cabeça inclinada para trás e a boca aberta.

Graças a Deus.

— Venha, Kenneth, agora você vai direto para a cama — eu disse, abrindo a porta. Fiquei lá até ver que ele havia sentado em cima da cama e puxado o edredom para o lado.

— Durma bem — eu disse.

Ele virou o rosto e olhou para mim. Abriu a boca como se fosse dizer alguma coisa.

Piscou os olhos diversas vezes.

— Ah ah ah — ele disse.

— O que foi? Você quer alguma coisa? — eu perguntei.

Kenneth tossiu.

— Voh... — ele disse.

— Quer um copo d'água?

Ele continuou olhando para mim.

— Ceh... eh... — ele disse.

A voz era débil e rouca, como se viesse de um lugar nas profundezas dele.

Você é?

Kenneth estava falando?

Não, meu Deus, eram apenas sons.

— Bem, então boa noite — eu disse.

— Voh... ceh... eh... — ele repetiu.

Seriam mesmo palavras?

Kenneth ergueu a mão.

— Você... está... condenada...

Logo ele se deitou, fechou os olhos e virou as costas para mim.

— O que foi que você disse? Você falou comigo? Kenneth, você falou? O que foi que você disse? Kenneth?

Coloquei a mão no seu ombro e tentei fazer contato.

— Kenneth — eu disse. — O que foi que você disse? Você falou?

Ele permaneceu imóvel, em silêncio. Com o corpo pesado e a respiração constante.

Saí para o corredor. Ele não fala, ele não fala, repeti de mim para comigo. Eram apenas sons. Turid, eram apenas sons.

Eu podia estar sofrendo com a abstinência, não?

E por isso ouvia sons que não existiam?

Se eu não conseguisse uns comprimidos de oxazepam eu sairia para fumar um cigarro, pensei, e então fui até o escritório e abri a mochila de Sølve, pouco me importando que ele pudesse ou não acordar, achei uma carteira de Prince e um isqueiro no bolso lateral e então fui para a sacada, me sentei na cadeira e acendi um cigarro.

— Eu peguei no sono — Sølve disse lá dentro. — Aconteceu alguma coisa?

— Não — eu disse. — O que você pretende fazer se eu fizer uma denúncia contra você?

— Você não pode estar falando sério — ele disse.

— Pode ser que eu esteja — respondi, tragando a fumaça para dentro dos pulmões e tossindo de leve.

— Eu não sabia que você fumava — ele disse.

Não respondi. Simplesmente tossi e engoli diversas vezes em sequência. Eu não conseguia fumar direito por causa da minha porcaria de respiração. Claro que eu sabia disso.

Que saco.

Me abaixei e apaguei o cigarro no chão de concreto.

— Você não teria um oxazepam?

— Oxazepam? Não. Mas tenho um alprazolam. Você quer um?

— Você tem? De verdade?

— Calma. Eu tenho. Mas nesse caso você não vai me denunciar, imagino?

Ele riu.

— Você tem dois?

Logo depois ele me entregou dois comprimidos e um copo d'água.

— Aqui, Turid — ele disse.

Soltei um suspiro e tomei os comprimidos.

O preço a pagar por aquilo seria alto. Naquela altura, sabíamos coisas a respeito um do outro.

Sølve acomodou-se na outra cadeira.

— Você se importa de me deixar um pouco sozinha? — eu perguntei.

— Você não pode estar falando sério — ele disse. — Eu acabei de fazer um favor a você!

— Por favor. Só um pouquinho. Eu tenho que pensar sobre uma coisa.

Ele se levantou sem dizer nada e saiu. Inclinei a cabeça para trás e olhei para o céu. Eu sabia que os comprimidos ainda levariam perto de meia hora para começar a fazer efeito, mas já sentia como se estivessem me ajudando.

Voh ceh eh stah coh deh nah dah.

Eram apenas sons.

Voh ceh eh stah coh deh nah dah.

Depois do que tinha acontecido na floresta, não era preciso muito para que a fantasia corresse solta. Aliás, a fantasia já estava correndo solta por lá mesmo.

Pássaros com escamas e criaturas inumanas.

Histeria pura.

Para não falar da loucura que já era o simples fato de que Kenneth havia fugido pelado rumo à floresta e eu tinha precisado ir atrás.

Era uma história que *um dia* eu haveria de contar.

Não que Ole fosse me dar netos.

Meu pequeno Ole.

Voltei para a sala de plantão e peguei o telefone. Pelo barulho, notei que Sølve havia começado a limpar o chão do corredor. Nosso trato era que ele limpava a cozinha e o banheiro, e eu todas as superfícies grandes. Mas naquele momento ele estava bravo comigo e queria que eu me sentisse culpada, e viria com tudo para cima de mim.

Nenhuma resposta.

Mas dessa vez não fiquei preocupada. O telefone dele estava descarregado, ou então ele o tinha guardado no modo silencioso.

Não era nada fácil conseguir falar com Jostein ao telefone. Ele estava dormindo o sonho dos bêbados, e seria impossível acordá-lo.

Uma fumaça tênue desprendeu-se dos comprimidos e espalhou-se em lentas espirais pelo meu corpo, estendeu um véu sobre as passagens do cérebro e caiu de leve sobre os nervos, que logo se acalmaram e se recolheram. Senti uma paz tão profunda que até mesmo os sentimentos de fúria se aplacaram.

O que eu havia pensado no alto do morro?

Tinha sido um pensamento luminoso.

Sim.

Eu realmente podia dar um basta na situação.

Era isso.

Eu era velha, porém não velha demais, e tinha experiência, claro que eu conseguiria outro emprego.

Talvez até em outra área?

Talvez com flores. Ou na produção de hortifrúti outra vez? Quem sabe melhor ainda: numa floricultura. Fazendo guirlandas, montando buquês.

Cores, formas, vida e alegria.

Se eu pudesse viver a vida outra vez, era isso o que eu gostaria de ter feito. Trabalhado como florista na minha própria floricultura.

Com a coragem de me dedicar às formas e às cores no colegial, para depois continuar desenhando e pintando.

Não ter começado a trabalhar naquele dia de outono em 1986.

Mas nesse caso eu não teria Ole.

Não, apague.

Claro que eu podia ter uma floricultura e assim mesmo ser casada com Jostein.

E eu nem poderia dizer que ele tinha me enganado quando apareceu no viveiro de mudas. Ele simplesmente foi ele mesmo, como sempre. O que eu consegui foi aquilo que eu quis ter.

O céu estava azul naquele dia, e o sol brilhava, mas um vento frio também soprava, e como naquela tarde havíamos plantado bulbos, meus dedos estavam vermelhos e anestesiados em razão do frio.

Eu jamais me lembraria disso se essa não tivesse sido a primeira vez que o vi.

Um carro havia chegado, levantando pó à medida que passava, e pelo outro lado do vidro eu o vi estacionar em frente à estufa e a seguir o rapaz que desceu com uma máquina fotográfica nas mãos. Ele falou primeiro com Erlend, no escritório, e depois veio até nós para trocar umas palavras e bater umas fotografias.

Não era muito alto, mas tinha um aspecto forte, e suas roupas eram todas meio pequenas demais. A calça estava justa demais nas coxas, e o paletó era um pouco curto demais. Sua boca era larga e o queixo anguloso, e os cabelos eram loiros. Mas o que percebi, o que todos perceberam, foram seus olhos. Eram de um tom azul-claro que eu nunca tinha visto em nenhum outro lugar.

Ele explicou que trabalhava no jornal local e estava preparando uma série de reportagens sobre diferentes profissões para os suplementos publicados aos finais de semana. Pediu que lhe mostrássemos o lugar e fez uma série de perguntas. Ria com frequência, e tinha um riso confiante, como se não se importasse com nada do que pudessem achar a seu respeito.

Falamos um pouco a respeito daquele visitante depois que ele pegou o carro e foi embora, mas a não ser por isso eu não pensei mais no assunto.

Na semana depois que o artigo foi publicado — Erlend tinha acabado de pendurar um exemplar na parede do escritório e outro na parede da estufa —, Anne foi me chamar. Telefone. E era ele, Jostein Lindland. Disse que tinha pensado em mim e perguntou se eu não gostaria de jantar com ele.

— Acho melhor não — eu disse. — Nem ao menos nos conhecemos.

Ele riu.

— Mas é justamente para isso! — disse. — Para que possamos nos conhecer!

— Tudo bem, mal não vai fazer — eu respondi por fim. Ele usou essa justificativa ano após ano desde então. Toda vez que estávamos prestes a fazer uma coisa especial ele dizia, mal não vai fazer!

Na época ele era um homem cheio de vida e cheio de energia, que ria com frequência de tudo o que se pode imaginar. Já não era mais assim.

Eu também já não lhe dava mais nenhuma alegria, e ele mantinha distância de Ole.

Eu não tinha conseguido manter sequer uma família pequena unida.

Peguei um dos cigarros de Sølve. Talvez eu conseguisse fumar mais um sem tossir se eu tragasse com mais cuidado.

Muito bem.

Ouvi quando Sølve voltou ao escritório. Ele sentou-se com um suspiro.

— Eu só estou descansando um pouco — eu disse. — Mas vou fazer uma ronda daqui a dois minutos. E vou fazer a minha parte da limpeza.

— Eu já me encarreguei disso — ele respondeu. — Não me custava nada, já que você queria estar sozinha.

Como é que ele ainda podia estar ofendido?, pensei enquanto apagava o cigarro praticamente intacto no cinzeiro.

— Obrigada — eu disse. — Mas não era preciso. Ainda está tudo quieto lá fora?

— Quieto como um túmulo — ele disse.

Sølve ficou sentado, mexendo no celular, e não levantou o rosto quando saí para o corredor. Partes do piso ainda brilhavam com a umidade, enquanto outras já haviam secado. O corredor cheirava a desinfetante, mas não o suficiente para que o forte odor do banheiro tivesse desaparecido. Aquele cheiro estava sempre por lá, o que não chegava a parecer estranho passados cinquenta anos.

Abri a porta do quarto de Kenneth e olhei para dentro. Ele dormia de costas e roncava. Parecia inacreditável que poucas horas antes estivesse deitado no chão da floresta, como que morto.

Com aquele gigante andando ao seu redor.

O que era aquilo?

Visitei o quarto de todos os residentes, em ordem. Todos dormiam um sono pesado.

Enquanto o céu aos poucos clareava e os primeiros pássaros começavam a piar do outro lado da janela, preparei o café da manhã para os vigias do turno da manhã. Cozinhei ovos com gema dura e mole, cortei umas fatias de pão, coloquei presunto, queijo e salame numa tábua, peguei também outros acompanhamentos e preparei a mesa.

A última coisa que fiz antes de eles chegarem foi dobrar as roupas limpas e secas e colocar outra carga de roupas sujas para lavar.

Sølve continuou mal-humorado e foi embora sem me dar tchau, e quando abri o livro de ocorrências para ver o que ele tinha escrito, descobri que não tinha escrito nada.

Me sentei com o livro no colo e escrevi umas poucas linhas relatando que Kenneth e Torgeir estavam um pouco agitados logo antes de pegar no sono, e que no mais tudo havia transcorrido normalmente.

Se eu tivesse escrito o que realmente aconteceu, com menções à nudez de Kenneth no meio da floresta, ninguém teria acreditado em mim. Especialmente se eu tivesse escrito sobre a minha experiência por lá.

Mas aquilo era resultado da angústia e da fantasia, nada mais.

Só quando vi Berit no corredor me ocorreu que eu tinha me esquecido de preparar café para os vigias. Esse era um pecado grave, ligado ao espírito de coleguismo. Também era comum que houvesse uma pequena superposição de horários, mas eu não queria fazer aquilo naquele instante, sozinha com ela.

— Bom trabalho — eu disse ao recebê-la.

Eu mais ou menos esperava que ela me chamasse, porém não foi o que aconteceu. Com certeza ela estava contente em me evitar, assim como eu estava contente em evitá-la.

Na escada topei com Unni, que usava roupas brancas e chegava envolta numa nuvem de perfume.

— Foi uma noite tranquila? — ela perguntou sem deter o passo.

— Foi — eu disse. — Tudo nos conformes.

— Durma bem, então — ela disse, atravessando a porta enquanto eu continuava pelo corredor e saía ao estacionamento. O sol ainda estava baixo, mas o dia estava quente e sem nenhum vento. Era sempre estranho sair pela manhã ao fim de um plantão noturno, especialmente em dias bonitos de verão, quando o sol já brilhava fazia horas e tudo estava em movimento. Eu nunca conseguia me acostumar àquilo, porque na minha cabeça devia ser noite.

Abri a janela e dirigi vagarosamente pela região, que estava quase vazia àquela hora da manhã. Já na estrada, aumentei a velocidade e precisei fechar a janela em razão do vento forte que soprava para o interior do carro.

Ole não tinha retornado minha ligação, devia ter ido cedo para a cama. Mas tudo bem; talvez pudéssemos tomar café da manhã juntos. Jostein já devia ter ido para o trabalho, o que sempre fazia, a despeito do quanto tivesse bebido na noite anterior.

De qualquer forma, tomar café da manhã os três juntos raramente era uma coisa agradável.

Será que não podíamos tomar um café no pátio?, pensei.

Tossi umas vezes. Eu não podia continuar fumando, pensei. Nunca era bom como eu imaginava. Eu não podia me esquecer disso.

Peguei a estrada que passava no meio do loteamento. Os gramados estavam secos e amarelados entre as sebes e árvores verdejantes. Uma porta se abriu e um homem apareceu, um carro deu a ré na saída da garagem, no mais tudo estava quieto.

As árvores permaneciam imóveis, como se dormissem.

Era como se aquelas manhãs estivessem cheias de uma escuridão invisível, por trás dos raios de sol que brilhavam por toda a parte. Eu tinha essa impressão porque havia virado a noite, mas assim mesmo parecia muito real.

Entrei no pátio e parei o carro, puxei o freio de mão, peguei a bolsa e saí.

Devia estar fazendo pelo menos vinte e cinco graus.

Aquele não era o dia da rega?

Devia ser. Eu não tinha feito a rega no dia anterior.

Fui até os fundos da casa, estendi a mangueira que ficava pendurada na parede, conectei o irrigador e o deixei no meio do jardim antes de abrir a água.

Longos dedos de água se ergueram e caíram vagarosamente enquanto as gotas chapinhavam com um leve suspiro em cima do gramado seco.

Passei uns minutos observando aquilo. Era uma sensação boa. Havia um elemento vital na água molhada que caía sobre a terra seca.

Já dentro de casa, larguei a bolsa em cima da mesa do corredor e fui até a cozinha. Tudo estava como eu havia deixado. Nem Ole nem Jostein pareciam ter comido nada.

Vi que a lasanha continuava no forno, intocada.

Eu não estava com fome, mas não tinha comido nada desde o jantar na ala, então abri a porta da geladeira e olhei para ver se eu encontrava alguma coisa que me abrisse o apetite.

Não havia grande coisa.

Mas tínhamos leite e ovos. De repente eu podia fazer panquecas, como eu fazia quando Ole era pequeno? Ele adorava!

Mas nos últimos tempos ele podia simplesmente aparecer na cozinha e dizer que não estava a fim. Nesse caso não valeria a pena. Mas uns ovos cozidos ele sempre aceitava. E era uma coisa fácil de preparar.

Peguei três ovos e um pacote de presunto. Fiz um furinho na base dos ovos, coloquei água na chaleira elétrica e a liguei, cortei um tomate em fatias e coloquei tudo num prato, cortei umas fatias de pepino, tirei o pão da caixa e peguei a faca na gaveta.

As sombras das árvores no pátio ainda estavam compridas. O céu estava claro e azul.

Parei em frente à janela da sala para ver como estavam as coisas lá fora. A água deslizava translúcida pelo ar e caía sem fazer barulho sobre a terra.

Eu teria que pedir que Ole mudasse o irrigador de lugar enquanto eu estivesse dormindo. Pelo menos três vezes.

Fui mais uma vez à cozinha, virei a água fervente numa panela, larguei os ovos lá dentro, cortei umas fatias de pão, coloquei-as na torradeira e arrumei a mesa para dois. Tirei o suco da geladeira, e também o patê, caso Ole quisesse. Se quisesse, com certeza ia querer picles, então já aproveitei e tirei o picles da geladeira também.

Quando os ovos completaram exatos quatro minutos e meio de cozimento eu escorri a água, coloquei a panela na pia e a enchi com água fresca antes de retirar os ovos e colocar dois no prato dele e um no meu.

Depois fui até a porta do quarto de Ole e bati.

— Ole? — chamei. — Você já acordou?

Como não houve resposta nenhuma eu abri a porta.

A cama estava vazia.

E ele tampouco estava no computador.

— Ole? — eu perguntei, entrando no quarto. Às vezes ele gostava de se sentar no chão do quarto, com as costas apoiadas na parede enquanto mexia no celular. Porém não naquele instante.

O quarto estava vazio.

Um medo súbito tomou conta de mim.

— OLE! — gritei enquanto saía ao corredor. — OLE! OLE!

Talvez, talvez ele houvesse saído para se encontrar com um amigo. Dormido na casa dele.

Desci às pressas, tirei o celular da bolsa e liguei para ele.

556

Ouvi um toque baixinho vindo de outro ponto da casa.

Ole jamais teria saído de casa sem o celular.

Liguei para Jostein. Ele não atendeu. Insisti diversas vezes enquanto andava por todos os cômodos da casa chamando Ole. Senti o coração acelerado, um aperto na garganta e falta de ar, e precisei me apoiar na parede a fim de me recompor. O ar não vinha, era como se meu peito estivesse prestes a explodir, tudo começou a ficar preto, e de repente um pequeno canal pareceu se abrir, uma quantidade minúscula de ar entrou no grande espaço dos pulmões, e logo depois o canal se alargou e eu consegui tomar longos fôlegos.

Ele tinha se matado.

Eu sabia.

Gritei.

O grito tomou conta de mim, e quando parou foi como se houvesse me abandonado.

Eu não sabia de nada, pensei febrilmente no silêncio que se restabelecera. Eu não sabia de nada, podia ser qualquer outra coisa, ele podia ter passado a noite em claro e saído para dar uma volta.

Por que ele não podia ter saído para dar uma volta?

Ole tinha saído para dar uma volta. A cama estava feita porque ele não tinha dormido nela.

Liguei mais uma vez para Jostein.

Ole tinha saído para dar uma volta, pensei, guardando o telefone no bolso. Bastava esperar e ele logo estaria de volta.

Mas eu não conseguia esperar.

Ele tinha se matado.

Ele tinha saído para dar uma volta.

Ele tinha se dado um tiro com a espingarda de Jostein.

Desci a escada devagar, parei no corredor.

Se a espingarda estivesse na sala de ferramentas ele não teria se matado.

Olhei em direção à porta.

Bastava entrar e ver.

Mas eu não conseguia. Enquanto eu não soubesse se a espingarda estava ou não por lá, ele continuaria vivo.

Ele tinha saído para dar uma volta. Na floresta, um passeio a pé na montanha, onde ele brincava de cabana quando era pequeno. Aquele era o lugar dele. Era lá que ele estava.

Calcei as sandálias e saí para encontrá-lo.

Meu filho.

Meu pequeno Ole.

Você não fez nenhuma besteira, certo?

Atravessei o jardim, saí do pátio e continuei pela trilha, onde os insetos zumbiam no ar. Atravessei o campo de futebol com grama alta e subi a encosta mais atrás, onde a montanha se erguia a pique.

— OLE! — gritei.

O lugar dele era um gramado em frente ao sopé da montanha, escondido atrás dos carvalhos. Ele chamava um dos carvalhos de "árvore-gigante".

A jaqueta dele estava lá.

Então ele tinha estado lá.

Era um bom sinal, não?

Se ele não tivesse se despedido do lugar.

Liguei mais uma vez para Jostein. Se pelo menos ele pudesse me ajudar naquele instante!

O telefone chamou e chamou durante todo o trajeto de volta para casa.

Ole não estava em casa. Não estava no lugar dele.

Ele tinha saído para dar uma volta sem o telefone.

Mas por que ele tinha parecido tão alegre e tão despreocupado na tarde anterior?

Ele tinha encontrado uma saída.

NÃO!, eu gritei, parando ao lado da cerca. NÃO, NÃO!

Enterrei o rosto nas mãos.

Todas as forças me abandonaram, bem como todos os sentimentos. Restou apenas a tela do medo, branca e fria. Caminhei devagar pelo gramado, dei a volta na casa e fui até a garagem. Abri a porta e entrei. Estava frio e escuro lá dentro. Acendi a luz. Ole estava caído em uma poça de sangue junto à parede. A espingarda estava caída sobre as pernas dele. Ele tinha se dado um tiro no peito. A cabeça estava apoiada num dos ombros. Os olhos continuavam abertos. Mas estavam vazios e sem vida.

Me abaixei e tomei o pulso dele. O coração já não batia mais.

Eu estava pisando no seu sangue.

Me abaixei, rocei meu rosto no dele, tentei abraçá-lo.

— Filho, como você está frio — eu sussurrei. —Vou buscar uma coberta para você.

Fui até o telefone e liguei para o número de emergência. Entrei para buscar uma coberta, mantendo o telefone na orelha. Havia sangue no aparelho, e também na minha mão, no meu peito e no meu rosto.

— Meu filho está morto — eu disse. — Ele se deu um tiro na garagem. Moramos na Rogneveien 11. Meu nome é Turid Lindland.

Coloquei o cobertor de lã ao redor dele, me sentei ao lado dele e estava acariciando seus cabelos quando ouvi a ambulância chegar. Me levantei e abri a porta assim que os paramédicos estacionaram atrás do meu carro. Dois homens desceram.

— Ele está lá dentro — eu disse.

Os dois entraram comigo. Um deles se agachou e tomou o pulso dele. Ele olhou para nós.

— Ele tem pulso — disse o homem. — Está bem fraco, mas ele tem pulso.

Levei um susto. Os dois homens saíram correndo. Tive de me apoiar na parede.

Os dois voltaram correndo com uma maca e duas bolsas grandes. Eu não conseguia olhar para aquilo, então saí mais uma vez e continuei ligando e ligando para Jostein.

Minutos depois os homens saíram; Ole tinha uma máscara de oxigênio no rosto e uma cânula no braço, e a maca logo foi colocada no interior da ambulância. Um dos homens entrou com ele enquanto o outro ficou olhando para mim.

— Você pode ir na frente comigo — ele me disse.

Jostein

Eu não disse para ninguém da redação em que tipo de matéria eu estava trabalhando. Simplesmente me sentei na minha cadeira e comecei a escrever sem nem ao menos tirar o casaco, que estava todo sujo: sem dúvida haviam notado que eu estava lá cheirando a bebedeira e a trepada, digitando como um maníaco, porque minutos depois que Ellingsen chegou para dar expediente ele parou em frente à minha mesa.

Eu nem desviei o olhar.

— O que você está escrevendo? — ele perguntou.

— Uma matéria importante — eu disse.

— Sobre o quê?

— Espere e você logo vai descobrir — eu disse.

— Não me lembro de você ter apresentado a ideia de uma nova matéria na reunião de pauta. Nem para mim.

— É porque eu não fiz nada disso — eu respondi. — Será que agora você já pode ir embora? Eu preciso terminar isso aqui. Tenho pressa.

— Não gosto desse seu jeito — ele disse, e então tentou parecer durão sentando na beira da minha mesa e cruzando os braços sobre o peito. — Você veio de uma festa direto para cá?

Balancei a cabeça. Eu tinha o ás, o rei, a dama e o valete, e Ellingsen podia ir para o inferno.

— Não há condições — ele disse, se levantando. — Não estamos nos anos 80 ou 90. Precisamos ter uma conversa sobre como as coisas funcionam por aqui. Uma conversa a dois. Uma hora na minha sala?

— Fale o que você quiser — eu disse, olhando para ele e abrindo um sorriso de orelha a orelha.

À uma hora eu não seria mais jornalista de cultura: quanto a isso não havia dúvida.

Meia hora depois eu terminei e fui à sala do redator de notícias. Ele estava numa das salas de reunião, ou numa das jaulas de vidro, que era como eu as chamava — hoje em dia tudo precisava ser aberto e transparente —, e eu bati com tanta força no vidro que ele chegou a se assustar.

— Agora não, Lindland — ele disse. — Você não vê que estou ocupado?

Ele não podia ter mais do que trinta e dois anos, então aquele tom condescendente me deixou puto. Mas assim mesmo eu me contive.

— Eu tenho uma matéria para você — eu disse. — Você precisa ler *agora*.

Ele soltou um suspiro.

— Dê para o Iver, o seu chefe é ele.

— É uma notícia quente — eu disse. — E você precisa ler agora. Senão você vai se arrepender depois.

Ele olhou para mim.

— Você por acaso enlouqueceu? Chega aqui fedendo a álcool, todo esculhambado, e agora ainda quer me ameaçar?

— Puta que pariu! — eu disse. — O que foi que aconteceu com esse jornal? Eu chego com um furo incrível e você fica aí cheio de formalidades, se recusando a ler.

— Eu vou ler — ele disse. — Em nome dos velhos tempos.

Velhos tempos para você é o que aconteceu ontem, pensei. Você *não me conhece*.

— Mas agora estou no meio de uma reunião. Me envie a matéria e eu dou um retorno para você à tarde.

Balancei a cabeça.

— Você precisa ler *agora*. Você não entendeu? Quando *eu* digo que tenho um furo, é porque *eu tenho uma porra de um furo*.

Ele me encarou mais uma vez.

— Não gosto desse seu jeito, Lindland — ele disse.

Por acaso eles tinham frequentado um curso para aprender a dizer as mesmas coisas?

Não dava para acreditar naquela merda.

Me virei e fui embora sem dizer mais uma palavra. Bati na porta da redatora-chefe. Ela devia ter dezesseis anos e não inspirava nenhuma confiança, mas assim mesmo era quem tinha a palavra final sobre os assuntos da casa.

Ela me olhou por cima da mesa enorme.

— Eu tenho uma matéria pronta — eu disse, antes que ela pudesse falar qualquer coisa. — A polícia encontrou os rapazes do Kvitekrist. Três deles foram mortos. De maneira absolutamente brutal. Os três estão nas margens do Svartediket. Eu estive lá ontem à noite. Falei com a polícia. Ninguém mais sabe disso. O Kavli não quis ler a matéria porque eu sou jornalista de cultura.

Ela ainda não tinha dito nada. Simplesmente estava parada, olhando para mim.

— Mande para mim — ela disse.

— Tudo bem — eu respondi, e então fechei a porta, voltei à minha escrivaninha e enviei a matéria para ela.

Cinco minutos depois ela apareceu, trazendo Kavli a tiracolo.

— Vamos rodar a matéria — ela disse. — Mas primeiro temos que checar tudo. O Karsten e o Hans estão se encarregando disso agora mesmo.

— Que bom — eu disse. — Mas a matéria é minha. E eu quero acompanhá-la de perto.

— Temos que ver — ela disse.

Balancei a cabeça.

— De jeito nenhum — eu disse. — Os contatos são meus, o ambiente é o meu e eu fui o primeiro a chegar. Nenhum novato vai assumir coisa nenhuma. A matéria é minha.

Vi que os olhares de ambos se encontraram. E também vi que havia uma negativa no olhar de Kavli.

Imbecil filho da puta. Prestígio, prestígio, prestígio.

— Muito bem — ela disse. — Mas então você vai trabalhar com o Hans, o Karsten e o Kavli. Só nessa matéria.

— Tudo bem — eu disse, me levantando. — Agora vou para casa dormir um pouco.

Já na rua, em meio à cidade banhada pela luz do sol, acendi um cigarro e decidi fazer uma visita à artista. Oficialmente eu estava no trabalho, e Turid estaria dormindo ao fim do plantão noturno e não daria pela minha falta nem suspeitaria de nada. Assim eu poderia tomar um banho, e além disso teríamos um momento íntimo antes que eu voltasse para casa.

Eu não queria envolver a recepção, então peguei o elevador direto e bati na porta do quarto dela.

Não havia ninguém. Ou então ela não queria receber visitas.

Afinal, era uma mulher instável: eu não podia me esquecer disso.

Tornei a sair e acendi mais um cigarro enquanto eu conferia as notícias no celular. Ainda nada. Talvez não tivessem conseguido falar com Geir ou com outra pessoa apta a confirmar a história.

As mensagens de Turid já somavam cinquenta e três. Porém mais de uma hora tinha se passado desde a última.

O melhor seria dizer que o celular estava descarregado e que eu nem tinha ficado sabendo nada a respeito daquelas ligações, pensei, desligando o aparelho antes de subir a encosta em direção ao teatro e pegar um táxi.

— Você pode fazer uma parada no posto Shell? — perguntei enquanto avançávamos em direção a Sandviken.

— Não tem problema — disse o taxista, um gordo tão enorme que chegava a escorrer para fora do banco, com olhos que apareciam no retrovisor apenas como dois pontos luminosos em meio às dobras de gordura.

Que dia.

O fiorde estava azul e liso como um espelho. As ilhas eram verde-claras e tinham manchas vermelhas ou alaranjadas nos pontos em que havia casas. Um dos catamarãs estava a caminho do norte. Uma fina listra de água branca estendia-se atrás da embarcação, como uma cauda.

O taxista parou em frente às bombas de gasolina do posto Shell e eu desci para comprar chiclete, caso eu encontrasse Turid antes de conseguir escovar os dentes, e também uma carteira de cigarro, porém já no caixa, prestes a fazer o pagamento, senti uma fome repentina, como se um buraco se abrisse dentro de mim, então comprei três cachorros-quentes e uma coca-cola. O taxista cresceu o olho para cima da minha comida quando voltei, talvez um pouco surpreso também, porque afinal aquilo era uma refeição completa.

Terminei de comer assim que chegamos ao loteamento. Lambi a salada de camarão e o ketchup que estavam nos meus dedos, limpei-os na calça e peguei o cartão de crédito.

— Pode me deixar aqui no cruzamento — eu disse. Eu não queria que Turid visse que eu tinha voltado de táxi, porque isso podia gerar uma reação em cadeia que levaria a uma série de perguntas.

Mas foi meio estranho caminhar pela estrada àquela hora em um dia útil. Não havia ninguém em lugar nenhum, claro.

Abri cuidadosamente a porta e entrei no corredor, onde parei e fiquei escutando. Tudo estava em silêncio: Turid dormia como um bebê. Fui até a o estúdio, que certa vez tínhamos alugado para um imbecil e que desde então eu havia ocupado — era lá que eu tinha a minha escrivaninha, o meu sofá e a minha TV, e também um banheiro e um pequeno cômodo usado como sala escura muitos anos atrás —, tirei a roupa, coloquei o paletó, que àquela altura fedia a tudo que era possível, na parte mais baixa do roupeiro para lavá-lo assim que desse, entrei no banho, liguei o chuveiro e parei embaixo d'água com um suspiro de bem-estar.

Fiz a barba, escovei os dentes e vesti uma cueca limpa. Segundos depois me perguntei se eu ia dormir por lá mesmo ou se devia subir ao quarto. O estúdio seria mais prático, já que eu não pretendia dormir mais do que duas ou três horas antes de voltar para o trabalho, mas também pareceria um pouco suspeito, então passei desodorante no sovaco e fui até o segundo andar.

Turid não estava lá, e nem ao menos tinha chegado a se deitar, porque a cama ainda estava feita.

Será que ela tinha simplesmente me deixado?

E talvez por isso houvesse ligado tantas vezes?

Será que alguém tinha me visto? Um dos seus colegas? E depois contado para ela?

Puta que pariu.

Afastei as cobertas para o lado e puxei o lençol, para dar a impressão de que alguém tinha dormido por lá caso não tivesse acontecido nada e ela simplesmente estivesse atrasada por outro motivo qualquer, vesti uma bermuda e uma camisa e fui à cozinha preparar um café. Se fôssemos ter uma conversa séria, o melhor seria ter café e cigarros à mão.

Será que a mãe dela tinha morrido?

Era possível.

Nesse caso ela teria se ocupado disso imediatamente após o trabalho e teria ligado um milhão de vezes.

Ninguém podia ter me visto. Tudo tinha acontecido num quarto de hotel!

Na verdade eu nem precisaria dormir, pensei. Eu me sentia desperto e pronto para outra com aquelas roupas de verão.

Levei uma caneca fumegante para o jardim e me sentei à mesa na sombra da varanda. Passei um tempo olhando para a água do irrigador que reluzia ao sol. A mangueira estava chiando, devia haver um furo, ainda que pequeno; a pressão estava boa.

Melhor seria pegar o touro pelos chifres, pensei, e então peguei o telefone e liguei para Turid.

— Jostein — ela disse.

— Eu posso explicar tudo — eu disse. — Me deram uma dica incrível quando eu estava com os meus colegas. É a matéria do século. E fui eu que a escrevi. Passei a noite inteira na rua trabalhando nisso, e depois fui direto à redação para escrever o texto. É um furo gigantesco. Vai aparecer na CNN, na Fox News, na BBC... onde você imaginar. E agora dei uma passada em casa mas já vou ter que sair outra vez. Parece que vou conseguir o meu antigo trabalho de volta. Então foi muito bom.

Tomei um gole de café e estendi a mão em direção à carteira de cigarro.

— Jostein — ela repetiu.

Temi pelo pior. Tinha alguma coisa no tom daquela voz.

— O que foi? — eu disse.

— O Ole está entre a vida e a morte.

— O Ole? O que você quer dizer? O que foi que aconteceu?

— Ah, Jostein. Ele se deu um tiro.

— O Ole? Ele tentou se matar?

— Sim. Sim. Sim.

— Puta merda. Que imbecil — eu disse.

— Jostein — ela disse. — Venha me encontrar.

— Puta que pariu — eu disse. — Mas ele não conseguiu, é isso o que você está querendo dizer? Ele ainda está vivo?

— Acho que está. Mas eu não sei. Ele está sendo operado.

— Meu Deus — eu disse. — Por que você acha que ele fez uma coisa dessas?

Turid começou a chorar.

— Venha. A gente precisa de você aqui.

— Estou indo agora mesmo — eu disse. Eu quase disse que só ia terminar o café, mas felizmente não cheguei a dizer. Ela não teria entendido.

Mas eu precisava de um tempo. Precisava digerir a notícia.

Que imbecil do cacete. Como ele podia ter feito uma coisa daquelas com a mãe?

As pessoas não se matavam na nossa família.

As pessoas simplesmente não se matavam.

Todo mundo tinha que pôr tudo de lado. E ele era a única alegria na vida da mãe.

Será que Ole não tinha pensado em nada disso?

Será que só tinha pensado em si mesmo e nos problemas dele?

Se matar porque você não tem amigos.

Quanta fraqueza era necessária para chegar a esse ponto?

E quanto fracasso?

Por que ele não podia simplesmente cuidar da própria vida?

Em vez de ficar em casa se achando um coitado?

Porque o resultado era justamente aquilo que tinha acontecido.

Me levantei e andei pelo deque enquanto eu fumava.

Puta que pariu.

Que idiota!

Aquilo era de uma imbecilidade capaz de levar qualquer um às lágrimas.

Ahhhh!

Joguei o cigarro no chão, pisei em cima dele e dei a volta na casa. Eu tinha que pegar o carro de Turid, mas só Deus sabia onde estava a chave.

Por sorte ela a tinha deixado no lugar, em cima da mesa do corredor.

Será que eu precisava levar alguma coisa?

O cartão de crédito e a carta de motorista estavam no meu bolso.

Aquilo era tudo.

Tranquei a porta, fui até o carro e me sentei no banco do motorista. O carro estava um forno. O calor do assento queimou minhas coxas e me virei para ver se não havia nada que eu pudesse colocar em cima do estofamento. Mas de repente a onda preta voltou. Primeiro como um pressentimento, como se eu soubesse que aquilo ia acontecer mesmo antes que acontecesse. Fiquei com

566

medo porque logo aquela escuridão acabaria me engolindo por completo, e por um motivo insano ou outro eu coloquei a chave na ignição enquanto aquilo vinha na minha direção e dei a partida do carro, como se eu pudesse fugir.

A escuridão em mim começou a subir como o nível d'água numa garrafa, e tudo se tornou preto.

Não, tudo se transformou em nada.

Quanto tempo isso durou eu não saberia dizer. Talvez não tenha durado nada.

Mas de repente eu estava em outro lugar.

Eu o reconheci.

Tudo era escuro. Mas lá no fundo, à minha frente, havia um ponto de luz. E eu estava lá, no carro, com o motor ligado.

Dessa vez eu não voltaria atrás. Eu não queria voltar atrás.

Olhei ao redor.

Uma escuridão caiu às minhas costas.

Será que eu chegaria até lá?

Eu já estava lá, e então caí, e no fim tudo voltou a escurecer.

Não como se eu caísse através da escuridão, mas como se eu tivesse me transformado nela. Como se a escuridão fosse eu. Mas sem saber de nada disso a não ser mais tarde, quando eu já estava longe disso tudo, com os olhos abertos, e a princípio não sabia quem eu era, nem onde eu estava, mas simplesmente que eu existia.

Eu estava no chão. Acima de mim havia um céu cinzento, e o ar estava frio. Eu ouvia o som de água corrente num lugar qualquer, mas afora isso tudo estava quieto.

Eu mais ou menos esperava que alguém surgisse e tentasse me reanimar, como nas outras duas vezes. Mas eu estava totalmente sozinho.

Era porque eu tinha escolhido outro caminho, pensei enquanto me sentava.

Eu estava junto ao sopé de uma montanha na floresta. As árvores ao meu redor estavam desfolhadas, e os troncos cintilavam de umidade. A coisa macia e úmida que eu via era musgo.

Por um motivo ou outro, eu sentia uma sede terrível.

Me levantei, me apoiei contra o tronco de árvore mais próximo e olhei para o emaranhado de galhos escuros que tinha ao fundo o céu cinzento.

Aquilo não podia ser uma coisa dentro de mim, certo? Não podia ser que eu na verdade não estivesse no carro, e que tudo o que eu estava vendo se passasse apenas na minha cabeça?

A árvore era um carvalho, e com o tamanho e a opulência que tinha, podia tranquilamente somar mais de mil anos de idade. A casca era ao mesmo tempo irregular e lisa, firme e quebradiça.

Não, não havia nenhuma dúvida quanto ao fato de que eu realmente estava lá, ao lado daquela árvore, naquela floresta.

Olhei para o lugar de onde vinha o barulho de água corrente. Galhos brancos cintilavam em meio ao verde e ao cinza. As bétulas com frequência crescem perto de cursos d'água ou em terrenos alagadiços, pelo que eu lembrava da minha época de escoteiro.

E mais além havia outro córrego.

Mas que lugar era aquele, afinal de contas?

E o que eu estava fazendo lá?

Meu Deus.

Será que eu tinha morrido?

Será que eu tinha sofrido um ataque cardíaco no carro?

Essa ideia fazia um certo sentido. Que a minha alma tivesse estado naquela escuridão, e a seguir houvesse tomado outro rumo e chegado àquele lugar.

Olhei para o meu corpo.

Nesse caso, o que ele estaria fazendo por lá?

Com a barriga e tudo mais?

Puta merda, eram perguntas demais ao mesmo tempo.

Primeiro eu tinha que beber um pouco. Depois eu conseguiria pensar melhor.

Comecei a andar pelo chão macio da floresta, entre os grandes carvalhos e em meio a um trecho com árvores mais jovens, cujos troncos não podiam ser mais grossos que os meus braços, muito próximas umas das outras, com galhos finos e raquíticos que se vergavam para dar passagem ao meu corpo e logo voltavam ao lugar enquanto as copas tremiam e balançavam acima de mim enquanto eu avançava.

Como eu odiava a floresta!

Molhado, com frio e com uma sede do caralho, cheguei enfim ao arvoredo de bétulas. O murmúrio de água corrente era forte, como se houvesse um curso d'água muito próximo, mas não havia rio nenhum até onde a vista alcançava, e nem sequer um córrego.

Mesmo assim, eu ouvia o murmúrio.

Fechei os olhos. O barulho parecia vir de baixo. Será que havia um rio subterrâneo por lá?

Abri os olhos mais uma vez, me deitei e coloquei o ouvido contra o chão.

O barulho pareceu mais oco, como se a água corresse por um sistema de galerias logo abaixo de mim.

Comecei a seguir o curso do rio para ver se desaguava num lago próximo, ou se brotava de uma fonte ou de um olho-d'água.

Eu estava com frio, então acelerei o ritmo para esquentar um pouco o corpo.

Tudo estava quieto, não havia bichos nem o som de bichos, e tampouco pássaros. Somente árvores atrás de árvores, moitas atrás de moitas, arbustos atrás de arbustos, tudo imóvel em meio à neblina, que às vezes deslizava pelo ar como se fosse cega e estivesse tateando à frente.

Não havia nenhum sinal de atividade humana em lugar nenhum, nem mesmo uma tampa plástica ou uma casca de laranja ou sequer a marca de um calcanhar na terra ou no musgo.

Eu não era exatamente um índio, e a minha experiência como escoteiro tinha se limitado a umas poucas semanas durante um outono antes que eu me fartasse da hipocrisia do movimento, então podia ser que estivesse cheio de sinais ao meu redor, que eu no entanto não via.

Por outro lado, pensei enquanto esfregava as mãos contra os antebraços, porque estava frio demais para estar apenas com uma bermuda e uma camisa de verão, sem dúvida era possível notar quando um lugar estava vazio, não? Se havia ou não havia outras pessoas lá?

Me abaixei e arranquei um punhado de musgo do chão, espremi-o contra os lábios e tentei chupar a água que o umedecia sem colocar terra e musgo na boca. Havia o suficiente para umedecer a boca, mas a água veio com gosto de musgo, e senti as fibras de musgo contra a língua.

Cuspi aquilo e segui adiante.

À minha frente havia um carvalho.

Era o mesmo carvalho de antes, porra.

Eu tinha andado em círculo.

Parei, apoiei a mão no tronco enorme e olhei ao redor.

Eu tinha ido para aquela direção. Decidi experimentar outra.

Quando o terreno começou a descer, me ocorreu que aquilo parecia familiar. O sopé da montanha e o grande carvalho. Eu já tinha visto tudo aquilo.

Mas onde?

Me virei.

Era como um sonho. Quanto mais eu pensava naquilo, mais tudo se afastava de mim.

Continuei a descer a encosta e minutos depois cheguei a uma pequena clareira. De lá eu vi um morro, e reconheci esse morro.

Eu o via todos os dias na janela da cozinha.

Olhei ao redor e de repente todos os detalhes da paisagem fizeram sentido.

A nossa casa estava lá. A casa do vizinho, lá. A estrada passava lá.

Mas só havia floresta e árvores por toda parte.

Onde estavam as casas?

Será que eu tinha chegado a um outro tempo? Antes que tudo fosse construído?

Não seja idiota.

Mas o que mais poderia ser?

Eu estava mais ou menos no ponto exato onde o carro ficava. Não havia dúvida quanto a isso.

Será mesmo?

Senti minha garganta queimar como eu nunca tinha sentido antes. A sede estava acabando comigo, então me apressei em atravessar o loteamento, que na verdade não era um loteamento, mas apenas uma floresta. Eu estava com ainda mais frio. Não haveria como passar a noite naquela temperatura usando as roupas que eu tinha: quanto a isso não havia dúvida. *Devia haver* gente por ali. E onde havia pessoas havia calor. Eu podia arrombar uma cabana, se houvesse coisa parecida por lá, ou então bater na casa de uma propriedade ou simplesmente continuar andando até chegar a um vilarejo ou cidade.

Mais uma vez escutei o murmúrio. Aqui e acolá não passava de um sussurro, mas em certos pontos parecia um ronco, e imaginei que a água devia correr por uma grande região subterrânea.

Olhei para o céu cinzento. Era o mesmo céu que eu via desde sempre. A luz indicava que era perto de meio-dia, e provavelmente, a julgar pela temperatura, aquilo devia ser o fim do outono.

Que *merda* era aquela?

Se ao menos a escuridão voltasse, pensei. Assim eu poderia acordar longe de tudo aquilo e voltar a ser eu mesmo, no carro.

Mas não havia mais nada a fazer além de seguir em frente e torcer para que as coisas acontecessem.

A floresta se adensou mais uma vez. Parecia mais antiga naquele ponto, os troncos e as partes mais baixas dos galhos de muitas árvores estavam podres e cobertos de musgo. Bem ao lado cresciam árvores mais jovens, esbeltas e perfeitamente verticais, que se elevavam a talvez vinte metros de altura, e ao lado dessas havia pinheiros tão próximos uns dos outros que chegavam a emaranhar os galhos e davam a impressão de ser uma única árvore gigante.

Parei ao lado de uma bétula, baixei a cabeça e lambi a casca lisa. Aquilo me fez sentir ainda mais sede. Minha garganta estava seca como uma lixa, mas isso nem era o pior: o pior mesmo era a vontade, o anseio do corpo inteiro por uma coisa que eu não podia oferecer.

Eu parecia estar vagando num deserto, pensei sob o sol escaldante. Era bem irônico, porque tudo ao meu redor estava úmido: o ar, as árvores, os gravetos no chão.

Enquanto andava num longo arco ao redor dos pinheiros eu já não ouvia mais o som do rio subterrâneo. Mas na parte de trás do arvoredo a floresta se abria em um sulco desprovido de árvores, e lá, marrom e tranquilo, corria um pequeno rio.

Devia ter cerca de um metro de profundidade, e a areia do leito brilhava através da água cor de terra. Me ajoelhei junto à margem e senti meus joelhos afundarem na terra, mas por que eu me importaria com aquilo quando tinha as mãos cheias de água fresca, que no instante seguinte escorria pelo meu pescoço?

Lambi e tomei aquilo tudo como se eu fosse um cachorro.

Depois me sentei no chão e apoiei as costas contra uma bétula solitária que crescia na margem do rio. O tronco estava totalmente enegrecido, e o branco da casca surgia apenas a uns cinco metros de altura.

A água do rio era tão fria que foi como se aquele frio se espalhasse não somente a partir da minha garganta e do meu peito, mas também da minha boca e da minha cabeça. Mas era um frio diferente daquele que havia no ar. Aquele frio era agradável e parecia deslizar por cima de tudo, cobrindo tudo. E outras coisas em mim tornaram-se mais claras. O coração, que batia de forma tão simples e tão bela. O sangue, que corria por todas as partes do corpo. Sim, o sangue que corria, o coração que batia, e os sentimentos, igualmente simples e belos, que se espalhavam de maneira distinta do sangue, porque se moviam como a sombra no chão quando o sol esconde-se atrás de uma nuvem e de repente avança, primeiro de uma forma, essa era a alegria, e logo de outra forma, essa era a tristeza. Tudo enquanto o coração batia e batia. E as árvores cresciam, a água corria, a lua brilhava e o sol ardia. O coração e o sangue. A alegria e a tristeza. As árvores e a água. Simples e belas. Simples e belas.

— Como é bonito o jeito como você bate — eu disse.

O som da minha própria voz na floresta silenciosa foi um abalo, e então me pus de pé.

Que lugar era aquele, afinal de contas?

Meus joelhos estavam molhados e sujos de terra.

E no lodo à margem do rio havia rastros. Primeiro eram pegadas, depois marcas de joelhos.

Seria eu mesmo quem tinha feito aquilo?

Devia ser. Não havia mais ninguém.

Será que eu morava lá?

Na floresta?

Ou será que eu estava simplesmente fazendo um passeio?

E quem era eu?

Por acaso eu não sabia?

— Oi, o meu nome é... — e eu esperava que um nome viesse a seguir. Mas não foi o que aconteceu.

Quem eu era então, quando eu não sabia quem eu era?

Um ninguém? Um alguém?

Eu precisava apenas de um fragmento de qualquer coisa conhecida para que tudo voltasse a fazer sentido.

Comecei a caminhar em busca de coisas familiares para ver se eu farejava alguma coisa. Passei por um grupo denso de pinheiros, entrei numa floresta de árvores tombadas e meio apodrecidas e de samambaias que se roçavam contra as minhas pernas.

De um lugar próximo vinha o som de um rio. Não um som tranquilo, como eu ouvira ainda há pouco: aquele era um som forte e intenso. Devia correr logo atrás do monte.

Mas, quando cheguei ao topo, não havia rio nenhum.

Apenas o som.

Seria um rio fantasma?

Que bobagem, pensei, e então desci até o lugar onde o rio dava a *impressão* de correr, pressionei o ouvido contra o chão e, quando o barulho se tornou mais alto, compreendi que era um rio subterrâneo.

Imaginei um túnel, como que uma gruta lá embaixo, com as paredes levemente fosforescentes. Peixes com olhos atrofiados, sapos cegos e arminhos capazes de enxergar no escuro que sabiam como chegar lá para se empanturrar.

Eu sabia o que eram peixes, sapos e arminhos.

Será que eu sabia outras coisas?

Eu sabia o que era o frio, e sabia o que era a chuva. Eu conhecia as árvores e o musgo, e também os urzais e os morros e o céu.

Mas além disso não havia nada?

Havia outras coisas, mas era como se estivessem por trás de uma parede lisa. Eu sabia que estavam lá, mas não conseguia alcançá-las.

Um firmamento de ideias preciosas.

Eu sabia o que era um firmamento, e também ideias.

Alguma coisa me dizia para seguir adiante, então avancei pela floresta, que aos poucos começava a subir. As árvores por lá eram grandes, impediam a passagem de toda a luz, e em razão disso o chão da floresta não tinha plantas. Olhei entre os galhos para o céu acinzentado enquanto caminhava. Como leite no entardecer, pensei por um motivo ou outro, imaginando um copo de leite numa cozinha onde toda a luz vinha de fora. O copo estava em cima de uma mesa da Respatex com padrões de mármore e pernas de metal, junto à qual havia quatro bancos também com pernas de metal e estofamento azul-claro. Na mesa também havia dois pratos marrons, que estavam vazios a não ser por farelos de pão, e por outro copo, vazio mas com uma mancha de leite na borda.

Aquilo era o fragmento de uma outra coisa, mas não o que eu precisava, porque tudo parou nesse ponto.

Quem tinha bebido dos copos e comido dos pratos? Quando?

E onde?

Todo aquele silêncio era estranho. Não havia pássaros, e não se ouviam nem mesmo o crocitar rouco das gralhas. Além disso, não havia vento.

À minha frente, em meio às árvores, porém muito distante, erguia-se o sopé de uma montanha que brilhava em meio à neblina.

Havia alguém por lá!

De costas para a montanha, com os braços estendidos nas laterais do corpo.

— Ei! — eu gritei, me aproximando dele o mais depressa que podia.

Porque era um homem. Um rapaz, pude ver ao chegar mais perto.

Eu já o tinha visto antes.

Ele tinha alguma coisa a ver comigo.

Cabelos curtos, um rosto arredondado que ainda parecia imaturo e pele pálida. Olhos estranhamente brilhantes.

O rapaz tornou a olhar para mim quando parei na frente dele.

— Pai? O que você está fazendo aqui? — ele perguntou.

Era o meu filho.

Eu tinha um filho.

— Não sei — eu disse.

— Você morreu? — ele me perguntou.

— Se morri? — eu perguntei. — Claro que não. Eu simplesmente...

Ele olhou para o chão, como se de repente tivesse perdido o interesse em mim.

— Eu simplesmente não me lembro de nada — eu disse. — Nada mesmo. Será que você pode me ajudar?

Notei que ele tinha uma coisa na mão. Parecia um coelhinho de pano.

Era um coelhinho de pano.

Ele o abraçou e tornou a olhar para mim. As feições do seu rosto pareciam borradas. Não, mutáveis. As feições do rosto dele transformaram-se diante dos meus olhos. E ao mesmo tempo era ele o tempo inteiro.

— Não — ele disse. — Eu não posso te ajudar.

— E eu, posso te ajudar? — perguntei.

Ele balançou a cabeça.

— Agora já não pode mais — ele respondeu, e então se levantou e começou a descer.

— Para onde você está indo? — eu perguntei.

— Não me siga — ele disse.

Ele se movimentava com uma velocidade impressionante por entre as árvores e parecia quase flutuar acima do chão.

— Espere! — eu gritei, correndo atrás dele. Porém mesmo que eu corresse a distância entre nós só fazia aumentar, e logo ele havia desaparecido. Segui na mesma direção sem nem ao menos saber para onde ele tinha ido, mas aquilo era tudo que eu tinha a que me apegar.

O terreno aos poucos tornou-se mais plano, a distância entre as árvores tornou-se maior e passado um tempo eu saí da floresta e me vi diante de um grande urzal.

O urzal era avermelhado com pontos amarelos, e parecia estender-se por quilômetros à frente. A coloração vermelha vinha da urze. Os pontos amarelos deviam ser pântanos. E aqui e acolá havia pequenas moitas e arbustos.

Mais ao longe percebi um vulto. Devia ser ele. Comecei a correr para alcançá-lo.

Além do urzal, erguia-se sob o céu cada vez mais ensombrecido uma montanha cinza-escura.

Será que era para lá que ele estava indo?

Ele parou e se virou, percebeu que eu o seguia e por um instante deu a impressão de parar a fim de esperar por mim.

— Filho! — eu gritei. — Espere!

Mas ele continuou, como que esvoaçando para longe.

Depois parou outra vez.

À minha frente surgiu uma muralha de espinheiros. Parei, mesmo que eu não quisesse.

Eu não podia derramar sangue naquele lugar.

Eu sabia disso assim como sabia que precisava alcançá-lo.

O meu filho.

Eu tinha um filho.

Eu me lembrava de uma cozinha.

Eu estava lá.

Isso era tudo.

Eu não sabia nem mesmo o nome dele.

Mas ele olhou para mim.

— Venha! — eu gritei.

Com passos hesitantes ele começou a andar na minha direção.

Os olhos brilhavam como dois faróis.

— Eu não me lembro de nada — eu disse quando ele parou do outro lado dos espinheiros, a menos de dois metros de mim. — Eu não me lembro nem mesmo do seu nome!

O rosto dele parecia mais velho do que na última vez em que eu o tinha visto. Mas, enquanto eu o observava, seu rosto adquiriu de maneira imperceptível uma nova forma, e de repente ele parecia um homem de sessenta anos sem que as feições houvessem mudado.

Senti uma profunda ternura por ele. Ansiei por passar a mão naquele rosto, acariciá-lo, abraçá-lo e estreitar o corpo dele contra o meu.

— Eu só quero te ajudar — eu disse.

— Eu não preciso de ajuda — ele respondeu.

— Mas eu preciso saber o que estamos fazendo aqui — eu disse. — E quem eu sou. Você sabe? Ou você também se esqueceu de tudo?

— Eu não sei o que você está fazendo aqui — ele disse. — Mas eu preciso continuar.

— Acho que eu estou aqui para buscar você — eu disse.

— Pode ser — ele respondeu. — Mas eu não quero que me busquem.

Em seguida ele deu meia-volta e voltou a se afastar.

— Então eu vou acompanhar você — eu gritei.

Ele não respondeu, e o vulto tornou-se cada vez menor. Logo ele tinha desaparecido por completo.

O que eu devia fazer?

Para onde eu devia ir?

Havia um elemento familiar nas montanhas para onde ele se dirigia. Naquela forma.

Talvez eu morasse lá e as visse todos os dias.

Será que eu morava junto com Meu Filho?

E com a mãe dele, talvez? Será que eu tinha uma esposa?

Fechei os olhos e tentei pensar na minha esposa. Nenhum rosto surgiu nos meus pensamentos, nem mesmo quando tentei imaginar Meu Filho, para assim evocar a imagem da Esposa.

Eu sentia minha alma cansada. E também estava com frio e com fome. A escuridão caía depressa, mais depressa do que eu estava acostumado, e logo eu precisaria encontrar um abrigo onde passar a noite. O único lugar que eu conhecia por lá era o ponto onde eu o havia encontrado. Talvez ele também quisesse voltar para lá. Pelo menos essa chance era maior do que a chance de encontrá-lo por acaso em outro lugar, pensei, e então comecei a voltar.

Havia uma fenda consideravelmente profunda no ponto onde acabava o sopé da montanha do Meu Filho, a encosta baixava de repente para se erguer mais uma vez do outro lado, e na parte de cima haviam colocado troncos, que estavam cobertos por gravetos, de maneira a formar uma espécie de telhado. Logo abaixo do telhado haviam feito uma fogueira, um círculo de pedras dentro do qual havia cinzas e lenha carbonizada. Ao examinar melhor aquilo tudo encontrei diversos ossinhos, como os de uma galinha ou de um coelho, brancos e lisos, sem nenhuma carne e nenhum tendão. No paredão da montanha havia umas achas finas e uns pedaços de galhos secos. Então alguém devia usar aquele lugar com certa regularidade.

Me sentei com as costas apoiadas no paredão.

Eu tinha um pressentimento de que não era o Meu Filho, mas outra pessoa que tinha acendido aquela fogueira.

Peguei três achas e as apoiei umas nas outras, arranquei um pouco de casca de uma delas, quebrei e esfarelei os galhos em pedaços menores e os coloquei na parte de baixo e sem dar por mim bati nos seis bolsos da minha bermuda e depois no bolso da camisa, onde eu tinha um isqueiro e uma carteira de cigarro.

Depois fumei.

Um Prince Mild.

Vi um campo seco onde o sol brilhava e me vi baixar a cabeça e proteger o isqueiro com a mão, pois estava ventando, e depois vi duas meninas uma ao lado da outra, as duas usavam galochas e macacões com blusões de lã bem largos por baixo, uma delas tinha os cabelos presos em tranças e terra nas mãos.

Isso foi tudo.

Também não consegui farejar nada ali.

O rastro havia chegado ao fim.

Será que a menina com terra nas mãos podia ser a Minha Esposa?

Consegui atear fogo na casca e nos galhos esfarelados, que no mesmo instante começaram a queimar. Só depois que o fogo cresceu e passou a comer a escuridão pensei que estar visível talvez fosse perigoso.

Havia outras pessoas por lá. Alguém tinha construído a cabana e preparado a fogueira.

Mas eu precisava de calor.

Eu poderia me virar sem comida até o dia seguinte, mas não sem calor.

No dia seguinte eu precisaria encontrar o Meu Filho. Ele estava passando por necessidade, eu sabia disso, e eu tinha que ajudá-lo: disso eu também sabia. Eu só não sabia com o quê, nem como. Mas ele devia saber. Além do mais, ele sabia quem eu era. Eu estava lá por causa do Meu Filho.

Eu não precisava saber mais do que isso, pensei enquanto olhava para o fogo, para as chamas que se erguiam e tornavam a baixar, para o jogo de cores que ia do laranja ao amarelo, e que no interior mantinha o tempo inteiro um tom azulado e fantasmagórico.

A lenha chiava e crepitava, e de vez em quando soltava um estalo ou até mesmo uma pequena explosão.

Comecei a cochilar. Antes que o sono me vencesse, me ocorreu que talvez outras imagens surgissem, porque era o que costumavam fazer, não?

Ouvi um farfalhar em um lugar próximo. Levei um susto e olhei para cima. Com certeza havia um bicho descendo rumo ao chão da floresta, pensei, e então estendi a mão e peguei mais uma acha, que coloquei na fogueira.

Fui tomado por um sentimento de estar sendo vigiado.

Talvez porque eu estivesse muito visível naquela luz e não conseguisse ver nada na escuridão.

Mas o melhor seria agir como se não tivesse nada acontecendo.

Minutos depois, com o olhar perdido nas chamas, eu tinha esquecido por completo daquele sentimento quando ouvi uma voz.

— Quem é você?

Me levantei e olhei para a escuridão.

— Relaxe — a voz disse, rindo. — Eu não mordo!

Era uma mulher. Ela devia ter passado um bom tempo me estudando.

— Quem é *você?* — eu perguntei. — Chegue mais perto para que eu possa te ver.

Sem fazer nenhum som ela se aproximou da fogueira. Era pequena e parecia estar na casa dos setenta anos, e tinha as costas levemente encurvadas, o rosto enrugado e a pele queimada, como as mulheres mais velhas aparecem em fotografias antigas. Ela sorria, porém apenas com a boca: os olhos azul-claros permaneciam frios e impassíveis.

— Eu nunca vi você por aqui antes — ela disse. — Quando foi que você chegou?

— Não sei — eu respondi.

— E quem é você?

Balancei a cabeça e estendi os braços.

— Você bebeu do Lete? — ela perguntou.

— O que é Lete? — eu perguntei.

— Um rio — ela disse.

— Eu bebi a água de um rio hoje mais cedo, sim — eu disse, me sentando. — Mas não sei qual era o nome dele.

— Era o Lete — disse ela. — Por isso você não se lembra de nada.

— E quem é você? — eu perguntei.

— Por que você quer saber? — ela perguntou, afastando o cabelo para o lado com uma das mãos, um gesto que devia ter guardado da época em que era moça.

— Talvez você também não saiba? — eu disse.

Ela segurou uma risada e olhou para uma laje de pedra.

— Claro que sei — ela disse. — Mas talvez não importe.

— Você me perguntou, não?

— Porque eu nunca tinha visto você antes.

— Eu também nunca tinha visto você antes — eu disse.

— Você tem razão — ela disse, sorrindo. — Mas não foi o seu nome que me deixou curiosa. Foi o que você fez aqui. Eu queria saber por que você acendeu a fogueira.

— Porque estou com frio, claro — eu respondi.

— O frio não tem nenhuma importância — ela disse. — Não esqueça que você está morto. Ninguém morre duas vezes.

Olhei para ela. O rosto tinha uma expressão séria. Não percebi nenhuma ironia.

— Como assim? — eu perguntei.

— Você é um Negacionista? — ela perguntou.

— Do que você está falando?

— Você nega que esteja morto.

— Isso é absurdo — respondi. — Estou com frio, estou com fome, estou cansado e tenho um corpo, e além disso tenho comigo uma carteira de cigarros. Não acho que os mortos em geral possam dizer a mesma coisa.

— Bem, não importa muito — ela disse. — Ninguém jamais teve uma conversa sensata com um Negacionista. Simplesmente não há como.

A mulher se levantou para ir embora.

— Tudo bem — eu disse. — Vamos supor que eu esteja morto. Você também está morta?

— Claro — ela respondeu, sumindo na escuridão.

— Espere! — eu chamei.

Não houve resposta.

Me levantei e a segui. A escuridão era tanta que eu mal conseguia ver um palmo à minha frente.

— Espere! — eu gritei mais uma vez, e então me calei para ver se eu escutava os passos dela.

Mas tudo continuou em silêncio.

Ela devia enxergar tão mal quanto eu naquela escuridão toda. Se fosse esse o caso, devia estar nas redondezas. Seria melhor procurá-la quando a luz voltasse, pensei, e então retornei à fogueira.

Será que eu estava morto?

Não faria nenhum sentido.

Mas se eu estivesse vivo, que lugar era aquele? E como eu tinha ido parar lá?

Será que eu podia ter me envolvido num acidente e perdido a memória? Simplesmente vagado em direção à floresta?

Será que o Meu Filho estava comigo no acidente?

Eu precisava encontrar aquela mulher no dia seguinte, pensei enquanto me deitava de lado, perto da fogueira, e fechava os olhos.

Acordei com o raiar do dia. Estava chovendo, e mesmo que o teto sob o qual eu me abrigava fosse impermeável, eu tremia de frio. Me sentei, esfreguei as mãos nos braços e olhei para a floresta úmida e nebulosa enquanto tentava me lembrar do sonho que eu tivera. Eu estava andando de bicicleta com um amigo, ele tinha doze anos e eu também. À nossa frente, nos raios de sol entre as árvores, surgiu um enorme navio. Era um navio-tanque ancorado. Vimos dois homens jogando tênis no alto do convés, porém no mais o navio parecia estar vazio. Os cabos usados na amarração do navio tinham quase a grossura do nosso corpo.

Isso foi tudo. Mas aquilo me deu esperança, porque naquela altura eu dispunha de três sequências do passado: a cozinha, as meninas no campo e o passeio de bicicleta com o meu amigo, e se as coisas seguissem nesse ritmo por mais uns dias, logo eu poderia ter um panorama do meu passado, e também de quem eu era.

Além disso, o Meu Filho estava lá. E eu reconhecia as montanhas do outro lado da planície.

Mas o Meu Filho era a chave.

Eu tinha que encontrá-lo e ajudá-lo.

Comecei a andar em direção à orla da floresta. O plano era seguir todo o caminho até o Urzal e torcer para que aquele caminho revelasse para onde ir assim que eu chegasse ao fim. Também era possível que eu me lembrasse de mais coisas ao longo do caminho, e assim eu saberia ou pelo menos intuiria onde continuar minha busca.

Tudo ao meu redor gotejava e escorria. A névoa estava tão baixa e tão densa que em certos pontos eu não enxergava sequer as copas das árvores.

No pé da encosta por onde eu segui, talvez uns trinta metros abaixo, havia o leito de um córrego que eu não tinha percebido no dia anterior. Ao longo das margens cresciam abetos de troncos cinzentos com uma confusão de galhos finos e nus que pareciam trançados na parte mais baixa, e galhos verdes e pesados no alto da copa.

Parei de repente.

Havia um vulto lá dentro?

Devia ser.

Divisei um rosto pálido e chato e uma parte mais escura que devia ser um corpo.

Meu coração bateu mais forte, e sem pensar em nada eu tirei a carteira de cigarro do bolso e acendi um cigarro.

O vulto não se mexeu lá dentro.

Será que estava morto?

A fumaça que exalei passou um tempo à minha frente antes de se dissipar.

Dei uma tragada tão funda que o filtro chegou a esquentar.

Nenhum morto fumava.

Aquela senhora tinha tentado me enganar.

Larguei o cigarro no chão e pisei em cima dele. Comecei a descer rumo aos abetos, devagar e com cuidado para não assustar o vulto. Mas nem quando parei em frente aos galhos e pude ver seu rosto claro e nítido à minha frente o vulto se mexeu.

Os olhos estavam abertos, e mesmo que houvesse vida neles, eram olhos que brilhavam com uma luz estranha, meio como a luz nos olhos do Meu Filho. Como se uma pequena chama ardesse lá dentro.

— Olá — eu disse a meia-voz, agachado.

O vulto olhou para mim. Mas olhou para mim como se fosse cego. A boca estava aberta. O olhar não se fixou em mim. Ele tinha uns poucos tufos de cabelo na cabeça. Como se alguém houvesse arrancado o resto. Era um homem, ou o que havia restado de um homem.

— Olá — ele disse, com a voz trêmula de um velho.

Senti um gelo no peito, me levantei de repente e dei um passo para trás. Olhei ao meu redor. Não havia mais ninguém por lá.

— Quem é você? — eu perguntei.

— Eu... não... sei... — ele respondeu, estendendo a mão devagar em direção a mim, como se quisesse me tocar e não soubesse que eu estava a dois metros de distância.

— Que lugar é esse? — eu perguntei.

O homem baixou o braço com a mesma lentidão de antes e virou o rosto para o outro lado. Não consegui entender a aparência dele, os traços do rosto pareciam ser impossíveis de fixar. Somente os olhos pareciam nítidos enquanto brilhavam cegos no escuro sob a copa da árvore.

— Eu... não... sei... — ele repetiu.

— Você está falando com os Mortos? — perguntou uma voz atrás de mim. — Se estiver, você é mais burro do que parece.

Era a senhora, que chegou andando pela encosta cheia de energia.

Senti um aperto no coração ao vê-la.

Afinal eu não gostava daquela mulher, pensei.

Eu devia ter ido direto para o Urzal, sem fazer aquela parada.

Ela parou a poucos metros de mim.

— Eles não se lembram de nada. Não sabem de nada. Simplesmente vagam por aqui.

— Eu também não me lembro de nada — eu disse.

— Mas você pensa. Você é um Negacionista, mas não um Morto.

— Mas você não tinha dito ontem que eu estava morto?

— Tinha. Você está morto. Mas você não é um Morto. O que foi que você disse para ele?

— Eu perguntei quem ele era. E que lugar era esse.

O Morto tinha virado a cabeça em nossa direção, ou pelo menos na direção de onde as vozes chegavam. Com a boca aberta, deu a impressão de nos escutar.

— Ele nos ouve, não? — eu perguntei.

— Ouve, sim — ela respondeu. — Mas o coitado não entende muita coisa.

Ela se aproximou dele, afastou os galhos para o lado, pegou um dos tufos de cabelo e o puxou.

— Levante — ela disse. — Levante, vamos!

Confuso, o Morto virou a cabeça enquanto ela o segurava, e ao mesmo tempo se levantou. Quando já estava de pé, a mulher o empurrou. Ele deu uns passos trôpegos à frente e então recuperou o equilíbrio e continuou andando para longe e desapareceu entre as árvores.

A mulher sorriu.

— Eles são inofensivos — ela disse.

— Quem são eles? Quem é ele? — eu perguntei.

— Não tenho a menor ideia — ela disse, afastando o cabelo para o lado com o mesmo gesto coquete que havia usado na noite anterior.

E então, quando ela baixou a cabeça e eu a vi de perfil, eu a reconheci.

Eu já a tinha visto antes. Muitas vezes.

Mas quem era ela?

Mais atrás, três homens surgiram no alto da encosta. Não eram Mortos: eram como a mulher. Eles pararam no topo e olharam para nós.

A mulher percebeu que eu tinha os olhos fixos naquele ponto e se virou.

Os homens desceram.

Pela reação dela, entendi que não eram perigosos, mas assim mesmo comecei a andar em direção ao Urzal.

— Para onde você vai? — ela perguntou.

— Encontrar o Meu Filho — eu disse.

— Você tem um filho aqui? — ela perguntou.

Não respondi. A mulher veio até o meu lado.

— Como você se lembra disso? — ela quis saber.

— Eu o vi ontem — eu disse. — E agora eu quero encontrá-lo. Adeus.

Ela ficou parada. Eu continuei. Somente quando saí da floresta minutos depois eu olhei para trás.

Ninguém havia me seguido.

Avancei pela orla da floresta enquanto mantinha-me atento a qualquer movimento no Urzal, que se estendia imenso mais além. Um ou outro pássaro surgia no céu mais acima, planando como um pontinho escuro nas profundezas do cinza.

Era um alívio estar sozinho, e era um alívio estar a caminho. Eu ainda tinha frio e a fome roía minha barriga, mas alguma coisa devia ter acontecido, porque de certa forma era como se aquilo não dissesse respeito a mim. E eu não parecia enfraquecido pela falta de comida, na verdade era como se eu estivesse no ápice das minhas forças enquanto avançava.

Passado um tempo comecei a parar e a olhar para trás; era um impulso que eu não podia controlar. Eu fazia isso a intervalos cada vez menores. Mesmo que eu dissesse para mim que precisava continuar em frente, no instante seguinte eu virava o rosto e olhava para trás.

A sensação de que havia alguma coisa errada crescia dentro de mim praticamente a cada passo. A ideia não era sair daquele lugar, porque eu sabia que era lá que eu devia estar, e essa certeza me dilacerava. Ao mesmo tempo, a certeza de que o Meu Filho tinha seguido por aquele caminho e a necessidade de encontrá-lo eram igualmente fortes.

Era como se dois ímãs me atraíssem. Ou melhor, não, era como se um ímã me atraísse enquanto eu fazia um esforço para me deslocar no outro sentido. Se fosse assim, pensei, aquilo se tornaria cada vez mais fácil, porque a força de atração seria cada vez menor à medida que eu me afastasse da Minha Casa, até que por fim deixasse de existir.

Passado um tempo, o Urzal se transformou: já não era mais um cenário de urze e espinheiros, mas um terreno alagadiço e amarelado, com poças e acúmulos d'água que reluziam aqui e acolá. Quando pequenas colinas e morros baixos começaram a surgir, e o chão se recobriu de grama, deixei a orla da floresta e comecei a atravessar a planície. Logo descobri uma coisa que parecia uma torre ao longe. Eram três, e decidi tomar aquele rumo.

Quando me aproximei, vi no ar um cinturão de fumaça que se estendia de

584

uma ponta à outra do Urzal. Aquilo me deixou perturbado, e a necessidade de voltar para a Minha Casa pareceu forte o suficiente para deter meus passos.

À minha frente, na grama alta, havia uma coisa vermelha.

Fui até lá. Era um pequeno amontoado de roupas com uma camisa vermelha no alto. Camisetas, roupas de baixo, blusões, calças. Ao lado, quase escondidos pela grama, havia diversos pares de sapatos e chinelos.

Me abaixei e encontrei uma carteira marrom, que estava aberta, com abas estendidas, e quando a virei descobri uma tira de fotos de cabine fotográfica com duas meninas que deviam ter catorze ou quinze anos. Mais atrás estava a fotografia de um menino da mesma idade, claramente recortada de uma fotografia maior. Duas notas de cinquenta coroas estavam lá, e também moedas e um cartão de ônibus.

Me levantei e olhei para longe.

Ao longo de todo o caminho até as Torres havia roupas jogadas em cima da grama, e a quantidade de roupas aumentava à medida que eu chegava perto, junto com a quantidade de sapatos, óculos, carteiras e bolsas.

Logo entendi que aquilo não era fumaça, mas vapor. E parecia vir de um rio que atravessava o Urzal.

As Torres erguiam-se do outro lado, percebi quando cheguei ao talude em frente ao rio. Formavam um triângulo, e estavam a uma distância de cerca de trinta metros umas das outras. Duas rampas largas que pareciam ser feitas de madeira subiam desde a parte de baixo, e a partir das rampas as torres erguiam-se vinte metros para cima, finas e esbeltas, feitas de uma espécie de tela metálica, pelo que pude ver.

A grama ao redor estava pisoteada em uma área considerável, de pelo menos cem metros de circunferência. Havia pilhas de roupas com a altura de pessoas por toda parte.

O que podia ter se passado naquele lugar?

Parecia um local de encontro para milhares de pessoas.

E as Torres? Seriam como igrejas? Um símbolo de alguma coisa?

Ergui o olhar. O sol parecia uma mancha amarelo-pálida sob o fundo cinza do céu.

Lá no alto, um grande pássaro planava em grandes e vagarosos círculos.

Não gostei daquilo, havia um elemento levemente ameaçador naquela visão, inclusive porque eu devia estar muito exposto naquele lugar, como a única silhueta visível numa região de quilômetros.

Fui até o talude e olhei para a margem do rio, me abaixei e coloquei a mão na água. Estava quase fervendo.

Ninguém poderia atravessar o rio sem se escaldar.

Olhei para as torres.

Quem as havia construído?

E para que tinham servido?

Deixei meu olhar correr pelo céu, em busca do pássaro. Mas o céu estava branco e vazio.

Uma nova imagem libertou-se do firmamento das lembranças: eu subia por uma antena cinza de metal, o ar estava frio, o céu tinha uma cor cinzenta e o sol brilhava. Abaixo de mim havia neve espalhada aqui e acolá. Eu estava cansado. Aquele era o outono em que eu tinha completado treze anos. Era Páscoa! Longos dias de preguiça. Lá embaixo, Gaute me esperava com os cabelos cacheados e o sorriso maroto.

Devia ser uma antena de rádio, pensei, olhando para o topo da torre, que acabava numa longa haste metálica.

Desde que havia perdido a memória eu não recebera tantas informações ao mesmo tempo.

Por que o Meu Filho não tinha dito como se chamava, nem quem eu era?

Fui tomado por um sentimento de tristeza ao pensar nisso.

Ele não queria nada comigo.

Será que eu tinha feito alguma coisa para ele?

O que podia ser?

Afinal, ele era o Meu Filho.

Ele disse que tinha que voltar. Mas para onde?

Podia ser qualquer lugar.

Voltei para a Minha Casa à tarde. Foi um sentimento bom, mesmo que eu sentisse falta do Meu Filho. Me sentei de costas para a montanha e olhei para a floresta, sem fixar o olhar em nada específico, mas foi um sentimento bom. Quando escureceu, tornei a acender a fogueira.

Era como se o corpo e a fome crescessem juntos, mais ou menos como um barco incha, pensei, o corpo incha com a fome assim como a madeira incha com a água.

Como na tarde anterior, cochilei ao pé da fogueira, e como na tarde anterior de repente ouvi um farfalhar repentino em um local próximo.

— É você, senhora? — perguntei.

Sem nenhuma palavra ela se aproximou da luz e sentou-se.

Não olhei para ela; em vez disso estendi o braço para trás, peguei uma acha de lenha e a coloquei na fogueira.

— Você encontrou o seu filho? — ela perguntou.

Balancei a cabeça.

— Até onde você foi?

— Até o rio do Urzal — eu disse.

— Você não o atravessou?

— Não, não.

— Tem uma balsa por lá. Você não viu?

— Não.

— Não no Urzal, mas no interior da floresta.

Senti que a mulher tinha os olhos fixos em mim.

— O que tem do outro lado? — eu perguntei sem olhar para ela.

— O mesmo que deste — ela disse. — Floresta e água.

— Então por que ele queria ir para lá?

— Lá existe uma ponte.

— E?

— E ele queria chegar ao outro lado da ponte. Era tudo o que ele queria.

— Que lugar é aquele? — eu perguntei.

— O país dos mortos.

— Você não disse que o país dos mortos era aqui?

A mulher balançou a cabeça.

— Esse é o país dos que não são.

Fez-se silêncio.

E então, como que surgido a partir do nada, um som profundo e enorme se ergueu da floresta. O som rasgou o céu como um trovão, mas não era um trovão, era um som constante que preencheu todo o panorama ao redor.

Me levantei e estava decidido a voltar para o Urzal, porque era isso que aquele som me dizia para fazer, porém a Senhora pegou o meu braço e me puxou para baixo.

— Não dê ouvidos a isso — ela suplicou. — Fique aqui.

Me desvencilhei e olhei para a escuridão. Era como se aquele som pusesse todo o restante de lado. Dentro de mim só havia espaço para aquilo. Era muito bonito, e eu não queria que acabasse. E eu queria me sujeitar àquilo. Tornar-me parte daquilo.

Então fui até o Urzal, como o som pedia que eu fizesse.

Quando cheguei ao córrego o som parou.

A cessação daquilo fez com que eu sentisse um aperto no coração.

Parei.

Por toda parte ao meu redor ouviam-se farfalhares e sussurros.

Eram os Mortos. Mas não apenas um ou dois: eles deslizavam por entre as árvores por toda parte, como pessoas num sonho. Usavam roupas escuras, tinham rostos e mãos brancas e cintilavam no escuro. E os olhos, os olhos reluziam.

Um deles passou ao meu lado. Ele sussurrou, mas não foi para mim, porque a atenção dele não parecia estar fixada em mim. Ele sussurrou para si mesmo.

O som enorme recomeçou.

Aquilo me preencheu por completo.

Ah, como era bonito.

Eu continuei.

Se eu pudesse ser como aquilo, ser uma parte daquilo, eu nunca mais desejaria nada.

— Jostein! — uma voz chamou às minhas costas.

Jostein?

Era eu.

Eu era Jostein.

Me virei.

A Senhora desceu a encosta e veio ao meu encontro.

— Jostein, não vá para lá! — ela gritou. — Volte!

Ela parou à minha frente e pegou o meu braço.

— Venha. Temos que voltar.

— Mas é muito bonito — eu disse. — Você não ouve?

A mulher balançou a cabeça.

— Como você sabe o meu nome? — eu perguntei. — Eu conheço você, não?

Eu era Jostein.

Foi como se o nome tensionasse o som, como se houvesse se colocado entre mim e o som, que já não me preenchia mais por completo.

A mulher puxou o meu braço e eu a acompanhei até a Minha Casa.

Por muito tempo o som preencheu todo o panorama ao nosso redor com aquela reverberação triste e poderosa. Eu não disse nada, era como se eu estivesse afundado naquilo, mesmo que o som já não tivesse mais poder sobre mim. A mulher também não disse nada.

E então, de maneira tão súbita como havia surgido, o som desapareceu.

— Eu sou a sua vó — ela disse.

Olhei para ela. Ela olhou para baixo e começou a raspar o chão com um graveto.

— Você é a Minha Vó? — perguntei com lágrimas nos olhos.

— Você se lembra de mim?

Balancei a cabeça.

— O seu pai morreu quando você tinha quinze anos. Eu não suportei a tristeza e desisti. Você tinha dezesseis anos. Você se lembra agora?

— Não — eu disse. — Mas eu reconheci você.

Fez-se silêncio entre nós.

— Onde o Meu Pai está? — eu perguntei. E a Minha Mãe? Ainda está viva?

— Harald está no país dos mortos. Ellen, no país dos vivos.

Ela olhou para mim.

— Você já sabe o bastante?

Comecei a chorar. Eu não me lembrava de nada.

Ela passou a mão no meu rosto com a mão descarnada.

— E o Meu Filho? — eu perguntei.

— Não sei — ela respondeu. — Dizem que ninguém mais atravessa a ponte. Ele deve estar lá, à espera.

Assim que o dia raiou eu fui até a ponte. Passei horas andando pela orla da floresta, ao longo do Urzal, até chegar ao rio escaldante. Segui-o até a floresta. Chovia, e a chuva era fria, mas eu já não sentia mais frio. Ela tinha dito que o Meu Filho não tinha se reconciliado, e que portanto estava confuso. Estava tomado por um anseio, mas não sabia pelo quê. O que traz a reconciliação é aquele som?, eu havia perguntado. É, ela disse. Mas, se você tivesse cedido, não poderia ajudar o seu filho.

À minha frente, num banco de areia onde o rio fazia uma curva, havia uma balsa. Mais acima havia dois cabos estendidos. Empurrei a balsa vagarosamente para a água, subi em cima, me agarrei a um dos cabos e o usei para chegar até o outro lado.

Será que havia alguém por lá?

Eu não tinha visto vivalma naquele dia. O cenário tinha permanecido vazio o tempo inteiro.

Mas lá havia alguém.

Olhei ao redor.

Havia somente árvores e arbustos, água e vapor, areia e pedras à vista.

Passei um bom tempo imóvel para ver se havia movimento nas proximidades.

Mas não.

Andei o mais depressa que podia ao longo do rio e voltei para o Urzal. Lá eu me sentia mais seguro, porque era possível enxergar mais longe.

As Torres no Urzal mal se revelavam em meio à neblina. Eu talvez não as tivesse percebido se não soubesse que estavam lá, pensei, e então continuei avançando, lançando o tempo inteiro olhares fugazes em direção à floresta. A ideia de dar meia-volta e voltar para a Minha Casa surgia com frequência cada vez menor, e quando cheguei ao fim do Urzal, que no último quilômetro havia se estreitado, como um funil, à medida que se aproximava de um vale, havia desaparecido por completo. Pelo contrário: a partir daquele momento era para a frente que eu me sentia impelido, em direção à ponte e ao Meu Filho.

Uma espécie de estrada, ou talvez mais uma trilha, levava ao interior do vale. Vi marcas deixadas por cascos de cavalo e passadas humanas onde a trilha estava macia e lodosa, e também uns pequenos sulcos de rodas, como aqueles deixados por antigas carroças ou carroções.

Mas eu não via vivalma.

Por que não havia ninguém por lá?

Me ocorreu que talvez aquele caminho fosse perigoso, que eu estaria muito exposto por lá, e que talvez por isso estivesse vazio.

Mas o Meu Filho devia ter seguido por lá. E o Meu Filho precisava de mim, ainda que talvez nem ele mesmo soubesse disso.

Continuei a atravessar o vale. Passado um tempo o vale se bifurcava, e eu peguei o caminho da direita. O caminho acabava num paredão íngreme, então voltei um pouco e tentei encontrar um caminho pela encosta que subia. Também era íngreme, mas não o suficiente para me impedir de chegar ao topo.

O mar.

Estava talvez vinte metros abaixo de mim. Estendia-se pesado e cinzento até onde a vista alcançava, entre miríades de ilhas, quase todas arborizadas e envoltas pela névoa.

E ao longe estava a ponte. Erguia-se de leve a partir da terra e desaparecia em meio à neblina.

Senti um calafrio nas costas.

Não apenas por estar perto do Meu Filho. Mas também porque eu conhecia aquele cenário como a palma da minha mão.

Eu vinha de lá.

Eu morava lá.

Eu tinha os nomes das montanhas na ponta da língua.

Nenhum nome veio.

E ao mesmo tempo tudo parecia estranho no meio daquele cenário familiar. Porque tudo o que eu conhecia eram apenas as formas.

Mas o lugar de onde eu vinha não era *daquele jeito*, certo?

Nesse caso, por que estava daquele jeito?

Me sentei numa pedra e peguei a carteira de cigarros. Eu só tinha mais oito e dificilmente arranjaria outros naquele lugar, mas assim mesmo não havia por que racionar, pensei enquanto acendia um.

Fechei os olhos e tentei imaginar como aquele lugar teria sido antes.

Não me ocorreu nada.

Quando tornei a abrir os olhos, um barco chegou deslizando ao redor do promontório mais abaixo, já perto da terra. Era um barco grande, eu contei doze ordens de remos que se movimentavam no mesmo ritmo. E tinha um mastro, porém a vela estava arriada.

Dois grandes pássaros voavam acima do barco. Claramente estavam ligados àquela embarcação, pois acompanharam-na até a baía em meio às montanhas como se fossem uma escolta.

A caminho do vale, percebi um vulto do outro lado, ou pelo menos aquilo que imaginei ser um vulto: tudo o que vi foi uma mancha azul. Acima de mim o céu havia escurecido, e por um tempo acreditei que aquilo não passava de uma impressão. Mas quando cheguei ao fundo do vale e comecei a andar pela trilha que seguia à frente, enxerguei outros vultos, e em relação a eles não podia haver dúvida nenhuma, porque estavam poucos metros à frente.

Nenhum deles olhava para mim ou para os outros.

E estavam por toda parte, na floresta e nas encostas. Um deles, um homem de rosto magro, com um nariz grande e macio, orelhas grandes e olhos velados, olhou para mim quando passei, e quando me virei ele havia erguido a mão e tinha o dedo apontado para mim.

A boca se abriu, mas nenhum som veio daqueles lábios. Pouco depois encontrei os olhos de uma mulher, ela também era muito velha, a cabeça tremia de leve, porém os olhos, os olhos dela estavam arregalados.

Não havia nada a temer, porque todos faziam movimentos pesados e vagarosos, como se a gravidade para eles fosse maior. Mesmo assim, avancei o mais rápido que pude e tomei o cuidado de não encontrar nenhum olhar.

Passado um tempo o vale se abriu à minha frente, e lá, no final, a ponte se erguia, quase invisível em meio ao crepúsculo.

Logo adiante grandes fogueiras ardiam.

Havia gente por toda parte na cabeceira da ponte. Boa parte dos vultos permanecia imóvel, como que à espera de alguma coisa. Mas não havia nenhuma expectativa naqueles olhares indiferentes, nem naqueles corpos. Os poucos que se movimentavam eram recebidos pelos demais com irritação. Fiz um longo caminho em arco ao redor dos vultos, porque eu não queria chamar atenção, mas o simples fato de que eu andava em uma direção em vez de vagar em pequenos círculos fazia com que eu me destacasse. E então comecei a olhar para os vultos à procura do Meu Filho, mas os vultos não gostaram. Vi o ódio surgir em certos olhares, e em outros o espanto. A noite caía, e logo aqueles vultos seriam apenas sombras em meio a outras sombras, pensei, assim como eu não seria mais do que uma sombra para eles.

— Filho! — eu chamei a meia-voz.

Suspiros e gemidos espalharam-se ao meu redor.

— Filho! — eu tornei a chamar.

— Cale a boca! — uma voz bufou.

Era inútil. Eu jamais o encontraria daquela forma, pelo menos no escuro. E ele podia já ter atravessado a ponte.

Minha Vó tinha dito que a ponte estava fechada. Mas não estava. Pelo menos não naquele ponto, refleti enquanto me aproximava. A ponte seguia reta por um tempo antes de começar a subir, e então desaparecia no escuro. Estava totalmente vazia: não havia ninguém por lá.

Será que mais adiante estaria fechada? Ou então do outro lado?

Ao meu redor havia uma aglomeração tão grande que já não era mais possível avançar sem usar a força.

— Filho! — eu chamei mais uma vez.

— AAAHH! — uma voz gritou.

Com gestos vagarosos, muitos levaram as mãos à cabeça e taparam os ouvidos.

A necessidade de encontrar Meu Filho era tão forte que eu já não me importava mais com o que acontecia ao meu redor. Abri caminho para seguir à frente, espremendo-me através daqueles corpos e deixando para trás suspiros, gemidos e pequenos gritos, e também as mãos que mesmo sem forças tentavam me agarrar.

Por fim saí da multidão e me vi a poucos metros da ponte.

Será que ele a tinha atravessado?

Cheguei um pouco mais perto. Em caso negativo, ele poderia me ver claramente por lá.

Não!, pensei, e então parei de repente.

O que eu estava fazendo?

Eu não podia subir até lá.

Eu precisava ficar onde estava.

Aliviado, me virei e voltei os poucos metros que eu tinha avançado. Porém não em meio à multidão: em vez disso andei ao lado dela, como se eu fosse um oficial fazendo a inspeção das tropas.

— Filho! — chamei enquanto caminhava, olhando para todos aqueles rostos. E tornei a chamá-lo muitas e muitas vezes.

Mas não vi o Meu Filho.

Quando cheguei ao início da multidão, onde todos estavam a vários metros uns dos outros, eu parei.

O que eu faria naquele momento?

Olhei ao redor. Somente então percebi o barco que estava amarrado no outro lado da baía, a talvez cem metros de mim.

Alguma coisa tinha acontecido por lá.

Três fogueiras ardiam em frente ao barco, e diversos vultos andavam de um lado para outro sob a luz bruxuleante.

Será que o Meu Filho estava lá?

Dei a volta na multidão e olhei para o outro lado. Também havia vultos por lá, mas nenhum parecia se importar com o que acontecia no ancoradouro.

Os vultos de lá eram diferentes. Tinham o rosto pesado e brutal e a cabeça raspada: a cabeça era grande como a de um boi, e pelas espáduas largas desciam finas tranças de cabelo. Andavam com movimentos espasmódicos, ao mesmo tempo macios e rígidos. Alguns tinham nas mãos uma gamela da qual bebiam. À esquerda, na penumbra, havia tendas, e a todo instante outros vultos entravam e saíam.

Era como se estivessem à espera.

Me aproximei com cautela. Estive prestes a esbarrar num vulto, era uma mulher, que abriu a boca com um olhar irritado, mas não emitiu nenhum som, e no instante seguinte a irrequietude se dissipou e ela voltou a estar em paz.

Atrás da fogueira, quase oculta pelas enormes chamas, erguia-se uma estrutura. Uma plataforma sustentada por quatro longos postes. No alto da plataforma havia um vulto.

Passado um tempo, dois Cabeças-de-Boi saíram de uma das tendas com uma pessoa entre si. Era uma mulher. Ela tinha os braços esticados acima da cabeça e presos na altura dos pulsos, e as pernas também estavam amarradas na altura dos tornozelos. Ela estava nua. Da outra tenda foi retirada uma outra mulher, amarrada da mesma forma. Elas não faziam nenhum som, mas estavam vivas: pude ver os lábios se abrindo e fechando.

Ambas foram postas em cima de uma mesa.

Entre as tendas, dois cavalos foram levados até o local em frente ao barco.

O Cabeça-de-Boi que os acompanhou levou a mão à nuca das mulheres e pareceu sussurrar-lhes palavras de conforto.

Mesmo assim as duas pareceram tensas enquanto andavam com passos miúdos e a respiração arquejante.

Dois outros Cabeças-de-Boi apareceram, cada um com um machado na mão. Todos os outros se reuniram em volta deles.

Os dois ergueram os machados e desferiram golpes contra o pescoço dos cavalos. Os cavalos caíram de joelhos, as patas davam a impressão de procurar um apoio, um deles soltou um grito, mas logo veio um novo golpe e as cabeças foram separadas dos corpos, que após instantes de tremor acalmaram-se e tornaram-se pesadas. O vapor se erguia do sangue que escorria pelo chão.

As cabeças dos cavalos foram arrastadas até o barco e içadas a bordo. Um dos Cabeças-de-Boi se aproximou das mulheres com uma foice na mão e cortou a corda que as amarrava. Outro levou uma gamela aos lábios delas, e as mulheres beberam.

Depois foram levadas ao interior de uma das tendas, e os Cabeças-de-Boi as seguiram, um atrás do outro.

Quando as duas foram mais uma vez conduzidas ao lado de fora, ergueram-nas por três vezes. Disseram coisas numa língua que eu não conhecia, usando vozes estridentes e desvairadas.

Nenhum dos vultos entre os quais eu me via prestava atenção àquela cena, e quando olhavam para aquela direção era sempre com um olhar de indiferença.

As mulheres foram novamente amarradas, novamente beberam e, enquanto os Cabeças-de-Boi se reuniam em semicírculo ao redor delas, todos com espadas e escudos, uma velha saiu de uma das tendas. Os Cabeças-de-Boi começaram a bater as espadas contra os escudos e então a velha se aproximou das duas jovens, ergueu uma faca com um gesto triunfante e cortou a garganta delas como se não fossem mais do que peixes. Um dos Cabeças-de-Boi recolheu o sangue numa gamela e usou-o para besuntar os corpos já mortos.

Depois as duas foram colocadas na plataforma elevada, uma de cada lado do vulto, e então levadas a bordo.

Um dos Cabeças-de-Boi se aproximou do barco com uma tocha na mão. A seguir, falou em uma língua estranha.

Tvi at hánum fylgja
tveir ambáttir
Tvi at hánum
fylgja tveir hestr

Depois ele subiu a bordo e ateou fogo ao barco. Quando tornou a descer, as amarras foram soltas e o barco em chamas foi empurrado rumo à escuridão. Lentamente as chamas ganharam força e iluminaram o espaço ao redor do barco que singrava as águas. Eu olhava alternadamente para os Cabeças--de-Boi, que continuavam a entrar e sair das tendas e a beber das gamelas.

Eu estava morto.

Meu Filho estava morto.

Eu estava lá para ajudá-lo.

Mas ele não queria ajuda.

Por que o Meu Filho não queria ajuda?

Um estrondo soou no barco. As chamas crepitaram e desapareceram à medida que o barco virava e afundava.

Foi como se a escuridão se adensasse, como se uma onda preta se erguesse e engolisse a luz, e eu houvesse permanecido na escuridão. E eu era a escuridão. E eu era ninguém. E eu não estava em lugar nenhum.

Mas de repente, a partir do nada, eu me vi de repente num lugar.

E eu era alguém.

Eu estava aqui.

Lá embaixo havia um espaço.

Fui até lá.

Pessoas apertaram a minha mão, uma atrás da outra. Abri os olhos.

A luz preencheu minha cabeça.

Pisquei os olhos.

— Ele está acordando — disse uma voz.

O rosto da mulher tremia e parecia indistinto. Seria a Minha Esposa? Tentei perguntar.

— Esposa? — eu perguntei, mas não veio nenhum som.

— Você me ouve? — perguntou uma voz masculina. — Aperte a minha mão se você me ouve.

Uma mão áspera e forte tomou a minha.

Tudo o que eu sabia, tudo aquilo que eu era se desprendeu das fundações no meu cérebro.

— Eu não preciso apertar a sua mão, porra — eu disse. Minha voz estava fraca, mas era a minha voz.

Naquele instante eu voltei a enxergar.

Um médico se debruçava por cima de mim, com uma enfermeira ao lado. O quarto era pequeno, mas pelo menos era um quarto individual.

Tossi e endireitei a cabeça no travesseiro.

— Eu tive um infarto? — perguntei.

O médico sorriu e endireitou as costas. Parecia estar feliz ao ver que eu tinha acordado.

— Não — ele disse. — Você esteve em coma. Não sabemos por quê. Não foi um AVC, não foi um infarto. Simplesmente um coma.

— Por quanto tempo? — eu perguntei.

— Treze dias, completados agora mesmo, no relógio.

— Onde está a Turid? — eu perguntei.

Ele olhou para a enfermeira.

Que covarde.

— Onde está a Turid? — eu perguntei outra vez.

— Ela está... — disse ele. — Com o seu filho.

— Com o Ole?

Puta merda. Ele tinha se dado um tiro, o idiota.

— Ele está vivo?

— Está vivo, sim. Mas ainda não conseguimos estabilizá-lo. Ainda não sabemos qual vai ser o desfecho.

— Vocês podem chamá-la?

— Claro — disse a enfermeira, saindo logo a seguir.

— Como você se sente? — o médico me perguntou.

— Perfeitamente bem — eu disse. — E preciso ir para o trabalho. Não tenho como ficar aqui.

— Gostaríamos de ter você aqui por mais um dia, em observação. E também para fazer uns exames.

— Eu sou jornalista — eu disse. — E fui eu que escrevi a história sobre os três rapazes assassinados nas margens do Svartediket. Aquela reportagem é minha. Você sabe o que aconteceu? A polícia encontrou o responsável?

— Não sei — ele disse. — Mas eu lembro de ter visto essa notícia. Não foi uma dessas bandas satanistas?

— Foi.

Ele balançou a cabeça.

— Aconteceram tantas coisas nessas últimas duas semanas que já ninguém mais se importa. Você pode relaxar. Mais um dia aqui vai fazer bem para você.

— O que você está querendo dizer, afinal? — eu perguntei. — O que pode ter acontecido de mais importante do que isso?

Sobre a morte e os mortos: Um ensaio de Egil Stray

Por estranho que pareça, nunca tive medo de morrer. Não porque eu seja especialmente corajoso, mas por não conceber que possa acontecer comigo.

Na minha cabeça eu sei disso. Do ponto de vista intelectual, compreendo que um certo dia há de ser o meu último na terra.

Mas a verdade é que eu *não acredito* nisso.

Ao fim e ao cabo, talvez nem seja estranho — a existência tem uma plenitude enorme, e essa plenitude, que é a minha existência sobre a terra, não é vivida como uma realidade material, não é percebida como resultado de processos eletroquímicos numa massa física, mas como se tivesse uma natureza totalmente distinta e — talvez o mais importante — uma duração totalmente distinta.

Claro que eu sei que a morte um dia vai chegar para mim. (Não vinda de fora, mas de dentro, pois a despeito da forma assumida por essa morte o resultado é sempre o mesmo: meu corpo para de receber oxigênio e por fim se decompõe.) É o que acontece com todo mundo. Não de uma vez só, mas um a um, em sequência, como as peças em um tabuleiro de xadrez. Meu ex-colega Ernest foi levado ainda cedo quando se afogou durante as férias na França aos doze anos. Outro ex-colega, Osvald, acidentou-se e morreu a caminho do trabalho: a cabeça dele foi esmagada quando o carro bateu contra um muro de concreto. Minha mãe tinha uma má-formação hereditária no coração que só foi descoberta quando já era tarde demais, ela estava pondo café no filtro em uma tarde de inverno quando de repente perdeu o controle sobre os movimentos; ela começou a jogar pó de café ao redor e depois caiu no chão para morrer dois dias mais tarde no hospital. Eu a vi cair, fui eu que chamei a ambulância, e eu também a vi uma hora depois que a morte ocorreu. Naquele momento ela era uma estranha para mim, ou seja, *a pessoa que era* já não estava mais presente: restava apenas uma casca.

Esses são os mortos da minha vida. Enquanto eu a vivo, centenas de milhares de outras pessoas morreram ao meu redor sem que eu as tenha visto ou pensado a respeito do assunto. Então eu sei exatamente o que me espera — só não exatamente a forma que há de assumir.

Mas assim mesmo.

Será que vou morrer de verdade?

O meu corpo vai. Meu invólucro, minha casca, meu casulo vai.

Mas e aquilo que é dentro de mim?

Com a morte ocorre o mesmo que na relação com Deus, porém ao contrário: do ponto de vista intelectual, compreendo que Deus e o divino não existem, mas *assim mesmo* acredito que existem. Em outras palavras: *acredito* que não vou morrer, e que Deus existe, mesmo *sabendo* que a verdade é o oposto em ambos os casos.

O que é saber?

O que é acreditar?

Uma vez pedi que Deus me enviasse um sinal, e um corvo apareceu, olhou para mim, crocitou três vezes e alçou voo.

Foi no inverno, enquanto eu caminhava pela floresta durante uma tempestade; não havia nenhum outro pássaro por lá.

Claro que isso não prova nada: foi apenas uma coincidência.

Certa noite sonhei com o meu irmão, ele entrou no quarto onde eu estava e se inclinou por cima de mim. No dia seguinte meu pai telefonou e disse que o meu irmão tinha sofrido um acidente de moto no Vietnã, ele estava à beira da morte, mas acabaria por resistir.

No mais, eu nunca sonho com o meu irmão: não somos próximos.

Claro que isso não prova nada: foi apenas uma coincidência.

No verão dos meus treze anos passei uma semana na casa da minha avó, a casa dela ficava numa elevação às margens de um rio, houve um dia em que eu a ajudei a queimar uns caixotes, de repente começou a chover de leve e entramos em casa. Quando a chuva passou e voltamos a sair, havia um vulto em frente à fogueira. Era o meu avô. Fazia três anos que ele havia morrido.

Eu tinha saudades dele e havia pensado nele durante aquele dia, e foi por isso que o vi: ele tinha sido criado por um anseio meu.

Não há como pensar em outra explicação. Não há como pensar que os mortos continuem vivos. Não há como pensar que as almas dos mortos vaguem pelos nossos sonhos.

O leitor sensato e racional com certeza já deve ter abandonado este ensaio ao perceber o rumo que está tomando. Fantasmas. Mortos-vivos. O céu e o inferno. Ah, essas ideias soam nauseantes, como um desespero cego e estúpido. *Sabemos* que não fazem sentido. Pois o limite entre a racionalidade e a irracionalidade é quase tão absoluto como aquele entre a vida e a morte. A perspectiva racional rechaça tudo aquilo que não é racional, não consegue abarcar essas coisas, então tudo aquilo que não é racional simplesmente não existe para a racionalidade. A morte é a cessação da vida, e a vida é um fenômeno biológico e material, portanto quando o coração material para de bater e o cérebro material se apaga, tudo está acabado, nesse momento resta apenas a putrefação biológica do corpo no interior da sepultura ou a desintegração no forno do crematório.

Uma perspectiva racional *não pode* abrir espaço para mais nada, é impossível, porque nesse caso deixaria de ser racional, ou seja, verdadeira, para ser irracional, ou seja, falsa.

Mas como muitas pessoas apesar de tudo adotam uma perspectiva irracional sobre o mundo, por exemplo ao acreditar na existência de Deus, uma força que não pode ser observada nem medida nem pesada, ou então ao acreditar na ressurreição de Jesus Cristo, um acontecimento que segundo todos os parâmetros conhecidos seria impossível, a irracionalidade como um todo foi transferida para uma esfera própria — mais ou menos como uma mesinha de criança posta ao lado da mesa da família — onde a fé, e não o conhecimento, dita a verdade, que no fundo todos sabem não ser "verdadeira": essa é a religião.

É lá que a criança fica sentada, comendo papinha de criança e falando com os brinquedinhos de criança enquanto os adultos governam o mundo.

Houve uma época em que isso funcionava ao contrário. Foi quando a irracionalidade, a crença em Deus e na ressurreição de Jesus Cristo e em outros milagres eram verdadeiras, enquanto a racionalidade era falsa.

Não pretendo dizer com isso que a verdade é relativa, mas apenas que a realidade é uma grandeza complicada que nunca está sozinha, como uma coisa em si, mas sempre mantém uma relação com a pessoa que vê e experiencia — um aspecto em que a ciência deixa a desejar. Não que possamos dizer que sabemos aquilo que vemos — é o contrário: vemos aquilo que sabemos. Essa é a explicação para o fato de que na Idade Média, por exemplo, tenha havido incontáveis relatos de milagres, enquanto hoje ninguém os observa. Lembro que certa vez li um livro com diversos relatos de visões e milagres. Um desses relatos era particularmente impressionante: uma mulher montada em um burro surgiu numa igreja, pairando no ar, não apenas para uma, mas para diversas pessoas, e não apenas por um breve instante, mas por vários minutos. Aquelas pessoas todas sabiam que os milagres eram parte da realidade, portanto foi o que viram, enquanto hoje sabemos que milagres não fazem parte da realidade, portanto não os vemos.

Isso não diz nada sobre a ocorrência ou a não ocorrência de milagres, apenas que nunca podemos saber com certeza absoluta se aquilo que estamos vendo realmente existe fora de nós ou se existe da maneira como o vemos.

No estudo clássico de Jakob von Uexküll sobre o comportamento dos animais, que promoveu uma revolução quase copérnica na biologia ao encarar os animais como sujeitos e não mais como objetos, podemos ver como a mesma realidade pode se apresentar para diferentes espécies conforme aquilo que pode ser percebido pelos sentidos de cada uma. Tudo aquilo que se encontra além dos limites dos sentidos não importa, porque simplesmente não existe no mundo. Não é preciso um esforço intelectual muito grande para compreender que o mesmo deve acontecer conosco em nossa relação com o mundo. Que existem coisas além do nosso alcance, coisas que não vemos nem percebemos, é mesmo assim pouco mais do que uma hipótese que não pode ser comprovada, uma vez que o próprio fato de que essa coisa existe fora do nosso alcance significa que jamais poderá ser alcançada sob qualquer forma que seja.

Sempre vou me lembrar dos últimos movimentos feitos pela minha mãe na terra, quando jogou pó de café ao redor naquele dia de inverno e por fim caiu devagar, primeiro de joelhos, depois de cara no chão. Nunca vou me esquecer da atmosfera carregada no interior da igreja no dia em que Osvald foi enterrado. Ele era muito jovem, tinha apenas dezoito anos, e o luto, em particular entre as meninas da nossa turma, era tão histérico que de vez em quando transformava-se em risadas. Porém mesmo que a morte nessas duas vezes tenha se aproximado de mim com uma força esmagadora, na primeira vez com frieza, na segunda com uma saturação nauseante, o sentimento de que não posso morrer não sofreu nenhum abalo. Sei que meu corpo vai morrer, mesmo que também seja difícil aceitar — mas aquilo que *é* dentro de mim eu sei que jamais há de morrer.

A vida após a morte não pode ser comprovada — mas tampouco pode ser refutada. Nenhum homem de ciência pode afirmar *com certeza* que não existe vida após a morte. É possível dizer que muitos indícios sugerem que não e apontar falhas nesse tipo de raciocínio com base na lógica puramente material e física. Mas é claro que os parâmetros lógicos só admitem premissas lógicas: tudo aquilo que é ilógico escapa por entre os furos dessa rede.

É possível que existam coisas ilógicas?

Quando chegamos aos limites da lógica, existe mesmo alguma coisa do outro lado? Que possa ser vislumbrada ou pressentida?

Avancemos um passo de cada vez.

O que é a morte?

O que é o corpo?

O que é o sonho?

*

Como sabemos, a morte é desnecessária. Foi o que George Bataille escreveu em 1949, e desde que li essa frase pela primeira vez ela passou a viver comigo. Somos socializados num mundo repleto de condições que aprendemos a aceitar: a bola que chutamos para o alto logo cai; a água que atinge uma certa temperatura começa a ferver; o que acontece desaparece e não torna a acontecer; tudo o que é vivo um dia morre. Essas condições são inescapáveis, porque não podemos questioná-las nem vencê-las, são como muros invisíveis contra os quais nos batemos, e aprendemos a viver nesse cenário: as coisas são assim. Nunca vamos saber por que a bola que chutamos para o alto cai, por que a água tem um ponto de ebulição, por que o que acontece não torna a acontecer, por que a morte existe: *essas condições foram determinadas em um lugar ao qual não temos acesso, em circunstâncias que jamais podem ser conhecidas por nós.* As únicas coisas com as quais podemos nos relacionar são a maneira como se manifestam e as consequências que trazem. Não sabemos por que a gravidade existe, mas sabemos o que é essa força e também ao que nos leva.

O mesmo vale para a morte.

A melhor forma de ver o que é a morte, ou de ver como funciona, é talvez imaginar como seria a vida caso a morte não existisse. Somente existiria a possibilidade de obter energia a partir de fontes inorgânicas, como a água e a luz solar, e na ausência de morte a vida se espalharia até que não houvesse mais lugar no mar em que havia surgido. Nesse caso, ou a expansão cessaria, ou continuaria em terra. Logo também não haveria mais lugar em terra, e seria necessário procurar espaço no ar — podemos imaginar enormes amontoados de uma vida primitiva que construísse estranhos padrões em forma de leque, com dezenas de metros de altura —, mas no fim não haveria mais lugar tampouco para isso. Toda a água e toda a terra estariam cobertas por uma camada escorregadia, provavelmente verde, que não poderia mais se desenvolver em nenhuma direção, porque se manteria para sempre como estava, e não poderia mais se reproduzir.

Mas a morte existe, e o que faz é promover uma limpeza e abrir espaço, para que assim nova vida possa surgir o tempo inteiro; a morte não apenas permite que a reprodução ocorra, mas também que a vida se transforme em não vida, que possa ser consumida, o que naturalmente aumenta as possibilidades da vida e, junto com as mais variadas condições climáticas e geológicas, gera um constante desequilíbrio para a vida, que não pode estagnar, mas precisa sempre avançar na lenta ciranda da evolução.

A morte claramente abre espaço para mais vida, mas o raciocínio cessa nesse ponto, visto que um possível motivo para que as coisas aconteçam dessa maneira, e não da maneira oposta, na qual a vida haveria de se acumular e estagnar, *permanece fora do nosso alcance* — assim como permanecem fora do nosso alcance as razões para que a vida tenha um dia surgido. Se foi um acaso, uma coisa ocorrida simplesmente porque as condições existiam, então por que isso não acontece outra vez? Por que novas vidas não surgem ao nosso redor o tempo todo, começando desde o começo para se desenvolver em rumos próprios, mais ou menos afastadas da árvore da vida a que pertencemos? Será que as condições para o surgimento da vida estiveram abertas somente durante um breve período para então se fechar? Ou será que a nova vida de fato surge desde o início o tempo todo, mas não existe lugar para ela em razão de toda a vida que já existe? Pode ser assim, e a teoria de que o surgimento e o desenvolvimento da vida foram aleatórios e aconteceram sem nenhum tipo de plano, que hoje voltou a ser verdade, salvo para um grupo de fanáticos religiosos nos Estados Unidos que ainda fazem esse questionamento, não é improvável. Mas que a morte, de maneira *igualmente aleatória*, pudesse ter surgido no mesmo instante, parece-me uma ideia bem menos convincente. Posso aceitar *um* acaso que tenha provocado uma consequência dessa ordem de grandeza — mas *dois?* Ao mesmo tempo? Nesse caso, tudo se parece com um plano. E essa dúvida passa a acompanhar a própria teoria da evolução, que seria totalmente impensável sem a morte.

O problema com as reflexões sobre a morte, da maneira como eu as encaro, é que a morte parece estar dada de antemão. A morte é uma condição absoluta para nós, e assim temos dificuldade para pensar o pensamento de Bataille, segundo o qual a morte seria desnecessária. Mas, se for assim, a questão passa a ser o que a morte acrescenta à vida, para que serve, o que faz. Se a resposta for que a morte abre espaço para mais vida, a questão passa a ser para que *isso* serve. Claro, *mais* vida abre a possibilidade de *nova* vida, e essa *nova* vida altera o equilíbrio da vida existente e cria desafios aos quais esta precisa se adaptar, ou seja, mais uma transformação. A morte é o que torna o desenvolvimento possível. E é esse desenvolvimento que nos tornou possíveis. Somos tão desnecessários quanto a morte, e, por mais estranho que possa soar, nossa existência é mais próxima da morte do que da vida.

Foi a morte que nos criou.

Que foi a morte que nos criou é uma conclusão que também pode ser tirada do mito do pecado original presente na Bíblia, embora de maneira bastante distinta. A história começa quando a serpente pergunta à mulher se é verdade que Deus ordenou que não comessem de toda árvore do jardim. A mulher responde que os dois vão comer do fruto de todas as árvores do jardim, exceto por um único fruto. A respeito desse fruto, Deus falou: "Não comereis dele, nem nele tocareis, para que não morrais". A serpente diz que certamente eles não morreriam, mas que Deus sabe que, no dia em que comerem daquele fruto, os olhos deles vão se abrir, e eles vão ser como Deus e vão saber o bem e o mal. A mulher come o fruto, e o homem também. A primeira coisa que acontece é que os dois abrem os olhos e conhecem que estão nus. Depois tentam esconder-se de Deus, que, ao encontrá-los e compreender o que aconteceu, expulsa-os do paraíso.

Claro que não se trata do surgimento da morte no mundo, mas do surgimento da consciência relativa à morte. E foi nesse momento, quando a consciência relativa à morte surgiu, que nos tornamos pessoas. É isso o que nos separa dos animais, e é isso o que nos separa do instante. E para Deus isso é uma maldição. Mas não para a serpente — que na maioria das vezes é interpretada como o Diabo; para a serpente, a consciência relativa à morte é desejável, e o conhecimento é bom. Pelo menos é assim que a serpente apresenta a situação. E o mais curioso é que a serpente tinha razão: nenhum dos dois morreu, como Deus havia dito que aconteceria. Pelo contrário: ambos tomaram consciência daquilo que eram e do lugar que ocupavam no mundo. Foi um despertar, e não uma morte. Pouquíssimos de nós considerariam o conhecimento como um mal. Então Deus mentiu? Nesse caso, que tipo de Deus é esse?

Imaginar uma existência sem o conhecimento da morte é tão difícil quanto imaginar uma existência sem a morte. Os animais provavelmente não sabem que um dia vão morrer, pois mesmo que sejam capazes de temer a morte, como por exemplo os bois a caminho do abate quando sentem o cheiro do sangue de seus irmãos, ou as gazelas de coração acelerado e pés ligeiros que fogem de um leopardo, há poucas razões para crer que saibam que a vida deles está prestes a acabar e conheçam as implicações disso. A morte pertence ao futuro — talvez seja até mesmo responsável por *criar* o futuro —, e só pode ser concebida no futuro, pois quando a morte chega a consciência acaba — inclusive a consciência relativa à morte. A morte é para nós como um horizonte do tempo que os animais são incapazes de ver. Os animais são ligados ao instante, e na história da criação do mundo na Bíblia essa é uma condição paradisíaca. O conhecimento, inclusive o conhecimento da morte, é encarado como uma queda.

Será que era a isso que Deus se referia quando disse que os dois morreriam se comessem o fruto da árvore do conhecimento? Que estariam mortos para a condição paradisíaca? E que essa morte era um castigo, de maneira que o mundo rumo ao qual foram expulsos, onde ainda hoje vivemos, deve ser encarado praticamente como o inferno?

Pode ser. Antes de expulsá-los, Deus diz para a mulher: "Multiplicarei grandemente a tua dor e a tua conceição; com dor terás filhos; e o teu desejo será para o teu marido, e ele te dominará". E para o homem: "Porquanto deste ouvidos à voz de tua mulher e comeste da árvore de que te ordenei, dizendo: não comerás dela, maldita é a terra por causa de ti; com dor comerás dela todos os dias da tua vida. Espinhos e cardos também te produzirá; e comerás a erva do campo. No suor do teu rosto, comerás o teu pão, até que te tornes à terra; porque dela foste tomado, porquanto és pó e em pó te tornarás".

É um mito estranho, pois se a existência a que a humanidade foi lançada, na qual ainda hoje vivemos, é um castigo, então aparentemente o pecado, a razão para a nossa expulsão do paraíso, é a tomada de conhecimento, que ao mesmo tempo é a nossa salvação. Pelo menos no que diz respeito ao aspecto material do castigo. Reunimos as condições necessárias para construir ferramentas e instrumentos, arados e vagões, fornos e medicamentos, casas e cidades, e então decolar, ou quase, e assim, pelo menos na aparência, livrar-nos das amarras que nos prendem à terra. Criamos uma zona-tampão para nos protegermos da pressão exercida pela natureza, como Peter Sloterdijk certa vez formulou essa ideia. No que diz respeito ao aspecto imaterial, à consciência de que vamos morrer, evidenciada pelo conhecimento, essa revelação também criou enormes sistemas religiosos e filosóficos, entre os quais a ciência é apenas um, que por assim dizer estende uma rede sobre o abismo da morte para que não o vejamos senão pelos fios que seguimos com maior atenção. Quando a morte chega e uma pessoa próxima desaparece na escuridão, a rede, que é feita apenas de pensamentos, se rasga, e então somos tomados pelo desespero, até que isso passe e o abismo esteja mais uma vez coberto.

Foi assim que a inautenticidade entrou no mundo. A verdade sobre a morte trazida pelo pecado original é terrível a ponto de termos que viver como se não existisse.

Mas Deus não deu a conhecer apenas o castigo. Ele também fez roupas de peles e usou-as para cobrir as pessoas. E então disse: "Eis que o homem é como um de nós, sabendo o bem e o mal; ora, pois, para que não estenda a sua mão, e tome também da árvore da vida, e coma, e viva eternamente".

Foi assim que Deus expulsou-os do paraíso para lavrar a terra de onde haviam sido tirados. Então pôs querubins ao oriente do jardim do Éden e uma espada flamejante que andava ao redor, para guardar o caminho da árvore da vida.

Terá sido por nós que o caminho rumo à vida eterna passou a ser vigiado? Ou será que esse era um bem do qual o castigo pelo pecado nos mantém afastados?

E por que roupas de pele? Esse é quase um lembrete irônico quanto ao lugar de onde viemos, dos animais e da vida despreocupada que vivem, embora já não pertençamos a esse lugar — por muito pouco. Mais uma vez, inautenticidade.

O mito da criação é antigo, e os personagens desse mito — inclusive Deus — existem numa realidade muito diferente daquela em que hoje vivemos. Porém o anseio de viver em harmonia com a natureza, de manter-se ligado à natureza, não em uma posição superior, nem em uma posição externa, como aquela expressa no mito da criação, ainda se encontra muito presente. Søren Kierkegaard, esse autor dinamarquês esquisito e de uma originalidade quase inverossímil, procurava Deus e o divino no instante, que para ele era o portão do reino de Deus. Um dos discursos que escreveu parte das palavras de Jesus sobre os pássaros do céu e os lírios da terra e apresenta esse tipo de existência, que se desenrola completamente no instante, sem passado nem futuro, como uma espécie de ideal. Não há nenhum tipo de ironia, mas assim mesmo o que Kierkegaard buscava nesse texto era o paraíso, e assim descobriu que o paraíso somente pode existir caso estejamos dispostos a abdicar da consciência em relação a nós próprios e às nossas coisas — o que exige uma atenção contínua ao passado e ao futuro para ser mantida — para entregar-nos cegamente ao instante. Todas as preocupações, todos os tormentos, toda a angústia desaparecem nesse caso — nas palavras de Kierkegaard, *o que sucede ao pássaro não lhe diz respeito.* Os fardos são todos entregues a Deus. Essa inocência, que ainda existe nos animais e também nas crianças, foi o que a consciência da morte arrancou para assim criar-nos a nós e ao nosso mundo sem deus.

A narrativa bíblica da criação é um mito, porém aquilo sobre o que versa também aconteceu na realidade, pois houve um momento em que a humanidade *surgiu* em meio aos animais, e, mesmo que esse tenha sido um processo extremamente demorado, aconteceu de fato: éramos animais, vivíamos no paraíso e nos transformamos em pessoas que se afastaram disso tudo quando vimos o mundo e o papel que nele desempenhamos. O mito da criação, que foi escrito há cerca de três mil anos, mas pode ter existido em forma de narrativa oral por um tempo ainda mais longo, muito antes disso, traz uma revelação a respeito desse fato, de que viemos dos animais, ou que de uma maneira ou outra vivemos como os animais, e uma revelação de que a morte foi a perda dessa situação e a responsável pela nossa transformação naquilo que somos. O triunfo das ciências naturais na metade do século XIX, liderado por Darwin, portanto não abandonou a Bíblia, mas simplesmente a retomou. Esses cientistas encontraram exemplos biológicos concretos daquilo que a humanidade pressentia desde a aurora dos tempos. Não sabemos muito além disso hoje em dia. Sabemos mais ou menos quando aconteceu — cerca de trezentos mil anos atrás — e sabemos que não éramos muitos: talvez umas poucas centenas.

Ah, é uma zona cinzenta quando uma nova espécie surge na terra, porque as transformações ocorrem de forma tão gradual que é impossível traçar uma linha clara entre a espécie de que surgiu e a espécie em que se transformou. E hoje sabemos que uma mixórdia de outras criaturas similares também existia por volta da mesma época, todas igualmente vagas. Mas assim mesmo o surgimento dos primeiros seres humanos foi um acontecimento local: mesmo que possam não ter sido exatamente dois, como no mito da criação, não devem ter sido muitos. Todos podem ter se conhecido.

Qual seria o aspecto do mundo para esses primeiros seres humanos? Será que parecia estranho? Será que eles percebiam-se diferentes, separados da vida que os rodeava?

O filósofo alemão Hans Jonas acreditava que para esses primeiros seres humanos *a vida* era uma coisa dada e evidente, e o mistério seria a morte. Para essas pessoas, *tudo* era vivo — o vento, a água, a floresta, a montanha —, e as coisas mortas naturalmente também deviam ser vivas, embora de outra forma ou em outro lugar. Para nós é o contrário, segundo Jonas: hoje a morte está por todo lado ao nosso redor, enquanto o mistério é a vida. A morte é nesse caso entendida como a ausência de vida, a matéria inerte, as pedras, a areia, a água, o ar, os planetas, as estrelas, o espaço vazio. E assim como os primeiros seres humanos encaravam a morte de outra forma, nós encaramos a vida de outra forma: o corpo não é mais do que um simples corpo, matéria, o coração é um processo mecânico, o cérebro é um processo eletroquímico, e a morte é um interruptor que desliga a vida.

*

Os primeiros seres humanos chegaram ao norte da Europa cerca de quarenta mil anos atrás. Mesmo que a distância temporal seja enorme, pelo menos quando vista a partir das poucas décadas que compõem uma vida humana, a distância cultural, embora não seja desprezível, não seria grande a ponto de não podermos nos entender. Certa vez vi os objetos feitos por esses primeiros seres humanos, que me chamaram a atenção mais por serem pequenos do que por serem estranhos em relação a qualquer obra de arte contemporânea.

Aqueles objetos "falavam" comigo.

Vi-os por acaso em um museu de Tübingen, onde eu estava porque queria ver a torre onde Hölderlin tinha vivido os últimos quarenta anos de sua vida, quando já estava louco e não só assinava os poemas que escrevia como "Scardanelli" ou usando outro nome fantasioso, mas também datava muitos desses poemas com uma data futura. Me hospedei num hotel pequeno e estreito, no alto de um morro, perto do muro que circunda o castelo. O hotel remontava ao século XVI, acho eu, assim como muitas outras construções naquela pequena cidade. Na manhã em que eu ia embora, precisei matar uma hora ou duas enquanto esperava a partida do trem e resolvi entrar na região do castelo. Descobri que havia um pequeno museu por lá, que dispunha de muitos objetos daquela época, todos encontrados numa caverna não muito distante. O mais impressionante era o Homem-Leão. Trata-se de uma figura com rosto de leão e corpo de homem, entalhada no marfim retirado da presa de um mamute. Esse objeto foi encontrado uma semana antes da eclosão da segunda guerra mundial. Na mesma caverna foram encontrados também uma figura feminina corpulenta, provavelmente um símbolo da fertilidade ou a representação de uma deusa da fertilidade; um cavalinho minuciosamente entalhado; um pássaro aquático e uma série de flautas.

Escrevi que esses objetos falavam comigo — mas sobre o quê?

Sobre ligações.

O Homem-Leão liga o animal ao humano, o pássaro aquático combina os três elementos da água, da terra e do ar, e por meio da representação a própria humanidade liga-se a esses objetos, e quanto às flautas — o que mais fazem, senão ligar as pessoas umas às outras?

Nenhum animal faz esculturas ou instrumentos musicais. Por que os primeiros seres humanos fizeram essas coisas? O que os levou a abandonar o paraíso animal?

A primeira coisa que aconteceu a Adão e Eva depois que comeram da árvore do conhecimento foi que se perceberam a si mesmos. Todos os animais pensam, claro; a novidade trazida pelo ser humano foi a capacidade de pensar que pensa. Foi como se um espelho fosse colocado em frente aos nossos pensamentos. É esse espelho que torna a consciência possível, enfim, que *é* a própria consciência. Antes do espelho as ligações não existiam como tema, o animal vivia no instante, sempre na situação em que se encontrava, e agia a partir dessa situação. Tanto uma ameba quanto um antílope. Mas a consciência quanto à nossa existência, quanto àquilo que somos, só tem sentido quando vista em relação à existência dos outros: sozinha ela não tem nenhum sentido. O espelho, ou seja, a consciência, são *os outros*. A questão é que não temos como pensar pensamentos humanos sozinhos, porque pensar pensamentos humanos é apenas um dos nossos potenciais que não pode se realizar senão no seio da cultura. Pensamos dentro de uma cultura, e pensamos a partir dessa cultura. Então a consciência nos trouxe para mais perto uns dos outros, ao mesmo tempo que nos afastou da natureza.

A ligação como fenômeno pode surgir mesmo quando a ligação não se encontra dada, e foi isso o que aconteceu quando esses pensamentos foram não apenas pensados, mas também espelhados. E a ligação como fenômeno existia mesmo antes disso — um filhote de elefante que houvesse se perdido da mãe estaria à procura de uma coisa que estava lá antes, a respeito da qual ele talvez não houvesse pensado antes, mas que naquele instante surgiria claro e nítido sob a forma de um anseio: uma ligação. Os macacos tinham habilidades sociais consideráveis muito antes do surgimento da humanidade, e estabeleciam laços e alianças uns com os outros, como ainda hoje fazem. Mas e quanto à ligação com outros animais? E quanto à ligação com os elementos? E quanto à ligação com o mundo em si? Essas ligações surgiram junto com os primeiros seres humanos, para os quais, em razão do espelho, não estavam dadas de antemão.

Foi isso o que me disseram o Homem-Leão, a deusa da fertilidade, o pássaro aquático e as flautas lá no museu do castelo em Tübingen. Não de uma vez só, não enquanto eu estava lá admirando-os por trás dos painéis de vidro, quando apenas senti um forte entusiasmo: uma coisa infinitamente distante e vaga havia chegado muito perto de mim.

Quando saí ao pátio do castelo, resolvi adiar o meu retorno para casa por um dia ou dois para ver se eu conseguia fazer uma visita à caverna onde aquelas descobertas tinham sido feitas, onde aqueles seres humanos haviam morado quarenta mil anos atrás.

Era o fim do outono e estávamos num período de frio, o sol baixo de novembro mal chegava ao alto das construções, e nas ruas estreitas entre uma e outra as calçadas estavam à sombra, cobertas de gelo. Peguei uma mesa na área externa de um café próximo, não muito longe da grande igreja, me sentei por lá com um cobertor em cima das pernas e tomei uma caneca de chocolate quente fumegante enquanto fumava e observava as pessoas que passavam pela rua estreita, ainda vibrando de entusiasmo por dentro.

Eu tinha ido até lá por causa de Hölderlin, que havia começado os estudos de teologia em Tübingen com Hegel e Schelling — na fachada de uma taverna um pouco depois do café onde eu estava uma placa dizia que Hegel costumava beber por lá —, passou a ser cuidado por um marceneiro quando enlouqueceu na meia-idade e mais tarde foi colocado em uma torre à beira do rio, onde viveu por quarenta anos. Havia muitos indícios de que essa loucura era uma simulação que lhe permitia evitar o contato com a vida e com as outras pessoas, ou pelo menos era o que eu havia pensado durante um longo tempo, e quando vi a torre e os arredores, essa suspeita foi de certa forma confirmada. Lá, Hölderlin dispunha de tudo aquilo de que precisava. Aquela pequena cidade com todas as boas lembranças da época de estudante, o rio bem à frente — Hölderlin adorava rios —, as planícies com grandes árvores decíduas mais atrás e os alpes da Suábia no horizonte. Hölderlin tinha escrito os poemas mais belos que já foram escritos, e — pensei enquanto estava no interior da torre olhando pela mesma janela pela qual ele tinha olhado — por acaso o passado nos poemas não era tão distante, opulento e impenetrável quanto as montanhas que eu via ao longe? Com todos aqueles deuses e heróis mitológicos?

Mas naquele instante pensei que o passado grego não remontava a mais do que no máximo três mil anos atrás. Os objetos que eu havia visto tinham trinta e sete mil anos de idade a mais. E tinham feito com que uma história similar a uma névoa azul, distante como uma cordilheira, se abrisse de repente, como as cortinas de um palco.

Aquelas pessoas estavam lá.

Entrei e paguei pelo chocolate quente. Depois segui por uma das estreitas ruas laterais e fui descendo até encontrar a livraria que eu tinha visto na tarde anterior. Lá, comprei um livro com poemas de Hölderlin, que então coloquei na mochila antes de voltar ao hotel para ver se eu conseguia arranjar um quarto para a noite seguinte. Na recepção, disseram-me que infelizmente havia um festival do chocolate na cidade e portanto todos os quartos estavam reservados havia muito tempo.

Por fim consegui um quarto num hotel que ficava na outra margem do rio, em uma região mais moderna e decadente da cidade, com estacionamentos, shopping centers, prédios comerciais e supermercados. Tomei um banho quente, porque o frio havia chegado até os meus ossos, e depois me deitei para ler na cama.

Como eu estava errado.

Não havia passado nenhum naqueles poemas, era o contrário, tudo era no presente. O passado saturava o presente e tornava-o pleno.

Sind denn dir nicht bekannt viele Lebendigen?
Geht auf Wahrem dein Fuß nicht, vie auf Teppichen?
Drum, mein Genius! tritt nur
Baar ins Leben, und sorge nicht!

Foi com essas palavras sobre enfrentar a vida com coragem que dormi na cama do hotel. Na manhã seguinte eu aluguei um carro e atravessei a planície em direção à floresta, envolta por uma névoa fria que pairava logo acima do chão. O sol não era mais do que um pressentimento, uma área um pouco mais clara na coloração cinzenta do céu. Parei o carro num estacionamento de terra batida onde o chão estava coberto de geada e segui por uma trilha. A floresta era diferente do que eu esperava, parecia ser mais leve, mais aberta. A caverna localizava-se no ponto mais baixo de uma encosta, a abertura era baixa e teria sido difícil encontrá-la se a região não estivesse cercada. Mas não havia ninguém por lá e a cerca não oferecia grande resistência, então pouco depois eu abaixei a minha cabeça e entrei. Logo após a entrada, a caverna se abria em uma espécie de saguão de entrada.

Era lá que aquelas pessoas se reuniam.

Deviam manter uma fogueira acesa por lá o tempo inteiro no inverno, pelo menos se as temperaturas fossem as mesmas que as nossas. Mas será que eram?

Não havia mais nenhum ser humano em todo o continente ao redor. Na Alemanha, na França, na Polônia, na Rússia e na Escandinávia não havia nada além dos animais e da floresta. Rios e água. Planícies e montanhas.

Além disso, só havia as pessoas daquela caverna e uns outros poucos grupos como elas.

Como deve ter sido?

Será que aquelas pessoas tinham histórias sobre o passado, sobre dificuldades vencidas e feitos heroicos?

Deviam ter. Nenhum ser humano consegue pensar sem uma continuidade, sem uma história.

E aquelas pessoas conheciam a morte. Matavam animais, e por vezes também eram mortas por animais.

Como será que entendiam a morte?

Se tudo era vivo e tinha uma alma, inclusive a água e a floresta, a montanha e o céu, então os mortos também continuavam vivos, mesmo que em outro lugar.

A vida estava por toda parte. Não havia limites para a vida. Tampouco no meio da vida.

E se o Homem-Leão não representasse a ideia de uma ligação, de um laço criado por aqueles seres humanos, mas em vez disso fosse uma expressão da vida como realmente era? Uma vida em que um leão e um ser humano eram uma única coisa? Uma vida em que a humanidade ainda não havia estabelecido nenhuma diferença fundamental entre aquilo que era e os animais?

As almas mortas podiam estar por toda parte, inclusive nos animais.

Encostei a palma da mão na parede gelada da caverna, porque eu queria tocar no que as pessoas daquela época haviam tocado.

Lá dentro reinava um silêncio total, mas era um silêncio diferente daquele na floresta, que era aberto. Aquele era um silêncio fechado, contido.

Aquelas pessoas de outrora tinham estado lá como se aquilo fosse um útero, pensei. Protegidas do mundo exterior, a não ser quando eventualmente saíam em pequenas expedições.

Crianças haviam nascido por lá em meio a gritos, berros e gemidos, e então o silêncio havia voltado a reinar quando a criança saía, naquele segundo que antecede a primeira respiração e o primeiro choro. A alegria daquele grito — o começo de uma nova vida. E era lá que as pessoas morriam, uma a uma, geração após geração. A expiração, os olhos subitamente vidrados, o corpo inerte. A alma que o abandonava.

De onde vinha a alma, aquilo que se revelava quando a criança abria os olhos pela primeira vez e olhava para a pessoa que a segurava com um olhar terno, sagaz e antigo em vez de novo, assustado e indômito, como se poderia esperar caso a alma tivesse apenas minutos de vida? E para onde ia quando já não se revelava no olhar?

*

A ideia de que os mortos continuam vivos acompanha a história da humanidade; desde os tempos mais primitivos, os mortos existem ao lado de todas as culturas e de todas as religiões que conhecemos. Ninguém pode saber o que pensavam os primeiros seres humanos, porém os objetos que deixaram para trás levam-nos a crer que tinham rituais que hoje chamaríamos de xamânicos, e que ainda existem na cultura de certos povos. No livro seminal que escreveu sobre esse fenômeno, o historiador da religião Mircea Eliade afirma que a atividade xamânica no fundo foi a mesma na cultura de todos os povos em que foi registrada, seja nos povos originários da América do Norte, seja na Amazônia, seja na Austrália ou em um dos vários povos do norte da Ásia. Essa constatação indica que o fenômeno é extremamente antigo, e o fato de que figuras como o Homem-Leão e o pássaro aquático relacionem-se com práticas xamanísticas torna difícil evitar a conclusão de que essas práticas já existiam naquela época. O xamã era um escolhido que aprendia tudo quanto fosse possível do xamã anterior, de maneira que o conhecimento fosse preservado de uma geração à outra; além de exercer a atividade de curandeiro, o xamã também era responsável por reunir todas as diferentes camadas da vida quando viajava ao mundo dos mortos ou ao céu, fosse durante o sono ou durante um coma, na maioria das vezes atingido mediante o uso de substâncias alucinógenas.

A iniciação ao xamanismo transcorre quase sempre no mundo dos mortos, segundo Eliade, onde os xamãs mortos cortam o corpo do futuro xamã, removem todos os ossos e todos os órgãos e os substituem por ossos e órgãos novos, às vezes enquanto a cabeça do futuro xamã assiste a tudo a partir da estaca onde foi posta. Roberto Calasso afirma que a forma como o corpo do xamã é tratado assemelha-se aos processos sofridos pelo corpo dos animais mortos. O xamã também representa a ligação com os animais, não apenas com os espíritos e os mortos.

A maioria das pessoas diria que a "viagem" do xamã a outras realidades se dá estritamente no mundo interior, como uma espécie de sonho ou delírio febril, e que tudo aquilo que o xamã vivencia ocorre somente na imaginação. Nada de mundo dos mortos, de céu ou de almas mortas — somente alucinações provocadas artificialmente.

Nesse caso pressupõe-se que existe uma diferença clara e nítida entre aquilo que está dentro e aquilo que está fora, e que tudo numa pessoa, tudo aquilo que *é* uma pessoa, existe no mundo interior. Esse mundo interior pode tornar-se — e realmente se torna — repleto de impressões, imagens, pensamentos e noções vindos do mundo exterior, e uma pessoa consegue por conta própria trazer ao mundo exterior elementos vindos do mundo interior, porém apenas ao separar-se desses elementos, sem que ela própria deixe o mundo interior.

Estou pensando no grande carvalho que se ergue na floresta atrás da cabana onde escrevo essas palavras; inúmeros pássaros moram por lá, e tomo nota desse pensamento. O pensamento deixou meu mundo interior e agora está na folha de papel na máquina de escrever à minha frente, mas eu continuo aqui: não existe nada de mim nesse pensamento. Estou para sempre trancado no interior da minha própria cabeça e no interior do meu próprio corpo. Quando sonho, é *como se* eu visitasse outros lugares, mas na verdade não os visito: estou na cama, e o sonho é apenas uma série de imagens aleatórias geradas pelo meu cérebro sem que a consciência, ou seja, o espelho, esteja lá para dizer o que é tudo aquilo — a saber, uma série de imagens mentais livres, e não a realidade.

Mas e se uma "pessoa" não for uma grandeza determinada? E se não existir uma diferença clara entre aquilo que está no interior e aquilo que está no exterior de uma pessoa? E se tudo estiver em constante movimento? E se o urso for como nós, e também o lobo e a raposa, e o lince e a coruja? E se a alma puder deslizar para fora do corpo durante o sonho, o êxtase, a morte? *Hamgjenga, hamhleypa* e *hammrammr* são as antigas palavras nórdicas para designar pessoas que assumem a forma de animais, como Kveldulf ou Odin, que, com o corpo imóvel, voavam como um pássaro ou nadavam como um peixe em outro lugar do mundo.

Para nós, uma vez que "pessoa" é uma categoria definitiva e os limites do indivíduo se apresentam inevitavelmente como os limites do próprio corpo, que funciona como um invólucro da existência pessoal, essa concepção fluida em relação à vivência e à compreensão da realidade precisou ser rejeitada. Todos os fenômenos que anulam a separação entre o mundo interior de uma pessoa e o mundo exterior como um todo — como *vardøger*, por exemplo, quando se pressente a chegada de outra pessoa antes que de fato chegue, ou o avistamento de espíritos, ou seja, de pessoas que já deixaram a vida, mas ainda se encontram no mundo — recebem a pecha de superstição. Nesses casos, veem-se ou ouvem-se coisas que não existem, que estavam apenas no mundo interior, e que a pessoa em questão, da mesma forma como ocorre a um xamã, toma por fenômenos reais do mundo exterior.

Que as pessoas *desde sempre* façam relatos de avistamento de espíritos, mesmo em culturas e religiões que não reconhecem a existência de espíritos, naturalmente não significa que os espíritos existam, mas antes que existe uma crença em espíritos, e que essa parece ser uma crença inabalável.

Se vemos aquilo que sabemos, e se o que sabemos é matizado ou mesmo definido por aquilo que existe, então o obstáculo no caminho é o próprio conhecimento — e, como a história do pecado original demonstra, o conhecimento entrou no mundo junto com a consciência da morte. Se para ver a morte é necessário que o conhecimento saia de cena, no mesmo golpe tiramos de cena a consciência da morte, porém nesse caso a morte desaparece e já não há mais nada a se ver.

O paradoxo lembra o mito de Orfeu, que desce ao mundo dos mortos para buscar Eurídice: Hades permite-lhe que a leve de volta com uma única condição, a saber, que não se vire para vê-la enquanto os dois não estiverem de volta ao mundo dos vivos. Mas, por querer vê-la, Orfeu se vira, e então Eurídice desaparece. Ela só está lá enquanto ele não a vê. Quando ele a vê, ela já não está mais lá.

É essa revelação que faz com que o xamã volte-se a visões e sonhos, e com que o êxtase sempre tenha feito parte da vida religiosa, porque as visões, os sonhos e o êxtase fazem com que a consciência do eu, que é o ponto onde o olhar e o saber encontram-se, seja dissolvida.

Na Grécia antiga a morte e o sono eram fenômenos relacionados, na mitologia os dois eram irmãos, e na *Ilíada*, irmãos gêmeos — Thanatos e Hypnos, responsáveis por levar os mortos ao reino dos mortos. Do ponto de vista racional, naturalmente são figuras distintas: o sono é uma situação reversível, enquanto a morte é absoluta. A questão levantada pelos mitos gregos é se os limites entre a vida e a morte também seriam fluidos, uma alteração de situação, como ocorre entre o sono e a vigília, ou se, como hoje a compreendemos, trata-se de uma situação absoluta, em que ou se trata de uma coisa, ou então da outra. Dito de outra maneira: será que o limite entre a vida e a morte é resultado dos limites dos nossos sentidos ou será que é real?

Outro limite definitivo na existência que levanta essa mesma questão é o tempo. Será que *esse* é um limite absoluto? Vivemos no instante, e aquilo que chamamos de passado e futuro não existe em lugar nenhum fora da nossa consciência, sob a forma de lembranças de um lado e expectativas do outro. O instante desaparece e renova-se continuamente, podemos ficar parados em um recinto fechado e mesmo assim estamos nos movimentando no tempo, no sentido de que o instante, em um movimento único e simultâneo, perde-se e é dissolvido pelo instante a seguir. Graças a Einstein sabemos que o tempo é relativo, que passa mais rápido ou mais devagar conforme o lugar em que nos encontramos, e que a simultaneidade não existe.

Um soldado inglês, inventor de renome e notável engenheiro aéreo chamado J. W. Dunne publicou em 1927 um livro chamado *An Experiment with Time*, no qual apresentou a teoria de que o passado, o presente e o futuro existiam paralelamente, embora nós, em razão da consciência e dos sentidos limitados, só tivéssemos acesso ao presente. O tempo linear seria portanto uma ilusão. A razão para que Dunne se interessasse pelo assunto foi que, ainda na juventude, no final do século XIX, ele descobriu ser aquilo que se costuma chamar de sensitivo. Em inúmeras ocasiões, Dunne sonhou com acontecimentos que mais tarde ocorreram. Os sonhos que se passavam no futuro tinham as mesmas características que aqueles que se passavam no passado, e eram igualmente distorcidos e a um só tempo nítidos e enigmáticos. A teoria de Dunne era que nossa consciência onírica não estava ligada ao instante como a nossa consciência em vigília, na qual o tempo é filtrado de maneira linear, mas em vez disso mantinha-se aberta para o tempo real. Tanto o livro como a teoria chamaram atenção na época, e mesmo um autor sóbrio como Vladimir Nabokov chegou a fazer experimentos, anotando todos os sonhos que tinha para mais tarde procurar elementos deles em vivências posteriores.

Os sonhos pertencem ao reino do irracional, e uma alegação de que nos dariam acesso à *verdadeira* realidade evidentemente não pode ser aceita por um intelecto racional.

Por mais estranho que pareça, no entanto, para o lado racional os limites do tempo também se desfazem; quanto mais fundo no mistério o conhecimento penetra, menos óbvia parece a separação, e mesmo um físico como Carlo Rovelli chegou à mesma conclusão de Dunne — embora tenha partido de premissas totalmente distintas: o tempo não existe e a percepção que temos de sua passagem deve-se puramente às limitações de nossos órgãos sensoriais e a mais nada.

Não que o tempo e a morte sejam a mesma coisa. Mas são fenômenos relacionados — o instante que desaparece e renova-se de um único golpe assemelha-se à vida que morre e ao mesmo tempo segue viva, enquanto o tempo passado é tão irrepetível quanto a vida que morre: o limite é igualmente absoluto. Ao afirmar que o tempo cessa nos sonhos, Dunne retoma o que Aristóteles escreveu em uma obra perdida da juventude, intitulada *Sobre a filosofia*, a saber, que "é quando a alma se encontra sozinha no sono que assume sua verdadeira natureza, e assim prevê e prediz o futuro" — porém, enquanto Dunne detém-se no tempo, Aristóteles segue rumo à morte: "A alma também se encontra nesse estado quando é separada do corpo por ocasião da morte".

Aristóteles faz portanto três afirmações: o sono faz com que o tempo cesse; o sono e a morte são estados relacionados; e a alma segue viva após a morte do corpo.

Mas por quê? E como? Pois, se os mortos continuam vivos, mesmo que seja como almas incorpóreas, precisam estar em um lugar determinado, não?

Numa sociedade em que o elemento humano não se encontra determinado, em que não existem limites para a alma, a morte tampouco poderia ser claramente definida: seria também dotada de uma natureza cambiante, ao lado da vida e de suas inúmeras metamorfoses. Da mesma forma, quando o elemento humano é determinado, o que provavelmente acontece quando passa a viver uma existência sedentária, a construir uma sociedade e a desenvolver uma linguagem escrita, a morte e os mortos também são fixados. Todas as grandes civilizações arcaicas, como a Babilônia e o antigo Egito, tinham ideias ricamente desenvolvidas sobre o reino dos mortos, sua configuração e sua geografia.

As ideias mais ricas estavam sem dúvida na cultura egípcia, porque os egípcios pensavam sobre a morte e ocupavam-se com os mortos talvez mais do que qualquer outra cultura que já tenha existido em qualquer época, pois acreditavam que a diferença entre os vivos e os mortos era apenas uma diferença de grau. A morte não era o fim da existência, mas apenas o início de uma outra parte da vida. No texto de um sarcófago da quinta dinastia pode-se ler:

ba ár pet sat ár ta

onde *ba* significa "alma", *pet,* "céu", *sat,* "corpo" e *ta,* "terra". Em outras palavras, "Alma ao céu, corpo à terra". Parece uma ideia simples e plausível, mas a relação entre o corpo e a alma e a vida e a morte era infinitamente complicada na cultura egípcia, de maneiras que a nossa perspectiva biopsicológica sobre a condição humana torna quase impossível de compreender. É como se os egípcios falassem de uma criatura totalmente distinta. O corpo físico chama-se *khat,* mas esse corpo podia existir em outra situação após a morte, quando era mumificado e a putrefação era interrompida; a partir de então, passava a ser um corpo simultaneamente espiritual e físico chamado *sahu.* Não era o mesmo que a alma, porque a alma chamava-se *ba,* e *sahu* podia comunicar-se com *ba.* Tanto *sahu* como *ba* eram capazes de ascender ao céu após a morte. Além da alma e desse corpo simultaneamente físico e espiritual, havia também uma personalidade abstrata nas pessoas que levava uma existência totalmente livre e independente: podia movimentar-se livremente de um lugar ao outro, separar-se do corpo e mais tarde reunificar-se a seu bel-prazer. Essa personalidade — que parece ser uma espécie de duplo interior — era chamada de *ka,* enquanto a alma chamava-se *ba.* O hieróglifo que representava *ba* era uma cegonha. Tratava-se de um conceito incorpóreo, espiritual. Além disso havia a sombra humana, *khaibit*, que também levava uma existência independente, porém sempre próxima da alma. E também havia *khu*, o espírito humano. E *sekhem*, que pode ser traduzido como forma ou força humana, e por último *ren*, que é o nome de uma pessoa que também vive no céu.

Essas eram portanto as grandezas independentes que constituíam os egípcios: um corpo físico, um corpo espiritual, um coração, um duplo, uma alma, uma sombra, um espírito, uma forma, um nome.

A não ser pelo corpo, todos esses componentes permaneciam vivos após a morte. Os vivos, os mortos e as divindades eram todos muito próximos, e o reino dos mortos existia no céu do oriente — em outros períodos da cultura egípcia, que afinal se estendeu por milênios, os mortos desciam no ocidente, como o sol — lá, o reino dos mortos era chamado de "Ocidente", e os mortos de "ocidentais".

Os antigos egípcios não temiam a morte, porém as almas não eram necessariamente imortais, porque no reino dos mortos, o lugar onde continuavam a viver, existia uma "segunda morte", que ocorria se uma pessoa morresse no reino dos mortos. *Essa* morte era muito temida, porque nesse caso a existência cessava por completo.

Mesmo que tenhamos acesso a um vasto arcabouço de textos pertencentes à alta cultura egípcia, bem como a inúmeros objetos e construções, parece haver um elemento muito estranho naquilo que expressam, um elemento tão distante que se torna difícil manter qualquer tipo de relação com ele a não ser no plano intelectual, ou seja, abstrato, desprovido de intimidade e de sentimentos — é como se as dimensões fossem outras, os conceitos expressos são grandiosos demais e além disso se encontram a uma distância grande demais, o que lhes confere um caráter quase inumano. Claro que os egípcios também eram pessoas — claro que também se apaixonavam, claro que também abraçavam os filhos, claro que também cuspiam o leite que descobriam estar azedo, claro que aproveitavam as horas depois que o sol havia se posto em um dia quente e as sombras tomavam conta das ruas ao redor. Um grito, um sorriso, um olhar terno: um conhecido que para e entabula uma conversa.

620

Mas nada disso consta nos textos que os egípcios deixaram para a posteridade; nesses textos existem apenas o sol, os deuses e a mecânica da vida após a morte, detalhada a ponto de mais parecer um manual de instruções para uma estranha e complicada máquina que já não existe mais. O significado desses escritos não está claro, pelo menos não para mim, nem o tipo de consequências que traziam para a vida.

Em contraste com esse fundo difuso e pouco nítido, os textos deixados pelos antigos gregos no século 8 a.C. — *Ilíada, Odisseia, Teogonia, Os trabalhos e os dias* — parecem uma revelação da condição humana. Esses textos surgem como que da escuridão, mais ou menos como os primeiros seres humanos surgiram da escuridão animal centenas de milhares de anos antes, embora essa escuridão, de onde a silhueta dos gregos se delineia com inúmeros detalhes, pertencesse à cultura, e não à natureza.

Os gregos surgiram com sentimento. A *Ilíada* abre com a ira de Aquiles e prossegue com uma discussão entre Aquiles e Agamemnon. São heróis, filhos de reis ou deuses, mas também se ofendem, se aborrecem, mostram-se irritadiços e voluntariosos. O registro desses sentimentos desenrola-se à sombra da morte — não a morte solar dos egípcios, que era apenas o prolongamento da vida em outro lugar, mas a morte corpórea, a carnificina da guerra e a morte pestilenta. A *Ilíada* é um livro sobre os corpos e os sentimentos que fluem por aquelas páginas, e termina no ponto em que começa, com a ira de Aquiles. Heitor, o maior dentre todos os guerreiros troianos, mata Pátroclo, o amigo de Aquiles, e Aquiles mata Heitor para se vingar, mas não é o bastante: enlouquecido pela fúria e pelo sentimento de luto, ele amarra o cadáver de Heitor a uma biga e o arrasta pelo chão enquanto dá três voltas em torno do túmulo de Pátroclo, quando então abandona o cadáver de Heitor ao léu e retorna à tenda para dormir. E assim faz por doze dias a fio. Troia, sitiada, sofre e lamenta a perda de Heitor. O desespero leva seu pai, o rei Príamo, a se contorcer no chão, "rolando-se na lama". A impressão é de que o vilipêndio do cadáver é igualmente terrível, ou até mais terrível, do que a própria morte do filho. Em uma cena grandiosa, o rei entrado em anos recorre à ajuda divina para recuperar o corpo do filho junto à frota dos aqueus. Tanto Aquiles como Príamo choram, e Príamo leva o cadáver do filho de volta para casa. Depois de chorar a morte de Heitor por nove dias, enquanto dura uma trégua, Príamo queima o corpo do filho no décimo dia. Então a pira é apagada com vinho e os ossos são recolhidos e colocados numa urna de ouro, que é enterrada e coberta com lajes antes que todos se reúnam para um banquete fúnebre na casa de Príamo — e assim o épico se encerra.

É fácil pensar que os gregos por assim dizer trouxeram as coisas para mais perto, tanto o humano como o divino, tanto a vida como a morte, porém só é assim porque foram eles que lançaram as fundações da realidade em que vivemos. Se os primeiros seres humanos aos poucos deixaram os animais para trás e deram-lhes as costas, os gregos criaram um espaço para a nova humanidade. Disciplinas científicas e sistemas sociais foram estabelecidos, o mundo físico passou a ser pesquisado e tudo aquilo que havia entre as pessoas foi mapeado. Ainda podemos nos identificar com Aquiles e com Príamo, ainda podemos acompanhar as aventuras de Odisseu e ler o nosso próprio tempo nos episódios com os ciclopes ou as sereias, ainda podemos vislumbrar a nossa natureza mais profunda ao vê-la representada nas tragédias gregas, que continuam a ser encenadas por todo o mundo, e se quisermos pensar sobre o mundo e a nossa condição no mundo, começamos com Platão e Aristóteles, ou talvez até antes, com os pré-socráticos. Até mesmo a cristandade vem do antigo mundo grego, onde a primeira religião monoteísta do mundo fundiu-se à seita extrema e revolucionária criada por Jesus, e mais tarde esse amálgama foi ampliado, primeiro através do neoplatonismo e depois através do neoaristotelismo, até transformar-se no sistema a que grandes partes do mundo ainda hoje se encontram subordinadas.

Mas o espaço grego, que a nós parece muito familiar, tem outro lado que se mantém numa espécie de sombra, intimamente ligada àquela outra época, porém hoje irrelevante, que já praticamente não mencionamos a não ser como uma simples curiosidade: a postura da Antiguidade em relação à morte. Para os gregos, a vida após a morte era não apenas um fato abstrato, mas também uma parte da realidade física. A literatura antiga é repleta de encontros entre os vivos e os mortos, não apenas nos épicos, na poesia e no teatro, mas também nas obras de história, nas biografias e nos relatos de viagem. Em praticamente todos esses episódios os mortos são despertados ou invocados, quase sempre junto ao túmulo onde o corpo foi sepultado.

A forma mais comum de contatar os mortos era fazer uma oferenda junto ao túmulo do falecido — como por exemplo mel, vinho, azeite, leite ou sangue (este último tinha um nome próprio, *haimakouria*, sacrifício de sangue).

Numa das sepulturas descobertas em Micenas havia um altar pelo qual corria um tubo que levava o sangue diretamente para a boca do cadáver. Uma vez feita a oferenda, bastava deitar-se para dormir em cima do túmulo, e o morto havia de revelar-se em um sonho. Os gregos consultavam os mortos porque os mortos eram capazes de prever o futuro, justamente porque se encontravam fora do tempo.

Também existem muitas histórias sobre mortos que não conseguiam descansar porque não tinham recebido um enterro digno — o que acontecia principalmente em episódios militares, como em Troia, onde à noite os guerreiros mortos foram avistados na planície, em armadura completa, até o século dois depois de Cristo, segundo o relato de Filóstrato. Na época, os poemas épicos de Homero sobre a guerra, a *Ilíada*, e sobre o retorno de um dos guerreiros gregos, a *Odisseia*, já tinham mil anos.

Nos arredores de túmulos e nos campos de batalha, os mortos iam ao encontro dos vivos. Mas na literatura antiga também se encontram inúmeras descrições da situação oposta, conhecida como *catábase* — a viagem de um vivo ao mundo dos mortos. As catábases estão nos mitos, como por exemplo no décimo primeiro livro da *Odisseia*, quando Odisseu vai ao reino dos mortos para aconselhar-se com o sábio Tirésias. Os dois navegam rumo ao sul, a um país no outro lado do mar; é um lugar dourado e sem sol, e o céu está sempre encoberto por nuvens e névoas. Na praia, Odisseu cava uma pequena cova no chão, derrama lá dentro primeiro mulso e leite, vinho e água, e depois farro; em seguida, consagra um carneiro preto e deixa o sangue escorrer para o buraco. Logo em seguida os mortos reúnem-se ao redor. Querem beber do sangue. Odisseu os mantém afastados: o sangue é para Tirésias. Os mortos não o veem e não se importam com sua presença: têm olhos apenas para o sangue. Estão totalmente absortos em si mesmos. Usam as mesmas roupas que vestiam ao morrer. Odisseu vê jovens, moças e rapazes, mulheres falecidas enquanto davam à luz, guerreiros tombados no campo de batalha. Também vê sua mãe, Anticleia, e compreende que ela morreu durante sua ausência. A princípio ela não percebe que aquele é seu filho. Somente depois que bebem do sangue os mortos conseguem falar com Odisseu. Tirésias dirige-lhe a palavra, e Anticleia dirige-lhe a palavra, e também uma longa série de mulheres, filhas ou esposas de guerreiros célebres, e por fim Agamemnon e Aquiles.

Em Hesíodo, que escrevia na mesma época em que a *Odisseia* foi escrita, o mundo dos mortos encontra-se nos subterrâneos do mundo e chama-se Tártaro. Hesíodo escreve:

"Uma bigorna de bronze que caísse do céu haveria de cair por nove dias e nove noites, e na décima atingiria a terra. E se a bigorna caísse da terra, então haveria de mais uma vez cair por nove dias e nove noites, e atingiria o Tártaro no décimo."

O Tártaro naturalmente não é um lugar dotado de existência real, mas é um lugar mitológico: lá embaixo, como que numa prisão em um lugar qualquer do espaço, atrás de um enorme muro de bronze, encontram-se os primeiros deuses, os deuses do caos derrotados e capturados por Zeus, e é lá que os caminhos do dia e da noite se cruzam — quando um entra, o outro sai, e os dois jamais estão juntos, segundo consta — e é lá que vivem os filhos da noite, os irmãos Hypnos e Thanatos.

A *Odisseia* tampouco descreve um lugar real com existência concreta, é claro, mas pelo menos o ritual celebrado por Odisseu é descrito em termos realistas, aquela era a forma de invocar os mortos, e o que parece vago e difuso na descrição do caminho para o Hades — é como se estivessem navegando por uma noite eterna — por *outro lado* causa uma impressão clara e nítida: o encontro entre os vivos e os mortos ocorre numa zona fronteiriça, nem aqui nem lá, em uma espécie de não lugar situado nos confins da existência.

Mas a descida ao reino dos mortos na mitologia também pode ser traçada de volta à origem em lugares da geografia real. Em relação a Orfeu, que de acordo com a tradição grega realmente existiu, foi dito que desceu ao reino dos mortos por uma gruta no lugar que antigamente se chamava Cabo Tênaro e hoje se chama Cabo Matapão — o ponto mais austral da Grécia continental. Ainda hoje é possível visitar o local e ver essa gruta. Eu fiz essa jornada sem conseguir estabelecer nenhuma ligação entre o mar ensolarado e a água cristalina no interior da gruta, que cintilava com um brilho verde-azulado sob o pequeno barco que levava os turistas para o interior da gruta, e a escuridão da noite eterna que associo ao reino dos mortos.

Muitos lugares ligavam-se ao mundo subterrâneo, quase sempre grutas e cavernas, que em certos casos soltavam vapores gasosos, mas havia pelo menos quatro que tinham importância capital: além do Cabo Matapão, eram o Aqueronte na Tesprócia, o Averno na Campânia e Heracleia Pôntica no litoral sul do mar Negro. Esses eram lugares reais, não mitológicos, onde com frequência havia oráculos, e lá os mortos também eram invocados. Como as grutas de fato não se abriam para o mundo subterrâneo, não há motivo para crer que os gregos acreditassem que as descidas ao reino dos mortos fossem empresas físicas: a gruta *era* o reino dos mortos. Os mortos também eram invocados em recintos similares a criptas, onde os oráculos entravam em transe.

A questão não é saber onde os mortos se encontravam, se no Hades ou no Tártaro, ou que aspecto tinham, ou ainda como as almas mortas podiam surgir como os corpos de onde haviam saído, no instante da morte, enquanto o corpo sabidamente estava no campo de batalha ou na sepultura — a questão é saber por que *nós*, que herdamos tantas coisas dos gregos, e que ainda hoje nos inspiramos naquela cultura, não acreditamos na vida após a morte.

Hoje, mais de dois mil anos depois, parece que o ensolarado mundo grego, quase sempre apolíneo, trazia em si os resquícios de outra coisa muito antiga da qual não conseguira livrar-se. Os gregos criaram um espaço para a racionalidade, mas não conseguiram racionalizar a morte, que se manteve antiga e enigmática como a floresta, um lugar de metamorfoses intermináveis, onde os vivos transformavam-se em mortos e os mortos transformavam-se em vivos, os animais transformavam-se em pessoas e as pessoas transformavam-se em animais. Pã era a figura que representava essas metamorfoses — o deus com pernas de bode e chifres na testa, o homem-animal, selvagem e imprevisível —, porém a mitologia era cheia de outras criaturas metade homem, metade animal, como os centauros com corpo de cavalo e cabeça humana, a Medusa com cabelos de serpente, as erínias com asas, o minotauro com cabeça de touro e corpo de homem — e acima de todos esses pairava Dioniso, o deus da transcendência. Homero chamou Dioniso de louco, e Walter Otto, que o descrevia como deus "do êxtase e do terror", afirmava que a loucura era a natureza fundamental de Dioniso, enquanto Nietzsche o descreveu da seguinte maneira: "Dioniso é o frenesi que existe em toda parte onde se concebe e se dá à luz, cuja natureza indômita se encontra sempre disposta a avançar rumo à destruição e à morte. Ele é a vida".

Segundo a tradição, foi num desses rituais dionisíacos, que acima de tudo se assemelhavam a cultos orgiásticos onde o vinho era servido em cabeças de animais e não havia limites, que as mênades atacaram Orfeu, esquartejaram-no e despedaçaram-no como se fosse um bicho, para então jogar sua cabeça no rio. A cabeça manteve-se viva e foi levada ao mar enquanto cantava, e mais tarde chegou a uma ilha, onde foi encontrada e enterrada, sem contudo estar morta, pois, como escreveu Filóstrato, a cabeça "passou a viver numa fenda em Lesbos e a oferecer respostas oraculares a partir de um buraco no chão". A cabeça serviu como oráculo para as pessoas da ilha até que Apolo desse um fim nisso.

Mircea Eliade inscreve o mito de Orfeu numa tradição xamanística, tanto por causa da descida ao reino dos mortos como também por causa da mutilação e da cabeça cantante (como já foi dito, nos rituais de iniciação celebrados no submundo a cabeça dos xamãs era frequentemente posta em uma estaca, de onde podia ver o próprio corpo ser cortado e esfolado). Mas a cabeça de Orfeu não foi a única que serviu como oráculo na Antiguidade — a cabeça de um certo Trofônio permanecia da mesma forma em uma cavidade, oferecendo profecias; as pessoas desciam até lá e perguntavam à cabeça aquilo que gostariam de saber, e Cleômenes I de Esparta decapitou o amigo Arcônidas, guardou a cabeça num pote de mel e passou a aconselhar-se com ela regularmente.

Aristóteles escreveu que um dos sacerdotes de Zeus na Arcádia foi decapitado por um desconhecido, e que a cabeça pôs-se a cantar "Cercidas matou um homem atrás do outro" — o que resultou na prisão de um homem com esse nome que foi então levado a julgamento. E nos papiros mágicos gregos aparecem diversas formas de fazer com que cabeças mortas falem.

Ao lado da fundação das ciências naturais e da filosofia havia portanto cabeças decepadas que previam o futuro, corpos mortos que recebiam sangue novo e redespertavam para a vida, almas mortas que não encontravam descanso, almas mortas que iam para o reino dos mortos, outras — entre as quais uma discutida na *República* de Platão — que voltavam do reino dos mortos para contar o que tinham visto por lá, oráculos em cavernas, homens-animais, animais-homens, transmutações, metamorfoses e transcendências. Havia um elemento inconcebivelmente antigo, que não pôde ser conciliado ao novo. Quer dizer, não lá no princípio, quando os dois existiam lado a lado, na escuridão da caverna e na luz do lado de fora da caverna, mas depois, infinitamente aos poucos, talvez em um processo tão lento como aquele que levou os primeiros seres humanos a se afastarem da condição animal, tudo aquilo foi *posto de lado* e tornou-se imóvel e *petrificado* — é o que hoje chamamos de Antiguidade.

Os animais foram retirados da floresta, às vezes para fábricas de proteína ou de leite, onde tornam-se produtores de mercadorias para nós, sempre no interior de sistemas biológicos onde estão claramente situados e ocupam um lugar claramente definido, e é essa imagem nítida e sem nenhum tipo de ambivalência, como por exemplo o leão e o pássaro aquático, que vemos em nossas telas. Claro que os animais estão ainda hoje na floresta — que encolhe a cada dia que passa —, mas *nós* os vemos apenas como imagens separadas em caráter total e definitivo dessa realidade.

A morte também foi retirada da caverna e da floresta, retirada do escuro e levada para a luz, onde hoje se revela *como aquilo que é*: uma pequena ruptura em um vaso no cérebro, um punhado de bactérias microscópicas na corrente sanguínea, uma célula minúscula no pâncreas que começa a crescer segundo regras próprias.

O que acontece é que a morte se torna cada vez menor, e esse desdobramento tem sido tão impressionante que já não é mais impensável que em determinado momento alcance um valor de zero e desapareça.

Nessa perspectiva, a ciência e a religião se encontram de maneira estranha. Não apenas porque a medicina é capaz de abrir os corpos, de retirar órgãos internos como o coração, os pulmões e os rins para então substituí-los por órgãos novos, como em tempos imemoriais os xamãs descreveram os rituais de iniciação, mas também porque isso, junto com todos os avanços da genética, graças aos quais o cultivo de órgãos e a manipulação de células não são mais uma utopia, mas uma realidade, prolonga a duração da vida, e, se aceitamos que por exemplo o envelhecimento é uma condição genética, definida no momento da concepção, não seria impossível que um dia esse processo seja não apenas retardado, mas suspenso, e o que surgiria nesse caso, a vida eterna, é, afinal de contas, e sempre tem sido, um conceito religioso. E sob essa forma tem estado sempre ligada ao misticismo, à transcendência, à metamorfose e à irracionalidade, ou, em outras palavras, à caverna.

Cristo veio da Antiguidade, e sua história contém diversos elementos xamânicos: ele afastava demônios, fazia com que os mortos despertassem para a vida e acima de tudo empreendeu uma descida ao reino dos mortos, e, como os xamãs e também Heitor, Orfeu, Odisseu e Enéas, voltou e ascendeu ao céu.

Mas, por motivos inexplicáveis, o aspecto irracional não parece ser tão marcante na história da ressurreição de Jesus como nas inúmeras histórias similares da Antiguidade. O desvario e a loucura que existiam ao redor de Dioniso não existem ao redor de Jesus. Tampouco ao redor do homem que, das profundezas da visão antiga da realidade como uma caverna, escreveu o livro mais importante do Novo Testamento, o Apocalipse. Em uma gruta na ilha grega de Patmos, esse homem deitou-se em um transe ou sono alucinatório, provocado artificialmente ou surgido em meio à loucura em seu âmago, e teve uma visão do futuro.

João foi um dos muitos oráculos daquela época, mas, enquanto as visões pagãs de outros foram perdidas, sua visão cristã perdurou: ele viu os quatro cavalheiros do apocalipse, viu o mar tornar-se vermelho de sangue, viu o céu pegar fogo — e viu a morte desaparecer. Ele escreveu: "E naqueles dias os homens buscarão a morte e não a acharão; e desejarão morrer, e a morte fugirá deles".

Essa ideia não é o mesmo que a vida eterna, mencionada pela cristandade em outras ocasiões e relacionada aos ensinamentos de Platão acerca da alma; é uma coisa distinta, uma profecia não de um paraíso prometido, mas de uma realidade. "E desejarão morrer", escreveu João, *"e a morte fugirá deles."*

Acredito que "aqueles dias" estejam cada vez mais próximos. Acredito que "os homens" somos nós. Mas, se for assim, se a morte acabar desaparecendo por completo, o que acontecerá com aqueles que já estão mortos?

*

Poucas semanas atrás eu peguei o trem noturno de Oslo até a montanha. Entusiasmado com a viagem, cheguei cedo à estação. Existem poucas coisas que me deem mais prazer do que viajar, especialmente de trem. A atmosfera na estação antes que o trem noturno parta, o sentimento infantil de estar fazendo uma coisa proibida que essas partidas no avançado da noite sempre me dão. As pessoas que chegam atrasadas e precisam correr na plataforma arrastando as malas, deixando para trás todos aqueles que chegaram com a folga necessária e já estão sentados, despedindo-se, ou então permanecem distraídos, olhando para o celular. Jovens, idosos, homens, mulheres. Pessoas bonitas, feias, bem-vestidas, desleixadas. Mãos largas com pó de cimento nos poros, mãozinhas delicadas que nunca fizeram nada além de digitar no teclado. Um redemoinho de casacos e cabelos: a mãe que se abaixa e beija a cabeça de uma criança ao lado de um homem vestido de terno que mantém os braços paralelos ao corpo enquanto assiste à cena. Três rapazes e três moças sentados em círculo; um deles têm uma mochila nas costas e uma bolsa junto aos pés. Um homem alto de cabelos grisalhos e nariz comprido que, com um longo paletó, chega às pressas; um músico, penso eu, talvez um jazzista, talvez um indie ultrapassado.

Eu tinha reservado lugar numa cabine dupla e havia ficado com a cama de cima. A cabine estava vazia quando eu cheguei, então acendi a luz, coloquei a mala no chão, tirei meu casaco e o pendurei no cabide da porta. Mesmo que eu não goste de estar deitado quando estou à espera de outra pessoa, em especial quando não conheço essa outra pessoa, subi na cama e me deitei para ler enquanto os barulhos do lado de fora pareciam diminuir com a iminência da partida.

Dois minutos antes da hora, meu companheiro de viagem entrou na cabine. Ele tinha o bilhete numa das mãos, uma maleta na outra e olhou primeiro para o bilhete e depois para a numeração da cama. Somente depois de constatar que estava tudo certo ele olhou para mim.

— Olá — ele disse.

— Olá — eu respondi.

O homem tinha um rosto carnudo e bronzeado que reluzia sob a luz do teto, mas o corpo era magro e relativamente pequeno.

Ele usava a vestimenta formal de viagem, pensei: um terno preto e uma camisa branca.

— Você vai fazer o trajeto completo? — ele perguntou.

— Vou — eu disse. — E você?

Ele fez um gesto afirmativo com a cabeça, sentou-se na cama, inclinou o corpo para a frente e abriu a maleta.

— Quer uma cerveja? — ele me perguntou.

— Não, obrigado — eu disse. — Mas agradeço a gentileza.

O homem retirou uma garrafa da maleta. Uma cerveja parecia uma boa ideia naquele momento, mas eu não queria parecer amistoso e correr o risco de ter que conversar por horas a fio. Eu queria ler um pouco, e depois queria dormir.

— Você tem medo de avião? — ele me perguntou.

— Não — respondi enquanto ele abria a tampa com um chaveiro. — Por quê?

— Não tem muita gente da nossa idade que faz essa viagem com o trem noturno — ele disse.

Me deitei de lado com o rosto em direção à parede para que ele compreendesse que eu não queria conversar.

Um apito soou no lado de fora, e então o trem começou a deslizar e entrou no túnel que passava por baixo da cidade.

O homem se manteve em silêncio por um bom tempo; ele tinha um jornal ou uma revista no colo enquanto bebia da garrafa de cerveja.

Já estávamos muito longe da cidade, e eu havia começado a me perder no meu livro quando o homem voltou a me dirigir a palavra.

— Você é acadêmico? — ele me perguntou.

— Acadêmico, eu? Não — eu disse. — Não, não.

— Um desses eternos aprendizes, então? — ele perguntou.

— Não sei — eu disse.

— Esse livro que você está lendo — ele disse. — Não é um livro para pessoas interessadas em se aprofundar no assunto, mas um livro para especialistas da área. Você não concorda?

— Pode ser — eu disse.

— Ora, pare com isso! — ele disse. — Estou tentando começar uma conversa!

Por que mais eu não teria pagado cem coroas extras para uma cabine individual?

Minha vontade era simplesmente ignorá-lo por completo, mas não consegui, então fechei o livro e me sentei na cama. De qualquer jeito, logo eu teria que escovar os dentes.

— Você não precisa interromper a sua leitura — ele disse. — Desculpe se fui inconveniente. Pode continuar. Já é tarde.

— Como é que você conhece Lúcio Ácio? — eu perguntei.

O homem me encarou com um sorriso nos lábios.

— Tem certeza que você não quer tomar aquela cerveja?

— Mal não vai fazer — eu disse.

Ele colocou a garrafa vazia no chão, pegou outras duas, abriu-as e me entregou uma delas.

— Eu também o li — prosseguiu o homem. — Mas não em tradução, como você.

— Então você sabe latim? — eu disse, para dar-lhe um pretexto, e então tomei um gole daquela maravilhosa cerveja dourada e amarga.

Ele acenou com a cabeça, satisfeito consigo mesmo.

Após mais um trecho ao longo do qual toda a luz vinha do céu claro da noite de verão e o panorama de vez em quando oferecia relances de um rio largo e plácido, as luzes de casas e prédios começaram a surgir.

— Como pode uma coisa dessas? — eu perguntei.

— Eu precisei estudar tanto latim para os meus estudos que no fim resolvi aprender direito. Comecei a estudar por conta própria. Por acaso foi útil? Não. Por acaso me trouxe grandes alegria? Trouxe.

— Então você é médico — eu disse.

Lentamente o homem fez vários acenos de cabeça, e por fim olhou para mim como um professor que ouve uma pergunta difícil formulada por um aluno.

— E você é…

— Eu fiz uns documentários — eu disse.

— É mesmo? — ele continuou. — Algum título a que eu possa ter assistido?

— Não, acredito que não — eu respondi.

— Não seja tão modesto — ele disse. — Como se chamam os seus filmes?

Pensei que eu responderia à pergunta e em seguida pediria licença, escovaria os dentes, apagaria a luz e dormiria por todo o trajeto ao longo do fiorde.

— Um se chama *Amigos por toda a vida* — eu disse.

— Ah é? — ele prosseguiu. — E sobre o que é?

— Você já ouviu falar dos Amigos de Smith?

— A seita norueguesa? Claro — ele disse.

O homem pegou um telefone que devia estar na cama, fora do meu campo de visão. Percebi que estava buscando informações a respeito do filme. No instante seguinte ele olhou para mim.

— Saúde, Egil — ele disse, erguendo a garrafa de cerveja. — O meu nome é Frank.

O trem diminuiu a velocidade e entrou numa estação. Umas poucas figuras movimentaram-se em direção à porta. Os ruídos soaram pelo trem: as batidas de passos, o baque das portas que eram abertas ou fechadas, o barulho do motor e as vozes abafadas por assim dizer amplificavam o silêncio da noite, que pairava sobre toda a cidade e todas as montanhas além.

— Você é cristão? — ele perguntou.

Não respondi. Eu não queria responder àquele tipo de pergunta.

— Quero dizer, já que você fez um documentário sobre essas pessoas? Elas acham que Jesus nasceu como homem, não? E que só depois tornou-se divino? Graças às suas ações? É isso, não?

— É — eu disse.

— E no que você acredita? — ele me perguntou.

— Em relação ao quê?

— Em relação a Jesus ter nascido como homem ou como um ser divino.

— Não sei — eu disse.

Ele riu.

— Claro que você não sabe! Mas no que você acredita?

Não respondi. O trem voltou a andar. A luz começou a se deslocar cada vez mais rápido no lado de fora. Num cruzamento vazio, um carro esperava pelo sinal verde. Num prédio comercial, uma sala vazia estava com todas as luzes acesas. Os móveis pareciam ganhar destaque sob a luz. E de repente não havia nada além de árvores no lado de fora, todas pálidas sob o difuso céu noturno.

— Eu sou médico anestesista — ele disse. — Anos atrás eu trabalhava numa ambulância aérea. Esse é um dos trabalhos mais difíceis, porque os helicópteros são chamados apenas em casos gravíssimos. Muito acidentes de carro. Afogamentos. AVCs. Infartos. E além disso vamos aos lugares a que as ambulâncias convencionais não chegam. Eram vilarejos e propriedades afastadas, ilhas perdidas em alto-mar. Mas eu gosto dessas coisas, é um sentimento muito especial aterrissar num fiorde durante a madrugada ou no raiar do dia e de repente se ver num drama entre a vida e a morte. Porque quase sempre é assim.

O homem se calou.

Passado um tempo ele olhou para mim.

— Quer mais uma?

— Quero, obrigado. Mas vai ser também a saideira — eu disse. — Preciso dormir um pouco antes que a gente chegue.

— Dormir não é tão importante — ele disse.

O trem subia aos poucos, mas era tão devagar que só fui perceber quando chegamos a um dos pontos de onde era possível enxergar o vale mais abaixo.

— Não pense que sou louco — ele disse. — Porque eu não sou. Mas agora no outono começaram a acontecer coisas.

— Durante o seu trabalho no helicóptero?

— É.

"Enfim, eu não sou louco", ele repetiu. "Mas o que começou a acontecer no inverno foi que eu comecei a ver pessoas que não estavam lá. Você entende?"

— Não muito — eu disse.

— Eu via muitas outras pessoas além dos meus colegas — ele disse. — Levou tempo até que eu compreendesse. Mas, quando mais tarde falávamos sobre o que tinha acontecido, eu fazia uma referência a uma determinada pessoa, ao velho sentado no sofá da sala, por exemplo, ou à mulher que tinha olhado para o helicóptero quando aterrissamos, e os meus colegas não sabiam de quem eu estava falando. Não tinham percebido. Quando me dei conta do que estava acontecendo, compreendi que não era uma simples distração, mas que realmente não tinham visto aquelas pessoas, como se não estivessem lá.

— E quem eram essas pessoas? — eu perguntei, mesmo já sabendo a resposta.

— Eram pessoas mortas — ele disse. — Eu via os mortos quando chegávamos de helicóptero.

Fez-se uma pausa.

— Eu nunca contei isso para ninguém — ele disse. — Não quero ser o sujeito que acredita em fantasmas. Mas nós dois nunca mais vamos nos reencontrar. Não é verdade?

— O que você acha que essas pessoas queriam? — eu perguntei.

— Não pareciam querer nada — ele respondeu. — Simplesmente estavam lá. Meio como bichos. Ficavam olhando para o que acontecia ao redor. E todos haviam morrido fazia pouco tempo. Pelo menos foi o que me pareceu.

— E ninguém mais viu essas pessoas?

— Não que eu saiba — ele respondeu. — É disso que não estou gostando. Por que justamente *eu* os vi? E por que de repente, *agora*?

O homem tornou a fazer silêncio.

Apoiei as costas na parede do trem e olhei para o cenário pálido repleto de troncos de bétula brancos e cintilantes sob o céu estranhamente claro.

— Mas isso não é tudo — ele disse. — Um deles falou comigo. Estávamos na sala de uma propriedade rural, e o dono da casa, um sujeito enorme, tinha sofrido um infarto. No sofá um pouco adiante estava sentado um menino que ninguém mais via além de mim. Nossos olhares se encontraram. Aquilo nunca tinha acontecido nas outras vezes, os mortos simplesmente ficavam lá, distraídos no mundo deles. Mas naquele instante o menino me encarou. E depois se levantou e apontou o dedo para mim. E então disse: *você está condenado.*

— Você está condenado?

— É. Só isso. Já estávamos de saída. Mas antes de ir embora eu vi a fotografia dele na parede. Uma foto da época de confirmação. Dessas tiradas em estúdio, sabe?

Por muito tempo ouviram-se apenas os barulhos do trem. As rodas que giravam sobre os dormentes abaixo dos nossos pés, as batidas e os rangidos das ligações entre os vagões, o discreto assovio do ar deslocado pelo trem.

— Você não acredita em mim — disse o homem.

— Claro que eu não acredito em você — eu disse. — Quer dizer, eu acredito que você tenha visto o que afirma ter visto. Mas eu não acredito que essas coisas tenham uma existência real.

— "Existência real"? — ele repetiu de maneira irônica. — Nem parece que você é um acadêmico. Em suma, o que você está dizendo é que aquilo que eu vi só existe na minha cabeça.

— É mais ou menos isso. Uma vez eu também vi uma pessoa morta, o meu avô. Ele parecia tão nítido quanto você parece agora. Mas eu sei que ele *não estava* lá. Ele estava em mim.

— Mas e o que ele estava fazendo lá, nesse caso? — Frank me perguntou, rindo.

Eu sorri, me deitei de costas e apaguei a pequena luz de cabeceira.

— Você se importa de apagar a luz do teto?

Ele se levantou sem dizer uma palavra e apagou a luz, e a seguir também se deitou sobre a cama ainda feita.

— Você acreditaria em mim se eu dissesse que aquele menino morto tinha razão? Que eu estava *mesmo* condenado?

Não respondi.

— A minha filha morreu — ele disse. — Ela tinha seis anos. Foi atropelada por um caminhão de carga em frente à nossa casa. Ela não estava usando capacete, queria apenas pedalar um pouco em nosso pátio. Tinha acabado de aprender a andar de bicicleta.

Meus olhos se encheram de lágrimas.

Ele não podia ter inventado aquilo.

— Você entende agora? — ele me perguntou. — Não foi só na minha cabeça. As pessoas que eu vi eram mortos reais.

— Eu lamento de verdade a perda da sua filha — eu disse.

Ele riu.

— Acredito!

Eu não poderia dormir naquela situação, não poderia abandoná-lo. Ele estava num abismo.

Mas o que eu podia dizer?

Nada poderia ajudá-lo.

Se eu perguntasse sobre a filha e ele começasse a falar dela, sem dúvida teria uma crise. Se eu não falasse a respeito da filha, nossa conversa pareceria inautêntica e terrível.

A porta entre os vagões se abriu e os barulhos ganharam intensidade: foi como se a porta que dava para uma máquina houvesse se aberto. Quando tornou a fechar-se, ouvimos vozes que se deslocavam pelo corredor.

Frank se levantou da cama e foi até a janela.

— Tudo bem se eu abrir um pouco? — ele me perguntou.

— Claro — eu respondi.

— Dizem que esse é o verão mais quente de todos os tempos.

— Ouvi dizer.

Ele abriu a parte superior da janela e o vento soprou para dentro da cabine.

— Você é casado? — ele me perguntou, apoiando a cabeça contra a janela.

— Separado — respondi.

— Por quê?

Você não pode fazer isso, pensei. Mas eu não podia rejeitá-lo naquela altura.

Me levantei um pouco na cama.

— Eu não aguentei.

— Simples! — ele disse, rindo enquanto voltava o rosto para mim. — Como ela era?

— Ela era tudo o que você pode imaginar.

— Areia demais para o seu caminhãozinho?

— Não, não. Acho que não. Mas queria discutir por tudo.

— E você não queria?

— Não.

— Queria ficar sentado na poltrona, lendo Lúcio Ácio?

Aquele comentário era um escárnio, e senti uma sombra projetar-se em meu âmago. A sombra deve ter sido visível a partir de fora, porque o tom dele mudou.

— Eu também me separei — ele disse. — E foram duas vezes. O motivo oficial era que eu trabalhava demais. O motivo extraoficial era que eu não conseguia manter os dedos longe do bolo.

Ele tornou a se deitar na cama.

— Mas claro que é mais complicado que isso.

— Sei — eu disse.

Ele passou um bom tempo em silêncio. Tornei a me deitar e fechei os olhos. Pelo barulho, entendi que ele também havia se deitado.

— Não fui uma pessoa muito boa — ele disse. — E não foi exatamente um fracasso, porque eu nem tentei ser. Para quê? Vivemos por um tempo, depois morremos e tudo é esquecido. Inclusive as coisas boas que fizemos. Você entende? Nesse caso o melhor é simplesmente *viver*. Fazer o que temos vontade. Pelo menos era assim que eu pensava. Ou talvez, mais do que *pensar*, era assim que eu vivia.

— Hoje você não pensa mais dessa forma? — perguntei.

Ele não respondeu, mas tive a impressão de que havia balançado a cabeça no escuro.

— Já não sei mais o que eu penso — ele disse. — Já não sei mais nada.

Fez-se mais uma pausa.

— E você? — ele me perguntou. — Você é uma boa pessoa?

— Não sei — respondi. — Depende do que você quer dizer com "boa pessoa", acho.

— Como se chama a sua esposa?

— Camilla.

— Como a menina de *Kardemomme by*?

— Acho que a menina de *Kardemomme by* se chama Kamomilla — eu disse.

— Você tem razão — ele disse. — E você tem sido bom para a Camilla? Você se importa *de verdade* com ela? Já tentou imaginar como seria estar no lugar dela? O que ela gostaria de fazer? O que ela gostaria que você fizesse? Você já se dedicou a ela com todas as suas forças? Pelo menos em determinadas ocasiões?

— Não sei — eu respondi.

— Não sabe? — ele repetiu. Pois eu sei. Você não fez nada disso. Certo?

— Pode ser — eu disse. — Mas há sempre duas pessoas num relacionamento.

— Você está muito enganado! Se você é uma pessoa boa, você dá sem nenhuma expectativa de receber. Você age de maneira altruísta.

— Mas nesse caso você desaparece — eu disse.

— Desaparece para você mesmo. Não necessariamente para ela. Mas isso é apenas uma teoria minha. Eu nunca fiz nada disso, nunca me importei. E tudo bem. Mas o que parece queimar dentro de mim é ver que eu também não me importava com a Emma. Não de verdade. Eu achava que ela era fofa e tudo mais, e eu gostava dela, claro. Mas eu não me importava com ela de verdade.

— Emma era a sua filha?

— Sim. Com ênfase no *era*.

Fez-se uma pausa.

— O que você pensa a respeito disso? — ele me perguntou.

— Sobre o que você diz a respeito do relacionamento que tinha com ela?

— É.

— Acho que é suficiente que você gostasse dela e ela soubesse disso.

— Ah, mas não é mesmo! — ele disse. — Você diz isso só porque agora parece conveniente. Mas, enfim, não conhecemos um ao outro. E nunca mais vamos nos reencontrar. Podemos ao menos falar com absoluta sinceridade.

— Mas é o que eu realmente acho — eu disse.

— Você tem filhos?

— Tenho. Um menino de onze anos. Ele mora com a mãe.

— Então pode ser que você esteja falando a respeito de você mesmo. Mas escute, eu tenho um conhaque na maleta. O que você acha de tomarmos um copo?

* * *

Passamos a noite bebendo sentados enquanto atravessávamos a montanha, com o cenário deserto e levemente iluminado no lado de fora e o vale mais além, ao longo de um rio que se jogava com águas revoltas pelas corredeiras, brilhando ao sol da manhã sob as encostas verdejantes enquanto falávamos sobre nossa vida. Ao fim de um certo tempo eu relaxei por completo, disse coisas que eu nunca tinha dito a ninguém, e ele fez o mesmo, ainda que eu hesitasse entre a chance de que os relatos não fossem de todo verdadeiros e a chance de que realmente correspondessem à verdade e aquilo fosse acima de tudo uma necessidade de extravasar os pensamentos. Por um tempo hesitei até mesmo em acreditar que a filha dele tivesse morrido. Ao mesmo tempo eu gostava de conversar daquela forma totalmente livre, e em certos momentos chegava a pensar que aquele companheiro de viagem tinha sido enviado para mim. E que tinha uma mensagem para mim.

Eu estava bêbado quando o trem chegou ao fim da linha, mas ainda no controle: era mais como se eu sentisse a luz clara do conhaque ardendo dentro de mim enquanto queimava todos os meus problemas. De repente tudo era possível.

Detive-me na plataforma em frente ao vagão e esperei por Frank.

— Vamos nos despedir aqui, então? — eu perguntei quando ele saiu.

— Seria uma pena desperdiçar uma bebedeira tão agradável — ele disse, puxando a alça da maleta. — Você tem planos para amanhã? Um encontro?

Balancei a cabeça e começamos a andar em direção à saída. A luz do sol banhava a pequena estação ferroviária e refletia-se por toda parte nas superfícies de vidro e metal.

— O enterro começa às onze horas — ele disse, sem olhar para mim. — Você acha que pode me fazer companhia até lá?

— O enterro? — eu perguntei. — Da sua filha?

Ele fez um gesto afirmativo com a cabeça.

Senti um calafrio.

Então ela ainda não estava enterrada?

Essa não, essa não.

— Claro que posso — eu disse. — Para onde vamos?

— Eu tenho um quarto reservado no Hotell Norge. Podemos tomar um aperitivo por lá. Você não precisa se demorar. Só não tenho vontade de estar sozinho justo agora.

— Eu entendo — respondi. — Não tem nenhum problema.

— Onde você vai se hospedar?

— Num hotel bem perto do Torgallmenningen. Não me lembro como se chama.

— Deve haver outros mais finos na Noruega — ele disse. — Como pode o filho de um homem rico como você não se hospedar nos melhores hotéis?

— Essas coisas não me interessam — eu disse.

Ele lançou um olhar cético em direção a mim. Comprei cigarros no quiosque do Narvesen, comecei a fumar enquanto atravessávamos o pequeno lago no meio da cidade e terminei o cigarro no mesmo instante em que chagamos ao hotel. Eu me sentei na recepção enquanto Frank se ocupava com o check-in.

— Podemos nos sentar aqui mesmo — ele disse. — Seria besta subir ao quarto para beber. Somos adultos. Você concorda?

— Pode ser — eu disse. Uma onda de cansaço tomou conta de mim: eu precisaria beber mais para me aguentar de pé.

— Precisamos de um café da manhã — ele disse ao retornar. — Você me acompanha?

A mudança de ambiente mudou também todo o resto: já não tínhamos assunto para conversar, porque afinal não conhecíamos um ao outro e além disso nossas personalidades eram totalmente opostas, pensei em silêncio enquanto tomávamos o café da manhã.

Depois bebemos umas cervejas. Eu mal tinha começado a pensar em como poderia sair daquilo tudo sem magoar Frank quando ele me perguntou se eu não gostaria de acompanhá-lo no enterro.

— Mas você acha que seria adequado? — eu respondi. — Afinal, eu nem cheguei a conhecer a Emma.

— Você me conhece.

— De certa forma.

— Garanto que me conhece melhor do que qualquer outra pessoa. Por favor aceite. Assim eu me poupo de suplicar.

— Claro que eu posso ir junto — eu disse. — Mas não tenho roupas adequadas.

— Meu Deus — ele disse. — É um *enterro*. Tudo acabou. Tudo é escuridão e inferno. Quem se importa com roupas numa ocasião dessas?

Pouco após as dez e meia pegamos um táxi em Teaterbakken. Frank estava bêbado, tinha o rosto impassível e fechado, e os movimentos que fazia pareciam incompletos. Eu também estava bêbado, porém de forma um pouco menos evidente; seria preciso me conhecer bem para notar.

Estava cheio de gente no lado de fora da igreja: mulheres de vestido preto, homens de terno preto, muitos com óculos escuros, a maioria relativamente jovem, muitos na casa dos trinta anos. A atmosfera estava inquieta, como naqueles momentos que precedem a certeza trazida pelos rituais. Sorrisos nervosos, olhares dardejantes. Choro.

— Você me dá um cigarro? — Frank me pediu, detendo-se em frente à porta. Entreguei-lhe a carteira e o isqueiro.

Ele acendeu e deu uma tragada profunda.

— Dá pra ver que estou bêbado? — ele perguntou.

— Um pouco — eu disse.

— Eu estou bêbado por ela — ele disse. — Agora que ela morreu já nada mais importa.

— Imagino — eu disse.

— Estou honrando a memória dela — ele disse, olhando para mim com os olhos apertados enquanto cambaleava de leve.

Os sinos da igreja começaram a dobrar.

— Está na hora — ele disse, jogando o cigarro no chão e apagando-o com o pé. Coloquei a mão no ombro dele.

— Lamento — eu disse.

Ele olhou para mim e riu.

— É, realmente é lamentável. Vamos!

Todos olharam para nós quando atravessamos o pátio em frente à igreja. Frank não encontrou os olhos de ninguém, manteve o rosto fixo à frente com aquele jeito rígido e calculado dos bêbados. As pessoas não apenas olharam para nós, mas também olharam umas para as outras, e além disso ouvi sussurros.

— Vou me sentar aqui no fundo — eu disse quando entramos e pude ver o pequeno caixão branco lá na frente. O caixão e o piso ao redor estavam repletos de flores e coroas.

— Não, venha comigo e me faça companhia — ele disse.

— Não posso — eu disse. — Eu não faço parte da família.

Entrei numa das fileiras de bancos. Ele fez um aceno de cabeça para si mesmo e avançou pela nave até os primeiros bancos. Nenhuma das pessoas que estava lá o cumprimentou ou sequer o encarou. Simplesmente lhe abriram caminho, sem dizer nada.

O que ele teria feito?

Qual seria o pecado daquele homem?

A igreja se encheu de gente naquele silêncio típico dos funerais, quando se ouvem os fru-frus de vestidos, os sussurros discretos, os saltos elegantes que ecoam contra o piso de alvenaria.

A pastora chegou vinda de trás e eu fiquei totalmente estupefato ao vê-la. Eu me lembrei dela: tínhamos sido colegas na época do colegial.

E eu a amava.

Kathrine, eu disse de mim para comigo, é você?

Ela parou em frente ao caixão e baixou a cabeça enquanto o organista tocava o prelúdio de um salmo. Peguei o livro de salmos que estava no apoio do banco à minha frente, abri-o e comecei a ler o texto sem cantar. Ouvi a voz dela conduzir a congregação — uma voz firme, tranquila e bonita, mas assim mesmo simples.

Ein fin liten blome i skogen eg ser
I granskogen diger og dryg
Og vent mellom mose og lyng han seg ter
Han står der så liten og blyg

Sei ottast du ikkje i skogen stå gøymd
Der skuggane tyngje deg må?
— Å nei, for av Herren eg aldri vert gløymd
Til ringaste blom vil han sjå

Men ynskjer du ikkje i prydhagen stå
Der folk kunne skoda på deg?
— Å nei, eg trivs best mellom ringe og små
Eg føddest til skogblome eg

Om enn eg er liten, har Herren meg kjær
med honom eg kjenner meg sæl
Kvar morgon meg bøna til himmelen ber
Med bøna eg sovnar kvar kveld

Som blomen om vinteren visnar eg av
Men gler meg, for då står eg brud
Lat lekamen kvila med fred i si grav
Mi sjel, ho er heime hos Gud*

Quando a música acabou, pude ouvir o som de choro e soluços aqui e acolá. Mesmo eu, que nem ao menos conhecia a menina prestes a ser enterrada, senti meus olhos se encherem de lágrimas. Havia tanta dor naquela igreja que o ambiente era quase insuportável.

— Que a paz esteja com todos, e também Deus nosso Pai e nosso Senhor Jesus Cristo — disse Kathrine. A voz dela soava terna e tranquila. Ela olhou para os primeiros bancos e deu a impressão de procurar os olhos de outra pessoa. Eu gostei de ver aquela tranquilidade, e também aquele rosto, que era tão bonito quanto eu recordava. Mesmo assim, parecia ter ganhado traços mais nítidos, talvez até mesmo duros, como se ela tivesse sido afiada pela vida. — Estamos aqui reunidos para nos despedir de Emma Johansen — ela disse. — Juntos, vamos entregá-la nas mãos de Deus e acompanhá-la até o lugar do descanso final.

"Porque Deus amou o mundo de tal maneira que deu o seu Filho unigênito, para que todo aquele que nele crê não pereça, mas tenha a vida eterna. Oremos."

---

* "Vejo uma pequena flor na floresta/ Na enorme e extensa floresta de abetos/ Ela surge em meio ao musgo e à urze/ E fica lá, pequena e tímida// Diga, você não teme ficar escondida/ Onde as sombras possam encobri-la?/ — Ah, não, pois nunca fui esquecida pelo Senhor/ Ele cuida até mesmo das flores pequenas// Mas você não gostaria de estar num belo jardim/ Onde todos pudessem admirá-la?/ — Ah, não, eu vicejo em meio aos pequenos e humildes/ Nasci para ser uma flor da floresta// Mesmo pequena, o Senhor me ama/ e com ele me sinto feliz/ Toda manhã faço uma prece ao céu/ E com uma prece adormeço toda noite// Como flor, no inverno eu pereço,/ Mas também me alegro, porque viro noiva:/ Que o corpo descanse em paz na sepultura —/ Minha alma está em casa com Deus." (N. T.)

Ela baixou a cabeça. Eu também baixei a cabeça e uni as mãos.

— Deus meu, Deus meu, por que me desamparaste? — ela disse. Por que te alongas das palavras do meu bramido e não me auxilias? Deus meu, eu clamo de dia, e tu não me ouves; de noite, e não tenho sossego. Mas tu, Senhor, não te alongues de mim; força minha, apressa-te em socorrer-me.

Ergui o olhar e vi quando Kathrine se aproximou do púlpito, colocou as mãos nos dois lados da superfície e olhou para a congregação. Era como se o ar vibrasse lá dentro: em toda parte se ouviam fungadas e em certos pontos também gemidos discretos de pesar.

— Emma morreu — ela disse. — Emma, que era tão amada por tantos, se foi. E Emma tinha apenas seis anos. Não existe dor mais profunda do que essa. Não existe desespero mais profundo. A morte de uma criança é a noite da vida. Hoje nos despedimos de Emma compartilhando lembranças dela — porque essas lembranças são luz. Emma era uma pequena estrela. Nasceu no dia 6 de outubro, duas semanas depois do tempo, e tinha dois irmãos pequenos, Emil e Noa, que aguardaram cheios de entusiasmo a chegada da irmã. Ela sorriu pela primeira vez quando tinha dez dias, aprendeu a caminhar aos onze meses e disse a primeira palavra quando tinha um aninho. Emma era uma menina alegre e cheia de energia, que amava os animais, em especial os cachorros. Não havia nada que ela gostasse mais de fazer do que dar voltas com Monica, sua mãe, e com o golden retriever Kasper. Emma era uma criança gentil e preocupada com os outros. Ela tinha um coração enorme e era a alegria da casa. Tinha uma risada contagiante, que fazia todo mundo rir. Emma era uma exímia montadora de quebra-cabeças. Gostava de desenhar e pintar, e gostava de roupas com unicórnios.

Era impossível ficar sentado ouvindo aquilo. Mas eu não podia me levantar e ir embora, nem durante o necrológio nem depois.

Olhei para o caixão enquanto a pastora continuava a falar sobre a menina que se encontrava lá dentro.

Para a exuberância de flores ao redor.

Aquilo era Deus. Uma exuberância de vida. Uma exuberância de morte. Flores brancas com folhas verdes. Não destinos individuais, porém o movimento do qual tudo e todos participavam.

Não havia nenhum culpado pela morte daquela menina. Não havia para onde direcionar a revolta e o luto.

Ninguém era Deus.

— Emma era uma flor em nossa grande floresta — disse Kathrine. — E agora ela é uma luz na escuridão. As pessoas que foram próximas dela vão recordá-la sempre com saudade.

Deus era ninguém.

Nos primeiros bancos, alguém se levantou de repente. Era Frank. Ele começou a andar com passos cambaleantes enquanto mantinha o olhar fixo no chão logo à frente.

Um sussurro discreto atravessou o grande espaço da igreja. O rosto dele parecia fechado, mas quando ele ergueu o olhar no meio da nave pude ver que estava furioso.

Kathrine parou de falar.

Frank parou em frente à fileira onde eu estava sentado.

— Você vem comigo? — ele me perguntou com um sorriso.

O dia e a tarde acabaram sendo terríveis. Eu não podia abandoná-lo naquela situação, mas também não tinha qualquer coisa a oferecer-lhe a não ser minha companhia, que a bem dizer não valia nada, tanto eu como ele sabíamos disso, uma vez que eu não era um amigo de verdade, mas apenas um sujeito que ele havia conhecido no trem.

— Por que você saiu da igreja? — eu perguntei meia hora depois, quando bebíamos cerveja na área externa de um restaurante no Bryggen.

— Eu não aguentei dividi-la com toda aquela gente — ele disse, olhando para Vågen, onde a água azul-escura estava plácida e pesada junto ao cais. — A pastora falou como se a conhecesse. Mas não era verdade. Praticamente ninguém lá dentro a conhecia.

Frank olhou para mim.

— O que eu vou fazer agora, Egil? Devo ter ainda uns quarenta anos de vida pela frente. Mas não tenho razão para viver.

Tomei um gole de cerveja e limpei a espuma dos lábios.

Eu podia dizer que ele devia aceitar a perda e continuar a vida com as lembranças, e que um dia tudo poderia ficar bem outra vez. Mas as palavras viriam sem qualquer tipo de experiência no assunto e não valeriam nada.

— Não sei — eu respondi.

— Não, pode ser que não — ele disse. — Mas pelo menos você acredita nas coisas que eu lhe contei no trem?

— Sobre ver os mortos?

— É. Em especial no menino que disse que eu estava condenado.

— Foi uma coisa dentro de você. É nisso que eu acredito.

Ele passou um bom tempo olhando para mim. O olhar era como um daqueles que você às vezes encontra quando sai para beber e nota alguém a fim de começar uma briga. Em seguida ele baixou o rosto, reclinou-se na cadeira e tornou a olhar para Vågen.

No céu, as gaivotas voavam em círculos. Os guinchos que ouvíamos de vez em quando soavam distantes.

— Eu lamento não poder oferecer mais ajuda — eu disse.

— Você já me ofereceu uma ajuda enorme — ele disse, sem olhar para mim. — Eu só preciso me aguentar até o fim do dia de hoje. E depois amanhã. O problema é que eu não sei para quê. E por favor não me diga que eu preciso buscar ajuda!

Ele soltou uma risada sem nenhuma alegria.

Um numeroso grupo de turistas passou ao nosso lado, seguindo o guia de bermuda que ia à frente com uma pequena flâmula vermelha no alto da antena que levava consigo. Ele devia ter vinte e poucos anos e os turistas eram aposentados, mas assim mesmo o grupo causava uma impressão meio infantil.

— Mais uma? — eu perguntei.

— Essa foi de longe a coisa mais sábia que você disse hoje — ele respondeu.

Tomamos mais duas ou três cervejas no Bryggen antes de seguir para o restaurante onde jantamos. Eu pedi um chateaubriand com batatas fritas porque estava com muita fome, como sempre acontece depois de um enterro, por estranho que pareça — a primeira vez que percebi foi quando minha avó morreu e depois tomamos sopa na casa paroquial. A carne salgada e os legumes tinham um gosto delicioso, e parecia haver um abismo de fome em mim que nem mesmo três porções foram capazes de saciar. O que me fez parar naquela ocasião foi simplesmente a etiqueta. Desde então a mesma sensação havia se repetido outra vezes, e também naquele momento em que eu estava sentado junto à parede num restaurante francês em companhia de um estranho que tinha acabado de enterrar a própria filha.

645

Eu sabia que devia exercer moderação na companhia de Frank, mas ele próprio havia passado de todos os limites naquele dia, então pensei que seria bom comer já que a oportunidade tinha se apresentado.

Quase não conversamos, porque estávamos distraídos com nossos pensamentos — ou melhor, Frank devia estar pensando muito pouco, uma vez que sem dúvida estava refém das emoções, preso naquela escuridão pessoal. De vez em quando ele olhava para mim, quase sempre com um sorriso discreto nos lábios.

— Vejo que você estava com fome — ele disse por fim.

Eu estava com a boca cheia e respondi apenas com um gesto de cabeça.

— Enterros fazem isso com as pessoas — ele disse. — Todo mundo sente fome de vida, de viver.

— Me desculpe — eu disse. — Eu devo ter parecido insensível. Mas aquela bebedeira toda me deu fome.

— Aconteceram coisas bem piores hoje — ele respondeu. — E com a barriga forrada um trago cai ainda melhor.

Tomamos um copo de conhaque ao final da refeição, era uma garrafa de 1973 com um sabor marcante e inesquecível, claro, porque tinha vivido uma vida inteira no interior da garrafa, que naquele instante foi aberta para nós.

— Eu sei que você quer ir embora — ele disse enquanto aguardávamos a conta. — E entendo muito bem essa vontade. Mas será que você podia me fazer companhia até o dia acabar? Amanhã eu já devo estar bem. Mas hoje eu não posso ficar sozinho. Sei que é pedir demais. Mas será que você não poderia fazer isso como uma boa ação?

— Você é meu semelhante — eu disse. — Eu acompanho você até a porta.

— Eu sabia! — Frank exclamou. — *Você é cristão!*

Eu não respondi nada. "Cristão" era muito restritivo; eu não me via *dessa* forma.

O sol ainda estava alto quando saímos para a rua, que estava repleta de gente e de vida. Mais uma vez comecei a pensar sobre a exuberância. Uma exuberância de pessoas, uma exuberância de acontecimentos, uma exuberância de pequenos e grandes movimentos. Cabeças que baixavam em direção ao chão, viravam-se para esse ou aquele lado, mãos que erguiam-se no ar, seguravam alças de sacola, firmavam copos, amarravam cadarços, olhares para cá, olhares para lá, vozes altas, vozes baixas, risadas graves e profundas ou leves e estridentes.

Tudo que se revelava também desaparecia no instante seguinte.

Aquilo também era uma forma de morte, não?

Mas e quanto ao destino? Que ligava as coisas umas às outras e conferia solidez ao todo?

Kathrine não tinha desaparecido, ela também havia voltado. Teria sido esse o motivo para que Frank tivesse sido posto na minha vida?

Ou seria para que me ensinasse sobre a morte e os mortos?

— Para onde vamos? — ele perguntou. — Você conhece um restaurante com área externa por aqui?

— Não conheço — eu respondi. — Faz muitos anos que não venho para cá. Mas, da última vez em que estive aqui, me lembro de ter ido a um centro cultural um pouco adiante, à beira-mar. O lugar é bonito.

— Eu sei onde fica — ele disse. — Seria bom dar uma caminhada.

Tomamos uma cerveja no restaurante localizado na encosta, abaixo do teatro; o lugar estava lotado, e depois tomamos mais uma, junto com uma Fernet branca, mesmo concordando que aquela não era uma bebida muito adequada para aquele calor. Frank parecia mais calmo, mas assim mesmo não dizia praticamente nada, de maneira que era difícil saber o que se passava com ele.

Já no promontório, ao longo de uma aleia ladeada por castanheiras, depois que as lojas e os restaurantes haviam ficado para trás, Frank começou a falar.

— A Ingebjørg pôs as crianças contra mim. Ela estava muito brava quando nos separamos. Você não tem ideia. E quando aconteceu isso, que é o motivo para você estar aqui caminhando ao meu lado, tudo acabou para mim. Eu não tive mais acesso aos meninos nem à nossa antiga casa. Puta merda, eu não tive acesso nem ao meu luto.

Frank me olhou de relance com os olhos velados pela bebida.

— E por mim tudo bem. Eu não me preocupei muito com isso. As crianças tiveram uma vida boa, afinal de contas. E eu tive uma vida boa. Era um acordo justo. Mas agora a Emma está debaixo da terra. E isso é terrível. É absolutamente terrível.

Frank balançou a cabeça. Coloquei a mão no seu ombro. Ele me olhou como se eu tivesse enlouquecido. Tomou a minha mão.

— *Debaixo da terra* — ele disse. — Ela não pode falar. Você entende? Ela não pode se mexer. Ela não pode nem ao menos pensar! Está lá, imóvel e sozinha. É absolutamente terrível. E como se não bastasse aquela vagabunda daquela pastora vem com um salmo a respeito de flores na floresta para dizer que, como foi mesmo, que a Emma era uma estrela no céu? Ela não é nada! Nada! Nada!

A cada repetição de "nada" ele fazia um gesto com a mão suspensa no ar. Depois Frank olhou para mim e sorriu.

— Lamento por ter jogado você no meio disso tudo. Mas existe uma grande chance de que você se lembre de hoje por um bom tempo. Pelo menos é alguma coisa.

— É — eu disse, sem que me ocorresse mais nada para dizer.

Ele soltou vento pela boca.

— Vamos encontrar aquele lugar e encher a cara — ele disse.

— Parece um ótimo plano — eu disse.

Continuamos andando, mas provavelmente tomamos o caminho errado em um momento ou outro, porque acabamos chegando ao aquário. O pátio estava lotado de ônibus estacionados, e havia muitas pessoas na fila da entrada.

— Deve ter cerveja no restaurante — disse Frank.

— Mas então precisamos entrar na fila — eu disse.

— É verdade — ele disse. — E além disso eu desconfio que só vendam cerveja em garrafa. Vai levar tempo demais. E se a gente for até lá?

Ele apontou o queixo em direção a uma rua no outro lado do promontório. Acendi um cigarro para fumar enquanto caminhávamos. A embriaguez havia diminuído, e um profundo cansaço ocupou o espaço vazio deixado para trás.

A rua por onde andávamos levava ao fiorde. Passado um tempo, um centro de esportes aquáticos se revelou mais abaixo. Havia uma piscina com torre e trampolim e uma piscina infantil logo ao lado, e o ponto mais próximo da estrada, onde havia um gramado viçoso, estava cheio de gente. As pessoas estavam sentadas em cima de esteiras e toalhas e tinham cestas e bolsas ao lado. Um bando de crianças com roupas de banho corria de um lado para outro.

— A gente costumava vir aqui, sabe? — disse Frank.

— Você e... — eu disse.

— Eu e as crianças — ele disse. — Não precisa ter medo de mencionar as crianças.

Frank apoiou a mão na balaustrada e olhou para a multidão. Contra o enorme céu azul, o fiorde azul e tranquilo e as montanhas e urzais verdejantes mais ao fundo, os grupos de banhistas cheios de acessórios formavam uma colcha de retalhos com inúmeras cores.

De repente ele levantou a mão e apontou. Abriu a boca sem dizer nenhuma palavra.

— O que foi? — eu perguntei.

— Lá — ele disse. — Você está vendo? Debaixo daquela árvore? Um pouco depois da bicicleta amarela?

Olhei para o ponto indicado. Havia uma menina sentada com os braços em volta das pernas.

— Estou vendo uma menina — eu disse, querendo ir embora antes que mais coisas acontecessem, porque eu sabia o que ele estava pensando. Que aquela era Emma.

— É Emma — ele disse. — É a minha pequena.

Ele começou a correr em direção à entrada.

— Frank — eu disse. — Não é ela. É só uma menina parecida.

Ele não me deu ouvidos. Saí correndo atrás. Eu precisava evitar uma cena lá dentro.

Alcancei-o já no gramado. Ele andava o mais depressa que podia entre as toalhas estendidas.

— Frank — eu disse a meia-voz. — Você já não sabe mais o que faz. Venha comigo. Deixe-a em paz.

Ele parou e me encarou. Aqueles olhos ardiam.

— Cale a boca! — ele bufou.

— Está bem, está bem — eu disse.

Na última parte do trajeto ele caminhou normalmente. A menina nem olhou para nós, simplesmente continuou sentada à sombra da árvore com a atenção voltada para a piscina. Frank se agachou na frente dela. Eu parei uns metros atrás.

— Emma — ele disse. — Eu lamento! Eu lamento tanto! Você é a menina mais linda desse mundo. Sabia?

A menina não deu nenhum indício de haver sequer notado a presença dele. Simplesmente manteve o olhar fixo na piscina, como antes.

649

Uma leve dúvida tomou conta de mim. A camiseta dela tinha manchas que pareciam sangue.

— Emma, fale comigo. Diga qualquer coisa. Eu te amo tanto! Eu te amo, minha filha querida.

A menina se levantou e senti um calafrio nas minhas costas. O lado direito da cabeça dela estava afundado para dentro.

— Não vá embora — Frank suplicou. — Não agora que eu consegui te encontrar!

Ela subiu a encosta que ia até a cerca logo acima, onde cresciam arbustos, e então desapareceu.

Frank apoiou a cabeça nas mãos. Eu me virei. As pessoas olharam depressa para baixo, como fazem ao ser flagradas olhando para outra pessoa.

Não podia ser verdade.

Aquilo tinha de ser uma alucinação.

Mas nós dois a tínhamos visto.

Será que eu e Frank estávamos tão afinados a ponto de eu ver as mesmas coisas que ele?

Frank se levantou e começou a se afastar, sem olhar para mim. Eu o segui. As pessoas nos observaram de forma quase ostensiva enquanto caminhávamos por entre as toalhas e esteiras.

Por que ninguém mais tinha visto a menina?

E por que eu a tinha visto?

Frank andou depressa até a rua quando saímos de lá.

— Agora você acredita em mim? — perguntou quando mais uma vez o alcancei. As lágrimas escorriam pelo seu rosto.

Fiz um gesto afirmativo com a cabeça.

— Eu não queria acreditar em você, mas agora acredito — eu disse.

— Agora vamos encher a cara e esquecer tudo — ele disse, me olhando com o que imaginei que devia ter sido um sorriso, mas que não passava de um ricto com lábios torcidos e trêmulos.

— Parece uma boa ideia — eu disse.

Despedi-me de Frank às nove horas da noite, quando ele já dormia na cama do hotel, e não o vi desde então. Pensei muito nele durante esse tempo, e por duas ou três vezes fui à biblioteca da cidade onde moro procurá-lo na internet, mas em nenhum momento Frank mencionou o sobrenome, então toda a informação de que eu dispunha era o sobrenome da filha, que provavelmente não era o dele. Ele, por outro lado, tinha o meu nome, então se quisesse entrar em contato bastaria me ligar.

A imagem da menina à sombra da árvore não saiu da minha cabeça desde então.

Eu a vi, mesmo que estivesse morta.

Era inexplicável.

Mas assim mesmo era o que tinha acontecido.

A primeira coisa que fiz ao chegar em casa foi pegar uma obra em três volumes que eu tinha desde a minha época de estudante, mesmo que nunca a tivesse lido: era uma história mundial do reino dos mortos chamada *Dødsrikets verdenshistorie*. O autor era um certo Olav O. Aukrust, e na época eu fiz a compra por ter confundido esse autor com o grande poeta Olav Aukrust, embora não fosse esse o caso — como eu pude achar que o poeta teria escrito uma obra monumental sobre a morte sem que eu nunca tivesse ouvido falar a respeito? —, mas naquele momento a obra veio muito a calhar. Li sobre o reino dos mortos na Babilônia, li sobre o reino dos mortos no Egito e na Grécia, li sobre as mais variadas concepções gnósticas acerca dos mortos, sobre o reino dos mortos na época dos vikings e na Idade Média, sobre o reino dos mortos na Índia, no Tibete e na China, e também sobre ideias relacionadas à parapsicologia e ao espiritismo. Compreendi que a menina não tinha nos visto — provavelmente ela não tinha visto ninguém —, mas que poderia nos ver se tivesse recebido um pouco de sangue. O que não compreendi, no entanto, era o que ela fazia em meio aos vivos. Na literatura, isso acontecia só quando os mortos não recebiam um funeral adequado, quando não eram sepultados. Mas ela tinha sido.

Fui a Londres visitar o meu pai, não porque eu tivesse lido Swedenborg, que descrevia uma Londres sob Londres, porque a visão dele, segundo acredito, fora o resultado de distorções patológicas misturadas à mania de grandeza, não: simplesmente ficamos andando pelos sebos e antiquários em busca de livros sobre a morte. Não faltavam obras sobre o tema, pois a vida após a morte é um assunto em todas as culturas. Desde o surgimento da escrita as pessoas ocupam-se com o que acontece depois da morte. A escrita é o horizonte da cultura, e a morte é o horizonte da vida, e a constatação de que o primeiro uso da escrita foi voltar-se à morte faz um sentido estranho mas ao mesmo tempo claro. Enquanto o mundo visível, tangível e concreto foi estudado e mapeado por séculos desde então, a ponto de causar a impressão de que hoje já não existem mistérios, apenas fatos que se encaixam em teorias constantemente modificadas sobre a realidade, nossa perspectiva sobre a morte não se alterou. Einstein sabia tão pouco sobre a morte quanto os primeiros seres humanos que viviam em cavernas. Nesse vagaroso movimento, que ao longo dos séculos tornou a verdade menor, em que a ciência procurou o menor ponto e o encontrou nas diferentes partículas que compõem os átomos, para *a partir disso* explicar o mundo, a morte não tem lugar. Nos antigos sistemas, como por exemplo o da Antiguidade clássica ou o da Idade Média na Europa, procurava-se a verdade no polo oposto, no caráter complexo da realidade, e nesse todo, por mais errado que pareça aos nossos olhos, a morte ocupava um lugar enorme.

O que fazemos com aquilo que pressentimos, mas não podemos saber? Simplesmente fechamos os nossos olhos.

Somos um pouco como o bêbado que à noite olha para o chão iluminado logo abaixo de um poste quando uns transeuntes param e perguntam se está procurando alguma coisa. Ele faz um gesto afirmativo: está procurando a chave. Os transeuntes o ajudam a procurar, mas como a chave claramente não está lá, perguntam-lhe se tem certeza de que a perdeu naquele local. Não, responde o bêbado, eu a perdi mais para lá — ele aponta para um ponto escuro —, mas, como lá eu nunca vou encontrá-la, resolvi procurar aqui onde está claro.

Com a mala cheia de livros e com outros tantos a caminho por correio, voltei de Londres. Era impossível me esquecer de que eu tinha visto uma menina morta na beira de uma piscina, vestida com as roupas que usava no instante da morte, quieta e introspectiva, e eu não podia agir como se não tivesse visto aquilo. Então comecei a escrever sobre o acontecido e sobre o que pode significar. Durante esse trabalho, senti como se algo se abrisse dentro de mim e comecei a entender melhor os limites que a linguagem impõe ao mundo, limitando-o e dispondo elementos distintos em sistemas lógicos, organizados de maneira a ocultar o próprio sistema e sua lógica interna e revelar apenas o mundo. Eu vi as gaivotas que deslizavam no céu azul, ouvi aqueles guinchos e compreendi que eram criaturas como nós, sem nome, indefinidas, livres. A alma delas se erguia no mundo, era uma coisa que se abria, a presença de alguém, e seria impensável, impensável que essa presença aberta simplesmente pudesse cessar. Olhei para os carvalhos na floresta atrás da cabana, vagarosos e calmos, e vi que também eram criaturas como nós, sem nome, indefinidas e livres. Tive vislumbres do mundo por trás da linguagem, um mundo repleto de metamorfoses e mistérios, e certa noite Torill, minha mãe, apareceu para mim num sonho. Quer dizer, eu estava dormindo e imagens surgiram dentro de mim, mas não foi como se as imagens surgidas fossem aleatórias, como acontecem em quase todos os sonhos, ou pelo menos nos meus. Não, foi como se Torill estivesse à minha espera no sonho. Como se já estivesse lá antes da minha chegada. Desci até o cais, o mar estava cinzento e encapelado, porque tinha alguém por lá, eu tinha visto uma capa de chuva amarela e, quando cheguei, o vulto se virou na minha direção: era ela.

— Egil — ela disse. — Meu filho.

Eu não disse nada.

— Eu nunca soube quem você era. Me desculpe por ter feito as coisas tão difíceis para você.

— Não há pelo que se desculpar — eu disse.

— Eu não fui uma boa mãe para você. Fui uma boa mãe para os seus irmãos, mas não para você.

— Você foi uma mãe excelente — eu disse.

Ela inclinou o corpo e fechou o zíper do meu anoraque. Era uma coisa que sempre fazia.

No instante seguinte eu estava deitado de olhos abertos na minha cama, com o olhar fixo no teto. Me levantei e abri as cortinas. O mar estava cinzento e encapelado. A chuva caía sobre o cais.

Mas não havia nenhuma figura com uma capa de chuva amarela.

As raposas apareceram, e mais perto da estrada também os cervos. Os dias tornaram-se cada vez mais quentes. Certa manhã uma revoada enorme de pássaros negros pousou nos escolhos. Eu nunca tinha visto nada parecido, deviam ser milhares. Passaram horas por lá, e depois alçaram voo todos juntos, uma gigantesca nuvem preta no céu, um redemoinho de carne que voava como uma única criatura, para então sumir acima das árvores no outro lado.

E ontem à tarde surgiu uma nova estrela no céu.

Nesse exato instante a estrela brilha acima de mim.

É a estrela da manhã.

Eu sei o que isso significa.

Significa que começou.

Agradecimentos

Obrigado a Henry Marsh, Pål-Dag Line, Cecilie Jørgensen Strømmen e Naomi e Yaron Shavit pela ajuda inestimável em assuntos a respeito das quais não sei nada, e também a Bjørn Arild e Kari Ersland, Yngve Knausgård, Monika Fagerholm, Birgit Bjerck e Kristine Næss pelas leituras preliminares do texto.

ESTA OBRA FOI COMPOSTA POR ACOMTE EM ELECTRA E IMPRESSA EM OFSETE
PELA GRÁFICA SANTA MARTA SOBRE PAPEL PÓLEN NATURAL DA SUZANO S.A.
PARA A EDITORA SCHWARCZ EM JANEIRO DE 2024

A marca FSC® é a garantia de que a madeira utilizada na fabricação do papel deste livro provém de florestas que foram gerenciadas de maneira ambientalmente correta, socialmente justa e economicamente viável, além de outras fontes de origem controlada.